国际知名出版机构授权出版·全球商学院权威管理教程
商业管理人士的成功指南

变革管理

第4版

MANAGING CHANGE (Fourth Edition)

伯纳德·伯恩斯（Bernard Burnes）著　冉德君　钱春萍　周德昆 译

中国市场出版社
China Market Press

图书在版编目（CIP）数据

变革管理：第 4 版/(英)伯恩斯著；冉德君，钱春萍，周德昆译. —北京：中国市场出版社，2007.5

ISBN 978-7-5092-0178-7

Ⅰ.变... Ⅱ.①伯... ②冉... ③钱... ④周... Ⅲ.企业管理 Ⅳ.F270

中国版本图书馆 CIP 数据核字（2007）第 024546 号

著作权合同登记号：图字 01-2007-1189

书　　名：变革管理（第 4 版）

著　　者：〔英〕伯纳德·伯恩斯

译　　者：冉德君　钱春萍　周德昆

出版发行：中国市场出版社

地　　址：北京市西城区月坛北小街 2 号院 3 号楼（100837）

电　　话：编辑部（010）68034190　　读者服务部（010）68022950

　　　　　发行部（010）68021338　　68020340　　68053489

　　　　　68024335　　68033577　　68033539

经　　销：新华书店

印　　刷：三河市华晨印务有限公司

开　　本：787×1092 毫米　1/16　　36 印张　　640 千字

版　　次：2007 年 5 月第 1 版

印　　次：2007 年 5 月第 1 次印刷

书　　号：ISBN 978-7-5092-0178-7

定　　价：98.00 元

本 书 导 览

变革带来的冲击越来越大,变革已成为持续、普遍和寻常不过的事。本书阐述了变革管理的关键方法与理论,为管理者和组织机构作出实践选择和进行变革管理提供了实际指导。

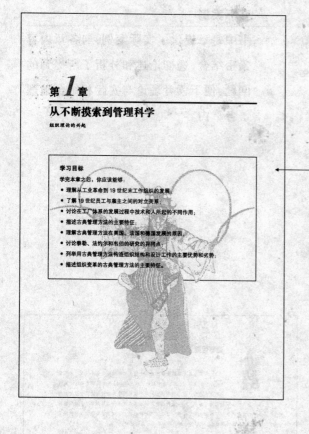

第1章

从不断摸索到管理科学

组织理论的兴起

学习目标

学完本章之后,你应该能够:
- 理解从工业革命到19世纪末工作组织的发展;
- 了解19世纪员工与雇主之间的对立关系;
- 讨论在工厂体系的发展过程中技术和人所起的不同作用;
- 描述古典管理方法的主要特征;
- 理解古典管理方法在美国、法国和德国发展的原因;
- 讨论泰勒、法约尔和韦伯的研究的异同点;
- 列举用古典管理方法构造组织结构和设计工作的主要优势和劣势;
- 描述组织变革的古典管理方法的主要特征。

"学习目标"

"学习目标"以要点的形式列出读者在读完每章后应该了解和掌握的具体内容。

变革管理

Managing change

展示 1.1　科学管理的案例

科学管理的基本原理

　　管理的主要目的是保证雇主的最大收益,同时也保证雇员的最大收益。

　　词语"最大收益"通常的意思是:不仅是指为公司或其所有者创造出最大利益,而且还指每一个业务部门都发展到了最佳状态,所以这个收益应当是稳固的。

　　同样地,每位雇员的最大收益的含义:不仅意味着与其同级别的人员相比,得到的工资更高,而且更重要的是意味着每个员工的工作效率都达到了自己最佳状态,也就是说他能胜任与其自身能力相符合的最高等级的工作,更进一步的意思是,一旦有可能,就应把适合其等级的工作交给他。

　　所以,不言而喻的是:保证雇主和雇员

的最大收益应当是管理的两个首要目标,即使实际上不需要达种种情况。纵观整个工业世界,组织中大部分的雇主和雇员不存在对立(争执)胜过和平协商的问题,可能也不存在这样的问题——双方中的大多数认为不可能安排商议他们相互间的共同利益关系。

　　大多数人认为雇主和雇员之间的根本利益的冲突是不可避免的。与之相反,科学管理却却异常确信他们双方的利益是一致的,也就是说,雇主的利益如果没有雇员的利益相伴随,是不可能长期存在的,反之亦然;并且雇员希望得到的高薪、雇主希望得到的低成本劳动力二者都是可能的。

"引言"

"引言"简要指出每章要阐述的核心内容以及章节布局,便于读者整体把握每章的结构。

引言

　　如今,在英国和其他工业国家里,如果没有大量的组成我们日常生活的组织,这几乎是不能想象的。然而,在工业革命之前,也就是200年前,现代形式的组织(实际上,几乎任何形式的组织)还完全不为人知。正如摩根(Morgan)所说,在这之后,我们进入了一个

变革管理
Managing change

实际案例

书中每章提供了实际案例，与各章内容紧密结合，透彻论述和分析了所提到的问题，便于读者理论与实际相结合地理解各章内容。

变革管理
Managing change

摘录

书中与各章内容结合摘录了一些重要观点和评论，便于读者多角度地理解书中提到的问题。

和大型组织行为的重要信息，而获得这些信息是公众的合法权力。韦伯关于官僚主义的著作还因为忽视了非正常的社会过程而遭到批评，特别是个体和组织寻找到的方法，是超越了他人利益和目标通过斗争而得到的。

我们还应该注意到，尽管泰勒、法约尔和韦伯的方法具有普遍互补性，但他们又各有千秋，存在着压力和不一致。法约尔强调了团体精神和个人主动性的重要性；泰勒和韦伯发现，前者是不相关的，而后者是危险的；同样的，正如韦伯描述的，官僚主义一成不变的严格，对不断探索泰勒和法约尔支持的方法和生产力的提高几乎没有留下任何空间。泰勒对功能监督的支持，实际上意味着一名工人的责任在于就其工作的不同方面对不同的主管负责（总共大约有 4 或 5 名主管），而这一点被韦伯和法约尔认为是对纪律和良好秩序的一个威胁，他们俩是单一命令的坚决支持者——每名工人应该只从一名主管那里得到命令。

总的来说，对古典管理方法的主要批评之一是它把人看作是消极的。本尼斯（Bennis）把古典观点称为"没有人的组织"，因为它是建立在人们的地位被降低到机器上的齿轮基础上的。在任何情况下都不可能把人类可变性这个因素从组织的运行中删除，这么做的结果将阻碍生产力的提高。它使工人与工作疏远并憎恨工作，而不是使工人为了完成组织目标更有效率地工作。阿吉里斯（Argyris）提出的观点认为，古典管理方法限制了个体的心理成长并引起了失败、沮丧的感觉和冲突。相反，他认为组织环境应该提供足够程度的个人责任和自我控制；对组织目标的认同而顺利和工作；以及个人施展全部能力的机会。这些发展成为了人际关系方法支持者的核心观点，人际关系方法作为对"非人性的"古典管理方法的反应出现于 20 世纪 30 年代。人际关系方法与偶然性理论——产生于 20 世纪的第三种组织方法——将在下一章中一起讨论。

学习检测

简答题

1. 亚当·斯密对工作组织发展的主要贡献是什么？
2. 什么是生产体系？
3. 发展工厂制度的主要推动力是什么？
4. 科学管理的关键原则有哪些？
5. 根据法约尔的观点，管理者的主要职能是什么？

"学习检测"

每章后面的"学习检测"结合每章前面的内容，分别列出了需要读者思考和解答的"简答题"和"讨论题"，有助于加深读者对每章内容的理解。

阅读建议

每章后面的"进一步阅读建议"为读者提供了一些推荐阅读资料，读者可结合每章内容参考阅读。

附录

第 1 章　进一步阅读建议

1. Wilson, JF (1995) . British Business History, 1720–1994. Manchester University Press: Manchester.

除了它的名称，这本书既没有局限于英国的历史，也没有狭隘地研究商业。约瑟·威尔逊的著作不乏诸多的优点，他对自工业革命早期以来英国、德国、日本和美国的管理发展做了极为有益的回顾。

2. Pollard, S (1965) . The Genesis of Modern Management. Pelican: Harmondsworth.

尽管是在 30 年前出版的，悉尼·波拉德的著作仍然对 18 和 19 世纪管理的发展和劳动力的反映作了最好描述的作品之一。

3. Rose, M (1988) . Industrial Behaviour. Penguin: Harmondsworth.

迈克尔·罗斯的著作对科学管理的兴起和发展提供了全面的和经过仔细研究的解释。

4. Sheldrake, J (1996) . Management Theory: From Taylorism to Japanization. International Thompson Business Press: London.

第 2 章　进一步阅读建议

1. Rose, M (1988) . Industrial Behaviour. Penguin: Harmondsworth.

迈克尔·罗斯对人际关系运动的发展进行了有意义的叙述，并对源·伍德沃德和阿斯顿小组的研究提供了有益的回顾。

2. Sheldrake, J (1996) . Management Theory: From Taylorism to Japanization. International Thompson Business Press: London.

迈克尔·施尔邸显克也对人际关系运动的主要人物的生平和研究进行了有益的回顾。

3. Hendry, C (1979) . Contingency Theory in practice, I. Personnel Review, 8 (4) , 39–44.

Hendry, C (1980) . Contingency Theory in practice, II. Personnel Review, 9 (1) , 5–11.

Wood, S (1979) . A reappraisal of the contingency approach to organization. Journal of Management Studies, 16, 334–54.

总的来说，这 3 篇文章对偶然性理论的回顾都很优秀。

变革管理
Managing change

免组织内部出现动荡。在这种条件下，管理者不仅要弄清自己以及其他组织所处的环境，还要努力创造一种更适合组织发展的环境。

在为选择管理奠定下这样一个基础之后，为了理解、实施组织变化，本章的其他部分将对选择管理——变革管理模型作出全面的介绍，在此之后还会对模型的选择过程、定轨过程、变革过程进行详细的说明。本章得出的结论认为，尽管组织都乐于与外部环境相适应，可以选择对内部运作和管理进行重建。但是，为了避免频繁出现内部动荡，它们同样可以选择变革和调整内部、外部条件以及各种限制，减少这些现制对组织的影响，无论作出何种选择，都有责任去探索发现各种有效的途径，尽管有些途径看起来不大可行，千万不要以为自己对此已无所选择，或选择余地十分有限。

选择管理——变革管理模型

★ 图 15.1 是选择管理——变革管理模型的示意图，组织变革可以看作是由 3 个相互依存的过程组成。

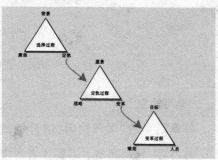

图 15.1 是选择管理——变革管理模型

变革管理
Managing change

坎南所坚持的，有必要对组织学习的正反两方面的观点加以比较（见表 3.1）。

表 3.1 学习型组织的正反观点

学习型组织正方观点	学习型组织反方观点
丰富多彩、层次多样的观念对组织行为的诸多问题有影响。	实践起来复杂、困难，很难进行系统化的运作。
是对学习、知识管理和智力资本投资的创新。	是将陈旧的变革管理和学习理论概念，进行重新包装后成为让人信服的项目。
是一套关注于个人和团体知识获取和发展的挑战性的新概念。	是阿谀"自我改善"的外衣，鼓励雇员顺从于管理者指令的新词汇工。
是运用技术管理组织的创新，这些管理知识充斥在数据库以及因特网或企业内部网络中。	只是依赖技术的途径，忽略了人在组织里如何改进和运用技术的现实。

对组织学习问题的更多关注不仅仅是胡克金斯基和布坎南，对组织学习的主要批评可以归纳为下列 6 个方面：

1. 从上面的观点可以很清楚地看出，对组织学习没有一个一致的定义。可能是受这个概念的吸引，汤姆·彼得斯也认为："大多数关于学习型组织的议论，要么抽象得令人摸头不着脑，要么模糊得令人气馁不堪——并且永远都缺乏特点。"

2. 尽管针对这个主题有大量的出版物，但是认真在该领域做实际研究的却非常稀少。曾指出，主要原因之一是许多关于组织学习的研究者是实践的从业者和咨询专家，他们寻求的是描述并推销方法而不是描述或分析。他认为除了推广这个概念，他们还试图宣传他们自己和他们所工作的组织。伊什特拜-史密斯也提出了类似的观点：

现有的许多关于学习型组织的研究，是建立在对公认的成功组织所进行的案例研究的基础上的，有时这些似乎更依赖做公共关系，而不是任何严肃认真、脚踏实地的研究。

如果是这种情况，那么许多对组织学习的研究，以及从中所得出的建议和结论，在某种程度上就值得怀疑了。

3. 汤普森指出："组织学习这个术语实际上是名不符实的。因为事实上组织本身并不学习——而是组织的人学习。"因此在大多数组织中，要达到高水平的组织学习，必需将个人学习的方式进行根本的改变。这并不只是用新的方法收集和分享信息，而更重要的是用新的方法思考。这要求个人经历困难的、有时甚至是痛苦的改变，包括刻意忘却旧的思考方式，并

图表说明

书中提供了一些说明性的图表，旨在通过简明的比较和示意方便读者对全书内容的理解。

变革管理
Managing change

结论

由各种形式和不同大小的组织而组成是现代社会的特征，这并非一个不可避免的生活事实，它是各种环境特殊结合的产物。17 和 18 世纪英国和其他欧洲国家资本主义的兴起导致了旧的制度的不能解决的新问题，其结果就是从自给自足的、自治的个体变为企业家控制的集体生产单位。企业家为了追逐更多的利润，在英国建立了成为现代组织生活基础的工厂体系。工厂体系的核心特征是专制控制、劳动分工以及管理者和工人之间的敌对关系。

尽管开始于不同时期，并以其各自的速度进行，大多数欧洲国家和美国接受并采用了英国的工业化方式。然而，在整个 19 世纪，工业化的本质开始在各个国家有所变化，反映出各国独特的社会环境和需求。在德国，政府的目标决定了大型的公共和私人官僚机构成为工业化的规范标准；在法国，政府也在工业化过程中起着一定的作用，但是却长久地推行小规模的低效的商业和农业的运作模式。在这两个国家中，个人利益最大化的追求比之英国或美国要显著得不重要得多，在斯塔的纳维亚，特别是丹麦，可以看到一种更加集体主义的、不太观观的工业化模式。

尽管如此，在从生存经济向货币经济转变的过程中，产生了一个显著的现象：雇主和雇员之间的对立。工厂本身不是一种更有效的生产手段，而是一种企业家更有效控制劳动者的手段。这意味着工厂也是一个战场，雇主希望利用新的条件和技术，而工人（当他们可能的时候）试图抵制变革。

随着 19 世纪的逝去，管理们日益认识到了自己的缺点，这就是：在面对新的挑战和机遇时所作出的反应往往是特有的、不协调的。因此，这就需要一个更加一致的构建和管理组织的方法：能使管理者的权力（特别是发起变革的权力）合法化，这就促使了古典管理方法的产生。

无论是在不同的国家或从不同的角度进行研究，古典理论的支持者都对现代社会的主要问题持类似的看法：怎样建立高效率、有力地追求目标的组织。泰勒集中于操作层面来论证他的分析、设计和管理工作的"科学"方法，他还受到了吉尔布雷思夫妇和其他人的支持。然而，他坚持科学原则的应用应当是一致和公平的，并调组织所有成员都遵守规则和程序，这对管理者和工人的信念和行为是一个很大的挑战；相反，法约尔不太注意操作问题，而更关心整个组织的管理和控制。因此，在某种程度上，他的方法可以被看为是从上到下

"结论"

"结论"全面总结了每章内容，便于读者系统掌握每章主旨。

目录

变革管理
Managing change

第 2 部分　战略发展和变革管理的理论观点　195

变革管理
Managing change

变革管理
Managing change

致谢

与前三版一样，第 4 版的面世，要归功于许多人不遗余力的慷慨鼓励和帮助，特别是我曼彻斯特理工大学 (UMIST) 的同事和学生。由于篇幅所限，我不能一一列举他们的名字，但是我对他们每一个人都表示衷心的感谢。另外，要感谢培生教育出版社的鼓励和耐心。不过更主要的，我要向我的妻子——苏——表达谢意，即使我对她的感恩无以回报，她不辞辛苦地一遍又一遍阅读、编辑书稿，使本书得以完善并获得超乎寻常的认可。她应得到与我同样的荣誉，这并不过分。

尽管我得到了这么多的支持和帮助，但本书的任何错误或缺点都应归咎于我个人。

伯纳德·伯恩斯

出版社致谢

衷心地感谢《金融时报》允许我们引印如下资料:

"可持续性的业务:坚持不断地探索改进",《金融时报》,2002 年 8 月 19 日;"现实主义取代宏大前景",《金融时报》,2003 年 3 月 12 日;"如何坚持管理的灵魂:愈来愈多的老于世故的测试技术使执行者成了机器",《金融时报》,2002 年 9 月 19 日;"战略大师:迈克尔·波特",《金融时报》,2003 年 8 月 15 日;"偶像崇拜伟大的叛逆者:亨利·明茨伯格",《金融时报》,2003 年 8 月 5 日;"紧要关头管理者求助于旧工具",《金融时报》,2001 年 6 月 18 日;"工作越细化,效率就越高",《金融时报》,2002 年 10 月 17 日;"威尔(Weill)在花旗集团挥舞手中掌握的大权:变革重整现行的结构体系",《金融时报》,2002 年 6 月 13 日;"微软与客户直接沟通",《金融时报》,2001 年 12 月 31 日;"母亲式的管理",《金融时报》,1998 年 3 月 2 日。

对允许我们使用下述资料的版权拥有者表示衷心感谢:

图 5.1 源引自卡明斯、休斯的《组织发展和变革》,第四版,(c) 1998,得到 Thomson Learning 的分支机构 South-Western 的许可,网址:www.thomsonrights.com,传真:800 730-2215。图 7.1 得到 Simon & Schuster 出版集团分支机构 The Free Press 的授权许可,源引自迈克尔·波特《竞争的优势:创造、维持突出业绩》,版权所有:迈克尔·波特 (c) 1985,1998。Keith Leslie,Vaughan Lindsay,Helen Mullings and Neville Salkeld 的《为什么说公司要更多地向慈善机构学习》,得到 McKinsey & Company 的授权许可。Keith Leslie 是咨询顾问,Helen Mullings 为 McKinsey & Company 专业发展管理人员。

还有一些我们已经无法追溯其版权所有者的例证资料,对此我们亦将不胜感激。

前言

没有什么比一个好的理论更有实践意义。(库尔特·勒温)　(Kurt Lewin)

所有的模型都是错误的，但是有些模型却是有用的。(乔治·博克斯)(George Box)

变革带来的冲击越来越大，其地域之广、数量之大、速度之快、方式之奇都达到了前所未有的程度，这已经成为普遍共识。毫无疑问，尤其是最近的20年，新产品、新工艺和新的服务方式都以空前的增长速度涌现。本土市场已经变成了全球性市场，保护和半保护的市场及行业都迫于激烈的竞争而开放。公共的官僚垄断机构不是转变为私营机构，就是转变为更具市场导向化的自负盈亏的行业。大多数的舆论认同哈默（Hammer）和钱皮（Champy）的观点："……变革已是持续的、普遍的、寻常不过的事儿。"

过去的10年，或许特别是自2000年本书第3版出版以来，经过了旋风般的变革，组织机构出现消亡。在20世纪90年代，发生了空前比例的接管和合并。事实上，仅在1997年的一天，西欧就发生了相当于1 300亿美元的并购，而在上一年度全年总共仅发生了2 500亿美元。美国华纳（Warner）评论道：

要找出经济变革、疯狂合并的类似时期，可能一直要追溯到19世纪90年代……由此诞生了一些如"标准石油"和"美国烟草"之类的公司，它们是垂直化、集团化管理的现代企业的典型。

通常认为是繁荣的网络经济夺得千禧年先机，事后看来，对网络公司的广泛宣传及商业类网站令人瞠目的交易价格，使得因特网蓬勃兴起。华纳还指出，繁荣的景象几乎触及了全球经济的每一个领域，而恰恰不是因特网式的联合。例如：即使在传统经济集中体现的领域，如汽车行业，其合并热潮仍盛行不衰。1998年，戴姆勒—奔驰（Daimler–Benz）与克莱斯勒（Chrysler）走到了一起，创建了世界第五大汽车公司，营业额为1 300亿美元；在同一年，大众 (Volkswagen) 接管了劳斯莱斯 (Rolls Royce)，朝使自己成为全球性公司又迈出了一步；还有福特 (Ford) 继续对一些小公司进行吞并，如沃尔沃 (Volvo) 公司，以巩固其在世界的地位。在金融领域，花旗集团 (Citicorp) 和旅行家 (Travellers) 之间 1 600 亿美元的合并，是 1998 年合并风潮中绝对疯狂的合并行动；在英国，建筑集团的分解以及它们被更大的金融机构的接管，是合并的力量在起作用的又一个例子。同样地，欧洲其他的金融服务行业——率先实施欧元的地区，跨国界合并尤其普遍。合并的诱惑似乎出现在了所有的行业，（英国）健力士 (Guinness) 和（美国）大都会 (GrandMet) 走到了一起，组成了迪亚杰 (Diageo)，成为一家世界最大的食品和饮料集团；葛兰素 (Glaxo) 与史克必成 (SmithKline Beecham) 的合并几经周折，最终在 2000 年成为了现实，由此表明制药行业也经不住合并的诱惑。

通过由繁荣的因特网公司的引导，每一个并购都有其自身的合理性。合并的潜在动力表现为：全球化的驱动、技术的进步、贸易的自由化以及政府的变革，特别是在东欧表现得更加突出，这一切使得全部行业重组再造。但是，它甚至比快速增长的网络泡沫还要快地突然出现了破坏性的结果。具有讽刺意味的是，美国在线与电影、电视以及时代华纳之间的合并看起来似乎是合并终结的信号。这一交易创造了一个初始价值为 3 270 亿美元的公司，人们为此欢呼新经济模式对旧经济模式的超越，然而，2000 年 1 月，在宣布合并后不到一周的时间内，美国在线的价值下降到了 250 亿美元且还继续下降，最终，合并结束后公司的价值从 3 270 亿美元下降到 1060 亿美元。网络在其他领域的低迷有诸多原因，特别是世界通讯公司 (WorldCom) 丑闻的影响。令人备感惊奇的是，很多公司完全消失了。大多数评论家现在认为，网络 (Dotcom) 的繁荣实际上是网络诡计 (Dotcon) 的繁荣，泡沫、谎言、违规行为驱使其价格攀升。网络公司与其他领域的土崩瓦解及丑闻曝光，以及其价值极度上升和极度跌落导致了美国投资大师沃伦·巴菲特 (Warren Buffet) 得出当今有名的观点："一旦大潮过去，你就能看清谁一直没有穿泳裤游泳。"

无须局限专注于并购的组织机构的变革。比如在 20 世纪 90 年代的英国，反复的调研表明，所有行业、所有大大小小的组织机构都在着手进行各种形式的变革，这些变革包括：机构改组、层次分解、新产品和服务的介绍、外包，尤其是观念改变。

简而言之，不仅要将网络的繁荣和沉沦载入史册，同时还要说明在这极为短暂的时期，组织机构还不得不应付各种不同类型的挑战。这些挑战从快速成长、并购、新技术的出现和新的竞争者，到市场疲软、经济萧条、拆分与合并、顾客的背离、供应商的不稳定、竞争对

手的多变等等，不一而足。然而，把这些事件描述成对所有组织都造成同样的影响，可能是错误的。对网络公司来说最大的影响是网络的繁荣和萧条，当然也存在不受其影响的组织或行业，比如农业和矿产业。与此类似，经济的波动对公有经济的影响比对私有经济的影响更少，比如，在英国，当经济停滞不前的时候，公有经济保持了可观的增长。

所以，尽管很多人声称我们经历了空前的、不可预知的变革时代，但每个人的感受程度是不一样的。实际上，正如第 1 章所要表述的那样，过去 200 年的历史，是持续不断进行空前变革的时代典范。事实上，古希腊人说过一句话："变化是永恒的。"我们也许应当记住：人类的历史是充满变革和混乱的历史。每一代人都怀念辉煌的过去，尽管这种辉煌已被社会进步一扫而光，建立在过去知识水平的每一代人，都发展并实施了管理变革的新方法。所以，也许我们对整体水平的变革关注不多，而代之为询问：组织机构如何以最佳的方式应对其所面对的繁乱局面？

尽管人们认为，当产品、市场稳定，组织机构几乎没有变革时，管理变革就显得不特别重要，如果管理简单易行并能使成功有保证，它甚至很少被认为是个问题。然而，事实并非如此，文献资料充满了很多变革方案失败的实例，这些方案有些还导致了惨重损失。组织变革领域最令人尊敬的两位评论家——比尔和诺利亚（Beer and Nohria）认为近三分之二的变革努力是失败的。尽管失败率看上去令人惊愕，但对这些开创性的、各具特色的变革进行仔细研究，确实得出了相似的结论。

与公司的营业额、一个行业的表现或者一个国家的总产出不同，没有谁会将组织机构是如何在变革管理上取得成功加以集中统计。然而，这些年来，一些独特的变革形式受到了足够的关注，因为这些变革的成功度有可能检测得到。由于认识到组织变革三种形式的重要性，它们受到了关注并被认可：20 世纪 80 年代的新技术导论；近 20 年以来实施的全面质量管理（TQM）；以及最近 15 年运用的业务流程重组工程（BPR）。

20 世纪 80 年代的微电子革命，使得计算机和基于计算机的日常流程处理方式进入了组织机构的绝大多数领域，其应用范围飞速扩大，这是一个浩大繁杂的研究课题。这些研究发现新技术变革的失败率无论如何要在 40%~70% 之间。仅限于在 20 世纪 80 年代，处于成长期所显现的障碍确实不能看作是该领域的问题。1998 年，由于社会保险系统崩溃而使民众和社会安全体制陷入混乱，使得英国政府不得不批准用 1.7 亿英镑更换用于社会保险的计算机系统程序，该系统管理保存着全国每个人的社会保险记录。

随着时代的进步，在 20 世纪 80 年代中期，欧洲的企业组织开始接受 TQM。尽管其看起来是日本公司成功的关键，但让西方公司引进和接受是困难的。实际上，全面质量管理运动的奠基人之一，菲利普·克罗斯比（Philip Crosby）指出超过90%的主动实施 TQM 的美国企业都失败了。虽然 90% 的失败率高得令人难以置信，但通过对采用 TQM 的英国和其他欧洲国家的公司的研究表明：有失败经历的比率为 80% 甚至更高。

业务流程重组工程被惊呼为"20 世纪 90 年代最伟大的业务创新"，尽管很少有文献证明新技术和全面质量管理孰好孰坏，威斯特尔从有效用的例证中得出结论："实施 BPR 的成功范例较之它们的承诺要少得多。"其他的对业务流程重组工程的研究也得出了相似的结论。更为典型地，布杨特引用了一个实施 BPR 失败的报告，其失败率为 80%；布莱斯林和麦可甘（Breslin and McGann）给出的失败率是 60%；而拜沃特（Bywater）给出的比率是 70%，甚至 BPR 创始之父——米歇尔·海默（Michael Hammer）——也承认企业机构状况恶化胜过好转的情形达到 70%。实际上，根据胡克金斯基（Huczynski）和布坎南（Buchanan）的说法，到 20 世纪 90 年代中期，BPR 的失败已被认识到，当时许多评论家的观点是："如此（变革）方法不能令人信服。"

因此，即使一开始就建立了这三种变革模式的企业组织，即便状态良好，也没有成功的保证，在于企业组织要在大量的信息中，找出对企业有益的信息。这也许就是为什么企业组织的管理者们始终如一地将变革管理的困难看成是企业组织提升竞争力的主要障碍。

面对众多看起来相互矛盾的情形，一方面，关于如何变革管理的建议比以前更多，另一方面，实施变革的失败率高得惊人。前言中一开始的两句话抓住了这个悖论的关键。大多数人喜欢的是一个明确实用的变革理论，这个理论能够解释组织需要什么样的变革以及它们如何实现这些变革。不幸的是，现有的是许多令人迷惑、相互冲突的理论、方法和诀窍。其中有许多是经过仔细思考，并建立在理论和实践基础上的；但是另外一些，似乎与理论和实际都脱节了。另外，尽管变革理论的内容之间需要有学科的相关性，但是每一个理论的主要方法总是规律性地倾向于以原创者的角度来看待企业组织——如：倾向于心理学、社会学、经济学或其他学科，这就导致了理论的不完整和有失偏颇。因此，不管他们的支持者如何极力主张，我们目前确实还没有一种理论上全面、能广泛实际应用的变革方法。我们应当明白，为了理解乔治·博克斯的话：尽管所有的变革理论都不完整，但是有些理论却很有用。这就意味着对于那些想要理解或执行变革的人来说，首要任务不是找到一个包容一切的理论，而是要理解每种方法的优势和弱势以及其最佳的应用环境。

现在几乎没有人怀疑对企业组织今后能力定位的重要性，也没有人怀疑为实现目标必须变革的重要性——尽管在困难性和可能性上还存在着很大的争议。然而，虽然有人认为管理者不需要了解组织理论、战略理论、变革理论或其他理论就能够管理和变革他们的组织，这种看法会低估理论对管理者和组织中其他成员的影响、帮助或诱导程度，越来越多的管理者还是迫切希望得到现代的管理大师的指导。正如第一部分所要阐述的以及明茨伯格和奎因观察到的：

> 人们的痛苦不仅来自于理论的匮乏，也来自于受到未知理论的控制。为了理解约翰·梅纳德·凯恩斯的话，大多数"实践者"沦为了过时的理论家的奴隶。无论是否认识到这一点，多年来我们内在的思想体系决定着我们的行为。通过下面的方法我们能学到许多东西，公开这些思想体系，更加仔细地检验它们，并将其与洞察世界的其他方法进行比较——包括以系统学习为基础的方法（即研究）。

这些"思想体系"，或者，更普遍的被称为组织理论，对管理变革的重要性体现在两个方面。首先，它们为企业组织应该具有什么样的结构和如何管理提供了模型；其次，它们为判断和规范企业组织中个人和团队的行为及效力提供了指导。

为了理解组织变革的原因和方法，首先有必要理解组织的结构、管理和行为。正如明茨伯格和奎因所指出的，很明显在许多企业组织中对这些理论都没有清楚的认识理解，这就导致了如何对某一特定结构和实践作出正确抉择以及其选择和实施的方式，都建立在有限的理论知识甚至可能是错误的假设基础之上，在这种情况下当然不能期望变革是完全成功的。另一方面，在促成和执行变革时，如果要作出正确的选择，就需要对这些理论有一个全面的理解，正因为如此，这些理论才需要进行相互之间的严格比对，并且要将企业组织实际上的运行方式与理论家们所设想的方式进行比较。本书的目的不是为企业组织变革提供唾手可得的实践指南——尽管读者会发现本书在这方面也非常有用，恰当地说，本书的目的是为今后发生的变革提供相关理论和方法的解释，指出它们的优点和不足，并使读者能够自行决定哪些模型有用以及何时有用。

本书的中心目的是通过阐述和讨论企业组织变革的关键方法和理论，并通过把这些理论和方法置于组织及其成员的发展、运作和行为的更加广阔的构架中，来帮助寻求对这些理论和方法的理解。目的是让那些学习并进行组织变革的人自己对所提供方法的有益性、实用性和有效性作出判断。本书的关键主题如下所述：

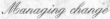

变革管理
Managing change

★ 有必要理解企业组织运营的更广泛的理论和历史背景以及企业组织所面对的变革的压力和选择。

★ 不能把企业组织变革和企业组织战略分离开来，反之亦然。

★ 尽管管理者都努力使他们的思考和决策建立在符合逻辑和理性的基础之上，但企业组织本身并不是理性的实体。

★ 很大程度上，变革的各种方式在数量上是有限的，并且是相互独立的。但是在实践当中，变革的方式在范围上却很广，并且它们能够经常被先后或同时使用。

★ 所选用的方法的适应与否，依赖于所考虑的变革的类型以及组织在运作时所受到的制约，尽管这些制约和目标组织能够自我改变，以使它们更适合组织所希望的变革方法或管理模式。

★ 组织及其管理者的确能够并进行变革实验，并在何时变革和如何变革的选择上有很大程度的自由。

本书共分为 4 部分。

第 1 部分：理性组织的兴起和衰退提供了组织理论和行为的全面回顾。第 1 章阐述了从工业革命到 20 世纪早期的企业组织发展，第一个成熟的组织理论——古典方法在这一时期出现。紧接着，第 2 章回顾了随后出现的两个组织理论：人际关系方法和偶然性理论。第 3 章研究并比较了构造和管理组织的 3 种主要和最有影响的当代理论方法：文化卓越管理方法、最早起源于西方的组织学习方法和日本管理方法。第 4 章更为广泛地介绍组织理论，介绍了关于企业组织的后现代主义、现实主义和复杂性理论的观点和方法。第 5 章研究了文化、权力和政治的重要性及其内涵。从第 5 章和第 1 部分可以得出这样的结论：不管偶然还是必然，企业组织理论试图通过使特定企业组织达到成功所必须履行的环节，让企业组织对其作出取舍的选择。然而，对文化、权力和政治的回顾，及前几章中的证据表明，管理者所拥有的可形成决策的领域，确实要比大多数组织文献所认为的更为广泛。关于管理选择的主题在第 2 部分会继续研究。

第 2 部分：战略发展和变革管理：过去、现在和未来，组成了 5 个章节，并考查了战略管理和变革管理，对其作了文献回顾。第 6 章和第 7 章探讨了组织的战略优势以及发展和实施战略时可应用的主要工具和技术。这两章还特别注意到了规范性战略学派和分析性战略学派的区别，突出强调了组织战略和组织变革之间关系的重要性。第 8 章和第 9 章回顾了组织变革的两个主导方法：计划方法和应急方法。指出了两者的长处和短处，无论将两者分开单独应用还是将两者合并应用都不能完全涵盖所有的变革环境。第10章进一步阐述计划方法和应急方法对变革构架的改进，它们与各种变革环境联系紧密，与面对多种管理变革方式选择的组织联系紧密。第10章总结了第2部分的争论后指出，尽管企业组织在进行自由选择时要受到很大的限制，但这些限制可以被影响和改变，从而使企业组织能够选择最适合自己的某一特定战略和变革方法。

第3部分：战略发展和变革管理的案例研究，由3个章节组成。所包括的10个研究案例都是对真实企业组织的研究，但在这些案例中，它们的名字以及能使它们被辨别出来的一些细节出于保密性的需要而作了更改，不过，所描述的情形都来自于现实生活，并展示了在发展战略和实施变革时面临的机遇、困难和限制。

第4部分：管理选择，包括了本书的最后3章。第14章结合第1部分和第2部分的理论和方法分析了第3部分的10个案例。这样，本章给出了组织变革理论和实践的重要观点并给第15章中的"选择管理——变革管理"模型铺平了道路。这个模型包含了3个相互关联的过程——选择、途径和变革，为管理者和组织如何作出实践选择和管理变革提供了解释。鉴于管理者角色在发展战略和管理变革中的重要性，第16章重申了管理者做什么以及如何做的问题。这一章还特别研究了领导担任的角色和管理发展的任务，叙述了变革管理方法间的关系。本书的结论是，如果像所争论的那样，管理者若对变革的内容和方法有很多的选择，那么管理者就担负着重大的责任。组织如何变革和发展不仅对其雇主和雇员，还对整个社会也影响巨大。为了减少社会的分化和排斥以及自然环境的破坏，管理者必须考虑到所有权益相关者更广泛的利益——雇员、股东、管理者自身和更广泛的社会团体。

关于第4版

自从本书第3版发行以来，我从曼彻斯特理工大学（UMIST）的学生和同事以及其他地方的读者和使用者那里得到了许多改进和完善本书的有益的评论和建议，对此我深表感谢并尝试在第4版予以采纳。特别是第4版反映了因特网的增长以及全球化对企业组织的影响，包含了关于现实主义、复杂性理论对后现代主义观点的材料，使得变革方式与管理方法之间的联系更加清晰，提供了5个新的学习案例，更具有管理变革的实践指导意义。第4版保留了与第3版相似的结构和方法，扩展了14~16章的内容，并对所有的章节都进行了更新、修订和充实。主要变化如下：

★ 第1部分扩展了第4章和第5章，现在的第4章集中叙述企业竞争的观点，也就是后现代

变革管理
Managing change

主义、现实主义和复杂性理论的观点。新增加的第5章扩展了对文化、权力、政治和选择的评述。

★ 第2部分也增加了两章，对计划性变革和应急性变革进行了修订并拆分为两章：第8章和第9章，修订新增的第10章改进并提供了变革的框架结构。

★ 第3部分增加了5个学习案例。3个在第11章，另外两个分别在第12章和第13章。

★ 将第15章进行了延伸，提供了更多的关于变革管理的实践指南。

★ 最后一章，也就是第16章，扩展了关于全球一体化的讨论，增加了对管理模式与不同组织变革间如何更好地联系的讨论。

★ 最后，将专业术语附于书后并用相近的词汇和短语给予解释。

第1部分

理性组织的兴起和衰退

第 *1* 章

从不断摸索到管理科学

组织理论的兴起

学习目标

学完本章之后，你应该能够：

- 理解从工业革命到 19 世纪末工作组织的发展；

- 了解 19 世纪雇员与雇主之间的对立关系；

- 讨论在工厂体系的发展过程中技术和人所起的不同作用；

- 描述古典管理方法的主要特征；

- 理解古典管理方法在美国、法国和德国发展的原因；

- 讨论泰勒、法约尔和韦伯的研究的异同点；

- 列举用古典管理方法构造组织结构和设计工作的主要优势和劣势；

- 描述组织变革的古典管理方法的主要特征。

展示 1.1　科学管理的案例

科学管理的基本原理

管理的主要目的是保证雇主的最大收益，同时也保证雇员的最大收益。

词语 "最大收益" 通常的意思是：不仅是指为公司或其所有者创造出最大利益，而且还指每一个业务部门都发展到了最佳状态，所以这个收益应当是稳固的。

同样地，每位雇员的最大收益的含义是：不仅意味着与其同级别的人员相比，得到的工资更高，而且更重要的是意味着每个员工的工作效率都达到了自己最佳状态，也就是说他能胜任与其自身能力相符合的最高等级的工作；更进一步的意思是，一旦有可能，就把适合其等级的工作交给他。

所以，不言而喻的是，保证雇主和雇员

的最大收益应当是管理的两个首要目标，即使实际上不需要这种情况。纵观整个工业世界，组织中大部分的雇主和雇员之间不存在对立(争执)胜过和平协商的问题，可能也不存这样的问题——双方中的大多数认为不可能安排商议他们相互间的共同利益关系。

大多数人认为雇主和雇员之间的根本利益的冲突是不可避免的。与之相反，科学管理却异常确信他们双方的利益是一致的，也就是说，雇主的利益如果没有雇员的利益相伴随，是不可能长期存在的，反之亦然；并且雇员希望得到的高薪、雇主希望得到的低成本劳动力二者都是可能的。

引言

如今，在英国和其他工业国家里，如果没有大量的组成我们日常生活的组织，这几乎是不能想象的。然而，在工业革命之前，也就是 200 年前，现代形式的组织（实际上，几乎任何形式的组织）还完全不为人知。正如摩根（Morgan）所说，在这之后，我们进入了一个

"组织社会"。组织不仅仅以各种形式、大小和目的介入到我们生活的方方面面，还以它们应该如何构造、管理和变革形成了各种各样的理论、秘诀和大有神圣不可侵犯之势的信念。

本章将探讨组织的起源。从工业革命到 20 世纪早期，产生了第一个详尽而全面的组织理论。正如展示 1.1 所示，工人和管理者之间的对立冲突和组织运行系统科学有效的方法探求是这一时期两个突出的特点。本章的主题包括下面几个方面：

★ 尽管工业化起初是指从生存经济过渡到货币市场经济，但要达到这一目标的主要机制却是工厂体系的建立。

★ 每个工业化国家的模式和目标都不一样。在英国和美国，工业化是由追逐利润最大化的个人所驱动的；而在欧洲大陆却完全不同，特别是在德国和法国，工业化大都是由政府发起的，其目标与其说是为了提高个人的获利能力，不如说是为了进一步发展政府的经济和军事目标。

★ 组织理论的发展同时也是管理者提升他们发起变革的权力并使之合法化的需要。

本章一开始就指出国内和国际商业活动的快速增长怎样为英国的工业革命创造了条件，并从中产生了现代组织的先驱——工厂体系。这种发展背后的驱动力是商人阶层。还强调了早期工厂体系的两个关键特征："不断摸索"的特殊本质和雇主与雇员之间的"对立关系"，或者，使用当时的术语，就是主人和奴仆之间的对立关系。

随后，本章继续阐述了英国的工业实践、方法和技术"出口"传播到了其他欧洲国家和美国后，在雇主—雇员关系上产生了同样后果的情况。19 世纪，组织在数量和规模上都不断发展，"不断摸索"的方法渐渐让位于更加成熟和一致的工作组织方法。随着工业中心从英国转向中欧和美国，这种发展在上述地区更加显著。

美国的弗雷德里克·泰勒 (Frederick Taylor)、法国的亨利·法约尔 (Henri Fayol) 和德国的马克斯·韦伯 (Max Weber) 各自独立的研究是当代三种不同的方法，它们以普遍使用的组织运营蓝图或理论方法代替特殊的依据实际经验的组织方法。这三种方法都关注于不同的组织层面，联合形成了后来所说的组织理论的古典学派。这一学派的特点是劳动力的水平或垂直分工、个体技能和自主决定力的最小化，它试图将组织解释为科学合理的实体。古典学派，特别是科学管理的主要目标之一，就是让管理者制订计划和实行变革的权力合法化，视管理者为唯一能够科学合理地分析工作形势、采取最正确和最有效的运营方法的集体。

本章的结尾将指出，尽管古典管理方法相对以前的理论是一个重大进步，但它本身也存在致命的缺点，特别是它关于人类本质和动机的观点非但不准确，而且还把工人与雇佣他们

变革管理
Managing change

的组织割离开来，并使他们对组织产生憎恶。然而，古典学派的规则并不仅仅只是限制了工人创造或阻碍了变革，而且通过制定严格的所谓最好和最差的实践规则，古典学派还限制了管理层的决策自由，这样不但疏离了工人，也疏离了管理层。

现在看来，泰勒、法约尔和韦伯都用他们各自的方式形成了一个管理者和工人之间相互承担责任的管理体系，他们的这些努力不是与过去决裂，而是用一个更加科学合理的框架来重造封建寡头制度。当然，在19世纪末期，法国、德国和有欧洲血统的美国管理者确实普遍分享了近代封建寡头遗留的益处，这使他们能在一个用联合承担责任法则代替管理层—工人对立的体系中处于优势。事实上，韦伯描述的德国官僚主义的兴起本身就是普鲁士封建传统的一个直接产物。然而，尽管许多管理者毫无疑问地渴望并相信会产生一个（虽然是虚构的）工人们按要求工作的时代，但他们却忽视了一个事实，即大部分美国移民离开欧洲就是为了逃避这种制度，而法国工人认为他们的革命结束了封建专制并以此为荣。只有在德国可以说尽管有反抗，但封建传统仍很强大。

商业的兴起和工厂的产生

把世界变成我们现在所看到的模样的关键性事件是始于18世纪末的英国工业革命。在此之前，大部分社会都依赖于小规模的、自给自足的农业生产，大约有80%~90%的人口生活在农村。到了19世纪末，工业革命完成之后，情况全变了，至少在领先的工业化国家中，大部分人口居住在城市中心，靠工业和商业活动谋生。

英国是国家工业化的先驱。在从传统的农业经济转变为建立在科学技术之上的城市社会的过程中，英国模式得到了其他欧洲国家和美国的竞相效仿。向城市社会变革发展过程中的关键是工厂体系的建立，工厂体系为随后的发展提供了动力并创造了发展模式。正如韦伯指出的，工厂的杰出特点"……总的来说……不是提供所使用的生产工具，而是将工厂所有权、工作方式、权力和原材料来源都集中在一个人手中，即集中在企业家手中"。或者，换句话说，是用企业家"组织"生产要素的方法把它和以前的情况区分了开来。

这告诉我们什么事情发生了变化，但是没有解释在几十年后"组织"主导我们生活的原因和方式。为了回答这个问题，有必要理解17世纪和18世纪经济活动的巨大起伏——特别是纺织品的国际贸易。纺织品贸易给英国的纺织工业带来了巨大的推动力，这反过来又对其他所有经济活动产生了冲击作用。

在英国工业革命之前和工业革命的早期，纺织品的生产是作为农业的一项副业，以家庭为单位来进行的。然而，由于对纺织品的需求在 18 世纪不断增长，一些"男人和女人成为了专业的纺织工和织布工，首先想着的是羊毛，却把在地里干活至多当作了一项从属的工作"。与此同时，出现了一种新的体制把生产者和消费者联系起来："分包"制度，即一个大的经营商把工作"分包"给一些独立工作的家庭作坊生产者。

这种做法对经营商有三大优势：成本低——几乎没有一般管理费用；灵活——生产能够很容易地扩张或缩减；避免了直接雇用劳动力所产生的麻烦。然而，随着需求在 18 世纪末的继续增长，这个体系变得日益复杂，成本也不断增加，最后，它变得笨重不堪，连接生产者和消费者的媒介链对大多数生产商来说越来越难控制。分包制度存在着许多问题：缺乏诚信（双方都有）非常普遍；发货推迟，并且质量很差。控制生产者的法律对修正这个体系中的根本缺点无能为力。庞杂的分配机构与大量的不受监督、且无法监督的小型家庭作坊间的不协调增加了压力和紧张程度，迫使经营商寻找新的生产方式，即一种能够建立起对生产过程控制管理的新的生产方式。

不同的文化之间也存在着不协调。对经营商来说，市场的扩张是为了追求利润最大化，进而以愉悦显赫的方式生活。而对在乡村长时间辛苦工作的家庭生产者来说，则是为了创造条件增加休闲时间。正如马格林（Marglin）评论的："……工资上升了，工人却坚持要把他们应得的部分收入以更多的休息时间表现出来。不管这从工人自身的角度出发是多么的合理，但它对企业资本家却毫无益处。"

因此，是经营商首先开始了向工厂制度的转化——不是因为经营商天生就有经营工厂的愿望或直接控制劳动者的经验，而是为了抓住扩张市场的有利机会创造更多的收益。

然而，新的经济秩序并非轻易就能在极短的时间内建立起来。最早的工厂（如果这对它们不是一个过于夸大的称呼）是非常小的，仅是利用当时已有技术和方法无动力驱动的纺织或纺纱棚屋。一些比较大的工厂（比如位于特伦河畔斯托克的韦奇伍德的伊特鲁里亚工厂）建立起来了，但这只是极少数的例外。事实上，在 1780 年，工业革命最早发生的纺织行业中对固定设备和存货的投资仅为每个工人 10 英镑，平均每个工厂雇佣人数不超过 10 或 12 个。到 1830 年，纺织业已雇佣了 100 000 人，平均每个工厂雇佣 137 人，这时对固定设备和存货的投资只增加到每个工人 15 英镑，并且 50% 的劳动者仍是家庭生产者。在这种情况下，资本投资可以很快回收，构成主要生产费用的运营费、工资和材料费极低就毫不令人吃惊了。正是这一点和向工厂制度过渡的原始动机（对劳动力拥有更多的控制）解释了 19 世纪

变革管理
Managing change

雇主对员工的普遍态度。

雇主与雇员之间的关系

英国的雇主对雇员的态度基于下面的两个基本假设：

1. 雇员是不可靠的、懒惰的，并且只有在受到严格的控制和监督时才会工作。

2. 劳动力是主要的可控制的生产成本，因此增加利润的关键是使劳动力更廉价，或者通过让工人更加努力工作，或延长工作时间，而只支付相同或更少的工资来提高劳动力的生产力。

在这一方面，正如近代作者查尔斯·巴比奇（Charles Babbage）和安德鲁·尤尔（Andrew Ure）观察到的，在最好的情形下工人们仍被视为麻烦，在最坏的情形下就被视为威胁了。因为劳动力稀缺，成本高，使工人处于拥有讨价还价资本的强势地位。

正如可以预料到的那样，雇主的敌视也导致了工人的不满。工人对成为工厂体系的一部分表现出强烈的厌恶和不情愿。波拉德（Pollard）指出，这有 3 个主要原因：

1. 工厂体系极大地改变了人们生活的文化和环境，并破坏了人们小型的、紧密联系的生活社区。尽管村舍式工业生活艰苦，但它为工人们提供了独立自主的收入权利，没有对他们做什么、何时做、如何做的控制权。

2. 工厂的纪律非常无情，并且妇女和儿童与男人一样不间断地长时间工作，经常是每周工作 7 天，而且工作条件之恶劣令人震惊。

3. 由于建立工厂生活的可供选择的组织形式缺乏，雇主经常把工厂变成贫民收容所或"监狱"。确实，为了完成一些极困难的工作，一些贫民收容所和监狱变成了工厂，里面的人也变得与奴隶差不多。这样工厂就得到了与监狱和贫民收容所一样的坏名声。

因此，工厂与工人之间的对立是由于双方根本的利益冲突——而且这一冲突一直贯穿于工业社会。

如果 19 世纪所展示的工厂制度对我们来说令人沮丧，一如其支持者如查理·巴比奇和安德鲁·尤尔、社会改革者如西博姆·朗特里（Seebohm Rowntree）、政治活动家如恩格斯和近代小说家如查尔斯·狄更斯的作品中所描述的那样真实、准确，那么工业化这一方面的现象并不仅只局限于英国，对其他欧洲国家和美国的研究，也发现了类似的存在于新旧工作方式之间和雇主与员工之间的紧张关系，有时甚至更加激烈。

处于防御地位的工厂主须为发生的事情承担责任，但是他们自身的经验有限，而且也没有任何教科书指导他们，他们仅只是"模仿"已有的模式。这一事实既反映了工厂主阶级对劳动力的普遍观点，也反映了缺乏基于可供选择的工厂体系组织形式的状况。当其他国家特别是德国、法国和美国进行工业化时，它们也采用了类似的组织形式，也产生了同样的对待劳动力的态度。部分原因是因为它们想通过采用英国的方法取得像英国那样的成功，同时也是因为这些社会与英国一样，被垂直和水平的分工割裂了，这种现象不可避免地会在工厂中再现。

工业化和工作组织

基于对劳动力的垂直和水平分工的工作组织的体系，在19世纪末已成为英国和大多数欧洲大陆国家尤其是美国工业生活的重要特点。尽管从原来的工作组织方法的角度来说，它代表了与过去的一个重大决裂，但它仍没有脱离欧洲的社会阶层，也没有摆脱其所服从的封建传统。劳动分工的思想和宣传要归功于亚当·斯密，在他1776年出版的著作《国富论》中，斯密用非常著名的生产大头针的例子来阐述劳动分工的优点。他指出一个大头针的生产可以由两种方法完成：一种完全由一名工人生产，这名工人要完成生产大头针的所有工序；或者由一些工人共同生产，其中每个人专门负责生产过程的某一工序。他相信后者更为有效，原因有三：

1. 一直从事某一单一任务的工人比从事多种任务的工人能迅速拥有更大的敏捷性。

2. 它避免了工人从一项任务转向另一项任务所需时间的损失。

3. 集中于某一专门任务导致了机器的发明，有利于提高劳动生产率，并允许一名工人完成以前多名工人的工作。

斯密的思想在英国由工厂主的先驱，如乔赛亚·韦奇伍德 (Josiah Wedgwood)、马修·博尔顿 (Matthew Boulton) 和詹姆斯·瓦特 (James Watt) 加以实施。在伊特鲁里亚陶器工厂里，韦奇伍德发明了一种把工作过程分解到不同部门的生产体系，每一部门有它自己专门的主管。工作以流水线的形式组织起来，每一项操作所需的技术被降至最低，用韦奇伍德自己的话来说，"把人变成了不会出错的机器"。马修·博尔顿和詹姆斯·瓦特于18世纪70年代在伯明翰他们的索霍工厂里发展了一种类似的方法。他们还保存了详细的生产纪录，这在当时还属于完全没人知晓的实践。韦奇伍德、博尔顿、瓦特和其他一些人是工厂体系的建立者。通过对生产场所内外工作的组织实施，他们创造了后来被管理者们根据其需要和环境所模仿并采用的模型。

变革管理
Managing change

这种工作组织和控制的方法从英国传播到其他国家。如布吕兰（Bruland）所观察到的：

> 英国经济中发生的变化相当直接地传播到世界其他地方和欧洲的绝大部分国家。英国工人在推广新的工作体系、培训当地工人和使劳动力适应新的工作节奏方面起着重要作用。

这种工作组织方法在19世纪得到了发展，并且更加系统化。查尔斯·巴比奇提出了一种方法，把劳动分工原理应用到对任何工作的详细分解中。他强调在脑力劳动和体力劳动之间以及不同的脑力劳动之间、不同的体力劳动之间进行分工的必要性和优点。他预见了工作过程中的三个"层次"：企业家和技术专家设计机器，并计划工作的组织形式；操作工程师和管理者根据对所涉及的工作过程的一些知识，负责执行这些计划和设计；大部分的员工承担实际的工作，他们只需低水平的技术。这样，在巴比奇看来：

> ……工厂主通过把工作分解成各种需要不同技术程度或劳动力的过程，能够购买每个生产过程所需的确切具体的技术和劳动力……

尽管来自于不同的传统，但是斯密的著作与普鲁士官僚主义学派相一致，毫无疑问，19世纪末德国工业的有效组织要归功于这两种方法的结合。

无论是在英国、德国还是其他欧洲国家，发展工作组织的先驱者们试图制定严格的纪律，利用他们个人的权威在普遍不情愿的劳动力中实行新的工作安排。因此，变革是通过强制和暴力，而不是协商和赞同来实施就毫不令人吃惊了。总的来说，这些国家在不远的过去都是由武士阶层控制的封建经济。德国是这样，即使在像法国这样完全与过去分离的国家，看来也是加强而不是抛弃了社会严厉化和专制主义形式。

在这种情境下，对变革的抵抗和疑问不太可能被理解和接受。可以预见，对新的工作方式和方法的引入遇到了强大的阻力，无论这种阻力是积极的还是消极的。尽管这种阻力可能并且确实对工厂和设备采取了暴力的形式，但一个更频繁的表现是员工的高流失率。曼彻斯特最大的棉花纺纱工厂之一——麦康奈尔和肯尼迪（McConnell and Kennedy），19世纪早期的年平均员工流失率达到100%，这是一个既高却又十分普遍的比率。其他欧洲国家也存在着类似的情况，例如，在德国，雇主"如果在保留核心的技术工人方面取得了部分的成功，他们就会非常满意……员工流失是雇主面临的最持久的问题"。这种情况无疑给那些具备所需技术的工人提供了重要的讨价还价的机会，使他们能够提高工资并决定工作进度。但是，这也刺激着雇主们寻找降低对技术工人依赖性的方法，雇主们采取的主要方法之一是通过技术改进取代或降低对技术工人的依靠。

一位19世纪工业形式的观察家安德鲁·尤尔，特别强调了在这一过程中技术所起到的作用：

> 通过发展只需非技术工人而不是技术工人操作的机器，劳动力的成本能够下降，并且工人讨价还价的地位也会降低。

这就很容易理解工人为什么不但反对工厂体系的建立，而且即使在工厂体系建立之后，继续强烈反对工作组织的变革和新设备的引进。即使是在今天，变革之前也会进行磋商，而且强调它带来的有益影响，但那些被涉及的人即便不是直接地抵抗，也还是会对变革感到恐惧，因此，在一个更加艰难、更加专制的时代，组织和技术变革被看作是在争夺控制工厂战斗中的武器，毫不奇怪，变革管理是通过强制来达到的，并引起了特别的反响。

然而，尽管"组织"的劳动力的反抗日益高涨，但与工厂体系相连的工作组织却逐渐渗透到工业和商业生活的方方面面，虽然这种渗透是逐步进行的。即使到了19世纪末期，仍没有一种完整的或可接受的、让管理者可以应用到整个组织的方法。尽管普鲁士官僚主义模型和亚当·斯密的工业组织方法的联合应用非常有影响力，但德国发展中的工厂体系仍然不能摆脱它起初遗留下来的东西，也不能忽视劳动力和管理者之间在控制、收益和技能上的持久争斗。正如下面将要展示的，欧洲大陆和美国与英国一样，都存在这种情况。

欧洲

19世纪以来的欧洲历史，至少从经济的角度来说，基本上就是工业化和结构性变革的历史。通过工业化和结构性变革，工业部门得以成长，非农业部门第一次在经济中占主导地位。概括地说，在19世纪的大部分时间里，欧洲大陆的工业发展落后于英国。然而，欧洲其他国家也像英国一样，从不同行业和地区的发展步伐来看，工业化有点像是拼凑起来的。波拉德解释说，欧洲的工业化是从几个核心地区发展起来的。在英国，南兰开夏郡、约克郡的西赖丁区以及英格兰中西部被称为"黑区"的地区是工业化成长的发动机。在北欧，斯凯尔特河、默兹河和莱茵河之间的地区起着重要作用。而在东欧，西里西亚、波西米亚和摩拉维亚成为工业化进程的领导中心。在南欧，则是意大利北部和加泰罗尼亚居于领导地位。

变革管理
Managing change

然而，尽管工业化发展在欧洲大陆取得了一些进展，它却没有以在英国的方式和速度从这些地区向外扩展。英国工业化最杰出的特点是它的自我繁衍或独立自治；没有其他地方能够准确地重造这些条件。可以用一个类比来说明，一旦发明了车轮，其他人就不能重新发明车轮了，他们能做的就是接受它并根据需要和环境进行调整。

因此，英国成为了被刻意效仿的榜样。正如日本在20世纪80年代成为西方学者研究、讨论和效仿的焦点一样，英国在19世纪早期也处于这种地位。外国政府和私人企业家经常访问英国，寻求并模仿英国的方法和技术。在这种情况下，法国、德国和其他欧洲国家鼓励英国的投资者、企业家和发明家帮助发展它们的经济——这些国家这么做的目的是为了赶上并超过英国的领先地位。

对一些国家来说，尤其是德国和法国，工业化进程不只是组织和个人追求利润最大化的物质进程，而且他们更关心的是巩固它们在世界上的地位。正如它们想挑战英国的军事力量一样，它们也想努力效仿并赶上它的工业力量。它们不可能愿意让英国轻易地统治世界。因此，尽管各国所有工业资本主义的产生都以工业家阶级的兴起为特点，他们都积极地想方设法使自己的财富最大化，但是各个国家的情况却是不相同的。

在英国和美国，环境对追求自我利益的个体企业家有利。在德国，工业化由政府发起，也是为了政府的利益；法国也是如此，但要比德国差一些。它们的基本动机是为了建立政府的经济和军事力量，而不是为了个人的财富。当这两个动机相容的时候，政府很乐意保持观望的态度。然而，当自由企业和竞争与政府的目标相背时，政府就会通过建立卡特尔联合企业集团（协调生产、价格和商品市场而组成的独立的商业组织联合体——译者注）和垄断方式，或通过国有化政府投资进行干涉，以减少竞争，欧洲许多国家的铁路系统就是这种情况。另一方面，在丹麦，市场运作不是受政府的约束，而是受合作社的建立的约束，合作社允许小规模的农业和商业以及它们所代表的生活方式继续生存，而在其他国家，这种小企业会被大的竞争对手击败。

因此，尽管其他国家把英国作为榜样和标杆，但是每个国家真正的工业化过程依赖自身独特的政治、社会和经济环境。有些环境是追逐利润最大化，有些环境则把政府利益放在首位，而在另外一些环境中，某一行业的局部利益成功挑战对抗市场的力量。所以，尽管英国的模式很有影响力，一旦必要的技术、资金和企业引入到其他国家，并且被刻意效仿的任何一个因素不合时宜，工业化就会产生不同的特点。欧洲大陆的国家不必也不可能简单地复制英国的经验。

然而确实有一些基本的相似之处。所有的欧洲社会都或多或少地以等级制度为基础，掌权阶层通过卑微和顺从的封建传统对其他阶层有很大的影响力。这在大革命后的法国与在英国一样，在普鲁士和俄国甚至更严重。标志着在英国产生的具有工厂体系特点的组织形式和劳动力关系在欧洲其他地方也一样存在。

尽管如此，其他国家并不是不加思考地或完全地照抄英国模式。作为后来者，特别是在政府的鼓励下，它们能够跳过工业化进程中的某些阶段，这是它们的主要优势，但是它们不能在极短的时间内弥补自己的不足而赶上英国。阿什沃思说，即使到了 1850 年，除了比利时，欧洲几乎说不上有什么机械化工业；然而 50 年后，德国超过了英国，成为工业的领导者，其他国家也在崛起。产生这种现象的原因有多种，而且非常复杂，既包括经济因素又包括社会和政治因素。后面对德国、法国和斯堪的纳维亚半岛（瑞典、挪威、丹麦、冰岛的泛称——译者注）的工业化发展的简要介绍将说明这一点。

德国

在 19 世纪中叶的前 20 年里，受快速扩张的以技术为基础的工业的驱动，德国从中欧的一个经济落后的、由各地区组成的政治拼凑体变革为一个统一的帝国。尽管德国工业化起步较晚，但其进步是如此之迅速，到了 19 世纪末，它已经超过英国成为世界首要的工业强国。这次变革蓄意地得益于作为国家政治工具的军事力量，得益于强烈的民族主义氛围，是一次有代表性的重大历史事件。

德国的工业化进程有两个主要因素，这两个因素从根本上讲都归结于德国的自然因素，一个是影响德国工业化发展步伐的地理环境和政治条件；另一个是德国的工业化实际上是由政府推进，而非市场所驱动。首先让我们看看德国的地理环境和政治条件：直到 19 世纪末，德国才拥有完整的领土，并有一个经济和行政中心。在这之前，德国是一个由不同封建领地组成的联合体，各领地之间经常发生战争，根本谈不上是一个统一的国家。到 1789 年，"德国"由 314 个独立的领地组成，各领地有其自己的统治者、内部市场、海关、货币和贸易垄断。这种内部的分裂与其他原因一样，或许是工业发展的重要阻碍。这种状况直到 1815 年的维也纳会议才有所改变，会议把德国的郡减少到 39 个。各郡开始废除内部的关税壁垒，并进一步发展了沟通体系，这为各郡之间进行更广泛的经济合作开辟了道路。

然而，与其他国家不同的是，德国经济的发展既不是受民主社会推动，也没有伴随着

变革管理
Managing change

民主社会而产生。19 世纪的德国仍是一个封建等级社会，以普鲁士的"贵族地主政策"和它的军事传统及野心以及它的独裁统治为特征。不像其他国家的贵族，德国的贵族阶级没有因工业进程而消失；相反，他们设法掌握了商业力量来巩固他们的地位。这主要是因为他们保留了贸易、工业和劳动力供给的地区垄断。

这就产生了德国工业化的第二个重要特点——这就是工业化实际上是由政府推动的而不是自由市场驱动的。工业化的动力，特别是在已统治德国其余地方的普鲁士，最初动力不是经济因素；相反，工业化被视为建立一个强有力的政府、使旧的贵族继续处于统治地位的过程。因此，对德国来说，工业化实际是伴随着强大军事机器的发展，伴随着普鲁士贵族的继续统治，这不是一个不幸的巧合，而是它的主要目标。

英国的工业化发展对德国具有重要影响。部分原因是由于英国提供了一个可效仿的模式，不过更主要的是因为德国把工业力量和军事力量看作是同一事物的两个方面。除非德国能够赶上并超过英国的工业领导地位，否则德国就会感到自己将被贬低到二等国家之中。

德国转变为工业强国在很大程度上要归功于普鲁士所起的作用。从 19 世纪早期以来，普鲁士作为德国最强大的郡，利用它的经济和军事地位使其他郡臣服并排除了可能的对手，特别是奥地利。普鲁士最重要的武器是建立全德国的关税同盟。由于它的势力，普鲁士能够决定关税同盟的条款，并且无论它何时何地进行扩充，都能保证对普鲁士有利。

由于开放了贸易，关税同盟还推动了交通和通信的更好发展，特别是铁路的建设（尽管后者是在普鲁士军队认识到铁路对迅速运输部队和物资的战略重要性之后才真正开始的）。很明显，导致 19 世纪德国经济发展的关键因素，不是某一工业的出现，而是统一市场的建立和消费的增长。

到了 1834 年，整个德国都加入了关税同盟，但是直到 1871 年，它才为政治统一提供了先决条件。政治和经济的统一都是由普鲁士推动并控制这一事实是德国工业化独一无二的特点。新的德国政府成立于 1871 年，它除了接受全民选举和国家议会制度外，仍保留着由霍亨索伦王朝统治的专制社会，霍亨索伦王朝依靠的是东德传统封地贵族的支持。它吸收继承了旧普鲁士的官僚主义和军事主义传统而且仍然相当保守。

事实上，政府和工业对普鲁士官僚模型的采用，以及政府和工业之间的密切结合，给予了德国工业的独特特点。在英国，大多数公司都相对较小，并以其特殊的方式运作，每个公司都追逐自己的利益。然而德国与此不同，在德国大型官僚机构组织占主导地位；此外，政

1 从不断摸索到管理科学
From trial and error to the science of management

府还毫不犹豫地直接进行干预，比如当它认为私营铁路不能服务于国家利益时，政府就将铁路进行国有化。

既然德国工业几乎就是政府的扩展，那么它努力扩大管理权力并限制工人的权力也就不令人吃惊了。这反映了普鲁士希望并强制处于社会底层的人服从的专制传统。因此，在大多数，尽管不是全部的企业中，雇主们认为他们有权以他们高兴的方式对待工人。德国的雇主把自己看成是家长，用前工业时期的俗话来说，雇主就是他自己房子里的主人，要对他的企业的整个社会机构和其他事情承担全部责任。这种自负使德国雇主在任何冲突中都决不妥协。

这种情况的一个后果是1871年德国的政治和经济统一之后，工业和政治风潮环境不断激化，尽管没有产生巨大影响，但这一时期德国经济迅速发展。在1870年，领先的英国企业要比最大的德国竞争者大得多；但到1900年，情况就完全相反了，这主要是政府和银行鼓励纵向联合的结果。另外，在其他国家不受欢迎的卡特尔和垄断寡头，在德国却得到了官方的认可，这导致了经济更加有序地增长和更加长期的投资决策。

到19世纪末，德国经济已经超过了英国，但是它也无法避免雇主和工人之间同样令人疲惫不堪的冲突，也无法阻止向资本主义的本质和目的挑战的政治团体和党派的兴起。然而，普鲁士专制传统的影响、私营和公共部门组织中强大的官僚方式的发展以及工业和政府的紧密关系，意味着工业上和政治上的抵抗面临着雇主和政府间统一强大的联盟。尽管政府运用社会福利、疾病福利和养老金等措施减少社会紧张程度，但是它决不肯割让任何工业或政治权力。

法国

和在德国一样，法国的工业化进程受到渴望效仿英国的驱动，而不是任何形式的"自燃"。然而，尽管与德国相比，法国有政府鼓励得早的优势，但是法国的工业革命起步较晚，直到19世纪末才成熟。法国工业的发展呈现出缓慢而延迟的现象是由两个主要因素造成的：政治变动和农业的停滞，这两点都与1789年的法国大革命密切相关。

在18世纪，法国和英国的工业几乎没有差别。在国王的极大鼓励下，法国工业采用了英国的机器和设备。英国的企业家和发明家甚至被说服到法国建厂。在法国革命的前几年，国王对经济极为重视，制定了工业发展的双轨方针：一方面，政府向工业予以更多的支持和鼓励；另一方面，任何对个体企业的阻碍都受到了政府的压制，无论它们是行业协会的特权还是贵族的古老权利。

变革管理
Managing change

　　尽管这些措施推动了工业的巨大繁荣，但是工业化进程由于受 1789 年法国大革命的影响而停滞不前，甚至是倒退。令人吃惊的是，控制革命议会的人从法律和职业的意义上，而不是从商业意义上来说是有产者。他们坚持拥有财产权，废除世袭特权和继承遗产，并为企业家提供有利的环境。他们还制订了法律，在法律上使得雇员比他们的雇主卑微，并禁止工人为了谈判而联合起来。尽管如此，大革命引起的其他后果远远超过给企业家带来的好处。其中最重要的是法国殖民帝国的失去，并且由于英国海军的封锁，在主要市场，如美国，也受到了孤立。结果，法国不但失去了关键的进出口贸易，而且也切断了来自英国的技术和组织革新的重要源泉。

　　直到 1815 年拿破仑被最终打败，法国才能够再一次摆脱战争，集中力量发展经济。之前，政府只是采取鼓励经济发展的引导性措施，尤其是通过发展公路、运河以及稍后的铁路，还通过介绍引进国外的管理措施，寻求刺激国内经济的发展。但是，这看来只是使工业更长时间地延用过时的方法和设备，并保持较长时间的高价位，如果它不是在一个受保护的市场内运作，情况就可能会改变。直到 1850 年之后，由于欧洲经济活动的高涨和拿破仑三世的当权，法国的经济才真正开始起飞。

　　阻碍工业化的另一个重要因素是农业的落后。农业人口在法国大革命之前就发展成为一个重要的阶层。然而，他们对支持革命所苛求的代价和对广袤的农业土地拥有所有权的渴求，使他们对有产者形成了一股强大反动势力，引起了所有有产阶级的注意。这对工业化产生的后果有两点。首先，法国的农业，不像英国和德国，在 19 世纪的大部分时间里，一直都是自给自足、效率低下。因此，它既无力为工业提供财富，也无法对工业生产的商品产生需求。其次，由于压制人口增长的速度，阻止了大部分人口从农村流向城市，使工业不能获得足够的廉价劳动力。既能补充农业收入又能扩展乡村生活的家庭式工作机会的持续更进一步加剧了这种情况。

　　然而，直到 20 世纪初，大量农村人口的持续存在，不仅仅是由于拥有土地生产产品和家庭式工作方式的存在，很大程度上也是由于进口关税壁垒的存在，使得法国的农民与英国农民相比，保留着低效的生产方式，也降低了他们依靠借贷添置新设备的需要或卖掉无用的小块土地的愿望。

　　进口关税壁垒也产生了农民和工厂主之间为自我利益的强大联合，他们都认为自由贸易是对他们生活方式的一个威胁。正如一位观察家所评论的："竞争在法国一直是可能的，它只是碰巧没有成为令人乐于接受的行为方式。"

对于工业家们来说，结果也是相同的。国外竞争的缺乏和国内需求的低水平，使典型商业仍处于家庭式模式，其规模相对较小。工业扩张的资金来自家庭成员而不是财政机构，这反过来又限制了银行业规模的扩大。事实上，铁路的建设对法国经济的发展是相当重要，但是由于缺乏国内资金和敢于冒险的企业家，因此，没有外国资金和政府的支持，法国的铁路根本不能建起来。

因此，不像英国，法国的工业化从来不受个人企业或利益最大化的推动，追求的目标也不一样。对政府来说，目标是一个强大的法国；对农民和小企业家来说，目标是在他们所支持并重视的乡村或城市文化的背景下，能够舒适地生活。

斯堪的纳维亚

看过了欧洲3个最大、最先进的国家——英国、德国和法国——的工业化情况之后，我们现在把目光转向3个小一点儿的国家——瑞典、丹麦和挪威，看它们是如何面对工业化的挑战的。到1800年，这三个国家的总人口才刚过400万：瑞典：235万；丹麦：93万；挪威：88万。到了1910年，这3个国家的总人口仍不足1 100万：瑞典：550万；丹麦：280万；挪威：240万。这三个国家的历史渊源极为密切，到了第一次世界大战的时候，它们已经形成了货币联盟。尽管由于它们的航海传统，这三个国家过去在国际舞台上都扮演了重要角色，但是到了19世纪中叶，它们的地位都下降了。事实上，挪威和瑞典已成为欧洲最贫穷的两个国家，这是19世纪这些国家大量移民到美国的一个重要原因。

尽管工业生产带来了收入的增长，在19世纪，它们的国内经济仍很贫弱，经济都严重依赖于把它们的农业、矿业和采伐业的产品出口到更加工业化的邻国，尤其是英国。它们的努力适应国际经济变化的需要，也在国际上证明了这些国家的企业技术。

然而，这三个国家，特别是丹麦，在19世纪政治、经济和社会的发展为20世纪30年代出现的工业关系"北欧模型"的建立奠定了基础。这产生于资本和劳动之间所谓的"历史性妥协"，把雇主与社会民主政府间关于国家经济政策的合作扩展到工业关系领域。全国普遍同意社会民主政府在致力于经济增长的同时，不能改变生产的资本主义本质。贸易联盟接受了这个方法，以换取基本的贸易联盟权利。这为结束雇主采用关闭工厂和其他类似的自保策略扫清了障碍，也为建立政府支持的工业民主和扩大工人的权利铺平了道路。

在不同的时期每个国家的发展速度各不相同。19世纪末，丹麦居于领先地位，挪威和瑞典滞后10年，但"北欧模型"直到19世纪三四十年代才真正完全地建立起来。然而，这三

变革管理
Managing change

个国家之间的紧密联系意味着一个国家的政治和工业发展会影响到其他两个国家。因此才产生了"北欧模型"这个词汇来描述每个国家的政府、雇主和贸易联盟所采用的三种方法的相似性，以及与欧洲其他地方（或世界其他地方）都不一样的实际。然而，现在，我们更关心的是 19 世纪的工业化进程以及它如何为后来的发展铺平了道路。

对瑞典来说，19 世纪是人口快速增长的时期，同时也带来了农业生产的快速增长，它不但完全满足了国内市场，还发展壮大了谷物出口市场，特别对英国的出口，农业的生产力反映了在一系列渐近的平和的农村改革之下，农业的灵活性和商业特性不断增加。

钢铁贸易也在 19 世纪的瑞典经济中起着重要作用。很大程度上是因为它具有接受技术创新特别是来自英国的技术创新的能力，以及瑞典铁矿主开发新的国际市场的能力。到 19 世纪末，已经形成了为数不多但规模更大的钢铁厂，瑞典的钢铁业开始反映了主要欧洲生产者的结构和方式。

虽然农业和钢铁生产增长迅速，但瑞典经济增长中最重要的因素是木材出口的繁荣（Jorberg，1973）。直到 19 世纪 30 年代，瑞典的出口还只是挪威出口的一小部分。然而，英国日益增加的城市化及法国和德国对木材需求的增加改变了供求状况。到 19 世纪 60 年代，软木出口占瑞典全部出口的 40%，这种情况一直持续到 19 世纪 80 年代。

瑞典拥有超过 2 000 万公顷的高产林区，在欧洲位于第二，仅次于俄国。随着市场的扩大，瑞典引进了新的方法和技术，特别是蒸汽机和精细刀片锯子的使用。19 世纪早期，土地所有权从国有转为私有也有助于木材工业的发展，企业家经常以相当低廉的价格，有时甚至不到一袋面粉的价格，获得对木材的权利。这种环境吸引了许多无情的企业家，他们根本不考虑重新造林和水土保持。

对木材的高需求、低廉的木材价格和无情的企业家，这三个因素至少是在短期内共同促进了木材出口的蓬勃发展。尽管在 1875 年之后，政府改变了它的政策并开始重新收回对森林的控制，木材公司也开始购买耕地，并得到与之相伴的采伐权。木材业逐渐地被几个大型公司垄断，其中一些是外国公司。然而，所有权的集中确实使政府更容易要求生产商采取更负责任的方式来重新造林和保持水土。

由于木材工业的主导地位，以及它几乎完全依赖水路运输，导致铁路很晚才在瑞典出现就并不令人惊奇了——直到 19 世纪 50 年代。在这种环境下，对瑞典的铁路系统产生促进作用的是政府的推动，而不是需求的拉动也就不足为怪了。值得一提的是到 1914 年，瑞典每1 000人拥有25千米铁路，是其他欧洲国家的两倍。瑞典生产铁路机车和发动机的工业也非常发达，可为国内市场及出口提供产品。

然而，到1870年，瑞典的工业和手工业只雇用了15%的人口，没有能够与英国、德国和法国相抗争的工业中心。即使钢铁业也都位于小的分散的地区。但是1870年之后，瑞典的工业基础飞速扩张，40年后，到了1914年，瑞典的经济增长比欧洲任何其他国家都快。即使是这样，也应该注意到1912年瑞典从事发动机出口的所有工人还不如德国一家大型铁路工厂的工人多。

对于一个依靠自然资源的小国家来说，瑞典的进步是显著的。这是由几个原因促成的。首先，18世纪的社会变化消除了社会流动性的障碍，并为企业家的出现创造了条件。其次，这些企业家们表现出非凡的利用瑞典自然资源和开发出口市场的能力。另外一个因素是瑞典高质量的教育体系，提供了能够适应不断变化的工业、技术和产品的有知识的劳动力。因此，虽然不能低估瑞典自然资源的巨大资产，但是也不能忘记人力资本所作的贡献。较欧洲其他地方都宽松的等级社会，以及受过良好教育有技能的劳动力这两者的联合共同为社会民主主义社会的到来铺平了道路，它是20世纪瑞典的一个里程碑。

另一方面，不能忘记，就像在欧洲其他地方一样，工业化是一个艰难的进程。企业家非常具有掠夺性，他们应用的大部分技术和方法都是从更发达的国家，尤其是英国进口来的。因此，尽管瑞典政府比英国政府更积极地干预，工业化进程中仍伴随着资本和劳动力之间的矛盾冲突，伴随着建立在自给自足基础上的农业经济与建立在货币基础上的资本主义经济之间日益强烈的不融合。

到19世纪末期，瑞典已经发展建立了一个相对于英国、德国和法国来说，小型的十分灵活并有竞争力的工业基础。然而，劳动力的组织模式和所应用的技术仍需从更大的工业国家进口，当然它也引进了其他地方也存在的糟糕的劳工关系。

尽管瑞典的工业基础以国际标准来看只算是中等，但是比丹麦和挪威先进。对丹麦来说，与瑞典一样，是农业生产的变化导致了19世纪经济的巨大繁荣。

一直以来，丹麦依赖于两种商品的出口：谷物和家畜（尽管在18世纪和19世纪前半期，它的经济也从它在亚洲和西印度群岛的殖民地中获得很大的收益，特别是在食糖的生产和奴隶贸易上）。谷物贸易在19世纪增长迅速。然而，大部分的谷物都是生长在贫瘠的土地上，在19世纪70年代世界谷物价格大跌后，经济上就不再可行了。19世纪80年代初之后，谷物的进口超过了出口。

另一方面，家畜饲养和奶产品在整个19世纪增长显著。到19世纪末，丹麦的黄油和牛肉出口贸易发达。到1913年，丹麦80%的黄油产量用于出口，主要是出口到英国，在那里占有40%的市场；在同一年，只有荷兰和阿根廷出口的家畜比丹麦多。19世纪后半期和20世纪初期，丹麦猪肉的生产和出口增长了12倍。

猪肉出口的阻碍之一是大规模的出口市场与众多小型生产商之间的不一致。然而在19世纪80年代随着第一家熏肉合作工厂的建立，这个阻碍被克服了。到1914年，53%的生猪养殖户为合作社提供猪肉。合作购买、加工和销售产品的方法也应用到奶制品工业，随后又被鸡蛋生产者和生猪养殖户应用。类似的组织形式还被用来进行大量饲料和化肥的采购。合作社发展背后的推动力是小的农场主担心会被大的同行剥削利用，而大的生产商却有能力购买只为其自己使用的最新的技术。

因此，与大多数其他欧洲国家不同，丹麦找到了使小规模的农业生产与大规模的国际需求相匹配的方法，这些合作社不纯粹是经济和技术组织，尽管这是它们最初的目的，它们还是起到了社会和政治作用，并且与地主（土地所有者）对立。合作社及其伴随的"乡村高中"的增长，不但在教育农民，而且在把他们联合成有效的政治力量方面起着关键作用。事实上，小农场主的党派与社会民主党派联合，在1909—1910年和1913—1920年领导着政府。这不但表明了合作社运动的政治影响，还解释了为什么"北欧模型"在丹麦比在其他两个斯堪的纳维亚国家的出现早了20年的原因。合作社的发展也是19世纪丹麦农业人口没有下降的原因之一。

尽管从某些方面来说，丹麦有一个相当繁荣的经济，它的工业基础，即使考虑到国家大小，还是要比英国、法国或德国大为逊色。举个例子来说，到1911年，丹麦棉花工业只雇佣了3 282名工人，不超过英国一家大工厂的人数。当时总共只有108 000名工人在工厂中工作。

相反，服务业却有惊人的增长，不只是表现在运输和通讯业，而且还表现在金融和贸易服务中。后者集中于哥本哈根，到1910年，全国一半的人口居住在这里。到1911年，服务业的从业人员占全国工人总数的36%，而挪威这一比例为32%，瑞典为19%。

19世纪丹麦工业化的显著特点之一，很大程度上是它保留而不是破坏农民和手工业者的传统。在农业，这主要是因为加工和销售产品合作社的不断增长；在工业，满足小规模、有远见的家庭市场的需要，以及吸收受过良好教育的工人，使手工业的传统以及行业协会制度在 19 世纪的大部分时间里一直保留着。即使到了 1914 年，丹麦 84% 的工人仍工作在雇佣 5 个或更少工人的"工厂"中。相反，在 1912 年瑞典只有 24% 的工人工作在雇佣 10 个或更少工人的"工厂"中。

因此，尽管丹麦的工业不如一些较大的欧洲国家发达，但是它能够避免欧洲其他国家的工业革命所特有的文化冲击和工业冲突的产生。

正如瑞典和丹麦的工业化进程有很大区别一样，挪威的工业化进程也有其不同之处。与其他两个国家一样，它也依赖于出口，但是挪威主要是出口服务，而不是产品。海运是其出口最大的行业，在 1880 年，海运业占出口总额的 45%。

挪威与瑞典和丹麦主要是政治联系，而不是经济。直到 1814 年，挪威还是丹麦王国的一部分，在那一年，瑞典国王成为挪威的国王。然而，在拿破仑战争中，丹麦站在法国一边，由于拿破仑战败，丹麦失去了对挪威和瑞典的统治权。挪威有了它自己的议会和宪法，不过挪威一直与瑞典在政治和经济上维系着密切的关系，这种关系一直持续到 1905 年挪威完全独立。

在这三个斯堪的纳维亚国家中，挪威是工业化最慢的，并且与其他两个国家不同，既没有在工业化之前，也没有在工业化过程中产生现代化农业。工业化的驱动力也不是产生于内部，而是由于希望利用挪威廉价的水力资源的国外资金的流入，才使得挪威的工业在第一次世界大战前，真正开始兴盛。

正是基于这一点，挪威已经向工业经济迈出了关键的步伐。然而，贫瘠的土地、不利的气候和异常低效的国内交通运输，意味着从国外进口货物常常要比挪威的国内货物运输容易得多。这就使得挪威经济呈现出双重特点：一方面是因依靠商品和服务的出口而日益繁荣的城市经济，另一方面则是仅能维持生存的农业经济。

这样一来，城市逐渐繁荣而农村却停滞不前，小农场主希望将这种农业模式带进 20 世纪。在 19 世纪末，挪威的农业生产力水平极低，黄油出口只有 330 万挪威克朗，而谷物和动物饲料的进口高达 8 300 万挪威克朗。除了鱼以外，挪威没有其他比较重要的食物出口。

此外，挪威也不存在类似其他欧洲国家的严格的社会等级制度，处于挪威社会最上层的是商人和乡绅，而非贵族，并且几乎没有农奴。也没有出现比较发达的工业化国家不可避免的社会不公情况。这些非常独特的现象解释了为什么雇主和贸易协会（特别是在金属行业中）从 20 世纪早期就愿意进行合作而不是冲突的原因。

19 世纪挪威的工业主要是捕鱼业、伐木业和海运业，以及由此产生的造船业。在 19 世

纪早期，挪威还出口钢铁，但是 1814 年丹麦贸易保护废除后，挪威的钢铁出口就被英国和瑞典所击败。海运业主要是雇佣工人的行业，1860 年客货运输船雇佣了 33 000 名工人；捕鱼业的工人也非常多，但这两个行业与其他经济部门联系较弱。挪威还有一个规模较小、显得支离破碎的工程制造业，1850 年，该行业只有 12 个工厂，总共雇佣了 200 名工人。从 19 世纪 40 年代开始，纺织业增长迅速，即便如此，在 1880 年，在从业的近 20 000 名工人中，纺织工人仅有 3 000 名。最大的行业是采伐业，每 3 名工人中就有 1 名是林业工人。

所以，由于人口较少、农村的需求不足，以及城市繁荣对出口的依赖，挪威的工业扩展与出口贸易密切相关。出口增加时，国内需求会上升；出口下降时，国内需求则会下降。此外，由于工业规模小，挪威发现很难在国内进行融资。比如，在 1870 年，有一半的采矿业都为外资所有。不过，由于 1873 年与瑞典紧密经济关系的发展，挪威的工业市场也有很大的扩展。

19 世纪真正成长起来的是海运业，其发展相对独立于其他行业。海运业产生于 18 世纪，当时是作为采伐业的辅助行业出现的，但是到了 19 世纪，它的发展完全超出了挪威自己的运输需要；相反，它满足了其他国家，特别是英国和丹麦及其殖民地的需要。从 1850 年开始，海运业飞速发展，到 1880 年增长了 5 倍，并居世界第三位，甚至超过了法国和德国。然而 1900 年之后，由于货运比率的下降和蒸汽船的出现，该行业开始衰退，变得支离破碎，很难筹集到资金。尽管这对曾是工业主要组成部分的小型木船没有造成威胁，但对非常昂贵的大型蒸汽船造成了极大困难。而且，挪威既缺乏原材料、钢铁，也缺乏建造蒸汽船的技术。事实上，在一战前几年，国内生产仅满足了该行业 20% 的需求。即使这样，在 1914 年，尽管落后于英国、美国和德国，挪威海运业的规模仍排名世界第四，然而有迹象表明它已处在衰落之中。

19 世纪末的水力发电确实对挪威的工业发展产生了显著的影响。一旦拥有了这种技术，欧洲没有任何一个国家能与它相比，因为挪威有丰富的瀑布资源。然而，把这些转变为现实，既要有资金也要有对廉价电力的使用需求，可这两者都来自于国外，对国外投资者具有吸引力的是便宜的能源。到 1914 年，由国外提供资金的水电能源被用来生产合成化肥和铝，几乎所有的产品都销往国外，大部分是未经再次加工的产品，这些发展对提高挪威的外汇收入有重要影响。到 1909 年，大约 14% 的工业劳动力是直接被外国公司雇佣的，更多的人被间接雇佣，这些工人都集中在资金密集型的工业行业和大工厂中，这迫使挪威通过了一项法律来限制外国公司对挪威工业的所有权。

尽管采伐业和海运业在许多方面停滞不前，现代化学和金属工业的出现却非常令人注目。然而由于这两个行业都高度依赖外国资金；都属于资金密集型（相对于劳动力密集型）行业；都没有使本地区的供求得到发展；也没有形成本地区的供销网络。因此挪威工业的弱点表露无遗，而且两者对内容较为丰富的挪威经济都没有真正产生重大影响，至少在战前是这样。由于这个原因，与斯堪的纳维亚的邻国相比，挪威相对比较贫穷，这在很大程度上造成了 19 世纪末和 20 世纪初的移民浪潮。在处理政治民主的关系及提供教育的规定上，特别是对女性，挪威在 1914 年以前比大多数其他欧洲国家都先进。

如果将这三个斯堪的纳维亚国家作为一个整体来看待，到 20 世纪早期，其呈现给人们的工业化图景是相互渗透的混合体。瑞典大概是最先进的，丹麦紧随其后，挪威有点拖尾。不过，由于人口数量、自然资源和历史的原因，没有谁构筑发展了能与欧洲先进国家相抗衡的工业基础。

与欧洲其他国家一样，这三个国家都想从更先进的国家，特别是英国，引进方法和技术，因此，它们依赖于外国资金和方法的工业化过程，也重复了英国糟糕的劳资关系的历程。但是在丹麦，种种迹象表明不同的组织形式与现有的社会结构和社会预期以及社会民主的增长结合在一起，从而有希望避免其他国家经历的危险的雇主与工人之间的冲突。

尽管如此，欧洲就总体来说，那些建立并控制了大型的规范的商业组织的国家，尽管很大程度上可以依赖他们自己的经验和判断，但仍对不能完全有效地控制和管理这些机构日益感到困惑。一些人认识到，虽然变革是不可避免的，但是当涉及他们的雇员时，尚缺乏一种行之有效的管理方法。因此，到 19 世纪末，许多国家逐渐意识到有必要发展一种比过去更加系统、但又不那么严格和武断的管理方法。尽管从某种程度上说，随着官僚主义的兴起这一方法已经在德国产生，但最自觉、最坚持不懈地探求构造和运营组织完整理论的国家是美国。

美国

对可行的、全面的组织设计和控制方法（使管理者发起变革的权力合法化的方法）的强烈需要，使美国比其他任何国家的工业化速度都快、规模都大。尽管是在美国内战之后的 19 世纪 60 年代，美国才开始在东部进行工业化，但是到 1914 年，它已成为首屈一指的工业化国家，人均收入跃居世界第一位。从 1860 年到 1914 的 54 年间，制造业的从业人员从 130

变革管理
Managing change

万增长到 660 万，人口总数从 3 100 万增长到 9 100 万。这一时期美国虽然仍受欧洲的很大影响，至少最初采用了类似的方法管理和运营工业，然而，典型美国组织的规模很快便远远超过了欧洲。当英国和法国的企业还普遍仍是小规模的家族企业时，美国已经拥有了多个控制某一行业的垄断寡头或在几个行业中都有重要地位的集团。例如，1900 年戴尔·卡内基 (Dale Carnegie) 把他的钢铁公司以 4.19 亿美元的价格卖给了财团，他们又兼并了其他钢铁公司，建立了一个雇佣有 200 000 名工人、资产达 13 亿美元的钢铁生产垄断企业。而同时，世界领先的英国钢铁工业仍由 95 个独立分散的公司组成，共拥有 100 个鼓风炉。

正如想象的那样，在工厂和办公室工作的美国工人迅速增长，1880—1910 年的 30 年间几乎增长了 3 倍。本国人口已不能满足劳动力需求的飞速增长，连续几次的移民浪潮填补了这一空缺。当解决了劳动力短缺的问题后，其他问题又产生了。工业化带来的文化冲击、语言障碍以及住房和社会融合等问题对美国社会造成了很大的压力。其压力之一便是工厂体系中专横、无情的纪律，在这个体系里，工人被看作是工业炮灰。这是一个充满技术和组织变革的快节奏时代，企业家只希望强行推进变革而不是通过管理达到变革，那些不能或不愿接受这种变革的人遭到残酷的对待。因此，大多数行业都发现自己坐在压力锅上，这些压力锅能够并且经常以意想不到的暴力方式爆炸。如果说管理层与劳工的关系在大多数欧洲国家非常恶劣，那么在美国其恶劣程度要远比想象的严重得多。

美国工业发展的方式几乎没有得到政府的支持或鼓励，很大程度上要归因于个体企业。因为这个原因，美国企业家与由政府发动工业化的德国或法国企业家相比有不同之处，与处于自由市场条件下的扩张模式的英国企业家相比则有更多相似之处。因此，德国工业官僚主义的管理方法，尽管看起来适合美国公司的规模，但实际上却没有吸引力。在任何情况下，官僚主义的企图都是在增长和需求稳定并可预测的环境中运作得最好，在德国，政府努力提供一切便利条件。然而美国的增长模式多种多样且不可预测。

因此，要找到既能让雇主减少冲突、低成本，又能适用于美国环境和哲学的方式来达到控制和管理组织的目的尚有很大压力。对美国来说，只发展一种更加系统的工作管理方法是不够的，还需要发展一种管理变革的方法，这种方法应该是能让工人接受而不是抛弃或抵制的新方法、新技艺和新技术。因此，具有这一时期美国人所特有的坚毅、充满信心精神特质的管理者和工程师们决心要改变这种情形。尽管欧洲也有类似的发展，但是它们缺少美国式发展所要求的强烈程度、认同程度和规模程度，这无疑是组织理论的方法最早、最持久地产

生在美国的原因之一，这也是为什么美国一直在组织理论的发展中居主导地位的原因。

组织理论：古典管理方法

可以看到，到了 19 世纪末，对采用更加一致的、可行的方法来代替凭经验设计和管理组织的方法的需求已经非常明显了。这不是因为在组织运作领域的学术兴趣，尽管这种兴趣也确实存在，而是为了改善它们的运作表现、提高它们的竞争力和维护管理权威并使之合法化，最后一点是当时日益受到关注的一个焦点。在美国尤其如此，美国爆炸性增长劳动力及其受到的文化冲击已经造成了危险的社会压力，并对管理权力，甚至是资本主义制度本身的合法性产生了质疑。欧洲也存在这种情形，尽管欧洲工业化较早，但是它不仅需要努力应付商业规模的扩大和复杂程度的加深，还要面对来自美国的相当大的、无法预料的竞争压力。

尽管如此，这些困难不会磨灭那个时代内在的乐观主义。与现在相比那个时代的人们更愿意处理带有确定性、普遍性、具有真理色彩的事情，并坚持着这样一种信念：任何目标，无论是征服自然还是辩求商业经营的最佳方法，都能够通过科学研究和实践取得。在整个工业化世界中，经理和技术专家们组成自己的学习型组织，相互交换经验，讨论普遍性的问题，并针对所有组织的缺点探索发现"一个最好的方法"。

这些努力产生了后来被称为古典管理方法的组织设计和管理方法。正如它的名字所蕴涵的内容那样，这个方法很大程度上是建立在过去发生的事情的基础上，吸取了像亚当·斯密这样的学者和像乔赛亚·韦奇伍德这样的实践者的思想，并用当代的经验和观点赋予这些思想新的内涵。这种方法所反映的那个时代的人们，把组织描述成机器，把组织里的工人比喻成机器上能正确应对刺激反应的简单零件。这种方法的重点是在内部运作中取得效率，并把组织看作是不受外界影响的封闭不变的实体。尽管这个方法在 20 世纪早期首先出现，但它对管理实践的影响今天仍很强烈，不过它的可信度在学者中已经下降了。

古典管理方法，有时也称为科学管理方法，但不完全相同，有 3 个共同点：

★ 组织是理性实体：它们是个体的集合，通过聚合把组织变为高度规范的、高效率的又彼此存在差异的结构来达到具体的目标。

★ 组织设计是一门科学：通过实践、观察和实验，人们确信存在着一种最好的普适性的组织形式。这种形式建立在劳动和功能的垂直及其水平分工的基础上，而组织被看作是机器，一旦开动起来，就会持续不断、高效率地寻求和达到预定的目标。

变革管理
Managing change

★ 人是经济人：人完全是受金钱驱动的。这种工具性取向意味着人们希望做最少的工作，得到最大的酬劳，并会利用其技能或知识所赋予的任何讨价还价的权利来达到这一目的。因此，工作设计必须能够把对工人技能的要求最小化，对工人判断力的要求最小化，对工人管理控制的最大化。

古典管理方法发展中的代表人物是弗雷德里克·泰勒（1856—1915）和他的两位主要支持者，同时也是动作研究的先驱——美国的弗兰克（1868—1924）和莉莲·吉尔布雷思（1878—1972），法国的亨利·法约尔（1841—1925）和德国的马克斯·韦伯（1864—1920）。他们都在 20 世纪的前 20 年中撰写过著作，但是韦伯的作品直到 20 世纪 40 年代才有英文版。下面简要介绍一下他们的著作。

弗雷德里克·泰勒的科学管理

弗雷德里克·温斯洛·泰勒 1856 年出生在一个富裕的基督教教友派的清教徒家庭，地点位于宾夕法尼亚州一个由德裔移民构成的小镇。尽管他通过了哈佛法学院的入学考试，但是他没有像他的家庭所希望的那样成为一名律师。1874 年他在一家工程公司中做一份手工工作，成为一名熟练的模型制作师和机械师。1878 年，他作为一名劳工加入密德维尔（Midvale）钢铁公司，最终晋升为总工程师。为别人工作了很长时间后，他于 1893 年成立了他自己的咨询公司。泰勒是一名熟练且有才气的工程师，是金属切割方面的权威人士，同时也是一名成功的发明家，然而，他最著名的是他对工作组织的贡献。

泰勒在他生前及去世后 80 多年中一直是一个具有很大争议性的人物。部分原因在于其管理理论对工人和管理者都是一个直接的挑战。但是，他一生中招致的反对和敌意很大一部分都是源于他自己的性格特点。罗斯（Rose）写到："泰勒是一个恶名昭彰的神经病患者——许多人毫不犹豫地认为他是一个古怪的人，甚至有人认为他是一个疯子。"当他宣传自己的思想时，他确实非常狂热，并且不允许工人或管理者对他的思想质疑。所以毫不奇怪，尽管他吸引了忠诚的追随者，也有许多人对他强烈不满。

通过他作为普通劳工、管理者和咨询者的经历，泰勒对 20 世纪管理理论和实践的发展作出了重大贡献。然而他早先提高生产力的努力（或者，如他所说，为了废止"怠工"）并不是那么成功。他解雇列入黑名单者和惩罚的做法，不仅对生产力产生了反作用，而且，这种现象导致的失望影响了他的一生。由于利用罗斯所称的"管理杀人"的方法进行的变革失败，促使他去寻求另外一种工人和管理者都能接受，并认为合理和公正的变革管理方法。此后，他全部的事业变成了致力于寻找并推广一种科学的管理方法。

根据他在密德维尔钢铁公司和伯利恒（Bethlehem）钢铁公司的工作经历，泰勒提出了"效率"的基本思想。直到1911年，当他的支持者聚在一起讨论应该怎样更好地宣传他的工作时，才第一次使用科学管理这个词来描述他的工作组织方法。尽管起初有些怀疑，但泰勒还是接受了这个术语，同一年，他的《科学管理原理》（Principles of Scientific Management）一书的出版，无疑为组织和管理理论的发展奠定了基础。泰勒主要集中研究个体任务的设计和分解，这个过程不可避免地带来组织整个结构的变化。他的工作影响深远，他帮助建立了许多现代组织特有的功能和部门，规划了管理者及其下属活动的蓝图并使之合法化。

在泰勒以前，一般的管理者多采用一种特殊癖好、独断的方法工作，几乎没有专家的支持。泰勒认为这是许多行业中存在不安、不满情绪和工人对管理者不信任的根源。尽管与劳动者对立的立场使泰勒受到了批评，但他对管理者的行为也进行了严厉批评，这或许解释了为什么管理者对他的思想最初缺少热情的原因。在泰勒之后，管理者得到了一个"科学的"蓝图，用以分析工作并把他"最好的方法"运用到每一项工作中，达到"一天的工作平等地得到一天的报酬"。

最后用两句话来总结泰勒的基本思想：

★ 通过方法研究和科学原理的应用，能够并且值得建立完成任何一项工作的最好方法。一旦建立起来，这个方法必须完全贯彻执行并一直坚持下去。

★ 人类倾向于以最少的努力获得最大的收益，泰勒把这称为"消极怠工"。为避免这一点，管理者必须详细规定每位工人应做什么工作，每一步应做什么；保证通过严密的监督，使工人都遵从指导；并且把工资与绩效联系起来，以产生正面的激励。

泰勒把这些观点加入到他的科学管理理论中，包括三个核心要素：管理者对有关工作过程所需知识的系统化收集；废除或降低工人对其工作的判断和控制；以及制订完成每一项任务的标准程序和时间。

起点是知识的收集：

管理者承担着这些重担：……收集所有过去掌握在工人手中的传统知识然后进行分类、列表，并把这些知识简化为规则、法律和公式……

这为第二阶段打下了基础。第二阶段是：提高管理控制能力。只要工人垄断性地拥有关于工作过程的知识，要提高控制能力就是不可能的。但是一旦管理者也掌握了这些知识，不

但可以确定工人在工作时间真正做些什么，还可以通过"把这些知识简化为规则、法律和公式"，降低工人完成某一指定任务所需的知识，更为重要的是它还为劳动分工奠定了基础。

最后一个阶段是"所有可能的脑力劳动都应该在车间中消失，并集中到计划部门……"概念与执行的分离使工人失去了对工作的控制能力，不再具有如何完成任务的判断能力。

> 也许现代科学管理中最显著的一个因素就是任务策划。每个工人的工作完全是由管理层计划的……并且每个人在大多数情况下会得到完整的书面指导，详细描述他行将完成的任务，以及所要使用的方法。任务不但具体规定了应完成什么工作，还规定了应怎样完成及所需的准确时间。

与最后一个因素相关的是泰勒关于挑选和激励工人的方法。泰勒进行了许多实验挑选和奖励工人，他认为组织应该只雇佣"一流的工人"，并且如果工人按工作成果得到工资，那么组织得到的应该就是最好的成果。当他在伯利恒钢铁公司做咨询员时，他说：

> 伯利恒钢铁公司有5个鼓风炉，多年来一个班组一直从事生铁产品搬运工作，当时这个班组有75个人……我们的第一步是科学地收集资料……开始确定合适的工人。于是我们花了三四天的时间仔细地观察并分析这75名工人……并对他们中的每一个人都进行了详细研究，我们调查了所能调查到的他们的历史，分析研究了每一个人的特点、习惯以及抱负，最后，我们选择了最合适的人——施密特，开始测评，……施密特开始按照站在其旁边的监督人的指令工作，在长达一整天的时间，都以规定的频度工作，"现在抬起生铁行走，现在坐下休息，现在行走，现在休息"，等等，叫他工作他就工作，叫他休息他就休息。并且他每天全部的工作时间平均收入为1.85美元，而这之前他每天从来没有得到过超过1.15美元的收入……一个接一个的工人被挑选出来，通过培训后从事搬运生铁的工作……，他们得到的工资比其他工人增加了60%。

与泰勒的挑选工人和支付工资相关的"任务策划"，完成了管理者获得对工人控制的过程。工人成为"有人性的机器"：叫他们做什么、什么时候做以及需要用多长时间完成。但是"任务策划"的作用不只这些，它还发展了新的工作组织类型，引进了新的工作程序和设备。这样，使工人从对工作的知识和控制的垄断性地位，转变到对工作程序的知识掌握最少、对工作的控制也减少许多的地位。结果不但使所需技能和工资降低，而且还产生了专业化很强、培训时间大幅下降的工作岗位。这使工人失去了最后的讨价还价的筹码——

技能稀缺性。

根据泰勒的理论，这不但改变了工人的工作，也改变了管理者的工作：

> 在科学管理中，公司的主管人员受到规则和法律的监控……与工人一样受到监控，并且制订的标准是平等的。

泰勒认为，"科学"基础和应用的平等性表明其方法在工人与管理者之间是中立的；因此它们使管理层分析和改变工作方法的行为合法化，因为管理者很少应用科学的方法来决定最佳的工作方法。正如展示 1.1 所示的，他确信他的方法使工人和公司双方都受益。工人能够并被激励达到其最优工作绩效，并根据绩效得到高工资，而公司也从更高的产品产出率中获益：

> 所以，一旦给出了工人每天的工作任务，明确了只要工人保质保量地完成了任务，就能得到高比率的报酬（这一点绝对非常必要）。这就是说不但要确定每个人每天的工作任务，而且还要明确只要在规定的时间内顺利完成任务，每个人就会得到相应的报酬或者奖金。……这个引人注目、无懈可击的好结果来自于科学方法在任务完成中的正确应用，来自于所奖励报酬的诱惑力。

尽管他被看作是反工会主义者，并且上面这段话证明他可能确实是这样，但是他也严厉批评了管理层。他认为组织在实施变革时所遇到的许多问题是由管理者专断、方法不统一造成的。事实上尽管工会对整个科学管理特别是泰勒持怀疑态度，管理者们所持的态度似乎更加敌对。其实，在他去世之后，泰勒的追随者在 20 世纪 20 年代花费大量时间争取美国工会的支持并取得了一定的成功。但是他们在管理层那里从未取得过同样的成功，其主要原因在于，尽管管理者渴望找到一种能够减少工人对变革的阻力并提高生产率的方法，然而他们自己却不准备服从类似纪律的约束。

泰勒的传记作家科普利（Copley）描述了伯利恒钢铁公司中管理层对科学管理的抵制：

> 让我们考虑一下泰勒的主张。基本内容是这样的：伯利恒钢铁公司的管理层应停止反复无常、霸道和专横；组织中的每一个人，无论职位高低，都应遵守法律，换句话说，管理者应该遵守科学管理的原则。

泰勒强烈地认为有必要对管理权力进行变革：应基于其能力而不是聘用或辞退人的权力。然而，要求一个人的下属改变方法、接受新的规定和方法是一回事，要求管理层认识到

变革管理
Managing change

他们也需要根本性的变革则完全是另一回事。所以毫不奇怪，泰勒不但遇到了来自工人的阻力，而且还遇到了来自管理层的阻力。

不过，尽管管理者抵制泰勒思想的全面实施，快速成长起来的新兴的工业工程师们，实施和承担了新的方法、技术和科技责任，泰勒及其同时代的学者们也发现了通过变换工作场所和提高他们的地位，来达到控制他们的最佳方法。工作卡片和其他形式的工作记录及分析系统的使用，使得需要处理的书面工作大量增加，尽管管理者抱怨"工业官僚主义"在增加，但是根据变革带来的平均时间和成本等内容的变化，能够轻易计算出变化所带来的收益超过了管理费用的增加。

这一点在亨利·福特的高地公园工厂（Highland Park Plant）——世界最早大规模生产的工厂、T型车的故乡表现得最为引人注目。1909—1910年销售了18 664辆T型汽车，此后，销售量和产量每年增长1倍。然而，产量的每一次增长都要求劳动力同样规模地增长。1911—1912年，工厂有工人6 867人，生产了78 440辆T型车。之后的一年，产量增加1倍，工人数量也翻了一番。毫不奇怪，福特迫切需要提高工人生产率的方法。他采用的解决方法是根据科学管理原则重新设计生产线的操作方法，然后把它与移动生产线的引进结合起来。这使福特公司的产量再一次翻了1倍，但是这一次工人数量实际上却下降了。因此在20世纪初期产生了两个非常相近的新名词——泰勒思想和福特思想，它们都在20世纪的大部分时间里主导并改变了工业生活。

20世纪20年代，在美国科学管理的应用尽管很少完全采用泰勒制定的形式，但事实上科学管理方法的接受却有所增长。它被有限制地引入到欧洲，但是受到了管理者很大的怀疑和工人们强烈地反对。只有俄国似乎对它抱有很大的热情。实际上，列宁把科学管理和公有化看作是俄国工业化的主要基础："在俄国我们必须组织对泰勒体系的学习和教育，并进行系统的实验使其适合我们自己的目标。"泰勒的著作在日本也引起了一些兴趣。然而，直到第二次世界大战之后，通过重建受战争破坏的欧洲经济的"马歇尔计划"，科学管理才在美国之外得到大规模的推广和采用。出乎意料的是，通过其在"马歇尔计划"中的作用，美国工会在欧洲企业中推广科学管理才具有了极其重要的意义。

泰勒认为他的体系具有创新性，并且是独立一无二的，实际上他是把一些以前迥然不同的实践联合起来，加以系统化，并把它们用科学的、折中的方法表现出来，只是在这一点上，泰勒的体系才具有上述特点。然而在现实中，可以看出泰勒吸收了许多管理实践以及19世纪流行的对劳动力的消极态度。他还要深深地感谢同时代的许多学者和助手，是他们帮助发展了实施科学管理所需的工作研究技术。尤其值得一提的是与他有密切工作关系的亨利·甘特（Henry Gantt）和卡尔·巴尔思（Carl Barth）。也许他最该感谢的是弗兰克（Frank）和莉莲·吉尔布雷思（Lillian Gilbreth），他们除了是"动作研究"的先驱，还成了建立科学管理推广社团的驱动力，这个组织后来被重新命名为"泰勒社团"，并在泰勒生前及1915年去世后大力推广了泰勒的著作。

吉尔布雷思夫妇和动作研究

大部分的现代工作研究（古典管理方法的核心因素）始于弗兰克和莉莲·吉尔布雷思在20世纪的头25年中发展的动作研究方法和技术。他们关于动作研究的工作是由弗兰克·吉尔布雷思发起的，他是泰勒同时代的人，他们的事业在许多方面都很相似。泰勒拒绝了哈佛法学院提供的工作，在工厂中开始了他的职业生涯，后来晋升到管理者和管理顾问。弗兰克·吉尔布雷思通过了麻省理工学院的入学考试，但是拒绝了它的录取，从泥水匠做起，后来成立了自己的工厂和咨询公司。他和他的妻子也是科学管理的领导者。

尽管动作研究的发展和推广是由丈夫发起的，但是毫无疑问，莉莲·莫勒·吉尔布雷思也是同样重要的参与者。虽然当时存在着对妇女和教育的歧视，她还是得到了英语的学士和硕士学位。由于家庭的责任，使她不能按规定在其论文通过之后再留校一年，所以她未能获得加利福尼亚大学的心理学博士学位。

在正确评价他们的工作时，弗兰克·吉尔布雷思在1909年关于泥水匠工作的书中写到动作研究：

> ……将降低生产成本，提高工人的效率和工资……为了取得预期的不同寻常的成功：（1）机械工必须了解他的行业；（2）他必须能够动作迅速；并且（3）他必须使用最少的可能动作取得预期的结果。

吉尔布雷思夫妇找到了一些分解工作的方法，即用流程图把人类的动作分解成5个基本元素：操作、运输、检查、贮存和延迟。由此出发，他们发展了一种把手工工作细分成17个基本元素的方法。下面是一些例子：

抓住 开始于手或身体某一部分接触到一个物体时。由获得对一个物体的控制组成。

释放 开始于手或身体某一部分开始放松对物体的控制时。由放开一个物体组成。

变革管理
Managing change

计划 开始于工人决定行动过程时，此时手或身体处于空闲或做一些随意的动作。由决定一项行动的过程组成。一旦决定了行动的过程，计划也就结束了。

这种细分的目的不仅是要决定完成什么工作，而且还要发现是否有一种能更好完成任务的方法。从这个角度看，他们在建立必需和非必需动作的区别方面做了大量的初步性工作。立即消除非必需动作，更进一步地详细分析必需动作，以便发现这些必需动作是否需要改善、合并或被特殊设备代替。

如果这听起来与前面提到的亚当·斯密对大头针生产的观察非常相似，那么这决非偶然，因为19世纪工作组织的先驱者们归纳总结的古典管理方法正是起始于斯密。按照他们自己的看法，吉尔布雷思只是把斯密的原理应用到符合逻辑的结论中，如果在这个过程中他们给人一种更多的是与机器而不是人打交道的印象，那么这也决非偶然。与提出古典管理方法的其他学者一样，他们也把组织和个人看作是机器。吉尔布雷思夫妇及其后人发展的"动作研究"方法在今天仍被广泛使用，不仅是用在制造业中，而且用在生活的所有领域里，从医院到计算机编程。

吉尔布雷思夫妇还考虑到，找到了完成一项任务的最好方法之后，它不应该由于选错了人或应用的环境错误而遭到损害。因此，他们用分析工作行为时的决心着手分析挑选员工和建立环境的方法。然而，在这两方面他们都没能取得像他们的"动作研究"技术那样的详细分析结果；最终得到的结果是基于他们自己"经验"的有效建议，而不是实验和观察的产物。

吉尔布雷思夫妇与泰勒一样，致力于同一个目标——发现从事某一工作的最好方法，区别在于泰勒关心的是降低完成一项任务所用的时间，而吉尔布雷思夫妇则更多地关心减少完成任务所需的动作。尽管两者之间侧重点的不同确实导致了他们与泰勒的一些摩擦，但他们仍是泰勒的主要支持者，一直致力于提高科学管理水平，他们的努力是对科学管理的补充。动作研究现在经常被称为"时间和动作"研究，这个事实也许表明了这一点。与泰勒一样，他们认为自己建立了一个折中的中立体系，能使工人和管理层都受益，他们觉得，他们的方法所产生的任何令人感到厌烦或单调乏味的情绪，都会由于工人有机会挣更多的钱而得到弥补。

吉尔布雷思夫妇和泰勒致力于改善个体劳动者的生产率，还有些人持更广泛而互补的观点。

亨利·法约尔和管理原则

　　法约尔出生于 1841 年，在法国里昂的国立大学和圣艾蒂安市的国家矿业学校接受教育，当泰勒在美国提出科学管理的观点时，法约尔在法国推行他的思想。他于 1860 年作为一名采矿工程师开始了他的职业生涯，在 1888 年，他被任命为一家不景气的矿业公司的总经理，很快他便使这家公司扭亏为盈，并且财力雄厚。法约尔于 1918 年在总经理的职位上退休，但他一直是董事会的成员，直至他于 1925 年去世。在他的退休生涯中，他成立了管理培训中心（Centre d´ Etudes Administratives），其作用是通过对管理层的培训教育宣传法约尔的思想。他每周主持由杰出的工业家、作家、政府官员、哲学家和军人参加讨论的会议。建议提出者和决策制定者之间的直接联系，无疑是该中心在法国的公共和私人部门的管理实践与理论中有深远影响的主要原因之一。

　　受过著名学校教育和在大型矿业公司做过管理者的背景，使法约尔跻身商业、政府和军队高级管理者的杰出人才之中。因此，尽管他的职业生涯是在采煤行业度过的，但其关于组织发展的观点，并不仅只是从其作为管理者的经验中提出，而是将法国的社会教育和管理经验二者相互融合形成。

　　在法约尔 19 世纪晚期和 20 世纪早期的职业生涯期间，正好是法国的快速工业化时期。是时，工业情势普遍地动荡不安，铁路工人、矿工和服务业工人经常举行罢工。与美国的情形一样，在快速增长和变化时期，存在着不成文的看法，即法国的商业和政府需要管理理论，哪怕是基础的管理理论。然而，与泰勒和吉尔布雷思夫妇不同的是，法约尔关心的是组织的效率水准而不是完成某一任务的效率水平：其特点是由上至下而不是由下至上。这清楚地反映了法约尔自己的实践经验，同时也反映了法国重视哲理而非实践的传统思维模式，以及法国式行政管理的传统模式——希望确认和制定适用于全部环境的一般性原则。

　　鉴于法约尔的背景，所以他更加关注一般管理而不是部门管理或监督管理，更加关注对整个组织的控制而不是具体任务的细节也就不足为怪了。当然，这并不表示他与泰勒是相互对立的，相反，将泰勒在任务层面的工作和法约尔在组织层面的工作结合起来，就使得他们的观点是互为补充而不是相互矛盾。此外，两者对管理者均极为强调要受过专业教育、"按原则办事"，而不能以专断或一种特别的方式行事。

　　正如下面这段话所描述的，与所有古典学派的学者一样，法约尔致力于发展普遍通行于

变革管理
Managing change

所有组织的管理方法：

> 不存在商业管理原则，也不存在国家事务管理原则。"管理原则"应是普遍通行的，既适用于商业运营也有利于国家，反之亦然。

因此，在商业领域、行政公共管理部门，实际上任何一种组织形式中，都适用同样的普遍性原则。根据法约尔的思想，这些管理原则如下：

1. **工作分工**。目标是通过专业化的分工，达到事半功倍的工作效果。

2. **权利和责任**。无论何时，权利和责任相统一。鼓励正面的有效的行为，遏制负面的无效的行为。

3. **纪律**。这是组织有效运作的最基本保证。从本质上来说纪律是尊重组织及其成员所遵循协议的外在标志。

4. **统一指挥**。在任何行动中，任何员工都应该只从一个上级那里得到指令；双重命令永远是冲突的策源地。

5. **目标统一的唯一性**。为了协调一致和集中力量，在为了同样目标的任何团队行为中，应该只有一个领导者和一个计划安排。

6. **个人利益服从团体利益**。组织利益高于个人或团体利益。

7. **报酬**。支付方式应该公平，通过奖励、鼓励员工努力进取的积极性，但不能导致奖励支付过度。

8. **权利的集中程度**。集中程度是相对的（是一个比例问题），在不同组织中会有变化。

9. **等级关系链**。是指从最高主管到最低职位的关系链。对直线权力的尊重必须与需要采取紧急行动的行为相协调，并与提供所有层级权力的测量需要相协调。

10. **秩序**。包括物质秩序和社会秩序。物质秩序的目标是避免损失，对每一物品都应有一个指定的位置，并且每一物品都应该放在指定位置。社会秩序需要优秀的组织和合理的选择。

11. **公平**。在等级关系链所有层级上的员工都应受到公平对待。

12. **人事的稳定性**。一般来说，兴旺的组织有一个稳定的管理团队。

13. **创造力**。代表组织力量的源泉，应该受到鼓励和发展。

14. **团队精神**。应培养这种精神，因为组织成员中的和谐一致是组织的强大动力。

按照法约尔的观点，管理层的主要责任就是要注意这些原则。为了达到这一点，他认为管理层的主要责任如下：

★ **计划**：审视未来，决定需要做什么并制定行动方案。

★ **组织**：把资源、人力和物力结合起来，形成能够完成组织活动的构架。

★ **命令**：保证所有员工最好地完成工作，并保证组织的最大利益。

★ **合作**：证明为了达到目标，组织的活动是协调一致的。

★ **控制**：是正确执行计划、指示和命令的保证。

法约尔是一个有天分的非常成功的商人，他把他的成功归于他对管理原则的运用而不是他的个人能力。当然，他是管理理论的先驱之一，他的许多原则在今天仍被教授和应用。然而，他的成功还部分地源于他所面对的对象具有接受力，并且当时管理实践和思想正成为世界的主流。正如泰勒的体系产生于美国商业组织需要管理理论的时候，法约尔在法国也遇到了类似的情形：商业组织快速发展但无章可寻。

但是，与泰勒不同，法约尔既不试图公开污蔑工会，也不反对管理者，不过他也不认同泰勒的观点：管理者和工人的利益必须是相同的或最终是可调和的。他认为许多工业动乱局面能够通过更加公平、一致和有力的管理来消除，特别是通过减少对工会组织必要性或它组织起来的能力来消除。他还认为对管理者教育和培训是非常必要的，他的观点看起来似乎是对现有管理者的直接攻击，其实不然，他们与大型私营企业和政府以及军供部门的管理者们采用的方法是协调一致的。这并不令人奇怪，因为总的来说，他们和法约尔都在著名学校中接受过模式相同的教育。除此之外，法约尔一般并不试图把其思想直接作用于个体组织，相反，他更愿意通过教育的过程间接地影响管理者。考虑到美国对泰勒意见的反应和态度，许多人认为这是一项明智的举动。

尽管在法国相对于泰勒主义，有人提出了"法约尔主义"，不过法约尔否认这一名称，而更愿意把它们看作是互补的。正如厄威克 (Urwick) 在法约尔的作品《管理总论》(General and Industrial Management) 英文版的序言中所评论的：

> 泰勒和法约尔的工作在本质上当然是互补的，他们都认识到所有层级上的员工和管理者之间的问题是工业成功的关键，两人都把科学方法应用到这个问题当中。泰勒的工作基本上关注于操作层，从工业等级的底端向上发展；而法约尔的工作则集中于管理者，管理由上至下。这恰恰是他们不同职业生涯的反映。

美国和法国不是发展管理实践、进行思想研究和形成思想文献的唯一国家。同一时期，

变革管理
Managing change

在德国，马克斯·韦伯描绘了官僚主义的成长过程和优势。

马克斯·韦伯及其"官僚主义"

1864年韦伯出生于一个富有的普鲁士家庭。他从事学术理论研究工作，并于1889年获得博士学位。1894年，他被任命为弗莱堡大学政治经济学教授，1896年，他成为海德堡大学经济系主任。不幸的是，在1897年，他的精神状况出了问题，并且一直持续了许多年。此后，他辞去了大学的职务，花了大量的时间在欧洲和美国旅游。他还把学术研究的重点从经济学领域转到了社会学领域。

韦伯是一位强烈的德国民族主义者，第一次世界大战时，50岁的他自愿参军，直到1915年光荣退伍，他负责建立并管理了9家军队医院。此外，他还公开地强烈批评德皇，指责德皇是隐藏在国王神圣权力之后的不学无术者。他认为只有用立宪民主制替代君主专权制，才能解决德国的国内外问题。战后，他成为为魏玛共和国宪法起草委员会成员之一，并再一次在慕尼黑的大学任教。不幸的是，直到1920年去世，韦伯的大部分著作仍没有出版，也无人整理他的论文。20世纪30年代，人们才开始整理和出版他的著作，20世纪40年代，他的关于官僚主义的著作出版发行了英文版。

韦伯关于"官僚主义"的著作与法约尔关于管理原则的著作之间有很大的关系，两者都重视组织的整个结构，以及指导高层管理者构建组织结构的原则。尽管韦伯是法约尔和泰勒同时代的人，但是他们可能没有注意到他关于官僚主义的著作，或许注意到了但未引起关注。

与泰勒和法约尔不同的是，韦伯从没有做过实际的管理者，他对行政结构和组织有效性的观察来自他对西方文明发展的研究。韦伯从这些研究中得出的结论是，文明的产生是权力和统治的结果。他指出，每个时代的社会特征是不同的政治统治形式，统治阶级要保持其权力和统治地位，取得权力的合法性就显得非常必要，并且通过发展和完善行政管理机构以加强和支撑他们的权力也极为重要。

韦伯提出了他的"三种纯粹意义的合法权威"：

1. 理性合法：其基础是相信合乎规范的统治形式是"合法"的，进而信任那些攀升到统治地位者发号施令的权力。

2. 传统：相信古老传统的神圣以及管理者在这些传统下行使权力的合法性。

3. 魅力：来自对特别神圣的事物、英雄主义的崇拜，包括对个人的值得仿效的性格特征的崇拜，也包括对他们所展示或发布的符合规范和法规的崇拜。

对韦伯来说，合法性几乎是所有权力系统的核心。他认为理性合法权力基于 5 个观点。这 5 个观点如下：

1. 能够建立一个合法的规范，并且要求组织成员都要遵从。

2. 法律是应用于特殊场合的抽象的规则体系，管理者在法律的限度内寻求组织利益。

3. 行使权力的人也要遵守客观规律。

4. 成员只以其作为成员的身份遵守法律。

5. 服从不是针对掌握权力的个人，而是针对授予他这项职位的不受个人情感影响的法律。

韦伯认为，在 20 世纪早期流行于西方社会的理性合法权力结构的背景下，组织的"官僚主义"方法是最正确和最有效的。在官僚主义制度下，法律、法规、程序和事先定好的常规占主导地位，而且不从属于个人的奇想和偏好。它们为管理体系提供了清晰的定义——无论它是公共管理，如处理养老金和社会保险支付的政府部门，还是私人管理，如一家保险公司——在这里执行规程和事先设计好的程序是非常重要的。韦伯认为这种管理方法是正确的，因为它是掌权者的合法性被法律削减之后中央集权管理体制的理想工具。同时他也认为这种管理方法有效率，因为官僚主义方法使管理过程机械化，正如工厂中机器自动执行生产过程一样。

韦伯不厌其详强调官僚主义的发展消除了人类易犯错误的弱点：

> 它的（官僚主义）特别的本质，决定了它受资本主义的欢迎，"官僚主义"越是"非人性化"，它就发展得越完美，并越能成功消除官方交易、爱憎和所有无法列举的完全人性的、非理智的和情感方面的因素。

官僚主义有以下特征：劳动分工、清晰的等级权力结构、规范公平的选择程序、以绩效为基础的雇佣方式、为员工提供从业轨迹、详细的规则和规定、客观的人际关系（非人性的关系），以及成员组织的生活与个人生活的明显分离。尽管当时受到德国发展的鼓舞，然而，我们必须记住韦伯的"官僚主义模型"（或"理想"组织）只是关于大多数组织结构的一个假设的而非事实的描述。他认为组织应存在于以理性和法律为基础的现代社会中。通过与建立在保护基础上的传统管理模式对比，不难发现韦伯是怎样看待这些组织特征的，这些特征支撑并再造理性合法权力（见表 1.1）。

因此，对韦伯来说，官僚主义为组织提供了一个理性的合法形式，使它和以往由随意、

变革管理
Managing change

低效的管理方式所产生的错误区别开来，并根除了产生这些错误的因素。它废除了保护制度并消除了人为因素造成的可变性，而用法律取代旧规程。按照韦伯的观点，官僚主义的原则，特别是权力的合法性原则和组织中所有成员必须平等地遵守规则和程序的原则，使它普遍适用于所有的组织，无论大小、公有的或私有的、工业的或商业的。

可以看出，韦伯的规则和程序的标准化，以及所有成员都遵守规则和程序的观点，与泰勒提倡的生产技术的标准化相对应，还与法约尔描述的"管理原则"很接近。而且，正如泰勒和法约尔的管理方法可以理解为综合反映了他们的职业背景和他们所生活的社会状

表 1.1 韦伯的理性合法权力与传统权力的比较

理性合法权力的特征	传统权力的特征
司法权的范围被清楚地界定：职员所需的合法行为以固定的方式作为管理职责配给。	劳动力的分配没有界定，而是依靠领导者分配任务，可随时调整。
机关组织遵从等级原则：较低的一级被更高的一级控制和监督。不过，上级对下级的权力范围是有限制的，下级有请求权。	权力关系较为分散，依赖于个人的忠诚，没有严格的等级制度。
有目的地建立起来的抽象规则制度控制着管理者的决定和行动。这些规则相对稳定和深入，能够被学习领会。决策都被永久记载下来。	管理的一般规则并不存在，或叙述得非常模糊、定义有问题、还可根据领导者的意愿更改。没有试图永久保留处理事务记录的努力。
"生产或管理工具"（即工具和设备或者权力和特权）属于管理层，而不是管理者，不能被盗用。个人财产与办公财产、工作空间与生活场所都清楚地分离开来。	领导者的个人事务与他们主持的大型的"公共"事务之间没有分别。
管理者是自由的，根据其技能进行选拔，被任命到某一职位（而不是选举），并得到薪水补偿。	管理者经常是从那些依附于领导者的人中间挑选出来，即奴才、奴隶和亲戚。挑选的原则非常专断，补偿经常采用受益的方式——例如授予个人接近领导者的权力，或予他们土地权，能自行决定费用或税收。获得的益处，像封建制度的封地一样，可以世袭，有时也可以买卖。
被组织雇佣构成了管理者的职业。管理者是全职工作者并渴望在机构中得到一生的职业生涯。试用期后，他或她得到职位的任期，并受到保护，不会被专断地解雇。	管理者为领导者的喜好服务，并因此缺乏关于未来和任期安全性的清楚期望。

况，韦伯也是如此。普鲁士的官僚传统在德国的公共部门以及相当多的私人部门都居主导地位，统治阶层认为这是确保国家利益和私人利益相结合的理想方法，它也与在公有和私有组织中都盛行的对上级绝对服从的普鲁士军国主义传统相一致。当然我们要记住，德国当初进行工业化，不是为了政府和私人企业的获利和个人的壮大，而是要达到把德国建成欧洲的军事和工业第一强国的目标。相对于美国或英国，私人企业之间的竞争在德国乃至法国，并不是很重要。德国的企业和政府更关心确保国家的所有部门都朝同一目标前进，当竞争威胁到这个目标时，政府就会通过直接干预，如铁路的国有化；或间接干预，如成立 "卡特尔" 或垄断，来消除竞争。为了实行德国发展这个伟大计划，官僚主义是理想的工具。

第一次世界大战的到来，激化了德国基于法律的工业官僚与军国主义为目的的独裁政府之间的不融合性。韦伯认为，法律不但可以应用于组织的运作，更重要的是可以应用于社会的运作。如果社会不是以法律为基础，如果民主选举的政府不能掌握权力，那么那些统治者得到的权力必将受到质疑，这是韦伯在第一次世界大战期间抨击德皇和德国军队的基础。他相信，基于民主选举的政府和保证财产权的法律之上的理性合法权力是现代社会和组织的最好、最有效的方法。对韦伯来说，官僚主义的兴起将携手伴随着自由民主主义的兴起。

可以看出，无需泰勒或法约尔的发展推广，"官僚主义" 已经在德国和其他先进国家，特别是在公共部门中存在了，并被管理层接受和不断兴盛起来。韦伯所做的就是通过论证来证明，它特别适合西方世界规范的理性社会的需要，适合长久的以及越来越民主的社会的需要，因此韦伯给予它学术般地尊重。

至少对政府和大型组织而言，官僚主义是有吸引力的，这可以从官僚主义在现代生活中经常存在并普遍深入的特点方面看出来。然而，如果认为它在德国或其他地方的发展是没有争议的，也是错误的。20世纪初期，在德国，官僚主义的目的和后果，受到了攻击，但不包括它的原则。在整个政治层面，左翼激进党派的增长表明，人们对德国的军事目的及其与商业相伴随的紧密联系的关注，特别是对更注重援助资金而不是劳动力这种倾向的日益关注。在个体企业层面上，经常与左翼党派有联系的好战工会的增长，反映了抵制民主管理方法的工人越来越多的困惑和集体讨价还价遇到阻力。

变革管理
Managing change

结论

由各种形式和不同大小的组织组成是现代社会的特征，这并非一个不可避免的生活事实，它是各种环境特殊结合的产物。17 和 18 世纪英国和其他欧洲国家资本主义的兴起导致了旧的制度不能解决的新问题，其结果就是从自给自足的、自治的个体变为企业家控制的集体生产单位。企业家为了追逐更多的利润，在英国建立了成为现代组织生活基础的工厂体系。工厂体系的核心特征是专制控制、劳动分工以及管理者和工人之间的敌对关系。

尽管开始于不同时期，并以其各自的速度进行，大多数欧洲国家和美国接受并采用了英国的工业组织方式。然而，在整个 19 世纪，工业化的本质开始在各个国家有所变化，反映出各国独特的社会环境和需求。在德国，政府的目标决定了大型的公共和私人官僚机构成为工业化的规范标准；在法国，政府也在工业化过程中起着一定的作用，却长久地推行小规模的、低效的商业和农业的运作模式。在这两个国家中，个人对利益最大化的追求比之英国或美国要显得不重要得多。在斯堪的纳维亚，特别是丹麦，可以看到一种更加集体主义的、不太残忍的工业化模式。

尽管如此，在从生存经济向货币经济转变的过程中，产生了一个显著的现象：雇主和雇员之间的对立。工厂本身不是一种更有效的生产手段，而是一种企业家更有效控制劳动者的手段。这意味着工厂也是一个战场，雇主希望利用新的条件和技术，而工人（当他们可能的时候）试图抵制变革。

随着 19 世纪的逝去，管理者们日益认识到了自己的缺点，这就是：在面对新的挑战和机遇时所作出的反应往往是特有的、不协调的。因此，这就需要一个更加一致的构造和管理组织的方法：能使管理者的权力（特别是发起变革的权力）合法化，这就促使了古典管理方法的产生。

无论是在不同的国家或从不同的角度进行研究，古典理论的支持者都对现代社会的主要问题持类似的看法：怎样建立高效率、有力地追求目标的组织。泰勒集中于操作层面来论证他的分析、设计和管理工作的"科学"方法，他还得到了吉尔布雷思夫妇和其他人的支持。然而，他坚持科学原则的应用应当是一致和公平的，并强调组织所有成员都应遵守规则和程序，这对管理者和工人的信念和行为都是一个很大的挑战；相反，法约尔不那么注意操作问题，而更关心整个组织的管理和控制。因此，在某种程度上，他的方法可以称为是从上至下的方法，而泰勒的方法是从下至上的。韦伯把组织放在一个更广泛的历史和社会背景中来讨论，把组织要完成的详细任务和管理组织的一般原则结合起来。

尽管泰勒的方法需要管理行为的根本变革以及官僚主义重要程度的提高，他制定的目标是提高操作工人的生产率和工作效率。就像泰勒认为的，其他的一切都是为实现这个目标的合理产物。为管理者提供管理整个企业的规章和制度，而不仅仅是为了满足管理操作工人的需要，是他达到目标的一种手段，而不是主要目的。法约尔和韦伯著作的关键性所在，与泰勒的工作相结合，构成统一的、标准化的和可持续的方式来管理一个企业的制度体系。

因此，广泛地说，他们的观点是互补的，并反映了基于以下基本假设的组织方法：

★ 存在着构建和管理所有组织的"一个最好的方法"。

★ 这个方法建立在法律和管理者权力合法性的基础上。

★ 组织是理性实体：是持续有效地取得理性目标的集体。

★ 人们的工作完全是受经济利益驱动的。

★ 在组织的所有层面上都应消除人类的易犯错误性和情感色彩，因为它们威胁到法律应用的一致性和达到目标的有效性。

★ 由于这个原因，工作设计的最佳方法是通过劳动力的垂直和水平分工，建立较小范围的集中工作模式，可以实施异常标准化的工作程序和规则，能够消除决定工作者做什么以及如何做的人为的判断，并使他们的工作由直接上级管理者密切指导和控制。

在20世纪早期，工人对管理者的权力提出了重要质疑和挑战，古典管理方法有许多优点，其中最突出优点就是，用公平的、普适性的规则和程序代替专断和反复无常的管理。

同样的，从以往的角度来看，这个著作也是很重要的。韦伯明确地用历史来支持他的观点；泰勒和法约尔尽管没有公开承认，但他们对历史的借鉴在著作中反应很明显。从斯密、韦奇伍德、博尔顿和瓦特、巴比奇和尤尔的作品中可以发现古典管理方法的关键因素：劳动分工，对人类可变性的怀疑，对书面规则、程序和记录的需要，以及对理性化的统一的管理和目标的需要。与这些相对应的是贯穿于19世纪社会生活其他方面的主题：寻求驾驭自然界的理性的、科学的、普遍的原则；新教徒工作伦理信仰；社会进化论的出现；社会更加民主化以及专门服务于某一特殊阶层或团体的法律的日益减少。

古典管理方法中所有流派的组合（不一定总是非常紧凑），产生了对管理和变革组织的理论和指导原则的第一次真正的探索。然而，由于它是在特定的环境中产生和设计的，因此，当环境变化时它的正确性不免受到了质疑和批评。

由于缺乏科学的严谨性和对人类行为动机单一维度的认识，泰勒及其追随者的观点受到了批评。其实，正如罗斯所指出的，泰勒把人类描绘成"吝啬的机器人"：对疲惫、厌倦、孤独和疼痛漠不关心，完全受金钱的驱动。泰勒认为物质动机是工作的唯一有效动机，由于这个原因，他反对在工作场所中引入其他的个体激励制度，无论是友谊、团队忠诚、工会或其他，在他看来这些都会削弱管理者的企图。泰勒还因为过分强调劳动分工的优点而受到抨击，批评家指出内心有满足感的工作几乎不可能导致士气不振、动机力低下和不团结。事实上，这些都是联合起来反对"科学管理"的力量，很难找到科学管理没有受到过攻击的一面。

法约尔在个三方面受到了攻击：第一，他的原则仅仅是真实的事实；第二，它们建立在令人怀疑的假设之上；第三，原则的表述相互矛盾。此外，与泰勒一样，法约尔被认为是反对工会的，他相信管理层的优越性以及决定变革的方式和时间的权力。与泰勒不同的是，他还认为管理者和工人在根本上是对立的。因此，他的建议有一部分是为了消除工会发展的条件，以达到建立管理者变革合法性的整个目标。

韦伯的官僚主义也受到了批评。例如，尤迪（Udy）对韦伯的官僚机构一定是理性的主张提出怀疑，而帕森斯（Parsons）认为韦伯提出了与官僚机构的权力基础相矛盾的论点。罗宾斯（Robins）指出官僚主义在鼓励转移目标方面是最经常受到攻击的：

★ 规则本身成为目的，而不是实现它们欲达到的目标的手段。

★ 专业化和差异化的分工产生不同目标的分解单位，这对完成分解目标的成员来说成为首要目标。这不但导致了各分目标之间的冲突，并且还使分目标的完成变得比实现组织的整体目标更重要。

★ 规则和条例被理解为规定行为的最低标准，而不是用来确认不可接受的行为。员工变得冷漠，只是完成目前最少的工作。

★ 应用标准化规则和程序时不经严格地考虑，使它们应用在不合适的环境中，产生了不良后果。

罗宾斯还指出官僚主义能使雇员和客户疏远。对前者来说，只被看作机器上的一个齿轮，会产生无能为力和不相关的感觉；对后者来说，面对一个严格的、隔膜的、只为其个体利益而不是为客户利益服务的组织，会令人有挫败感，并且在涉及附加福利性服务时，会令人心碎。马林斯（Mullins）也指出官僚主义经常与保密连在一起，并试图阻止公众获得政府和大型组织行为的重要信息，而获得这些信息是公众的合法权利。韦伯关于官僚主义的著作还因为忽视了非正常的社会过程而遭到批评，特别是个体和组织寻找到的方法，是超越了他人利益和目标通过斗争而得到的。

我们还应该注意到，尽管泰勒、法约尔和韦伯的方法具有普遍互补性，但他们又各有千秋，存在着压力和不一致。法约尔强调了团体精神和个人主动性的重要性；泰勒和韦伯发现，前者是不相关的，而后者是危险的。同样地，正如韦伯描述的，官僚主义一成不变的严格，对不断探索泰勒和法约尔支持的方法和生产力的提高几乎没有留下任何空间。泰勒对功能监督的支持，实际上意味着一名工人的责任在于就其工作的不同方面对不同的主管负责（总共大约有 4 或 5 名主管），而这一点被韦伯和法约尔认为是对纪律和良好秩序的一个威胁，他们俩是单一命令的坚决支持者——每名工人应该只从一名主管那里得到命令。

总的来说，对古典管理方法的主要批评之一是它把人看作是消极的。本尼斯 (Bennis) 把古典观点称为"没有人的组织"，因为它是建立在人们的地位被降低到机器上的齿轮基础上。在任何情况下都不可能把人类可变性这个因素从组织的运行中剔除，这么做的结果将阻碍生产力的提高。它使工人与工作疏远并憎恨工作，而不是使工人为了完成组织目标更有效率地工作。阿吉里斯 (Argyris) 提出的观点认为，古典管理方法限制了个体的心理成长并引起了失败、沮丧的感觉和冲突。相反，他认为组织环境应该提供足够程度的个人责任和自我控制；对组织目标的认同而赢利和工作；以及个人施展全部能力的机会。这些发展成为了人际关系方法支持者的核心观点，人际关系方法作为对"非人性的"古典管理方法的反应出现于 20 世纪 30 年代。人际关系方法与偶然性理论——产生于 20 世纪的第三种组织方法——将在下一章中一起讨论。

学习检测

简答题

1. 亚当·斯密对工作组织发展的主要贡献是什么？

2. 什么是生产体系？

3. 发展工厂制度的主要推动力是什么？

4. 科学管理的关键原则有哪些？

5. 根据法约尔的观点，管理者的主要职能是什么？

6. 韦伯支持官僚主义的主要理由是什么？

7. 古典管理方法的组织变革的含义是什么？

论述题

1. 在什么程度上工厂体系的发展可以被看作是文化的冲击而不是经济制度的冲击？

2. 评论泰勒、法约尔和韦伯的工作，形成一个条理分明的思想体系。

第 2 章

组织理论的发展

从确定到偶然

学习目标

学完本章之后，你应该能够：

- 理解人际关系方法出现的原因；

- 确认人际关系方法的主要特征和主要支持者；

- 列举人际关系方法的优势和劣势；

- 描述组织设计的人际关系方法和古典方法的区别；

- 讨论偶然性理论的产生和流行的原因；

- 确认偶然性理论的主要特征和主要支持者；

- 论述偶然性理论的优势和劣势；

- 了解偶然性理论是如何与古典方法和人际关系方法合并的；

- 确认人际关系方法和偶然性理论在组织变革中的应用。

变革管理
Managing change

展示 2.1　组织是一个相互协作的系统

组织的功能

组织是协调人类行为功能的相互协作系统，其功能包括：（1）创造；（2）转变；（3）效用优势的交换。通过建立起一个协作体系是有可能实现这些功能的，协作体系中的组织兼有核心和辅助两个系统，由实体体系、个人体系（独立个体和集体）和社会体系（其他类型的组织）所组成。相应地，从创造、转变以及效用优势交换的观点出发，所谓合作系统包含了四个不同的经济种类，它们可以被区分为：（1）物质经济；（2）社会经济；（3）个体经济；（4）组织经济。

……个体经济……构成了个体工作能力（实际行动、关注力、思想意识）的一个方面；另一方面效用优势，一是要物质需求令个人满意；一是要物质需求令社会满意。

个体经济的变革是持续不断的，这是因为：（1）生理的需要；（2）与他人交流的需要；（3）要建立自己拥有的事业效用优势；（4）心理状态的其他变化，主要是指价值观或者是对事业优势、物质和社会的评估价值的变化。

引言

古典管理方法的出现是组织理论和实践历史上的重大事件。从 20 世纪 20 年代一直到 20 世纪 60 年代，在公共部门以及大型私营机构眼中，官僚主义制度被毫无疑问地看作是"一个最好的方法"，古典方法的其他要素，如科学管理却很少被接受，特别是在工会的领导人中间。美国脾气暴躁的泰勒的去世，较多地消弭了对早期科学管理的反对意见。尽管科学管理在欧洲的其他国家遭遇了强烈的抵制，但它却受到了日本资本家和苏联共产党的狂热追捧。在 20 世纪 30 年代，科学管理和一种被称为"贝陶（Bedeaux）体系"的流水线方式，在欧洲的许多国家遭到了工会和管理层的双重反对，不过，第二次世界大战之后，它被作为

"马歇尔欧洲重建计划"的一部分而被极力推行。

尽管古典方法的发展占了上风，但从 20 世纪 30 年代开始，它遇到了来自学者和实践者两方面的反对。展示 2.1 中清晰地给出的 3 个关于组织和个体本质的主张击中了古典方法的要害：

1. 组织不是机器而是一个联合系统，实施有效和高性能的运作需要的是工人的协作行为，而不是被动地唯命是从。

2. 一定程度的奖励可以激发人的工作动机，但奖励形式不仅仅只是金钱，其中包括社会尊重。

3. 激励人们动机的因素随时间而改变，今天对一个人起作用的激励因素也许明天就无效了。

为了增加对古典管理方法的诋毁，包括展示 2.1 的许多观点和主张，都是出自于实践一线的管理者而非"超凡脱俗"的学术理论。所以，尽管古典学派能够取得一些成功，但对抗的浪潮（特别在美国）仍在一浪高过一浪，这可能反而加固了古典管理方法的根基并促其发展，而且很明显在某种程度上，这种情况确实发生了。正如本章将阐述的组织的两个新的方法：起源于 20 世纪 30 年代的切斯特·巴纳德 (Chester Barnard) 起着关键作用的"人际关系方法"，还有就是发展于 20 世纪 60 年代的"偶然性方法"。

本章的前半部分将讨论人际关系方法。这种方法是针对组织的机械论观点和古典方法所持的对人性的悲观看法作出的反应。它试图再次将人的因素引入到组织生活之中，并声称它是"一个最好的方法"。特别地，它坚信人们除了有经济需要之外还有情感需要，组织是合作的体系，既包括正式的结构和标准，也包括非正式的。这使管理者面临一个两难的困境：他们应该采用哪"一个最好的方法"，古典的还是人际关系的？

如本章第二部分所述，作为对解决这一困境的反应，偶然性理论于 20 世纪 60 年代发展起来。偶然性理论怀疑并否认存在着对所有组织都适用的"一个最好方法"的观点。相反，它认为每个组织都有"一个最好的方法"。因此，它没有摒弃古典方法和人际关系方法，坚持了组织的结构和实践依赖于组织所面临的环境而定。它提出，最大的偶然性是环境的不确定性以及所依赖的技术水平和组织规模。在讨论人际关系方法和偶然性理论的优缺点之后，本章作出结论，无论哪一种方法，都不是它们的支持者声称的解决所有已知的组织问题的方法，特别是两者都未能反映和解释日常组织生活的复杂性。

人际关系方法

　　甚至早在古典方法创建之时，就已经播下了一种组织设计新方法的种子，这就是后来被称之为人际关系的方法，其起源可以追溯到第一次世界大战期间英国关于工作疲劳的研究，以及同一时期美国关于员工选拔的研究，这些研究针对员工的激励机制提出了新的观点。英国的迈尔斯 (Myers) 和美国的梅奥在 20 世纪 20 年代发展和延伸了这项研究，为组织生活提供了新的前景。这些研究表明，古典方法所认为的组织是由受金钱驱动的人类机器人构成的观点是令人质疑的，也是非常错误的。事实上，在 1915 年，美国议会在建立其组织机构时反对使用泰勒的技术——尽管科学管理在私人产业中越来越受欢迎并开始跨越国界，但并不总是取得成功。同样，随着日益加快的官僚主义制度的发展，人们对缺乏特性的、像机器一般的组织的反对也与日俱增，在这些组织中，员工和顾客失去了个性，成为数码标号。

　　正如戴维斯和坎特所论述的，有必要认识到工作和组织是为了满足特定需要，并反映时代的文化、意识形态和主导的观念或信仰而产生的社会发明。因此，为了理解人际关系运动的出现，有必要了解第二次世界大战前后西方社会发生的变化。

　　20 世纪 30 年代，经济大萧条导致许多国家产生了较之以往更加强烈的集体主义倾向。罗斯福的当选及其"新政"的出现，使美国这个过去高度个人主义的国家开始关注集体主义原则并由此预示了美国"大政府"的出现。由斯堪的纳维亚半岛国家引领的集体主义规则模式，引起了欧洲社会的极大关注，它反映出了社会民主政府的选择以及这些国家产业中的合作而不是冲突的普遍氛围，同样的发展还成为第二次世界大战结束后西德重建的基石。集体主义遗留给我们的努力目标是赢得战争的需要，同时也是英国建设福利国家的明证。

　　在 20 世纪 30 和 40 年代的美国，真实的文字证据第一次表明组织的古典管理方法受到了挑战，并且即使不是必须被替代，也允许人际关系方法与之处于同等位置。人际关系方法的主要观点几乎完全与古典方法的观点相对立，特别是它论及的以下几点：

★ **人的本性是有感情的而非纯粹经济性的**。人类的需要是多种多样和复杂的，远不是泰勒及其追随者所描绘的单一维度的需求。人们的情感和社会需要对他们工作行为的影响比经济激励更有效果。

★ **组织是合作的社会体系而不是机械体系**。人们通过形成非正式的、但有影响力的工作场所这种社会群体，来寻求他们情感满足的需要。

★ **组织由正式的实践和程序以及非正式结构、规则和规范组成。** 人们创造这些非正式的规则、行为方式和沟通方式，以及其他规范和建立友谊来满足各自的情感需要。正因为这一点，它们能够比管理层制订的正式结构和控制机制对个体行为和绩效，并最终对整个组织的绩效更具有影响力。

由于这些原因，组织永远不会如古典方法认为的那样是可预测的、"加好了油"的机器。因此，从更多方面来看，人际关系方法表现了与古典学派截然不同的思想。不过，两者在两个重要方面也存在相似性。首先，它们都认为组织是封闭的、不变的实体，一旦组织按正确的原则形成其结构，那么，无论是外部亦或是内部的发展，都没必要或不会发生更进一步变化的需要。这导致了第二个相似点：双方的支持者都相信他们已经发现了"一个最好的方法"；无论针对何种类型、性质或规模的组织，他们的观点都是正确的。

理解了上面这些内容，我们现在就可以详细地讨论人际关系的观点了。虽然有很多先驱们参与了此项工作，但是没人怀疑人际关系方法实实在在始于著名的霍桑 (Hawthorne) 实验。

埃尔顿·梅奥和霍桑实验

1880 年埃尔顿·梅奥 (Elton Mayo) 出生在澳大利亚的阿德莱德 (Adelaide)。他的职业生涯有些沉浮无常。他三次未能取得内科医生资格，1911 年，他最终成为昆士兰大学的一名逻辑学、心理学和伦理学讲师。在那里，他对工业社会中的政治问题产生了强烈的兴趣，并终身致力于社会和产业协调的达成。然而，他在昆士兰从未真正开心过，1922 年，他移民到了美国。非常幸运，梅奥解决产业冲突的思想吸引了劳拉·斯佩尔曼·洛克菲勒 (Laura Spelman Rockefeller) 纪念基金会的注意，该基金会资助了他在哈佛商学院的整个职业生涯，这意味着无论学校同意与否，梅奥都可以进行他自己的研究。这是他专心工作并取得成功的一个主要因素。

许多人认为埃尔顿·梅奥是人际关系运动的创始人和领军人物。当他于 1947 年作为哈佛商学院的工业研究教授退休时，梅奥是当时最杰出的社会科学家之一。商业杂志《财富》这样赞扬他的成就：

> 作为科学家和有实际经验的医师，梅奥的讲话在工厂和学校中都极有权威。他在心理学、社会学、生理学、医药和经济学领域都极为博学，他的经验来自长期对产业的直接研究。

变革管理
Managing change

梅奥的声望主要来自20世纪20和30年代位于芝加哥的"西部电器"(Western Electric's) 的霍桑工厂进行的"霍桑实验"。然而，在他离开哈佛之后的10年里，他的声望下降了：他作为研究者的专业知识受到了严重的质疑，他的工作被批评为过于"管理主义"，并且，也许是最重要的，他对霍桑实验的贡献被看作仅仅是"西部电器"的一次公共关系运动。

吉莱斯皮 (Gillespie) 这样评论霍桑实验：

> ……仍是社会科学中最频繁被引用和最有争论的实验……它们被认为是社会学和心理学中具有里程碑意义的研究……主要在于组织和管理理论发展的调查，始终表明了对这一领域的实验具有开创性贡献。

诚然，在霍桑实验之后的80年间，很难确定梅奥的确切作用，但埃尔顿·梅奥的名字总是与霍桑实验连在一块儿是不容否认的，梅奥宣传霍桑实验并因策划实验而得到荣誉也是不可否认的。尽管直到目前，关键的问题仍没有答案：梅奥是自己设计并完成实验的吗？他的哈佛商学院的同事起着什么作用？他多久参观一次霍桑工厂？现在，由于得到了家族记录和其他档案材料，史密斯声称他已经回答了梅奥的诽谤者，并使他重新成为霍桑实验中的关键性人物和人际关系运动的重要角色。尽管如此，由于对梅奥的激烈批评，人们对"梅奥之谜"怀疑的争论还远没有结束。

尽管很难把神话与事实分开，但即使不能清楚地确定谁做了什么，我们也不能因此削弱霍桑实验的重要性或对梅奥及其同事贡献的认知。霍桑计划起初是西部电器（美国电话电报公司的制造分公司）自己的工业工程师于1924年设计的。霍桑工厂当时雇佣了约3万工人，被认为是弗雷德里克·泰勒和亨利·福特所宣传的运用大规模生产技术和工作组织方法进行生产的一个主要例子。然而，由此可能产生的负面影响被公司的人事和福利政策削减了，公司政策提供了诸如退休金、疾病和伤残福利、共享股份购买计划、医疗待遇、公共娱乐设施以及职工代表制度。这种"福利资本主义"的双重目标是消减工人的不满和抵制工会的影响。

霍桑实验的第一阶段是霍桑照明实验 (HIT)，断断续续地持续到1927年，实验内容是检验不同强度的照明对工人生产力的影响。工程师们成立了对照和实验两个小组：实验组的工人在工作时受到不同程度的照明，而对照组的照明保持不变。实验开始的时候，一切看起来像是标准的泰勒和吉尔布雷思模式的科学管理实验。工程师们预计能够得到一组明显的结果，使他们能够确定"一个最好"的照明强度。但结果并非如此，相反，却产生了挑战科学管理基础的数据。

工程师们本来预计实验组的绩效会随着照明的增大或减弱而发生变化，并由此找到一个最佳照明程度，但是，随着照明的变化，产量开始上升。实际上，只有在照明降到很难看清东西的时候实验组的产量才下降。更令人迷惑的是，照明没有任何改变的对照组的产量也上升了。

1927年，公司开始了霍桑实验的第二阶段。在照明实验（HIT）的基础上，公司希望了解延长休息时间、缩短工作日、减少工作周、提供免费点心、变革薪酬制度、更有效和友好地沟通，以及放松通常由一线主管制定的纪律等对生产力产生的影响。参与这一阶段实验的第一组是装配流水线实验房间（RATR）的6名妇女。吉莱斯皮评论说：

> ［她们］享有的特权地位以及以对工作日的较少约束、控制，导致了工人中对实验房间的强烈认同……由于在上午的休息时间有点心，妇女的地位更加提高。

到1929年，装配流水线实验组的生产力提高了大约30%。在此期间，公司更进一步开展了一系列的实验，从1928年起埃尔顿·梅奥和他的同事密切地介入了这些实验。在后来的几年里，持续不断的工人小组经历了工作小时薪酬制度、休息时间等的变化。随后导致的产量的变化，以及对这些变化的原因分析，削弱了以前被认为是真理的关于组织和人类行为的假设。

实验一直受到监控。从这项工作中，梅奥和他的同事得出这样的结论：工作条件的改变不影响产出，而是那些被挑选出来参加实验的工人受到了特别的注意这个事实影响了产量，这使他们的士气得到提高并使他们想要表现得更好。正是他们被研究这个事实使他们产生了更好的绩效；这后来被称为"霍桑效应"。这也解释了为什么即使照明状况没有变化，最初照明实验（HIT）对照组的绩效也提高了：因为他们被研究，他们也觉得自己是"特别的"。这些发现使梅奥和他的研究小组不再把工作的重心放在研究个体对工作条件变化的反应方面。相反，他们开始调查分析工人自己建立的"非正式"组织的作用和行为以及这些组织的规则和态度。

作为这项实验的结果，梅奥和他的同事提出了形成人际关系方法核心的两个重要假设。第一个与在正式组织结构中非正式组织的重要性有关。西部电器的研究表明需要把工作过程看作是集体的、合作的活动，而不是个体的、孤立的活动。研究还特别表明了非正式的、基本的工作小组对绩效的重要影响，这些小组形成他们自己的标准、价值观和态度，使他们能

够对小组成员施加强烈的社会和同事压力，迫使小组成员遵守小组的标准，无论这是否与工作进度还是与对其他小组或主管的态度有关。几年前，泰勒也指出了工人小组对其成员施加的压力，能够迫使他们遵守小组标准。但是，他认为这是不正常的行为，可以通过严格的管理控制弥补。西部电器的研究表明这种行为不但不是反常的，而且是非常正常的。

梅奥和他的同事提出的第二条假设是人们对认同、安全和归属有强烈的需要，人不是完全的经济人。霍桑实验指出工人对认同和安全的需要，以及非正式组织产生的归属感更能影响他们对绩效的态度。以梅奥的观点来看，归属感特别反映了人们作为社会人，对亲密一致和可预期的归属意愿是根深蒂固的。当缺少这些社会确定性时，工人将通过建立他们自己的非正式工作小组有意产生这些确定性。因此，非但没有像泰勒支持的那样消除或减弱这些非正式组织，西部电器的研究表明管理层如果要得到工人的最好绩效就需要与这类组织合作。

许多人普遍同意西部电器的研究对管理和组织理论有重要影响。这项研究引入了古典方法的经济人被社会人取代的一个观点。管理者不再可能忽视组织结构和工作设计对工作小组、员工态度和管理层与员工关系的影响。关键性问题变成了工作场所中的社会关系问题之———人际关系。将来，良好管理实践的核心将转移到领导才能和沟通技巧的重要性方面，以便赢得雇员。20世纪30和40年代期间，其他观点的出现补充和扩展了这些发现。

切斯特·巴纳德（1886—1961）和合作体系

切斯特·巴纳德于1886年出生于马萨诸塞州的迈登（Malden）。离开学校之后，他成为一名钢琴调音师，后来他进入哈佛大学学习经济学。离开大学后，他为美国电话电报公司工作，霍桑实验是在该公司的一个子公司——西部电器中进行的。他最初的工作是统计员，但是很快他晋升并担当了一些高级管理职位，包括在41岁时，担任新泽西贝尔电话公司的总经理。他还是一位包括与哈佛大学在内的一些大学有密切联系的多产的作家和演讲者。当他1948年退休时，他成为洛克菲勒基金会的主席。

巴纳德的著作以《执行管理层的职能》（The Functions of the Executive）（1938）最为著名，它在人际关系文献中的地位就如同法约尔的著作在古典学派文献中的地位一样。在这本书中，巴纳德提出组织是一个合作体系的思想。因为这一点，他得到了双重的荣誉：他不但注意到组织生活的合作本质，而且还是首先把组织看作体系而非机器的第一人。他与哈佛大学的梅奥及其同事保持着频繁的接触，并密切关注着他们在西部电器的工作。因此，尽管

《执行管理层的职能》是一本个人专著，反映的也是巴纳德自己独特的观点和意见，但它绝不是毫无学术内容的。事实上，他的书是第一本用英语系统性地尝试概括整体组织理论的著作（当时韦伯关于官僚主义的作品仍未被翻译成英文）。从这一点来看，巴纳德不但对人际关系方法作出了重要贡献，并且为随后的作家如塞尔兹尼克 (Selznick) 和西蒙 (Simon) 奠定了基础。

巴纳德与哈佛商学院联系密切，他与埃尔顿·梅奥、塔尔科特·帕森斯 (Talcott Parsons)（他最先把韦伯的作品翻译成英文）和约瑟夫·熊彼特 (Joseph Schumpeter) 一样，都是哈佛的帕雷托"环图" (Pareto Circle) 小组的成员。这个小组的成立是为了讨论和推广意大利社会学家维尔弗雷多·帕累托的作品，他非常强调社会体系和社会平衡的重要性。

帕雷托的社会体系观点可以在巴纳德把组织作为合作体系的描述中看到。他认为，组织是合作的体系，如果其成员不愿意作出贡献并达到目标，组织就不能有效地运转。与拥护人际关系方法的其他人一样，他相信合作不能完全通过金钱的激励达到，相反，他主张金钱和非金钱激励的结合。同样地，只有合作本身是不会有成效的，除非组织也有一个共同目标，而且是一个能够与组织成员密切相关，被组织成员所理解且通过努力可以达到的明确的、现实的目标。巴纳德认为，设定共同目标应由组织最高管理层负责，但是要达到目标需要其他组织成员的合作。这带来了巴纳德的另一论断：权力的流动不是自上而下而是自下而上的。他把权力定义为下属对上级的反应，而不是管理层的掌中之物。如果下属没有自愿地、正确地作出反应，那么权力也就不存在了。这项研究注意到了工人通过社会团体既可为管理层的意愿提供方便也可设置阻碍的结果，与其他例子一样，这个例子既反映了西部电器研究结果的影响，也支持了这个结果。

为了避免来自工人的负面反应，巴纳德主张作系统地而且是有目的地沟通，他把通过正式和非正式组织结构的沟通看作是管理者的关键职责。实际上，他把组织描绘成有目的的、合作的沟通系统，以这样一种方式连接所有的成员，不但鼓励组织实现共同的目标，还使它所基于的假设合理化。然而，他认为这不是自动或偶然产生的，它是有效领导的结果。这就是为什么巴纳德强调管理者领导组织的重要作用是为沟通提供便利，并激励下属产生高水平的绩效。就像现代作家所称的，他还认为管理者在形成和加强组织的价值和文化体系方面，也要起作用。

大致了解了巴纳德所强调的关于设定明确目标和努力达到目标的论点及其途径，就会发现这与古典学派的工作有一定程度的交叉。然而，他们明显的区别是，他坚持认为组织生活

是非理性的、非正式的、充满人际关系的、事实上也是以道德为基础的，他的强化有效领导的观点也把他与古典学派区分开来。巴纳德认为成功的领导，是领导者个人、追随者和环境之间相互作用的结果，而不是依赖于地位。

总的来说，巴纳德摒弃了把物质刺激作为人们有目的工作的唯一激励的思想。实际上，他把它们作为"弱激励"，需要有其他心理和社会激励的支持，组织才能成功地达到它们的共同目标。在对物质激励的有效性提出挑战这方面，他在几年后得到了学术机构的强有力支持。

亚伯拉罕·马斯洛（1908—1970）的需求层次论

亚伯拉罕·马斯洛（Abraham Maslow）1908年出生于纽约的布鲁克林。他在威斯康星大学学习心理学，除了在家族企业中工作过很短一段时间外，他的职业生涯充满了学术气氛。马斯洛是最早区分并界定人类是有不同需求层次的人之一，泰勒及其支持者认为人只有一种形式的需求：物质（金钱）需求。梅奥等人和巴纳德持不同观点，他们区分了物质和非物质需求，但是没有在这两类需求中再做细分。马斯洛（1943）确认了人类需求的5种不同形式，并把它们按等级次序排列。他认为，从最低一层开始，一个人必须首先满足较低层次的需求才能在需求等级中向上移动，并集中于"较高等级"的需求。

自下而上，马斯洛需求层次中的5个层次如下所述：

★ **生理需求**：饥饿、渴、睡眠，等等，只有在这些基本需求得到满足后，才产生其他需求。

★ **安全需求**：对安全和避免危险、受到保护的需求。

★ **社会需求**：对归属、得到爱和亲密关系、与他人特别是朋友相处的需求。

★ **尊重需求**：反映一个人由于其成就而被尊重的需求。

★ **自我实现需求**：自我实现是达到一个人全部潜能的需要。根据马斯洛的观点，这一点随着人的不同以及时间的变化而变化。当一个人达到以前认为是不可能的一个潜能水平时，就会继续努力达到新的高度。由于这些原因，自我实现是一个人的一生中不断超越进步的过程。

马斯洛承认在他的需求理论中存在着缺点："由于在我们的社会中，基本满足的人是少数，我们在实验和实际应用方面对自我实现所知不多。"他承认等级的强度会随着个人环境的不同而有区别——一些人的欲望由于受到自身经历的压抑，他们有足够的食物就满足了。

他还发现不同社会的文化差异也对需求的程度和顺序有影响。尽管如此，他确实相信他的理论是可以实际应用的，并且当人们的较高层次的需求受到阻碍或没有满足时，结果很可能导致沮丧和失去激励动机。

尽管不是专门为组织分析设计的，在对整个生活环境的研究中，仍能发现马斯洛的研究很容易被人际关系方法的支持者所接受的原因，对他们来说，它解释了为什么在一些条件下，泰勒主义的刺激是有效的，而在另外一些条件下，如霍桑实验中，其他因素更为重要。

把马斯洛的需求层次论应用到组织中的个体行为上，会发现人们首先受到的激励是通过得到金钱报酬来满足生理需求的意愿。然而，一旦那些需求被基本满足，工人将要求满足他们的安全需求，如工作安全性和福利保障，并受到这种需求的激励。同样地，一旦安全需求得到满足，它们就会退到幕后，而社会需求就会来到前台，人们就想要得到：为群体所接受、认可，和大家一起享受共同的目的和渴望，并建立友谊和忠诚。很明显，这些社会需求与尊重需求一样，在霍桑实验中扮演了重要的角色。在社会和尊重需求得到满足后，自我实现需求最终显露出来。然而，正如前面提到的，自我实现需求是永远不会消退，而且是实现进一步成功的持续不断的激励剂。

显然，马斯洛的研究不能完全应用到组织环境中，因为大部分工作规定都是对个人自由行动的约束，更不用说独自达到自我实现了。世界上有几千万人甚至连最基本的生理需求都达不到，然而，他通过指出阻碍个体欲望的负面影响，区分了内在的（非物质）和外在的（物质）激励的不同类型。也就可以说，无论何时没有满足的需要都是积极的激励方法，马斯洛对工作设计和研究都产生了重要影响。马斯洛需求理论的影响可以在人际关系方法的其他支持者特别是道格拉斯·麦格雷戈的理论中看到。

道格拉斯·麦格雷戈（1906—1964）和 X—Y 理论

道格拉斯·麦格雷戈 (Douglas McGregor) 出生于 1906 年。他在哈佛得到心理学博士学位，并在麻省理工学院度过了大部分的工作时间，从 1954 年直到 1964 年他去世，他是第一位斯隆商学院的教授。麦格雷戈是最广泛被提到的人际关系学者之一，他从他作为教师、咨询者和大学管理者的个人经历和观察中，而不是从实际例证研究中，发展出他的观点。

在他的著名《企业的人性面》 (The Human Side of Enterprise) (1960) 中,麦格雷戈认为高层管理者作出的管理员工的最佳方法的决策是基于他们关于人性本质的假设。麦格雷戈认为，基本上有两种人们普遍认同的关于人性本质的观点：消极观点——X 理论；积极观

点——Y 理论。他相信管理者对下属的行为是建立在必居其一的这两种观点的基础之上的，这两种观点构成了关于人的行为的一组特定假设。

他认为在文献和管理实践中居主导地位的是 X 理论，它由下面这些假设构成：

★ 人们普遍不喜欢工作并尽可能地避免工作。

★ 员工必须被强迫、控制或受到惩罚的威胁时才会表现出所要求的行为。

★ 大部分人都试图逃避责任，并在任何可能的时候寻求冠冕的托词。

★ 员工把安全性置于与雇佣相关的其他因素之上，并且几乎没有雄心壮志。

在另一方面，Y 理论由一组对人性本质更积极的假设构成：

★ 大多数人所持观点认为：工作就像休息和快乐一样自然。

★ 员工有能力进行自我指导和自我控制。

★ 如果他们致力于所追求的目标，人们普遍会愿意承担责任，甚至主动承担责任。

★ 大多数人都具聪明的智慧、丰富的想象力、创造力以及作出正确决策的能力，而不仅仅是管理者才具备这一能力。

X 理论和 Y 理论不是关于人们现实表现的描述，而是关于管理者以及我们中的一些人对人们是什么样子的总体假设。如果管理者按照这些假设做出的行动是正确的，那么这些观点即使没有现实基础也没有什么关系。支持 X 理论的管理者会使用大棒加胡萝卜相结合的方法控制他们的下属，并会限制员工施展技能、判断力和对工作控制的能力。那些支持 Y 理论的管理者则采用一种更开放、更灵活的管理风格。他们将创造出鼓励员工为组织目标作出贡献的工作条件，允许他们施展其技能、承担其责任，并强调非物质激励的方式。

非常明显，X 理论与人性本质和组织设计的古典观点相似，而 Y 理论更接近人际关系方法。尽管麦格雷戈更喜爱 Y 理论，但他也认识到它不能完全有效。相反，他把 Y 理论看作是对正统学说 X 理论的挑战，以及如他所说，是一个"革新的序曲"。他强调说至于采用哪一种方法，没有必然的选择，选择权取决于管理者；那些支持 X 理论的管理者，将创造一种员工只能并愿意追求物质需求的环境（正像马斯洛观察到的）。这类员工既不愿准备也不会在岗位上为雇佣他们的组织的更广泛目标作出贡献。支持 Y 理论的管理者很愿意接受来自员工的完全不同的反应；员工会更清楚地认识到组织的整体利益，更能够并且更愿意为它们的成就作出贡献。

尽管强调选择的因素，麦格雷戈和其他人际关系的支持者一样，认为现代社会本质的变

化意味着组织正朝着并应该朝着 Y 理论的方向移动。

沃伦·本尼斯（1925—）和官僚主义的消亡

到了 20 世纪 50 和 60 年代，人际关系方法和他所倡导的价值观处于衰退之中。一个明显的标志是 20 世纪 60 年代普遍存在的观点，即官僚主义正在消亡，并被更灵活的、允许和鼓励个人成长和发展的组织所取代。这种观点的主要支持者之一是沃伦·本尼斯 (Warren Bennis)。

沃伦·本尼斯是一位工业心理学家，并拥有一些包括南加利福尼亚大学管理学教授的高级学术头衔。他现在以其"领导理论"而著名，并且曾是 4 位美国总统的顾问。在人际关系运动中，本尼斯 (1966) 因创造"官僚主义的消亡"这个词并给出了其实际表现而获得荣誉。本尼斯认为每一时代都会发展出与其相适应的组织形式。在他看来，官僚主义适合 20 世纪的前三分之二的时间，但不适应后面这段时间。他认为官僚主义的出现是因为它的秩序、准确性和非人性的本质，是工业革命中管理上推行的个人压制、残忍工作、裙带关系和反复无常的恰当良方。

他论述说，官僚主义的出现，完全对应了维多利亚时代的需求和价值观。到此为止，本尼斯和韦伯几乎还没有分歧，然而，他继续论述说维多利亚时代和它的需求已经消失，正在产生官僚主义不适合的新的条件。这些条件如下所述：

★ **迅速的、没有预料到的变化**：官僚主义的力量基于它能有效管理日常和可预料事件的能力，但是，它预定的规则和缺乏灵活使它不适合迅速变化的现代社会。

★ **规模的扩大**：随着组织日益膨胀，官僚主义结构变得越来越复杂和笨重，并且效率低下。

★ **日益增长的多样性**：迅速的成长、飞快的变化以及专业化的增长产生了对拥有多样化和高度专业化技术的工人的需求；这些专家不能轻易地或有效地适应标准化的、金字塔结构的官僚主义组织。

★ **管理行为的变化**：管理者越来越多的采用人际关系方法，并对支持官僚主义的古典学派提出的人类本质的简单观点提出质疑。如果以一种非人性的、机械的方式，以强制和威胁作为一种控制人们的方法，在组织中对生产力有消极影响，那么官僚主义就会很快消失。

对本尼斯和其他诸如丹尼尔·贝尔 (Daniel Bell)、阿尔文·托夫勒 (Alvin Toffler) 和 E.F.舒马赫 (E.F Schumacher) 这些人来说，官僚主义正在消亡并且正被更加多样化的、灵活的、能满足现代社会需求的结构体系所取代。

工作设计：运用人际关系

尽管在理论上很丰富，人际关系学派直到 20 世纪五六十年代在实际运用方面仍很薄弱，因为不像古典学派，它缺乏让组织理解和执行的清晰的操作定义和指导，就像在科学管理或官僚主义制度中那样。在美国和欧洲发生的工作设计运动纠正了这个问题。

在过去的 50 年中，工作设计或被称为工作人性化设计，已成为击败古典学派的有力工具，特别是在科学管理及相似理论有重要影响的手工工作领域。在 20 世纪 50 年代的美国，戴维斯和坎特受到人际关系学派理论的影响，对工作设计和工作组织的泰勒主义基础提出了疑问。他们认为设计既能满足人的需求，也能满足组织需求的工作是有可能的。他们强调说工作满意度和组织绩效两者的提高是相随相伴的。从那时起，特别是在欧洲，许多学者对工作设计理论的发展作出了贡献。

工作设计是对古典方法原则的直截了当的抨击。泰勒主义的传统是把人与严格定义和控制的工作对号入座，而工作设计的理论家则强调工作能够并应该与人的需要相适应。工作设计的基本原则相对简单易懂，其原则来自人际关系方法的追随者，特别是马斯洛的理论；工业设计的古典方法强调把工作分解，以减少工人的自主权和决断权，却对个人目标和组织绩效有副作用。这是因为令人厌烦的、单一的无意义的工作会导致精神状况欠佳和不令人满意的感觉。反过来，这又会导致缺乏激励机制、不遵守劳动纪律、劳动力流失甚至是产业动荡不安。

对这些问题的解决是通过分析得到的。如果泰勒主义在工作设计时的趋势是对生产力有反作用，那么就应该反过来把"多样性、任务的完整性和最重要的自治权"注入工作中去。这项变动会促进工人的精神健康和提高工作满意度、带来提高激励程度和生产绩效的效果。正如泰勒所确信的：他的方法将使工人和管理层都受益，工作设计的支持者也这样认为。其区别在于后者给予工人的好处是个人成就而不是提高工资，不过在两个体系中对管理层的好处都是提高的生产力。

在实际运用中，工作设计主要有三种变化：

★ **工作扩大化**：关注于工作多样性的提高。通过把以前分离的工作结合在一起，或通过使人们在不同类型的工作之间进行轮换增加工作的多样性。

★ **工作丰富化**：关注于提高工人对其工作的控制。通过重新安排工作，使得以前由主管和骨干员工承担的部分责任转交给个人，或更经常地交给半自治的工作小组以提高工人对工作的控制。

★ **社会技术系统理论**：是工作设计的一种，其聚焦的中心从个体工作转移到整个组织。它把组织看成是由相互依赖的社会和技术系统组成的。该理论认为，抛开所使用的技术重新组织社会系统是毫无意义的，并且所能取得的绩效水平依赖于二者之间的和谐度。这种观点认为，技术所起的作用是限制重新设计个体的工作范围。因此，如果要取得成功，工作设计必须与技术变化同步进行。

工作设计在 20 世纪中期产生并得到众多的注意有 3 个主要原因：

1. 第一个原因来自马斯洛的理论。随着工人开始受到良好的教育、变得更加富裕，他们较高层次的需求如自我实现的需求开始显现出来。这意味着为了从工人那里得到最佳绩效，工作必须被设计成既满足他们经济上的需求，也要满足他们心理上的需求。

2. 随着市场的日益全球化，竞争的日趋激烈及其越来越反复无常的表现，组织需要对其客户的需求更加负责。这要求工人具备更加灵活的适应能力，掌握更加广泛的技能，能够开展团队协作工作，而不仅仅会独立工作。

3. 20 世纪 50—70 年代的高就业率导致了在工作设计较差的产业组织中，发生了劳动力的严重流失和缺勤率及动荡不安的行业局面，这很明显是沃尔沃在 20 世纪 70 年代采用工作设计理论的一个主要原因（见第 12 章）。

自 20 世纪 50 年代以来，美国和大多数欧洲国家开始了某些官方支持的工作"人性化项目"。毫不奇怪，对于该项目，有产业合作和民主传统的挪威和瑞典，以及战后达成对工业和工人权力共识的西德在经济和法律的支持上居领导地位。挪威通过它的产业民主项目开始了这个过程（1962—1975 年）。然而，瑞典也许是最协调一致的，不仅于 1972 年建立了工作环境基金，每年有 5 亿瑞典法郎的预算，还同时建立了新工厂建设项目。在 1976 年，它实行了共同决定法案，确保工会在工作条件发生重大变化时都有权受到咨询。在 1977 年，瑞典政府建立了工作生活中心（后来成为工作生活研究学院）发起并促进工作人性化。在 20 世纪 80 年代，瑞典开始了它的发展项目（1982—1987 年），分别是领导、组织和共同决策项目（1985—1990 年），以及人口、数据、工作生活项目（1987—1992 年）。德国采用了一个类似的协调一致途径，分别是工作生活人性化项目（1974—1989 年）以及工作和技术项目（1989—）。德国还提供财政补贴（大约每年 1 亿德国马克）用于鼓励组织进行工作设计实践的运用。

这些国家发起的一些工作设计的实践是因为受到了挪威研究者的鼓舞，如埃纳尔·索斯

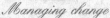

变革管理

Managing change

鲁德 (Einar Thorsrud)，他大力宣传半自治工作小组的概念；另外一些鼓舞来自伦敦的塔维斯托克研究所 (Tavistock Institute) 完成的社会技术系统方法的著作。然而在英国，尽管有塔维斯托克研究所的存在以及 1974 年成立的工作研究中心，但官方的支持明显的冷淡。实际上，在 20 世纪 80 年代，即使是"工作研究中心"最基本的花销也被大幅削减，该机构现在已被解散。后来的英国政府现在看起来似乎同意美国的观点，认为"工作生活质量"项目应限于个体组织的范围权限而不应由政府推广。

在很大程度上，工作设计的流行随雇佣水平的高低而波动。在 20 世纪五六十年代的完全就业时期，西方的政府和雇主相对来说比较容易接受工作设计方法。但是，随着七八十年代的经济萧条的出现，大多数国家都对它失去了兴趣。尽管如此，工作设计概念毫无疑问已经在很大程度上深入到了西方社会，并提供了替代古典方法的具有可操作的主要途径。然而，正如普鲁伊特 (Pruijt) 指出的，泰勒主义工作实践已证明，古典方法要比工作设计方法的支持者们所预期的存续时间长得多。

人际关系方法的总结和批评

尽管许多人倾向于把人际关系运动与梅奥的理论联系起来，上面所述表明它是一个更加多元化的思想学派。事实上，一些人认为把它称为学派是为了学术上的方便而不是事实。尽管如此，上面笔者提及的学者的作品中一直存在把它们紧密联系在一起的相互重叠的主题。首先，也最为明显的是，他们几乎完全摈弃了古典运动的人和组织结构的机械理性化的方法。正如杜菲和格里菲思 (Dunphy and Griffiths) 所说：

> 他们特别抨击了将雇员视为可互换的零件的观点，强调对员工个体采用不同的激励方式；劳动力的专业化分工和技术要求的降低导致员工之间普遍的疏远和缺乏激励，以及过度的监督破坏了员工的积极性。

其次，更为基本的特征是，当从不同的角度讨论所包含的问题并单独强调问题的某一方面时，他们创造了既相关一致又似乎合理的组织模式。

人际关系模式强调 3 个主要因素：

★ 领导和沟通；

★ 内在工作激励 (以及外在奖赏)；

★ 促进组织结构和实践的灵活的适应能力和应对能力。

　　支撑这些因素的是两个核心假设：

★ 组织是复杂的社会体系。既有正式的，也有非正式的社会结构，不是机械设备。因此，它们不能被密切监督，也不能被严格的规则和纯粹的经济激励有效控制。

★ 人既有经济需求也有情感需求。组织和工作结构必须以这样的方式来设计，以使工人能满足他们的物质和非物质需求。只有这样他们才会为组织的最大利益高效地工作。

　　不难发现人际关系方法流行的原因。当人们开始日益担心非人性的官僚主义的增长时，它提供了一个有吸引力的替代方法。这种方法强调人不是机器上的齿轮，而是有情感需求的：人们希望"归属"、得到承认、充分发挥他们的潜能。正如前面提及的，20世纪30年代的经济危机和第二次世界大战及其造成的后果，在美国和欧洲产生了比以往任何时候都强烈的集体主义和社会团体感，所以另一个原因就是民众对人际关系学说有心理准备。而且，它隐含的变革管理的方法令人惊讶地赢得了现代管理者的拥护。它强调组织要有明确的目标、有效的沟通体系和意识超前的领导，并与员工的自愿合作的需要相结合，这些都是许多现代变革管理方法的核心。

　　尽管它具有吸引力和合理性，但在20世纪中期出现了一个重要的反对人际关系方法的并常常是刻薄攻讦的意见。经济学家摒弃了非物质激励比物质激励有潜在的更强烈作用的观点。人际关系的支持者所强调的人们对"集体精神"和"归属感"的需求，被一些人看作是对个人主义的否认。另一些人认为它轻视了工人，把工人看成是不理性的：只要一有机会就会缠住管理者，就像婴儿缠住妈妈一样。它还受到来自管理者和工会的攻击。管理者中的一些人觉得它预计的强有力的控制技术的手段要么无用，要么不可操作；而工人代表认为人际关系是控制劳动力的工具，它削弱——或者试图消灭——工会；社会学家批评它试图对组织进行社会分析而没有考虑每个组织都是存在于更大的社会之中。

　　许多批评都明显地针对梅奥和他同事的理论，包括他们之间的不一致。例如兰茨贝格尔（Landsberger）就是最早指出梅奥与他的同事勒特利斯贝格尔（Roethlisberger）和迪克森（Dickson）对霍桑实验解释有不同之处的人之一，尽管史密斯反对这一点和对梅奥的其他许多批评。然而，无论如何，所有的批评都不把梅奥和他的同事等而视之。马斯洛的理论是人际关系方法的一个重要的理论基石，当研究者试图使之有效确证时却发现它缺乏实践依据，当然后来的激励理论似乎采用了一种不同的方法。同样地，本尼斯的观点也受到了攻击。20世

变革管理
Managing change

纪 60 年代阿斯顿研究 (Aston Study) 表明，官僚主义正在成长而不是消亡。而且米瓦德 (Miewald) 认为本尼斯不理解官僚主义的本质；依他的观点，官僚主义非但不是僵化的，而且还能够并确实适应动态的变化环境。凯利 (Kelly) 也批判了增加工作满意度能够增加绩效的观点。

对人际关系方法还有更进一步的批判，这一点与古典方法受到的批判一致：就是声称自己是"一个最好的方法"。然后，产生了这样的问题：怎么能够声称某一方法是构造和管理组织的唯一的方法，并且这种方法在任何时间对所有组织都合适呢？事实上，这种批判的萌芽在本尼斯的理论中就能发现，他认为在 20 世纪后三分之一的时间里，组织将经历迅速和出人预料的变化，规模将继续扩大——由此产生了复杂化的问题，并且导致更加多样化和专业化。很清楚，尽管没有公开支持它，本尼斯指出组织面临的环境确实是不同的，而且环境还会随时间而变化。同样，特里斯特 (Trist) 等人关于对使社会制度适应技术制度的需要的论述也可以被看作是根据环境进行工作设计的方法。事实上，反对"一个最好方法"的最有力的论据是前面提及的戴维斯和坎特提出的。如果工作和工作组织是用来满足某一特定时期社会和组织需要的社会发明，那么就永远不会有适合于所有组织和所有时期的一个最好方法，取而代之的需求是把工作设计方法和它们最适宜的特定环境联系起来的一种方法。在 20 世纪 60 和 70 年代，这种方法产生了。

偶然性理论方法

偶然性理论在 20 世纪 60 年代从一些组织结构和管理的古典研究中产生。从 20 世纪 70 年代开始，它已被证明——至少是作为一种理论——比古典或人际关系方法都更有影响力。从本质上来说，偶然性理论是对以前管理者追寻的和学术家支持的"一个最好方法"的扬弃。它认为组织结构和运作依赖于（视偶然的情况而定）它所面对的情境变化——主要是环境、技术和规模情况。根据这一点，可以引出没有两个组织会面对完全一样的偶然性情形；由于它们所处的情形不同，所以它们的结构和运作方式也应该不同。为此，适合所有组织的"一个最好方法"被只适合每个具体组织的"一个最好方法"所代替。

正如斯科特所指出的，偶然性理论与以前的理论的一个明显区别如下所述：

> 以前的定义把组织看作是一个封闭的体系，独立于其所处的环境，由一组稳定和很容易确认的因素构成。然而实际上，组织不是封闭的、与环境隔绝的体系，而是开放的、并依赖于外界的劳动力和资源流入的体系。

正如罗宾斯指出，在对系统理论提供了洞察一个组织运转的重要方法这一点上，人们达成了广泛的共识。系统理论并不是新提出的，它在自然科学和物理科学中已经应用了许多年。然而，它在商业组织上的应用直到20世纪60年代才真正出现。系统理论既把组织看作一个整体，也把它看作是更大环境中的一部分，组织任何一部分的活动对其他部分都会有影响。组织被认为是在一个更广泛的环境中运作的开放系统，有许多相互作用的渠道，而不是封闭的（像以前的理论所假设的）。因此，组织不能完全控制自己的命运，它们常受所处环境的影响，且这种影响的确会因组织的不同而不同。

最早为偶然性理论奠定基础的作家是赫伯特·西蒙。在20世纪40年代，他批评现有的方法只给管理者提供了建立在不充分的思想之上的"良好实践"的罗列，其中大部分相互矛盾。他认为组织理论必须超越肤浅的、过于简单的概念，取而代之以研究能应用于竞争原则的条件。

尽管如此，直到20世纪60年代才出现了一种经过深思熟虑的方法，打破了古典和人际关系运动要建立一个适用于所有组织的普遍方法的企图。前者集中于组织的正式结构和技术需要，试图建立一套普遍原则；而后者，人际关系运动，集中于组织的非正式方面，以及雇员的心理和社会需求。与古典方法一样，这产生了一系列较好的实践和预期的目标，但是它缺乏如何应用的准确的指导原则。

偶然性理论家们采用了一个不同的视点，所基于的前提是：组织是开放系统，其内部的运转和有效性依赖于它们在某一时间所面对的特定情境，而且这些变化的情况随组织的不同而不同。这与不是所有的组织——或者甚至是所有成功的组织——都具有同样的结构，甚至在组织内部，也可以观察到不同的组织形式这一点上是一致的。尽管许多情境变化因素，如组织的年龄和历史，已经被提出来是对确定结构有影响的因素，许多人普遍同意如下所述的3个最重要的偶然因素：

★ **环境的不确定性和依赖性**。任何组织的管理层都在不断随时间变化的不确定的环境中运转。因为我们没有能力完全理解和控制无论是组织外部还是内部的事情，特别是他人的行动，所以产生了不确定性。由于这一点，预测是一个不准确的、危险的行为。同样，管理层对他人的，无论是内部或外部集团的好意和支持的依赖，使组织非常脆弱，在某些环境下，甚至威胁到它的生存。不确定和依赖的程度可以变化，但是永远不能完全消除，因此，在设计组织结构和程序时必须要考虑将其看作是一个偶然性因素。

★ **技术**。对技术是一个关键的可变要素的争论与环境因素相类似。生产和提供不同产品及服

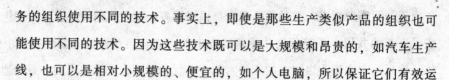

务的组织使用不同的技术。事实上，即使是那些生产类似产品的组织也可能使用不同的技术。因为这些技术既可以是大规模和昂贵的，如汽车生产线，也可以是相对小规模的、便宜的，如个人电脑，所以保证它们有效运转的必要的组织形式也会变化。如果是这样，在构造组织时就有必要把技术作为一个偶然性变量。然而，技术有不同的变化形式，反映了理论家和研究者应用了不同的技术定义。两种发展得最好的方法在伍德沃德（Woodward）的"操作技术"的研究和佩罗（Perrow）的"物质技术"的分析中展现出来。前者指在组织的工作流中为各种活动提供设备，确定先后顺序；而后者指所使用的物理和信息材料的特性。伍德沃德的著作与生产组织有更多的联系，而佩罗的著作更具普遍适用性。

★ **规模**。有人认为规模不是关键的变量之一，而是唯一关键的变量。在组织设计时规模是一个重要的变量，这在组织理论中有很长的历史，20世纪上半叶，当韦伯提出官僚主义理论时它首先被引用。其基本原则非常简单易懂，小规模组织的高效率和有效的运转所需要的结构和实践不适用于大规模组织。对小组织来说，集中的、人性化的控制形式是恰当的，但是随着组织规模的增长，更加分散的、非人性化的结构和实践变得更为适合。

发展和建立偶然性理论的主要人物是英国和美国的学术人员，其中的先驱是伯恩斯（Burns）和斯托克（Stalker）。

汤姆·伯恩斯和乔治·麦克弗森·斯托克：环境的重要性

在组织环境和组织结构之间建立联系的首个研究课题是由英国的伯恩斯和斯托克完成的。为了评价组织结构如何对其所处的环境作出反应，他们调查了不同行业中的20家公司。他们的发现对组织理论有重要影响，并为摒弃组织结构和实践的普遍的"一个最好方法"提供了具体的证据。他们根据实际存在的不确定性的不同级别，划分了五种环境类型，从"稳定"到"最不可预测"。他们还确定了两种基本或者理想的结构建制形式："机械的"和"有机的"。他们的数据表明机械结构建制在稳定的环境中更有效，而有机结构建制更适合不太稳定的、不容易预测的环境。

机械结构，与古典方法相似，有如下特征：

★ 任务的专业化；

★ 详细的职责界定，明确的责任和技术方法；

★ 强调对组织忠诚和对上级服从的清楚的等级结构。

相反，有机结构形式与人际关系方法有些类似，其特征如下：

★ 更大的灵活性；

★ 任务可以调整和不断地重新界定；

★ 形成控制、授权和沟通的网络结构；

★ 注重征求横向的信息和建议而不是简单地下达指令和决策；

★ 对工作小组及其任务的承诺认同；

★ 重要性和特权取决于个体对工作小组任务的贡献大小，而不是由他们在等级中的位置
　 决定。

可以看出，伯恩斯和斯托克既不反对也不接受以前的理论。相反，他们认为古典方法和
人际关系方法都可能是正确的，但是这依赖于组织所处的环境。在这一点上，他们是建立在
过去的理论基础之上而不是反对它们，而且还使管理者重新获得了一些责任。也就是说，管
理者非但不会盲目采用有关结构的正统学说，而且会通过评估组织及其需要，然后采用适合
它情境的结构和做法。

保罗·劳伦斯（Paul Lawrence）和杰伊·洛尔施（Jay Lorsch）：组织环境问题研究的继续

欧洲和美国的一些研究者验证并发展了伯恩斯和斯托克关于组织环境和结构关系的发
现，其中最重要的工作是美国的劳伦斯和洛尔施完成的。他们的工作超越了伯恩斯和斯托
克，因为他们不但对环境与公司的整个结构关系感兴趣，而且还对公司中各个独立部门，如
何对有特别意义的外部环境的各个方面作出反应以及自己如何进行应对感兴趣。他们研究了
6家塑料行业的公司，还进一步研究了2家集装箱行业的公司和2家食品行业的公司。并从
"差异化"和"整体化"的程度方面对每个公司的结构都进行了分析。

"差异化"是指处于各功能性部门中的管理者及其下属，在工作原则、工作程序和组织
结构方面看待自己不同于组织中其他人的独立程度。"整体化"指在公司这个特定环境中，
各部门为达到各自的目标，部门之间需要相互合作的程度和合作的形式。因此，差异化是部
门之间差异的程度，而整体化是指在运作层面上各部门在结构、程序、原则和目标上的共同
程度。总的来说，部门之间独立性越强，就越需要整体化，以促使它们为了整个组织的最佳
利益努力合作。然而，这通常是不容易达到的。在迅速变化的环境中，各个部门所面临的条
件可能有很大差别，所以高度的差异化是有必要的，但越是在这种形势下，整体化的需要可

能也会很强，因此环境的多样化和多变性可能就使这一点很难达到。

劳伦斯和洛尔施在对塑料行业的研究中发现，在关键部门如研究、生产和销售部门之间存在着明显的区别。研究部门更注重长期问题并面临着创造新思想和发明的压力。用伯恩斯和斯托克的话来说，这些部门应倾向于采用有机结构建制。另一方面，因为非常明显的原因，生产部门注重于产量、成本、质量和订货相关的短期绩效目标，这类部门倾向于在相当稳定的环境中运作，具有机械结构的组织特征。从环境和结构的角度来说，销售部门处于研究和生产部门之间，它们在一个相对稳定的环境中运作，更关注使生产满足订货而不是长期问题。

他们的研究不但强调关键部门的差异化程度，还发现了整体化程度对公司整个绩效的重大意义。实际上，他们的研究样本中的两个最成功的公司不但是高度差异化的，而且也是高度整体化的。他们对集装箱和食品行业的研究更巩固了他们的发现，表明成功公司的差异化和整体化随着它们所处环境要求的变化而变化。环境形势越复杂多变，成功的组织就越应该具有差异化并高度整体化。在一个较稳定的环境中，差异化的压力也较小，但对整体化的需要仍存在。因此，劳伦斯和洛尔施发现，最有效的组织在部门设计和部门合作方面与它们所面临的环境的不确定性的程度之间都有一个恰当的匹配。然而，最成功的公司是那些尽管在需要高度差异化的环境中运作，但管理上仍设法谋求达到高度整体化的公司。

很明显，在一个各部门有着不同的结构、原则和工作程序的组织中，达到整体化并不是很容易的或者不是没有冲突的。在这些组织中，可能存在着普遍通行的组织策略。劳伦斯和洛尔施发现，有效的公司通过公开面对冲突以及在组织的整个需求背景下解决问题来避免这种情况。除此之外，在成功处理冲突的公司中，对那些负责完成整体化的员工来说，其成功主要是依靠他们的知识和才能而不是他们的正式职位，这是因为他们得到了同事的尊重，并且他们对所涉及问题的观察理解作出反应。因此，我们可以得出这样的结论：为了取得高水平的整体化和差异化，组织不能仅仅依靠正式的等级森严的管理，还必须得到有关岗位、任务小组等其他整体机制的补充。

与伯恩斯和斯托克一样，劳伦斯和洛尔施没有反对古典方法和人际关系方法本身，而是把它们看作替代选择，并且选择与否取决于组织所在的环境。在用这种方法看待组织的内部运作时，劳伦斯和洛尔施提出了依赖性和不确定性的问题。这是詹姆斯·汤普森（James Thompson）在更深层次上解决的问题。

詹姆斯·汤普森：环境的不确定性和依赖性

汤普森有影响的著作从三个重要方面提出了对环境因素的看法。第一，尽管组织不是理性实体，但都努力达到这一点，因为这样才有利于人们设计和管理组织，使组织的工作尽可能有效和高效率地完成，从而保障人们的利益。为了达到这一点，组织试图把它们的生产重心与环境的不确定分离开来。然而，封闭组织所有的或者任何一部分是不可能的，为了得到资源并销售产品，组织必须对环境开放并与其发生相互作用。这产生了汤普森的第二个主要贡献：不同水平程度的组织可能展现和需要不同的结构，并在或多或少理性的基础上运作。汤普森的第三个贡献是，认识到组织的有效性是偶然的，不但要视外部环境的不确定性程度而定，还要视现有的内部依赖程度而定。这反映了劳伦斯和洛尔施对整体性和差异性的观点。然而，汤普森使这个观点更加明确，并与不同的结构形式相联系。他从内部依赖性的角度提出三种类别：

★ **汇合式相互依赖**：组织中的每一部分都以一种相对自治的方式运作，然而是通过实现各自的目标使整个组织功能有效地运作。

★ **顺序式相互依赖**：一个部门的产出是组织系统中其他部门的投入。

★ **交互式相互依赖**：整体的有效性需要组织中各个独立部门间的相互配合。

汤普森继续阐述说，相互依赖的类型与其所存在的复杂程度有关：简单的组织依赖汇合式相互依赖；复杂一些的组织既表现出汇合式，也有顺序式相互依赖；在最复杂的组织中，所有这三种形式的相互依赖可能都存在。汤普森设想每种形式的相互依赖都需要不同的合作活动形式：汇合式相互依赖的特征是使用标准化的规则和程序。顺序式相互依赖需要详细的计划和达成统一的意见；而交互式相互依赖通过包含在组织各部门成员间的人际联系和非正式的一致意见达到相互合作。

简而言之，汤普森的主要观点如下：

★ 组织中的不同部分有不同程度的复杂性，其理性化和正规化的程度也不同，这些取决于管理者能够防止它们受现实环境的不确定性因素影响的程度。

★ 整体的不确定性程度以及组织中各部门面临的不确定性程度越高，各部门之间的依赖性就越强。

★ 随着相互依赖的增加，通过标准化程序和计划机制的合作就越来越无效，同时对更多的人际联系和非正式相互作用的需要也会增加。

变革管理
Managing change

★ 合作越是以通过互惠互动这种方式得利，组织的运作就越不理性。

汤普森的著作在组织理论的发展中具有重要的开创性意义，不仅是因为他把外部不确定性和内部的依赖性联系起来，而且因为，如一些作家观察到的，他还注意到技术不但影响环境因素，也影响组织结构。在这方面汤普森的贡献在于创造了技术的分类体系，并认为技术决定了组织的结构选择，这种结构可以降低不确定性对各种组织功能带来的影响。技术和结构问题早在 1965 年公布的琼·伍德沃德的一项主要研究中就提出来了。

琼·伍德沃德：技术问题

在 20 世纪 60 年代，琼·伍德沃德对东南部艾塞克斯的 100 家英国制造公司做了一项重要研究，以建立古典方法支持者就采用机械官僚主义结构对组织成功必要性观点的正确理论。进行了大量工作之后，伍德沃德得出结论：不存在这种相关关系。但是，她发现，更加成功的公司采用的是随其主要生产技术变化而变化的组织形式。伍德沃德所说的技术，不仅指组织所使用的机器，而且还指能有机地运作和整合成不同的生产过程的方式。在她的研究样本中，她划分了三种不同的生产技术类型，从最简单的到最复杂的：

★ **小批量（或单位）生产**：顾客的需求是一次性的或数量少的特殊产品。

★ **大批量（或规模）生产**：大批量生产标准化产品，满足预期市场需求。

★ **流水线生产**：生产以一种连续的流程进行，比如炼油厂。

当公司以这种方式分类时，产生了一种情况，尽管这些公司在组织结构上有很明显差别，但较成功公司的许多变化都可以由所使用的技术来解释。在进行小批量生产的公司中，最恰当的结构是等级层次相对较少、中间管理层的控制幅度较大。伍德沃德指出，当公司从小批量生产转移到大批量生产最后到流水线生产时，情形就与小批量生产时相反，技术会变得越来越复杂，结构的层次增加，管理范围缩小，中层管理者控制幅度变小，而高层管理者控制幅度变大。在每一类技术中，表现最好的是那些采用了最接近其结构类型核心技术的公司。因此，伍德沃德的著作清楚地阐述了技术、结构和成功之间的关系，这与对所有公司来说都有"一个最好的方法"的观点是对立的。

尽管受到后来研究的限制，伍德沃德的研究仍是偶然性理论发展的里程碑。特别是她指出，在设计组织时尤其是决定控制幅度时，有必要考虑技术因素。尽管如此，她研究中的一

个重要缺点是很难把它应用到非制造业的公司中。查尔斯·佩罗的研究弥补了这一点。

查尔斯·佩罗：技术问题研究的继续

在美国，查尔斯·佩罗通过注意到技术的两个主要维度扩展了琼·伍德沃德关于技术和组织结构的研究：

★ 所要完成工作的变化程度或可预测的程度；

★ 技术能够被分解和分类的程度。

第一个维度：变化性，指例外或意料之外的事件的发生率以及对这些问题熟知的程度、处理的难易性或者是问题的独特性和解决的困难程度。比如，炼油厂几乎不会遇到非常规事件，而广告公司则会遇到许多无法预测和特殊的事件。第二个主要维度：分解和分类，指个体任务能被分解和细致归类的程度，以及问题能否通过确定的、常规的程序解决或是否需要制定非常规程序。把这两个主要技术维度放在一起，查尔斯·佩罗构造了一个连续的统一体，从常规到非常规。对于后者来说，有许多例外事件的发生，需要较为困难的、非一成不变的解决问题的技术来克服。另一方面，常规技术，几乎能够解决所有使用标准和简单技术而出现的问题。

查尔斯·佩罗认为，根据组织的技术及其工作任务的可预测性（常规到非常规）对组织进行分类，就有可能确定在某一情境下或进行某一活动最有效的结构形式。佩罗的常规—非常规连续统一体理论可以与伯恩斯和斯托克的机械和有机组织结构理论等同。在常规情况下，几乎没有问题产生，即使有，也很容易处理，由于环境稳定并且可预测，机械结构更有效。然而，在动态的、不可预测的环境中，更灵活、有机的结构形式在处理非常规困难和问题时更有效。通过把他的理论以这种方式公式化（即通过把技术和可预测性结合起来），就能够把它应用到非制造业中。因此，佩罗的研究不但加强而且还扩展了伍德沃德的把技术作为一个关键的情境因素并在设计组织时加以考虑的观点。尽管如此，当佩罗在发展他的思想时，另外一组研究者研究了另一个"关键"的偶然因素——规模。

阿斯顿小组：规模问题

尽管有许多人支持组织规模是一个关键的偶然性因素的观点，但也许最早和最热心的是伯明翰阿斯顿大学的一组英国研究者（被称为"阿斯顿小组"）。在20世纪60年代，他们进行了一系列研究，检验和确定不同的组织结构形式和它们的决定因素之间的关系。阿斯顿小

变革管理
Managing change

组从 20 世纪 60 年代早期开始，检验了一个由 87 家公司组成的研究样本，随着研究的进展和研究样本的增加，最后形成了令人印象深刻的数据库。

在对研究结果进行分析时，阿斯顿小组发现规模是专业化最强的预测因素，也是对程序和文书工作最为依赖的因素。他们发现组织规模越大，它越有可能采用机械的或者官僚主义的结构；反之，组织规模越小，它越有可能采用有机的或者灵活的结构。

这显然是一项重要发现，它不但支持了（至少是对大规模的组织来说）较早的韦伯关于官僚主义的研究，还打击了那些认为官僚主义功能失调正在消亡诸如本尼斯之类的人。阿斯顿小组以及布劳 (Blau) 和舍恩赫尔 (Schoenherr) 等人研究认为，规模是影响组织结构的最重要条件。尽管这并没有给官僚主义管理方式一次新生，但至少使官僚主义管理方式重新受到尊敬。按照阿斯顿小组的观点，官僚主义管理方式是有效率和有效的，至少是对大型组织如此。由于私人部门的公司和公共部门机构的平均规模在 20 世纪有增长的趋势，这一理论的应用性也将增长。

对规模和官僚主义管理方式的关系有两个解释：两者对组织的效率和有效性都有类似的联系。第一种解释认为，增长的规模为专业化提供了更多的机会——实际上，这是亚当·斯密的观点。这一点在各组织之间更大的结构差异性和更高的程度统一性中体现出来。这种情形会使管理合作更加困难，特别是与功能自治的同时出现时。为了处理这种情况，高级管理者将通过使用正式程序、标准化的报告和控制制度以及信息的书面记录，等等，建立起非人性化的控制系统。第二种解释强调的观点有类似的结论，不断增大的对员工群体的指导方面的困难，使继续使用人性化的、集中的管理变得效率低下，而必须代之以更加分散的、非人性的控制机制。这种制度的引入无疑导致了组织中官僚主义的扩展。

与所有偶然性理论家一样，那些认为规模是关键的情境变量的理论家并不试图重新发明适合所有组织的"一个最好的方法"，相反他们赞同组织的绩效依赖于组织结构与规模相适应的方法。因此，像所有的偶然性理论家一样，阿斯顿学派采用了强调每个组织都有"一个最好方法"的观点。

偶然性理论：总结和批评

偶然性理论方法与古典方法或人际关系方法相比，是一个更加凝聚的思想学派。它有 3 个统一的主题：

★ 组织是开放体系。

★ 结构和绩效依赖于每个组织所面对的特定环境和情境变量。

★ 不存在适用所有组织的"一个最好方法"。

　　偶然性理论的吸引力是显而易见的。首先，它与产生的时代——20世纪60和70年代——步调一致。在这段时期里经济和技术飞速发展，组织发展更趋大规模，国内和国际竞争更趋激烈。在这种情况下，偶然性理论不但为这些事件为什么会对组织带来问题，而且为如何解决它们提供了合理的解释。其次，至少从表面来看，它比人际关系方法更容易理解和应用。最后，尽管摒弃了古典方法，但总的来说它是一个理性方法，建立在把已知的可选结构与所认识到的偶然性因素——规模、技术和环境相匹配的基础上。

　　偶然性理论提供的变革管理途径与古典学派的途径类似。管理者应该从理性的角度收集和分析组织面对的情境变量的数据，并把它们与适当的结构相匹配。该理论还暗示，对员工来说，面对建立在这样一个"科学的"方法基础上的变革计划，唯一的理性行为就是接受情境的真实性并与管理者合作，完成所需的结构变化。然而，就是在这一点上——理性地和机械地应用偶然性理论的尝试中——产生了问题和缺点，也引发了对这个方法的一些批评，主要有以下几点：

★ 在把结构与绩效联系起来时产生了困难。一些学者已经指出，对"好的绩效"没有一致的定义，因此很难证明把结构和情境变量结合起来会带来所声称的益处。事实上，除了结构以外，还有许多其他因素影响绩效，其中运气也不能说是无关紧要的。戴维斯和司达指出，世界上每12家最盈利的公司中有7家是药业公司，其中有3家生产抗溃疡药品。由此他们得出结论，药业部门的赢利要归功于政府的过度慷慨，而不是归功于这些组织的本质——这很明显是一个在恰当的时期处于恰当位置的行业的例子。

★ 尽管偶然性理论已经存在了一段时间，对三个关键的情境变量——环境、技术和规模仍没有一个一致认可的、毫无疑问的定义。文献中对这些变量的定义范围较广，并且相互冲突，使得不但在建立起它们与结构的关系时，而且在应用这个理论时变得困难。

★ 正如前面所讨论的，尽管建立起了规模和结构之间的关系，但是也很难说这个关系对绩效有恰当的影响。一些研究者认为规模和结构之间的关系与选定的控制制度有关，而这又与组织的政策和文化本质有较多的关联，与提高绩效的努力却没有多大关系。

★ 在研究结构和偶然性因素的关系时，研究者为了进行比较使用了正式的组织结构。然而，正如霍桑实验表明的，一个组织的实际运作可能更依赖于工人创造的非正式结构而不是管理层所规定的正式结构。这是伍德沃德在她的技术和结构研究中提出的观点。她指出组织结构图未能表现重要的关系，这些关系结合在一起时，能对绩效有重大影响。

★ 结构和相关的原则及政策可能受到外界力量的强烈影响。在英国，只注重自身利益的公司受到规范的制约，并要面临对它们如何构造和运作有重要影响的一些限制。同样，在英国，金融服务组织需要在它们不同的业务之间建立"中国式围墙"（"Chinese Wall"），以防止具有市场敏感性的信息从一个区域传到另一区域。

★ 在作出关于结构的决策时，管理者不是组织偶然因素的囚徒，情况恰好相反。管理者不但对结构、而且对情境变量都有很大程度的选择权和影响力。无论这被称为"战略选择"、"组织选择"或者"设计空间"，意思都一样：那些对这一决策负责的高级管理者在选择和影响要使用的技术、运作的环境甚至是组织的规模上都有很大程度的自由。技术—结构假设的创始者之一，查尔斯·佩罗后来认为，选择和设计技术是为了保持和加强组织中现有的结构和权力关系，而不是相反。其他学者也以类似的方式说明了操纵规模和环境的情况。

★ 强调组织所追求的目标是清晰明确的、经过深思熟虑的、稳定和协调一致的，这些目标能够适应偶然性的远景。然而，研究者和实践中的管理者给出的实际情况并不一致，甚至是偶然性理论的两名支持者——劳伦斯和洛尔施，也强调了存在目标相互冲突的危险。在现实中，目标经常是不明确的，组织可能同时追求一些相互冲突的目标。很明显，组织的目标会对它的情境和结构产生影响。如果这些目标的决策是专断的、互相冲突的或是由管理者的长官意志决定的，那么应用偶然性理论就会变得困难。

★ 最后一项批评是偶然性理论过于机械和过于起决定性作用、忽视了组织生活的复杂性。正如人际关系学派强调的，组织根本不是许多人相信的理性实体（汤普森在支持偶然性理论时也提到了这一点）。有必要把组织看作是产生文化和政治问题的社会体系。这个观点认为，结构是组织中个体和群体之间权力斗争的产物，斗争中的每一方都是为了争夺各自的前途和地位。

因此，偶然性理论尽管有吸引力，但和古典方法及人际关系方法一样，未能为组织实际的运作方式和应该使用的运作方式提供一个令人信服的解释。

结论

如果不包括学术组织，对组织来说，任何组织理论或方法的重要目的都是帮助它们分析和纠正其目前情境中的弱点和问题，并协助它们完成达到未来目标所必需的变革。在过去的100年中，组织的设计和管理经历了从至多是基于猜测的特别过程，发展到高度复杂的、包含了许多实践和理论信息的过程。对外行来说，这使管理组织看起来成为一个更简单和更确定的过程，然而对大多数组织的进一步研究就会发现情况远非如此。总的来说，组织不但比过去更庞大、更复杂，而且管理者能够利用的实践和理论的参考也多样化，并且这些参考还能给出产生冲突和引起困惑的指示信息。

在这样的情况下，就毫不奇怪许多管理者要寻找简单明了的解决方案了。正像道格拉斯·麦格雷戈指出的，无论是 X 理论还是 Y 理论都是适用于他们自己的基本定位的方法。古典方法经久不衰的原因之一——尽管有强烈证据表明它在许多情境下缺乏适应性——就是它深深扎根于工业革命，它处理组织及其成员的方法是简单易懂的、机械的。在过去的20年中，对简便易行地解决组织生活中问题的方法的寻找已经通过多种途径表现出来，不仅仅是出现了一系列的"万能药"，比如新技术、人力资源管理、全面质量管理、文化变革，等等。不否认这些方法能够带来的好处，但是，就它们本身来说，好处充其量是它们鼓励了一个不完整的方法，而坏处则是在组织中产生了朝令夕改的气氛，一个"流行趋势"被另一个所替代，没有足够的时间来证明一个方法的性能。显然，在这种情境中，如果没有一个全面的、长期的计划，这些各种不同"解决方案"轮番上阵的结果便是产生更糟而不是更好的环境。

显而易见，组织必须抛弃短期的、一个个独立的方法，并且要从全局性的角度看待自己，采用一个长期一致的方法。但是它们应该选择哪一种方法呢？我们在本章和前一章中已经看到一些不同方法，一些经过深思熟虑并深受支持的例证，但是每一个方法都有缺点并受到批评，不过每一种方案或许都能够帮助组织分析和理解它们目前形势的优势和劣势。然而，它们能否为组织的将来提供更有效的安排有待进一步商榷。类似地问题还有，组织实际上应该怎样完成转变的过程也不明显。

人际关系运动提供了关于明确的目标、良好的沟通和领导方式的中肯性建议，但是对如何设定变革目标以及如何策划应对和实施方面则不太热心。偶然性理论确实给出了设定目标的程序，它强调为了选择最正确的结构，确定和分析组织面对的情境变量的重要性，然而，它在计划和实施的问题上也保持沉默，只是暗示，员工要理性地接受变革的合理化建议。此

变革管理
Managing change

外，即使组织的确要设法采纳人际关系或偶然性理论支持者的建议，但鉴于对这些方法的批评，它们能从中得到多大程度的益处并不清楚。

简而言之，本章所讨论的两个方法都不是它们的支持者认为的能够解决所有已知的组织症结的方法，它们未能反映和解释我们所有人都经历过的日常组织生活的复杂性，特别是，组织文化问题受到了忽视。然而，在过去的20年中，它对组织竞争的促进和阻碍作用的重要性已经变得显而易见。它们也没有考虑国家的差异和特色，或者进一步来说，没有考虑到影响我们生活的许多更广泛的社会因素，比如表现出更强的社会责任的必要性，无论是在"绿色"领域还是在平等机会方面。当然，很明显，世界已经发生了巨大的变化，如果要避免发生关于未来的最坏的预测结果，还需要其他变化。下一章将阐述组织生活的三个方面的新观点，旧的方法认为它们不完全正确，但是它们的影响正在变得日益重要。

学习检测

简答题

1. 霍桑实验的主要发现是什么？

2. 描述马斯洛的需求层次论。

3. 简要讨论X理论和Y理论。

4. 简述本尼斯宣布"官僚主义消亡"的原因。

5. 定义伯恩斯和斯托克使用的"偶然性"。

6. 组织的机械结构和有机结构各自的特点是什么？

7. 佩罗如何定义技术？

8. 根据阿斯顿小组关于规模是关键的偶然性因素的研究，描述他们的主张。

9. 简要描述下列理论对组织变革的意义：（a）人际关系理论；（b）偶然性理论。

论述题

1. 人际关系方法在哪些方面优于古典管理方法？

2. 哪种方式上，我们可以说偶然性理论包括古典管理方法和人际关系方法？

第 **3** 章

寻求新的范例

学习目标

学完本章之后，你应该能够：

- 理解 20 世纪 80 和 90 年代新的组织范例出现的原因；

- 描述文化卓越管理方法的主要特点；

- 列举文化卓越管理方法的主要优势和劣势；

- 描述日本管理方法的核心要素；

- 理解日本管理方法的主要优势和劣势；

- 讨论组织学习的主要特征；

- 评价组织学习的主要优势和劣势；

- 比较文化卓越管理方法、组织学习方法和日本管理方法的异同点；

- 评价这三种范例对组织变革的启示。

变革管理
Managing change

展示3.1 持续改善

商业活动的法则：持续改善

改善（Kaizen）是一个日语词汇，意为"持续改进"。在第二次世界大战后30年的时间里，日本管理技术的重要组成部分，如"全面质量管理"（TQM），以及颇受欢迎的丰田生产体系，在工程师们的指导下得以不断改进。这些工程师包括大野太一（Ohno Taiichi）和茂野信夫（Shingo Shigeo）。20世纪80年代这些概念被引进到了美国和一些西方国家（一些人认为是重新引进），在这些国家引发了对是否要完全执行还是进行理论探讨的广泛的讨论。

丰田公司早期的首脑人物丰田佐吉（Toyoda Sakichi）（1867-1930）对改善有一个也许是最恰当的表述，他指出没有完美无缺的处理方法，总会存在改进的余地。丰田佐吉是有深度的思想家，他不仅受到佛教思想的影响，而且还受到《自励自助》[Self-Help]这本书的影响，这是维多利亚女王时代的企业家——塞缪尔·司麦尔斯（Samuel Smiles）所著的，它曾经风行全世界。双重的影响使得丰田佐吉总是保持着对尽善尽美的追求，并在为之奋斗的过程中，取得了值得关注的成就。

改善是作为一种在生产和生产过程得以改进之后继续完善的哲学而被介绍的思想，并最终包含在了全面质量管理这个更大的概念之中。早在20世纪50年代，开创者们看到了美国的"统计质量控制"（SQC, Statistical Quality Control）方法的介绍，这种方法的原创者是贝尔实验室的沃尔特·休哈特（Walter Shewhart），并传说是被约瑟夫·朱兰（Joseph Juran）和W.爱德华·戴明（W Edwards Deming）二人介绍到了日本。"统计质量控制"技术为日本的质量控制指导者石川馨先生所普及，而且被许多公司迫不及待地采用，其中包括丰田公司。

正如丰田佐吉所说，改善，就是对改进坚持不懈的追求，不仅存在于店铺而且要贯穿于整个公司。西方对这个概念的理解中有一个重大的偏差。许多西方的管理者一直认为，改善或者一般地说全面质量管理（TQM）主要是指生产技术的改进，对其他领域没有用处。然而，全面质量管理（TQM）在丰田公司的发展，使它融入了包括每一个部门在内的整个丰田公司。最终，就像汤姆·彼得斯（Tom Peters）和罗伯特·沃特曼（Robert Waterman）指出的，在追求卓越的过程中，对改进的不断追求控制了管理者以及工人们的思想意识，他们需要随时研究如何进行改善以及如何实现改善，他们必须就他们的工作和工作环境尽可能多地进行学习，学习型组织为这些管理者制订了详细的规则。学习型组织和改善这两个概念就这样被紧密地联系起来了。

学习型组织坚持不懈地探询能够产生价值的新知识，改善的价值体现在，通过对产品和生产质量的不断改进为公司和顾客实现增值。目前，有着 50 年以上历史的改善又成为了一种时尚。

引言

从亨利·福特（Henry Ford）宣布他的名言"每一个消费者都能拥有一辆他想要款式的轿车，只要它是黑色的"那天起，组织已经走过了很长的路。今天，情况完全不同了，消费者要求组织应该适应他们的任何喜好的变化，不能满足消费者喜好的公司将会遇到麻烦。正如展示 3.1 所列举的那样，这就是为什么现在对"持续改善"如此关注的原因。实际上，在过去的 20 年，形势已经发生了改变，现在很多组织表示经历过范例的更替。如果是这样，我们范例的更替将意味着什么？并能带来什么？尽管美国科学哲学家托马斯·库恩（Thomas Kuhn）没有发明这个词，但是他在其作品《科技革命的结构》（The Structure of Scientific Revolutions）中赋予范例新的重要内容。他把范例定义为一个普遍认同的科学成就，在一段时间之后为实践者提供可以作为规范的问题解决的方法。库恩对完成科学工作的新思想和架构（即范例）是如何替代自然科学中的旧思想感兴趣。然而，从 20 世纪 60 年代开始，越来越多的社会科学家以极大的热情把库恩的方法应用到他们自己的理论中去。在其后的一段时期里，正如伯勒尔（Burrell）指出的，对这个术语提出了新的、富有变化的包含竞争性和引起争议的定义。当考虑到它对组织的应用时，一个范例可以被定义为看到和解释世界的方法；在特定的时间特定的活动领域中被普遍和强烈接受并分享的基本的假设、理论及模型构架。但是，随着环境和人们认识的变化，现有的范例失去了它们的相关性质并且出现了新的范例。正如汉迪（Handy）指出的：

变革管理
Managing change

> 当哥白尼指出地球不是宇宙的中心时，他是具有创新性的范例，尽管他并不知道这是革命性的范例。是人们的思想发生了变化，而不是星球的运动变了，并且他们现在看待同样宇宙的方式对他们的信仰、

价值观和行为都有深远的影响。

在前两章中，我们已经讨论了至少在西方已经出现并成为管理和组织理论领域中普遍现象的范例。尽管这些范例既有支持者也有批评者，越来越多的管理者为了在竞争中取得成功，在把它们应用到今天动荡不安的、复杂的多种多样的商业世界时，经历了实实在在的困难。结果导致了，特别是在刚过去的 20 年中，研究者和实践者都在寻找组织成功的新方法。

对新的范例的寻找最早出现在美国。日本工业和经济力量的增强迫使美国企业对它们的所作所为产生了怀疑，就像摩根所观察的：

> 在 20 世纪 60 年代，美国管理和工业的自信心及影响力似乎达到了顶峰。然而，逐渐地自 20 世纪 70 年代，随着日本实力的日益增强，日本在汽车、电子和其他制造业的表现开始改变这一切。日本开始控制国际市场……

日本和美国公司之间的生产力差距在约翰逊（Johnson）和大内（Ouchi）写的一篇发表在《哈佛商业评论》上的文章中完全显露出来。作者声称日本工人用同样的技术、组装同样的产品，却比美国工人的生产效率高约 15%。

> 这是令美国读者震惊的叙述，加深了关于美国相对世界其他国家竞争力下降的最严重的印象。自从第二次世界大战以来，美国的制造商已经习惯了自己比任何一个外国竞争者都生产得更多、表现得更好的判断。冷战时期使美国相信他们总体安全的唯一危险来自共产主义，尤其是苏联。对他们全面征服过的敌人和战略伙伴——日本，可能会在技术上甚至经济上超过他们的看法是令人不愉快的，甚至是难以置信的。

感到震惊的不仅是美国，在 20 世纪 70 和 80 年代，面对日本的挑战，整个西方世界的企业和政府也都如梦方醒。甚至以生产像宝马和梅赛德斯奔驰这样设计精良、品质出众的汽车而自豪的西德，也发现日本生产的像凌志（Lexus）这样的汽车，不仅同样也是设计精良、品质卓越，而且价格仅只是它们的一半。

使西方震惊的不只是日本的挑战。20 世纪 70 年代，又出现了曾一度被认为销声匿迹的失业和通货膨胀，而两次"石油危机"的发生，又清楚地反映了大多数西方国家对进口能源依赖的危险性。因此，过去的理念理所当然受到挑战，并开始产生新的正统学派。就像哥白尼一样，日本使西方从一个新的角度看待世界及其在世界的地位。

组织也越来越意识到在过去的 20 年中，世界的轴心发生了变化。标准化产品的大规模生产时代已经过去了，未来的关键词汇是多样性、灵活性和以顾客为导向。正如佩雷斯（Perez）和弗雷曼（Freeman）所强调的：新的知识经济的理论基础正在建立。这个新的理论基础有三个主要特征：

★ 向信息密集型而不是能源或原材料密集型产品的转变；

★ 从集中的大规模生产体系向更灵活的、能提供范围更广的产品、更小的批量和更经常的设计变化的体系变化——"规模经济"正被"范围经济"所替代；

★ 进一步大范围地整合公司内部的生产过程和生产体系，以及更广泛地整合供应商和顾客之间的生产供应体系，这样就有可能对市场和顾客的需求作出更迅速的反应。

这些发展被赋予了各种各样的名字。在 20 世纪 70 年代，丹尼尔·贝尔预示为"后工业社会的来临"。在 20 世纪 80 年代，其他学者提出的学说，则被称为后福特主义或后泰勒主义时代。逐渐地，到了 20 世纪 90 年代，发展为用后现代主义描述整个世界和个别组织中发生的变化。这些术语，特别是关于"后现代主义"的争论，将在第 4 章中讨论。但是，就目前来说，我们不需要确认组织的性质本身是否已经发生了根本的变化，尽管组织的规模、技术和复杂程度已经确实发生了重要变化。就像那些相信哥白尼的人一样，我们从不同的角度看待它们在已建立的秩序中的作用，并发现新的可能和新的挑战。

这些新的可能和挑战的出现迫使西方组织对它们的目标和行为进行彻底的重新评估，显而易见这不是时尚潮流或管理者意识的变化导致它们这么做的。事实上，我们从 20 世纪 80 年代初期所看到的是一个范例转变的出现，或者，更确切地说，是寻找新的、更适合的范例。商业环境中发生的变化看起来是如此的巨大、如此的快速，以至于现有的范例，无论它们过去有什么优点，都逐渐在消逝，不过新的范例也在不断产生。

在本章中，我们研究分析了 20 世纪 80 和 90 年代在西方的管理思想和管理著作中占主导地位的三个最初的范例：文化卓越管理方法、日本管理方法和组织学习方法。正如展示 3.1 所示，由于它们之间有很多的共同点，所以它们之间就有了相互联系、共同使用的趋势。不过，本章所要展示的是将它们作为各自独立的管理方法，并根据其不同的由来以及不同的管理含义应用于组织的管理。文化卓越管理方法的崛起，是通过利用和重新塑造美国和英国

的独立的自由化市场的传统，以试图抵制日本的竞争力。它出现在 20 世纪 80 年代早期，它的主要支持者试图预测并宣传优秀的公司在将来会如何运转及其运转的方法。

日本管理范例是很不一样的另类。在过去的 50 年中，它在日本发展起来。在那里，它不但得到广泛的实践，而且，至少是到最近，对它的成功都没有争议。由于 20 世纪 60 年代以来日本经济和日本公司的成功，日本的管理方法在西方引起了极大的兴趣——产生了"如果你不能击败他们，那么就加入他们"的经典情形，在英国尤其如此。来自日本的投资（以家族名字命名的如本田、尼桑和丰田）在"日本化"的影响和优点方面引起了大量的争议。在美国也是这种情况，在那里能够看到日本产品和日本方法，但反过来它们既被看作是对美国工业领先地位的威胁，也被看成是美国工业优势的生命线。

第三个方法，组织学习法，出现在 20 世纪 90 年代早期。著名的管理思想家，特别是克里斯·阿吉里斯 (1992)，对组织学习感兴趣已有 40 多年的历史。然而，只是在过去的 15 年中，这个概念才通过美国学者圣吉（Senge）和英国学者佩德勒、博伊德尔和伯戈因的工作，把它作为提升组织竞争力的"发动机"而流行起来。组织学习的重要优点在于它是一个普遍通用的方法，利用吸取了西方和日本的组织传统，并可与二者相融合。尽管文化卓越管理方法和日本管理方法有一些相似之处，比如日本对质量的热情和文化卓越学派对追求卓越的大力提倡之间的相似性。但两者也有重要的区别，下面将会加以说明。日本管理方法对文化卓越的思想家具有明显的影响，但是后者在日本的影响很小。在西方这可能是两种相互竞争的方法，但是在日本则显然不是这样。尽管如此，两者都是动态发展中的范例，也存在一些共同因素。因此，在西方将两者兼容并蓄不是不可能的。然而，尽管组织学习方法利用了西方和日本的组织传统，但它从来没有试图将文化卓越管理方法和日本管理方法兼容并蓄的意思。相反，它代表了另一种努力，为西方国家，尤其是美国，提供一种管理组织的方法，使这些国家在 21 世纪享有它们在 20 世纪的大部分时间里所享有的领导地位。

但是，本章的结尾将会讨论到，尽管这三个原型范例提供了新的可能性，它们也引发了同样的争论，在认识人的作用和对待他们的方法时，矛盾较为突出。因此，正如下面关于三种方法的讨论所表明的，在试图成为新的范例的同时，它们仍必须回答旧的问题。

文化卓越方法

尽管这主要是一个北美的观点，但文化卓越方法在欧洲也有支持者。因此，对这个方法的研究将利用大西洋两岸的主要学者的理论，即汤姆·彼得斯和罗伯特·沃特曼，罗莎贝丝·摩斯·坎特（Rosabeth Moss Kanter）和查尔斯·汉迪。这些学者都是国际上承认的进行管理实践的咨询家，当然汉迪和坎特也是著名的学者。因此，尽管他们的工作是试图预测和宣传公司在未来运转的方式以及应该如何运转的方式，但这是建立在以他们认为的最好的公司目前所做和未来拟做的事情的坚实基础上的。

这三个观点形成了设计和建立最近 20 年开始出现的新型组织形式运动的先锋，他们的工作（尽管既相互补充又有区别）对我们理解管理领域的未来具有深远的影响。这项工作将被详细加以研究，从彼得斯和沃特曼的美国观点开始，然后是坎特，最后以汉迪的英国观点结束。

汤姆·彼得斯和罗伯特·沃特曼对卓越的追求

汤姆·彼得斯是最近 20 年最有影响的管理咨询家，这是有案可稽的。他的著作销售了上亿册，他的演讲座无虚席，他在报上的联合协作专栏横跨全世界。据说他还是世界上报酬最高的管理咨询家之一，据称在 1987 年他每次演讲报酬约为 25 000 美元。他与罗伯特·沃特曼合著的《追求卓越：美国最杰出企业运作案例》（In Search of Excellence: Lessons from America's Best-Run Companies）一书赢得了国际性的声誉，这是一本空前畅销的管理书籍，或许很难评估这本书的影响。当西方经济遭遇波动、日本公司几乎席卷所有西方公司的时候，这本书为西方公司重新获得竞争力提供了一种方法，也许是唯一的方法。

这本书最初建立在对组织卓越性决定因素的一个课题研究的基础上，这项研究是由彼得斯和沃特曼在为麦肯锡公司做咨询员时进行的。他们使用与理查德·帕斯卡莱和安东尼·阿索斯共同发展出的现代著名的"麦肯锡 7S 构架"（见展示 3.2）来研究美国最成功的 62 家公司。

展示 3.2　7S 构架

战略（Strategy）：为达到特定的目标，对稀有资源进行调配的行动方针或计划。

结构（Structure）：组织的主要特征，表明了组织的不同部门之间的联系方式。

体系（Systems）：组织的正式的生产规程和流程。

人员（Staff）：劳动力组成成分，如：工程师、管理人员，等等。

风格（Style）：主要管理者的行为举止以及组织的文化特色。

共同价值观（Shared values）：注入在员工思想里的具有指导意义的观念和意识。

技术（Skills）：个人、工作小组以及整个组织所拥有的与众不同的各种能力的总和。

彼得斯和沃特曼得出结论，认为企业成功的关键是 4 个"软 S"（人员、风格、共同价

变革管理
Managing change

值观和技术）。在强调"软S"时，他们对前面章节中描述的"理性管理理论"提出了质疑。他们认为理性管理方法有缺点，因为它导致了下面的情况：

★ **执迷不悟的错误分析**——对有用的形势和信息的分析太过于复杂和太难以操控。这种分析力图对原本就不可知的事物求得准确的分析结果。

★ **分析引发瘫痪**——过分应用理性模型导致行动停顿和计划混乱。

★ **不理性的理性**——理性管理技术不考虑对问题的实际应用情况，就确定所谓"正确"的答案。

根据这些批评，彼得斯和沃特曼强调说，作为具有理性方法特点的分析工具只应该作为人类判断的辅助方法，而不是替代。他们认为，正是管理者和员工能自由地质疑正统学说，以及运用各种不同的解决方案进行实验的自由，才把卓越的公司和失败的公司区分开来。彼得斯和沃特曼的观点取代了理性方法，他们认为组织如果要达到卓越，需要具有8个关键特性：

1. 贵在行动；

2. 贴近顾客；

3. 自治和企业家精神；

4. 以人促产；

5. 传递价值驱动；

6. 做好自己的事；

7. 简单的形式、精简的人员；

8. 张弛有度的特性。

以下是对这些特性更详细的讨论。

1. 贵在行动

卓越的公司可确定的主要特性之一是对行动的偏爱。尽管它们在方法上是分析性的，但它们仍喜欢鼓励迅速和准确作出反应的方式。达到快速行动的方法之一是彼得斯和沃特曼称为"分块"的方法，这种方法首先将组织中出现的问题变成可管理的（即分解成"小块"），然后由专门为此而成立的小组处理。这类小组可被称为"项目小组"、"任务力量"或"质量圈"，成立这类小组的主要原因是便于鼓励组织的流动和行动。这些小组的主要特征如下：

★ 它们的组成人员通常不超过 10 名；

★ 它们是自愿组成的；

★ 小组的生命周期一般是 3~6 个月；

★ 成员的报告等级和级别与所要处理的问题的重要性相适应；

★ 关于小组进程的文献不能多，并且是非正式的；

★ 这些小组承担一组有限定的任务目标，这些目标通常由他们自己决定、监督和评估。

"分块"并不只是存在于卓越的公司中偏爱行动的例子，它反映了公司对革新和实验的意愿。这些公司对行动的哲学认识很简单："做，修改，试。"因此，卓越的公司的特点就是有小规模的小组，这些小组特别适用于处理明确指出的已经被分解成可处理的问题。即使项目或任务很大，小规模小组仍是关键。小规模导致了对可管理性的理解，并产生拥有所有权的感觉。

2.贴近顾客

卓越的公司确实是贴近顾客的，而其他公司很少提及这一点。顾客决定产品、数量、质量和服务，最优秀的组织都宣称竭尽所能地履行质量、服务和可靠的承诺，公司的任何部分都不对顾客封闭。事实上，许多卓越的公司声称经常有意地倾听自己顾客的意见，从中得到了一些对新产品的最佳想法。卓越的公司"与其说是受技术或者是受成为低成本生产商的意愿驱动，倒不如说是受它们直接的顾客导向所驱动。它们似乎更关注于自己所提供服务的产生利润的一面"。

3.自治和企业家精神

也许卓越的公司最重要的因素是它们"在同一时间既能采取大规模也能采取小规模行动的能力。一个相伴产生的要素很明显是它们在员工中鼓励了企业家精神，因为他们把自治权力大大地推广到了管理等级的下层"，使"冠军"产品产生、成长和繁荣。这个"冠军"不是空中楼阁的空想家，或智力巨人。"冠军"甚至可能是对一个理想想法的"偷窃"。但是"冠军"首先是一个实用主义者：了解并得到别人的想法，坚持不懈地从中产生一些具体的有形的东西。

在促进这种态度时，卓越的公司具有它们所标榜的"冠军制度"，由下面的因素构成：

★ **产品追求"冠军"**——信仰某一产品的狂热痴迷者。

★ **成功地运作"冠军"**——以前经历过使产品夺冠过程的人。

变革管理
Managing change

★ **有威望的榜样**——一位年长的领导者，有代表性地为"冠军"提供角色模型。

这种制度的本质是培育、促进和巩固企业家的成长，"冠军制度"的三个要素对它的运作和可信性是最基本的。

这个制度的另一部分是在一些公司中，产品"冠军"倾向于被分配在他们自己的"自由任选部门"。这些与小型独立的公司类似，由独立的新的事业小组构成，这些小组由"冠军"运作并得到高级管理层的全面支持。自由任选部门是独立的，因为它对它自己的财务、人事活动、质量保证及该领域中自己产品的支持度负责。为了进一步鼓励企业家精神，公司的报酬分配机制要高度鼓励团队、小组和部门为新的项目开展相互竞争。

自治和企业家精神，也受到卓越公司所采用的畅通无阻的沟通程序的鼓励。这种沟通程序有以下特点：

★ **沟通是非正式的**——尽管在任何时候都有许多会议，但大多数会议是非正式的，不同部门的员工聚集在一起，讨论并解决问题。

★ **沟通体系受到有形的实际的物质支持**——到处都是有利于非正式的小组讨论的黑板、活动挂图和小桌子。目的是鼓励人们谈论组织：什么东西需要变化；什么东西正在发生；怎样改善周边的事态。还有一些人被称为梦想家、异教徒、讨厌的人、不随波逐流者或者天才，这些人的唯一角色任务就是促进组织创新。他们的工作是通过发起和鼓励支持试验使创新成为制度，他们除了拥有可以任由其处置的资金资源外，还能够号召组织中其他部门的员工在整个过程中协助他们。

★ **沟通是热烈的、密集的**——由于组织鼓励和支持（经济、道德和物质方式）沟通自由，所以毫不奇怪，员工之间的沟通水平不但是非正式和自发的，而且还是热烈的，这可以从普遍举行的没有议事日程和记录的会议的发生率中体现出来。而且，在这些会议上发表演讲时，对问题提出建议不会令人羞怯，对问题的讨论是自由和公开的。会议希望出席者完全投入到会议中去，不存在不能提问的"神圣不可侵犯之物"。

这个热烈密集的沟通体系的行为，就像是一个非常严谨的控制体系，因为人们总是相互检查，了解每个人进展如何。这产生了与组织发展保持一致的真诚愿望，而不是任何不利的动机。其结果之一是团队对项目的花销更加谨慎；另一个结果是大量的质问者的行为就像是"思想想法的产生机器"。因此，就可以保证团队不完全是依赖他们自己的力量进行创新和解

决问题，这通常也确保了在作出最终决定之前对所有的选择都会进行考虑。促进创造力的同时也伴随着这样一个结果的产生：这就是高级管理层要更加容忍失败，要非常理解"冠军"们在创造成功革新的过程中必定经过多次的尝试，经受一些失败。

4. 以人促产

卓越的企业的一个受欢迎的原则是它们对待工人充满敬意和尊严，称他们为合作伙伴。这是因为提高产品质量和产量的重要源泉是人，而不是制度或机器。因此，"对个体要坚持实实在在的尊敬，愿意训练他们，对他们设置合理和清楚的期望，并给予他们直接完成各自工作的实际自治权力"。在这类企业中有一种亲密无间的家庭式的感觉，事实上，许多"合作伙伴"把组织看成是一个大家庭。这类公司的标语反映了人们的这个观点："尊重个人"、"使人们成为赢家"、"让他们出人头地"、"不要把人们当作小孩来对待"。

5. 实施价值驱动

卓越的公司是受价值驱动的，他们很清楚自己支持什么，并严肃认真地对待价值观形成过程。组织中存在一个暗含的信念，就是组织中的每一个人，从高层到底层，都应该受组织价值观的驱动。因此，应当花费大量的时间和金钱极尽努力让这些价值观来鼓舞人们，并使其深深植根于人们的心中：

> ……这些价值观几乎总是用定性的而不是用定量的词汇来陈述。当提到经济目标时，它们几乎总是雄心勃勃，却不精确具体。而且，经济和战略目标从来不单独陈述，它们总是在公司希望做好其他事情的背景中才被讨论。利润是做好一些事情自然的副产品，而不是其本身的结果，这一观点是相当普遍的。

灌输这些价值观是管理团队中每个成员的主要责任，他们通过前瞻性的指导而确定基调，然而其统一性和同质性必须首先通过规范的会议（正式和非正式的）在高级管理层中建立起来。这么做的目的是使管理层意见一致，这样他们就会对宣传组织的价值观充满热情，不是在办公室中而主要是在有工人的工厂中释放这些热情。但是灌输这些价值观是一个费力的艰苦过程，坚持不懈对达到预定的目标是至关重要的。

6. 做好自己的事

外部收购或内部多样性本身不是卓越的公司的一个特点，它们必须做好自己的事——做它们最懂的事情。但是当它们确实要收购时，它们就得以实验的方式进行试探。首先"把一

个脚趾浸到水中"，如果对"水"感觉不好，它们就迅速退出。收购总是在与它们的核心活动相关的领域中进行，而且它们从不收购不知道如何经营的公司。作为一个普遍原则，它们"主要通过内部繁衍的多样性进行扩张，这是一个每次都能控制的步骤"。

7. 简单的形式，精简的人员

卓越公司的一条指导原则是使事情简单化和小规模。从结构上来说，最普遍的形式是"产品部门"。这种形式几乎没有变化，提供每个人都理解的基本检验标准，并且可以从中探讨日常生活的复杂性。由于负责特定项目的小组、团队和任务组是这些公司中普遍的惯用手段，结构中的大多数变化是在边缘发生的，例如通过把一名或两名员工分配到某一特定小组中。采用这种方法，其基本结构保持不变，而所有其他的事物围绕它运转和变化。这既能给组织提供很大的灵活性，也能使它们保持结构简单、部门可以被划分及自治的特点。

这种简单结构会使公司和公司的中间管理层变小、员工也精简。这个结果就导致管理人员越来越少、做事的人越来越多，"……发现少于100人的公司职员经营几十亿美元的企业并不希奇"。因此，在卓越的公司中，层次较少的扁平结构和缩减的官僚机构——两者结合在一起，导致企业具有灵活性和快速沟通的特点——是当今流行的结构。

8. 具有张弛并举的特性

这是"坚定和自由"的原则。一方面，它允许卓越公司严密地控制每一件事情，而另一方面允许并确实鼓励个人的创新、自治和企业家精神。这些特性通过企业组织文化——它的共同价值观和信仰联合取得。通过分享共同的价值观、自我控制和自我尊重，使得每人都成为他们自己和其他任何人的主管。组织中的个体成员知道他们有自由，而且被鼓励进行实验和创新。然而，他们也知道他们的行为会受到细致的检验和鉴定，在产品质量、目标以及最重要的——对顾客这些方面产生影响的行为会被给予高度重视。焦点问题是在未开拓的领域建立和扩展业务，最终的目标是成为最好的公司。在最后的分析中，这是衡量个体的纪律性和灵活性的基准点。

因此，彼得斯和沃特曼主张卓越的公司的主要特性是扁平的、非等级制的结构；具有创新和"企业家精神"；总体规模小以及中层管理人员少；基于贡献而不是职位或任职年限长短的报酬制度；注重脑力而不是体力劳动；以及与之相适应的强有力的组织文化。

根据彼得斯和沃特曼对领先的美国公司的研究，他们对组织未来的展望已经证明是非常有影响力的，而且其影响不仅是在商业领域，在学术界也是如此。这并不是说（就像后面将要表明的）对他们没有批评，毫无疑问，他们为利用和凝聚其他杰出思想家的成果奠定了基础，尤其是在强调文化所起的重要作用方面。

他们对未来的展望从没有停止过。彼得斯组建了他自己的咨询公司——汤姆·彼得斯集团，并把它作为发展和实施文化卓越管理方法的工具。尽管他对卓越组织需求的观点没有根本改变，但在著作《混沌中的生机》（Thriving on Chaos）（1989）中，他指出，到目前为止，美国还没有卓越组织。在《解放管理》（Liberation Management）（1993）一书中，他进一步强调了把组织分解成更小、更独立、更灵活单位的必要性。他主张，只有这样，管理者才能得到"解放"，才能充分发挥他们自己的以及他们的组织的全部潜能。在这本书中，彼得斯指出像 IBM 和通用汽车（General Motors）这样的大公司的时代已经过去，他把这类公司看作是过时的、没有竞争力的庞然大物，除非进行迅速和彻底的变革，否则它们注定要消亡。彼得斯强调，只有进行快速的结构变化调整，才能为产生解放管理者和发挥工人潜力的企业文化创造条件。事实上，这本书对美国公司存在的体制和做法进行了彻底的抨击。

《不断创新:不能在通往成功的路上退缩》（The Circle of Innovation: You Can't Shrink Your Way to Greatness）（1997)，也许是最能反映他强调打破传统旧习的一本书，甚至这本书的样式也与他以前的书不同。该书使用了许多不同图片、不同类型、不同大小的字体甚至在有些情况下使用了几乎是超现实主义的页面设计，使它看起来更像流行的电视录像而不是传统的书，传达信息能不更加清楚？就像这本书的样式所具有的创新性一样，如果组织要生存也必须具有创新性。彼得斯对过去和现在的组织持久不变的感觉的攻击比已往更加尖刻。他认为"职业行为"、"管理规则"、"平衡方法"、"适应性"、"逻辑性"和"一致性"都是一些过时的概念。彼得斯引用维萨网络（Visa Network）的创始人迪伊·霍克（Dee Hock）的话说："问题绝不是如何获得新的、有创新性的思想，而是如何抛弃旧的思想。"对彼得斯来说，组织遗忘远比组织学习更重要。他强调，未来的成功既不与组织过去所做的事情相关，也不与现在使它成功的事情相关，而是与它们今后在确定新的产品、新的服务和新市场方面如何创新相关。他强烈地、几乎是救世主似的呼吁组织集中于自己的创新。彼得斯认为创新需要执迷不悟的追求、紧张不安的悬念，具有刺激性、煽动性，并且市场上没有其他人比你有更长远的眼光。他相信当公司在产品质量和成本上相同时，只有通过坚持不懈的努力和持续不断的创新，才能使公司在竞争中脱颖而出。正如质量在 20 世纪 80 年代被看作是每个人的工作一样，彼得斯主张创新现在也必须成为每个人的工作。就结构来说，组织必须采用网络化的或者甚至是虚拟的结构、小组甚至个人拥有自我管理的自由，以及拥有按照他们认为合适的方式建立或断绝联系的自由。事实上，这本书的副标题也可以是："无序化规则！"

而在《追求卓越》一书中，他和罗伯特·沃特曼提出了他们关于卓越的 8 个特征，这本书的结构围绕着他对《不断创新》的 15 个观点展开。如下所述：

★ 距离已不存在；

★ 对毁灭旧的无所顾忌；

★ 没有"橡皮擦"，你不能生存；

★ 我们都是米开朗琪罗（Michelangelo）；

★ 欢迎进行白领革命；

★ 所有的价值来自专业的服务；

★ 中介者消失；

★ 制度是解决之道；

★ 创造强烈的欲望；

★ 汤米·希尔菲格（Tommy Hilfiger）服装知道；

★ 成为发掘人才的行家；

★ 这是一个女性的世界；

★ 没有什么是唯一的；

★ 爱所有的人，为所有的人服务；

★ 我们要过幸福的生活。

通过彼得斯不同的著作，试图跟上他的思路就像企图抓住薄雾——就在你以为已经抓住它的时候，它却从你的手中溜走了。事实上，彼得斯为他的不一致而颇感自豪："他们以为我不一致。我认为那对我来说是一个荣誉奖章。"最初他认为追求"卓越"是拯救美国公司免受日本竞争者消灭的唯一途径（并因此巩固美国首席工业国的地位）。接着在《解放管理》一书中，彼得斯认为美国公司必须被彻底打破，才能使美国生存下去。来自《不断创新》的信息则表明，由于商业世界永远处于混乱之中，任何组织生存的唯一方法，就是通过永不停顿的创新和变革，以达到持续不断的自我更新。

然而，尽管他提供了一些新的工具和技术，并且多年来，他的作品的语气逐渐变得尖锐和狂热，但是从本质上看，他仍在宣传最初从《追求卓越》一书中发展出的观点。市场不仅是评判成功的最终权威，也是唯一的权威，满足日益增长的迫切的令人愉悦的欲望是生存的唯一途径。创新，亦即自治和企业家精神，现在是卓越的公司的重要特性以及成功的唯一保证。彼得斯关于组织应如何运作的观点，也许能够从他引用的赛车手马里奥·安德烈蒂 (Mario Andretti) 的一句话中进行最好的总结："如果事情看起来已处于控制之中，说明你跑得还没有足够快。"

罗莎贝丝·莫斯·坎特的后企业模型

坎特是美国最主要的管理思想家之一。除了是哈佛商学院的教授和《哈佛商业评论》的前任编辑之外，她也是她自己的公司——优秀评测咨询公司 (Goodmeasure Inc.) 的一名有影响力的主要管理咨询顾问，据说 1987 年她每小时的服务收费约为 17 000 美元。她早期的研究工作是关于乌托邦社区的。例如研究震颤派教徒（震颤派教徒 1747 年起源于英格兰的基督教组织中的成员，过着公社式的生活并信奉独身——译者注），但是后来她开始研究商业组织。坎特最初以她的著作《公司里的男人们和女人们》 (Men and Women of Corporation) (1977) 而闻名，这是她对自认为是官僚主义的、没有想象力和不令人鼓舞的美国公司的集中而深刻的研究成果。在接下来的一本名为《变革大师》 (The Change Masters) (1983) 的书中，她给出了克服她所看到的美国公司委靡不振和缺乏竞争的个人处方。书中描述美国公司正处于转变时期，它认识到过去的公司制度不再有效，但对未来还不太有把握。坎特认为它存在于美国而不是日本思想中，特别存在于通过授权和让更多的员工参与进来所释放的个人活力之中。

尽管她早期的著作很明显地与彼得斯和沃特曼的观点基调一致，但是坎特的《巨人学跳舞：做挑战 20 世纪 90 年代战略管理事业的主人》 (1989) (When Giants Learn to Dance: Mastering the Challenges of Strategy, Management and Careers in the 1990s 一书，试图通过对组织若想取得成功将来必须是像什么样子的界定，最大程度地补充和发展了他们的研究工作。坎特号召开展商业管理革命以建立她所谓的"后企业"组织。她使用这个术语在于：

> ……因为它使企业家精神更进了一步，能把企业原则应用到传统的公司中，能在企业创造力和公司准则之间、合作和团队工作之间建立起密切联系。

坎特主张：

> 如果新的商业游戏确实像爱丽丝漫游仙境中的草地槌球运动那样，那么要获得胜利，

变革管理
Managing change

就需要比传统的官僚主义公司具有更快的行动、更具创造性的策略、更大的灵活性，以及员工和顾客之间更紧密的伙伴关系。为寻找机会，它需要更加敏捷灵活的管理，不会因笨重的结构或者烦琐的程序阻碍行动而陷入僵局。简而言之，公司巨人必须学会如何跳舞。

她强调说，今天庞大的公司需要学会像老鼠一样敏捷和快速地跳跃，才能在我们这个竞争日益激烈和迅速变化的世界中生存。公司必须一直保持警惕，紧跟竞争者的意图。通过评估现代企业组织对加于其身的要求的反应，坎特提出了未来企业组织应如何运作的后企业模型。她认为后企业组织应追求3大主要战略：

1. 重新构造组织结构，产生协同作用。

2. 开放边界以形成战略联盟。

3. 从内部产生新的冒险事业：鼓励创新和企业家精神。

下面将详细加以阐述。

1. 重新构造组织结构，使之产生协同作用

当全部加起来的效果总和超过各组成部分的汇总时，就产生了协同作用。在资源稀缺的时代里，组织的工作重点之一是使公司的每一部分都为整体增加价值。这种方法的本质是确认并集中于核心业务领域，消除所有不利于它们高效率和有效运作的障碍和阻碍。因此，所有非核心的业务都应被清除，权力下放到业务的恰当层次：那些处于一线的人。实际上，这意味着出售组织的非核心的业务，并保证剩下的是精简和有效的活动，尤其是整体和中级管理层的活动。尽管如此，仅只降低组织官僚机构规模的策略是不够的，公司还必须保证这些人以前承担的基本任务仍要完成，这能通过其他的方法达到。比如使用计算机进行监督和信息的收集；授予独立运作单位更多的责任和权力；把以前由企业自己完成的服务和任务分包出去。

这样的结果是创造出了比过去更加扁平化、更负责、更简单并且更具凝聚力的组织。然而，坎特强调对这种激烈的变革必须认真策划、谨慎执行，保证员工的工作是增加了而不是削减了。

2. 开放边界以形成战略联盟

由于组织结构精简，并把一些功能分包出去，产生了与其他组织共享资源、联合利用机会和分享思想及信息的需要。这些联盟有三种形式：服务联盟、机会主义联盟和利益联盟。

第一种形式：服务联盟。是两个或更多的组织形成的交叉联合公司，在有限的时间内负

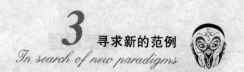

责某一特定项目。当各个合伙企业的资源不足以使它们自己单独承担项目时，通常会考虑这类联盟。由于这个原因，这类联盟多是针对研究和开发（R & D）项目的就毫不令人惊讶了。福特和通用汽车公司合作研究制造汽车新材料的开发就是这类研究的一个例子。这种方法允许组织资源流动，而且通常是大规模的流动，同时限制它们的公开泄露以及保护它们的独立性。这种伙伴式联盟的限定性目的，使得即使是竞争对手，也可以为了相互的利益而成为合作伙伴。

第二种形式：机会主义联盟。由联营企业组成，它的目标是利用已出现的某一特定机会。"……这种联盟的两个主要的优势是提升扩大能力的优势、技术转移或市场进入亦或是两者兼而有之"。这种联盟的一个例子是罗夫集团（Rover Group）和本田之间的联合，前者得到了日本的技术，而后者得以在欧洲市场更大地发展。然而，正如坎特所指出的，这种联盟不总是平等互惠的，"……一旦合作方之一得到了另一方的能力和经验，联盟就会易于解体——现在即使没有合作伙伴也可以寻求机会"。

第三种形式：利益联盟。与前两者不同，这是一个组织与其有利害关系的主要权益者，通常是它的员工、顾客和供应商之间的一个持续的、几乎是永久性的合作。员工、工会和管理层日益认识到应把各方看作是同一企业中的合作伙伴而不是对手的必要性，同样也要把顾客和供应商看作是合作伙伴。组织生存的主要前提是为它的顾客服务，因此，需要接近他们，不但要知道他们现在和将来的需要，而且还要考虑潜在的联合开发产品的想法。同样，组织依赖于供应商，在任何情况下供应商都希望与其顾客保持密切关系。利益联盟近年来在英国已经受到越来越多支持者的拥护，而且这种现象还存在于像日产汽车这样的日本公司中。坎特指出，技术和组织制度的重大创新需要长期的投资。如果公司确保它们关键的利益相关者本身也致力于同样的目标和途径，它们才可能进行这种投资。

这些联盟的结果会导致组织中的结构和职务位置发生变化，有时是极具戏剧性的强烈变化，尤其在高级和一线经理中更是如此。但是即使是以前受到保护的团体——比如研究和发展（R & D）专家们——也会发现他们的作用和责任发生了变化。他们不但要与组织内部的同事，而且还要与外部的团体更紧密地协调工作。

3. 从内部产生新的事业——鼓励创新和企业家精神

传统组织在从已有的主导业务中得到完全利益的同时，也面临着平衡将来会成为主导业务的创新活动之间的困难。坎特认为在许多传统公司中，有这样一种感觉，由于它们不能给员工寻找新思想，没有发展新产品的灵活性，而失去了很多机会。创造新产品或开创新业务

的工作过去完全是战略计划者或者是研发（R & D）部门的主要任务，然而，在后企业组织中，创新正从这些专业化的领域转到舞台的中心。正如第三部分的案例研究指出的，一些组织有意组建新的、独立的单位，或完全重新构造以便培育创新和企业家精神，由此就产生了鼓励和支持创新的新文化，旧的障碍和限制被消除。这些变革的结果便是员工的创新潜力被发掘出来，并导致了新思想、新产品和新的工作方式的剧增。

后企业模型的后果

毫无疑问，后企业模型对组织及其员工都产生了深远的影响。然而，与彼得斯和沃特曼不同，坎特认为，尤其是对员工来说，这些新发展不完全都是福音。她注意到变革在三个方面对员工有重要影响：报酬体系；职业发展道路和工作安全性以及生活方式。

报酬体系

雇主和雇员将日益关注奖励和得到奖励的新的恰当方法。事实上，随着私人和公共部门绩效薪酬的出现，职工的收入已经从基于职位和工作年限定薪的方法，逐渐向基于对组织的贡献定薪的方法转变。这种转变的驱动力主要来自对四个方面的关注：成本、公平、生产力以及企业家的压力（见展示 3.3）。

展示 3.3　报酬体系的驱动力

> **成本**——公司必须节约资源，保持竞争力，但目前的体系对公司来说太昂贵了。
> **公平**——组织必须保证员工按照他们的努力程度得到公平的报酬。
> **生产力**——组织希望采用能够激发员工达到高绩效的报酬体系。
> **企业家的压力**——公司意识到目前的体系总是不能令人满意地补偿企业家的努力。

通过应用三种不同的支付方式可以解除这些担心，而且这三种方式不是必然相互排斥的。第一种方式是利润分享，员工的工资与公司的绩效挂钩。这就意味着薪水不是固定的，而是通过使用事先确定的公式，与组织在某一特定期间的利益相关联。第二种方法是使用个人绩效奖金，在基本工资之外，与一事先设定的绩效目标挂钩。这种方法的优点是使每个人在其个人努力和得到的奖金之间建立直接的关系。尽管这种方法并非创新，但绩效奖的总和有时是基本工资的两倍。最后一种方法是风险回报方式，这也许是与过去的方法最彻底决裂

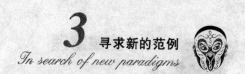

的一种。在这项方案中，组织中的企业家和投资者都有机会对他们负责的市场上某一特定产品或服务的表现得到相应的回报。通过这个机制，企业家或发明者仍处于整个组织之中，但是其报酬获得的基本方式与小型独立企业的所有者类似。优点是他们获得了个人满足感，就宛若是拿到"自己经营"的公司的报酬一样，而负责各部分运作、受到高度激励而具有创造性的员工，则是组织得到的最大利益。

新的报酬体系所产生的图景当然不都是美好的，只要有赢家，当然就会有输家。不是每个人都有机会成为企业家，或处于具有得到某种形式奖励制度的职位上。而且，目前许多按照基于工作年限和职位的报酬体系而获益的人会发现他们失败了。受到组织的认同并沿着既定的职业道路前进的年长的工人，尤其会受到这类变革的负面影响。此外，这类报酬体系会产生分裂和冲突。坎特强调团队工作的必要性，然而团队中的一些成员由于得到较高的奖金会产生破坏合作的紧张状态。尽管组织每一位成员的利益分享方案可能会克服对团队的威胁，但是如果每个人不管他们各自的贡献大小都得到同样的利益份额，那么就可能起不到激励作用。这些支付报酬的不同方法在激励方面的作用可能是最小的，或者甚至是使人丧失热情，并且实际上会迫使组织中最有经验的人离开。

职业和工作的安全性

随着组织变得越来越精简以及更多的任务被分包出去，组织结构变得更加扁平化，整个的等级层次都取消了。其结果可能是职业道路传统形式的结束。坎特认为，留在一个组织中，沿着公司的职业阶梯向上爬的思想，现在被不必在同一个组织中转换工作的观点取代了。因此，与人们依靠组织为他们提供各自的职业规划相反，将来，个人将肩负规划和追求他们自己选定的职业道路的责任。

这种变化还会影响组织的技术发展，只在某一特定工作或专业领域具有技能已经不够了。因为这些必然会随时间而发生变化或者甚至完全落伍。将来，个人会发现工作安全性的概念被"可雇佣性安全"的概念所替代——因此要能够调整和提高个人的能力，才能够在不同类型的组织中很好地工作。所以，职业将用专业和组织的原则来塑造：职业由发展和出售自己的技能和思想的能力决定，而不是由公司来提供一系列工作。人们加入组织或接受特定的工作，不再是像过去那样为了工作的安全性或职业的进程，而是为了发展他们的技能，增加知识和提高他们未来的可雇佣性。

坎特争论说：

变革管理
Managing change

……人们日益努力地工作，是为了积累他们自己的个人声望资本，而不是为了很好地学习一个制度，也不是为了满足组织的特殊要求。

例如，对许多管理者来说，获得或展示将来的雇主或金融投资者都会重视的才能，比了解他们目前任职的组织中高于他们几层的人更重要。

做了如此描述后，还必须认识到存在着需要解决的矛盾和困境，人们所创造的是有利于创新和企业家精神，以及锐意变革和具有灵活性的组织文化。在这些组织中，可雇佣性和忠诚是短暂的概念，唯一有影响的是个人目前的绩效，而不是他们过去或将来潜在的贡献。因此从组织的角度来说，所面临的两个主要困境是：如何协调上面所述与它们所说的把雇员看作长期合作伙伴的目标？以及如何激励员工怎样为组织而不是他们自己的利益工作？这在所争论的关于组织未来依赖的是"冠军"和企业家精神的情形中，尤其是一个尖锐的左右为难的问题。其原因在于，这是一群高度市场化的独立个体，他们更倾向于把他们的职业看作是各类不同的工作和组织。

工人的生活方式

现在和未来的组织中，人们拥有更大的创新和实验自由，以实施更强有力的经济奖励来提高绩效水平，人们对其业务涉及的领域也有了更多的控制力。毫无疑问，在这种情况下，人们会被要求，并且实际上也希望延长工作时间，并以工作为中心形成他们的社会生活。有更多的证据表明，在绝大多数发达国家，人们现在的工作时间较 10 年前更长。为了鼓励这种情况，如今很多公司让关键雇员充当"值守管理员"的角色，为他们采购、找管道工、挑选新轿车甚至寻找新住房并安排搬迁。当然，这些做法的目的就是让员工更有效率地关注工作。表面看这对组织有好处，但实际未必尽然：

工作场所成为社会生活的中心，工作伙伴成为婚姻的候选人，在某种程度上是对负荷过重的、沉溺于工作、几乎没有时间去外界追求个人生活的人提供了方便。新的劳动力人口统计分布图，也不可避免地反映了这个结果。但是，另一方面，这个观点也非常令人困惑：那些大量的个人生活不在公司大门之内的人会怎么样呢？在工作场所之外还有家庭的人怎么办呢？

我们已经知道这类工作形式对人们的健康及其家庭生活的负面影响。事实上，如今为了能与家人度过更多的时间，男女高级管理者中放弃工作或者转向工作要求低、报酬低的岗位

（降低岗位）的现象有增长趋势。一个典型的例子，就是 2003 年英国卫生大臣艾伦·米尔本（Alan Milburn）的辞职决定，其目的就是为了有更多的时间陪伴他的孩子。这种"降低岗位"的现象也许就是坎特所说的，为什么一些公司认为未婚或离婚的管理者比已婚的管理者更好的原因。因为如果他们没有家庭生活就会更集中于他们的工作。因此，激励和开发利用之间的界线差距是很小的，并且越过界线可能对个人和组织都没有好处。

坎特的许多关于组织变革需要和组织变革方向方面的著作支持了彼得斯和沃特曼的观点。当然就创新和企业家精神、文化和灵活性、结构和工作方面来说，他们也有许多共同的基础。因为他们的著作都是以美国的观点来写的，这些观点又都是基于美国主要公司的经历和计划，所以在某种程度上我们可以预计到这一点。然而他们的区别在于，坎特对这些发展采取了更加批判性的观点，特别是她注意到存在于后企业模型中的核心矛盾：人——他们的技术、激励和忠诚——是未来组织成功的根本吗？或者因为环境和绩效需要，他们只是需要得到和被分配的另一个商品吗？

与彼得斯相似，坎特在一个更广泛的环境中拓展了她早期的工作，在《组织变革的挑战》（The Challenge of Organizational Change）一书中，她和其他作者把注意力转到管理变革的问题上来，并提出了"执行变革 10 诫"（见展示 3.4）：

展示 3.4　执行变革 10 诫

1. 分析组织及对变革的需要。
2. 建立共同的愿景和共同的方向。
3. 与过去分开。
4. 制造紧迫感。
5. 支持强有力的管理者的作用。
6. 排列政策的拥护者。
7. 起草执行计划。
8. 发展有能力的结构。
9. 沟通，包含个人诚实。
10. 重新加强和实施变革。

了解了变革途径之后，坎特等人（1992）对"果敢式行动"和"长征式进程"两个方法进行了区分。前者与主要的战略决策或经济的主动性有关。他们认为这些能对组织产生一个清晰和迅速的影响，但是它们几乎不会引起习惯或文化方面的任何长期的变化。另一方面，

"长征式进程"的方法偏向于相对小规模的、渐进性的操作，其益处在于长期而不是短期内获得利益。但是，随着时间推移，"长征式进程"方法能够对文化产生影响。"果敢式行动"是由一些高级管理者发起的，有时甚至只由一名管理者发起，他们不依赖组织中其他人员的支持而获得成功。而"长征式进程"方法却必须依赖其他人员的支持，没有大多数劳动者的参与和贡献，这种创新不会成功。

坎特等人认为这些是具有互补性而不是替代性的变革方法，尽管实际运行中，公司会偏爱其中的一种。即便如此，公司如果要在转型中成功，可能既需要"果敢式行动"，也需要"长征式进程"。

与彼得斯的工作不同，坎特的研究远远超越了独立商业企业的界限，而把社会的运转看作一个整体。她曾与迈克尔·杜卡基斯（Michael Dukakis）——马萨诸塞州的前任州长，合著了《创新未来》（Creating the Future）（1988）一书，并为他以失败告终的美国总统的竞选活动开展工作。杜卡基斯和随后的民主党政府在马萨诸塞州的影响，可以在坎特更近期的一本书《世界级：经济全球化下的区域繁荣》（World Class: Thriving Locally in the Global Economy）（1997）中看到。在这本书中，她认为如果当地和社会团体要得到经济安全，必须把自己看作是无情竞争的全球经济中的竞争实体。坎特把全球经济描绘成由自由企业支配的、世界上任何一个地方都能够提供许多商品和服务的经济模式。她指出在20世纪80和90年代，美国的蓝领和白领工作被出口到了世界上任何能提供最低的劳动力成本的地区，尽管支持运用自由企业制度的最终结果是使每个人都受益，但坎特却认为如果当地及其社会团体要在这样一个残酷的条件下生存和繁荣，它们必须学会如何保护自己。她还特别强调干预地方政府形成与本地私营企业的联盟并操控本地经济，通过建立对企业友好的税收制度以及有选择性地把公共支出用于教育和基础设施项目建设，它就能够吸引和留住雇主，尤其是大公司。

在《创新：3M、杜邦、通用、辉瑞和乐佰美公司的突破性思维》（Innovation: Breakthrongh Thinking at 3M, DuPont, GEP, Fizer and Rubbermaid）（1997）一书中，坎特回到组织的内部世界，试图检验文化卓越管理方法的基础。这本书的中心论点在书的护封中进行了简要总结陈述，在本书中，你会发现：

★ 为什么不可能从商业学院的思维特性中实现创新。

★ 为什么如果与目前市场需求联系得过于紧密，对成本或规模的调查就会失败。

★ 为什么管理者必须学会更直观地进行运作。

★ 为什么交叉功能小组比任何其他的组织设置具有更大的生产力。

★ 如何培育竞争性的内部环境，以产生健康的、有创造力和有需求的具备企业精神的员工。

这些观点利用了本书标题中公司的实践和编者自身经历的杂闻琐记而得以充实。在汤姆·彼得斯撰写前言的这本书中，许多论点反映了彼得斯自己关于创新的观点，这是毫不奇怪的。事实上，这本书的重要观点可以由汤姆·彼得斯所作前言中的一句话加以简要概括："毋庸赘言，明天的胜利属于创新大师！！"这充分表明了文化卓越方法在商业世界中获得的可信程度，在大约 20 年之后，它的两位主要的美国支持者仍然对什么原因导致成功具有一致的看法。

在文化卓越以后的（也是最后的）部分中，我们从英国的一位主要理论家——查尔斯·汉迪的角度来研究新的组织形式的产生。

查尔斯·汉迪所呈现的未来组织

查尔斯·汉迪是英国重要的管理思想家之一。事实上，在 1997 年全球管理宗师的欧洲联合排名中，他被排在了第三位：前 10 名中的其他人都是美国人。汉迪在哈佛大学和麻省理工学院的斯隆分校接受过教育。他曾是油矿管理者、经济学家和伦敦商学院的教授。他还曾是商业、政府部门、志愿者部门、教育和卫生部门等涉及范围广阔的组织的顾问。

汉迪的第一本书《认识组织》（Understanding Organizations）出版于 1976 年，已经成为管理课程的标准教材，现在已经印到第四版。但是，给他带来公共声望，并且开始形成他对组织未来发展方向观点的则是《未来的工作》（The Future of Work）（1984）一书。与坎特和彼得斯一样，他的研究受到日本的崛起和西方明显衰退的启发，并对英国高失业率特别关注。汉迪认为，如果组织要生存并愿为所有想要工作的人创造有意义的工作，那么组织和个人都必须改变他们看待工作和职业的态度。在其《非理性时代》（The Age of Unreason）（1989）一书中，汉迪清晰地、完整地表述了他对组织成功所需条件的观点。他认为组织生活正发生着意义深远的变化：

工作正在发生变化，因为组织正在改变它们的方式。但是同时，组织不得不作出调整以适应变化的工作，就像是鸡和蛋的情形。至少有一件事情是清楚的：无论私人还是公共部门的组织都面临着一个严峻的世界——按照有效性原则对它们进行的评价比以前更加严厉苛刻，防范保护性措施也越来越少。

他宣称英国公司正在迅速从过去的劳动密集型组织中转型，以新知识为基础结构，由少数位于组织核心位置的精英，管理、操控着智能化机器的组织将成为时代的潮流。他指出，领先的英国组织已经越来越从它们投入的知识和创造力中，而不是体力运用中获得了增值。他坚信数量更少、更优秀的受到激励的人，在聪明的机器帮助下能够比委靡不振的大团体创造出更多的增值。

与彼得斯和坎特一样，汉迪相信正在出现的未来组织将会更小、更灵活、更没有等级之分，他还认为新组织必须把员工看作是需要发展和激励的资产，而不是工业炮灰。但是，他不能设想关于组织的表现形式，将来不会具有多样性的关系。与彼得斯和沃特曼不同，与坎特也稍有区别的是，他认为公司将继续面对不同的环境，并需要以不同的方式作出回应。因此，不存在试图重新建立适用于所有组织的新的"最好的方法"，以及由于这种尝试而导致的矛盾。汉迪明确指出了将在未来占据主导地位的三种普遍的组织类型：

1. 三叶结构组织；

2. 联盟组织；

3. 3I 组织。

详细解说如下：

1. 三叶结构组织

这种组织形式就像由 3 片相互连接的叶子构成的三叶草一样，由三组相互独立的工人组成，各组员工受到的对待方式和期望值都不一样：少数"核心"员工组成的专家小组；契约性质的外围人员；以及灵活的其他劳动力。

核心员工是第一片叶子，也是三叶结构组织形式的显著特征。这个由专业人员组成的专家小组是组织的"大脑"，或者是我们所称的"神经中枢"。这些人对组织来说非常重要，组织的秘密就存在于这少数几名有智慧、有发言权的人手中。他们既是专家又是多面手，因为他们运行管理着组织，并且操控着已经在很大程度上取代了大量劳动力的巧妙的机器和电脑。这些"……都对核心人员产生了压力，这种压力能够由新的因素来平衡，人员是原来的一半，报酬是原来的两倍，工作的效率却达到原来的 3 倍"。

为了高报酬的工作，要求他们对组织高度忠诚，工作成为息息相关的生活。他们有责任使组织朝着更大的成功目标前进；有足够的灵活性接受竞争者不断变化的挑战，以及应对顾客同样复杂多变的需求。核心员工与组织是同事和合作伙伴的关系，而不是上下级的关系。

从非常实际的角度来说，公司是他们的公司，他们希望凭借他们的作用和成就得到承认和获得报酬，而不是他们在组织阶梯上的职位。这就导致对他们的管理有所不同——通过承诺管理：要求他们做什么但不告诉他们怎么做。

契约性质的外围人员是三叶结构的第二片叶子。三叶结构组织的一个中心特征是与它们的生产能力相比，它们的规模要小得多。这可以通过两种方式达到：第一，如前面所述的用机器代替人；第二，服务和任务外包给个人和其他组织。这导致了契约性质的外围人员的产生，他们可能只为所谈定的公司单独工作，也可能不是。他们按合约要求完成特定任务，根据结果获得酬劳，而不是根据所花费的时间得到工资。赞成这种安排的论据有很多，可主要归结为下列3点：

★ **廉价**——公司只为它们所得到的结果支付费用。

★ **更易于管理**——如果不是必需的，为什么还要把员工列在工资账册上，带来所有人力资源管理的问题？

★ **工作量保持均衡**——当业务处于淡季时，是签订合约的人承受工作量减少的影响。

灵活的劳动力是三叶结构的第三个也是增长最快的叶子，由一组能被组织使用的兼职人员组成。这些人具有相关技术，不必或不能得到全职工作，但是可以兼职。

这些灵活的工人中有越来越多的女性，为了照顾家庭，她们离开了专职工作，但是愿意用部分时间来工作，同时仍可以兼顾照料孩子。还有更多年轻的或退休的管理者也加入了这个大军，他们喜欢从一项工作换到另一项工作，兼职做些零工，这些人有时被称为临时工（临时雇员）或自由劳动者。这个群体的增长可以通过雇佣机构的激增来衡量，这些雇佣机构专门为这类群体服务，在20世纪80年代早期就在英国成立了。然而，灵活的劳动力从来不具备如下特质：

> ……核心人员的专心致志或雄心壮志。足够体面的报酬和体面的工作条件是他们所希望的，……他们有工作，但没有职业，不能期望他们与组织荣辱与共，为组织分忧解难，他们也不会热爱他们的工作；在他们的文化中，更多的工作应得到并要求得到更多的金钱。

因此，在三叶结构的组织中，结构和雇佣原则使它能有很大的产量，而从直接雇员的数量上来说又很小。这种组织比较精简，只有少数几个等级层次和更少的官僚机构。它通过巧妙运用智能机器和视情形变化合理使用兼职人员和分包者而达到这一点。然而，与过去的原

则不同的是，所涉及的人员必须是有高度技能和胜任能力的。这种组织形式还具有比传统组织少得多的办公室和工厂设施的优势。除了核心人员，其他人都分散在不同的地区或他们自己的家中，通常采用复杂精确的沟通系统保持相互联系。

具有灵活性和各类技能的这类组织，非常适合为快速变化的市场需求提供高品质的产品和服务。正如汉迪所指出的，它的所有魅力在于它们不必由始至终地雇佣所有的员工，或者甚至不用在同一地方完成工作。按照汉迪的观点，小规模不但美妙，而且越来越具优越性。

2. 联盟组织

这是汉迪认为的在将来会居于主导地位的第二种组织类型。他把这类组织定义为个体组织的集合或网络，以各自特定的身份为共同的目标联合在一起。联合的产生有两个原因，第一个原因是随着三叶结构组织逐渐扩大，核心人员开始发现，他们为作出决策所得到的各类大量的信息越来越难以处理；第二，它们建立了应对商业世界不断变化和竞争环境的反应机制。现代组织不但要拥有小规模带来的灵活性，也必须有能够支配大公司的资源和实力。

正如汉迪所说：

> 它（联盟主义）使个人能在组织的"小村庄"中工作，又有"大城市"便利条件的优势。"都市化"的组织不再有效，除非被分解成"村庄"。在"大城市"模式中，它们不能应对处理其产品、程序和人员需要的多样性；另一方面，"村庄"自身既没有资源也没有创造思想的增长。当然，一些"村庄"只要能生存就满足了，在它们的小环境中生活得很快乐。但是全球化市场需要全球化的产品和大的联盟来制造、生产它们。

因此，联盟主义暗指对三叶结构授予自治权，要求三叶结构由它们自己独立的主要领导者领导、由对公司负全部责任的核心管理人员来支撑。在这种情况下，三叶结构成为在联盟中心的庇护伞下各自独立又相互关联的实体。随着权力逐渐转移给仍处于联盟核心的三叶结构组织，联盟中心的任务就是提供一个共同的平台以整合三叶结构的活动，联盟中心的作用是引导产生和整理来自不同三叶结构的思想，并使它们形成具体的、能够达到的战略目标。因此，联盟中心主要是关心未来、面向未来、促进思想产生、创造未来可能的前景和选项。而所有这些都是为了最终目标的完成：促进组织不断向前发展，并且使它不但保持对竞争对手的领先地位，而且还要走在时代的前面。

联合组织的另一个特点是如汉迪所说的"改进了的美国油炸面圈"。

> 油炸面圈是一种美国油炸食品，它是圆形的，中间有一个洞，不是像英国面圈那样中间是果酱……但是，这是一种改变了的美国油炸面圈，因为它中间的洞和外面的空间被填满了；……如果你思考一下你的工作，或任何一个工作，就会产生相应的类比了。一部分工作是有明确定义的，如果你不做，你就会被认为是失败的。这是油炸面圈的中心、核心、精髓……在一个人拥有的任何有意义的工作中，不但要完成所要求的全部工作，还要在某种程度上进行改善……移到油炸面圈空的地方并填补它。

通过这种方法，联合组织希望能使成员的革新和创造潜能发挥到极致。它通过确定某一特定产品或服务的核心工作、目标和期望的质量标准达到这一点。而在确定的范围之外，在"油炸面圈"的空余部分，成员有足够的空间和自由对现有的思想提出挑战和质疑，实践并提出新的工作方法、新产品或服务，其目的是鼓励更高标准的需求调查和实验的产生。由此引导出联合制度下领导的本质是为组织提供共同的愿景目标，对那些生活将会受到影响的人——不论是直接还是间接的——留有修改、思考、扩展并接受这一愿景目标的空间，然后使它成为现实。在这种情况下，领导就是为员工提供检验和提升他们潜能极限的机会。

3. 3I 组织

这是汉迪的第三个新的组织形式，尽管事实上它由一组原则而不是一个结构模型构成。从前面所述可以很清楚地发现，三叶结构和联盟组织的形式都在工作中引进了新的维度。传统的观点发生了转变，已经建立起来的判断组织有效性的标准被重新进行了评价；有些问题，比如对工作贡献的定义、薪酬制度、管理技巧和许多其他问题都以新的管理思想的眼光进行了检验。事实上，根据汉迪的理论，我们正处于管理思想和实践变革的边缘。

通过对三叶结构和联盟组织中的核心人员特性的调查研究，给出了构成未来公司成功和有效性因素的新公式。汉迪认为，核心人员运用他们的智慧分析得到的信息，从而产生新产品和新服务的设想。如此，我们发现汉迪的前两个组织形式中包含了产生他的第三种形式的种子，3I 组织的基础是智慧、信息和思想（Intelligence,Information,Ideas），由于这 3 个"I"构成了新组织的重要智力资本，因此重要的是将 3I 原则应用于处于支配这些特性的位置上的核心人员。

将来，组织成功的等式将是 3I =AV，其中 3I =智慧、信息和思想，AV=增加价值（Added value），表现为货币或其他形式。这将是一个"致力于追求真理，或用商业语言来

说，追求质量"的组织（汉迪）。这不完全依靠人的能力，而将是聪慧的人和智能的机器的结合。因此未来的组织将日益成为：（1）投资智能机器以保持竞争力和有效性；（2）培训有技术和聪慧的人控制机器；（3）保证这些有技术的员工得到公正的报酬。

要成为3I组织并保持成功，就必须使员工的技术、知识和能力赶上潮流。这意味着它必须成为一个学习型组织，为它的智力资本的发展提供有益的环境。必须有意识地、正式地投入时间和努力用于组织所有层次的学习和研究。尤其是与较为传统的公司中相对应的人员相比，3I组织的核心人员必须比他们花费更多的时间用于思考和学习，接受外部专业人士和专家的培训、进行学习旅行以及更多地倾听组织中的"合作伙伴"的建议，这一切都是为了改善组织的人力资本这个目标。新的组织将是动态的、相互作用的社会群体，这里的信息对所有的人都是公开的、可以自由地发送和接收。在3I组织中，要求每个人除了实施行动以外，还要求每个人进行思考和学习，但对核心人员的要求总是最多的。这类人员将越来越被寄予希望：

> ……希望他们不但具有与他或她的特定角色相适应的专业知识，而且还需要认识并理解商业，具有专业化的分析技能和人际交往技能以及理性概念构思的技能，并且还要跟上时代的发展。

这是使3I组织具有独特性的关键特征：它是谈论知识话题的温床，是赞许流行文化的宝地。从传统的角度来讲，员工不但没有受到监管，相反被高度信任，并给予实践新思想和新概念的空间。最后，这种组织的灵活性以及它们所处的运作环境的不可预测性，意味着职业将变得更加多样化、更加缺乏持久性。

因此，能够看出，汉迪对未来组织形式的观点并没有表现出与坎特、彼得斯和沃特曼的观点不同。不过，他至少在两个关键方面与他们的观点有区别。首先，他公开承认，不是所有的组织都采纳同样的形式或以同样的步伐进行变革。他的三种普遍形式表明，组织为了使自己的特定环境与最适合的机构形式相匹配，就必须进行选择和明智判断。而且，很明显，他既把这看作是进化过程也看作是变革过程：公司不能马上成为一个3I类型的组织，它们必须经过一段时间才能发展成3I类型的组织；其次，他公开表明了其他研究者只是暗示的观点，即在每个人都被作为平等的"合作伙伴"看待的新组织中，一些人会比其他人还要更平等，也就是说核心人员将比契约性边缘人员或灵活劳动力得到更优越的对待和更优厚的报酬。

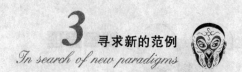

汉迪没有对现有的组织如何调整自己使自己能够采用新的形式给出专门的指导，尽管他确实指出组织中个体内部缺乏授权和自信的表现是变革的主要障碍。然而在一本早期的著作中，他非常清楚地表明，根本的变革是一个长期的过程，人们对变革的反应更倾向于情感而不是理性。

《不理智的时代》（The Age of Unreason）出版之后，汉迪似乎越来越关心他对工作世界的描述所产生的出乎意料的后果。这在他1994年的著作《觉醒的年代》（又译《空雨衣》）（The Empty Raincoat）的第一段中表现得一目了然：

> 4年前出版了我早期的一本书《不理智的时代》。在那本书中，我提出了关于工作被重新塑造以及重塑可能会对我们所有的生活产生影响的观点。总的来说，这是一个乐观的观点。从那时起，工作世界完全以我们在书中所描述的方式发生着很大的变化。这对作者应该是欣慰的，但是我却没有感觉到这一点。太多的人和组织被变革弄得心神不宁，资本主义没有像预计的那样灵活，政府并不是完全英明的和有远见的。生活对许多人来说是一场斗争，对大多数人来说更是一个谜。
>
> 我们成熟的社会中发生的变化要比我所预计的更加彻底、更令人困惑也更令人沮丧。

在《觉醒的年代》一书中，汉迪又回到并重新论述了他早期著作中的许多主题，但是有两点不同。首先，他公开承认这些新组织形式产生的职业类型，将对雇员尤其是高级管理者的家庭生活产生严重的负面影响，公司将会号召他们成为"公司人"，还包括他们的家人。其次，这本书几乎给人一种热衷于传道的感觉，在这本书的后半部分尤其可以感觉到这一点。汉迪认为现代世界已经从人们的生活中得到有意义的价值，而对利益的追求可能会激励高级管理者：

> 在组织较低的层次中，没有多少人会因为能够让股东获得收益的思想而兴奋。"卓越"和"质量"是正确的褒义词汇，但是它们由于在过多的组织中被重复使用而失去了原有的光彩。

这种对未来更悲观的观点也存在于他1997年的著作《饥饿的灵魂》（The Hungry Spirit）一书中：

> 我相信许多人被我们自己在西方创造的世界所迷惑……把每一件事都变成一种商业活动，甚至于我们自己的生活，这似乎不是答案。一家医院和我的生活，不仅仅是一种

商业活动。

积累起你不能想象如何使用的财富可能的好处会是什么？如果像国际劳工组织（ILO）所计算的世界上有1/3的工人现在处于失业或半失业状态，那么创造这些财富所需的效率又有什么意义？这种对增长的热情将会在什么地方结束？……我对浪费了这么多人的生命而感到愤怒，他们被财富中的贫穷拖累；我对缺乏关于生活和生活目的更好的观点以及渲染我们生活的经济神话的流行而感到担心。金钱是生活的手段而不是生活的意义。

汉迪在这本书中认为，在西方，人们的精神需要已经让位于他们对物质需要的追求。他研究了使人们的生活重获平衡的选项和责任，特别地，他关心财富的分配，关注教育能给每个人的生活一个良好开端的作用，以及我们怎样能够在照顾他人的同时也照顾好我们自己。他甚至还触及了也许是所有问题中最大的问题："最终，什么是生活的真正意义？"在回答这些问题时，他所涉足的范围很广，观察市场、组织和企业以及政府和宗教的作用。他相信答案存在于对"正当的自私"的追求中，这是对个人主义的重新定义。他认为个人从追求狭隘的自我利益中挣脱出来，取而代之地认识到，为所有人追求一个更公平的社会反而更有利于他们的利益。尽管他确定了政府和企业在创造"正当的自私"中的作用，但他认为，个人仍应履行主要责任。特别地，他注意到企业家个人在变化的世界中的作用：

企业家，无论是社会的还是商业的，在追求超越其自身的一些事情时经常发现自身某些方面的问题。这类人不满足于维持现状，他们渴望有所不同……偶然的是，企业成为使企业家沮丧的梦魇。他们应该将其转到正面的方向上来，并更加有目的地去实施，在希望能与别人一起构建社区时，能够为他们自己（包括女性）保留一些最好的条件。工作场所一直是生活的真正学校，也许它需要稍微调整一下课程，以适应个人创造力的新时代。

汉迪号召对个人、组织和社会目的提出新的理解，他希望看到商业和社会的一个强大、规范的道德方法，重新建立人们不但要帮助和服务自身，还要相互帮助和服务的观念，这可能是我们中的许多人都愿意分享的情感。但不幸的是，他未能表明他所支持的个人企业家精神的释放对研究探索新的组织形式的建立有何积极意义。相反，他要求我们相信人性的善良，并对未来持乐观态度。然而，汉迪的著作中反复出现的一个主题是现代社会的许多矛盾，尤其是极端富裕与极端贫困的存在，以及技术创造有意义工作的潜力和日益严重的生活

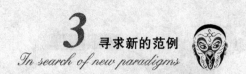

质量下降的趋势。因此，这看起来很奇怪，汉迪忽视的一个问题，是他支持的组织形式可能会产生他不赞成的工作缺乏和贫困。

文化卓越：总结和批评

毫无疑问，文化卓越方法对西方企业的思维有重要的影响，特别是在英国和美国。《追求卓越》一书已经售出超过 600 万册，一直是畅销的管理书籍。和书取得的巨大成功一样，它的作者，尤其是汤姆·彼得斯也成了成功的、具有影响力的咨询家。罗莎贝丝、莫斯·坎特和查理·汉迪也同样在商业领域取得了他们以前只在学术界拥有的声望。看看任何书店的商业类图书都会发现有更多的看风使舵的作者，几乎每一天都会有声称他已经找到了成功秘诀这种巨型炸弹般的书籍出版。其中有一些在商业界取获了一定程度的声望，但更多的都消失得无影无踪。尽管如此，出版商继续出版它们，让它们以不同的方式和形式重复表现文化卓越的信息，强调管理者对信息的渴求。

管理者也不会购买了这些书之后就把它们束之高阁。在过去的 20 年中，大西洋两岸的管理者试图根据文化卓越原则重新塑造他们的企业。在 1997 年，产业协会（Industrial Society）进行的一次调查表明，在英国有约 94%的组织响应，在近期内进行了或正在进行文化变革项目。

文化卓越方法产生和持续流行的原因是：在旧的确定性已经消失、每天都出现新的和更危险的竞争者的世界里，它抛弃了日本的公社团体和各阶级合作主义的方式，提供了与自由市场的自由主义相符合的成功秘诀，强调了过去 20 年中在西方居主导地位的个人主义。它不仅仅是对过去发生的事情的改头换面，组织的文化卓越管理方法与以前的方法有极大的不同。尽管我们可能已注意到新的形式，尤其是汉迪的三叶结构形式与工业革命中组织生活的第一个萌芽有着非常有趣的相似。管理上的企业家风格、对有特权的核心技术工人的强调，以及立约外包所有组织的活动都是早期工业组织的标志。但是，那时与现在最大的区别在于：正在出现的新组织的复杂程度、内部功能与外部关系的整合程度、对全体员工——无论是核心员工还是边缘员工——的智力和技术要求的程度，当然还与雇佣的条件有关。沃森（Watson）创造了"文化卓越学派"这个术语来描述这种方法的支持者，对他来说，还有更进一步的至关重要的区别：

> （在这些新组织中）为组织带来活力，使组织成员的活动集中在产生有效业绩的原因是：有影响强大和阐述清楚的文化的存在。

变革管理
Managing change

这一点很明显地使在过去 20 年中发展的文化卓越管理方法与过去 100 年产生的大部分理论和实践大相径庭。

彼得斯、坎特和汉迪认为组织正在进入一个新的时代，熟悉的主题有着不同的含义并用新的语言来表述。对比新旧之不同，他们认为新时代的组织中重要的不是体力，而是脑力：明智地使用信息的能力，这些信息可以带来许多增加价值和保持竞争力的思想。新的组织在结构上是扁平的，尽管更确切地说是结构的重要性日益减弱，它作为指导和机制的控制作用，正在被强调灵活性和适应性的需要并为之提供便利的文化所取代 [尽管附带地我们应该注意到彼得斯 (1993) 也把等级结构的分解看作是建立这些新文化的重要一步]。文化卓越方法敲响了等级制度组织和通过谋取职位晋升的观点的丧钟。职业和技术与报酬思想一样有了新的含义。

在未来，职业很可能依赖个人保持可雇佣性的能力。反之，"雇佣性"所需要的技术将是动态和广泛的，而不是组织或职能（专业）所特定的。同样，职业道路和晋升将不再由特定的雇佣组织和它的结构及准则来决定，而是更多的受个人承担新的角色和责任给自己创造的机会所左右。无论是在同一个组织中，还是从一个公司转到另一个公司，情形都是相同的。关于报酬，似乎会采取一种不是与特定职位相关的工资制度，而是采取根据实际绩效付酬的形式。

在人际关系方面所传递的信息是：新的组织形式将以一种更负责和更人性的方式对待员工，雇员被看作有能力对组织的成长作出重要贡献的"合作伙伴"。新的组织形式所强调的这种方法，将显现出尊重个人的坚定意志，个人将接受培训，确定合理和清晰的目标，并被授予对组织工作作贡献的自治权。新组织将寻求发展公开的、灵活的和切合实际的文化，以形成帮助员工促进创造力和企业家精神发展的环境。

新的组织形式所主张的另一个特点是：授权自治和鼓励灵活性及创新性的能力，以及对其运作保持密切控制的能力。与许多其他的观点一样，这是通过文化而非结构、价值观或规则而达到的。每一件事都被密切监督，不是通过主管，而是通过所营造的一个上下一致的环境氛围，所有的人都对其同事的工作承担平等的责任，享有合法的利益。

很明显，得到拥护的新的组织形式提供了许多令人称赞和值得支持的东西。同样明显的是，他们的支持者和推广者提出的问题远远超过了他们所能回答的范畴，或者更进一步说，当处理一些正在出现而不是已有的和具体现实的情况时，都是不可避免的。然而，由于这种观念已经存在了大约 20 年，现在的情况已然不是这样。因此，如果忽视或掩饰显而易见的问题和两难选择的困境，那就属于疏于职守了。许多研究者注意到了文化卓越方法的缺点，卡罗尔（Carroll）和劳勒（Lawler）都对彼得斯和沃特曼的著作中基于方法上的缺点提出了苛刻看法。实际上，彼得斯自己也承认，他和沃特曼为了得到他们的结论，"假造"了一些数据。这看起来增加了对威尔逊观点的支持，威尔逊认为他俩的著作缺乏任何明显的实践或理论基础。尽管威尔逊的批评看起来有些夸张，但文化卓越方法确实有一些严重的缺点，尤其是对组织运作非常关键的三个方面非常值得商榷：

1. **人。** 关于对新组织中"人"的作用和行为的过分关注的严重矛盾。一方面，员工被认为是新组织的主要资产；另一方面，员工却被分成了不同等级，从核心员工到边缘员工，不同等级员工的对待方式及相应报酬的支付方式都有着显著的不同。而且，没有哪一级员工能够指望任何真正意义上的工作安全性，只有他们的工作领域达到了最高标准，新组织才会重视他们价值。这不但使人与人之间产生相互对立，还使组织的一部分与另一部分产生对立。尽管从竞争理论中我们得知，健康的竞争能够提高组织的竞争力，但是文化卓越管理方法是否健康还不清楚。文化卓越管理方法还鼓励团队合作，而个人对进步和报酬的追求经常导致相互冲突而不是合作。

2. **政治。** 尽管从传统上西方公司要么否认内部斗争的存在，要么认为这种行为是荒谬的。然而不可否认的是，为资源、权力和生存而进行的斗争在组织内部与在组织之间一样的严重。如上所述，文化卓越学派的主张似乎加剧了个人和组织间的这种行为趋势，尽管它对组织和个人绩效都有潜在危害，但人们基本上都忽视了这个方法上的缺点。

3. **文化。** 文化卓越方法的支持者鼓吹，对所有的组织，无论它们的规模、环境和其他条件怎样，这都是适用的"一个最好方法"（一种最好的文化）。而且，正如威尔逊指出的，该方法假设在文化和绩效之间存在一种简单的因果关系。对文化卓越学派的支持者来说，文化是伟大的万能灵药——卓越文化的建立看起来回答并解决了所有的问题，这就假设了新文化的建立本身是没有问题的。然而，正如第5章要表明的，文化和政治似乎呈现出了组织管理方法的致命弱点。

如果我们忽视了文化卓越学派的主要支持者之间的区别，也会犯下疏于职守的错误。彼得斯在古典美国模式中是一位自由市场模式下的自由主义者，他相信不受政府束缚的个人和组织的竞争使得社会强大。坎特在很大程度上也同意这一观点，但是认为当地社区与大企业一起，在维持社区吸引力和保持优厚报酬工作方面起着重要的作用。汉迪也致力于对自由市场的探究，但是越来越关心他的描述所产生的后果。他反对完全的自由主义，而支持不太具

变革管理
Managing change

有掠夺性、更具人道色彩的资本主义，支持受其"正当自私"驱动的、更关心集体利益而不是个人财富创造的资本主义。尽管彼得斯和坎特可能继续支持文化卓越学派的原则，但是很难看出汉迪目前所坚持的与他们是一致的。

还存在着一个比文化卓越管理方法本身对组织影响更广泛的值得注意的观点，这在彼得斯、坎特和汉迪都有不同的反映。如汉迪描述的分段式劳动力类型，彼得斯、沃特曼和坎特所拥护的暂时性雇佣一直是西方经济发展持续倾向的一个方面，受新自由经济和社会政治的驱动、工作安全性和服务条件的恶化，目的是创造大量雇佣不足、特别是兼职劳动力，以便可随情境变化雇佣或解聘。

例如，在1993年，英国大约有970万工人（英国工人总数的38%）在政府培训方案中做兼职、临时员工或自我经营，或者是没有报酬的家庭工人——自1986年以来增长了125万。同样，组成灵活就业劳动力部分的男性雇员的比例从1981年的18%增长到1993年的27.5%。这与赫顿（Hutton）的观点相符合，他认为现在的英国社会比工业革命以来的任何时候都更加分化。特别是他认为英国是一个30:30:40的社会——分别是生活最贫困的、濒于不安全不稳定以及富裕的社会阶层的比例，这不但加深了对社会不安全感的恐惧，还不利于财富的创造。赫顿对新自由主义市场政治负面影响的攻击得到了其他人的支持，尤其是索尔（Saul），他指出英国最高和最低报酬工人之间的收入差距比1880年有记载以来的任何时候都大。英国政府发布的数字表明，自从1979年以来，占总人口10%的最富裕的人实际收入增长了70%，而10%最贫穷的人实际收入却下降了9%。在同一时期，英国的贫困人口几乎翻了3倍。正如怀特（White）指出，贫困人口的增长尤其对儿童有负面影响。在1979年，10个儿童中就有1人生活在贫困中。在1996年7月，这个比例是1:3。这种增长的原因很明显：32%的儿童生活在没有全职工人的家庭中。这种黯淡凄凉的景象不只是限于英国。杜菲和格里菲思指出，在1980年，300家美国最大的公司首席执行官的收入是制造工人平均收入的29倍；10年之后，差距增大到93倍。到2000年，首席执行官的平均收入更是达到了531倍之巨。事实上，微软的创始人比尔·盖茨的个人财富比1.06亿最贫困美国人的财产的总和还多。依据世界估测标准，11个世界个人首富的财富超过49个最不发达国家的国内生产总值（GDP）之和。20世纪80年代的"滴流经济学"（Trickle-down economics）为许多经济和劳动力市场的自由化提供了正当的理由——这种"滴流经济学"观点认为：当富人越来越富时，那么其中一部分财富就也会滴流给社会其余的人，因此，整个社会就会变得更加

富裕。情况显然不是这样，如果看看世界上最贫穷的国家，情况更加糟糕，营养不良、贫困和疾病都在不断增长。20 世纪 90 年代，在撒哈拉以南的非洲，每天的生活费不足 1 美元的人数从 47% 增长到了 49%；在东欧和中欧，这个比率从 7% 增长到了 20%。至于美国，第一届克林顿政府的劳动部长罗伯特·赖克和其他重要人物曾警告说，藏在有卫兵把守的围墙之中的日益增长的富人阶层与没有工作的贫困的大多数人之间，有产生社会裂痕的危险。事实上，这种现象的一个标志就是，在美国，私人安全保镖比公开雇佣的警察还多，这与下面将要讨论的日本的情况形成对比。在日本，无论传统上，还是在政府和组织层面上，都认同完全就业比利益更加重要，并且都强化它对经济扩张的贪得无厌。

尽管有这些疑虑和批评，文化卓越管理方法在美国和欧洲组织的影响还是日益增强，这从经常出现在管理刊物上的许多有关它优点的文章，和对它的应用的案例研究中可以清楚地看到。然而，自从 20 世纪 50 年代以来，日本一直在发展一种不但与文化卓越方法有极大差异，而且有记录证明有取得成功的构造组织和管理组织的替代方法。

日本的管理方法

在过去的 50 年中，日本获得了新生。在第二次世界大战结束时，日本几乎遭到彻底的破坏，但到 20 世纪 80 年代，日本已经成为了世界上首屈一指的强大工业帝国。摩根指出：

> 几乎没有任何自然资源，也没有能源，1.1 亿多人口挤在 4 个多山的小岛上，但是日本成功地达到了最高的增长率、最低的失业水平，和至少在一些较大、较成功的组织中，拥有世界上占一席之地的报酬最优厚、最健康的劳动人口。

尽管研究者为日本的成功想出了许多原因，从文化到经济体制等不一而足，但它管理组织的方法被认为是关键的因素。

在研究日本管理方法的含义之前，有必要简要回顾一下日本作为工业国的发展轨迹。直到 19 世纪中叶，日本仍是一个高度民族主义的社会，有意实行把自己与世界隔离的政策。因此，对大多数居民来说，日本就是整个世界。它是一个封建国家，非常强调义务和防卫，对具有最高权威和特权的天皇的服从是不容置疑的。

尽管有意与外界隔离，日本仍是一个发展悠久和有良好教育的国家，识字程度较高。教育以一系列儒家思想原则为基础，强调对家族毫无疑问的服从，对上级绝对的忠诚，以及对教育和自我发展的敬重。这些原则的持续影响仍能在今天的日本社会中看到，这些加强了日

变革管理
Managing change

本组织的力量。但是，从 19 世纪中叶以来，日本开始经历内部的紧张与不安。封建贵族的财政困难不断加剧，与此同时被认为是社会劣等人的商人阶级开始兴旺。同期，日本也清楚地看到他国增长的军事力量对自己构成了潜在威胁。作为对这些发展的回应，日本采取了经济和军事共同增长的双轨政策，与在同一时期德国发展的方法不同。

代表团被派遣到国外学习并把技术和实践带回到日本。在 1911 年的一次访问中，小岛（Kojima）银行的一名叫野之宣（Yukinori Hoshino）的主管显然是得到了弗雷德里克·泰勒的著作，并得到将其翻译成日文的许可。随后，泰勒的科学管理原则和进行工作研究及生产管理的联合方法被日本迅速、积极地采纳。实际上，据雷恩（Wren）所说，泰勒思想的影响是这样的，它"……导致了管理革命，取代了企业家统治的时代"。到 20 世纪 20 年代，日本从农业经济变为工业经济。和许多西方国家一样，工业化也伴随着相当严重的产业冲突，有时甚至是暴力的。然而，与大多数西方国家不一样的是，它没有带来社会民主化的增长。相反，民主倾向被工业和强烈推崇的民族主义以及导致日本卷入第二次世界大战的军事力量之间日益增长的联合抵消了。日本战败之后，美国占领了支离破碎的日本，剥夺了天皇的传统权力并建立了西方式的民主政府。

了解了第二次世界大战后日本经济的状况，它重建家园的成功可以说是一个奇迹。20 世纪 50 年代的朝鲜战争为日本带来了一个好运气，因为美国把日本当作一个重要的军队供给的中途停靠站，这为日本经济带来了上百亿美元的收入。然而，最重要的也许是美国对日本管理教育的贡献。在战后的最初几年，日本公司针对低素质的工人和劣等的产品质量有着尖锐的产业争论。解决这些问题的主要责任由为美国占领当局工作的美国工程师承担。其中的 4 位尤其值得赞扬，他们扭转了形势，并奠定了日本劳动力和产品质量优秀名声的基础。他们是：查尔斯·普罗茨曼（Charles Protzman）、霍默·沙拉松（Homer Sarasohn）、约瑟夫·朱兰（Joseph Juran）和 W.爱德华·戴明（W Edward Deming）。有意思的是，后 3 位都在西部电子的霍桑工厂工作过，因此熟悉人际关系方法，尽管他们的意见不总是一致。他们都不仅仅是工程师，他们对企业应该如何运作管理，特别是管理者领导和赢得工人的认同方面有着广泛的见解。他们的方法涵盖了商业政策、组织生产方式和技术，参加他们课程和讲座的高级管理者们热切地接受、采纳和宣传他们的方法。正如霍斯利（Horsley）和巴克利（Buckley）所指出的，尤其是戴明获得了巨大的成功：

W.E.戴明成为了日本的传奇人物。他为热情的管理者举办了上百场关于数据质量控制重要性的讲座。在他的学生中有许多人成为20世纪60和70年代日本大企业的首脑人物，领导着像尼桑、夏普和日本电器（NEC）这样的公司。在20世纪50年代专门用于奖励优秀管理、一年一度的"戴明奖"，被极为称羡，直到今天这个奖项仍在颁发。

然而，尽管有美国的经济和技术支持，毫无疑问国家成功的主要原因应归功于日本管理者和工人的艰苦工作、无私奉献和聪明才智。由于有经济和政治体制的支持，日本企业克服了20世纪50年代严重的产业关系和质量问题，并创造了发展和管理企业的方法，这种方法使他们在20世纪70和80年代取得了与众不同的巨大成功，在世界刮起了一阵日本管理风暴。

什么是日本的管理方法?

正如可以预料的，很难找到一个满足所有评论者或能在所有日本公司中发现的对日本方法的全面定义。特别是，在日本，无论大型企业还是小型企业，企业中全职员工和兼职员工、男性与女性员工的待遇之间有着明显的不同。实际上，由于这些差异如此明显，有人认为根本就没有独特的"日本管理方法"，或者，即便确实有，也没有人能够准确地抓住它。尽管如此，大多数观察家似乎的确认同日本方法的存在，并给出了广泛的定义。

也许关于日本管理最有影响的著作，并仍是畅销书的，是威廉·大内（1981）的《Z理论：美国企业如何应对日本的挑战》（Theory Z: How American Business Can Meet the Japanese Challenge）。大内利用道格拉斯·麦格雷戈（Douglas McGregor）和克里斯·阿吉里斯（Chris Argyris）的理论观点，认为日本的成功来自于全体劳动力的参与和忠诚。他进一步认为，这是建立在一系列内部统一规范、实践原则和行为基础之上的，而这些又是基于个人与组织间，尤其是个人与其直接的工作小组之间的信任以及和谐牢固的人际关系之上的。大内特别注意到这样的实际原则，如终身雇佣、缓慢的评价和晋升以及集体决策。许多其他研究者也都试图抓住日本管理的本质。

麦克纳（McKenna）认为其关键的因素是终身雇佣，它是与报酬和晋升及企业工会主义（稍后予以解释）有关的论资排辈的资历原则。庞（Pang）和奥利弗（Oliver）（1988）同意麦克纳的观点，但是还注意到了培训和教育、基于公司的福利方案、质量圈和制造方法如即时生产（Just-in-time）。凯斯（Keys）和米勒（Miller）认为长期计划、终身雇佣和集体责任是日本管理的标志。拉格-赫尔曼（Laage-Hellman）强调日本方法表现在：寻求广泛的意见

变革管理
Managing change

统一的决策过程，通过对长期的远景目标的发展和短期计划的实施来实现计划递增，企业主处于被动地位，通常不对企业管理者进行干涉，战略上优先考虑长期发展和生存，通过与供应商和顾客建立合作伙伴关系达到有效地利用外部资源的目的。其他的评论者也提出了类似的观点。

其中被引用最多的评论者中有帕斯卡莱（Pascale）和阿索斯（Athos）（1982），他们使用麦肯锡的 7S 框架（见展示 3.2）分析日本的管理，这是他们与汤姆·彼得斯和罗伯特·沃特曼共同发展出来的框架。和彼得斯与沃特曼的文化卓越管理方法一样，帕斯卡莱和阿索斯强调 4 个 "软 S"（人员 Staff，风格 Style，共同价值观 Shared values，和技术 Skills）。这并不是说不要 "硬 S"（战略 Strategy，结构 Structure，系统 Systems），而是强调日本公司与西方公司的真正区别在于：后者倾向于集中在 "硬 S" 上，而忽视 "软 S"。帕斯卡莱和阿索斯认为，与之相反，日本公司为了实现自己的竞争优势，已经进行了改善：把 "软 S" 和 "硬 S" 结合起来。他们的研究与当时对日本管理的其他研究有所不同，他们研究的是在美国运作的日本公司的管理风格。同样地，担任尼桑（英国）汽车制造公司人事主管十多年的彼得·威肯斯（Peter Wickers）也对日本管理向西方的转变作了评论。在他 1987 年的著作《尼桑之路》（The Road To Nissan）中（写这本书的时候，他仍在尼桑公司工作），他论证道，日本方法有三个特征：团队协作、质量意识和灵活性。有意思的是，在他离开尼桑之后，威肯斯 (1995) 评论说大内和其他人遗漏或忽视了日本公司一个非常重要的因素——非常强烈的文化控制，尤其是与车间工人有关的方面。

上述研究者认可的因素可以被分为两类：与人际或行业关系问题有关的因素和与商业或制造有关的因素。

人事问题

日本工人的奉献精神、忠诚和能力被看作是日本公司成功的一个主要因素。尽管许多荣誉都归于日本社会的文化，尤其是它提倡的服从和忠诚的儒家传统，在西方运作的日本公司中也重新产生了相似程度的激励作用，这也暗示出还有其他因素在起作用。其中首要的因素是，在许多日本公司中，特别是大公司中盛行的人事政策所起的作用。日本方法在人事方面的核心由原则和政策的组合构成，其目的是按组织要求规范约束员工行为，促进他们的长期发展和忠诚。有关的主要原则和政策如下：

1. 终身雇佣。许多员工从高中或大学直接招进来，希望，同时也被希望在同一个组织中度过剩下的工作生涯。这种 "保证" 建立在长期的相互责任和归属感之上，从而使员工产生了对组织的无限忠诚和依靠。事实上，霍尔登（Holden）和伯吉斯（Bugess）观察到，日本工人能够承受失去家人的痛苦，但对他所在组织的消亡却是不能忍受的。因此，终身雇佣是日本方法的一个核心特征，并支撑起其他诸多特征，包括变革的意愿和维护稳定的组织文化。然而，组织倾向于招收刚出中学、大学校园的工人也使个人一旦接受了一个职位后就很难在公司之间移动了。因此如果有人被解雇了，他得到其他工作的机会就微乎其微。

2. **内部劳动力市场**。大多数职位是从公司内部补充的。这是终身雇佣的必然结果，向员工保证令人满意的绩效就会带来晋升，同时它消除了从外面招聘可能产生的潜在紧张情绪。

3. **基于资历的晋升和报酬体系**。员工主要根据他们的服务时间的长短和他们所独立承担的工作的准确性质获得职位和得到报酬，但这不是唯一的办法。

4. **团队协作和紧密联合**。尽管日本员工感觉他们是组织的一部分，并把组织看作是一个大家庭，不过他们首先是并且主要是某一特定工作小组团队的成员。小组不只是一些简单个体的集合：它由为其行为承担集体责任的一个单一实体构成，并以这样的方式构造和发展。日本公司不但在工作环境中，也在社会环境中使用各种技术，使团队成员相互之间也与组织之间紧密结合在一起。

5. **企业（单一公司）工会**。与西方不一样，日本公司倾向于只允许一个工会组织代表工人的利益。因此，日本工会是单一公司或企业的工会。事实上，从西方的观点来看，它们与其说是工会，不如说是公司协会。这从高级管理者的实践中可以表现出来，在他们职业的某一阶段，他们被要求担当工会的公务员。

6. **培训和教育**。广泛的、持续不断的培训与教育形成日本人事政策整体的一部分。强调员工的持续发展，使他们能更好地完成工作并为晋升做准备，这表明了日本公司对它们的人力资本的重要投资。大部分的培训是在职培训，目的有两个，即提高组织绩效和个人发展。尽管受到公司的鼓励，但公司却希望员工为他们的自我发展承担责任。

7. **公司福利政策**。许多日本公司为员工提供范围广泛的福利待遇，包括医疗、子女教育甚至住房。一些较大的公司几乎自己就是一个小型的福利社会。

还可以增加许多其他原则和政策，但是上面这些是核心的。它们还要在员工中慢慢灌输下面的思想：

★ 对公司的忠诚和感激以及致力于公司目标；

★ 安全感；

★ 全心全意地致力于努力工作和提高绩效；

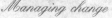

变革管理
Managing change

★ 合作而不是冲突的氛围；

★ 对自我发展和提高的信念。

这些是日本企业生活的基石，并在它们的组织结构中运作，它们解释了为什么日本的民族文化经常被认为是日本在国际市场上的核心竞争力的原因。它们的组织结构，至少在西方人看来是复杂的、高度规范的、等级严明的。然而，这些人事问题不能与日本公司的工作实践或它们追求的目标分开来看，正是这两者的结合使日本公司如此有效。如果没有整体方向和正确恰当的工作制度，即使是拥有最好的技术和最易受到激励的员工也是无效的。这就是日本商业实践和工作制度应得到与人事问题同样重视的原因。

商业实践和工作制度

日本通过开发和生产比竞争者更专业化、成本更低的产品来满足顾客，发展占领市场的能力，在 20 世纪中期，日本的工业状况停滞不前，事实上，甚至在 20 世纪 60 年代 "日本制造" 也是较差质量的同义词。这一切已经得到改观，或者说这一切已经变为了成就，这就是源于应用于所有商业领域尤其是制造领域的管理方法，由此也造成了这些方法中的一些名词非常自然地具有日本名字的事实（如 Hoshin kanri——方针管理；Genba Kanri ——现场管理；kaizen——改善；kanban——看板管理，一种无纸化的计划形式）。这些名词对西方读者来说，不仅掩饰了其所使用的核心原则和制度，还掩盖了其所采用的大部分方法来自西方的事实。除去行话和术语，日本商业实践和工作制度的特征可用三个相互联系的因素来描述：长期计划、即时性和质量。

长期计划

这将在第 6 章和第 7 章中进一步讨论，但是现在，我们要说，日本企业对时间尺度表的运作远远优于它们的许多西方竞争者。它们注重建立强大的市场地位，与在美国和英国特别流行的短期利益最大化的目标形成了鲜明对照。不用说，在考虑投资决策时，无论这项决策是关于产品、运作程序还是人员，这都是巨大的优势。

即时性

在开发产品和更快地把产品推向市场的能力方面，日本被认为比他们的竞争对手有着更强的竞争优势，部分原因可解释为与团队工作有关。当许多西方公司仍在按部就班地设计和开发产品时（设计的一部分完成之后才开始另一部分），日本的工作团队同时承担了这些任务，这种团队工作的形式还推广到与顾客和供应商联合开展工作，这不但缩短了所需的全部时间，还导致了更少的错误和误解的产生，因为所有相关的成员都包括在工作小组内。日本公司即时性的另一个主要贡献是为减少制造时重复引导次数而设计的一系列原则，其中一个主要原则就是即时（Just-in-Time）生产。在即时生产的情况下，零件只按需要并且只有当需要时才生产和供给。这种方式削减了存货和工作过程，并因此降低了成本。但是，要达到这一点——正如高效、快捷生产的支持者强调的——需要每一件事都必须"在第一次就做好"，否则这种体系很快就会因为缺乏零件而终止。因此，有必要清除体系中的浪费和无效率的环节，达到这一切的关键机制就是日本人对质量的不懈追求。

质量

日本人对质量的忠心具有传奇色彩。他们的方法在很大程度上要归功于 3 位美国人的鼓舞：麦克阿瑟、戴明和朱兰。麦克阿瑟将军（为了美国的利益）在战后的早期实际上统治着日本，鼓励日本把提高生产质量作为重建支离破碎的工业基础的一部分；戴明向日本公司展示统计过程控制（SPC）和其他类似技术是控制质量的有效方法；朱兰向日本公司表明质量是由组织中的所有部门共同决定的，并因此为它们开辟了全面质量管理的道路。尽管这些来自于国外，但日本公司恰当地发展了它们最初的概念。特别是，它们引进了不断改进的概念——"改善"。尽管西方对改善质量的必要性已有了广泛的认同，但日本似乎是到目前为止唯一能够成功地在产业中传播这种思想和原则的国家。

在对日本方法中的长期计划、即时性和质量进行任何研究时，都有必要认识到员工在制定决策中的作用。日本管理的大多数讨论强调产生向上的影响，特别是通过"禀议（ringi）"制度。这是一种对新政策、程序或支出的建议，在整个公司中流转征求意见的程序。建议以书面形式流转，按资历的顺序，送达到所有如果采纳该建议而可能被影响到的人。建议会按照意见进行修改，只有当所有的人都同意时才实施。这种联合制订决策的方法，也在生产委员会和质量圈中运用，涵盖生产计划和安排、工作分配、生产方式的变革、问题的解决，等等。这种很多人参与的决策制定制度是日本人以决策缓慢而臭名昭著的原因，当然也是以在第一次就把工作做好而著名的原因。然而，"禀议"制度还有另一个同样重要的益处，正如摩根所表述的那样：

> "禀议"既是探索和重新肯定价值的过程，也是制定方向的过程……在美国观点中，目标应该是快速和简洁的，使所有的人都能明白；在日本观点中，它们则产生于探索和

变革管理
Managing change

理解企业实际的更为基本的过程中，产生于对企业的价值观是什么或应该如何实现的认识过程之中。对这些价值观以及对指导行动的限制的认知决定了一个人可能的行动，所选择的行动可能不是最好的，但却是满足对成功至关重要的规范。

到目前为止只简要提及的一个因素是文化对日本管理方法的重要性亦或不重要性。当然，早期的研究非常强调日本文化和商业成功之间的关系，有人争论说是日本社会的本质和它对个人及组织的影响使日本拥有了竞争优势。由于这个原因，西方永远不可能成功地复制日本的实践和取得竞争的成功。事实上，帕斯卡莱和阿索斯 (1982) 选择研究在美国运作的日本公司的一个原因，就是帕斯卡莱怀疑美国公司是否能从日本公司中学到很多东西，因为它们的文化是如此不同。显然，如霍夫斯泰德 (Hofstede) 指出的，民族文化确实影响到组织的实践。但是，这是否意味着这种实践能否成功地被其他社会采用却是另一个问题。最近的研究削弱了认为日本管理方法依赖于日本文化的争论，日本公司的许多独特的实践是相对较新的、并非根植于日本历史中的，其文化的作用显得比其他因素的影响力要小，所以日本方法能够成功地被日本以外国家的公司复制。

日本方法的未来

在讨论独特的日本管理方法时，我们不能忘记政府和商业之间强烈的互惠关系，尤其是日本产业政策在激励和指导国家的经济进程中的重要性。这在商业与通商产业省 (Ministry of International Trade and Industry，MITI) 的紧密关系中可以看得更为清楚。作为把日本建设成领先的工业国行动的一部分，通商产业省在关键产业中建立了全国性的计划，鼓励联合行动。在公司和公共研究机构中，发展国家的科学技术基础在这些方面起着关键作用。这些项目的最终目标是为日本创造一个强大的、有竞争力的、世界级的工业基础。这些合作计划没有导致公司之间的竞争损失，相反，它们帮助和提高了所有公司相对于其他公司，更重要的是相对于国际竞争对手的竞争力。

但是，最近 10 年来，尽管有日本公司的竞争力和日本政府的积极支持，但其经济已不像过去那样兴旺。成功应对了 1979 年的第二次石油危机以及 20 世纪 80 年代中期货币快速增值的影响后，一直到 20 世纪 90 年代初期，日本经济都保持了稳定的增长。然而，从 20 世纪 90 年代初起，日本经济就处于长期的萧条中，不过现在显现出了一些恢复的迹象。2003 年 6 月日本的失业率超过 5.3%，比前几年的历史纪录降低了 1.9%。但是，连续的银行和政治丑闻削弱了日本工业赖以生存的政治和财政制度，这导致了政治和产业界的一阵疾速变革，并且为了促进竞争、降低成本，试图引进西方式的打破常规的做法。

对日本经济的萧条给出的最具说服力的一种解释是：由于忽视了经济其他方面的协调发展，其世界级的生产制造基地受到了削弱。特别是在服务领域的零售业，其产值仅仅只是相对应的美国的一半。与此相类似，日本公共机构的效率也远不及西方对应机构的效率。日本的银行也不为日本经济所青睐，贷给公司的大量信贷被用于购买价格过于昂贵的房地产，但到了 20 世纪 90 年代，房地产泡沫破裂，其价值仅仅是当初支付价值的零头。然而，尽管日本经济有问题，甚至即便是在最糟糕的 20 世纪 90 年代，日本经济及其最主要的工业公司都普遍比西方的竞争对手做得好。所以，超过了 10 年之久的日本经济问题，并不能表明日本的方法对管理的发展作用失效，在生产制造领域的应用过时。然而，低迷的增长率、萧条的国内市场、日益加剧的国际竞争、导致工业和工作结构变化的技术的不断发展以及人口的老龄化都对变革日本管理方法产生了压力。

在一些较大的日本公司中，这些压力已经导致了等级扁平化和创造更大灵活性的结构变革。在汽车工业，以前非常强调的供应链关系现在已经弱化，处于第二和第三位的供应商直接面临着更广大的竞争；还可以看到关于生产制度的日本方法也发生了变化。但是，这些似乎并没有根本改变具有灵活性地进行混合大规模生产的日本方法的主要特性。

也许面临变革最大压力的领域是人事原则，特别是那些与终身雇佣制、基于资历的晋升和报酬制度，以及对女性员工的待遇相关的原则。关于终身雇佣制，有证据表明 20 世纪 80 年代和 90 年代的经济、工业和技术的变化对此有影响。对白领职员，特别是年龄较大、报酬较高的人员来说，单独一个企业内的连续雇佣正让位于在企业集团中的连续雇佣。过去，如果工人的工作没有了，他们会在同一个工作场所得到另一份工作。渐渐地，现在的趋势是把多余的员工转移到同一集团或相关的集团公司中的其他工作岗位上去，而不必是在同一工作场所。在有些情况下，新工作岗位可能在几百里以外，并且可能涉及薪酬的降低。但是，对东西方的差异总是非常显著的男性蓝领工人来说，工作的安全性似乎得到了提高，这是因为出生率的下降引起了退休年龄从 50 岁提高到 60 岁甚至 65 岁。研究还表明随着兼职员工（主要是女性）以及合约劳动力使用的增加，这个领域中的工作安全性也在增加。因此，总的来说，就业的稳定性实际上是在增加。尽管对于终身雇佣制度已经有了一些变化，但大多数日本管理者和工人看来确实相信保持终身雇佣制度是令人满意和合理的，特别是当它被看作是管理者与工人之间的合作时。正如一家大型日本公司的财政主管所评论的：

变革管理
Managing change

> 保证我们的雇员生活状态良好是公司的责任之一……我们不能相信靠削减员工来保持获利性，这是一种失败的管理哲学。

关于资历原则，看来的确有更大的意愿对此实施变革。来自雇主和工会的日益增长的压力，要求在决定报酬和晋升时考虑其他原则，比如能力以及资历。在 1995 年的调查中，做出回应的管理者中有三分之二认为，以能力为基础的报酬和晋升制度的引进，是为了创造更多的灵活性的一个先决条件，尽管几乎没有管理者准备完全放弃资历原则。而且,必须记住尽管资历在晋升和报酬中起着重要作用，但能力也已经得到了考虑。因此，建议的目的是为了更好地调整制度而不是为了分解制度。

然而，对女性员工的关注似乎的确有了重大的变革。与西方一样，在过去的 40 年中，日本劳动力中女性的比例有了极大的增长。在 1960 年，有 1 810 万女性员工（占成年女性人口的 40.8%）；到 1992 年，这一数字增加到 2 620 万（占成年女性人口的 75.4%）。这种增长伴随着同等机会的提升，是和得到实际支持的照顾孩子的安排一样的合法变革。与男性员工一样，女性员工也从更多的工作安全性中获益。女性员工的平均服务年限从 1970 年的 4.5 年提高到 1992 年的 7.4 年；男性员工的这个数字分别为 8.8 和 12.5 年。除此之外，男性和女性的报酬比例之间的极大差距也逐渐缩小：1970 年，女性员工的平均工资只是男性工资平均水平的 50%；到 1992 年，增加到约为 60%。但是对 20 多岁毕业的女大学生来说这一数字超过 90%。

因此，日本经济曾有并仍然有严重的压力，这引起了如何构造和管理公司的方法、如何处理与顾客和供应商之间的关系的变化。然而，这些似乎没有削弱或严重地影响及改变日本管理方法的核心，把员工和日本企业联合在一起并存在于日本管理核心的坚强的纽带没有削弱。正如希赖（Shirai）评论的："……所有的指标都表明，日本稳固的劳动力—管理层关系的基础没有动摇，仍是完整的。"

日本方法：总结和批评

至此，我们了解了具有一致性并能被称之为日本管理方法的独特的原则和政策。然而，并不只是单独某个原则的优点使日本具有竞争优势，而是由于通过将它们整合成为相互支撑的整体，再加以策划和应用。特别是日本公司具有一种把硬原则和软原则结合起来的独特方法。这并不是说这种方法在日本是普遍的或者说所有的因素在那些确实实施它的公司中都存在，然而，可以有足够的证据证明，这是当时在日本占统治地位的方法，并且至少从 20 世

纪 60 年代就存在了。

这并不意味着它不会发生变化，事实上，在过去的 50 年中这些原则的大部分一直在发展，如果它们不继续发展反而会令人吃惊。如上所述，已经有强有力的证据表明变革一直在进行着。即使是在像丰田和本田这样的大公司中，终身雇佣和不愿从职业生涯中途招募员工的原则也在修订，这是由于更新供应不足的技能的需要和经济及社会压力，这些压力尤其包括要求男女平等机会的压力、人口老龄化所蕴涵的压力和需要招募外国人的压力。

不过，尽管日本组织充满动态活力和具有创新的本质，以及积极投身于竞争的精神极可能导致组织运作方式的变革，但是这些变革不太可能消除存在于日本制度中心的组织与雇员之间相互信守诺言的核心理念。而且看起来，正在发生和未来将要发生的变化似乎更可能会加强、而不是减弱日本的经济力量。

日本方法已经产生了令人印象深刻的经济结果，但是有些人怀疑其所包含的社会成本。除了希望日本工人参与许多与工作有关的社会活动之外，还有比西方工人更长的工作时间。而且还有相当多的证据表明，日本工人比相应的西方工人对他们分得的份额感到更不满意，尤其是关于工作时间和报酬的关系问题。

在许多方面，这并不令人惊奇。至少从西方的立场来看，日本公司运作非常不公平，通过把上面讨论的人事原则和工作制度结合起来，一起承担同等的压力，独裁没有留给工人任何选择权，而要求他们服从并达到高标准的绩效。这至少部分地解释了日本人是一个工作狂民族的共识。然而，对日本方法还有其他更严重的批评：

★ 大多数公司操纵一个双重的劳动力市场，少数重要员工拥有良好的工作条件和终身雇佣，这是以大多数员工尤其是女性员工较少的报酬和较低的工作安全性为代价的。不过已有证据表明情况正在发生变化，特别是对女性。

★ 即使那些终身雇佣的人也只是公司的奴隶，因为他们不能去做其他工作。

★ 团队协作工作的优点仅是在对个人持续施加不断提高绩效的团队压力下才达到的。

★ 缺乏独立的工会，使工人面对管理层要求更加努力工作的压力时毫无反抗之力。

无论日本方法有什么优点或缺点，无须置疑它对组织绩效的巨大影响；随后，有许多试图把"日本化"引进西方公司的尝试。不过对于这个制度如何完好地传到西方还有些保留，日本公司已经表明它们能把它们的方法传到西方。尼桑在美国的森德兰汽车装配工厂，在 1998 年被《经济学者智能库》（Economist Intelligence Unit）评为欧洲第二年度运营中最具生产力的工厂，而在同一年它的田纳西州斯米尔纳的工厂被哈博报告（Harbour Report）评为

变革管理
Managing change

北美最有生产力的工厂。

然而，把日本方法转移到当地的西方公司似乎有更多的问题。甚至是由于尼桑、本田和丰田的存在，而比日本以外的任何行业都得到更多的支持和鼓励的英国汽车零配件行业也未能成功地采用日本方法。这也许是为什么许多西方公司并不反对学习日本管理本身，但现在却转向其他方法，尤其是组织学习，以提高它们的竞争力的一个主要原因。

组织学习

尽管文化卓越和日本方法仍对西方公司有强大的影响，但在 20 世纪 90 年代，又出现了挑战上述方法的第三种组织成功的方法：组织学习。虽然在 20 世纪 90 年代一经发现就很流行，但组织学习不是一个新概念，事实上，非常受人尊敬的美国学者克里斯·阿吉里斯（Chris Argyris）已经对组织学习进行了 40 多年的研究，然而，毫无疑问对组织学习或有时所称的学习型组织概念的兴趣在 90 年代有了很大增长。柯桑（Crossan）和古阿托（Guatto）指出，1993 年发表的关于这个主题的学术论文与整个 20 世纪 80 年代发表的一个样多。许多文章中都有非常激动人心的论述，例如 "……个人和组织学习的速率可能成为唯一能持续的竞争优势……"。尽管这类论述能够吸引商业领导者的注意，但实际上是两个因素使组织学习从严肃的学术研究主题成为公司董事会会议室中的热门话题：变革的速度以及日本的全面崛起。

变革的步伐正以前所未有的速度加快，组织必须在日益复杂的环境中制定方向，这个观点得到广泛的认同和支持。组织必须应付全球化的压力、技术的变化、电子商务的兴起、顾客和供应商可能是竞争对手也可能是联盟的情况，以及重点从数量到质量和从产品到服务的转变。为了应付日益增加的复杂性，组织意识到如果自己要作出必要的变化以保持竞争力，就必须获得和利用日益增加的知识。波茨克 (Pautzke) 说：

> 在最广泛的意义上仔细培养学习能力，也就是培养了获得知识和发展实践的能力，这似乎为解决我们时代的紧迫问题提供了一个现实的方法。

第二，也许对组织学习产生这么多兴趣的主要因素是日本的全面崛起。为了解释或抵抗日本对西方市场的渗入，许多评论家认为，日本公司的主要优势之一在于它们收集市场和竞争者的信息并在内部对信息分解和作出行动的速度。然而，日本公司学习、适应和发展的能力也扩展到了它们坚持对工作程序和产品的不断改进，即，在内部也与顾客及供应商联合实施。正如本章前面所描述的，其结果是：它们在正确的时间、以正确的成本、生产正确的产品的令人敬畏的声誉。要维持和加强这一点的就是要致力于将个人学习转变为组织学习的能力。促进集体学习是组织成功关键的思想，不但导致了对组织学习兴趣的膨胀，也为西方和东方的管理组织的方法构造了桥梁。由于这些原因，普罗斯特（Probst）和比歇尔（Buchel）认为组织学习提供了能够变革制度的一个替代范例，这样使我们能够对经济和社会加以重新定义。

什么是组织学习？

组织学习经常和学习型组织交替使用。其区别，如曾（Tsang）指出的：

> 组织学习是用来描述组织中发生的某种活动的概念，而学习型组织指组织本身的某一特定类型。不过，二者之间简单的联系在于学习型组织是善于组织学习的组织。

从结果来看，它们的区别是"成为"和"就是"之间的差异。组织学习描述了组织通过促进包括组织中每一个人的有意识的、系统的和相互促进的学习氛围而努力使组织成为学习型组织。学习型组织是组织学习的最高境界，组织通过其所有成员的发展获得了不断变革自身的能力。

对使用这两个术语的人来说，也许将来它们之间会具有更重大的意义、更显著的区别。阿吉里斯断言：

> 我们若把组织学习的文献进行分类，可以分为两个主要类别：实践导向性、说明性文献，其传播主要靠咨询专家和实践者；而实际使用占有优势、令人产生疑虑和具有学术特色的皆为学院派学者所提出。

实际上，现在学习型组织一词的使用要少于 20 世纪 80 和 90 年代，这说明几乎没有几个组织已经达到学习型组织的状态。鉴于这个原因，现在"组织学习"成了一个用来描述组织不确定性以及说明性的术语。

可以这样说，掌握组织学习存在的问题之一就是，它的支持者对组织学习提出了大量的定义或模型。例如：

> 组织学习是组织的知识和价值观的基础变化的过程，并带来解决问题能力和行动能

力的提高。

　　学习型组织是善于创造、获得和传递知识的组织，是善于修正行为以对新的知识和观念作出反应的组织。

组织学习是通过对更好的知识的学习和理解改善行动的过程。

如果通过信息处理的过程，它潜在的行为范围发生了变化，这个实体就是在学习。

组织学习通过共享观念、知识和意识模型而发生，并且建立在过去的知识和经验之上，亦即记忆的基础上。

　　这只是已经提出的定义中的一部分。事实上，关于这个主题，有多少研究者就有多少组织学习的定义的说法并不过于夸张。

　　伊仕特拜–史密斯（Easterby-Smith）试图通过确定那些关于组织学习著作的不同学科背景来解释对这些定义的困惑。他认为大多数作者来自下面六个学科：心理学、管理科学、社会学、组织理论、生产管理和文化人类学。王（Wang）和艾哈迈德（Ahmed）注意到组织学习支持者的背景不仅仅是产生不同定义的原因，还导致了混乱。他们提出了 5 种不同注重的概念，并指出研究者只倾向于将注意力集中在一个概念。这"5 个注重的概念是：注重个人学习的集体；注重过程或系统化；注重文化或内涵；注重知识管理以及注重不断改进……"。

　　像阿吉里斯一样，伊仕特拜–史密斯也注意到了以下二者的区别，即试图分析、描述和理解组织内的学习过程，而不一定希望改变它们以及在该领域长期作出贡献的学者们与试图规范描述组织应该怎样做才能使学习最大化的相对新进入的实践者和顾问之间有着明显的区别。这也是曾提出的观点，他指出，直到 20 世纪 80 年代，统治该领域的一直是分析性的研究者，但是到了 20 世纪 90 年代，由于对组织学习的兴趣的剧增，规范描述性研究者占据了主导地位。尽管关于组织学习研究者的不同学科背景和特点的研究有助于解释定义的过量，但对解决问题没有帮助。由于这个原因，普罗斯特和比歇尔指出，到目前为止还没有一个完全的组织学习理论。然而，有一个方面变得越来越清晰并且得到了共识："在当今的环境条件下……学习越来越围绕变革来进行……"，组织学习的潜力可以使得组织自我革新，以便组织能在不断变化的、越来越难以把握的竞争环境中立身，这样的竞争环境对很多管理者来说，都是极为诱人的主题。

　　尽管许多研究者都对组织学习的概念作出了贡献，但让这个概念在英国流行贡献最多的人是佩德勒、博伊德尔（Boydell）和伯戈因（Burgoyne）。20 世纪 90 年代最有影响的研究者大概是美国的彼得·圣吉，他的著作《第五项修练：学习型组织》（The Fifth Discipline）吸引了整个美国，激发了他们的想象力。它的成功激励了一群咨询专家和学者以此为榜样，著书写文章赞扬学习型组织的优点，指出成为学习型组织必要的步骤（Tsang，1997）。彼得·圣吉著作成功的部分原因是他把文化卓越方法中的个人主义和日本方法中的创造知识的能力结合了起来。圣吉在书中指出，组织为促进学习和成功需要在个人和团队中发展 5 个相互关联的原则：

1. **个人精通**——个人成长和学习；

2. **意识模式**——影响个人对关于人、情境和组织思考方式的根深蒂固的思维模式的假设；

3. **共同愿景**——对组织未来发展的共识；

4. **团队学习**——从个人学习转向集体学习；

5. **系统思考**——把其他事物连接起来的"第五项修炼"，他认为在大多数组织中这一点正在缺失：

> 系统思考的艺术存在于能够确认日益（动态地）复杂和微妙的结构……存在于代表所有真实的管理环境的大量的细节、压力和与别人相反的观点中。事实上，掌握作为管理原则的系统思考的本质，在于把别人只看作是事件和作出实施努力的情形。

圣吉强调组织为了学习所必须拥有的特点。与他相反，其他人则强调个人和组织的学习风格。在这个领域中最有影响力的大概是阿吉里斯和朔恩（Schon），他们在贝特森（Bateson）的研究基础上，提出了 3 个层次的学习进化模型：

★ **第一层——单循环学习**。这是适应性学习，包括检查和纠正组织现有的行为原则、政策和规范中的错误和遗漏，以保证达到目标。典型例子是监督质量标准或保持销售目标以便发现和纠正偏差。然而，这并没有得到对组织初始目标的疑问和修改的反馈。

★ **第二层——双循环学习**。这不仅包括纠正标准和目标的偏差，还包括对最先产生这些标准和目标的组织的基本规范、价值观、政策和操作程序的正确性的挑战。这是一个重新构建组织基本运作方面的建设性的学习。有代表性的例子包括对一些功能是否应该外包出去而不是继续由自己实行提出疑问，或者对组织是否应该采用更加扁平、更加开放的结构，以便与它的环境保持一致提出的疑问。在这些变化之中，就产生了新的行为准则、政策和规范。

★ **第三层——三循环学习**。这包括质疑组织的原理，并据此进行彻底的改革。一个典型的例子是，传统的制造组织把自己重新设计成一个服务公司，因为文化、结构和原则的所有内涵都意味着这种变化是必须的。

伯戈因认为，在组织学习的重要的第三层，组织至少具备了像它适应环境那样去创造环境的能力。他还认为这在组织稳定它运作的环境或是处理与环境的关系的能力中可以得到体现。它也是在这一层次上对学习型组织的概念作了完整表述。

卡明斯和威利强调，许多学习被用来帮助组织成员转变学习方式，从适应第一层次的学习能力转变到适应第三层次的学习能力。不过，对这三个阶段卡明斯和威利警告道：

> 如下所述，尽管这三个阶段被描绘成是线性的，但在实际当中，它们所表现出的却是学习的不断交替循环的模式。
>
> 1．探索所使用的理论及其因果关系。第一步，涉及到揭示员工的思想模式，或者应用理论与员工行为之间的因果关系。
>
> 2．创造和提出更为有效的理论。在变革过程的第一阶段揭示发现的基础上，员工创造和提出导致更为有效的行动，让学习更加迈进了一步……
>
> 3．持续地监控和不断改进学习过程。这最后的阶段包含……学习如何去学习，前者的学习是对学习过程本身的指导，后者的学习是对学习水平内在特色表现的反映。这包括了对 OL 战略的评价、对组织结构的评估以及对组织作出贡献的过程的评价。

卡明斯和威利还给出了提升组织学习力的 5 种组织特性，分别是：

★ **结构**——是扁平化和基于团队协作工作的需要，有利于推进组织内部和外部的网络化。

★ **信息系统**——是连接迅速获取、处理和共享信息的纽带。

★ **人力资源计划原则**——包括提升、获取共享新技术和新知识能力的评价体系和报酬系统。

★ **组织文化**——是建立更加开放的、提高创造力和实践能力的价值观以及规范标准的基础，可以达到支撑学习取得的良好效果的目的。

★ **领导能力**——管理者必须对组织实施全方位的领导，以提升组织学习的能力，营造组织学习的气氛。

所以，可以看出，卡明斯和威利所指的两个阶段，是组织必须经历的从被动适应转变为主动学习，并提升组织学习特色的过程。不过，普罗斯特和比歇尔持完全不同的观点，认为组织学习对一个机构来说是独特的，就是说每个组织能够并应该找到成为学习型组织的方法。他们论述说至少有四种不同的普遍方法：

★ **通过发展战略学习**——通过积极参与以及实际的学习训练塑造组织的未来。

★ **通过拓展结构学习**——拓展结构形式，例如拓展促进学习的矩阵或网络结构。

★ **通过发展文化学习**——建立集体荣誉至上的促进集体成功的共同价值观、共同的行为规范和态度。

★ **通过拓展人力资源学习**——通过积极参与和团队的学习，促进员工发展。

尽管在那些促进组织学习的概念和方法中有明显的差异性和矛盾性，但有一件事情是很清楚的，这就是：它们都把学习的主要目的看作是为组织变革提供有利条件。对文化卓越和日本方法来说，它们的盛行很大程度是因为将它们设定为与组织绩效相关联。然而，与它们不同，正是组织理论的主要目的才使组织能够善于应对变革和促进变革。普罗斯特和比歇尔评论说：

> ……学习在学术圈内和商业实践中都正在引起越来越多的注意。这种现象的主要原因之一，是当公司越来越向 20 世纪末迈进时，面临着日益增加的变革压力……变革的速度越来越快，公司必须找到它们在日益复杂的环境中的位置。因此学习能力是极其重要的。不能成功地实现组织变革的公司，和没有培养自身发展潜能的公司，会很快发现自己已成为了输家。

可以看出，对学习方法的优点，有共同认可的观点，当然，也有相互矛盾的说法。

组织学习：总结和批评

尽管在过去的 10 年中人们对组织学习概念产生了极大的兴趣，但这似乎没有产生人们所希望的清晰的概念。因此，很难总结概括出一个以诸多不同方式、从诸多不同角度定义的概念，不过，大多数研究者同意组织学习大概有五个特征：

★ 组织的生存依赖于与环境变化的速度相一致，或更快速的学习能力。

★ 学习过程必须成为一个集体的而不是个人的过程。

★ 作为组织成员必须从根本上转向系统化地思考。

★ 依靠组织学习，组织不仅可以获得迅速且恰当的改变环境的能力，而且在必要时，还能具有改变自我的能力。

★ 组织学习给了组织改变自我、适应和影响甚至改造环境的能力。

以这种形式表现出来，就很容易完全了解组织学习的魅力。然而，正如胡克金斯基和布

变革管理
Managing change

坎南所坚持的，有必要对组织学习的正反两方面的观点加以比较（见表 3.1）。

表 3.1　学习型组织的正反观点

学习型组织正方观点	学习型组织反方观点
丰富多彩、层次多样的观念对组织行为的诸多问题有影响	实践起来复杂、困难，很难进行系统化的运作
是对学习、知识化管理和智力资本投资的创新	是将陈旧的变革管理和学习理论概念，进行重新包装后成为让人借鉴的项目
是一套关注于个人和团体知识获取和发展的挑战性的新概念	是打着"自我改善"的外衣，鼓励雇员顺从于管理者指令的新词汇
是运用技术管理组织的创新，这些管理知识充斥在数据库以及因特网或企业内部网络中	只是依靠技术的途径，忽略了人在组织里如何改进和运用技术的现实

对组织学习问题方面的更多关注不仅仅是胡克金斯基和布坎南，对组织学习的主要批评可以归纳为以下 6 个方面：

1. 从上面的观点可以很清楚地看出，对组织学习没有一个一致的定义。可能是受这个概念的吸引，汤姆·彼得斯也认为："大多数关于学习型组织的谈论，要么抽象得令人摸不着头脑，要么模糊得令人气恼不堪——并且永远都缺乏特点。"

2. 尽管针对这个主题有大量的出版物，但是认真在该领域做实际研究的却非常稀少。曾指出，主要原因之一是许多关于组织学习的研究者是实践的从业者和咨询专家，他们寻求的是创建并推销这种方法而不是描述或分析。他认为除了推广这个概念，他们还试图宣传他们自己和他们所工作的组织。伊什特拜-史密斯也提出了类似的观点：

现有的许多关于学习型组织的研究，是建立在对公认的成功组织所进行的案例研究的基础上的，有时这些似乎更依赖公共关系，而不是任何严肃认真、脚踏实地的研究。

如果是这种情况，那么许多对组织学习的研究，以及从中所得出的建议和结论，在某种程度上就值得怀疑了。

3. 汤普森指出："组织学习这个术语实际上是名不副实的。因为事实上组织本身并不学习——而是组织的人学习。"因此在大多数组织中，要达到高水平的组织学习，必须将个人学习的方式进行根本的改变。这并不只是用新的方法收集和分享信息，重要的是用新的方法思考。这要求个人经历困难的、有时甚至是痛苦的改变，包括刻意忘却旧的思考方式，并重新规划出他们的认知图——亦即他们感知和理解周围世界的方式。许多作者指出了要达到这种变化的严重障碍。然而，在此之上还存在着更进一步的问题，在个人的思维过程中实施这种变化时，变化的不只是他们对组织的看法、对工作以外的世界的看法，还包括他们对如何与世界和周围的其他人联系在一起的看法也发生了变化。人们根深蒂固的个人特性和概念正在转变，这些是个人心理构成的基础。在这种情况下，人们不但要问一问，这种尝试能够成功的程度有多大？还要问一问，这种尝试在道德上是否正确？

4. 普罗斯特和比歇尔主张，组织学习需要产生多种不同的意见，并在同时产生一致的意见。他们认为这些相互矛盾的任务，能够通过现实的集体观点的不断改进得到调解和完成。这个观点假设，参与组织学习和确保变革是为了每一个人的利益。尽管一些研究者，尤其是阿吉里斯和伊仕特拜—史密斯等人认识到组织学习面临着很大的障碍，即便假设它们都能被克服，然而，正如第1章所述，工业革命以来，我们组织的许多经历表明，管理者把知识和控制基本上看作是相同的东西。为了这个目的，管理者已经有条不紊地努力减少工人的知识并增加他们自己的知识。正如稍后的第5章将要讨论的，组织为政治斗争所分裂，在这种情况下，对知识的拥有和对知识选择性地使用是一个有效的武器，但是，不仅如此，许多传统的管理者不大可能欢迎创建这样的组织：鼓励开放，允许下属自我获得知识并质疑专家的意见和上级的权威。如盖拉特指出：

> 少数的人，一般是年长者，把这个概念看成是具有极高的挑战性和令人身心疲惫不堪的事情。他们关注的是，现有的组织权力的平衡有可能被过多的"透明度"所打破。

我们知道了变革的障碍，知道了组织中存在的权力和政治因素，但令人惊奇的是，如布莱克勒（Blackler）和麦克唐纳以及库佩（Coopey）和柏戈因所指出的，对组织学习的研究和促进的关心少之又少。

5. 尽管日本公司经常被当作组织学习的典范，但这个领域的大多数理论和实际的建议却发源于西方，特别是在美国，组织学习的支持者认为，他们所发展的诀窍适用于所有的组织和文化。虽然如此，许多学者注意到了把发源于一个文化中的理论和实践转移到另一个文化中的问题。例如，开放和对公开争论与批评的鼓励被看作是组织学习非常基本的组成部分。尽管美国管理者可能不会认为"这太难了，根本无法接受！"但是有一点很值得怀疑，比如，有着要爱面子传统的日本或者中国管理者，是否会发现它是很容易的？面子既包括保持一个人自己的尊严和礼貌，同时又不能有损或攻击他人的尊严和礼貌。因此，日本

和中国以及其他一些非西方国家的管理者们，发现很难公开挑战和批评他人的行为和想法，或反过来其他人也很难对他们这么做。正如前面的章节所指出的，偶然性理论支持者反对组织有效性的普遍方法，而赞成根据环境决策的方法。他们特别认为，根据一种组织或情境发展出来的理论和实践在不同的环境中可能非常无效。

6. 伯恩尼等人指出，组织学习的普遍采用是基于这样的假设，即所有组织的运作都是处于飞速变化和不可预知的环境之中。在这种情况下，学习能力和运用能力必须为组织的所有员工所掌握，而不仅仅是少数高层员工。伯恩尼等人指出，对 IT 领域的公司来说就是这样的情形，不过对其他领域也许要经历较低程度的环境扰乱。他们还继续指出，即使是在飞速变化的领域（如 IT 领域），公司的管理者（如微软公司）也要允许有一定程度的超前性和稳定性。另外，伯恩尼等人提出了一个问题：如果组织有提升并改变自身环境的能力，为什么要停止营造不需要组织学习的环境呢？毕竟，发展和维护组织学习有太多的障碍和阻力，这看起来是一个吸引人的话题。

总的来说，我们也许可以赞同普罗斯特和比歇尔的警告：

> 我们在把它（组织学习）当作最新的时尚而不予理会时要谨慎，因为学习的主题在学术圈和商业实践中吸引了越来越多的注意。

不过，我们也许还要同意明茨伯格等人一语双关的褒扬：

> ……目前（组织学习）风行，有其正当充分的理由。但它不是万能的，人们应当学习，但还必须与推进所从事的有效率的常规工作相结合。正所谓马配良鞍求善果（Horses wear blinders for good reasons）。这是一个学习的时代，是将学习应用发挥的时代……所以，学习是美妙的，但还有更加美妙的事情！

结论

这一章研究了在这去的 20 年中，西方思想和实践中居主导地位的三种管理和构造组织的方法，三个方法的支持者都声称他们的是新的范例，与在第 1 章和第 2 章中讨论的组织理论形成鲜明和有力的对照。但这并不意味着它们与以前的方法没有相似之处，例如，日本人使用泰勒和他同时代的人提出的工业工程的概念来研究和设计工作。然而，提出它们的背景条件（缺乏按结果付酬、缺乏团队工作和工人参与的运用，并且最重要的是缺乏有保证的工作）是显著不同的。同样地，文化卓越管理方法与人际关系运动有一些相似处，尤其是强调领导力和沟通力方面。然而，对文化、个人成就和整体卓越的强调，使它成为了一种独特的方法。组织学习也是这样，它建立于鼓励个体和团队学习的以往的实践基础之上，但在一个更广泛的背景中得以发展。

这三个方法之间也有一些联系。组织学习有意识地利用日本使用的方法，达到快速地收集和使用信息的目的。此外，它与文化卓越方法一样，强调个体在促进革新中的重要性。但是它也和其他两种方法有矛盾冲突的地方。组织学习的支持者强调，它能使公司具有形成和创造它们的环境的能力；而文化卓越的支持者强调，组织别无选择，只能适应环境。从变化的观点来看，它与日本方法各执一词。日本方法倾向于有指导的、连续不断的变化，而组织学习方法，则是鼓励连续不断的且常常是没有指导的进行适应性变化，以及改造性的变化。

日本方法和文化卓越管理方法之间也有些联系（对卓越的强调、对文化的重要性的强调），但是，它们还是有明显的不同。终身雇佣和对组织的忠诚，与文化卓越的支持者强调的暂时性工作的本质产生了强烈对立。例如，把英国哈利法克斯（Halifax）与利兹市建房互助协会（Leeds building societies）的合并（为了成立英国第四大银行）导致的对上万个工作岗位的威胁，与日本三菱银行和东京银行的合并（形成世界上最大的银行）相对比，在后者中，保持所有的工作岗位是一件光荣的事。同样，按资历付酬和按绩效付酬也是重要的区别之处（尽管在日本对绩效报酬的使用有了小规模的增长）。还可以注意到文化卓越管理方法和组织学习方法都没有真正把它们本身与日本普遍的严格的制造（质量）实践相联系。

最后，文化卓越学派沉溺于缩小规模，并坚持小规模化。另一方面，日本学派则致力于发展成长。弗格森（Ferguson）评论说，在20世纪70和80年代，美国不是被小型灵活的组织超过的，而是被"经常受政府保护主义支持的、根植于稳定战略性合作联盟中的高度工业化的综合性组织……"所超越。

仔细权衡之后，这三个方法尽管存在着相似性，但仍相互矛盾而不是相互补充。日本方法通过尝试和检验硬的和软的技术的结合，提供了强调革新和稳定的贯穿始终和全面的组织方法。文化卓越管理方法强调"技术、革新、动态和不可预测性"，但是没有回答文化所扮演的角色问题。作为为组织竞争力提供的一个范例，组织学习是三者中最新产生和最不具体的。在一定程度上，它与其他两个方法也有相似之处，但是它强调学习是竞争力的主要来源，这使它与其他两种方法有所区别。这并不意味着，如果西方组织更加善于采用全面质量管理和其他类似技术，并且如果日本公司扩宽它们对外部劳动力市场的使用，并采用更为灵活的结构，特别是如果都共同强调学习，那么这三种方法就不会冲突。但是，在此刻，它们是竞争者而不是合作者。

毫无疑问，这三种方法没有一种不存在缺点或受到批评。特别需要明确强调的是五个方面的利害关系，即"一个最好的方法"、人、政治、文化和变革管理相关方面的关系。

一个最好方法

本书第一部分中的三个章节都是关于管理和构造组织的方法。到目前为止，所给出的一个清晰的信息是，谨慎地声称它是适用于所有环境和所有组织的"一个最好方法"的理论或假设。然而我们在本章中讨论的三种方法似乎正支持推选这一点。

人

文化卓越管理方法和日本方法都对人寄予很大的期望。两种方法都依赖于对有特权的核心员工和相对无特权的边缘员工劳动力的划分，两个方法都非常强调对组织的奉献，要超越其他所有事情，甚至家庭生活。因此，在这两种制度下，长时间的工作和非常短的假日成了规范。日本方法提供了更多的工作安全性，至少是对有特权的核心员工。但代价是，在组织中为了较好工作岗位的竞争，即完全为了实际利益的竞争，从组织诞生之日起就开始了。为在最好的公司中谋得一份工作，申请谋职者必须毕业于最好的大学；为了进入最好的大学，他们必须毕业于最好的中学；为了进入最好的中学，他们必须进入最好的幼儿园（Bratton，1992；Fruin，1992）。由于组织学习的概念缺少明晰性，因此很难确定它对人们的启示。但是，它的确表现出使它与文化卓越管理方法相结合的强烈的工作和奉献意向，而且，它强调为了克服个人对学习的阻碍，而重新构造个体的认知过程，这个阻碍是非常令人担心的，至少潜在地令人担心，因此，把这三种方法结合在一起，就会理所当然地得出结论：达到"卓越"的社会成本，无论在西方还是东方，都很大。

政治

在过去的 20 年中，组织的权力和政治问题已经受到了广泛的注意，并将在第 5 章中进行探讨。明确了组织是社会实体而不是机器，因此权力和政治的明争暗斗就是不可避免的。它们通常不是非常明显，但是当资源稀缺或组织处于变革时，就会显露出来。也许是由于这一点，彼得斯和沃特曼被轻易地指控为其主张而脱离了现实。他们认为完全的开放和信任应当达到使员工能有效地允许他人监督他们工作的程度。在西方存在着把政治和冲突看作是不正常的倾向，但是，帕斯卡莱和汤普金斯论述说，冲突是创造性过程不可分割的一部分，如果管理者要成为成功的领导者和说服者，政治技能是他们的一项关键能力。忽视冲突的存在或低估它的执拗通常会导致灾难。

然而，在日本方法、组织学习方法和文化卓越方法中，几乎没有提到组织政治和冲突。考虑到文化卓越和组织学习的方法，似乎都存在着这样一个假设：在较小的商业单位中工作的雇员、有更大的自治权的雇员以及有令人满意的工作的雇员，他们为追求共同目标，会在工作中相互合作。正如第 5 章将表明的，这个期望也许是不现实的。在日本组织中，由于它们制定决策追求一致和公开的方法，对组织目标强烈的奉献精神、团队中高度统一的工作压力以及至少在一些组织中的终身雇佣制度，使得冲突被最小化或被导向创造性的方向上；尽管石纲觉 (Ishizuna, 1990)、镰田 (Kamata) 和酒井 (Sakai) 已经表明并不总是这样的情况，但是在西方，由于公司重新塑造了它们的业务方式，工作的安全性受到破坏，个人目前的绩效方面表现的重要性超过其他所有方面的表现，只有最合适和最快速的步伐才能够生存，否认或低估权力和政治的重要性，或者相信文化是万能灵药都是愚蠢的。

文化

它把我们带到这三个方法所引发的一个令人关注的问题。所有这三种方法的支持者都把文化作为简单的从属风尚。对文化卓越学派来说，认为通过促进提升相互信任、团结协作和团队工作的价值观，建立强大、灵活、切实可行的文化，所有问题就都解决了。建立一个学习文化也可以有同样的效果。这两个方法中都没有对界定或者改变文化所产生的困难进行任何实质性的讨论或认可，尽管有大量的证据表明情况是相反的。那些宣传日本方法的人也没有较为全面的论及到文化，它是阻止在西方的日本公司采用日本方法的一个不变的特点，或者这段时间更为频繁常见的是，日本方法在一定程度上被看作是独立于文化之外的东西。几乎没有研究者认识到日本公司与它们的西方公司一样，能够自己发现他们希望改变明显不适合的文化。因此这三种方法都明显地受到批评，就在于其掩盖了变革文化的困难性。组织文化的作用将在第 5 章中讨论。

变革管理

还有最后一个问题需要讨论：变革管理。组织理论也是变革理论。大多数组织理论声称，为组织指明了如何定位以及在何处定位的方向。它们还或明确性地或暗示性地讨论了变

变革管理
Managing change

革管理的问题。

对古典学派来说，变革管理相对容易：它告诉组织它们应该是什么样的，并且由于管理者和工人是理性的，它们应该接受任何相伴而来的变化，因为这是符合逻辑的！偶然性理论家采用了类似的方法。另一方面，人际关系运动，认为变革会引起更多的问题。组织是社会体系，变革不是一个理性的过程，其中也加入了情感。因此，在变化的组织中说服教育和领导起着关键作用。

文化卓越管理方法几乎没有提及如何完成变革，尽管承认它支持激进的改革。彼得斯支持变革"大爆炸"（"Big Bang"）式的方法，"激进变革，并且迅速行动"是他的建议。另一方面，汉迪采用了一个较为稳步的变革方法——旷日持久的大变化。坎特等人支持两者的结合；他们认为主要的变化，特别是行为变化，只能经过一段时间来完成。但是，他们也相信剧烈的动作对于在短期内提高绩效也是必需的。因此，他们的变革方法是"大胆变革和长期推进"的结合。总的来说，虽然有坎特等人关于变革的论著，但文化卓越学派所传递的信息有些混杂，缺少过程和细节。

尽管组织学习清楚地指明了能够使组织进行变革，它的支持者在界定一个目标如何导致另一个目标，特别是如何成为学习型组织这一最终目标时显得模糊不清和相互矛盾。关于学习会产生变革过量，以及这些变革如何导致有效的、相互合作和相互补充的全面变化也是不明确的。

不过日本方法却更具体一些。它们主张创造未来的愿景，并在组织的所有层次上逐步"改善"（Kaizen）前进。日本公司非常擅长这个过程，这使日本赢得了具有制订稳健的、不屈不挠的和可行的远大抱负与目标的声誉。但是这种方法在许多西方国家中是否有效还值得争论。特别是在美国和英国，竞争的压力要求变革能在短期内迅速得以实施，同时，它们似乎本能地去避免长期实施的思想，尤其是在对大多数公司起重要作用的金融机构中。

因此，尽管组织学习方法、日本方法和文化卓越方法都有它们的突出的优点，但它们也有缺点，至少是对西方公司来说。由于这个原因没有一个方法为过去的范例所欣赏，达到实际上的理论主导地位，尽管在最近20年中文化卓越方法已经对管理态度产生了有力的影响。但是，缺少主导的范例还不是让人失望的原因。根据它们的本质发展出的范例会包括很多困境和矛盾，而这些困境和矛盾只能通过实际的经历和时间来解决。这并不是要忽视它们，而是恰恰相反。未来不是永恒不变的，管理者也并不是无能为力，他们确实有一些选择和行动的自由，确实有可能通过推广好的、避免坏的来影响未来的工作状态。

In search of new paradigms

　　本书的第二、三、四部分将进一步探讨管理选择以及组织可以自由规划自己未来的程度。但是，在此之前，第一部分的最后两章将完整地给出组织理论研究的回顾，在第 4 章，回顾与传统观点相异的组织的后现代主义的观点；在第 5 章，回顾文化、权力和政治在约束和进行组织选择时所起的作用。

学习检测

简答题

　　1. 什么是"范例"？

　　2. 为什么《追求卓越》在第一次出版时就迅速成为畅销书？

　　3. 列举文化卓越方法的主要理念。

　　4. 什么是三叶结构组织？

　　5. 组成日本管理涉及人事和商业的主要问题有哪些？

　　6. 日本方法的主要优点有哪些？

　　7. 定义组织学习。

　　8. 叙述支持组织学习的重要论证。

　　9. 简要陈述下列每一个方法对组织变革的启示：（1）文化卓越；（2）日本方法；（3）组织学习。

论述题

　　1. 文化卓越方法和日本管理方法的主要异同点有哪些？

　　2. 什么是组织学习的核心观点？在引进组织学习时组织可能会遇到什么困难？

第 *4* 章

组织理论的批判性观点

后现代主义、现实主义和复杂性理论

学习目标

学完本章之后，你应该能够：

- 讨论后现代主义对组织理论的贡献；

- 列举后现代主义在设计和管理组织方面的优缺点；

- 理解现实主义观点的主要原则；

- 讨论关于组织的现实主义观点的优缺点；

- 描述复杂性理论对我们理解组织的影响；

- 论述组织的复杂性方法的主要优势和劣势；

- 评价组织的理性方法的局限性；

- 理解后现代主义、现实主义和复杂性理论在组织选择方面的运用范围。

展示 4.1 现实主义取代远大前景

现实主义取代远大前景

FT

通讯领域迎来了它重要的创新时代，至少也可以说是创新的时期。移动通讯运营商不得不变得更加现实，在国际信息通讯技术博览会上有迹象表明，主要针对现有服务的改进已经受限，改进余地不大。

"我们必须向应用要效益，"德国最小的移动通讯营运商，O 通信公司德国公司的领导鲁道夫·格罗格（Rudolf Groger）说道："用户满意优先，顾客利益优先。"技术将成为这一切的基础背景，尤其是 UMTS（通用无线通信系统）技术；这种期待已久的第三代移动通信技术正在欧洲方兴未艾。

通信行业经过了 2000 年这一年的辉煌以后，轰然崩塌，陷入了深深的危机之中。现在，节约成本是头等大事，投资预算被一再缩减。

仅德国的公司，为了获得 UMTS 的执照，还不是技术，就支付了 500 亿欧元，期望着快速产生出巨大效益，但还有许多棘手的问题没有解决。UMTS 技术的运用一直推迟到了今年下半年或者年终才能推出，销售商的期望值明显下降。

然而，T-Mobile 公司（全球最著名的德国移动通信服务商之一——译者注）、沃达丰公司（Vodafone，全球最大的移动通信运营商之一——译者注）、E-Plus 公司（德国第三大蜂窝电话运营商——译者注）以及 O 通信公司，都将其希望寄托在数据服务新业务上，比如用手机发送照片的业务。去年用手机拍出 3 兆字节的小照片，并将其发送给其他手机，这种服务引起了德国移动运营商的注意。这就是所谓的多媒体信息服务（MMS），其目的就是要吸引用户更多地使用他们的电话，以便推进业务获得利润。

信息技术咨询商 Ovum（世界电信产业界富有权威性的中立咨询顾问公司——译者注）如是说，到 2007 年，世界范围内移动用户的数据服务的消费额有望达到 660 亿欧元，现在运营商必须改进战略，以共享这个市场。运营商迅速地重新思考他们的战略，在多媒体信息服务中，突出实用比技术更重要的理念，他们渴望为用户提供更多的消费方式，而不仅仅是发送照片。

最近几年，移动通信行业丧失了终端用户的眼光。埃森哲（Accenture）咨询公司的尼古劳斯·莫尔说(Nikolaus Mohr)道："他们都显示了他们思想的想象力，但没有谁具体地能有所作为。"在国际信息通讯技术博览会上，他们确信这将是获得收益的时代，而不仅是空想的时代。

市场调研机构 Gartner 的分析师、信息技术咨询师尼格尔·戴顿（Nigel Deighton）说道:"运营商想的是可以向顾客推销诸如 UMTS 和 Wap 之类的技术，他们不向人们展示他们如何从客户处受益。"现在，他们一直都在关注实际实用的产品。尽管他们一般都是制定多年的计划，但现在关注的焦点是客户的解决方案，这些方案在随后的 6～12 个月之内就能介绍给客户。

毫不奇怪，削减债务的需要导致了短期收入压力的急剧增长。德国私人银行 Sal. Oppenheim 的分析师马库斯·桑德(Marcus Sander)说："公司现在就是要挣钱，而不是持续不断地推出新的创造。它们已经变得脚踏实地，对 UMTS 的期望值已经降低，实现这些项目所花费的时间都比运营商想的长，来自于 UMTS 的高额收益还是遥远的将来的事情。"但直到在去年年初的时候，运营商们才极不情愿地相信这一切。

引言

我们的世界正在发生重大的变化，我们正在进入一个新的时代，这一点现在已成为共识。无论我们是否把这种发展称为"信息时代"、"因特网时代"、"创新时代"、"非理性的时代"、"后工业社会时代"、"后现代主义时代"还是"全球化时代"，其所包含的信息是同样的：在过去起作用，在将来却不会起作用。组织和大千世界一样，如果要生存就必须以前所未有和出人预料的方式进行变革。然而，就像展示 4.1 斯皮勒的文章所阐述的那样，尽管所有这些都是挑战世界的新言论，尽管委靡的互联网络正在复苏，但越来越多的公司正在寻求 21 世纪的现实主义的形式，放弃 20 世纪 90 年代的远大前景。当然也有许人多认为，20 世纪 90 年代的前景是现实的，当今的所谓现实太过于"爬行主义"、太过于缺乏雄心壮志。本章将研究对组织理论批评的三种观点，给出如何理解"现实"的观点以及这些观点所隐含的不同之处。

前三章已经描述了从工业革命到目前的组织和组织理论的发展，阐述了为适应它们面对的各种挑战所进行的各种不同的设计途径和管理组织的方法及选择，展示了一幅有些令人困惑的理论图画。每一种理论都以它自己的方式声称能解答所有组织的问题，但是这些理论也都面对着严重的潜在批评。我们研究所有理论的目的，都是为管理者提供如何构造和管理其组织的实际意见。但是，正是由于它们对日常组织生活中遇到的各种情境范围与复杂性的适用性是有限的，使这些理论更加受到批评：

★ 一个统一的参考框架的假设倾向在于使工人和管理者、蓝领和白领员工、男性和女性雇员、不同种族和宗教之间的利益都能够协调一致，这是所有这些理论的一个明显的缺点。

★ 相信古典学派和人际关系运动，认为情境因素——外部环境、规模、技术，等等——是不相关的或能够轻易调整，是另一个明显的缺点。

★ "偶然性理论"和"文化卓越管理"方法的假设，使得管理者无权改变他们所面临的各种情形。为了取得成功，面对这些流行之法，他们不能选择，只能接受。这些理论和方法在实际生活中无法得到证实。

★ 关于对理性的、客观科学地对待组织和社会中广泛发生的许多根本性的变化所提供的解释能力越来越值得怀疑。

★ 最严重的缺点之一，是在较低的程度上，只有文化卓越学派以及组织学习和日本方法肯定了组织文化作用的重要性——而且它们只是以一种简单的方式进行了处理。

★ 没有一个理论严肃认真地考虑到权力和政治在影响组织决策制定中的作用。这不但与过去 20 年所做的大量研究不符，而且也与大多数人自己的组织生活经验相悖。

★ 最后，这些理论都明确或暗地里表明不接受选择的观念。它们强调的基础都是组织要成功，就必须遵从"它们"的观点，否则就会失败。诚然，如果我们观察组织的总体，我们就能看到大量的各种各样的设计和管理方法，有一些，至少在一定的时期，较其他方法看起来是较为成功的。但是，大部分组织，无论是完全采用还是部分或完全拒绝采用流行观念，都呈现出各自的生存能力。

　　本章以及随后的章节，将致力于研究、探讨这些问题，特别是最后三点。本章研究关于组织批评的三个重要观点：后现代主义、现实主义以及复杂性理论。首先研究后现代主义。后现代主义是一个定义不甚严密的哲学运动，尽管其基础源于艺术，但在过去 20 年中，其在社会科学领域的影响日益增加，它是一种以不确定性为原则反理性的方法，集中于创造性地构造人类世界。紧随其后的是组织的现实主义的观点。像后现代主义一样，现实主义也是一个哲学学说，现实主义首先应用于艺术领域，但最近几年为组织理论所使用。也像后现代主义那样，现实主义相信社会的构成是现实的。但是，与后现代主义不同，现实主义拒绝现实的多重性观点。现实主义的本质，不仅是现实的而且是实际存在的，无论我们是否发现或认识到它。他们把自然和社会看成是由复杂结构组成的世界，是实际存在的，无论我们是否发现或注意到它们，它们都在影响我们的行为。对现实主义来说，事件和事件的样式都是通过独立存在于事件之中的机制和力量产生或引发的。因此，现实主义不否认人类改造世界的能力，但是，它们把这种能力看成是有限的，受到了社会的实际结构、社会实践和习惯的限制。与这两种观点相反，本章中提供的第三种组织批评的观点是复杂性理论，这种理论兴起于自然科学，后来才为社会学家所应用。复杂性理论关注的是在动态的非线性系统中如何建立规则，尤其是那些应用这个方法并保持成功的组织来说尤其需要在"混沌的边缘（edge of chaos）"运作，并且靠恰当规律产生的原则仍能巩固维持这个地位。

本章总结指出，虽然这三种方法有很大的不同，但它们的共同点都是为组织展示了该做什么和如何去做方面有所选择的前景。与其说相当多的管理者（潜在地）对组织结构、政治和实践原则甚至是对组织运作环境有选择自由（尽管不是无拘无束地），倒不如说他们是组织理论、偶然性理论的囚犯。所以在第 5 章，引出了关于对文化、权力以及政治在选择、认知、鉴别、构建形式以及目标追求方面所起作用的研究。

后现代主义的观点

从现代主义到后现代主义

正如第 3 章所描述的那样，在过去的 20 年，关于如何看待组织的观点发生了巨大的变化。文化卓越管理模式、日本的方法以及组织学习理论，它们都与过去有关，但是它们都重又打破和终结了之前所走过的道路。伴随着它们的发展并在很大程度上给予它们的令人尊敬的理论上的位置，一个不为人所承认的观点是我们已经从现代世界转向后现代世界。

对艾尔维森（Alvesson）和迪兹（Deetz）来说，这是 20 世纪 80 年代工作和竞争变化的本质，迫使组织理论家对现有的地位牢固的关于世界的假设提出了疑问：

组织日益扩大的规模、沟通或信息技术的快速实施、全球化、工作变化的本质、工人阶级的减少、不太突出的阶级矛盾、劳动力的专业化、停滞的经济、广泛的生态问题

变革管理
Managing change

和动荡的市场，它们都是现代背景的一部分，需要给这个背景一个探索性的解答。

早在 20 世纪 80 年代，关于现代世界不断变化的本质的争论，是以假定的从福特主义到后福特主义或新福特主义的组织工作形式的转变为中心的。关于从规模生产转向灵活的专业化的争论，最初集中在皮奥里（Piore）和塞布尔（Sabel）的研究上。他们认为泰勒主义和福特主义的时代以及规模生产的时代已经消失了。规模生产是用一种工作组织形式，为稳定的规模市场生产标准化的产品，这种形式的特征是密集的劳动分工、理念与执行的分离以及用非技术工人代替技术工人。但是，现在认为允许福特主义存在的市场条件已经消失了。被分割的高度多变的市场的出现，是由顾客喜好和技术创新的变化带来的，它要求组织具有高度的灵活性，以便在后福特主义的条件下取得成功。

根据皮奥里和塞布尔的观点，今天，只有分散的、由工人管理的公司才具有应付顾客需求的突然变化、原料价格的反复无常和技术迅速更新的灵活性，以及应对这些变化的技术和忠诚。他们利用意大利小公司松散联盟的运作来支持他们的研究。尽管这对一些人来说是很有吸引力的建议，但是威廉姆斯（Williams）等人指出，似乎没有任何重大的具体行动来建立皮奥里和塞布尔提出的松散的工人合作组织。相反，其他研究者开始支持新泰勒主义或新福特主义组织形式的出现。工业官僚主义时代非但没有结束，反而正经历一个双向的变革。一方面，计算机自动化把机器与程序联接起来并因此消除了人工的劳动；另一方面，当这种做法不可能实行时，管理者就把生产转移到世界上工资水平低的地区。

史密斯认为，这个观点的症结在于适应性。举例来说，适合通用汽车公司的，未必适合丰田，而丰田是到目前为止被证明是更为成功的公司。塞耶（Sayer）抱怨后福特主义文献令人困惑不解，并且在选用证据证明自己的正确时缺少细致的思考。尤其是关于对工作本质发展的过于乐观的观点，皮奥里和塞布尔受到大量的批评指责，因此，尽管他们的支持者能够提出灵活性及专业化和后福特主义及新福特主义的例子，但他们对此所作的解释和他们从中得到的启示却非常片面和特殊。事实上，由于在第 3 章中讨论的新的组织发展和形式的广度和深度的重要性、灵活性、专业化，后福特主义和新福特主义这类词汇只能有限地解释组织生活中发生的许多变化。所以，这场争论所做的就是使更广泛的受众接受后现代主义学者的工作，他们对我们周围世界中发生的变化提供了更重要和更复杂的解释。

对不同的读者来说，后现代主义是一个相对较新的概念，但它至少从 20 世纪 30 年代以来就存在了。毫无疑问，这个术语理所当然地在 20 世纪 60 年代纽约年轻的作家、艺术家和评论家中流行起来。在 20 世纪 70 和 80 年代，这个术语在建筑、音乐和视觉及表演艺术中得到了更广泛的使用。不过，它被组织理论家接受，是由于 20 世纪 60 年代法国哲学界出现的后结构主义运动。对意义和解释的兴趣，使得它们被组织理论家们形象地利用语言、符号和文学理论加以解释，也就此帮助提高了对后现代主义的兴趣。在 20 世纪 70 和 80 年代，它与让·伯德里亚（Jean Baudrilard）、雅克·德里达（Jacques Derrida）、米歇尔·富科（Michel Foucault）和让—弗朗索瓦·利奥塔尔（Jean-Francois Lyotard）的研究联系得最为紧密。

组织和管理研究学者们对后现代主义的研究接触相对较晚。例如，直到 20 世纪 80 年代末，才由于斯默西奇（Smircich）和卡拉斯（Calas）及库珀（Cooper）和伯勒尔（Burrell）的工作，后现代主义方才开始影响组织理论。许多社会科学家和组织理论家对后现代主义的兴趣来自于他们越来越相信现行的现代主义者的理论，比如偶然性方法已不能再解释在工作和社会世界中发生的大多数变化，特别是，日益增加的对理性、客观的科学所提供的绝对和统一的世界知识的能力所产生的怀疑。后现代主义者的立场强调的是大量事实，以及互不相关的、主观的、相对主义的立场。

后现代主义（正如其名字所隐含的）是由现代主义发展而来。因此，有必要理解后现代主义者如何定义现代主义，以便评价他们的主张。现代主义是用来描述自 18 世纪启蒙运动以来统治西方社会的价值观、理性原则和制度的一个术语，这一时期，欧洲思想在法国和英国的带领下，与中世纪的迷信、无知传统彻底决裂。取而代之的是对进步、经济和科学理性的狂热信仰，是对统治自然世界和人类社会的基本法则和法律的寻求，以及对世俗、理性和进取的个人主义的热诚。正如霍布斯鲍姆（Hobsbawm）所指出的："自由、平等和博爱是它的口号。"林斯特德（Linstead）如此评论启蒙运动：

> ……产生了对历史进程的热忱、科学知识日益加快的增长，以及由此导致的对自然、文化和人类的不可避免的控制。

而且格根（Gergen）指出，现代主义的"假设在整个当代文化中都很重要，并且从 20 世纪初到现在都给组织理论留下了不可磨灭的印记"。因此，现代主义学者认为，社会和自然世界以及它的形成原则能够通过科学的观察和分析获得。在组织生活方面，过去的 100 年中，现代主义用来描述在公共和私人部门中占主导地位的组织形式。在前面几章中，我们把这称为古典或官僚主义模型，但也有人使用像泰勒主义、福特主义或机器时代范例这样的说

法。它的支持者认为，这类组织是建立在理性的、符合逻辑的和对科学规范及原则的追求基础上的。这类组织的特点是机械和等级结构，是建立在劳动力的极端分工和压抑人们情感、最小化员工独立行动范围的控制制度之上的。

展示 4.2　后现代主义的一些特征

分解细化：将已建立的结构进行分解细化；

消除分化：模糊已建立的界线或者相互包容，打破它们的区分与界限；

超现实化：模糊对非客观真实或客观真实的认识；

模仿：对过去感兴趣也对将来进行模仿或取代模仿感兴趣；

拼凑：将各种装饰、服饰及表现风格进行有趣的融合；

反基础主义：反对所有的基础原理、绝对真理、基本原则、普遍法则等；

多元主义：上面所有特征同时起作用。

从展示 4.2 可以看出，后现代主义提出了与现代主义大相径庭的世界观。后现代主义反对或否认启蒙运动所强调的动机、逻辑和理性是科学方法的有效根基，是建立真理的有效基础。后现代主义对建立权威或绝对知识的科学论断提出挑战。它主张科学知识是科学性团体的社会构成，是科学家团体发生了变化而不是科学发现本身产生了新的科学范例。

因此，对后现代主义者来说，知识是相对的，而不是绝对的。正如沃森（Watson）所述，后现代主义是：

> 一种看待世界的方法，这个方法拒绝对历史和人类活动作出系统解释的努力，相反地，却关注于人类"创造发明"他们世界的方法，尤其是一种通过语言和文化创新世界的方法。

也许区别现代主义学者和后现代主义学者之间的关键在于他们如何看待语言的本质：

> 对现代主义学者来说，语言仅仅是合乎逻辑的反映现实的一种工具……而在后现代主义学者的眼中，语言……通过它在社会交往中的位置获得意义和重要性。除非至少有一个其他的人认同词语的意义，否则这些词语没有任何含义。

所以，如果语言是一个社会概念，人们就不能从表面的价值看待特定团体和组织的论述、原则和实践。相反，从德里达得到暗示，后现代主义者经常通过分解所运用的语言对情境或事件进行分析。分解是试图揭示和推翻隐含在论证、主张或理论中的假设的一种途径。推翻一些假设，为以前没有考虑到的假设提供了替代的空间。在后现代主义方法中，替代者有大量的解释，对大量被分割的现实的接受被看成是对一个统一非凡的现实思想的替代。与许多人一样，后现代主义者认识到在组织各种利益的相关者中，每一个人都对组织应该做什么，以及谁的观点和利益最重要有着不同的看法。然而，他们的差别在于他们不相信有一个正确的观点或某一个观点是重要的。相反，后现代主义管理和组织理论开始于分解的过程中，"……我们试图在不同人种、各种制度和理论中恢复和谐与平衡，重新构造组织"。

这就引出了后现代主义的另一个盛行的主题：自我反映——对一个人自己的假设提出批判性的怀疑。既然现实和语言是社会概念，那么，后现代主义学者认为，为了避免现代主义学者错误地相信他们已经发现了根本性的真理或现实，后现代主义学者必须不断地对他们自己的假设、论述和行为提出问题并表示怀疑。

关于后现代主义和组织理论的联系，"自我反映"与阿吉里斯（Argyris）和朔恩（Schon）的"双循环和三循环"学习的观点相似，后者宣传对现有组织假设的质疑和挑战（见第 3 章）。阿吉里斯所研究的其他方面也表明，后现代主义学者特别倾向于对内部矛盾性研究方法的质疑。我们还能在摩根的著作《组织印象》（Images of Organizations）中看到后现代主义的一些倾向，在这本书中他把现有的组织理论看作是文学上的暗喻。

现在转来看一下组织理论的核心，林斯特德认为在后现代主义的情形下，业绩等级、合法性和权威让位于网络关系、合作伙伴关系以及变化、动态、社会性的组织结构。这些是受外界力量驱动的，并且具有特殊性、短暂性、孤立性以及社会性，例如市场或竞争。根据达夫特（Daft）的观点，这种必要性将迫使后现代组织要发展更具灵活性和更为分散的组织结构，其内部和外部的界线都模糊起来。他认为在这类组织中，通过非正式的、口头和符号的渠道进行沟通，领导者将成为促进者；通过自我规范实施控制、计划和决策涵盖一切，并且对人人平等的原则将有决定性的影响。同样地，克莱格（Clegg）提出了现代主义和后现代主义的组织形式的清晰的区别（见表 4.1）。

克莱格承认后现代组织形式的定义有些问题。但是他认为它们是与像灵活的专业化和后福特主义这样的发展相联系的，并且后现代组织的例子可以在日本、瑞典、东亚和意大利找到。然而，他指出，尽管它们确实可以同进步和发展（如瑞典工业民主化的扩展）联系在一起，但也可以同更加压抑残酷和更加精英化的统治（如汉迪的三叶结构采用的不密切的分裂

化的劳动力政策）联系在一起。在三叶结构的组织中，存在三种等级层次的雇员——核心工人、契约性质的外围人员以及灵活的劳动力。这些组织劳动力的每一个层级都有着不同的雇佣条件，对他们的处置方式和计酬方式也极为不同。因此对克莱格和越来越多的组织理论家来说，后现代主义时代已经来到，它正在并将继续对组织的本质和运转产生重要影响。

表 4.1　现代主义和后现代主义组织形式的比较

	现代主义组织	后现代主义组织
结构	严格的官僚主义	灵活的网状结构
消费	规模市场	适合的市场
技术	技术决定论	技术选择
工作	差异化的、有区别的、非技术技能性的	高度非差异化的、无区别的、多种技术技能性的
雇佣关系	集中化和标准化	复杂和分散化的

后现代主义学者特别注意到组织生活中的两个领域：文化和权力。组织文化的后现代方法抛弃了把文化看作是被组织中所有成员分享的整体主义的观点，以及把组织统一体看作是被一致和稳定的亚文化割裂的差异化的观点。相反，它赞同分裂观点，认为组织文化是不一致的、模糊的、多样化的并处于连续不断的变化中。哈奇（Hatch）观察了文化的后现代观点：

> 在这种观点中，联合或联盟永远不能稳定包含在亚文化中，当然也不能稳定包含到统一的文化中去，因为论述和它的焦点问题总在变化——因此分裂的印象也在变化。

因此，对后现代主义学者来说，组织文化是重要的，并确实与他们在象征性和语言方面的兴趣相关联。然而后现代主义学者对控制和改变文化的尝试却表示怀疑，如哈奇指出：

> 当你试图改变组织文化时，尽管的确有些东西将会变化，但是总的来说变化是不可预测的，并且有时是所不希望的（例如员工对文化变革项目的讥诮言辞或行动的增加）……不要想试图操纵文化。别人的想法和解释是不可操纵的。

至于权力，后现代主义学者采用的是与其他涉及组织理论的大多数学者极为不同的观点。他们不太关注个人或团队对权力的拥有、获得或行使。相反，他们相信，权力是语义差别、推理方法和具体实践的结合，是存在于社会和组织的理所当然的知识构成主体之中。也许最有影响的关于权力的"后现代主义"学者是法国哲学家米歇尔·富科。富科认为知识和权力之间有着强烈的联系。他相信一旦知识为社会所合法化和制度化，它就会对我们的思想和行为产生控制作用。然而，在不同的知识体系之间存在着权力斗争，即都为了争夺合法性和最高地位。对富科来说，尽管这些知识体系都寻求反映和代表现实，但同时它们也社会性地创造了现实。他认为权力给每个人都定了型，既包括那些运用权力者，也包括那些受权力控制者。他主张权利和知识相互依赖，因此一方的扩展也是另一方的扩展，反之亦然。格根持有同样的观点，他认为：

> ……权力从本质上来说是社会相互依赖的问题，它是通过明确定义周围行动的社会合作取得的。

关于权力，"后现代主义"对现实的特定观点如何显露出来并在组织中保持下去有着重要的启示。它不是客观和理性过程的产物，而是组织内权力和政治的产物。在一些组织中，对现实没有呈现出固定和普遍一致的看法；相反，我们看到的是由参与竞争的小组和个人提出的竞争性的解释。但是，在其他组织中，确实存在并保持着一个明确的观点：通过政治手段取得对组织中其他人的统治地位的时候，小组和整体力量的联合就能够支配权力。当这种情况发生时，就会形成他们关于现实的观点，并且变得可以被人所接受。因此，不但所施展的权力使他们的世界观合法化，而且它的合法性反过来又巩固了他们的权力。

对组织的启示

从对后现代主义的回顾中，我们所看到的是，现代主义和后现代主义都对21世纪的组织理论和实践产生了影响。明显地，古典管理方法，尤其是韦伯的贡献，都突出强调理性和科学知识，特别是囿于现代主义的传统。实际上，也可以说更多的是人际关系的文献，及其运用科学的方法确定的所谓"一个最好的方法"，当然还有关于偶然性理论的文献，也都直截了当地投进了现代主义者的阵营。一方面，文化卓越管理方法看上去更多地习惯于后现代主义的花言巧语，不但对世界流行状况有相同的看法，如"混乱无序"以及"不可预知"，而且还有一些相同的文字描述。例如，查尔斯·汉迪名为《非理性的时代》一书，以及罗莎蓓丝·莫斯·坎特所描述的后企业组织。尽管汤姆·彼得斯没有使用后现代主义学者的语言，但其观点的本质及其观点被经常传递的方式与后现代主义非常吻合。组织学习强调获取知

识、迅速变化，而最重要的是组织要创造其自身的实际能力。另一方面，对现代主义和后现代主义两者的主要批评都来自西方，尤其是来自欧洲的知识和文化传统，并且导致它们难以与其他，特别是东方和伊斯兰的知识和文化传统轻易地并存。尽管如此，至少在西方，"后现代主义"的确对组织理论和实践产生了强大的影响。

总的来说，尽管文献有些费解和矛盾，但后现代主义的核心集中反映的是关于因果关系以及现实本质的学说。对后现代主义学者来说，推理和逻辑是虚幻的，现实是一个社会概念；用组织的术语来说，组织，或者更确切地说，统治组织的个人和小组，创造了他们自己的现实——他们自己世界观。他们是否认为自己是成功的、世界是混乱的，是否相信他们能够构建自己的未来，在很大程度上不是由客观数据或他们的环境中所发生的事情等因素决定，而是由他们设计构建自己现实的能力所决定。他们把对现实的看法强加于内部和外部其他人的程度，将成为他们以及组织是否被视为成功的重要标志。

从这个角度来看，后现代主义在前面三章中讨论的组织理论和实践有三个重要的启示。第一个启示与组织文化的本质有关。正如我们在第 3 章中看到的，在刚刚过去的 20 年中，文化卓越学派在将组织文化问题提升到管理思想和实践的显著地位的过程中产生了极大的影响。从根本上说，他们所争论的就是为了达到"卓越"，管理者需要为他们的组织创造一个强大、统一和恰当的文化。这种方法的核心组成，是控制和使用语言和符号创造一个新的组织的现实。尽管认识到文化的重要性并关注符号和语言，但是后现代主义学者把控制和改变文化的尝试所产生的结果大都看作是不可预测的，并且有时并不是所希望的。这是因为其结果取决于组织中其他人对这种尝试的多种含义的理解和解释，而从根本上来说这是不可控制的。第二个启示是关于对现实的某一特定观点是如何显露出来，并在组织中得到保持的问题。后现代主义者的答案在于权力和政治所起的作用。在一些组织中，对现实没有确定的、普遍认同的观点，相反，我们所看到的是相互竞争的小组和个人给出的相互竞争的解释。但是，在其他组织中，确实存在并保持着一个明确的观点，当小组和力量的联合能够掌握权力，并使用政治手段取得对组织中其他人的统治地位时，就能够达到这一点。当这种情况发生时，他们所形成的对现实的观点就会被他人所接受。最后一点启示与组织选择有关。正如我们在前三章中看到的，大多数组织理论家和实践者相信存在管理组织的"一个最好方法"。但是，"后现代主义"的争论对这"一个最好的方法"是否代表某种客观知识，或者它们是否属于特定时期、国家、行业和组织的社会构造的现实，引发了关于这方面的一些重要问

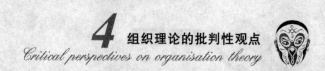

题。如果组织的现实是社会所构造的，那么，至少在理论上，组织可以构造它们所希望的任何现实。从这个观点来看，组织对于它们做什么、如何做和在哪儿做就有了很大程度的选择权。然而，在最近的 20 年，尽管后现代主义充满吸引力和魅力，尽管它对组织理论有强烈的影响力，但它仍然在有效性和有用性方面存在一些苛刻的限制。

后现代主义的一些限制条件

阿尔威森和德兹指出，也许后现代主义的主要限制和缺憾在于对其概念定义的困难。在社会科学领域，对这个术语的定义繁杂而空泛，而且常常相互冲突，定义涉及社会的氛围，充满社会和组织变革主要的历史时期，还涉及组织和其他一系列哲学方法的研究。哈奇认为，后现代主义用这么多不同的方法来定义导致了：

> 要选择一个核心理论、一系列典型的思想是不可能的，举例说明后现代主义也不可能——后现代思想有着惊人的多样性，无法进行总结归纳，多样化的后现代价值观与将这些不同的理解统一成一个单一的包罗万象的解释的思想相互矛盾。

阿皮尼亚内西和加勒特观察到：

> 之所以产生困惑是由"后"这个前缀加在"现代"之前造成的。后现代主义本身认为的某些东西，实际上并不是如此，它也不再是现代的。但是什么是确切的"后"呢……
>
> — 作为现代主义的结果？
> — 现代主义的后果？
> — 现代主义留下的胞衣？
> — 现代主义的发展？
> — 对现代主义的否认？
> — 对现代主义的扬弃？
>
> 使用后现代的含义，既包含上述所有这些含义的混合，也与这些含义相匹配。

后现代主义的迷惑和多样性，可以用费瑟斯通（Featherstone）收集的后现代理论家所使用的下面一组术语进行最好的总结：

现代的	现代性	现代性质的	现代化	现代主义
后现代的	后现代性	后现代性质的	后现代化	后现代主义

正如费瑟斯通所指出的，后现代主义学者不但把不同的含义归因于上面的每一个术语，而且他们对单个术语的含义也没有共同的一致意见。事实上，伯勒尔对后现代主义争的关键影响者之———米歇尔·富科进行了评论：

> ……认识到这一点是很重要的：富科对传统观念的攻击使他处于无法进行辩解的地位，并且他拒绝坚持某个立场的时间，比他出版两本书之间的时间间隔还要长，当然是令人疑惑的。

除了定义后现代主义的困难以外，还存在一种强大的呼声，那就是保护现代主义，攻击后现代主义是智力虚无主义或新保守主义。哈萨德论述道：

> 然而，对后现代主义最有影响力的评论家是尤根·哈贝马斯（Jurgen Habermas）……（他）认为后现代主义理论代表了对根植于非理性和反对启蒙运动观点的意识形态现代性的批评……哈伯马斯认为由于许多法国作家（尤其是德里达、富科和利奥塔尔）从尼采和海德格尔反对启蒙运动的论述中得到线索，这可以被解释为动摇了与法西斯思想的联系……哈伯马斯希望要强烈保护现代主义原则，他认为这是具有伟大的尚未完全发挥潜力的未竟事业。

里昂（Lyon）指出对后现代主义的批评限于以下 3 个方面：

1. 一些人声称从来就没有存在过完全的现代主义时代，所以也不可能有所谓"后"现代主义时代。

2. 一些人坚持社会的发展潮流只不过是后来者打破了以往的东西，使其重要意义得以扩充。

3. 一些人接受世界正进入一个新时代，但只是见到了全球化时代（见第 16 章），而不是如定义那样进入了后现代主义时代。

因此，关于后现代主义的有效性存在着一些严重局限性，包括缺乏一致性和清晰性。其支持者都误解了当今世界所处的时代状态，这也许是正确的，然而并不重要，原因在于它将自己放置到了与极端保守政治派别结盟的位置上。它的支持者承认后现代主义的信息不总是清晰和统一的，但他们大体上不接受来自其他的大多数的批评，尤其是保守派的意识形态。另一方面，毫无疑问后现代主义的信息为在过去的 20 年中被大多数西方政府采用的新自由政策，例如私有化和解除管制，提供了一些辩护和鼓励。因此，不管后现代主义是否具有优

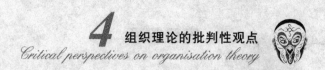

点，还存在着两个对组织理论有重要影响的非现代主义观点，即现实主义和复杂性理论。

现实主义的观点

什么是现实主义？

如上所述，关于世界社会有两种占统治地位的观点。现代主义或者说是实证论者的观点，信奉客观的真实性、逻辑性和因果关系；后现代主义的观点认为，社会构成是具有复杂性和竞争性的实体。在超过 20~30 年的时间里，后现代主义的观点在组织领域中一直是超前的。然而，艾克洛德（Ackroyd）和弗利特伍德（Fleetwood）强调二者的统一。他们指出对基于既不是现代主义（实证论者）也不是后现代主义的组织有很多实质性的研究，他们的工作建立在源远流长的并强烈主张的社会科学的裂痕基础之上的。为了便于理解和解释很多事件，必须既重视社会结构，诸如组织、程序、规章和权力，还要重视个体和团队小组赋予这些结构的意义。其工作的支撑基础很好地发展了既不是现代主义也不是后现代主义的哲学学说，其中一个最重要的学说就是现实主义，它提出了对组织和管理非现代主义也非后现代主义方法的支持。现实主义，正如依斯顿（Easton）所解释的"……就是'超出现实'等待被人们发现的现实"。

自从 20 世纪 70 年代，现实主义被很多作者应用于社会科学领域后，尽管明确应用于管理的还很少，但在体制理论和规章理论领域呈现出非常巩固的态势，现在对其在管理和组织中的应用兴趣更是与日俱增。就像后现代主义术语一样，现实主义这一术语在很多领域都有影响，如艺术、文学、哲学以及社会科学，并且这一术语在这些领域被不同地使用。不过，现实主义者所认可的核心却是许多实体独立于我们而存在，独立于我们对它们的调查研究而存在。所以，与后现代主义者不同，现实主义者断言，社会实体，诸如市场、阶级关系、性别关系、种族群体、社会法则等，都是现实存在的，是真实的并且是可以被发现的，尽管这并不意味着可以很容易地发现它们。如依斯顿就言简意赅地指出："即使我们透过模糊的玻璃观看，也能看到一些东西。"

现实主义和组织

图卡斯（Tsoukas）描述道，现实主义哲学家同时将自然和社会看作是由复杂的结构所组成，其结构独立于人们的认知而存在。对现实主义者来说，事件和事件表现形式的产生，都

变革管理
Managing change

源于这些事件各自独立产生的机理和力量。现实主义者寻求和确定所发生的结构，如：由机理所引起的事件，并识别和确定它们的实际性能；又如：由权力所引起的因果关系。不过，尽管这些机理决定了某些性能，权力决定了运行的实际成果，但还将依赖于其他因素，诸如偶然性因素、环境因素。例如：日本的管理方法能使团队工作和组织承诺成为可能，但这是否依赖于总体的众多环境因素，如组织运作所处的社会的实质以及雇员们所关注的期望。组织也包含竞争和相互矛盾的组织原理，诸如等级、性别以及种族，而且他们因其所各自拥有的截然不同的优先权和议事发言权，构成了不同的团体，这些优先权和议事发言权能够破坏起支配作用的机理。拥有潜在竞争力的小集体制造混乱，但在很多情形中，它们之间的相互作用常以这样的方式发生，即使组织得以整合，提高了可持续性和稳定的程度，并导致了重大的变革以维持和巩固组织的生存能力。

应用在组织和管理中，其核心问题就扩展到了组织以及人们的实践，但他们仍然要进行客观地生活并形成他们的行为。现实主义者对这一点非常清楚。他们强调社会世界，包括组织，是人类行为的产物，对人类产物的设计是没有必要的，因为人类行为确实是独立存在的。现实主义还强调即使人们没有涉及关于社会现象的知识，这种现象也会存在，例如，市场不仅存在并且贯穿于人们行为之中，而且所涉及的将是人们维续市场的自觉行为的一部分。

所以，现实主义者承认社会结构的本质，但是，他们不像后现代主义者那样，并不认为世界只不过是一个社会结构，这些内容可以在关于组织结构和组织运行的学术研究中看到。现实主义者强调，结构是构建在组织工作中的内部行为，或者处理组织事务的一系列起共同作用和强制性规则的资源。也就是说，可以把结构看作是一种因果关系的机理，这种机理是以某种方式起作用的潜在的能力，如因果关系的动力机理。正如图卡斯所观察的，正是因为一个人与一个银行经理有很友好的关系，就意味着这个人将可能得到贷款，而不是靠本身条件，即银行的借贷规章制度以及借贷人的信誉度。组织可以给集体或个人某种权力，并且也给出了如何以及何时发展这些权力的方法，但这并意味着要知晓那些相关的规则是如何产生的。在对服从的确认或者他们所能扮演的角色以及发展改进这些规则方面，既有显而易见的方法也有不太明显的方法。所以，继续银行的例子，银行经理知道放贷规则，但却没有必要知道为什么要这样。而且，即使他或她清楚对不遵章的处罚，但他们也不大可能明白某种方式的文化规范所施与其中的微妙压力。当然，放贷的决定不是一个机械的、一成不变的过程，经理确实要有对行为的辨别和判断的能力以及判断的水平。同样地，欲借款的人也会或多或少地表现出他们的诚信情况。这就是为什么因果的机理决定了因果的权力的原因，这种机理被看作是实际能力而不是确定性。一方面因果的权力限制什么可以做，同时它们还具有潜在的导致某种行为发生的实际能力。不过它们是否发生还依赖于其他因素，至少不是完全依赖于人们是否行动。作为结果，在研究管理和组织的时候，现实主义着重强调，必须给予人员和结构以及它们之间相互关系恰当足够的重视。他们认为，人们行为的形成取决于组织结构所赋予他们的权利和义务，这往往是倾向于产生某种类型的结果，但任何实际的结果都具有现实环境的偶然性。此外，库马（Kumar）指出，不仅要把这些权利和义务置于所关注的控制之外，而且这种关注也常常是无意的、不知不觉的。

现实主义通过聚焦事件发生的机理、结构、权力及相互关系来寻求对事件的了解和解释。在以这种方式寻求解释的过程中，现实主义一开始就假定存在一个可能的机理，可以依靠搜集证据来证明这种机理的存在，亦或证明不存在，并且可能收集的证据二者必具其一。在表明事件发生的机理方面，现实主义还引起关于构成社会世界非此即彼的方式以及关系形式的争辩，他们关注的是阶级、性别和权力。

在管理和组织领域的应用中，现实主义涉及最多、结合最紧密的是巴斯卡尔（Bhaskar）的著作，他强调脱离现实就不会产生现实：

> ……人是不能创造社会的，因为社会总是存在于先，并且社会还是人们行为的一个必要条件。虽然社会被看作是一个结构、实践以及个体再生或轮回的约定俗成的主体，但是如果人们不这样做，这些也许不会存在。社会不会独立于人类行为之外而独立存在……但社会却不是人类的产物……

巴斯卡尔对人类行为与社会结构之间加以了清晰的区分。他指出，提供给人们的共同主张和假想表现之间有如此的区分："他兑换了一张支票"假想的是银行系统，"他服罪了"假想的是司法系统。这两者相互影响并且相互独立，但是，可以分别予以分析，它们在先前的社会结构中有着根本的不同，它们是持续不断的并且通过人类的行为可以进行改变的，但人类行为的权利和义务决定于社会结构。现实主义不否认，关于社会世界的本质问题存在多重或者针锋相对的观点，在构建组织的选择中，他们还承认，文化、权力和政策所起的作用与后现代主义有着共同的主张。然而，他们拒绝认同存在多样化的现实的观点。所以，与后现代主义不同，他们主张真实的存在以及能够发现何种存在，尽管发现可能十分困难。正如斯塔塞（Stacey）所评论：

变革管理
Managing change

> ……现实主义确实没有看到，人类在完全领会现实的能力上有着与生俱来的局限性。对他们来说，在日益增多地研究、揭示越来越多的现实之前，它仅仅是一个不确定的大约时间。

现实主义是对现代主义和后现代主义机敏的回应。它攻击那些过于信任科学、理性和逻辑的开创者，然而因为对多重现实和竞争的现实的观点的拒绝也招致了随后而来的批评。或许将现实主义看成是处在现代主义和后现代主义之间的驿站，是不公平的，但它确实将自己敞开置于来自二者的批评之中。现代主义反对社会构成与现实主义的现实性相隔离，而后现代主义反对现实主义所主张的只存在一种现实并且这种现实可以被发现的。不过，世界观之争，也导致了举足轻重的组织理论家的产生，而且产生的这些理论家不仅仅限于后现代主义和现实主义领域，近十多年来，第三种观点，也就是复杂性观点，也参与了论争。这种观点不似现代主义和后现代主义源于哲学，而是源于自然科学。

复杂性观点

什么是复杂性？

近十多年来，越来越多的学者和实践者开始通过复杂性理论的镜头观察组织，对如何构建组织以及如何变革组织开始产生意义深远的影响。复杂性被用于诸多的理论、思想以及研究方法之中，它源于自然科学领域并被赋予很多不同的定义。为了强调复杂性研究中观点的多样性，我们将依照布莱克的引导并使用各种有差异的复杂性理论而不是单一的理论来阐述。

各种复杂性理论关注的是，在动态的、混沌的边缘和非现行的系统中运作所会呈现出规则，就像天气预报系统那样，是持续变化的，其规律和结果的表现无法提供。这些系统的规律大都表现出无规律性，其内在的行为模式无规律性。但通过组织工会却表现出相似的形式，组织工会为一些简单的特定规章所管理。许多作家都强调道，组织也是一个复杂的系统，为了生存，必须在混沌的边缘运作，并且还不得不对自身所处的环境变化作出持续不断的反应，所使用的方式就是通过组织工会自发地自我改变。

复杂性理论源于气象学家、生物学家、化学家、物理学家以及其他自然科学家试图对自然建立数学模型的企图。在这个过程中，出现了一些不同的但有联系的理论，其中重要的有：混沌理论、耗散结构理论以及复杂自适应系统理论。这三种理论最主要的区别在于，混沌理论和耗散结构理论在宏观上研究系统数学模型的建造（如整体系统及人口），而复杂自适应系统理论试图利用基于代换的方式在宏观上建造出同样的模型。取代研究全体人口的表达式规则，它寻求构成体制或人口的独立实体相互作用的表达式规则的描述。但是，这三个理论都将自然系统看作是非线性和自我组织化的。复杂性理论涉及的核心有三个中心概念：混沌和规则的本质；"混沌的边缘"；以及有序化生产的规则。

混沌和有序

混沌通常被描述为纯随机性的，但从复杂性理论的观点来看，它可以被看成不同的有序形式。菲兹杰拉德（Fitzgerald）指出，混沌和有序是动态的、非线性（复杂性）系统的两个方面，混沌之中隐藏着有序，这种有序是隐藏在看似完全随机表象之下的。对复杂性理论来说，混沌是用来描述复杂的、不可预知的以及有序地混乱，表现为其行为模式呈现出不规则但却具有相似的形式，每个雪花都不相同但它们却都有六个边。斯塔塞给出了关于有序和无序的三种不同的表现形式：稳定的平衡状态；显露出不稳定状态；受限的不稳定状态。然而，仅只是在最后一种状态，即受限的不稳定状态才被看作是复杂的、具有自我转换以适生存的系统。如果系统变得过于稳定，则就显得僵化和死板；如果变得过于不稳定，就像恶性肿瘤那样，会失去控制并将自己毁灭。

混沌的边缘

在受限的不稳定状态下，系统在有序和混沌之间的边缘保持平衡。另外,斯塔塞等人把这种情况看作是一种"远离平衡"的状态，而豪客（Hock）却使用"杂乱无序"这个术语。不过，对这种现象描述最通用的术语是"混沌的边缘"：

> ……复杂系统具有大量的相互作用的独立个体，而一旦达到稳定的平衡态，最适合的表述是，这些复杂系统（如：高潮线与低潮线之间的区域）维持持续变化，靠保留诗意般的、在有序与无序之间存在的术语"混沌的边缘"，保持在这个中间区域，这些系统绝不会完全进入稳定的状态，也不会完全分解而土崩瓦解。所以，这些在有序和无序之间保持平衡的系统，展示出了最广泛和持续的变革……

复杂性理论强调，当复杂系统运行在混沌边缘时，是创新和成长的最佳时机。这要么表现出要么不表现出相关的有序法则，以便为自我组织所采用，这种情况让一些系统维持在

变革管理
Managing change

混沌的边缘，而另外一些系统则在边缘之上。

有序法则

在复杂系统中，有序的呈现被看作是基于简单有序法则之上，这些法则对混沌进行限制并规定了相关法则。正如盖尔曼（Gell-Mann）所指出的：

> 在令人惊讶的变化多端的情况下，系统的明显的复杂结构或行为的特色却决定于简单的规则。这些系统被称作自我组织系统，其特性被看作是自然发生的或突然呈现的。世界万物本身就是最显著的例子，自然发生的完全的、复杂性来自于简单的规则加上偶然的机会。

所以，有序规则发生的概念，针对如何管理复杂的、非线性的、自我组织系统，即便是在变化的环境条件下，也保持在混沌的边缘作出了解释。复杂系统还有进一步的诀窍藏而待用，在某种情况下，当旧的规则不再能应对处理系统环境的变化时，它们甚至产生新的、更具适应性的有序规则。

对组织的启示

越来越多的学者和实践者认为，组织是复杂的、非线性的系统，这些组织的行为特色决定于自然产生的为一套简单的有序规则所规定的自我组织。

费雷德里克强调，坚忍不拔地追求创新成功的公司，就是因为它们运作在了混沌的边缘，并且，实际上，还因为它们为其常规运作注入了新颖的创意和变化的思想，它们的风险都落到了边缘之上。布朗（Brown）和埃森哈德（Eisenhardt）从他们对计算机行业的创新研究中得出了类似的结论，他们认为持续不断的创新对生存来说是必不可少的，同时创新也要依靠诸如自我组织的本质来实现。

也许最出名的自我组织的例子是维萨（Visa）信用卡公司。维萨卡自从 1970 年以来增长了 10 000%，由 20 000 个金融机构所组成，业务遍布 200 个国家，客户人数超过 5 亿。但是，正如特藤鲍姆所指出：

> ……你不知它位于何处、不懂它如何运作也不知为何人拥有，这是因为维萨（Visa）卡是分散化的、不分等级、不断改进发展的自我组织和自我规范的信用卡……这就是一个可以被构想成一个基于自身目标和原则的独立组织的混沌系统，其结构就是由此进化而来。

如果组织是复杂系统，管理和变革就会呈现出新的维度。毕森（Beeson）和戴维斯（Davis）认为一旦可以将组织归结为非线性的系统，就需要在管理的角色上有一个根本的转换。像许多人那样，他们指出自我组织原理明确地拒绝因果关系、上下级关系、命令与控制的管理模式。布劳德贝克（Brodbeck）的建议是，管理者所相信的规则和控制是实现其需要不断矫正的目标之根本。摩根坚持认为，复杂性需要管理者重新思考等级制度和控制体系的本质，学习管理和变革的艺术，提升自我组织的运行过程，以及学习如何应用小的变革产生大的效果。对特藤鲍姆来说，要走向自我组织化需要管理者们对其组织进行整顿，需要同时对有序和无序的管理技能进行改进。管理者鼓励进行试验，鼓励发表不同的看法和意见，甚至允许打破常规戒律，还必须要认识到"……人需要的是，拥有各自权力的自由、创新思想的自由以及实践新方式的自由"。对詹纳来说，实现这个目的的关键是必须要具有灵活性、非集权化的组织结构。

布朗和埃森哈特给出了一个类似"半结构化"的灵活结构，他们主张"……'半结构化'在严格要求方面虽有足够的严格性，使变革得以组织运作，但也不是严格到使变革都不可能发生"。他们声称并强调，组织依靠持续的创新和改进工作，以及少许非常特别的规则，在结构内部对创新和改进工作进行强化的、实时的交流，在竞争激烈的环境中，仅仅能够维持生存。毕森和戴维斯回应了这个观点并强调指出，在这种情况下，变革成了组织的全体成员每天都进行的重要事务。布朗和埃森哈特也主张，在这些公司中，他们研究道：

> 创新的速率和范围大小……似乎就是如回顾、延伸诸如此类的术语的"增加"。诚然，它不是理性的创新，（但）……第三类过程既不是增加也不是理性的，并且也不适合打破平衡的模式……

与此相似，布劳德贝克对质疑大规模的变革程序进行了研究。对斯特尔（Styhre）来说，这个变革程序的问题是它假设变革和目标企图的结果是可能预知的，在理性、上下级关系、线性模式的情况下是可以进行规划、控制和管理的。

这些学者们都在描述组织运作在混沌的边缘，所以，组织需要对其环境变化不断作出反应，需要通过自发的自我组织变革的过程达到生存的目的。然而，就像自然界那样，这个过程为有序的发生规则所驱动，这个规则本身会受到某些情况转化的影响。当这样的情形在自然界发生时，这是个自动的过程；在组织中，这种情形却难以发生。正如斯塔塞强调的，人们没有忽视分子，他们确实可以随意地做试验，可以追逐他们所拥有的目标，可以利用对权

变革管理
Managing change

力和政策的操纵达到自己的目的，可以用宽泛的不同方式对事件作出解释。所以，即使适合的有序生产规则成为现实，自我组织也或许也不会发生。而且，即使这些规则不再合适，也不能就此假定它们会自动得以转变，也就是说这两者都将决定于组织的本质。

麦金托什和麦克林在研究长久从事生产的公司的基础上，提供了实际的、有序地产生规则的重要证明。这些公司30多年来一直都在走下坡路，其衰落是由于它们不仅使用了不适合的有序产生的规则（如"除非可以降低成本，否则不允许公司创新"），还使用了使创新窒息的苛刻严格的结构。这一点一旦被认识到，公司就会发展出更加适合有序地产生规则（如"产品更好、速度更快、成本更低"），公司就会运行在一个新的结构，这个结构对关键的自我组织方面给予更大的自由。

为使组织通过自我组织的方式推进变革，一些学者一直强调组织运作需要民主制度，也就是说，组织的员工须具有自我组织的自由。例如：贝克托尔德强调组织追求采用复杂性的方法需要具有平衡的权力分布、密切关注消费者、坚持不懈地学习以及共同的目标取向。基尔（Kiel）为此给出了更加令人费解的言论，他强调因为小的行动可以有大的成果，也可能产生不可预知的后果，所以人们个体的行为表现就极为重要。詹纳主张为了进行自我组织，必须将工作授权委派给那些能最大限度地使用各种渠道的与所关注的事件有关的人员。然而，斯塔塞发出了一个值得注意的警告：

> 这似乎是假设自我组织只是一些新的行为模式，而不是如何理解人们通常行为的一种不同的方法。问题在于如此的自我组织行为所产生的模式，对变革所起的作用是什么，是阻碍作用还是促进作用。

在认识复杂性理论和组织变革的过程中，关键的问题之一是询问："什么是新的？"如果我们着眼于管理、结构、行为以及变革的表现，那么它看起来是非常相似的。前面源自彼得斯和沃特曼的观点一直都在强调管理者需要放弃严格的上下级管理体制、发号施令、严格控制的管理模式；一直在强调组织结构必须进一步扁平化、必须更加灵活以及更加广泛的雇员参与是成功的根本。然而，就像展示4.3所列出的启示那样，在这3个领域里，那些探询将复杂性理论应用于组织的人们呈现出了与最近20年所接受的明智理论相背离的情形，或者呈现出了重大扩展。

展示 4.3 将复杂性理论应用于组织

启示一：在组织生活的方方面面需要更多的民主和权力的平衡，而不能只是缩小雇员参与变革的空间。

启示二：拒绝小规模的变革以及大规模的根本性变革，而偏爱"第三种"方式，这种偏爱位于这二者之间，并且是持续不断、基于在小组或团队层面的自我组织形式。

启示三：在达到有效的变革的过程中，有序的规则具有潜在的克服理性化对变革的限制、线性化对变革的限制、严格的上下级关系对变革的限制、战略驱动方法对变革的限制。

启示一的基础是除非雇员有按照它们认为合适的方式进行行动表现的自由，否则自我组织将会停滞不前，而且组织也必将不可能达到持续不断地进行有益创新的目的；启示二的理由在于既不是小规模的变革也不是根本性的变革，取而代之的是，通过"第三种"变革，如依靠自我组织小组带来的新产品和生产过程的改进，一定能成功产生创新行为；启示三的基础所强调的是由于组织都是复杂系统，这个系统最根本的特性是其不可预知性，并且即使是小的变革也会产生重大的、不可预料的影响，严格的上下级关系的变革不能延续持续性创新，而持续性创新是组织所必需的实现维持生存、创造辉煌的条件。进而需要强调的是如果组织将自己置于混沌的边缘，组织能实现其持续创新的目的，通过自我组织，这个混沌边缘的位置是能够达到并持续下去的，且能拥有适合的有序化的规则。然而，如果这些规则不适应组织所处的环境，自我组织的作用就能够产生新的、更加合适的规则。因此，在这种鸡生蛋、蛋生鸡的关系方式下，有序地产生规则营造了自我组织的条件，而自我组织又营造了使有序地产生规则转换成为可能的条件。

复杂性的一些保留

像后现代主义和现实主义一样，对复杂性也有很多评论意见。它对明显地具有复杂性和现代生活的混沌给出了一个解释，至少还蕴涵地给出了管理复杂性和混沌的方法。而且，对管理者们来说，它是基于"硬"科学、而不是基于"空想"哲学的一个方法。无论如何，学者们提出了三个重要的关于对组织应用复杂性理论的留存。首先，复杂性方法需要向组织民主化、权力均衡化作出重大的迈进，这表明要更远地超越较多的限制和避免经常性的失败，就应试图通过授权、扁平化组织结构以及在最近 20 年被称作质量改进程序来重新进行权力的分配。因此，令人信服的组织，证明它们都是复杂系统似乎更为容易些，对组织来说贯彻这个观念达到深层次的内部重新调整要相对困难些。

其次，在对组织应用复杂性理论时，重要的是要谨记，即使是在自然科学领域，它们也存在着不同、存在着对它们的内涵的争论。正如阿尔恩特（Arndt）和毕革劳（Bigelow）所观察到的，它们"……既是导致恐慌的原因，也是导致兴奋的原因"。所以，组织需要极端地小心仔细，不要去涉足复杂性理论，好像它们的建立是完整无缺的、是毫无疑问的也是无可争辩的。

最后，在对组织应用复杂性理论时，关于如何看待学者的意图，看来有着显而易见的缺点。举例来说，有些人把它们看作是提供获悉新的洞察组织的含义的设备装置；与此同时，其他一些人则把它们看作是构建组织如何运作和为什么如此运作的数学模型的方法。如果是前者，它所能强调的是，复杂性观点恰恰就是后现代主义所深爱的另一个多重化的现实；如果是后者，其追随者必须展示如何将数学模型应用于组织中的复杂的、动态的人类行为中去，当然，没有任何迹象表明有人为此作出过努力。

结论

在 1~3 章中，我们回顾了构建组织以及运行组织的主要的理论和方法。这 3 个章节表述的是，在过去的 100 多年的时间里，从以弗雷德理克·泰勒为例的古典学派的机械确定论开始，组织理论经过了一个长期过程，我们不再把组织看成简单的机器，人也不被看成是那些机器上的齿轮零件或者是"饥饿贪婪的机器人"。现在，我们认识到了组织令人费解的本质以及它们令人费解的环境，认识到了更加令人费解的人类的本性。当代运行组织的方法一直试图摆脱弗雷德理克·泰勒的机械确定论，摆脱公司或者说社会团体、人类社会中的公司生活等方面一直为理论发展所关注的境况。因此，对文化卓越学派来说，其主要内容已经成为组织的文化；对日本的方法来说，其内容也已经融合于组织生活的"硬"、"软"因素之中；至于对学习学派来说，其主题是理解人如何学习，如何将个体的学习转化为集体学习和组织学习。尽管这三种方法有很多共同点，但也有区别。不过，这三种方法的支持者没有停止过寻求提升各自的方法以便成为"一个最好的方法"。

本章所展示的是建立并理解在广泛的理论构架中运作组织和设计组织。本章中关于组织的三种观点的回顾没有一种发展成为特别理想的组织理念，实际上，这些观点的鼻祖们看到这些发展可能已经多少感到有点吃惊。其中的两个观点，后现代主义和现实主义，都是以有着良好发展的哲学学说为基础的，而复杂性理论则来自于自然科学所涉及的广泛的、不同的学科，来自于对它们进行大量研究的结果。三种理论都是人们渴望最广泛地了解自己周围的世界而激发出的灵感，其渴望了解的内容包罗万象，无论是艺术、历史、科学还是为什么曼彻斯特的天气看起来总是阴沉沉的……三种理论对构建组织和管理组织都有很大启示。

由于后现代主义对绝对实体的否定，对竞争的提升以及对社会化结构、多样化的现实的强化，为战略抉择提供了巨大的选择空间和机会。不过，它也强调文化、权力和政治在如何进行战略抉择，实施战略认同，以及如何选择成功等方面的重要性。现实主义拒绝多样化的真实，只偏好一种真实。它们不否认真实的社会化结构的本质，不过，它们主张所有这些都不缺乏真实性。他们确实也否认社会结构为组织提供了比传统方法更多的选择和实际演练的机会。后现代主义和现实主义这两个观点之间的不同在于，后现代主义相信任何事情都是可能的，而现实主义则把组织看成是一个被限定的可供实际演练和选择的空间，即使我们对这个世界并没有关注，这个空间仍存在于自然和社会世界复杂的结构中。

再回到复杂性的观点，这个观点将组织视为复杂的、自我组织的系统，这个系统为了能最大限度地达到创新能力，需要运作在混沌的边缘。为了维持而不是脱离这个边缘，组织需要发展和保持恰当的有序化地产生规则，为此，组织需要变得更加民主化，而不仅仅是眼前允许"……人们自由地拥有自己的权力、拥有自己的思想创新以及实行新的模式"。实际上，选择的机会也由很少变得很多。尽管有情形表明，组织没有合适的规则也能长期存在，但复杂性理论认为这样将会削弱组织的创新能力并威胁到组织的长期生存。

就像所看到的那样，所有对三种方法的批评观点有重要意义，对组织生活都有不同的启示，每一个观点的基本原则都不同于其他两种。然而，有一个非常重要的启示却是三者所共同的，这就是组织确实具有向它们开放的更广泛的选项和选择，如：怎样构建和运作组织。还有这样的情形，即使有人承认一些后现代主义的实际较之其他更具优势，而这些"真实的"社会实体如商场、阶级关系、两性关系、社会规则等等限制了选择，或者是限制组织最终需要采用或发展合适的有序地产生规则。如果选择比起组织理论的知识更为广泛，那么就摆出了关于如何确定选项以及谁对自己的选择下决心的问题。在第3章中，我们着重提醒大家注意文化在构建组织以及其在组织中的作用的重要性；第3章还着重提示了在组织运作和作出决定时对权力和政治感兴趣的缺点。在本章中，特别地是在考虑后现代主义时，我们还注意到文化、权力和政治在形成组织决定中的作用。在下一章，我们将回到这个主题，展示它们是如何对组织运营者作出选择产生影响的。

变革管理
Managing change

学习检测

简答题

1. 什么是灵活的特殊性？

2. 给出后现代主义的定义。

3. 运用克莱格关于现代主义和后现代主义组织形式的区别方式，确定在现代主义和后现代主义制度下工作设计的重要区别。

4. 什么是现实主义？

5. 术语"机械主义因果论"和"权力因果论"对现实主义的含义是什么？

6. 复杂性理论的"混沌的边缘"的含义是什么？

7. 复杂性的观点对组织民主的启示是什么？

8. 简要描述以下理论对组织变革的启示：（1）后现代主义；（2）现实主义；（3）复杂性理论。

论述题

1. 在如何看待现实方面，后现代主义和现实主义对组织的启示有何不同？

2. 什么是"简明有序地产生规则"？如何确定和改造组织？

第 5 章

文化、权力、政治和选择

学习目标

学完本章之后，你应该能够：

- 理解组织文化的主要观点；

- 讨论组织文化方法的优点和缺点；

- 描述权力和政治在组织中的作用；

- 讨论关于组织的现实主义观点的优点和缺点；

- 描述复杂性理论对我们理解组织的影响；

- 讨论组织的权力—政治的主要优势和劣势；

- 理解在组织设计和组织变革实践方面的范围、方法和局限性。

变革管理
Managing change

章 案

文化、权力、政治和抗拒

如何坚持管理的灵魂：愈来愈多的老于世故的测试技术使执行者成了机器 **FT**

　　本周，柔声细语的节目暂时得以消停，我翻开了一本名叫《寻求平衡——执行管理系统中的人的因素》的书。书中充满了框图、表格、曲线图以及缩写词汇的学习案例，出版商喜欢将这种书籍描述成是商业工具：一个实行罗伯特·卡普兰（Robert Kaplan）和大卫·诺顿（David Norton）的平衡计分卡（BSC）的实用手册。其初衷是甄别生意场的重要环节，例如：顾客满意程度被描述为是否成功并且是检测成功的基本要素（CSFs）。在顾客满意的情形下，你能游说顾客、与顾客重复交易，或者统计出处理抱怨的时间。这些检测被称为关键绩效指标（KPIs）。

　　它表明这些制度能够检测组织的生产力。我肯定他们的所作所为。它将大量的认知集中在了可以创造价值的商业特色方面。不过，人们所从事的是实施什么样的检测并希望得到什么样的结果？如果制度化取消了管理者滥用的权力，我们可能就会问道，实际上我们为什么还都有管理者。

　　一旦制度和控制手段可以对绩效的关键

环节进行检测，这样生产的一线雇员就没有不进行自我管理并且按要求调整自己的工作习惯的理由。创造更加有效且是高效的组织的任何办法肯定都是值得庆贺的，但是，我为这类组织的长期状况感到担心。

　　简单的绩效管理方法不就是控制管理者的工作吗？人们对这种控制的反应如何？如果你压抑了个人的主动性、特性、辨别力和风格，那么你就失去了质量保证的关键——为了工作满意，离开了机械呆板的过程，有多少管理者想要转回到这样的制度，他们坚信存在一个更好的工作生活的方法。

　　对提升效益的追求，总是在一直巩固加强着管理的发展和组织工作的改进，亚当·斯密被大头针工厂的劳动分工激发了兴趣，他注意到，很难找出一个工人一天制作一个大头针的实例，但是，将任务进行分解并让工人从事截然不同的工作，10人的工作小组一天就能制作出 48 000 个大头针。之后，"工作研究"的奠基人，弗雷德理克·泰勒相信他的科学管理发现了工作的 "一个最好的方法"。

因此生产工厂简化了整体工作结构，在其中进行的是重复的活动，就像顺时针拧螺丝那样的活计也自然成为了一项工作。技能、技艺、独立个体甚至是人本身都在为了 追求高效产品的过程中被放弃了，重新设计并实施的管理持续了这个传统，对组织来说所有这些改进就是发现做事的"更好的方法"，但是，个人的灵魂和精神又将怎样才能得到满足和充实呢？

引言

本书的前三章，描述了在过去的 100 年中一直强调的主要的并且是最有影响的运作组织的方法。如果说这些方法有共同的特征的话，那就是，它们都认为发现了运作组织的"一个最好的方法"。这就必然导致了展示 5.1 所描述的发展方式的产生，导致对管理的选择、判断能力的降低或者是丧失。如果运作组织存在着确认意见的方法，那么高级管理者的主要工作就是监控这些方法哪个已经贯彻、哪个还未贯彻，特别要监控哪个是完全背道而驰的。如果存在取胜的秘方的话，那么我们可能就会看到高级管理者的职位不复存在，或者至少变得级别甚低，因为几乎任何人都具备贯彻秘方的能力。然而，在看待用"管理秘方"替代"丰富多彩的管理"的问题上，存在着三种反对的观点。第一种观点认为，如果是这种情形，那么在最近 10 年来，为什么大西洋两岸的管理者薪酬的增长如此令人注目？第二种观点认为，如果有确定的秘方存在，为什么成功的组织中还有如此众多的职位？为什么管理达到长久辉煌的公司，即便有，也是如此的稀少？第三种反对的观点来自于前面的章节中讨论的后现代主义、现实主义和复杂性的观点。这种情形更恰当地说是成为了各种环境的囚徒、是为那些成功的秘方所诱困。理性的事情毫无疑问地伴随着理性的方法，对方法选择和决断的范围之广，使管理者们大为惊叹。即使某个管理者拒绝了后现代主义所鼓吹的"非限制性的"观点而赞同现实主义和复杂性理论的"限制性"的观点，管理者们仍然离展示 5.1 中唐金所理解的"执行机器"相去甚远。但是，如果成功的秘诀不受约束，如果管理者们不理性，如果他们确实有供选择的范围，那么他们作出选择的基础是什么呢？在本章中，将着重讨论解答关于文化、权力和政治领域的问题。

本章以组织文化的观点开始，展示了许多组织缺乏可依附的将共同目标凝聚在一起的文化现象。然而，文化卓越管理学派所主张的是相反的观点，即使存在有强大文化的方面，也不见得总是合适的；它们也仍然受到由于明显的目标缺乏或无人竞争的组织目标的侵蚀。文

化的观点总结道，首先，尽管组织文化对组织履行有重要启示，但关于文化本质的问题并没有共同点，是否可以从试图采取这样的做法达到变革或获得益处的目的并不确定。其次，文化看来是极为重要的，但进一步采取履行措施的决定性和组织生活在很多情形下决定于政治权力的斗争，这种斗争在形成关键决定时，可能比文化更具影响力。因此，在组织中，文化的观点引领的是本质性的检验，是权力和政治在组织中所扮演的角色。组织的这一观点主张，它们是重要的政治实体，它们的决定、行动和重大改进受每一个个体联合变化的影响和限制，这些个体的联合有时是为了保护自身的利益，有时则是为了扩大自身的利益。

第 4 章和第 5 章关于对组织的启示概括起来说就是，强调与其说管理者成为组织理论或偶然性的囚徒，倒不如说管理者们（潜在的）——尽管绝不是不受约束——有着选择其组织结构、政策和实践的相当大的自由，甚至有选择其运作环境的自由。在进行选择时，管理者们受到了来自组织理论及其局限性的影响，还受到来自于他们对确认其决定后果的关注的影响，或者后果至少不会对其个人利益有损害。实际上本书的第一部分可以总结为：不合逻辑也好，十分有用也罢，政治行为是经常存在的组织生活中的一部分，并且当主动地考虑或实施重大变革时，这样的行为十分盛行。

文化的观点

什么是组织文化?

从第 3 章中对文化卓越、组织学习和日本管理的讨论中可以看出，许多作者指出，管理者和员工在不统一的价值观的环境中不会行使承担他们的责任的权利。他们的工作和完成的方式受到组织文化的控制、指导和调节——所谓组织文化就是组织独特的价值观、信念、习惯和制度的特定组合。尽管彼得斯和沃特曼的组织文化对组织履行起重要决定作用的观点已经具有很高的影响，其他作者所强调的文化视角有所不同，但这并不十分重要。例如，科伊宁（Keuning）强调文化最重要的两点是："为处理和解决问题提供了相关的固定模式……（并且）……当面临新的形势时，降低组织员工的盲目性。"不过，威尔逊指出，彼得斯和沃特曼的观点已经变得非常有影响，以至于文化被看作是针对组织大部分问题的"万能灵药"。

对组织文化的迷恋，流行于 20 世纪 80 年代一些学者的著作，例如艾伦和克拉夫特、迪尔和肯尼迪，而其中最重要的是彼得斯和沃特曼。不过，学者们很早就注意到了它的重要性。阿莱尔和费尔希罗图（Firsirotu）与阿尔布劳指出，早在彼得斯和沃特曼的作品之前就已经有了关于组织文化的大量学术文献。例如，布莱克和穆顿在 20 世纪 60 年代末争论说，文化和卓越之间有关联。尽管如此，组织文化仍是一个影响深远、引起高度争论的话题。

特纳把 20 世纪 80 年代的"文化流行"追溯到美国制造质量标准的下降及日本对美国经济主导地位的挑战。他评论说文化概念提供了理解组织的一个新方法，并被许多作者看作是 20 世纪 70 和 80 年代日本公司取得巨大成功的一个原因。鲍尔斯以及其中的一些人，观察到在西方先进的经济中缺少一致的文化，并且在组织中建立信仰和虚构观念制度的潜力上提供了促进社会和组织一致性的机会。文化问题由迪尔和肯尼迪作了最好的总结，他们认为，文化而不是结构、战略或政策，是组织的主要推动力。

西尔弗曼（Silverman）认为组织是微缩化的社会，因此人们希望它能够表现出它们自己的文化特征。但是文化不是由管理层的意愿自动产生和形成的，阿莱尔和费尔希罗图认为它是不同影响的产物：周围社会的价值观和特征、组织的历史和过去的领导以及像工业和技术这样的因素。其他学者也作了类似的列举，但是布朗指出，对于什么因素形成组织文化以及什么因素是它不可分割的一部分，确实存在着一些争论。例如，德雷南（Drennan）把公司期望列为形成文化的因素之一，但是这可能被轻易地看作是组织价值观的一个反映，而组织价值观，正如卡明斯和休斯（Huse）指出的，是组织文化的一个关键组成。但是，他们也指出，区分形成文化的因素和组成文化的因素的困难反映了"对当应用于组织时，文化真正意味着什么样的困惑"。布朗估计在文学上对文化有上千种定义。这些包括下面的展示 5.2 中：

展示 5.2　文化的定义

　　工厂的文化是它思考和做事情的惯例和传统，或多或少地被它的所有成员分享，而新成员也必须学习和至少部分地接受，才能被接受在工厂中工作。

　　文化……是组织成员共有的信仰和期望。这些信仰和期望产生规范，并形成组织中小组和个人强有力的行为模式。

　　所观察到的组织特别之处的一个特性——它具有把它和该领域内其他组织区分开来的一些非同一般的特性。

　　我认为文化是指公司中的高层管理者对他们应该如何管理自己和其他雇员、如何指导业务的共同信念。

变革管理
Managing change

> 文化代表了价值观和行为方式的相互依赖的组合，这种组合在公众中非常普遍，并倾向于使自己永存，有时是在一个长久的时期内。
>
> 文化是"如何做周围的事情"。

尽管展示 5.2 中的这些定义之间有相似性，但是也有一些根本的区别：文化是组织本身的一些东西还是它所拥有的一些东西？它是一个弱的还是强的力量？也许最被广泛接受的定义是埃尔德里奇和克龙比（Crombie）提出的，他们论述说文化指：

> ……成为与团队小组和个人结合起来完成任务的风格特征，是规范价值观、信仰、行为方式等的独特表现。

文化决定了组织中的人在某一特定环境下如何行动。它对所有人都有影响，从最高级的管理者到最低层的职员。他们的行动按照行为预期的模式，由自己和组织中的其他人给予判断。文化使某些行为模式合法化，也禁止其他一些行为模式。这个观点得到特纳的支持，他观察到文化制度中，包括了一些"应该"的因素，它们描述了行为方式或被允许的行为方式，并判断行为是否可被接受。其他学者认为文化在许多不同方面的多样性，在构成行为时也是重要的。马丁（Martin）等人指出了组织的行为模式在形成员工的行为及对他们的期望中的作用。他们确定了在组织中盛行的回答 7 种基本行为问题的行为模式类型（见展示 5.3）：

展示5.3　组织中的基本行为问题

1. 员工能打破规则吗？
2. 大老板有人性吗？
3. 低层员工能晋升到高层吗？
4. 我会被解雇吗？
5. 如果我必须行动，组织会帮助我吗？
6. 老板怎样对待错误？
7. 组织怎样对待困难障碍？

除了这些行为模式，礼仪、仪式和习俗在强化行为中的作用也受到了很多关注。特赖斯（Trice）和贝耶尔（Beyer）发现，这包括以下几方面：

★ **传递仪式**——通过训练和介绍事件过程，设计对所处状况和角色变化的推进和交流。

★ **提问仪式**——允许通过利用诸如外界顾问等人士对现状提出挑战。

★ **更新仪式**——通过包括发展战略、建立愿景目标和重新设计工作等项目的积极参与，使其现状赶上形势的发展和更新。

文献中的另一个普遍主题是"英雄"的作用。彼得斯和沃特曼强调了公司英雄在构建"卓越"公司取得成功中的重要性。迪尔和肯尼迪同样地把公司英雄看作是伟大的推动者，是每个人都尊敬、崇拜和依赖的人。事实上，不仅仅是在美国，大量成功的商业运作似乎都归功于个人的行动和人格特性，例如皮埃尔·杜·邦、亨利·海因茨、亨利·福特、艾尔弗雷德·斯隆、丰田喜一朗、松下幸之助、爱德华·凯德布里和约翰·哈维–琼斯先生。今天的公司英雄包括维珍（美国著名游戏软件公司——译者注）软件公司的理查德·布朗森、微软公司的比尔·盖茨、沃达丰公司的克里斯·杰恩特、苹果公司的史蒂夫·乔布斯、Marks and specer 的卢克–范德维德（Luc Vandevelde）和通用电气的杰克·韦尔奇。

布朗积累了大量的该领域中的学者所确定的各种文化因素。确定文化的这些独立因素有助于我们更好地理解组织文化是如何显示它自身以及它是如何影响个体和团体行为的。但是，正如布朗所指出的，一系列因素的产生或集中于特定因素的作用，会对文化产生令人困惑和片面的印象，很难决定什么是更重要的因素，什么是不太重要的因素，以及从文化变革的角度来看，什么因素能够很容易地被改变和什么因素更加不易改变。

为了克服不清晰的缺点，已经进行了一些尝试来对文化的组成因素进行确认和分类。霍夫斯泰德发展了一个四层级的文化等级模型，从最深层次的价值观开始，经过仪式、"英雄"，到表面层次的符号。同样地沙因提出了一个三层的模型，基本假设为最深层次，信仰、价值观和态度是中间层次，人工制品是表面层次。卡明斯和休斯根据对不同文化定义的分析，提出了文化的复合模型，由存在于意识里的不同层次的 4 个主要因素构成（见图 5.1）。

卡明斯和休斯对文化定义的 4 个因素如下：

1．基本假设。文化意识的最深层次，是对应该如何解决组织问题的无意识的、理所当然的假设……它们代表了关于环境，以及自然、人类活动和人类关系的本质的没有反抗、没有争论的假设……

2．价值观。下一个较高层次的意识，包括组织中应该有什么样的价值观，组织中什么是重要的和它们必须注意什么……

3．规范。在文化意识的表层之下，指导成员在特定情况下应如何行动的规范。这些代表了没有写明的行为原则……

4.人工制品表层。文化意识的最高水平是其他层次文化因素所显现的人工制品表象和创造。这些包括可观察到的成员行为，以及组织的结构、制度、程度、规则和有形等方面。

然而，尽管文化因素的各种等级模型很有用，正如布朗所指出的，我们常常应该记住："……真正的组织文化不像模型示意的那样整洁和有条理"。哪里有文化，哪里通常就有文化内的亚文化群；哪里有统一认识的文化，哪里也就有不统一的甚至是对抗的文化；并且采纳引进的文化和实践中产生的文化之间有着重大的区别。

整洁和有条理的缺点是，除了无法防止许多定义组织文化的尝试，也不能防止有一些对各种文化类型分类的尝试。迪尔和肯尼迪确定了4种基本文化类型：

★ 硬汉、男性文化型：以个人主义和冒险为特征，如警察；

★ 努力工作/疯狂玩乐文化型：以低风险和对绩效的迅速回报为特征，如麦当劳；

★ 以公司打赌的文化型：以高风险和非常长的回报时间为特征，如飞机制造公司；

★ 过程文化型：以低风险和慢回报为特征，如保险公司。

奎因和麦格拉思进一步提出了他们自己的4类文化：

★ 市场型：以理性决策和目标定位员工为特征，如阿诺德·温斯托克下属的（英国）GEC；

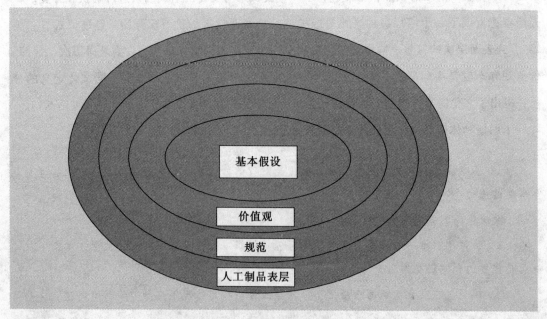

图5.1　文化的主要因素

★ 临时导向型（Adhocracy）：以风险倾向和有魅力的领导者及价值观驱动的组织为特征，如早期的苹果和微软；

★ 家族型：以分享参与、意志统一和为他人考虑为特征，如自愿者组织；

★ 等级制度型：以倾向于稳定和避免风险的等级化的、建立在规则基础上的权威为基础特征，如政府官僚机构。

也许最著名，也是存在时间最长的文化类型是由汉迪从哈里森的"组织意识形态"研究中发展出来的。汉迪观察到"有4种主要的文化类型……权力、角色、任务和人"。如展示5.4所示，他把每一种都与一特定的组织结构形式相联系：

展示 5.4　汉迪的 4 种文化类型

权力文化：汉迪认为这种文化经常在小型的企业组织中发现，例如一些房地产、贸易和金融公司。这种文化与网状结构相连，由一个或多个有权力的人物居于中心、进行控制。

角色文化：它适应于官僚主义机构和具有机械的、严格的结构和工作范围狭窄的组织。这类文化强调程序和规则、等级地位和权威、安全性和可预测性的重要性。从本质上说，角色文化创造了组织中的个人严格遵守工作说明书（角色），任何不可预见的事情都由等级中的较高一层来处理。

任务文化：另一方面，任务文化是进行工作或项目定位；职责是把手中的工作（任务）完成，而不是描述该如何完成。鼓励灵活性和团队工作的有机结构组织适应这种文化。在任务文化产生的情境中反应速度、整体性和创造力比坚持特定的规则或程序更重要，个人对任务的贡献比职位和权威更重要。

个人文化：他认为这种文化很罕见。个人以及他或她的意愿是这类文化的核心。它与最小化的结构相联系，这种结构的目的就是帮助那些选择在一起工作的人，因此，个人文化的特征就像是一群个人明星。

汉迪认为在卓越的西方组织中发现的是"角色文化"和"任务文化"。把这两种文化类型与伯恩斯和斯托克的结构连续体——一边的尽头是机械结构，另一边的尽头是有机结构——联系起来，我们可以看出汉迪事实上是想构造一个平行的相关文化的连续体，"角色文化"出现在机械结构的尽头，"任务文化"出现在有机结构的尽头（见图5.2）。

这种分类理所当然地与前面几章中讨论的5种西方组织理论方法相适应。但是，很难把日本组织容纳进这个框架，因为它们的文化包含各自的极端。正如第3章中所描述的，日本公司有结构非常紧密的工作，尤其是在较低层次上，它们有清晰明确的等级，非常恭敬；而同时又能达到激励的高水平，以及解决问题的积极性和创造力。它们有高度的小组/团队定位，这类团队有很大的自治权。

将日本公司的出类拔萃置于何处的困难在于，主要批评都集中于对各种文化分类的尝试，也许是它们未能对国家文化在特定国家中主要的组织文化类型的影响给予充分的重视。在过去10年中，就扩展范围来说，组织理论民族化的本质表明了文化有着很强的局限性。其主要局限性在于，西方尤其是发展于美国的管理理论的广义性和可应用性，对亚洲、中东和非洲的文化及社会来说是大相径庭的。已知的组织文化的各种类型都来自西方，并且主要来自北美，所以这是一个异常严重的批评。

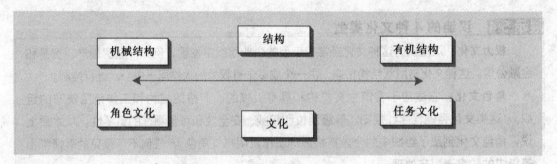

图5.2　结构—文化的连续统一体

对国家文化差异最全面、最有影响的研究者之一是霍夫斯泰德，他认为，民族文化能够沿着它们在一些维度上的相似性进行排列，并与不同的文化有一定程度的交叉，如下所述：

★ 每个国家中个人主义或集体主义的主导认识程度；

★ 每个国家所接受的权力分歧的程度（集中的程度、专制领导和等级制度中的等级数目）；

★ 容忍或避免不确定性的程度。

根据这些文化的不同维度，如展示5.5所示，霍夫斯泰德的研究发现工业化国家可以被分为四种较广的组群。同时还必须处理应对一些警示，这些实例正是来自于有"万国"公司之称的IBM。

展示 5.5　霍夫斯泰德国际组群分类

1. 斯堪的那维亚（主要是丹麦、瑞典和挪威）：这些文化以集体主义、统一意见和分散化的价值观为基础。

2. 西德（统一之前）、瑞士和奥地利：这些国家都重视价值效率——要像润滑良好的机器——并设法减少不确定性。

3. 英国、加拿大、美国、新西兰、澳大利亚和荷兰：这些国家处于 1 和 2 之间，但是它们的价值观对社会中强大的个人和成功者给予高度评价。

4. 日本、法国、比利时、西班牙和意大利：这些国家倾向于官僚主义——金字塔结构——偏好大的权力差距。

威尔逊观察到，"（霍夫斯泰德的）国家文化研究与汉迪的 4 种组织文化中的因素有着明显的相似性"。尽管可以看出斯堪的那维亚表现出了"任务文化"的特征，包括德国的一组表现出了"角色文化"特征，但是，其他两组（英国等国和日本等国）的分类就困难得多。根据英国和美国在霍夫斯泰德维度中的位置，按照汉迪自己的观点，"任务文化"和"角色文化"都盛行要更准确，而不是把英国和美国归于一类。我们目前仍不知道该把日本等国放入哪一类文化中。从霍夫斯泰德的观点维度来看，日本似乎表现出汉迪的"角色文化"的特征。但是，正如上面指出的，这只是日本组织生活的一部分。

国家文化在组织管理中的不同影响，将在第 16 章讨论全球化时进行叙述。不过，认识汉迪对文化类型的分类目前还是非常有用且十分重要的，因为它使我们摆脱了模糊的普遍现象，给我们展示了不同的文化图景。但是，与其他讨论过的文化研究一样，它强调了清晰地定义文化的困难以及构建组织文化方法的深远意义。这些意义主要有以下 4 点。

1. 迪尔和肯尼迪认为行为不是直接对内在和外在的刺激作出反应，而是关于组织应具有的运作方式、报酬如何分配、会议的路线如何决定以及人们应该如何着装的共同价值观、信念和假设的形成。

2. 如果组织确实有它们自己的特性、人格特征或文化，那么表现最好的组织是否有某种独特的文化类型？正如第 3 章中所讨论的，"文化卓越"学派对这个问题的回答是无可置疑地肯定。

3. 萨特认为文化是指导组织成员行动的指南，不需要详细的指示或长时期的会议来讨论如何解决特定问题；它还减少了职能部门间的模糊和误解程度。事实上，它为组织中的成员提供了一个共同的背景和目标。但是，只有当组织具有一个强烈的文化，同时组织成员已经将其内化、不再怀疑组织的价值观和信仰时，才会出现这种情况。

4. 最重要的意义之一，是正如巴勒特所称的，"价值观、信仰和态度是习得的，是能够

变革管理
Managing change

被管理和改变的，并能够被管理层潜在地操纵"。奥赖利是这种观点明确的支持者之一，他认为通过选择所需的态度和行为、确定促进或阻碍其规范或期望，然后采取行动并产生预期效果是可以改变或管理文化的。

关于最后一点有很大的争论，许多学者支持这个观点，但是也有学者强烈地反对它。

变革组织文化：支持的争论

文化确实在变化，这一点是毋庸置疑的，没有一个组织的文化是静止不变的，随着影响文化的外部和内部因素的变化，文化也会随之变化。但是由于文化存在于组织中每个个体的信仰、价值观和规范之中，而这些是很难改变的概念，这种有机类型的文化变革将是缓慢的，除非组织受到了某种巨大的冲击。如果其他因素也以同样缓慢的方式变革，这本身不会给组织带来麻烦。但是，"文化卓越"的支持者认为成功的文化是基于恰当的组织运作的价值观和"假设"上的。此外，与汉迪一样，阿莱尔和费尔希罗图（Firsirotu）认为，为了有效且高效率的运作，组织文化必须与它的结构相匹配或相适应。从图 5.2 我们可以看出，如果一个组织建立了"角色文化"，那么具有机械结构的组织运作很可能就是有效且高效率的。但是，假设组织的环境和结构会迅速变化，就会产生这种情况：组织文化的变革跟不上组织环境、结构和原则的变化步伐。这样，组织可能就会发现变革并没有使其有效性和高效性得到改善，因为它还无法以同样的速度从"角色文化"变为"任务文化"。在这种情形下，迅速调整变革步法，用较为有机的结构取代机械的结构，以应对其环境中不断增长的不确定性，就显得尤为必要。汉迪指出：

> 经验告诉我们强大的文化产生强大的组织，那么所包括的文化类型有什么影响吗？是的，确实有影响。不是所有的文化都适合所有的目的或组织成员。文化是由组织中占主导地位的团队小组经过多年时间建立起来的。在一个阶段适合他们和组织的文化不一定会永远适合——无论这可能是多么强大的文化。

弗林描述了随着更加倾向于以市场为导向的哲学的引入，在英国公共部门的组织中这种情形是如何产生的，在私人部门中也可以发现许多类似情况。在这类环境中，组织文化可能会妨碍组织的高效率运转，而不是为它提供便利。

因此，鉴于各种各样的原因，组织可能会对它们现有的文化中不适合甚至损害其竞争需要的因素作出判定。在这种情况下，许多组织就决定改变它们的文化。1988 年由多布森进行的对英国 1 000 家最大的公共和私人组织的调查发现，在过去的 5 年中，超过 250 家组织进行了文化项目的变革。1997 年由行业协会对 4000 家组织进行的一项类似调查发现，在作出回应的组织中，有 90%以上正在进行或最近进行过文化项目的变革。调查发现文化变革是由多种方式促成的，包括战略计划、培训、为促进团队工作而重新进行的组织设计以及对评价制度的变革。根据多布森 1988 年的调查，他阐述说，所调查的组织是通过形成雇员的信念、价值观和态度进行文化变革的。

根据这些公司采取的行动，多布森确定了一个四步走的文化变革方法：

步骤一：改变人员的招聘、选拔和储备政策来改变劳动力的构成，使晋升和雇佣决策依赖于那些具有或表现出组织所希望促进的信仰和价值观品质的人身上。

步骤二：重新组织劳动力，保证让表现出所需要品质的员工和管理者处于有影响的职位。

步骤三：有效传播新的价值观。这是通过使用多种方法完成的，例如一对一的面谈、简报小组、质量圈、家庭杂志，等等。但是，高级管理者对新的信念和价值观显示的榜样是非常重要的。

步骤四：改变制度、程序和人事政策，特别是那些与报酬和评价有关的政策。

通过广泛的工作研究，卡明斯和沃勒提出了他们认为实现文化变革所必需的 6 个"实用"步骤（见展示 5.6）。尽管由于他们的方法把变革置于战略环境中更为广泛的范围之上，其实际机制与多布森研究的组织所采用的仍然非常相似。

展示 5.6　文化变革指南

　1. **明确战略愿景。**有效的文化变革应该从对公司新的有效战略所需的共同价值观和行为的明确愿景开始。这个愿景提供了文化变革的目的和方向。

　2. **高级管理层的赞同。**文化变革必须从组织的高层开始。高级管理者必须强烈认同新的价值观并需要对变革施加持续不断的压力。

　3. **文化变革在于最高层。**高级执行官必须通过他们自己的行动推广新的文化。他们的行为必须代表所追求的价值观和行为类型。

　4. **支持组织变革。**文化变革必定伴随着组织结构、人力资源制度、信息控制制度以及管理方式的改变。这些组织特征能够帮助人们将行为定位于新的文化。

　5. **选择并组织新成员、淘汰不适应的成员。**变革文化的最有效方法之一是改变组织的成员。根据人们与新文化的相互适应性来挑选员工，并向他们介绍组织对他们的预期态度和行为。不能适应新方式的现有员工将被终止雇佣，例如，通过提前退休的方案终止雇佣。这一点对关键的领导职位尤为重要，处在这一职位上的人的所作所为对促进或阻碍新的价

值观和行为的作用举足轻重。

6. 发展道德特点和合法化的敏感性。大多数的文化变革过程都试图促进雇员的自我完善、自我控制、平等对待和工作安全等价值观的提升。然而，如果从事文化变革的关键步骤是用新成员取代目前的员工的话，那么这就不仅向新成员和留下的员工传递了错误的信息，而且依照什么样的方式进行选择被替换的员工，这可能还与雇佣法相抵触。所以，组织需要特别注意这些潜在的道德特点和合法缺陷。

支持文化变革的许多学者采用了类似的方法，包括提出达到卓越的八步骤的彼得斯和沃特曼，也提出了非常规范的大纲。其他人似乎严重低估了文化变革中的困难，有例子可以说明这一点，《管理的今天》（Management Today）中的一篇文章只用了 4 页来说明组织如何迅速、轻而易举地确认和改变它们的文化。但是，不管它的支持者如何解释或应用它，这种类型的文化变革方法一般都被批评为过于简单，并且提出的建议对个体组织根本不是普遍适用的。

也有其他学者，同样也认为文化能够被改变，不过他们提出了更加深思熟虑的观点。布朗（1995）警告说，组织必须确保它们希望通过文化变革解决的问题确实是由现存的文化引起的。他还警告说存在着一种趋势，那就是假设文化是引发组织问题的根本原因，而事实上这些问题可能是不适当的组织结构导致的。他还指出，高级管理者可以用文化问题使自己摆脱因较差的绩效而受到的责备，而把它转嫁于组织的其他人。此外，布朗还警告说，要反对通过相信组织有一个单一的统一文化，或假设所有员工能够共享一个单一的目的或愿景，而对文化采取过于简单化的观点。这也是哈奇以后现代主义学者的名义提出的一个观点。作为文化的最有影响的学者之一，沙因也提出了同样谨慎的观点，他警告说在试图变革组织文化之前，首先必须理解现有文化的本质以及它是如何保持不变的。根据沙因的观点，这可以通过分析控制行为的价值观，发现组织中起决定作用的人是如何思考、感觉和反应等无意识的假设来达到。尽管他承认这很难，但他认为可以通过下列方法来达到：

★ 分析新员工招聘和引入的过程；

★ 分析组织历史中对关键事件的反应，尽管这些经常以非书面的形式进行解释，但仍是非常强烈的行为规则；

★ 分析被认为是组织文化的捍卫者或促进者的信念、价值观和假设；

★ 与组织中的成员讨论上述工作中的结论，并特别注意观察反常之处或令人困惑的特征。

因此，沙因的方法是把文化的发展作为一个适应性的学习过程，强调组织向新成员传达其文化内涵的方法。它阐述了"假设"如何转变成价值观以及价值观又是如何影响作为的。沙因寻求理解宣传文化的机制以及怎样学习新的价值观和行为。他认为，一旦揭示出这些机制，它们就能形成改变组织文化的战略基础。

在对组织文化的文献进行综合时，哈萨德和谢里菲提出了一个与沙因所支持的相类似的方法。特别地，他们强调文化变革的两个关键方面。

> 在发动一场主要的（文化）变革运动之前，高级管理者必须理解新制度对他们自己行为的暗示，并且高级管理层必须参与变革前的所有主要阶段。
>
> 在变革过程中必须对公司的"意见领导者"给予特别的注意。

另一方面，施瓦茨和戴维斯站在不同的立场上看待文化。他们建议，当一个组织考虑进行任何形式的变革时，应该就变革的战略意义（对组织未来的重要性）与进行某些变革会遇到的文化阻力进行一下比较，他们把这称为"文化风险"方法。为确定某一特定的变革项目中所包含的文化风险程度，他们提供了逐步渐进的方法。他们认为，用这个方法组织就有可能以一定的确定性决定是否忽视文化、是否围绕它进行管理、是否改变文化以适应战略或改变战略以适应文化。尽管施瓦茨和戴维斯的方法在很大程度上依赖于管理判断，但他们坚持认为这构成了在早期确定战略变革对组织文化的潜在影响，以及组织文化对战略文化潜在的影响，是有条不紊的方法。

当然，应该指出，尽管沙因的方法和施瓦茨与戴维斯的方法不同，但这并不意味着两者是冲突的或不相容的。事实上，两者可以被看作是同一任务的不同方面：决定文化是否需要变革，以及，如果需要，以什么方式改变。

没有人能够否认变革组织文化的困难。沙因、施瓦茨和戴维斯、卡明斯和休斯以及多布森的研究为组织提供了评估和进行文化变革需要的指导原则和方式。沙因的研究给出了如何发现组织现有的文化以及强化文化的方式；施瓦茨和戴维斯的研究表明了如何评估文化变革的需要、如何确定必要的变革；最后卡明斯和休斯及多布森的研究则阐述了如何实现文化变革。

变革组织文化的一些局限

对文化变革的合理性或明智性持谨慎态度的学者之一是埃德加·沙因。尽管他相信文化可以被改变，他也指出创造（或试图创造）一个强大和统一的组织文化有负面影响。这种共

同的价值观，特别是当它们被认为在过去一直是很成功的时候，就会使组织抵制某种变革或战略选择，而无论它们有什么优点。

沙因在与卢桑斯会谈时，对文化变革可以通过由管理层领导的自上而下的方法实现的观点持批评意见。沙因支持文化的偶然性或特别情境的观点，采纳组织生活循环的方法。他认为当组织成长时，在形成阶段可能需要一个强大的文化把它紧密联合起来。但是，它可能到达一个从功能和部门上来看都日益异化的阶段。在这一阶段，管理文化就变成把相互斗争的派别和亚文化联系在一起的问题。在这种情况下，一个强大的文化将比它的有用性保持更长的时间。

萨拉曼也指出，尽管一个组织中可能存在着一个强大或主导的文化，但也会有亚文化，总的来说就像社会一样。这些可能是组织特有的或者超越了组织文化的范畴。后者的一个例子是专业人员小组，比如医生和律师，他们具有超越其组织的自己的专业文化。戴维斯检查了较低层次的白领和蓝领员工。他发现这些群体不但有他们自己独特的文化，而且这些文化经常会与组织中主导（管理）文化发生冲突。因此，亚文化与主导文化之间是一种复杂的且有潜在冲突的关系。如果一些群体认为主导文化已经失去了它合理的适应性（并因此失去了合法性），那么潜在的冲突就会变成真正的冲突，相反的情况也会发生。一个群体采纳的文化价值观和运作方式可能被认为赶不上"我们一直采取的做事情的方法"，这反过来导致对管理者和专家权威的削弱——这对组织的高效率运作将产生危险。

尤塔（Uttal）是另一个对文化变革的困难和合理性表示谨慎的人。特别是他观察到即使是取得成功的文化，这个过程可能也要花费 6~15 年的时间。迈耶和朱克进一步争论说，尽管管理文化的变革可能会在短期产生经济效益，但长期来看，它也可能会导致停滞不前和消亡。布朗指出，取得文化变革的另一个困难是：

> ……组织中的大多数员工对目前的文化都寄予较高的情感。沉浸在组织传统和价值观中的员工，在生活哲学里可能介入组织文化的假设，并会在变革过程中经历很大的不确定性，产生焦虑和痛苦……即使从改变生活习惯中可以得到个人的收获，但这些也可能被认为与反对受损失的确定性一样，只是潜在的或理论上的。

因此，任何改变组织文化的尝试都不可避免地遇到了阻碍，有时是公开的和有组织的，而人们经常是隐秘地和本能地试图保持旧的方法和维持旧的秩序。与许多其他变革形式不同，文化变革的主要阻碍可能来自认为其地位、权力和个人信念受到挑战的组织中层尤其是高层管理者。这是卡明斯和休斯提出的一个观点，他们观察到文化变革项目经常导致或需要关键领导职位、管理者的变更。

可以看到，许多学者注意到了在试图进行文化变革时所固有的困难；但是，也有一些学者认为文化根本不能被改变或管理。米克（Meek）评论说：

> 从总体上来说，文化不能被控制、产生或废除，尽管必须认识到一些组织比其他一些组织处于更好的地位，能够主动地影响它的各个方面……文化应该被理解为一个组织"是"某种东西，而不是它"有"某种东西：它不是一个独立变量，也不能被管理层的意愿所创造、发现或破坏。

同样地，费尔拜（Filby）和威尔莫特（Willmott）也对管理层有能力控制文化的观点表示怀疑。他们指出这忽视了个人的价值观和信仰被工作场所以外的经历所调节的方式，如：通过传媒、社会活动以及以前的职业活动。从前面章节中提到的后现代主义的观点来看，哈奇可能谈及了它们的许多方面，同时给出了的下忠告：

> 不要想试图管理文化。其他人的定义和解释是极为不可控的。也就是说，要想不从文化上管理组织，只有用由你和你的努力构成的含义多样性的文化意识来管理你的组织。

一些学者提出的更进一步的局限性与变革文化的尝试引起的道德问题有关。范·马安南（Van Maanen）和孔达（Kunda）认为对文化的兴趣背后是管理者试图控制员工所感觉到的东西以及员工所说的话或所做的事。他们认为文化是训练情感的机制——指引人们感知希望的一种方式。从这个角度来看，变革文化的尝试可以被认为是思想中的"泰勒主义"。弗雷德里克·泰勒试图通过规定并强化工作应该如何完成的严格规则来控制行为。事实上范·马安南和孔达认为文化变革就是想要通过一种意识控制形式来达到同样的结果。威尔莫特表示了类似的顾虑，他相信文化变革的重要目的是通过取得对"员工灵魂"的控制赢得员工的"心和思想"。沃森总结说：

> 用这些方法处理员工的自我身份问题，以及判断他们日常生活中价值观的正确与否问题，员工和管理者都必须进行严肃认真的考虑。试图塑造文化——假设从广义上说文化提供了人类道德、社会身份和生存安全的根源——那就确实是陷入了"困难和危险的境地"。

变革管理
Managing change

变革组织文化：冲突和选择

与许多其他和组织有关的事情一样，研究文化的学者中没有达成一致意见，在研究它的本质、目的或可塑性方面也没有取得一致意见。当然几乎没有学者怀疑它的重要性，但是除此以外，几乎没有一致意见。布朗指出，其结果是我们面对着"定义过剩的窘困局面"。"文化卓越"的支持者认为只有一种形式的文化会对今天的环境有影响——强烈灵活的——并且组织应该迅速予以采纳或者面对产生的结果。在一定程度上，"日本管理方法"的支持者和组织学习的拥护者采取了一种类似的、但不那么尖锐的观点。沙因同意文化是重要的，并且在特定情况下强烈的文化也是适合的。但是，在另外一些情况中，共同价值观和强烈的文化可能通过抑制多样性和阻止替代战略的产生而具有负面的影响。他还怀疑与组织中的其他人有行为隔离的管理者是否有能力只靠他们自己改变现有的文化或提出一个新的文化。萨拉曼也注意到亚文化的存在和作用，特别是它们有产生冲突的潜力。米克认为文化根本不受有意识的管理变革项目的影响，后现代主义学者采取了类似的观点，尽管他们认为组织文化是重要的。他们怀疑和相信操纵和改变文化的尝试的后果是不可预测的，并且会疏远而不是激励员工。不要忘记这在哈奇的警告中已有所反映："不要考虑试图控制文化。"

尽管学者之间缺乏一致意见，我们仍可以从上面对文化文献的回顾中得出两个重要结论。首先，由于缺少对组织文化的清楚的指导，管理者必须根据他们自己的环境和可观察到的选择作出是否尝试改变他们的组织文化的决定。其次，由于缺少强烈或适当的文化将其成员为实现一个共同的目标而结合在一起，使决策制订合法化并起指导作用，管理者可能会很难在他们中间达成一致意见或得到组织外部人士的一致认同。罗宾斯认为，在这种情况下，就会有产生冲突和权力斗争的倾向。

因此，为了理解组织如何运作以及我们在前面几章中讨论的理论的优点和缺点，有必要研究一下组织的权力政治观点。

权力政治观点

组织中的政治行为

组织生活的文化观点强化了前面几章和本章前面部分中的争论，即组织不是每个人都同意并帮助实现其最高目标的理性实体。权力政治观点提出了一个相似的看法，认为组织经常采取不理性的行动，它们的目标产生于相互协商和相互影响的过程，而且它们是由竞争和变化联盟的群体和个人组成。这个观点在 20 世纪 70 年代末和 80 年代初开始以强劲的姿态出现，尤其和杰弗里·普费尔（Jeffrey Pfeffer）的著作《组织中的权力》（Power in Organizations）有关。甘兹（Gandz）和默里（Murray）发现，在此之前，当他们回顾组织政治的文献时，对这个主题几乎没有普遍兴趣，也几乎没有关于这个主题的出版物。

尽管如此，在该领域的早期作品中，林德布卢姆（Lindblom）的关于"不严谨的科学"的著作和西尔特与马奇（Cyert and March）的著作《公司行为理论》（A Behavioral Theory of the Firm），可以说确实为后来对组织中权力和政治问题产生浓厚兴趣打下了基础。林德布卢姆从公共部门组织的立场进行了论述，他认为对政策的政治性限制使得理性主义的决策方法变得不可能。西尔特和马奇进一步发展了林德布卢姆的研究，他们指出私人部门的公司与公共部门的组织一样，都是政治实体。他们的研究目的是通过对公司内部运作的研究，集中于市场因素的现有理论，为决策制定提供更好的理解。西尔特和马奇在书中认为，公司的特征是竞争性和多种相互冲突的利益之间转换的联合，它们的要求和目标往往不具有完善的协调性，理性原则受到欲达到的目的的不确定性的限制。在这种情况下，管理者进行"满意"决策时，就是要选择一个令人满意和足够好的解决方法，而不是寻找最好的解决方法。

西尔特和马奇关于决策制定的政治维度和组织生活本质的研究形成了现行组织行为知识的一部分，这并不是反对或忽略组织文化的作用。汉迪观察到，关于组织所承担的任务、如何承担以及组织成员的积极性达成一致意见的程度，会受到组织文化的强度和可察觉的合法性或适用性的影响。威尔科克斯认为各种各样的利益是组织文化的一部分。他认为它们包括："比如，组织成员的目标、价值观和期望，以及被描述成认知图表或个人的议事日程。"权力政治观点的重要性在于它表明了即使存在着强烈的文化、组织成员保持的一致性，其意愿和稳定性也不可能在一个组织内长期保持一致。他们所表现的合作和积极程度，将随着他们正在追求的目标与他们个人利益相一致的程度而发生变化。因此，普费尔评论说：

很难想象由于目标非常一致或者事实非常清楚，就不用判断和协商的情况。从一个角度来看是理性的事情从另一个角度来看可能就是不理性的。组织是政治制度和利益的联合，理性被定为统一、一致、优先的选择原则。

相信组织内的个人和群体是相互支持的，他们以一种和谐的合作方式工作是令人安慰的，这种非政治的观点认为员工总是以符合组织利益的方式行动。相反，罗宾斯评论说：

变革管理
Managing change

"政治观点能够解释许多组织中看起来不理性的行为，这有助于理解诸如为什么员工拒绝提供信息、限制产出、试图'建立帝国'等行为……"

汉迪也观察到个人和群体追求促进他们利益的行为，而不管组织正式目标的倾向。他指出，当个人发现组织实际或假设的目标或他们被要求完成的工作与他们自己的利益不相符时，他们将寻找把两者统一的可能机会。在一些情况中，个人和群体也可能被说服改变他们的观念；在另外一些情况下，他们可能试图改变或影响目标或任务。就是这种组织中个人和群体追求不同的利益、相互斗争形成有利于他们决策的这种现象致使许多评论家认为组织的特征是政治制度。

扎莱兹尼克认为当资源稀缺的时候（大多数组织都是这样），稀缺和比较心理占主导地位。在这种情况下，对资源的拥有成为比较的中心和自信的基础，并最终成为权力的来源。扎莱兹尼克强调，这种情况不但会产生主导的联合，而且还会产生防御性反应基础上的无意识的相互勾结。因此，尽管一些个体会认为他们的行动是"政治的"或有利于自己利益的，其他人也会以同样的方式做出行动，并相信他们是在追求组织的最佳利益。

卓瑞（Drory）和罗姆认为，与非管理职位上的人相比，处于管理职位上的人是不太可能将他们的行为定义（或认识到）为政治的。甘兹和默里对428名管理者进行的调查结果可以解释这一点。他们发现管理者更多地参与政治行为，因此倾向于把它看作是组织生活典型的一部分。如果是这样，可以认为个人和群体越愿意参与到政治作为中，它就越能成为规范。他们对其政治本质失去了判断力，只把它看作是"标准的"实践。另一方面，那些较少参与这类行为的人认识到它的政治本质，因为它从他们规范的实践中显露出来。同样，处于组织较低层次的员工，由于受资源分配决策的影响，一般来说，不太可能拥有影响这类决策的地位。但是对管理者来说，争夺附加资源或分配现有资源是日常生活的主流。这可以从甘兹和默里的调查中反映出来，89%的回应者认为成功的执行官必须是优秀的政治家。尽管如此，超过50%的回应者仍然认为如果没有政治，组织将成为一个更令人高兴的地方，约有相同数量的人认为政治行为会危害效率。坎特和普费尔指出，这种矛盾的态度，即相信政治行为是必要的但又对它的作用感到遗憾的态度，在组织中非常普遍。

正如第4章提到的，后现代主义学者对权力和政治的观点与大多数其他组织学者有着显著的不同。他们不太注重个人和群体获得和掌握权力的方法，相反，他们集中于权力和知识的关系以及权力被用来推广某一特定的现实观点并使组织内的某种知识合法化的方法。

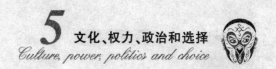

权力和政治：给出一个定义

尽管提供权力（对地位或资源的拥有）和政治（影响或手段的运用）的简单定义是相对容易的，但是正如卓瑞和罗姆指出的，区分这两者要更困难一些。他们认为这两个概念经常交换使用，两者之间的区别从来没有得以完全解决。事实上，对它们个的简要研究表明了把它们分开是困难的，甚至是危险的。但是，首先，也有必要理解权力和职权的差异。

罗宾斯提出了职权和权力的重要区别：

> ……我们把职权定义成为取得组织目标而具有采取行动或指挥他人行动的权力。我们说这种权力的特征是职权人物拥有建立在组织地位基础上的合法性。职权与工作相伴随……当我们使用权力这个词时，我们是指个人影响决策的能力……基于个人合法地位的影响能力可以影响决策，但是个体拥有这种影响力不需要具有职权。

为了支持他的观点，罗宾斯引用了高级职位执行官秘书的例子，他们可能有很大的权力，这归于他们的影响达及老板的信息和人的活动的能力，但是他们却几乎没有实际上的职权。普费尔同意这个观点，但是也指出权力来源于三方面：对信息的控制；对行动的正式授权；以及对资源的控制。但是，他认为最后一种权力来源特别重要。普费尔认为，我们必须认识到一条真理，即"新黄金法则：掌握财富的人制定法则"。

另一方面，罗宾斯把组织政治定义为：

> ……组织成员支持或反对那些结果对他们有影响的政策、规则、目标或其他决策的努力。因此，政治从本质上来说是权力的行使。

因此，罗宾斯的争论是，权力是影响决策的能力，而政治是实践这种影响的实际过程，许多学者持有这个观点，即政治只是权力的运用。例如吉布森等人认为，组织政治构成了"当存在不确定性或选择的不一致时，在所有层次上为了获得、发展或使用权力及其他资源以便取得个人选择而使用的那些活动"。这个观点也是普费尔的定义被广泛接受的核心，组织政治是：

> ……在形势不明朗或者选择性下降的情况下，涉及的那些行动发生在组织内部，是为了获得、发展并使用权力和其他资源以便获取个人优先结果的行动。

许多学者把组织政治比作游戏。普费尔在他的主要著作《组织中的权力》中认为，组织

变革管理
Managing change

中的政策是许多玩家不同观点和利益游戏的结果，这是明茨伯格在他对组织中权力和政治的全面回顾中发展的观点。他列举了组织中普遍存在的13种政治游戏，主要的是抵制职权、反对抵制、建立权力基础、打败对手和变革组织的游戏规则。

和所有的游戏一样，政治游戏具有与它们相关的特殊的技巧。展示5.7列出了7种最普遍的策略，管理者使用这些策略以寻求对上级、同事和下属实施影响。

展示 5.7 政治策略

合理性 ——有选择性地使用事实和信息，并进行看起来合乎逻辑或理性的论证。

友情——提出请求之前先进行吹捧、表示友好，等等。

结盟——争取组织中其他人的拥护以提高自己的影响。

讨价还价——互换利益以达到一个特定的结果。

硬性地独断——直接使用强制方式提出要求和命令服从。

高层权威——从上级那里得到对特定行为的支持。

奖惩机制——运用奖赏承诺或惩罚威胁达到强制服从的目的。

罗宾斯观察到最流行的技巧或策略总是被合理地、有选择性地使用，而不论影响是向上的还是向下的。尽管掩藏在理由中的论证和数据以这样一种方法展开，使用该技巧的人，仍以较替代结果更为有利的方式表现出来。因此，尽管使用是合理化的，但它不是以中立的方式进行，而被作为隐藏真正目标的保护屏。在决定使用哪种策略时，科普尼斯等人指出了影响管理者选择的四种偶然性因素：管理者的相对权力；管理者对他人所要达到目标的影响；管理者对目标中个人或群体服从意愿的期望；以及组织文化。

现在我们对权力和政治有了更清楚的理解，我们可以继续研究从中产生的主要问题：对权力和政治的合法和不合法使用权的区别。

权力、政治及其合法性

汤普金斯坚持认为，政治的使用直接违反或挑战了组织的合法规则，但是许多人认为组织政治存在于规定与非法行为之间的灰色地带。波特等人区别了三种类型的组织行为：规范的行为、自由决定的和非法的行为。他们认为政治行为落入了自由决定而不是非法的一类。因此，最普遍的观点是，组织中政治的运用最好可以被描述为不被认可的、非正式的或自由决定的行为，而不是被明令禁止或非法的行为。政治的这个定义有助于区分经过授权的人士正式且合法地使用官方承认的权力，与没有授权的人士为他们自己的利益而运用的权力。

大多数组织和学者把政治行为看作是组织功能的失调。巴滕和斯沃勃、佩蒂格鲁和波特认为政治行为与组织的正式目标和利益相反并会产生破坏作用；汤普金斯认为组织中的政治调遣是由于高级管理层未能首先制定和实施一致的目标和政策，从而导致了不确定性，而不确定性又反过来引起了群体和个人之间的冲突。在这种情况下，汤普金斯认为：

> 管理层没有了运作公司的高层次指导之后，他们就会根据生存本能作出保持其自身安全的长期决策，这是政治权力的开始：合法的规则开始衰退，非法规则开始扼杀组织。简而言之，就是黑白颠倒。这种形式的"政治"是由高级执行管理层的不重视而产生的。

普费尔对组织政治持一个不同的观点。他认为组织目标的制定本身就是一个政治过程，组织并不缺少明确的目标和政策，尽管如此，这并不总是意味着政治行为会危害组织的有效性。明茨伯格认为，当运用不过分时，政治游戏可以通过使组织随时保持警觉而产生健康的影响。梅耶斯和艾伦也有类似的观点。帕斯卡莱更进了一步，提出冲突和争论对于把组织从自满和衰退中解救出来是必要的。普费尔在他的著作《以权管理》中对政治和权力的强调，就是集中于组织的有效运行。他在书中强调指出：

> 如果不提倡为变革而学习如何有效地发展和使用权力……那么电脑设施就得不到购建、城市得不到重建、疾病也得不到抗击。在公司、公共代理机构、大学以及政府部门，其问题就是如何干成事，如何向前进，如何解决不同类型、不同规模的组织所面临的诸多问题。发展和使用权力需要意志和技巧，这看起来常常被忽略了。

对普费尔来说，通过关注追求统一的个性化的执行 7 步程序方法（见展示 5.8）的议程，意志和技巧就可以得以有效地实施。但是，明茨伯格警告说，如果太多的人都过于追求自己的个性化的议程，或者如果权力和政治的使用变得太过于"敢作敢为"和普遍化，那么这种行为能把整个组织变为一个政治舞台并使组织偏离它的主要任务。

展示5.8 权力和政治的使用

1. 确定你的目标，确定你试图达到的目的。
2. 诊断依靠和相互依靠的模式：在实现目标的过程中什么样的个体有影响并且是重要的影响？

3. 他们可能会持什么样的观点？他们对你试图要进行的工作的感觉如何？

4. 他们的权力基础是什么？他们之中谁对决定有影响力？

5. 你权力的基础和影响是什么？你的影响力能操控局面吗？

6. 行使权力有不同战略和策略，哪一种战略和策略看起来最适合你所面临的局面？哪一种可能最有效？

7. 在上述问题的基础上，选择行动方针以达到目的。

从某种程度上来说，积极和消极影响的平衡在组织中倾向于一边或另一边的程度，取决于所运用的权力类型以及权力是如何使用的。伊兹奥尼（Etzioni）提出了在组织中使用的三种不同的权力类型：

★ **强制性权力**——如果不服从就会受到负面后果的威胁（包括身体上的惩罚或强制）。

★ **奖赏性权力**——答应给予物质奖励以刺激合作。

★ **规范性权力**——用象征性奖励的分配和控制，比如地位象征作为对服从的刺激。

罗宾斯的研究更进了一步，不但确定了权力的类型，还确定了权力的来源。他在伊兹奥尼的三种权力类型基础上加入了第四种：

★ **知识性权力**——对信息的控制。

我们可以说当群体或组织中的某一个体控制了独特的信息，而这个信息又是作决策所需要的，那么这个个体就具有以知识为基础的权力。

罗宾斯认为这4种权力来自4种不同的来源：个体在组织中的位置；个体的人格特征；专业知识；以及影响或控制信息流的机会。

所有这4种权力都可以并确实被组织运用。然而，它们有效的程度可能取决于它们的来源。强制性权力经常是高级职位者的特权，但即使是组织中地位非常低的人在特定情况下也会控制或拥有能使他们行使知识性权力的信息。有意思的是知识性权力的使用——对信息的选择性和不公平的使用（通常掩盖在合理之下）——所表明的是权力指向者得到自愿的服从和进行合作方面的有效性。但是，按照胡克金斯基和布坎南的观点，对战略特别有影响的是：

★ **影响上层**（管理者）——合理性策略的应用

★ **影响的交叉**（工人合作）——友情策略的应用

★ 影响下层（下级人员）——合理性策略的应用

这与那些使用奖励性和强制性权力观察家的观点很符合，如：合理性和友好性策略应用的副作用，就经常是阻碍生产的，因为这种权力最终的接受者倾向于消极和厌恶的观点。

这也许就是为什么当人们感觉他们被强制进行某种特定的与其信仰或利益矛盾的行动时，就会从权力的行使中产生最有危害性的结果。因此，不论是权力的来源或类型，或是有明显的赢家和输家，以及在冲突联盟间的隐秘活动成为公开斗争的情况下，使用权力的意愿导致了更失常和更具破坏力的后果。群体和个人争夺对关键决策的影响，并在这个过程中提升他们自己的地位，尤其是在风险很高的情况下，这类斗争常常以高级人员离职或被迫离开组织而终止。

BMW（宝马）就是这种情况，关于英国罗夫长桥（Rover's Longbridge）工厂的未来的争论导致了 BMW 的主席贝恩德·皮切兹瑞德（Bernd Pischetsrieder）和他在董事会中的长期对手，BMW 的营销主管沃尔夫冈·赖策尔（Wolfgang Reitzle）的被迫辞职。管理沃尔沃 20 多年的佩尔·于伦哈马尔（Pehr Gyllenhammar）也发生了类似的情况，他在 1993 年试图把沃尔沃与法国国家控制的汽车公司雷诺合并，遭到了股东和管理者的联合反对，他们认为这不是平等的双方合并，而是被雷诺接管。股东和管理者都认为在这种情况下，他们的利益会受到损害，继而发生了非常公开的权力斗争，双方都认为自己的行动是为了沃尔沃的最大利益。这两个案例都可归为个体之间维护各自权力的斗争。但实际情况是，在这两个案例中关于这些组织未来可行性的主要问题都濒于险境。出人意料的是，在沃尔沃的案例中，由于看起来对公司利益不利而反对与雷诺合并的 6 年之后，该公司把它的轿车业务卖给了福特汽车公司，而后者的工作原则与沃尔沃重视的所有原则都是对立的。对广告代理商盛世赛奇（saatchi & saatchi）进行控制的斗争导致了创立者的离去，也表明了权力斗争是怎样使组织受到损害的。权力冲突的另一个非常公开的例子是史克必成（Smithkline Beecham）和葛兰素（Glaxo）时断时续的合并。1998 年，这两个公司宣布它们计划合并，成立世界上最大的药品公司，总资产约 1650 亿美元。但是由于史克的首席执行官让·雷思切里（Jan Leschley）和即将管理合并公司葛兰素的主席理查德·赛克斯（Richard Sykes）伯爵之间冲突的谣传，使合并很快被取消了（尽管由于后来发现雷思切里先生的工资、固定津贴和股利总额超过 9 000 万英镑，人们从而理解了为什么他不愿意把职位让给理查德·赛克斯伯爵的原因）。只有当雷思切里和赛克斯都宣布退休时，合并才能够进行下去。在一些情况下，这种冲突可能成为地方性的，并且甚至在最初的原因过去很长时间之后冲突仍然存在。垄合集团（Lonrho）就是这方面的一个例子。在成功地把蒂尼·罗兰（Tiny Rowland）从他创立并一直控制的公司中驱逐出去以后，垄合就被分裂并被出售了。然而就控制而进行的政治斗争甚至在它已分裂的部分中仍然存在。

正如上面的例子所表明的，强制性权力的运用可能是非常有危害的。然而，其他的权力形式也会有负面影响，尽管这种负面影响可能是以更加不知不觉的方式发生的。英国的中高级管理者奖赏性权力的使用就是一个好的例证。在20世纪90年代，执行官员的薪水狂涨，远远超过支付给员工的薪水和公司的利润。这引起了许多的争论，尤其在现在的私营化的公共事业部门，诸如煤气、电力和水务部门。在这些组织中，执行官，就是所谓的"肥猫"们，利用手中的权力为自己提供非常慷慨的奖赏；而同时，他们削减了组织中许多其他员工的工作和工资。不过总体来说，这种做法实际上得到了股东和政府的谅解，因为英国的经济和公司状况一直很好，要控制他们就得强调赏罚分明。然而，当经济开始变得步履蹒跚以后，对"肥猫"薪酬的批评变得越来越尖锐、越来越普遍。政府、股东和工会组织开始大唱批评之调，批评那些主要的公司虽然有失误却照样得到酬劳。在FTSE（金融时报指数）-100个公司中间，到2003年的3年中支付给领导们的薪酬提升了84%，而这些公司的股票市值却下降了50%，对这种现象了解的任何人都会大声疾呼。不过，人们知道了一些公司一直都在为有工作失误的管理执行者支付高额报酬的事情后，这些抱怨变得非常尖锐，如杰拉尔德·科尔贝特（Gerald Corbett），他离开有轨运输公司时，带走了3 700 000英镑。问题不是他们在组织中分配奖赏的方式是否公平，而是这种对权力的滥用对雇员士气、股东支持和顾客忠诚所产生的极坏影响。

组织中这些公开的权力斗争只代表了冰山的一角，它表明这种斗争的趋势是以"组织的最大利益"为旗帜。政治的派系争斗、寻求联盟、决策的影响，以及保护或促进个人或个人所在群体的利益几乎总是因源于组织的最大利益而受到辩护和找到借口（正如任何武装斗争中的各方总是以他们这一边是正义的为理由进行辩护那样）。参与者不一定要相信他们自己的宣传，不过他们自己常常是相信的，因为如果没有它，他们就会发现很难向他们自己和他们的联盟为见不得人的非法策略——例如挑战——而削弱或公开忽视组织正式的目标和政策作出辩护。

因此，为了反对或促进某一特定决策或发展，那些即使享受较低层次政治行为的人几乎也不公开宣布结果中所含的他们自己的个人利益。普费尔认为，伴随着政治行为的一个重要特征是隐藏它的真正动机的企图，这可以从展示5.9布坎南和拜德汉姆所列出的权力的策略

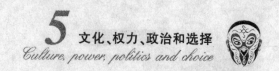

中看出，隐藏动机是最基本的原因。因为艾伦等人、卓瑞和罗姆及弗罗斯特和海斯观察到这是因为所涉及的那些人相信它会被组织中的其他人判定为不可接受或不合法，从而会产生抵制。因此，反而表现出一个错误的但可以接受的动机。

展示 5.9　权力策略

建立形象——强化个人立场的行动，如支持 "正确" 的事情。

选择信息——对来自上级的不利信息进行有保留地反对。

找人受过——责备其他人。

正式结盟——组成或加入强大的联合组织。

网络化——与有权力的人搞好关系。

妥协——通过权衡，在不重要的事情上作出让步，以便在重要的事情上获胜。

规则使用——对要好的朋友有选择地解释规则，对反对者予以挫败。

其他策略——如果以上都不奏效，就使用卑鄙的诡计，如以胁迫来破坏其他专家的意见、操纵小集体之间相互攻击和相互斗争，并使别人 "发招" （"发射子弹"）。

从展示 5.9 来看，所表现出来的权力和政治似乎是负面的，把个体和群体描绘成运用权力和政治的目的，完全是为了追求个人的一己私利。但是有人却提出了一个更积极的观点。摩根提出了一个利益、冲突和权力模型，承认利益的多样化会产生冲突。他认为，在这种情况下，权力和影响是解决冲突的主要方法。布坎南和博迪认为权力和政治的运用是负责管理组织变革的那些人的必备工具之一。从这个角度来看，政治行为能通过使组织更有效地管理变革而对改善组织运作产生积极的影响。同样地，普费尔认为权力的使用是在相互依赖的系统中完成任务所需要的一项重要的社会过程。事实上，他认为不使用权力和政治是有害的：

> 由于假装权力和影响不存在，或至少不应该存在，造成了我和其他人（例如约翰·加德纳）认为这是许多公司现在，特别是美国公司面临的重要问题——除了高层管理者，任何人对采取行动和完成任务几乎都是被培训成为不具备资格的。

也许加德纳最简明地总结了权力政治争论中所涉及的问题，他认为，当涉及到那些拥有和行使权力的人时，"重要的问题是：他们使用什么方法获得它？他们如何行使它？他们行使它的目的是什么？"

从上面所述我们可以看出为什么学者们发现把权力从政治中分离出来很难。尽管有可能不必检查权力是怎样行使的，就可以检查权力的潜力，对组织生活的学者来说这是一个

变革管理
Managing change

非常没有想象力的努力。为了理解组织的动机是什么、决策是怎样作出的、为什么以某一特定方式进行资源分配、为什么发起某些变革而不是其他，我们必须全面理解权力的拥有和运用，无论是通过正式授权或者是政治的手段。

尽管罗宾斯及时地在正式权威和权力的拥有或运用之间作出了区分，我们不能错误地假设两者之间没有密切的关系。对关键决策实施影响（权力）的能力和地位（权威）的拥有的研究检查表明，这些存在于起主导作用的联合模式中，而不是平等地分散在组织中。起主导作用的联合模式有权力对结构组合的影响，这是非常重要的，因为对结构的选择将自动地有利于一些群体而不利于另一些群体。个人或群体在结构中的地位将决定诸如其对计划的影响、对技术选择的影响、评估原则的影响、奖励的分配、信息的控制、对高级管理者的接近等方面的影响能力，以及他们对整个一系列决策实施的影响能力。尽管后现代主义者同意这个分析，但是正如前面提到的，他们关于组织权力的观点是更加广泛的。对他们来说，权力是组织群体的建立、并对现实观点进行强化的机制。反过来，后现代主义者还认为，对现实观点的形成和建立，主要来说是使组织中起主导作用的群体把他们的意愿加于其他人，而不是使用制裁或使用其他的控制机制。

管理和变革组织：恢复选择

本章开篇就讨论了组织的后现代主义、现实主义和复杂性的观点。后现代主义强调因果逻辑的时代已经过去，组织已成为社会化的有机体，有机体里的个人和小组依据他们各自的世界观及其所处位置，形成了他们各自的现实的观点。而现实主义接受社会结构的假设，强调现实存在对个人和组织的所作所为所进行的限制，不过它有时很宽泛。对部分复杂性理论的支持者来说，则将组织看成是复杂的，是要维持规则有序地产生、选择以及进行决定必须经过的由少数达到多数的过程。就这三种观点，第4章所展示的是组织要做什么以及如何做方面，比在前3章的理论探讨所允许的选择方式上以及选择的自由程度上有更多、更大的自由。

在本章中，我们着眼于如何作出组织决定以及依据基础的探究，寻求和发展更进一步的主张。本章一开始研究了组织文化的文献，揭示出尽管文化因提升了组织品质而流行，但定义文化、变革文化、操纵和处理文化却是困难的。强势的文化对组织有正面影响，在这种情况下可以将完全不同的分散的团队，团结统一在一个共同的目标下；而弱势的文化具有负面的影响，使个人和团队走向分裂并产生目标冲突。然而，在一些情形中，尤其外部环境发生了重大的破坏性影响时，也会发生背道而驰的现象，强势的文化变成了创新变革的紧箍咒，而弱势文化却使得新思想、新领导呈现了出来。在这种情况下，组织的整个中控体制是分裂的，或者是僵化无情而不能进行变革，权力和政治就走到了前面，如普费尔指出：

> 如果不提倡变革，学习如何发展以及如何有效地使用权力，电脑设施就得不到购建、城市得不到重建、疾病得不到抗击。

关于权力和政治的文献的研究表明，在利益和观点发生冲突的情况下，其现状会受到挑战，关于未来的方向、组织的结构和重大决策的运作很可能变得被权力和政治问题所统治。

默里报道了关于信息技术的引进和使用的一项主要方面的研究，他评论说：

> ……新技术的使用，受制于通过组织权力的运用而产生的组织决策制定过程，执行过程的特征表现经常是管理目标、理性原理和战略发展的相互冲突。

因此，布坎南和拜德汉姆、丹顿、摩根、普费尔、罗宾斯和许多人认为，组织变革过程从根本上说就是一个政治过程。

尽管组织生活的后现代主义、现实主义、复杂性理论、文化和权力政治的观点大相径庭，但也存在着很大的重合，特别是通过构造和操纵象征性处理方式以及合法性的建立都有共同的意见范围。这可以从佩蒂格鲁（Pettigrew）关于组织变革的著作中看出，他认为变革的过程是由个人和群体的兴趣和积极性、官僚主义的推进力、环境中的重大变化，以及围绕决策的结构背景的操控而形成的。特别地，佩蒂格鲁认为：

> 与政治有关的行为和过程，作为管理意义上的象征概念代表了组织的政治和文化分析的重合。把理解连续性和变化所需的政治和文化分析联系在一起的核心概念是合法性。意义管理指为了使某人的思想、行动和要求合法化，使其对手的要求不合法而设计的象征着价值观建立和运用的过程……结构、文化和战略在这儿不只是一些制度的需要，如效率或适应性相联系的折中的、功能性的概念，这些概念被认为能够起到保护主要群体的利益的作用……这样，战略变革的内容最终是政治和文化因素所形成的合法化过程，尽管经常用理性分析的术语表达出来。

结构的选择和使用，以及其他关键决策是政治过程的产物，而不是理性分析和决策制定的应用，这个观点对组织理论有重要的启示。尽管它不必使适应性或者特定的方法无效，但

变革管理
Managing change

是它确实意味着将管理渴望和利益看成是比其他情况更重要的事情，它还意味着，管理者对于结构和其他组织特性确实可以进行重要的选择，而不是组织理论的囚犯（正如一些人可能假设或希望的）。

罗宾斯在回顾组织中的权力和政治影响时，他指出不超过 50%~60% 的结构性变化可以由战略、规模、技术和环境来解释，他继续论证说，剩下的很大一部分可以被解释为处于权力地位的那些人能够选择尽可能地保持和扩大他们所控制的组织结构。他指出其他决定结构的因素，如规模、技术等支持者都假定组织是理性实体，"但是，要使理性在组织中盛行，必须只有一个单一目标，或者对多个目标达成一致意见。在大多数组织中上述两种情况都不存在"。随后，他认为结构决策是不理性的。这类决策产生于特殊利益群体或联盟之间的权力斗争，每一方都力争最适合他们的结构安排。罗宾斯相信尽管战略、规模、技术和环境决定有效性的最低水平，并设置了制定自我服务的决策选择的参数，"技术和环境都是被选择好的。这样，那些有权力的人将选择有利于他们控制和保持控制的技术和环境"。然而，正如现实主义和复杂性理论所倡导的，那些掌握权力的人对拥有控制范围感到满意。市场确实是实实在在的，经济有落有涨，就像互联网络经济的衰落所体现的，新技术并不总是如其所承诺的那样。所以，权力和政治的观点并没有完全否定管理理性化的情况。

尽管有文献和证据表明，面对强大挑战的管理是理性的、是目标数据决定的中立实施者，特别是佩蒂格鲁和蔡尔德与史密斯分别对 ICI 和吉百利（Cadbury）有限公司的组织决策和变革进行的详细研究，都强调管理，特别是变革管理从根本上来说是一个政治过程。默里提出了一个更为有力的观点，即由于许多管理者地位的不安全性，特别是在重大动荡和变革时期，管理者和其他群体为了保护、增强或扩大他们在组织中的地位而试图影响决策就毫不令人惊讶了。

尽管如此，对把所有组织决策和行为的目的都是归于个人利益驱动的观点仍要谨慎，政治确实起了一定的作用，但从另一个角度，从罗宾斯的发现中，可以看出战略、规模、技术和环境也起了作用。这些可以作为对群体和个人行动自由的限制，正如需要以组织的最大利益、符合一致目标并以理性方式为行动准绳一样。因此，尽管在过去 20 年中政治观点变得非常有影响，但它并不能解释组织中所有的行动和决策。我们需要把权力和政治看作是对组织的一个重要影响，但不是唯一的影响。事实上，我们必须记住西尔特和马奇关于组织政治的著作的最初目的，他们试图表明影响组织中决策制订的外部因素不是唯一的，当然，这并不是说外部因素不重要。蔡尔德和史密斯用他们的行业公司的观点（见第 6 章）指出，外部环境确实起作用，通过许多具体和象征的方法，它限制和影响了组织的决策的制订和行为。正如罗宾斯所评论的那样，战略、规模、技术和环境的影响程度最低，在要决定的范围内设定参数也许是好方式，但这还是对管理者一个非常重要的限制。正如亨德利所指出的，它仍是对那些"……过于集中在变革过程的政治方面"的管理理论家的重要反驳。

因此总的来说，权力和政治是影响组织中决策制定的重要因素。事实上，通过把罗宾斯、佩蒂格鲁和默里关于结构管理选择的论证与关于文化的讨论联系起来，就会产生非常有趣的两个观点。第一，阿莱尔和费尔希罗图及其他人认为，如果组织要高效率和有效地运作，文化和结构必须相互支持。正如权力政治观点争论的，如果主导联盟为自己的利益所作选择的结果至少成了结构的一部分，那么两者之间相同的程度更多的是由于偶然，而不是选择。第二，早期认为组织文化是主导联盟起关键作用的长期社会学习的产物，这很明显地提供了对结构和文化的选择范围。但是，文化和变革文化方法的发展是长期的过程。另一方面，主导联盟随着时间的推移改变了他们的组成和特权，有时是在非常短的时间内。因此，尽管存在着管理者选择最适合他们自己利益的结构和文化的可能性，但是如果主导联盟能抑制摇摆，并长期保持目标一致，这只可能导致一个平衡有效的结构——文化联系方式。

许多观察家指出，尽管这些条件在一些西方公司中存在，但这些是例外情况。在任何情况下，正如阿诺德·温斯托克离开（英国）GEC所表明的那样（见第11章），这种情形经常依赖于把联盟联结在一起的起主导作用的那个人，当他们离开时，主导联盟分裂并产生了一个对组织来说具有完全不同愿景的新的联盟。有时，这种个人的离去甚至会使组织非常危险地接近毁灭，正如（英国）GCE的温斯托克下台、苹果电脑公司的史蒂夫·乔布斯在1985年被解雇以及蒂尼·罗兰在1995年被迫离开垄合的例子所表现的那样。事实上，在一些公司中，主导个体的人格特性是非常有力和强制性的，以至于不能质疑他们的意志，并且只有他们离开之后才会发现根本的问题。麦克斯韦（Maxwell）和镜报报业集团（Mirror Group Newspapers）就是这种情况。

日本的经历第一眼看时，似乎也是类似的形式，主导联盟为了它们的合法性和导向而依赖于一个关键人物。但是，在这些经历中，当这个人离去时，主导联盟仍保持着目标的统一。然而即使是日本公司也不能避免改变领导者产生的问题，例如，1985年尼桑任命一名新的首席执行官就是为了改变它的文化以便克服前一任的重大错误。这次和另外的变革的失败，导致最终尼桑实际上被法国的国有轿车制造公司雷诺接管了。

因此，简而言之，我们发现管理者对主要的组织变量，例如结构、技术、环境甚至文

化，有一定程度的选择或影响，甚至可以强调说有很大的影响。但是尽管后现代主义所强调的行动的自由度受到许多因素的制约，如市场条件、技术的发展程度、组织目标、政策以及绩效，但对他们自己和其他人的利益而言，他们的行动是理性的，并且是为了组织最大利益的需要。反过来说，由于相互作用的原因，他们在一定程度上有选择的自由，如结构和文化，也有限制管理者策略的自由。这些策略在任何时候都随组织的不同而变化，在组织内部和组织之间也会随时间变化，但永远不会完全消失。然而，尽管这些限制很强烈，但选择也永远不会消失。

结 论

在回顾组织理论的主要方法时，本书的第一部分已经表明，从古典学派的机械的、理性的看法，过渡到有争议的文化卓越学派、日本管理方法和组织学习方法这些以文化为基础的观点，再到经过人际关系学派的社会观点和偶然性理论家的理性观点，都强调支持"一个最好的方法"的观点（尽管偶然性理论家认为是"每一个"而不是"所有"组织都有"一个最好的方法"）。实际上他们都希望让管理者不要有选择：按照我们告诉你的方法做，否则后果自负！事实上，古典学派的主要观点之一是它不但剥夺了工人的判断力，也剥夺了管理者的判断力。正如弗雷德理克·泰勒所述：

> 科学管理之下的公司的首脑受到规章和法律的控制……工人也不例外，而且其建立和发展的标准是平等公正的。

从这些观点来看，管理者的作用是理性地运用特定理论来宣扬发布指令，按照别的方法行动将是次优和不理性的。

在第 4 章进行后现代主义、现实主义和复杂性理论讨论的基础上，本章所要做的是把管理选择带回到舞台中央来。通过对组织文化的探索，显示出文化对行为的影响程度取决于组织明确统一的目标的存在。如果不存在这样一个目标，在很多公司里就会出现冲突和不统一，无论其文化的本质如何。同样地，如果环境发生变化使得现有的工作方法不再适应，那么，冲突和不同意见就会再次出现。在这种情况下，组织生活的政治观点为理解组织如何以及为什么要以特定的方式管理和构造自己的结构，或遵循特定行为提供了更好的机会。

对组织政治和权力的研究加深了对前面几章中所讨论的组织理论的方法，特别是关于理性地制定决策和选择范围的批评。从某种程度上来说，当讨论偶然性理论时，提出了一些关键问题，即管理者是否是他们所面对的情境变量因素的囚犯，或者他们是否能够影响或改变这些因素。当然，偶然性理论的批评家认为管理者能够，至少是部分地能够影响或选择他们面对的偶然因素。这不但对偶然性理论的宿命论的本质，而且还对所有的组织理论产生了怀疑，因为无论是公开的还是暗示的，它们都建立在这种观点之上，即组织面临着它们不能施加影响而必须接受的某些不变的条件。

这并不必然意味着到目前为止我们在本书中讨论的各种理论和伴随它们的结构及实践是无效的、没有用的或不能应用的。然而，它确定意味着对组织或控制组织的人来说，有可能决定他们想推广的结构和行为，然后形成合适的条件和偶然因素，而不是相反。事实上，从英国公共部门的角度来说，这些正是连续几届政府所做的。从 1979 年到 1997 年，连续几届保守党政府认为，它们希望公共部门的管理者重视成本、具有创造力并形成公共部门运营的条件（即它的环境）以促进这些特性的形成。随之而来的 1997 年的选举，"新劳工"政府同样地操纵着公共部门的环境以影响管理行为。这可以从国家卫生服务机制的内部市场化（NHS Internal Market）的重大变革中看出，这些改变包括用当地政府"最合算价值"的观念取代强制竞争投标法（Compulsory Competitive Tendering）以及前届政府政策的回转，即通过建立半自治的代理机构和进一步主动地以立约外包的方式缩减中央政府的事务活动。

如果——与大多数管理理论的陈述相反——组织不是形势环境因素的囚犯，就像大多数管理理论所主张的那样，如果管理它们的人在做事时确实有回旋的余地，那么人们就会询问是什么因素确实对决策的行动产生了影响。对权力和政治文献的回顾表明，组织作为变换的群体和个人联盟希望提升或保持他们在组织中决策的地位。从文献中看，有说服力的论证是把政治和权力——通常是在理性的、合理的和组织最佳利益的掩护下推广——看作是组织运作方式的中心，尽管不是唯一的决定因素。

尽管政治行为似乎是组织生活永存的特征，当考虑到结构变化或资源分配的主要问题时，政治就愈发凸现其重要性了。这类决策对取得和保持权力或地位——或者甚至在重要关头，当周围所有的人失去他们的工作时——保持自己的工作是至关重要的。

因此，令人惊讶的是那些关于与结构和资源分配有关的重大决策的组织理论，却似乎都忽视或掩饰权力和政治。尽管如此，从本章中可以清楚看出，管理者虽然面临一些限制，但具有比大多数组织理论所认可的更为广泛的决策范围，并且可能最为显著的是，在变革时，尤其是重大变革时，选择范围和政治影响的使用已提到了组织议事日程。

上面我们已经研究了主要组织理论的优点和缺点，特别是已经提出了重要决策制定和实

变革管理
Managing change

施方式的问题，我们现在可以关注对变革管理所进行的深入研究了。

学习检测

简答题

1. 卡明斯和休斯的文化四元素是什么？

2. 简述汉迪的四种文化类型。

3. 列出霍夫斯泰德的关于西方组织理论方法的国家文化的著作。

4. "满意"这个词的含义是什么？

5. 给出3种罗宾斯对伊兹奥尼的3种权力类型增加的知识权力的优点。

6. 定义组织权力。

7. 定义组织政治。

8. 简要论述下列各项对组织变革的意义：（a）组织文化；（b）权力和政治。

论述题

1. 讨论下列主张：组织文化是组织绩效主要的决定性因素。

2. 解释主导联盟的概念，讨论它们是如何防止组织分裂，而成为个人和小集体追逐一己私利并相互对抗的小集体的。

第 2 部分

战略发展和变革管理的理论观点

第 6 章

战略方法

管理的选择和局限

学习目标

学完本章之后，你应该能够：

- 讨论组织战略的起源、发展和盛行；

- 描述规范性战略学派的主要特征；

- 列举规范性战略学派的优点和缺点；

- 讨论分析性战略学派的主要因素；

- 陈述分析性战略学派的主要优势和缺点；

- 理解规范性和分析性战略学派之间的关键区别；

- 描述组织面临的局限性以及如何控制或克服这些局限性；

- 评论战略和变革之间的关系。

变革管理
Managing change

展示 6.1　迈克尔·波特

战略大师：迈克尔·波特　　　　　　　　　　　FT

　　迈克尔·波特作为商业和政府竞争方面的咨询顾问，成名于 20 世纪 90 年代。不过，在 20 世纪 80 年代，他就写出了几本盛行于世并受到关注的关于商业战略方面的书籍，介绍了战略思想的基本方式、方法，如 "5 种力量" 模型和 "价值链"。

　　就战略工作而言，他或许值得人们记住，他的思想具有广泛的影响。1999 年，《财富》称他为当代最重要的、独一无二的甚至可能是后无来者的战略家。

　　波特教授 1947 出生于密歇根州的安·阿伯，他曾就读于普林斯顿大学、哈佛大学，并于 1973 年加入了哈佛商学院的教师队伍。由于他工作于多家公司，如杜邦公司、壳牌公司，以及他就职于美国、加拿大、新西兰和瑞典政府的工作经历，他成为了受到高度尊敬的咨询专家。

　　波特教授关于战略的观点来自于经济方面的立场，他的关于如何贯彻战略的思想是建立在对竞争和其他经济力量的理解的基础上的。战略不是一个与世隔绝的孤立的创想，公司的选项总是受到持续在其周围的因素的限制。

　　他的著名的 "5 种力量" 的模型显示，竞争和环境决定着战略所受到的影响是强迫性的。

　　波特教授认为 "5 种力量" 是指：新加入者或新竞争者所表现出的威胁；市场上现有竞争者之间的竞争敌对程度；与买方的谈判能力；与供方的谈判能力；以及造成市场萎缩的产品和服务的替代品的威胁。

　　每一种力量都来自于不同的产业与行业，但是它们共同决定了这些行业的长久利益。它们有助于形成公司能够收取的价格、必须支付的资源性成本以及为参与竞争所需的投入水平。

　　从外部环境开始，他转向公司自身。公司制造产品并将产品提供给消费者，但是，它们也能以不同的方式、通过不同的功能实现对基本产品的价值增加。

　　价值可以直接增加，比如：利用给产品增加新的技术功能，通过让公司变得更加高效的措施；价值也可以间接增加，波特教授强调，从产品的试制到作为最终商品提供给消费者，每一个产品都伴随着公司鉴定评价的过程，在这个过程的每一个阶段，都有增加价值的机会，他把这个过程称为"价值链"。

他说，"价值链"是至关重要的，因为它所表明的是，公司不仅仅只是其每个部分和行为的总和，所有的行为都是相辅相成

的，一个阶段所做的事情对另一阶段的工作是有影响的。

公司需要研究自己的"价值链"，并决定在哪里增加价值可以最有效地适应行业的竞争压力。

这些概念可以运用于所有的部门以及国际经济甚至还有个体公司，而波特教授更为缜密地继续发展他的国际竞争理论。

展示 6.2 亨利·明茨伯格

伟大的偶像崇拜的破坏者：亨利·明茨伯格　　　**FT**

一直以来，亨利·明茨伯格由于其自发地攻击先前存在于商业和管理领域那些神圣不可侵犯的概念，而被称为"伟大的管理偶像崇拜的破坏者"。他关于管理问题的基本常识的方法使他赢得了广泛的追随者，尤其是在学生和管理工作人员中。他最知名的是关于商业战略的著作，他在其中揭示了战略的学术概念和实际之间的差别。

1939年亨利·明茨伯格诞生在加拿大的蒙特利尔，1968 年，明茨伯格获得马萨诸塞州技术学院博士学位。此前，他研究工程学，供职于加拿大国家铁路系统。他成为了加拿大麦吉尔大学的管理方面的教学人员，并一直留在加拿大。明茨伯格对"定义管理者实际做什么、如何完成任务"感兴趣，他发现了大量的他称之为"管理的民间传说"的东西：探索研究被尊为理性管理者的人，

他们的决定是以对所有可变信息进行仔细分析为基础的。

经验告诉明茨伯格管理工作不是像这样的，它不但绝不是结构化、规则化和假设出来的，而且其真实本质也是难以定义的，通过管理者行为的观察，他对此给予了确认，他发现快速作出的决定，经常是在行动之中作出的，通常更加基于直觉和经验而不是认真的分析考虑。行动比反映更重要，他观察到，半天的管理任务每次所花费的时间不到10分钟，只有10％超过一个小时。

管理者的描述以及明茨伯格在其著作中对任务的阐述如出一辙，管理者持续不断地进行"交战"，处理各种棘手的问题。他们不追求最佳的、可能的解决方案，而是在给定的、可利用的资源条件下，追求最佳的可操作的解决方案。而且，明茨伯格说，因为

每一个组织都有各自的文化和需求，管理者对问题作出的反应也各不相同，管理一个商业企业也许不存在一个"正确"的方法。

这些对战略产生的影响，学院派的战略概念认为它属于最高的管理范畴，应分别作出战略决定，明茨伯格再次表示异议。在现实世界，战略制订是特殊的行为，是本能的活动，而不是已经构建好、规划好的，"战略计划"的概念变成了一种修辞的表达手法。

明茨伯格把战略方法看作是一种功效优势。被他称之为"应急战略"（Emergent strategy）（又译："新兴战略"、"紧急战略"）的，是一种按需促进、不断地进行调整并不断与之适应的战略。他还谈到"技巧战略"，这种是一种管理者根据其组织和环境的需要改进过程的战略。在这里，战略的创造和贯彻是相互依存的。他将战略艺术比作陶器厂：管理者是制陶工人，从事旋转制陶土坯、使土坯在他们手中慢慢变成陶具模型。

成功的管理是对事务的理解，是一种完全间断性的管理能力，它涉及到事务的方方面面而不仅仅是特殊领域方面。

引言

在本书的第一部分，我们讨论了在结构、文化和原则方面对组织公开的很多选项。通过对工业革命200年以来组织理论发展的验证，我们看到，从一开始管理就只注重严格的劳动纪律以及长时间的工作。追求这些所使用的方法是特别的、无规律的、短期的并且通常是无情的和不公平的。随着时代的进步，产生了更加有结构、更加一致的方法。到20世纪60年代，古典方法和人际关系方法统治了组织的思想。随着这两个方法的出现，管理重点转移到对整个组织的有效性和高效率的关注，而不是完全注重规则和工作时间。

这两种方法都倾向于强调内部的调整安排，并认为组织结构和规则在某些方面是与外部世界隔绝的。20世纪60年代偶然性理论的发展以及它暗含的开放系统的观点，对所有这些方法提出了挑战。组织运营所在环境（内部和外部）的本质是它们应该如何建造自己结构的核心要素。这个主题随着20世纪80和90年代新范例的出现而一直得以延续，组织所面对的情境变量因素尤其是环境动荡的重要性被许多人看作是不容置疑的事实。

但是，正如第一部分所论证的，组织是这些情境变量因素的囚犯的观点（与能够行使影响和选择相反）当然是非常值得公开争论的。同样地，正如在第4章、第5章所阐述的，决策制定的理性方法的可信性在过去的20年中已被严重削弱。对组织生活复杂性越来越多的评价已经和一种日益增加的认识并驾齐驱，即组织不能成功地应对现代世界和所有特别的、不断变化的情况。无论决策制定者是否在理性基础上决策，或者受个人考虑或组织文化的影响。组织要取得成功，明智的选择是所作的决策必须具有一致性——这是说它们必须有一个战略的另一种说法。不幸的是，说组织需要战略易，说战略应是什么或者说如何制定战略难。也许，在过去的 25 年间，关于组织战略最具影响的二位学者一直都是迈克尔·波特和亨利·明茨伯格，诚然，正如展示 6.1 和展示 6.2 所示，他们对战略的描述和理解有着重大的不同。

在本章中，我们将检查在过去的 50 年中提出来的主要战略方法的发展及其缺点。自从第二次世界大战结束以来，组织对它们的活动采取了战略的观点，它们越来越追寻长期计划和应付变幻莫测的未来的观点。从许多方面来看，战略管理的发展反映了组织理论的发展。在 20 世纪 40 和 50 年代，战略文献只考虑了组织活动的一个方面——外部环境，它试图寻找理性的、数学的方法去计划战略。随着时间的流逝，发展出了更加凭借直觉而不那么理性的战略管理方法，声称把整个组织生活都联系在了一起。

本章在结论中阐明，管理者有相当大的行动自由和广泛的选择，而不是决策制定的数学模型和理性方法的囚犯。但是，他们不是完全自由的代理人，他们的行动自由受到他们特定组织所面对的独特环境和社会因素的限制，这些因素形成了他们的行为模式。幸运的是，这些限制不是永远不变的。正如第一部分中论述的，管理者有可以控制他们面临的关于结构的情境变量。同样地，管理者也能对战略限制施加一定影响，并且至少是潜在的、能够选择最适合他们偏好的战略方法。

理解：战略的起源、定义和方法

战略的起源

人们普遍认为我们关于战略的概念是从古希腊人那里流传下来的。布拉克（Bracker）认为战略（Strategy）一词来自希腊词 stratego，意味着"通过对资源的有效使用制订计划破坏敌人"。但是，他们创造的这个概念完全是为了在战争中取得胜利。这个概念一直是一个军事概念，直到 19 世纪它才开始应用于商业世界，尽管大多数学者对这种应用转变的真实过程不得而知。钱德勒认为，民间组织生活中战略的产生来自于对机会和需要的认识——由于变化的人口、收入和技术产生——为了能更有效地使用现有资源或扩大现有资源。

霍斯金在很大程度上同意钱德勒的工业革命以来现代商业战略发展的观点。但是，在关

变革管理
Managing change

键的两点上他又与钱德勒和布拉克的意见不一致。首先，他认为组织战略的现代观念与军事战略几乎没有相似之处，至少是与到第一次世界大战时的军事战略没有相似之处。其次，他对商业战略的起源无法追溯的观点提出挑战。当调查现代战略的出现时，他确实发现了与军事世界的联系，尽管这种联系不是布拉克和钱德勒所建议的那种。与钱德勒一样，霍斯金认为19世纪商业管理中最重要的发展产生于美国铁路的运营中。但是，与钱德勒不同的是，霍斯金把商业战略的创始之功归于宾夕法尼亚州铁路的管理者之一——赫尔曼·豪普特。他指出：

> ……他改变了商业评述的规则：他在宾夕法尼亚州铁路重新构造的公司形象，是一个由一群人管理的、具有前瞻性的组织，……他是怎样做的？通过引入书写、测试和评分原则……在宾夕法尼亚州铁路，我们第一次发现所记录数据的数学分析之间完全链接式的相互作用。

这个方法尤其是在第二次世界大战后的美国，建立了战略管理成长的基础。它还确认了战略管理成为定量的规则向导，集中于使用数字分析预测市场趋势以便为未来制订计划。霍斯金还指出，豪普特是美国西点军校的毕业生，而西点军校最先在军事上运用"书写、测试和评分"技术。作为其毕业生的豪普特，把它们运用到了商业世界，因此沟通了军事和民众管理技术之间的联系。

这样就可以解释为什么战略管理以它所表现出来的方式发展——作为一个定量的数学分析方法。我们还可以看出，军事和商业世界之间有联系，但是这种联系不像一些人所声称的那样，管理战略不是从古希腊的军事战争方法中发展起来的；相反，它采用并产生了它自己的在西点军校发展起来的记录和分析技术，以便衡量美国军队未来军官的表现和对军队生活的适应性。

美国军队的这种定量方法对战略的贡献没有结束于西点军校或是19世纪。1945年第二次世界大战结束时，美国经历了特别的贸易繁荣。麦基尔南评论说，这迫使许多美国公司重新考虑它们的商业计划体系。为了应付繁荣所必需的生产能力的扩张并为之进行辩解，公司开始放弃短期的如一年期的预算周期而倾向于更长期的计划。当一些参与美国陆军航空部队（USAAF）战略计划活动的人回到平民生活中时，关于计划和投资的战略方法的发展受到了极大的推动，这些人中最著名的是罗伯特·麦克纳马拉（Robert McNamara），他成为福特汽车公司的主席、约翰·F·肯尼迪（John F Kennedy）政府的国务卿和世界银行总裁。其影响商业的主要手段是哈佛商学院的商业政策教学方法，并稳步地把管理重心从关注内部组织问题上移开（正如古典和人际关系学派支持的），转到重视组织外部的问题上来。两个重要概念的发展可以更好地说明这一点：营销，重点是分析需求并使产品满足需求；系统理论，重点不但在于组织内不同部分间的相互联系，而且还在于内部和外部力量间的相互联系。

在其后几年，首先在美国，后来在整个西方世界，这些技术和方法被更加广泛地传播和使用，这要归功于 3 位关键人物：肯尼思·R.安德鲁斯（Kenneth R Andrews）、艾尔弗雷德·D.钱德勒和 H.伊戈尔·安索夫（H Igor Ansoff），他们的研究发展和扩充了战略管理的概念，尤其是表明了产品—市场组合的重要性。尽管如此，在强调外部世界的重要性并因此打破了古典学派管理者所拥护的执着于内部结构原则的同时，他们由于没有建立两者之间的联系而受到了批评。因此，管理者从相信通过内部调整安排就能带来成功，而变为相信外部的市场聚焦才是关键。

长期计划的兴起和衰退

为了应对第二次世界大战结束后日新月异的技术、经济和组织的发展，处于这些发展前沿的美国组织开始采用长期的计划方式。这需要首先确定组织的目标，然后制定达到这些目标的计划，最后，通过资金预算，按照计划进行资源配置。这个过程的关键目的是减少经常发生于公司预算与实际之间的差距。因此，长期计划是建立起规划发展趋势、策划为达到既定目标所需做法的机制，这个机制极为倾向于金融目标和预算控制。但是，事实证明，这个机制不能准确地预测未来的需求，并且预计需求和实际需求之间的差距问题仍然存在。

由于各种内部和外部原因，长期计划失败了。就内部而言，许多计划体系只包括对过去销售趋势的推断，几乎没有注意更广泛的外部经济、技术或社会变化，以及竞争对手行动的变化。对外部来说，20 世纪 60 年代，相对令人舒适的高增长的市场变为了低增长，致使公司由于试图增加或至少保持其市场份额以弥补低增长的损失而导致的竞争更加激烈。这种情况的结果就是，战略计划者不得不适应急剧变化的世界，而且这种增长减缓甚至停滞的情况又是如此的不可预见，显然，缩小计划和实际发生之间的差距就不一定是战略规划的最重要的方面。事实上，从 70 年代早期开始，市场的不稳定、生产能力过剩和资源的制约已成为管理层要着重考虑的方面。

长期计划方式不能应对环境的动荡，或者说至少限制了其预测的准确性。此外，美国商业的本质已经开始发生变化，增长减慢和竞争加剧导致在过去起主导作用的单一工业模式的

变革管理
Managing change

大型单一业务公司，被那些在多个行业和市场中具有竞争优势的多国联合大企业所取代。因此，公司管理者发现，他们管理的是各种各样的商业组合而非单一的、统一的企业。由于长期计划的失败和联合企业的出现，在20世纪60年代末，战略管理的理念开始出现。

与长期计划不一样，战略管理关注于隐藏在市场趋势下的环境假设，并把趋势变化的可能性与实质性结合在一起，而且，战略管理不是建立在能够取得适当增长的假设基础之上的。它更注重从竞争对手那里赢得市场份额，而不是假设组织能够完全依赖市场扩张来实现增长。这个理念要求对组织环境采取更广泛和更复杂的看法，并且，至少是在最初，与一些也在20世纪60年代末出现的计划方法密切结合。正如在第7章中将要描述的，这些技术是为了帮助管理者在复杂的环境中管理大型化和多样化的企业，许多这类研究由大型美国企业资助和运用，如通用电气，目的是为了确定其战略业务单位（SBUs）的市场位置和潜力，并决定是否发展、出售或关闭它们。这个战略管理的"定位"方法是波特的"竞争力模型"中的最后一个因素，它自从20世纪60年代以来就统治着战略管理的实践，并且其实践范围仍在扩大。它也导致许多公司采用一种苛刻的并且在某种程度上不需经过思考的商业成功方法，这种方法可以由1981年成为通用电气首席执行官的杰克·韦尔奇的话加以概括："我们只运作市场中数一数二的公司业务。"因此，如果公司没有成为它们领域中领军者的潜力，它们就会被出售或关闭。

凯（Kay）和其他许多人指出，这种战略管理方法把战略描述成一种理性过程。在这个过程中管理者收集有关公司的硬性定量数据，并从中得出关于未来的理性决策。但是，从20世纪70年代末以来，战略的理性观点受到了越来越多的攻击，特别是那一时代杰出的管理思想家亨利·明茨伯格的攻击。对理性战略方法的主要批评有三点：硬性数据不比定性数据更可靠，在一些情况下还不如后者；组织和管理者不是理性实体，并在决策制定时不使用理性方法；组织战略既可能从任何有意的专门计划和实施过程中产生，也可能产生于没有计划的行动中，产生于在一段时间内无意义的结果当中。

定义战略

如上所述，和管理领域中的许多其他概念一样，战略方法很多，但没有一个是被普遍认同的。甚至商业战略的先驱之一伊戈尔·安索夫还警告说，战略是一个难以理解并且有些抽象的概念，当研究一个不断发展的领域时必须预料到这一点。但这不应该阻碍对一个定义或多个定义的研究探索，因为在这个过程中，我们能发现关于战略的争论是如何发展的，以及主要的争论焦点在什么地方。

长期计划的衰落只是阻碍了不同战略观点范围的发展，而不是导致产生明确的概念。早在 20 世纪 60 年代，两个思想学派针锋相对：计划学派和设计学派。计划学派以规范的程序、规范的培训、规范的分析和大量的标准为基础，它暗含的假设是战略应该像机器一样工作，它导致了大型组织中战略计划部门的建立，并直接向首席执行官负责。人的作用——尽管名义上是战略判定者——就是改善审定计划者的计划。计划学派的主要支持者是伊戈尔·安索夫，他是俄裔美籍工程师、数学家、军事战略家和运营研究者，他的《公司战略》(Corporate Strategy) 一书于 1965 年出版并获得了极高的评价。在这本书中，他认为公司的目标是利益的最大化，他把战略管理描述为主要是与公司的外部，而不是内部的考虑有关，尤其是产品与市场的匹配（产品—市场的融合）。这本书为管理者提供了大量的调查资料和图表，使他们能够制定目标，评价不同部门间的相互协同作用，评估组织的能力组合并决定在哪儿和以何种方式进行扩张。尽管如此，科克评论说，从今天的观点来看，这本书以及实际上整个计划学派的概念，并不成熟。

设计学派尽管与计划学派有一些共同特点，但是它采用了一个不那么规范和机械似的不同方法。它提出了一个战略模型，强调组织的内部能力需要与它所面对的外部可能性之间达到一致。从这点出发，设计学派把根本点放在对组织外部和内部环境的评估上。为了促进这一点，肯尼思·R.安德鲁斯发展起了现在著名的 SWOT 技术分析 (S：Strength，优势；W：Weakness，弱势；O：Opportunity，机会；T：Threat，威胁。——译者注) ——根据组织运作环境的机会和受到的威胁评价组织的内部优势和劣势。设计学派的主要创建者之一是艾尔弗雷德·钱德勒，钱德勒是他所处的时代最杰出和最有影响的美国经济历史学家，他对设计学派的主要贡献通过他 1962 年的著作《战略和结构》(Strategy and Structure) 一书体现出来。这本书以 1850—1920 年之间对美国公司进行的主要研究为基础，在书中，钱德勒把战略定义为企业制订基本的长期目标，以及为实现目标所必须采取的行动及对资源的调配。这本书还针对当时的传统观点提出了三种管理组织的观点：第一，组织的结构应该产生于它的战略而不是由普遍的"一个最好方法"来决定；第二，"管理是看得见的手"，要比亚当·斯密的"市场是看不见的手"在满足顾客需要方面更重要；第三，大型组织必须分散化和部门化以保持竞争力。在之后的 30 年中，钱德勒的研究被证明在形成战略的讨论过程中非常有影响。

与安索夫一样，钱德勒也受到了批评，尤其是他的结构应该跟随战略的观点。例如，汤姆·彼得斯评论说："我理解钱德勒的推理，但是我认为他完全错了。因为从长远来说，是组织的结构决定其市场进攻的选择（即它的战略）。"

安索夫和钱德勒的重要区别在于，前者认为战略几乎只与公司和环境的关系有关，而钱德勒采取了更为广泛的观点。他的定义既包括外部因素也包括内部因素。特别是，他把组织结构、生产过程和技术这类问题，在本质上看作是战略性的。他指出，正如开放系统理论家首先提出的那样，外部和内部因素不能被分开。外部影响内部，反之亦然。因此，战略管理必须包括组织领域的全部，不能局限在一个方面，就像决定产品—市场相融合那样。

这使我们距离定义又近了一些，但仍给我们留下了令人迷惑的概念。这毫不令人吃惊，因为甚至是亨利·明茨伯格也认为我们至少需要5个定义才能全面理解战略这个概念。按照明茨伯格等人的观点，战略的5个相互联系的定义如下：计划、策略、形式、位置和观点（见展示6.3）。

在这种意义上后现代主义者对此也有感觉，明茨伯格等人并没有指出某个定义是所有定义中最好的和首选的。在某种意义上，它们可以被认为是相互替代的或者是相互补充的战略方法，而且，它们在增加战略要素方面是十分有用的。它们引导我们关注有意识的战略和无意识的战略之间的区别，以及突然新出现的战略和计划好的战略之间的差别。它们还突出强调在发展和实施战略方面组织集体意识的作用。

展示 6.3　明茨伯格的5个战略定义

战略计划。根据这个观点，战略是某种有意识的故意的行动，在事件发生前产生。可以是一个一般性战略或者一个特殊性战略。如果是特殊的，它就形成了策略。

战略策略。这是用策略智胜对手的一个战略。举例来说就是，一个公司威胁：要大幅度降低它的价格，以阻止市场的新进入者。这种"降价"的威胁就是有意识的假设行动，而不是真正的计划。

战略形式。这是我们事后观察到的组织在一段时间内以某种一致的方式开展行动；即无论是否有意，组织表现出了统一的行为模式。从这一点出发，我们可以说组织一直是在追求某一特定的战略。尽管这可能不是其故意追求的战略，但它却是由组织行为所表现出的一种战略。所以，尽管组织的实际战略可能是有意识的、深思熟虑的计划，但表现形式却未必这样。

战略定位。从这个观点来看，战略就是给组织定位，使之取得或保持一个可行的竞争优势。明茨伯格等人认为大多数组织试图避免面对面的竞争。它们希望达到一个竞争对手不能或将来也不会向它们挑战的位置。从这个角度来说，战略也可以被看作是一个游戏：玩家们相互循环，每一方都试图达到较高的地位。

战略观点。这个定义把战略看作是普遍存在于人们思想中的有些抽象的概念，对组织成员来说，战略的实际细节等问题是不相关的。重要的是组织中的每一个人都对它的目标和方向有共同的看法，无论人们是否注意到，这个观点指导着决策的制订和行动。因此，不必需要详细的计划，组织通过共同的理解来追求一致的战略或目标。

与明茨伯格等人一样，约翰逊也区分了战略管理过程的不同的观点。如展示 6.4 所示，他认为有三种基本观点反映了在社会科学中不同的普遍性。

展示 6.4　约翰逊关于战略的三个基本观点

理性主义的观点——这种观点把战略看作是为了以一种最佳方式达到组织目标而预先设计好的一系列行动的结果。

适应性或渐进性的观点——这种观点认为战略是通过相对变化较小的长期积累而向前发展的。

解释性的观点——这种观点把战略看作是个人和集体都试图搞清楚过去的事件并得出总结，亦即对过去事件进行解释说明的产物。

依据摩根的观点，看待这些对战略的不同定义的一个方法就是把它们都看成是暗喻。摩根给出了 8 种用于组织的有影响的暗喻（见展示 6.5）。

展示 6.5　摩根的组织暗喻

机械性的组织

有机化的组织

智慧性的组织

文化性的组织

政治体制化的组织

精神监狱性的组织

变革和潮流性组织

受支配的工具化组织

变革管理
Managing change

摩根评论道：

> ……我们的组织生活理论和对组织生活的解释，是建立在以不同且是局部的角度看待和理解组织的基础之上的……通过使用不同的暗喻来理解组织生活复杂性和矛盾的本质，我们能够以我们从前认为不可能的方式管理和设计组织。

用一种与摩根所使用的暗喻相类似的方法，也可以认为，利用第 4 章中讨论的后现代主义的观点，战略的不同定义可以被看作是管理者试图强加于他们组织之上的具有竞争性的现实。现实主义承认，这些确实都是对组织战略有影响的不同的观点，但是现实主义强调，还存在一个"除此之外通向'那边'的真实世界"，这就必须寻求战略定位是否会被成功地认识。复杂性理论采取了类似的观点，承认确实存在不同的观点、不同的影响，但是，他们认为像自然世界一样，社会世界也受到有序地产生规则的控制，而组织在身处险地时却忽略了这种规则。所以，他们一方面把明茨伯格和约翰逊等人的战略定义看作暗喻或者是可替代的观点，一些人还强调它们的竞争性现实；另一方面其他人则主张战略只不过是一个实体而已（尽管战略能够并且确实能随环境和时间的变化而改变）。

不过，必须承认，尽管战略文献以及不同学者之间充斥着因不同方式使用不同词汇而造成的理解上的困惑，但这些多样的定义还是能够帮助我们理解。许多学者认为公司计划、长期计划、战略计划和正式计划是同义词。但不是所有的人都同意这一点，例如，内勒（Naylor）把战略计划定义为 3~5 年的长期计划，对此，利兹切特（Litschert）和尼科尔森（Nicholson）却不同意。他们认为战略计划和长期计划不能等同，在他们看来，战略计划是包括为达到组织所期待的未来环境而制定的一系列相互关联的决策过程。同样地，安德鲁斯把战略定义为：

> ……公司的决策方式，决定并显示出它的目标、意图或目的，产生为达到这些目标的主要政策和计划，界定公司追求的业务范围，它是或是希望成为的经济和人类组织的类型，其本质是希望为它的股东、员工、顾客和社会团体作出经济和非经济的贡献。

我们从上面可以看出，有意地或无意地，学者们使用不同的战略定义，并因此根据他们自己隐含或公开的定义来解释这些特定的词汇或短语。但是，在使用这些不同的术语时，关于战略管理和战略决策的基本特征方面的问题，确实达成了某种一致的意见。大多数学者同意约翰逊和斯科尔斯（Scholes）的意见，他们把战略描述成：

★ 与组织的全部活动范围有关；

★ 是使组织活动与它的环境相匹配的过程；

★ 是把它的活动与它的资源能力相匹配的过程；

★ 具有重要的、根本性的启示；

★ 影响运营决策；

★ 受到组织中掌权者的价值观和信念的影响；

★ 影响组织的长期方向。

战略方法：规范性与分析性流派的对抗

在定义战略时，特别要注意明茨伯格等人和约翰逊的各种不同的定义，有两个更深一层的问题需要考虑：

1. 战略是一个过程还是一个过程的结果？

2. 战略是一个经济或理性的现象还是一个组织或社会的现象？

把这两个问题放在一起，可以看出有两个平行的、竞争的，并且在某种程度上相互作用的思想派系。第一个是规范性流派，把战略看作是以产生完全有意的策略和理性的决策模型为基础的受到控制的、有意的规范性过程。第二个是分析性流派，对理解组织实际上如何制定战略更感兴趣，而不是描述它们应该怎样制定战略，并认为它是组织决策制订过程中所包含的复杂的社会和政治过程的结果。

规范性流派产生于 20 世纪 40 和 50 年代的长期计划，主要是针对战略的实践者。通过计划和设计学派的著作，这个流派在 20 世纪 60 和 70 年代在战略实践中处于主导地位。它们不但把战略看作是一个经济的、理性的过程，还认为它的选择和有用性主要限定在市场份额和利润最大化的问题上。但是，随着学者和实践者对这个方法产生竞争能力的日益失望，在 20 世纪 80 年代出现了这个方法的一个新的变形：定位学派。这个学派的代表人物是迈克尔·波特，他的竞争力模型结构使规范性流派重新获得活力，并使它在 20 世纪 80 和 90 年代在战略实践中保持先导地位。定位学派和较早期的计划和设计学派的主要区别是：

计划和设计学派都没有提出任何在特定环境下可能的战略限制。相反，定位学派认为在某一特定行业中，只有一些关键战略——如在经济市场中的定位——是所需要的，这些战略能够抵抗现有和未来的竞争者。防御性的安逸意味着占据这些位置的公司对有较高的利润感到满意……因此不需要设计学派的关键性的假设——对每一个组织来说，

变革管理
Managing change

> 战略必须是独特的、与之相适应的——定位学派就能够创造出使正确的战略与目前的条件相匹配的一系列的分析工具……

波特和定位学派的研究将在第 7 章中更为详细地讨论。但是，现在要注意的关键问题是构成规范性学派的 3 个分支学派自从 20 世纪 60 年代以来就在组织的战略实践中居于主导地位。原因有三点。第一，它的支持者通过提供战略设计和实施蓝图有意识地论述了工业和商业的需要。第二，规范性流派与一些著名的咨询公司如波士顿咨询集团以及商业学院，特别是哈佛，开展密切合作，促进他们研究的发展，并使之适合组织的需要。通过相互强化和促进，研究者、咨询顾问和教育家的三方联合建立了牢固的正统的学说，认为组织尤其是大型组织，觉得它们忽视了危险的产生。最后，这个三方联合中的 3 个群体，实际上都从事商业活动，把战略作为产品出售，它们能够用其他人不具备的方式进行投资、促进并发展它们的产品。正如下面对分析性战略流派的研究将要表明的，这并不意味着战略的其他重要观点没有得到发展或没有得到广泛的接受。但是，它确实意味着这些替代性观点从来没有像规范性流派所提倡的那样对组织实践产生同样的影响。

分析性流派出现于 20 世纪 70 年代，代表了对战略管理更加持怀疑态度、更加倾向于学术研究的一面。它认为战略不是一个过程，而是过程的结果。其支持者所强调的不是构造详细的计划，他们认为在任何情况下这都是一个导向错误的方法，它所强调的是战略构成的组织和社会方面。他们认为组织在结构、制度、技术和管理风格方面的能力限制了组织能够追求的战略选择范围。因此，从非常真实的角度来说，是组织发展的日常决策能力决定了组织的战略方向，而不是相反。

这个观点经常被引用的一个例子是日本管理。帕斯卡莱和阿索斯及哈梅尔和普拉哈拉德（Prahalad）认为，日本商业的成功不是建立在经过深思熟虑后得出的战略本身基础之上，而是建立在日本管理者创造和追求他们所希望的未来前景的积极性基础之上。这个前景把一个组织紧密地结合在一起，并给出共同的目标，让每位员工都能够为这个目标作出贡献。这个共同目标的一个关键就是确认和发展为达到组织前景所必需的核心能力和才能。

其他西方战略学者也对这个主题进行了研究。凯所使用的术语是"特殊才能"而不是"核心能力"，但很明显是指同一件事。他认为一个公司的特殊能力有四类：声誉、构架（即内部和外部结构及其联系）、创新和战略资产。凯相信一个组织的竞争力不是依赖于任何战略计划本身，而是依赖于它才能的独特性和优势，就是这些才能使一个组织能够利用机会避

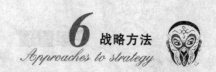

免威胁，无论这些机会和威胁是可预见的还是不可预见的。同样地，斯托克等人用"核心能力"表示组织的常规实践和商业事务；格兰特提出了分析组织在利用资源和能力方面的竞争优势的模式架构。

从某种程度上来说，凯、斯托克等人和格兰特提出的观点与明茨伯格的新战略概念是互为补充的。根据对许多西方公司的研究，明茨伯格认为成功的公司不是以详细的战略计划开始的。相反，它们的战略产生于长期决策的方式，这种决策都是针对它们行动的关键方面。明茨伯格等人对计划或有意识的战略与应急战略做了区分：

> 有意的战略集中于控制——确保对管理目的的认识表现在行动上——而应急战略强调学习——通过行动首先理解那些目的是什么……应急战略的概念……打开了战略学习的大门，因为它承认了组织的实验能力。可以采取单一的行动，然后得到反馈，这个过程可以一直持续下去，直到组织集中于能成为它战略的方式上。

很明显，日本方法、明茨伯格以及凯等人的方法之间有相似之处。但是，日本方法有意识地提出它们共同的愿景并有意识地去追求它。而应急方法，至少在它纯粹的形式上，缺少"愿景"的概念并怀疑有意目的的存在。然而，明茨伯格确实认识到在实践中一些组织的追求：

> ……战略防御伞网：宽泛的概要观点是经过深思熟虑的，而细节是发生在概要观点之中的。这样，应急战略就好于深思熟虑的战略。有效的战略所反映的是现实所面临形势的特征，特别是反映其预测能力以及对突发事件的反应能力的特点，并把这些特征混合起来。

凯采取了类似的观点。尽管怀疑公司愿景本身的效能，但他强调能力的发展应该是或者至少可以是一个有意识的计划的过程。

在第4章，我们注意到，在过去的10年时间里，复杂性理论对组织理论家的影响与日俱增，但是，它们在战略文献方面的影响却是有限的，复杂性理论家们没有在复杂性和组织战略方面达成一致，诚如斯特思所言：

> 对战略的理解就是，要不断地推进组织的特定模式……作为组织特征的战略是在组织实践的相互作用方面开展持续不断地构建、制订及发布工作。

对麦金托什和麦克林来说，战略还有一个新兴的方面，战略的关键特征是确定和保持组

织对有序地产生规则的适应性，这种适应性表现在组织行动的一致性和有益性都能呈现出组织的战略模式。贝克托尔德、布朗和埃森哈特强调，有序地产生规则的目的就是要使组织运作在混沌的边缘。对它们来说，战略的目的就是要产生一个能够进行自我组织的组织，这就是所谓的自我组织的能力，它们对维持或发展有序地产生规则的适应性是至关重要的，而且更重要的是能给组织带来有益的变革。

与混沌理论一样，人口生态学也来自于物理科学，这是一个进化论的方法，关注于组织为了生存，如何在它们所属的一般的组织群体中适应和发展。沃森评论道：

> 考虑组织与环境中其他组织之间关系的一个方法，就是认为它们包含在一个自然选择的过程之中：作为生态系统中的一部分为生存而斗争……它们以自己的方式经历计划的和非计划的"变化"，并且在很大程度上经历竞争的过程、经历环境"选择"最适合组织的形式的过程。然后组织"保持"最适合它们特定"位置"或"领域"的方式……

因此，人口生态学家并不挑战质疑组织和环境之间的协调或相符的重要性。尽管他们确实怀疑，达到什么程度时才是一个有意识的和计划好的过程。特别是佩蒂格鲁等人认为："生态学家不会为管理者能扭转他们组织的可能性所动，相反，他们强调组织惯性。"这个论证反映了汉南和弗雷曼的主张：

> ……对广泛的组织阶层来说，存在着来自于内部调整（如：内部政策）和环境（如：组织活动的公共合法性）对结构的强烈惯性压力。换句话说就是主张忽视组织生活的最明显的特征。

人口生态学家认为一个组织的生存和它达到与环境相协调的程度，取决于组织自己的（计划和非计划的）活动，以及该领域中其他组织的活动与强烈的运气因素（即在正确的地方、正确的时间有正确的特征的组合）的结合。

对运气或善于发现新奇事物天赋的强调，在诸如威廉森和韦克这样的学者的作品中也有发现。尤其是韦克，他把世界看作从本质上来说是模糊的，制定详细的计划是不现实也是不可能的。这对那些强调组织追求环境协调，或相当的需要和能力的人来说是一个强大的挑战。但是，蔡尔德等效的概念使这个挑战更进了一步。等效的概念如下所述：

> ……不同种类的内部构成与可确定的情境条件或环境状况极为相容的非常简明的方

法，其原则与相符原则中固有的近似理想化的"匹配"思想相反。相符（即偶然性）理论认为严格的和官僚主义的结构并不能很好地适合动荡和变换的产品市场，而等效理论家认为，只有当劳动力的层次非常不同、具有很显著的多样性，并且组织文化产生激励作用以及具有灵活执行的行动者时，它才可能成为一种良好的匹配状态。

明茨伯格等人在谈及等效理论时指出，管理者必须认识到取得成功的结果比实施方式更重要。

佩蒂格鲁以及蔡尔德和史密斯通过对 ICI 和吉百利公司的分别研究，也对战略管理和环境匹配方法提出了重要见解。佩蒂格鲁认为，需要一个从整体上看待组织如何进行整体运作的变革理论，需要一个能够认识到更广泛的环境的重要性和影响力，并能动态地评估战略发展和变革的具有政治本质的变革理论。他对假设组织是追求反映它们最佳利益的一致目标的理性实体进行了批评，他认为，必须在组织运作环境所提供的限制和可能，以及构成组织个人和群体的自我利益的背景中去理解组织。

因此，佩蒂格鲁基本上把组织看作是政治体系：群体和个人在理性掩护下，寻找促进或保持他们个人或部分利益的战略，并在行动上提供支持或使之合法化。特定群体或个人可能取得统治地位，但是这种统治总是从属于盛行于组织内部和环境中的条件。因此，佩蒂格鲁反对战略是经过仔细计算和分析的理性过程的观点。相反，他认为组织的战略——尽管经常被掩盖在理性和分析性的术语之下——实际上是组织内部群体和个人试图对政策施加有利于自己的影响的政治斗争，是外部环境的压力与限制联合作用的结果（这个论述在第 5 章中详细讨论过）。

蔡尔德和史密斯有关行业中的公司的观点与佩蒂格鲁的研究有一些相似之处，但是，他们认为单个公司的运营与它所在的行业之间存在着更强烈的决定性联系，而组织政治的作用要弱一些。如展示 6.6 所示，他们提出了形成并限制组织追求的战略的公司—行业相关联的三个方面：

展示 6.6　蔡尔德和史密斯行业中的公司的观点

1. **成功的客观条件**。尽管行业中的每个公司都追求不同的战略，这些都集中倾向于类似的成功因素或被它们所决定的因素，如顾客满意度、质量、赢利性，等等。

2. **盛行的管理一致性**。在行业内和行业之间，无论在哪个组织中工作，管理都有可能发展出组织应该如何运作、什么是行业中的关键因素以及它们相互竞争的基础普遍的和

（至少是暗含的）一致认可的观点。

　　3.行业中运行的协作网。这些可能是与顾客、供应商、外部专家或者甚至与竞争者有关。

　　蔡尔德和史密斯的观点利用了公司的经济理论，并认为行业，尤其是竞争激烈的行业，决定了公司为了将来的成功而必须遵循的道路。尽管不否认组织政治的作用，他们认为，除非一个公司作出的战略决策与行业中盛行的条件一致，否则成功就会受到危害。因此，尽管属于分析性流派，蔡尔德和史密斯比佩蒂格鲁和许多其他学者，对从市场行业分析到战略形成，以及实施的理性和线性发展过程表现出更大的信心。

　　分析性流派还有一些其他代表人物，最有名的是那些把领导者的作用和人格特性看作是成功战略的关键决定因素的人。领导问题将在本章后面部分讨论，并将在第16章中更广泛地涉及。但是，这里需要提及的是强调分析性战略流派某种迥然不同的本质。这个流派的支持者被一些因素团结在一起，如他们试图理解而不是描述战略；他们主要定位于学者而不是商业受众；他们把组织看作是在危险的、动态的和不可预测的环境中运作的复杂的社会实体。另一方面，构成分析性流派支持者的因素，可以根据他们对战略不同方面的强调而加以区分，如政治、工业部门、一般环境、组织、国家文化和领导，等等，还可以根据他们对后现代主义、现实主义或者复杂性理论的观点的明确的或者是隐含的忠诚度来区分。所以，尽管日本的权威战略目的（战略能力）的支持者的争论确实在20世纪90年代成为主导，他们也确实受到了这一流派其他因素支持者的挑战，其他因素支持者仍对战略争论有强大的影响。因此，他们相互之间的区别与他们同规范性战略流派支持者之间的区别一样重要。

理解：战略的选择和限制

　　尽管前面的讨论确定了组织战略争论中的关键主题，但它仍是令人困惑的。很明显，产生于20世纪40和50年代长期计划方法的规范性战略分析的支持者，与20世纪80和90年代的战略目的（能力方法）为代表的分析性流派的支持者之间存在着区别。但是，对那些汇集在分析性流派庇护伞下的人来说，困惑在于是否存在一个普遍理解的共同的观点。当然，一些学者试图说明确实存在着一个共同的观点。布朗和乔普林认为，20世纪50和60年代的学者基本上把战略看作与如何使组织和环境相匹配有关，而20世纪80—90年代的学者则认为战略集中于内部问题，主要与核心能力的发展有关，他们认为这两类学者之间存在着重要区别。以偶然性观点为基础，他们认为对运作的组织而言，早期的方法适合于相对稳定和可预测的环境：它们具有的产品范围有限，竞争也受限制。随着更激烈的竞争和更不稳定环境的产生，这个方法不再可行，组织必须向内部寻找应付新的情形的方法。从某种程度上说，这是一个很有吸引力的分析活动。但是，早期研究战略的学者——如安索夫及其同事——集中于研究产品—市场的混合问题，他们也确实开始评估外部和内部之间的关联。可是，就在明茨伯格等人关注于内部能力之时，日本方法已经把内部和外部看作是同一事物的两个方面。这是为什么他们强调促进内部能力发展的战略性并注意外界愿景的重要性。

尽管如此，以组织生活的某个维度为基础的这样一个简单区分，不能解决规范性和分析性流派之间及其内部的错综复杂的区别。明茨伯格等人指出，由于各种不同的方法，战略领域比以往任何时候都更加具有综合性也更加流行。在这种情况下，试图把学者分为两个阵营，无论是早期和晚期、外部和内部，都注定要失败。明茨伯格等人强调的多种定义的战略观点，特别是他们认为不同的战略定义既相互竞争又相互补充的看法，为战略的定义提供了另一个思路：战略可以被看作是一个过程，或者一个结果；也可以是一个理性方法，或者是政治（社会）现象。战略的不同方法没有反映某些暗含的根本性的真理，相反，它们是组织可以选择采用的各种不同的方法之一（有意地或无意地），并且组织的选择和采用取决于其所处的环境、目标和管理。

如果是这种情况，那么与寻找一个综合的、包括所有其他的战略理论或方法相反，我们应该像组织理论那样，问问是否存在着关于战略的"一个最好方法"？

为了回答并解决这个问题，有必要再回到蔡尔德等效的概念上来。正如前面所述，根据索尔格的观点，等效"非常简单地意味着不同的内部调整安排的类别与确定的背景或环境状态是十分融洽的"。为了理解这个定义，并把它在蔡尔德的观点的基础上延伸一点，我们可以认为不同的战略形成方法与积极的结果是十分融洽的。特别是当考虑到前面几章中谈到的增长选项时，亦即组织能够控制甚至创造它们自己的环境或现实状况时，情况更是如此。如果是这样，那么，正如明茨伯格等人所主张的："问题不在于是否有战略选择，而是有多少战略选择。"为了回答这个问题，我们需要对各种战略方法进行分类，以便建立起包括选择或排除选择的程序。

尽管前面对战略方法的回顾不能说已经是包罗万象，但至少它确实包含了该领域中的关键的积极倡导者。然而，前述虽然把主要方法分成了两个流派，但是却没有提供各种方法的分类。惠廷顿（Whittington）试图通过确定四种基本的战略方法：古典的、进化的、过程的

和系统的战略方法（见展示 6.7），来理解战略的许多定义和类别。

展示 6.7 惠廷顿的基本战略方法

古典方法。这是最古老，也是最有影响的战略方法。它把战略描述成一个理性的过程，以分析和量化为基础，目的是最大化地获得组织的利润。它认为，通过严格的分析和计划，高级管理者能够预测未来市场趋势并可以使组织利用这些趋势。

进化方法。正如这个名字所暗指的，它用生物进化的类比来描述战略的发展。它认为组织处于不可预测和充满敌对的、变化的市场控制之下，那些生存并且繁荣的组织不是因为它们有计划和预测的能力（这是不可能的），而是因为它们幸运地找到了一个取得胜利的规则。从这个观点来看，成功的战略不是计划出来的，而是产生于管理者把他们的组织与变化的环境条件进行结合后所作的决策。

过程方法。这个方法关注于组织和市场过程的本质。它把组织和成员看作是具有不同利益、知识不全面和见识较为短浅的个人和群体之间的不断变化着的联合体。市场也是同样变幻莫测和不完善的，但是，由于这一点，组织为了繁荣和生存就不需要与环境达成完全一致的协调。这种情况下的战略被描述成通过反复试验的实际的过程，目的是达到市场与组织内部斗争派系的目标之间取得妥协。

系统方法。这种方法认为战略与发生在当地社会系统的主导特征有关。这种观点争论的核心是战略是一个有意的过程，进行计划和开展预测是可能的，但是只有在社会条件是有利的情况下才行。因此，从某种程度上来说，这是一个偶然性的战略方法，能够适应公司不追求利润最大化或服从于市场压力的情况。如果社会条件支持、市场可以被控制、金融报酬成为次要问题，并能够达到稳定和具有可预测性的情况下；而且，在这种情况下，管理者追求的目标更与他们的社会背景、爱国程度或者甚至专业能力有关，而与利润最大化的关联较少。因此，从系统观点来看，组织采用的战略和管理者追求的利益，反映了组织运作所在的特定社会系统的本质。

惠廷顿对一般战略方法的分类，对于理解所提供的各种方法是非常有用的。正如所预计的，它不是完美的；一些学者如明茨伯格，就不只仅归属于一类；而其他人，如蔡尔德和史密斯，很难把他们归到哪一类。尽管如此，由于古典方法现代主义的倾向，非常明确地把计划、设计和定位学派，以及早期西方战略学者的研究都整合为了一体。进化方法与复杂性理论学家、人口生态学家的研究有关联；明茨伯格关于应急战略的研究也属于这一类。过程方法也涵盖了明茨伯格的研究，当然也包括了佩蒂格鲁关于组织政治的研究并且与后现代主义的观点很好地相适应。系统观点，带有现实主义的味道，明显地归于哈梅尔和普拉哈拉德描

述的日本的战略方法。

惠廷顿还根据他们如何看待结果和过程，对这4种战略方法进行分类。他认为古典和进化方法把利润最大化看作是战略的自然结果。另一方面，系统和过程方法认为其他结果也是可能和可以接受的，因为过程和群体发生了变化。这里，古典和系统方法都同意战略可以是一个有意的过程。但是进化和过程方法的支持者认为，战略产生于受机会和混乱控制的过程之中。

惠廷顿的4种战略类别可以总结如下：

★ 古典主义者把战略看作是为达到利润最大化而进行的长期计划的一个理性过程。

★ 进化主义者虽然也认为战略的目的是利润最大化，但同时认为未来是非常多变和不可预测的，不允许进行有效的计划。他们劝告组织关注于今天最大化生存的机会。

★ 过程主义者同样对长期计划表示怀疑，并把战略看作是一个学习和适应的应急过程。

★ 系统主义者认为战略的本质和目的取决于组织运作所处的特定的社会背景。

从某种程度上说，这4种战略方法与在第一部分中讨论的西方组织理论的方法有些对称。古典、进化和过程方法明显的是"一个最好的方法"或"唯一可能的方法"；而系统方法提出了战略的偶然性观点。它们还在理性问题上与组织理论有一些共同之处。古典和系统方法认为战略在它的发展和目标方面是或者说可以是理性和经过深思熟虑的。过程主义者认为没有哪个方面是理性的；进化主义者与过程主义者采取的观点相似，但是对结果采取了理性的观点，因为利润最大化被看作是保证生存的唯一结果。

关于管理选择和判断的范围，4种战略方法中有3种确实比组织理论更为宽容。很明显，古典战略理论家对两者几乎都没有留有余地：他们似乎在结果、过程或者其他方面都遵循书本的指导建议。然而，进化主义者和过程主义者都强调管理者在根据机会或威胁作出关键决策时，必须行动迅速和眼光敏锐；尽管进化主义者（就像拿破仑对将军的看法）认为，在一天结束时，一个幸运的管理者要比一个能干的管理者更合人意。对系统方法的支持者来说，选择和判断是重要的，但是会受到它们所在社会的局限和受到目标的约束。

因此，看起来除了古典主义者，对所有其他人来说管理选择、偏好和判断不仅会在决定组织战略，而且还会在采用的特定战略方法中起作用。但是，在我们对战略文献的研究检索中，很明显选择受到了限制，并且只能在限制范围内进行（从一些观点看，事实上是非常狭窄的限制）。正如图6.1所表明的，这些文献中指出或暗示的限制或约束可以被分为4类。

变革管理
Managing change

国家的目标、实践和文化

特定国家的局限性情况与战略的系统观点的争论类似。这个观点认为组织的运作受到它们所处社会体制的强烈影响。在一些情况下，如在日本和德国，爱国主义、民族自豪感和集体主义思想创造了支撑追求长期国家目标的商业环境。这从个体公司和金融机构的行为中可以反映出来，它们倾向于中期到长期的稳定增长，而不是短期的利润最大化。另一方面，在英国和美国，社会风气更支持个人努力和短期利润最大化，而不是国家利益本身。

这两个方法之间的区别可以用古老的谚语简明地加以总结："有利于通用公司的，也有利于美国。"当然，日本就将把这句话变为"有利于日本的，也有利于丰田"。这个观点也得到了在第 5 章中讨论的霍夫斯泰德关于国家文化研究的支持。因此，其含义是组织忽视了国家规范就是自找危险：在日本和德国对短期利润最大化的追求，与在英国或美国忽视短期赢利性、而追求市场份额增长的长期战略同样地危险、同样地困难，并有可能会对生产产生副作用。尽管如此，这些约束是可以控制和避免的。一个例子是许多英国公司——如戴森(Dyson) 公司、GKN 集团等——把生产转移到英国之外，或者形成国际联盟，正如日本公司在美国和欧洲建立生产工厂的趋势一样，一方面是避免较高的生产成本，另一方面是避免进口关税。另一个例子是游说政府和国内及国际机构，改变特定组织或行业认为与它们的利益相抵触的法律和法规。

行业和部门实践与规范

这是产生于蔡尔德和史密斯 (1987) 的行业公司的观点。如前面所讨论的，他们认为一个行业中的客观条件、管理者对行业动态的理解，以及公司之间合作的本质和程度，都联合

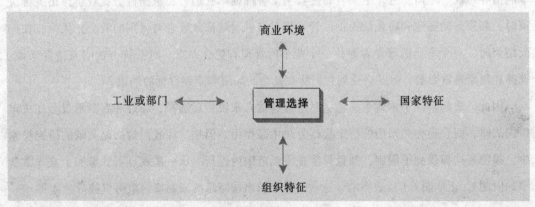

图 6.1　管理选择的限制

决定了公司未来成功所必须遵循的道路。尤其是当行业之间竞争激烈时，情况更是如此。事实上，蔡尔德和史密斯认为，公司必须遵守它们行业的从业规则，否则就会消亡。但是，他们承认当竞争不那么激烈时，管理者对战略的选择就有更大的自由。实际上，低水平的竞争可能解释了 20 世纪 60 和 70 年代日本公司如何能够朝着对它们有利的方向改变了许多行业的从业规则，尽管日本公司对重新形成游戏规则、创造对它们更有利的竞争条件比起对今天的行业约束来说显得更加注重。正如阿莱尔和费尔希罗图指出的，克服行业约束和条件的另一个方法是，通过将新产品进行多元化的生产，将不同的部门进行多元化改造。

商业环境

几乎对我们讨论的所有战略方法来说，它们的支持者都公开或隐含地假设它们在某种特定的环境中运作。古典战略方法很明显是依据存在一个相对稳定和可预测的环境而言。如果存在这种环境，那么预测未来并相应地制订计划比起不存在这种环境的危险性要少很多。系统观点似乎也假设某种程度上的环境稳定性。但是，正如日本和德国所表明的，稳定性需要由政府—行业间的合作来积极地促进，而不是依赖看不见的、经常是变幻莫测的市场的"手"来促进。对过程主义者，甚至更是对进化主义者来说，环境是敌对的不可预测的和不确定的，计划几乎是不可能的，成功来自于不断地适应环境的变化，或来自在正确的时间处于正确的位置。

对其中的 3 种观点来说，环境是给定的，即使它们不同意明确给出的东西，但是，对支持系统方法的那些人来说，环境不是给定的，它是能够被改变的。正如本章和第一部分讨论的，在一些不同的观点中存在着大量的这类证据。夏皮罗（Shapiro）利用"博弈论"这个工具表明公司如何影响它们竞争者的行为和行动，并因此而改变它们运作的环境。同样地，蒂斯（Teece）等人认为对生产能力、研发和广告的投资都能够有力地改变环境。维克却持有不同的观点，他指出世界是如此复杂和多样性，因此组织不可能"知道"自己的环境。相反，组织必须"作用于"自己的环境。就是说，它们必须根据自己对环境的理解进行发展和采取行动。这与第 3 章和第 4 章中讨论的学习型组织和后现代主义的观点十分相似，认为组织有能力"发明"它们自己的现实。从这些不同的观点中可以得出，尽管许多公司不得不根据环境条件来调整它们的战略方法，但是有些公司却能使环境适应于它们的战略方法。英国国家卫生服务部门（UK National Health Service）（简称 NHS）就是一个很好的例子。伯恩斯和沙劳洛（Salauroo）指出，在 1990 年之前，NHS 是一个典型的政府官僚机构，政府分配资源

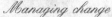

变革管理

Managing change

并提供政策指导，而 NHS 关注计划资源应如何分配及政策应如何操作（即古典战略方法）。这意味着环境中存在着很大程度的稳定性和可预测性。但是，当时的政府希望 NHS 以一种更加具有成本敏感性和企业的方式运作。为了提供便利服务并鼓励这种运作方式，它改变了提供和分配基金的方式。基金被重新分配给服务购买者（如：当地医生），他们决定买什么和从谁那里买，而不是把基金作为一种权利给予服务提供者（如：医院）。这种医疗服务供应市场的建立破坏了原来的环境并使计划和预测成为一项危险的活动（因此与进化或过程战略方法更加相关）。但是，随着1997 年政府的改变，情况开始倒退。尽管新政府希望维护市场体系的一些可察觉的利益，但新政府还是宣布它将修改购买者—提供者体系以创造出更大的稳定性。

通常，控制环境的尝试都是为了减少或至少是应对而不是增加不确定性。阿莱尔和费尔希罗图提出了 3 种应对不确定性的方法。第一种是通过预测和计划（古典方法）；第二种是为了追求灵活性而重新构造结构（偶然性方法）；但是，第三种方法是操纵或控制环境。阿莱尔和费尔希罗图引用了波音和 IBM 的例子，它们创造并随后掌控了它们的环境。他们提出的另一个主要方法是使用合作战略——联合：共分市场和其他减少竞争的方式。在英国的一个例子是牛奶工业的主要公司之间的协议——"分割国内市场以便停止相互之间的竞争"。也许近期最著名的例子是，微软试图通过为购买它的 Windows 操作系统的用户提供"免费"的网页浏览器来控制互联网产品市场。因此，正如可以看到的，有非常足够的证据表明：可以改变、控制或操纵组织运作的环境，并因此使某一特定战略方法成为是必要或可能。

组织特征

很明显，有许多组织特性对管理选择要么限制要么便利。但是，其中有 4 点的确表现出特殊的重要性：结构、文化、政治和管理风格。除了最后一项，其他都已经在第 3 章和第 4 章中详细回顾过了，可以相对简要地讨论一下。一个组织的结构和文化对战略领域中的管理选择有明确的含义。具有有机结构和任务文化的组织，很可能抵制或无法运作古典战略模式。同样地，具有机械结构和角色文化的组织很可能对过程或进化的战略方法持敌对态度。再回到组织政治问题，当决策受到与组织目标相反的个人或群体自我利益的严重影响时，古典或系统的战略方法不太可能会成功。但是过程或进化方法会有明确的可应用性。

还有管理或领导风格的问题。近年来对把伯恩斯关于政治领导的早期研究应用到组织领导中产生了很大的兴趣。伯恩斯确定了两种基本的组织状态：集中性的———一种稳定状态；

和分散性的——不存在可预测性和稳定性。他认为对每一种状态来说，都有一个恰当的管理风格。集中状态需要事务处理风格的管理者——善于在现有政策的限制内最佳化组织效能。而分散状态需要具有变革风格的管理者——挑战现状并创造新的愿景。从这可以得出事务处理管理者偏爱强调连续性和可预测性的战略方法（即古典方法，或在一些情况下，是系统方法），而变革管理者将更喜欢过程或进化战略方法。管理风格将在第 16 章中进一步讨论。

与其他 3 种受限形式一样，组织特征也能够改善。关于结构和文化的争论已经谈得很多了，但是政治行为的程度仍有待展现。普费尔指出，尽管政治行为一直存在于组织中，但在有些情况下，它可能更为流行。特别地，当组织中发生影响权力分配的重大结构变革时，政治行为可能最为明显。通过对这种情况的认识，采取步骤以减少模糊性，并提高决策制定过程的透明度和公开性，可以降低个体追求他们自己利益的能力。日本的"禀议（ringi）"制度表明了这一点，提倡对决策进行广泛和公开的争论以保证它们适应公司的目标而不是局部的利益。至于考虑到改变管理风格，尽管有证据表明这些是通过组织管理者的工作而形成和发生改变的，但也有大量证据表明高级管理者试图改变组织以适应他们的风格。

选择性和限制性：概要

应该记住，这 4 种限制形式的特定组合会随着组织的不同而变化，甚至那些在同一国家或行业中运作的组织。而且需要认识到这些限制就像它们可能相互补充一样，也可能相互冲突。例如，在英国运作的汽车公司可能会发现，英国金融机构的文化偏好短期利润最大化，而汽车工业需要长期投资才能建立起自己的市场份额。这可能是英国汽车工业目前大都为外国所有的一个原因。此外，需要指出的是，管理者没有义务考虑他们所面对的限制，他们可能会由于组织的绩效而得到补偿。成功的公司拥有能意识到他们所面对的各种限制并使之平衡的管理者。这显然是提出了管理能力和才能的问题，这个问题我们将在第 16 章深入讨论。

因此，从上面的回顾中所认识到的关键问题是，组织所采用的战略方法的类型是管理选择的问题，但是这个选择受到各种组织、环境、行业和国家因素的限制。正如第一部分讨论的，组织和管理者能够影响或改变他们所面对的限制。不过，通过对图 6.1 的认识，在管理选择上，确实有一些限制，因此就要承认现实主义和复杂性理论都对组织提供了许多建议。然而，通过对有些限制可以被有意识地加以利用或者产生影响和进行改变的认识，也就是要承认后现代主义的主张不会轻易摒弃。

但是，对管理选择的问题和控制约束的争论，需要采取一种怀疑的态度。这种情况在西方为许多学者所注意，古典战略方法，后来通过定位学派的研究，仍处于主导的地位。而且，正如第 5 章中指出的，决策制定者有"满足"的趋势。那就是说，决策制定者倾向于接受第一个令人满意的解决问题的方法，而不是对所包含的问题进行广泛的研究检查，并寻找所有可能的解决方法。这等同于阿吉里斯和朔恩的单循环学习的概念（见第 3 章）。它也与科恩等人的评论相似，认为决策不是制定的，而是碰巧发生的。他们认为当 4 种独立分支相遇时就会产生决策：问题、解决方案、参与者和选择机会，亦即所谓的决策制定的"垃圾箱模型"。他们认为当一个问题变得严重时就需要注意。另一方面，解决方法就是寻找问题的答案。参与者是组织内具有处理问题或解决方法的人，而选择机会是组织需要作决策的情况。当这 4 个因素聚在一起时，就产生了决策。从这个角度来看，决策制定不是有意识的、理性的或系统的；相反，决策是随意的、偶然的和非计划的。稍有不同的是，纳尔逊（Nelson）和温特（Winter）认为，在许多情况下，决策制定是一个无意识和自动的过程，它建立在个人长期形成的对许多特定情况的反应基础之上。这与阿什佛斯（Ashforth）和弗里德（Fried）的观察相似，在一些组织中，行为有成为不被留心的趋势——由于组织社会化和经历的结果，员工和管理者以事先设置的程序自动对事件产生反应。结果，尽管存在着选择的潜力，现实是许多管理者不进行选择，而是坚持试验和检验过的、常规的、正统的教科书方法——而不管它们的适用性。

尽管如此，注意到下面这一点是很重要的，在学术界，争论的重点从视战略为理性的数学过程，转移到组织管理层面，即在追求竞争成功时，利用它的优势和才能的结果。但是有一些学者认为在商业世界中相反的情况才是正确的，并且越来越多的公司，选择基于价值最大化的金融手段和市场定位的量化分析的理性战略决策的方法。无论这个观点是否正确，正如下一章将表明的，组织偏爱的主要战略仍然是市场和量化导向的，尽管不再是唯一的战略偏爱，并且更加相信理性决策，而不是更为量化的方法。

结论

多年以来，战略计划或者管理时而流行时而淡出，而现在它再一次稳固地成为了时尚。自从 20 世纪 50 和 60 年代在美国开始被广泛运用以来，战略的概念已经有了很大发展，不再纯粹是关于外部世界的，不再完全被看作是一个理性的、量化的过程，也不再被看作是与预测未来相连系的过程，而寻求的是形成或创造未来。然而，不同背景和国家的学者和实践者，如哈梅尔和普拉哈拉德、明茨伯格等、欧米及斯泰思认为它根本不是一个过程，而是过程的结果：不是由数学模型而是由人类的创造力形成的结果。

朝着这个更加新兴的战略观点的转变，是源于对古典或规范性战略方法越来越多的批评。主要的批评是：它是机械的、僵化的，并且其依赖的有效性是值得怀疑的量化工具和技术。结果试图用古典方法构造战略的组织与彼得斯和沃特曼所描述的"通过分析造成的无效"和"非理性的理性"产生了矛盾。实际情况是，组织徒然地扭曲自己，试图使真实的世界与它们的数学模型的约束和限制相适应。

获得拥护的替代性观点是，组织不应该完全依赖数学模型，而应该发挥人类的创造力。高级管理者应该创造组织未来的愿景——建立它的战略意图，然后，义无反顾地追求它。在这么做的过程中，战略产生于关于资源分配、组织结构和其他关键运作领域的决策。一些学者从不同的观点得出了同样的结论。对成功的公司来说，战略既不是在给定的时间内为达到连贯的具体目标而事先察觉到的一套详细步骤，也不是受数学模型影响的理性过程，而是组织追求愿景时所从事的决策制定和资源分配过程的产物（尽管这个过程的有意识的程度仍存在着不一致）。这样一种方法本身就是不理性和无法计划的——它不能形成模型或量化，尽管它能够并必须靠严格和决心来追寻。毋庸多言，正像战略的理性方法可以很容易地与现代主义的观点相一致那样，非理性的方法也能与后现代主义的世界观较好地适应。

在本章中，我们提出了既不赞成定量也不赞成定性思想学派的第三种方法：强调组织采用的战略方法是或者可以是管理选择或偏好的结果。但是，与大多数其他方面的选择一样，这个方面的选择是受到限制的，所确认的关键限制来自社会、部门、环境和组织。尽管从表面上看这似乎更加深了管理者战略选择的自由程度的限制，但是也有主张认为管理者能够影响或控制他们面临的限制，以创造他们自己喜爱的组织现实。所以，尽管它很大程度上属于现实主义和复杂性理论的阵营，但它也没有完全拒绝后现代主义的观点。这个观点来自第一部分。第一部分指出，管理者不是许多组织理论所描述的被动人物，他们能够改善或者甚至是重新创造环境，而不是不得不使组织适应他们所在的环境。因此，组织中面对动态的和不可预测的环境的管理者，能够改变市场或产品、影响竞争者的行为，或改变顾客的感觉，以此来减少不确定性并增加可预测性。通过这么做，组织仍可以在"机械—有机"范围内以更为机械的结构高效率地运行，如果这种结构是管理者偏爱的结构类型。

管理者在面对战略选择时所受到限制似乎是平等的。一些管理者更偏爱进化战略方法或者过程战略方法，因为这二者适合他们的气质脾气，或者说因为他们相信充满敌意的竞争的

变革管理
Managing change

和狂噪不堪的环境更适合他们，而不太适合他们的竞争对手，英国的默多克系报纸，在 20 世纪 90 年代开始的降价大战就是这样的例子。另一方面，为了意识上的原因，限制是可以被操控利用或者进行改变的，诸如，很多西方政府都试图私有化公共部门，或者将市场机制引入到公共部门。这一点对管理者来说可能确实是存在的：管理者不仅能够选择战略方法，而且，至少在一定程度上，也能选择他们所面临的限制。

选择一个战略方法是一件事情；而运用它则完全是另一回事。如明茨伯格等人所观察到的，不管所持观点是战略驱动变革，还是变革产生战略，这二者是密不可分的。因此，正如本章已经回顾过的关于战略的主要主张那样，第二部分的剩余几章将回顾运用战略和实施变革的主要方法的优势和劣势。

学习检测

简答题

1. 霍斯金 (1990) 所认为的现代商业战略的起源是什么？

2. 定义长期计划。

3. 设计学派为评估一个组织的潜能发展了什么技术？

4. 约翰逊和斯科尔斯 (1993) 是如何定义战略的？

5. 什么是规范性战略学派？

6. 什么是分析性战略学派？

7. 什么是应急战略？

8. 什么是战略防御网？

9. 组织选择的主要限制有哪些？

10. 描述组织战略和组织变革之间的关系。

论述题

1. 惠廷顿的 4 种一般战略方法如何与规范性和分析性战略学派相关联？

2. 讨论下面的论述：战略发展和实施从来都不会是一个理性过程。

第 7 章

应用战略

模型、层次和工具

学习目标

学完本章之后，你应该能够：

- 描述组织能够采用的 3 种基本战略方法；

- 讨论组织中制定战略决策的 3 个层次；

- 列举主要的战略计划工具；

- 论述定量工具的优点和缺点；

- 列举定性工具的优势和劣势；

- 理解为什么定量工具比定性工具更受欢迎；

- 评价对建立愿景技术的越来越感兴趣的意义；

- 确定定量和定性工具及技术对组织变革的意义。

紧要关头管理者求助于旧工具   FT

遍布世界的很多管理执行者们业已放弃了"新经济"管理工具，诸如企业冒险活动，即参加尝试—试验活动以度过经济低迷期的方法。根据战略顾问贝恩咨询公司（Bain & Co）的检测，贝恩的年鉴《管理工具》调查了涉及22个国家451个公司的高级执行官，发现，先前被认为是供组织快速发展的流行工具的使用情况并不令人满意。42％的用户在过去的一年中放弃了企业冒险活动——一种使用风险资本开创新业务的方法；39％的用户不作"市场风险分析"，这种分析方法通常用于确认在启动与外部市场竞争的情况下，何处可以开办业务；至于客户关系管理，18％的用户放弃使用因特网来确认和留住有价值的客户。这个数字与来自25个被调查认可的管理工具给出的11％的平均流失背叛率相比，仅仅只有三分之一或更少的回应者在年度内采用了这些新的经济工具。从管理者们的报告中发现，这些工具很难贯彻执行。关于企业冒险，他们说，他们的公司在控制所需的风险资本的规则方面遇到了麻烦，包括从失败的风险中迅速退出。去年使用最普遍的工具是战略计划、战略任务和战略愿景描述……不过77％的回应者说，绝大多数的工具承诺的比实际的要多。

引言

本章与前一章的结尾相接。第6章回顾了战略的主要观点。为了理解和定义战略形式，它确认了两种思想流派：规范性和分析性流派。正如名字所表示的，规范性流派试图"规范"组织应该采取怎样的战略方法，但是在这么做的同时，却忽视或减弱了组织生活非理性和高度复杂的本质。另一方面，分析性流派不是告诉组织应该如何建立战略，而是试图分析——理解和规范——影响组织如何建立战略影响力的复杂性和范围。这种分歧在它们各自关于战略的观点中反映了出来。规范性流派最早产生并定位于实践者，把战略形成看作是建立在数学模型基础上的经济理性过程。分析性学派产生于 20 世纪 70 年代，代表了更加内省和更加具有学术性导向的战略方面。它把战略看作是一个过程的结果，而不是一个过程。它的支持者强调的不是详细计划的建立，他们认为在任何情况下这都是不可行的方法，而是强调战略形式的组织、社会和政治方面。

这两个流派代表了战略形式的明显不同的观点，分析性流派在过去 20 年中赢得了学术界的支持，而规范性流派对战略实践有更多的影响。然而，正如贝恩咨询公司 所调查的（展示 7.1）那样，尽管管理工具你方唱罢我登场，目前任务战略和愿景描述战略的使用已经加入到更为量化性战略的工具之中了，并且这种工具成为了公司的主要偏爱，尽管大多数管理者似乎呈现出了健康怀疑论者的情况，怀疑通过定量化或者定性化工具到底能够完成什么。

本章以研究检查组织能够采用的 3 种基本战略类型或模型开始：竞争力模型、基于资源的模型、战略冲突模型；然后将讨论组织中战略决策制定的 3 个层次：公司、业务和功能；接着将回顾主要的战略计划工具。

本章结尾，将讨论规范性战略方法占主导地位的基本原因，就是美国重要的咨询公司和商业学院联合发展、推销和更新规范性战略方法。由于这种做法，规范性学派成为正统、安全和实践战略形成的方法。但是，随着更加以分析性为基础的战略类型的兴起，这种情况开始发生了变化。正如第 6 章指出的，组织应该采用的战略模型或类型，以及与之相伴的相关的计划工具，取决于组织所面对的限制。然而，组织不是必须使它们自己以及它们的战略去适应这些限制。相反，它们有选择：它们能够影响或塑造人们所面对的限制，使它们更适应它们所追求的战略类型或模型。因此，组织能够采用的战略方法与所提供的不同模型的优点的关联较少，而更与组织类型及其管理者的定位导向有关。

战略类型

前一章指出，组织能够采用的战略发展方法是广泛的、经常令人迷惑的和多种多样的。组织实际采用的战略类型也是如此。随之而来的，是关于对战略类型的同样的评述，这种战略类型是组织实际上确实能够采用并取得超越其对手的竞争优势。但是，蒂斯等人认为，总的来说，组织在实践中确实采用的只有 3 种基本类型或模型，如下所述。

竞争力模型

这个模型产生于定位学派，并且至少在 20 世纪 80 和 90 年代就成为了主要的战略方法。这个方法的核心思想是使组织与其环境相结合的需要，其关键方面是它竞争所在的一个或多个行业。这种观点的支持者认为，行业结构极大地影响竞争的游戏规则以及组织的战略范围。这个模型与迈克尔·波特的研究和他的 "5 种竞争力" 的架构联系最为密切（见图 7.1）。

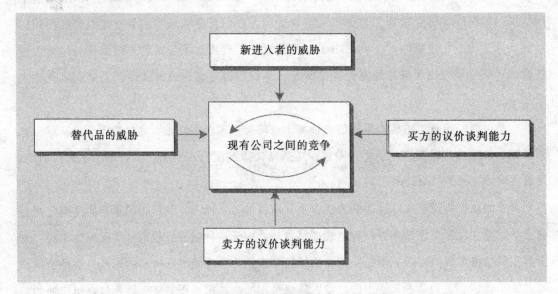

图 7.1　波特的 5 种竞争力

波特认为有 5 个行业层次的竞争力，决定着一个行业内在的利润潜力，即：买方和卖方的议价谈判能力、潜在替代品和新进入者的威胁、现有竞争对手中的敌对者。因此，他强调，当组织发展其战略时，上述这些是组织需要考虑的主要因素。对波特来说，战略就是关注于 "……商业定位以使自己与竞争者不同的能力价值的最大化"。波特认为只有 3 种基本战略是公司能够采用的：成本领先、产品差异化、聚焦专业化（下面将详细进行讨论）。波特认为一个公司提高它的利润的能力，取决于它影响行业的竞争力或者取决于相对于竞争者和供应商的市场地位的改变。这个方法很明显与偶然性理论有关（见第 2 章），因为它是基于对外部条件和内部战略之间关系的系统化地实践经验的追求。此外，由于它关注于部门和行业因素的重要性，使它与在第 6 章中讨论的蔡尔德和史密斯行业公司的观点有相似之处。

毫无疑问，总的来说定位学派，特别是波特的研究工作对组织内的战略实践有巨大的影响。但是，正如可以预料到的，它也引来了相当多的批评。密勒 (1992) 批评它太狭隘和不具灵活性，因此，如果社会、技术或经济发展，正如可能发生的，导致市场环境的快速变化，就很可能使组织极易受到攻击和损害。明茨伯格等人指出定位学派的理性假设忽视了组织的政治本质，它倾向于市场力量最强的大公司，因此几乎没有涉及小规模和中等规模的公司，它对分析和计算的依赖阻碍了学习和创造力。对佛雷雪和本索山 (Fleisher and Bensoussan) 来说，波特方法的弱点关键是它缺乏对重要的社会政治因素外在的认识，也缺乏对这些因素纵向的关注，而且还低估了核心能力的重要性。更进一步的显著批评是，过去30年的大规模竞争战，尤其是日本和美国公司之间的竞争战，其结果不是那些明确并保护它们市场地位的公司取胜，而是那些像丰田和佳能这样，改变了游戏本身规则的公司取得了胜利。这也许是最近10年，为什么对资源基础模型和战略冲突模型的兴趣日益增多的原因。

资源基础模型

在实现竞争优势方面，资源基础模型的观点认为，取得平均收益之上的绩效来自于资源的有效配置，或者来自于自己独特的资源，使得公司具有较低的生产成本或较好的产品，而不是来自于战术的策略或者产品的市场定位。这样的资源包括：有形资产，如工厂和设备；无形资产，如专利和商标品牌；能力，如技术、知识以及个人和团队的智能。资源基础模型的观点来自于经济学家的著作，他们探求确认引起不完全竞争和超常规利润的因素，关注于公司之间的技术诀窍、专利、商标、品牌知名度和管理能力的区别。因此，这一观点的支持者们认为，公司在资源方面具有各自不同的特点，也就是说，不存在拥有完全同样资源组合的两个公司。不过，这个观点在20世纪80和90年代才真正凸现出来，用于解释日本公司的崛起。它来自对日本公司竞争力的调查研究，以及普拉哈拉德和哈梅尔创作的文章《公司的核心能力》 (The Core Competence of the Corporation)。文章强调，真正的竞争优势来自于比竞争者更低的生产成本和更高的生产速度，以及能生产出意料之外的产品的核心能力。他们还强调主要管理者应当花费大量的时间，发展公司范围的结构以建立生产能力的目标。在轿车行业有影响的研究是沃麦克 (Womack) 等人的著作，《改变世界的机器》 (The Machine that Changed the World) 与日本的竞争观点相似，对这个观点的支持还来自于西方公司的一些研究。库尔和谢戴尔表示，在同行业的公司之间存在着显著的系统和绩效的差别。鲁梅尔特表示，行业内的利益差异比行业之间的利益差异更大，凯关于战略的研究工作也得出了组织的成功来自于发展建设与众不同的能力的结论。

变革管理
Managing change

哈克斯（Hax）和梅吉拉夫（Majluf）叙述道：

> 资源基础模型的本质……（是）组织的竞争优势产生于公司将独自拥有的资源发展出独一无二的能力的时候。此外，优势结果的维持，表现在公司的竞争对手缺乏取代能力和模仿能力。

在过去的 10 年间，资源基础模型观点的影响力增长可观，现在组织得到了一个至理名言，即彼得斯和沃特曼所说的，"咬定本行不放弃"，放弃的不是核心的部分业务行为，而是不能成为核心能力的行为。然而，对这种战略观点的批评也有增无减，这些批评包括：缺乏经验的支持、资源的定义复杂且不明确，只不过是对 SWOT 分析的改头换面的旧调重弹。另外，因为资源的获得或发展不可能轻而易举或极为迅速地在短期运作，公司只能继续依靠它们所能支配的资源。所以，依靠环境，以及它们如何改变，这些公司的特殊资产要么得到实惠要么引起祸端。也许，这种方法的主要批评来自于人类生态学者，他们指出，因为发展这些能力需要很长的时间，而环境的变化又非常迅速，所以公司能力与其环境之间任何获益的匹配更有可能是偶然的或者是意外的，而不是管理者深思熟虑和高瞻远瞩的结果。这也许就是为什么人们对战略冲突模型的兴趣还在不断增长的原因，它引起人们去关注组织战略动态的本质。

战略冲突模型

这个模型让人联想到了军事的含义，它把竞争描述为竞争公司之间的战争。特别地，它倾向于吸取军事战略家如冯·克劳斯威茨的著作和中国的《孙子兵法》。"没有一个作战计划能永远适应与敌人的首次遭遇战"，这个谚语被用来说明战略不仅具有动态化的本质，而且还需要对总是无法预测其行为的竞争者作出回应。它的流行突出地表现在卡尔·夏皮罗的文章《经营战略理论》（The Theory of Business Strategy）中，这个方法的核心观点是，公司能够通过影响其竞争对手的行动和行为增加利润，并因此而实际控制市场环境。有许多方法可以达到这一点，例如通过对企业能力、研发和广告的投入。但是如果轻易地撤销这类行动，这些步骤就几乎没有什么影响。因此，要使之有效，需要的是义无反顾的行动。

而且，要强调的是，这些不同的策略严重依赖于一个公司对另一个公司在特定情况下会采取什么行动的认识，因此，这个模型所表现出的战略信号的作用是影响或威胁竞争对手的一个重要机制，这包括像掠夺性定价和限制性定价这样的实践。此外，最近这个模型还包括有关承诺和声望作用的问题，以及有关竞争与合作的同时使用的问题。

因此，从战略冲突的观点来看，一个组织提高其利润的能力，取决于它的机智胜过虚张声势，取决于计谋胜过竞争对手的能力。这个方法还利用博弈理论来理解对手之间相互竞争的本质，博弈理论还允许建立直观的涉及各种类型的商业战略战术（例如：掠夺性定价）来解释和正式化其主张。根据规范性战略流派和分析性战略流派的观点，尽管波特承认战略调整的益处，但它确实不符合他或者其他定位学派的主张。相反，它强调敏捷的思维、强烈的本能和更加感性的决策制定因素，这意味着它更适合分析性流派。

由于以冲突为基础的战略没有考虑也对组织竞争力作出贡献的许多外部和内部因素，因此，它的有用性可能受到限制。蒂斯等人指出，战略冲突模型可能更适合于行业中实力相当的竞争对手之间的情况（如可口可乐和百事），而不适合较之竞争对手拥有绝对竞争优势的情况（如微软）。在后一种情况中，也许资源基础（基于资源的）战略模型最为有利。

这3种战略类型或者模型都是非常流行的，尽管波特和定位学派要更具优势，不过，它们三者之间所强调的重点以及目标期限的区别都非常大，尽管它的一些战略确实有长期性的含义。战略冲突模型非常注重对外部对手实施的策略对抗，并倾向于对短期目标的关注；竞争力模型关注于确认和占据防御性的市场定位，从而比其他行业获得更高的利润，它倾向于有一个中期目标；资源基础模型较其他两个模型更集中于一个较为长远的目标，它的支持者认为，组织需要建立战略能力以便适应未来和意料之外的市场需求，但这几乎差不多是一个靠运气偶然发现的过程。

战略层次

通过研究检查组织中战略决策制定的3个层次，可以更容易地看出上述3种战略类型是如何应用到实践中去。这3个层次是：公司层次、业务层次和功能层次（见展示7.2）：

展示 7.2 战略决策的层次

公司层次。这个层次的战略关注的是形成大型、多样化组织的不同业务和活动的发展方向、组成及合作方式的层面，如：鲁珀特·默多克的新闻国际公司或理查德·布朗森的维珍公司。

业务层次。这个层次的战略与企业集团的每一个独立业务的运作和发展方向有关。如：尼桑在桑德兰的汽车组装厂。

功能层次。这个层次的战略考虑独立业务功能和过程，如：财务、营销、制造、技术和人力资源。

每一个层次都有它自己的战略考虑内容，并且每一层次都能利用一组不同的战略工具、技术和方法来协助它们。尽管如此，重要的是要记住，它们是相互关联的。从传统的角度来说，一直认为公司层次是为每一个业务制定发展方向，并且由此又反过来为战略的不同功能制定方向。对一些组织来说这应该是正确的，但是现在已经认识到这三个层次以一种反复和动态的方式相互作用。因此，明茨伯格认为，正如其他两个层次的战略可以被看作是由公司层次的决策施加影响或进行驱动的一样，公司层次的战略也可以被看作是产生于其他两个层次的决策和行动，或者是由它们来形成。因此，尽管公司层次的战略在业务和功能层次上有与之相应的战略，但是，把这总是假设为由上至下而不是由下至上过程的产物是错误的。

现在，来更仔细地看看这三个战略层次。在公司层次，战略是为了处理如何管理多样化企业的"策略"，它们的活动跨越一些不同的业务领域。它与展示 7.3 所列问题有关：

展示 7.3　公司的战略问题

★ 组织的使命是什么？

★ 它的特征是什么？

★ 业务组合应该如何管理？

★ 现有的业务哪一个应该放弃，需要什么样的新业务？

★ 现有业务组合中的每一项业务应有什么样的优越性和起什么作用？

在独立业务层次上要考虑的核心战略问题如下：

★ 公司应该如何定位在独特的、可确认的和战略相关的市场上的竞争？

★ 公司应该对不同类型的顾客群体提供哪种相对应类型的产品？

★ 公司应该如何构造和管理内部业务，以支持公司选择竞争方法？

功能层次上的战略考虑下列问题：

★ 在公司和业务层次上形成的战略，如何能够变成具体可操作的语言，使独立的组织功能和过程（营销、研发、制造、人事、财务等）能够追求并达到其目的？

★ 应该如何组织自己业务的独立功能和过程，以便不但实现自己的目标，而且能保证与其他的业务部分整合为一体，以产生协作优势？

由于这 3 个层次所关注的问题不同，很容易给出在其之上整合战略和结构必要性的简单评价。另外，举例来说，公司层次追求的是多元化的战略，而独立业务层次却忙于把努力集中于较少的产品和市场。而且，也很容易评价为什么在实际当中，大型多元化组织很难确定

和追求它们在所有领域中活动都保持一致统一的战略。上一章中指出，战略的形成方式和实施不是一个机械过程，开始于公司层次并以一种线性和逻辑的方式转到功能层次。战略的形成方式从本质上是反复性的，目标是让组织整体的运作最佳化，而不是最大化任何特定的产品。这些问题，以及在每个层次上涉及的范围和关注的主要差别，可以通过研究检查这三个层次上追求的战略类型而看出。

公司层次战略

从广义上讲，在这一层次上有 6 种组织追求的基本战略形式：

★ **稳定性战略 (也被称为维持性战略)**。正如它的名字所表示的，这类战略是为了使组织保持平静和稳定而设计的。我们常常在成功的组织中发现它们，这类组织运作在有中度吸引力的行业中，它们所面临的是规范的商业经历范围之外的不可预测的环境。由于市场和产品决定了这类组织认为没有必要作出突然的变化，即使有，在作出任何反应之前也没有明确的时间和地点。典型的例子是，一个现成的抵押贷款人，他的业务可能都是必不可少的，并且允许他采取较为长期的战略观点。

★ **成长战略**。这可能是所有公司战略中最普遍的形式，集中关注于垄断一个行业 (如：沃达丰) 或通过在多个行业中的多元化而不断地得以成长 (如维珍)。一些学者认为，它的基本吸引力表现在两方面。首先，增长的营业额和利润之间存在着强烈的比例关系。其次，高级管理者的绩效用营业额和利润的年度增长来衡量。但是，有人指出，营业额的增加不一定会与利润的增加相匹配，由于需要投资以获取营业额的增长，因此，增长实际上可能削弱一个公司的财务健康。

★ **投资组合扩张**。这是增长战略的另一种变形，通过兼并、联合或收购，而不是通过内部产生的有机增长达到。前两者，兼并和联合，可以达到增长或发展的目的，而涉及的组织投入无需达到独立运作所需的资源投入水平；后者，收购，通常是资源密集型的，能通过已建立的有望赢利的业务形式得到直接收益。

★ **缩减开支战略**。只有当组织处于困境，或由于负面的市场条件预见到今后的困境时，才采用这种战略。它通常包括缩减的过程，即减少雇员数量和从事的活动。在某些情况下，这可能导致整个公司的出售。不过，一般的目标是缩减规模以便让支出与计划的收入相匹配，并重新整合、复苏组织，以望将来能够再次繁荣。

★ **收获战略**。包括减少对某一业务或某一领域活动的投资，以便减少成本，提高现金流量，

变革管理
Managing change

并利用仍保留的任何剩余能力或仍具优势的领域提升自己的优势。这个方法能够根据形势的紧急程度以不同的速度实施，缓慢的收获意味着以这样一种缓慢的速度减少金融支持，它几乎是一个保持战略；另一极端，快速的收获能导致预算以极快的速度削减，它几乎与清算没有区别了。

★ **联合战略**。上述的战略不是相互排斥的，在给定所讨论的组织环境下，能够以任何看似合适的方式联合在一起。但是，不同活动所面对的环境可能变化的多部门的大型组织中，联合战略很明显要更合适，或至少更有必要。因此，在这类环境中，组织可能经历持续不断的变化，一部分因倒闭或者被处理掉而获得新生，其他领域的业务迅速得以扩张。

由于每个组织都可以根据自身的环境，自由发展自己的战略方法，上述的几种战略方法并不完全、也不可能完全。正如第 6 章中讨论的，特定组织环境决定着管理者采用的战略类型，而不是尝试模仿在其他地方获得成功的类型。尽管波特的竞争力模型对所有这些战略形式都适用，但是战略冲突和资源基础模型更适合追求增长或公司有强大的市场地位的情况。尽管如此，需要记住的是波特和定位学派的观点与假设主导了 20 世纪八九十年代的战略实践。需要进一步指出的是除了维持性战略，其他所有的战略都意味着要对组织的内部运作进行根本性的重新构造。在这种情况下，有可能产生赢家和输家，管理者可能更注意保住他们的工作和权力而不是为组织选择最好的战略。

过去的 20 年间，在美国和欧洲，潮流转向于反对公司战略，或者更准确地说反对承担发展公司战略的责任，在 20 世纪 70 和 80 年代这种战略有着极为重要的影响力。科赫总结了对它们的反对，他认为：

> 对小型（公司）核心业务来说，只有在这个核心业务的增加的价值要多于它的花费、多于扣除业务支出情况下，这个核心业务才能证明是正确、正当的……但是，应该清楚的是……它们各自的成本花费，大多数公司的核心业务与增加的价值相比，却是毁掉了更多的价值。

对公司战略的这种负面观点也许受到彼得斯和沃特曼的极力拥护，而且也得到了来自学术研究者的强烈支持。其结果是日益增加的趋势把发展战略的责任从公司层次转移到业务层次。

业务层次战略

尽管公司层次的战略主要管理的活动是跨越一些不同领域的多样化公司；业务层次的战略与一个独立业务单位在它所选定的市场上能够采取的不同竞争方法有关，但是，必须记住它们的选择和运用是基于整个公司战略的框架之内，而不是与之相分离，尽管独立业务单位在这方面的自由程度因组织的不同而异，但为了这个目的，管理者在业务层次的战略关注正如哈克斯和梅吉拉夫所指出的：

> ……业务的使命、业务所在行业的吸引力以及业务单位在行业中的竞争地位，这些是决定一个业务战略日程的投入并导致其形成和实施的条件。

与在公司层次一样，可以获得的业务层次战略有许多不同种类。我们将通过讨论波特在这个领域中的研究，检查主要的战略方法，而不是试图去描述所有方法。

波特认为只有两种"公司可以拥有的基本类型的竞争优势：低成本或差异化"。他又加入了业务的"范围"（即它的市场范围）来产生"达到平均水平以上的绩效的 3 种一般战略"。正如前面提到的，这 3 种一般战略是成本领先战略、产品差异化战略和专一化战略。

成本领先战略

这种战略的目标是在不降低可比较的产品质量的情况下，达到比竞争对手更低的成本。达到这一点需要较大的销售量，使组织能够以达到规模经济来建立生产方式的目标。引用波特的话来说，这种战略需要：

> ……积极建造高效率、成规模的生产设施，在过程上追求成本的降低、严格的成本控制和管理费用的控制，避免边缘顾客账目的发生，在研发、服务、销售能力等领域最大限度地降低成本。

产品差异化战略

这种战略试图达到在行业范围内得到认可的目标：提供有别于其他供应商但同样优秀的产品和服务。这种战略的认可可以通过特殊品牌的形象设计、技术特征、顾客服务或更高的质量来达到，所有这些都对公司的结构和运作具有意义。当然，达到差异化有可能为了确保顾客忠诚等因素而导致与竞争对手的隔离，不过，这个结果产生的竞争优势也使得回报得以增加，然而，有时要使顾客对产品的高价格不那么敏感。

变革管理
Managing change

专一化战略

在这种情况下，战略与选择（集中于）竞争的特定市场、特定产品或地理区位有关。波特认为通过以这种专一化战略，公司有可能主导它选定的一个或多个区域。取得主导的方式可以是成本优势战略或产品差异化战略。但是，根据波特的观点，这种适合的市场必须具有把它们与一般市场区别开来的特征：

> ……专一化战略目标针对具有特殊需求的顾客提供所需的某一区段的产品，为达到最佳服务目标，必须具有与其他行业部门有所不同的生产和发送体系。

如果这个缝隙机会的市场得以成长或者整合成一个更大的市场，那么将不太可能保持市场的主导地位。在这种情况下，以前起主导地位的组织就会发现它们必须与其他组织共同竞争市场的份额。事实上，是游戏规则发生了变化并需要一个不同的战略选择——或者试图取得整个市场的成本领先，或者采用能使其他竞争者的成本优势无效的产品差异化的战略政策。

波特关于这 3 种战略的论断是独特的，并且是不能被同时混合应用的。也就是说，不可能同时成功地追求成本领先战略和产品差异化战略，因为每种战略需要不同的组织安排和条件才能成功。而且，如果一个公司没有取得成本领先、产品差异化、产品、服务或市场的专业化，它就会得到较低的赢利和低于平均水平的绩效。他称这种公司处于进退维谷的状态：产品利润低、绩效差。波特（1980：41）给出了这种"徘徊其间"公司的种类，因为它们缺乏：

> ……市场共享、资本投资以及解决低成本的策略；行业范围的差异化的需求回避了对低成本地位的需要，或者关注于在有限的范围内创造差异化或者降低成本。

然而，波特的著作很有影响，有很多人赞成他的观点。赫拉瓦卡等人在斯洛伐克共和国研究公立医院和私人医院时发现，采用"徘徊其间"战略的医院却取得了最佳绩效。但是，在戴思（Dess）和戴维斯的早期研究中也质疑了波特的观点，他们发现的证据表明低成本、高差异化的业务是非常成功的。

米勒也对波特的"公司只应该追求一种战略"的观点提出挑战。他指出这种专业化战略导致的不灵活性使组织的远景狭隘。此外，吉尔伯特（Gilbert）和斯特雷贝尔（Strebel）指出了成功的"超越"的战略。公司以低成本进入市场，然后，一旦确立了地位，就实行差异化以获得较大的市场份额。这就是 20 世纪 70 和 80 年代日本公司赢得西方市场的方法，即从一个成功的战略形式转移到另一种。在实施这种方法的过程中，日本公司使用战略冲突方法，但这需要得到建立和发展它们核心能力的支撑。因此，尽管波特的研究主导了西方公司的战略管理实践，战略冲突和资源基础模型已经表现出它们的价值。但是，无论组织采用什么业务层次的战略方法，由于受到日本公司成功的激励，功能层次战略的重要性日益受到重视。

功能层次战略

主要的功能层次战略与营销、财务、研发、技术、人力资源、制造或运作和采购有关。在战略决策制定的 3 个层次中，功能层次可能是西方组织最不注意的，这种情况有 3 个原因。首先，在对外部世界集中于公司和商业层次上，也就是市场上，会导致对组织的内部运作缺乏兴趣。假设内部世界是可以改变的，就能够并应该根据公司和业务战略的优先性进行调整。其次，功能层次战略的关键因素，尤其是与财务、营销、研发和技术有关的因素，实际上决定于公司战略并受到公司战略的限制。事实上，在许多组织中，甚至人力资源战略也是决定于公司战略层次的。最后，即使在 20 世纪 80 年代对功能层次战略重新产生了兴趣，也只是片面的、没有多少压力的、人事类型的问题。正如第 3 章中讨论的，为了理解和效仿日本所取得的成功，西方研究者创造了"7S"框架：战略、结构、系统、人员、风格、共同价值观和技能。尽管认识到日本公司在"7S"方面都很强大，并且整合为了一体，西方倾向于强调所谓的"软 S"：人员、风格、共同价值观和技能。这不但依然忽视了制造或运作和采购的方面，而且，即使在这么做的同时，还是未能产生日本公司核心竞争力所整合的公司，也未产生业务和功能层次的战略类型。这再一次凸现出西方战略实践者、咨询顾问和理论家对建立一种集中于特定方面之上的包括所有方面的战略方法的困难。

在研究检查公司、业务和功能层次战略时，可以看出只有有限的战略形式是可以被组织采用的，这些方法来自前面讨论的竞争力、战略冲突和基于资源的战略模型。但是，正如第 6 章中提出的，对某个特定组织来说，任何一种适应性与它面对的社会、部门、环境以及组织的限制有关。这些限制包括：产品—市场阶段的演化推进、公司所拥有的竞争地位、追求的竞争定位、竞争对手所使用的商业战略、公司能够运用的内部资源和独特能力、当前形势下的市场威胁和机会、竞争类型和竞争活力、顾客需求以及金融机构投入资本的条件。这里所提及的是一些较为显著的限制。此外，必须认识到一般性战略总会产生许多不同的变化，因此，在任何时候，选择最合适的战略都是一项高度复杂的任务。事实上，这也是人们预料得到的。如果选择和实施战略很容易，那么所有的公司都会成功。但是，由于成功的衡量通常是相对意义的，从定义上说不是每个人都能成功。因此，战略形成将会并且必定充满着危险性和复杂性。

但是，要注意的重要一点是，无论采用哪种战略形式，几乎没有例外地都会要求组织达到外部环境和内部结构、文化和实践之间的相互协调、相互适应。与早期战略学者的观点相反，如果组织是受它们的外部环境驱动的，那么内部的管理很可能确实需要变化，而且还是根本性的变化，以达到所设想的市场定位的目标。这就再一次强调了功能层次战略的重要性，并阐明了不能将其作为一个不太重要的问题来对待的原因。尽管如此，正如前几章中论述的，还应该牢记在心的是，组织营造外部环境来适应它们内部管理的可能性确实存在，许多组织没有这么做的事实，可能表明了它们更多地关注组织类型而非要面对的限制。

组织类型

迈尔斯和斯诺从战略类型的论争中发展出了一个重要的变形战略。他们根据组织的产品或者市场的变化速度，试图按照组织本身进行战略类型分类，而不是按照组织能够采用的战略类型或层次进行分类。迈尔斯和斯诺确定了 4 种战略类型（见展示 7.4）。

展示 7.4　战略类型的分类

防御者战略。这类组织通过只生产有限的产品以针对单一但相对稳定的市场，并采取积极防御的政策，追求内部的稳定性和效率。这类组织的特点是严格的控制、劳动分工范围大、具有高度的正规化和集权化。

开拓者战略。这种战略与防御者战略正好相反，为了发展和探索新产品和新市场而追求内部的灵活性。为了在动态的环境中有效地运作，具有结构松散、劳动分工和正规化程度较低以及权力高度分散的特征。

分析者战略。这类组织追求最佳地利用好上述两种类型的战略，目标是使风险最小化和利润最大化。只有在开拓者们已经证明了新市场的可行性之后，它们才进入新市场。其内部管理的特征是中等程度的集中控制，对当前的活动严格控制而对新的活动则实行较松散的控制。

反应者战略。这是一种剩余战略。这类组织由于反复追求上述 3 种战略中的一种，而表现出不一致和不稳定的状态。总的来说，反应者战略对市场的回应是不恰当的、表现较差、缺乏完全致力于将来某一特殊战略的信心。

　　尽管迈尔斯和斯诺的分类得到了一些研究学者在实践上的支持，其他人却怀疑它在跨行业中的可应用性。瓦尔德泽（Waldersee）和西热（Sheather）指出，尽管如此，迈尔斯和斯诺的研究与波特的研究有一些相似之处。他们认为成功的公司追求两种基本战略类型——创新或者稳定。

　　寻求创新战略的组织，既是实行波特的产品差异化的组织，也是实行迈尔斯和斯诺的开拓者战略的组织，希望通过在设计、品牌形象和特征方面提供独树一帜的产品和服务以减少价格竞争，从而取得成功。另一方面，追求稳定战略的组织，既是实行波特的成本领先者的战略，也是实行迈尔斯和斯诺的防御者战略，希望自己能生产比竞争对手质量更好、价格更低的产品，以稳定产品区域定位，并保持安全的机会市场，进而取得成功。

　　科万（Covin）同意成功的组织追求两种战略形式的假设，但是他把它们又划分为进取型和保守型战略。前者属于瓦尔德泽和西热的创新战略类别，而后者属于稳定战略类别。科万认为，组织采用的战略反映了它的本质（即它的文化）。因此，对科万来说，对战略的选择和追求受到管理风格和组织文化的驱动。但是瓦尔德泽和西热对此表示怀疑。他们的工作就是研究检查战略和管理风格的关系，看一方是否驱动另一方。他们给出了尝试性的结论：不同类型的战略使管理者倾向于采取不同方式的行动（即管理风格跟随战略类型），而不是管理者的风格使他们倾向于某一特定类型的战略。然而，回忆一下第 6 章对战略管理选择限制的讨论，可以认为这些学者采用了一个过于狭隘和宿命的观点。观察管理者面对的限制以及他们对这些限制的认知程度，会发现在一些情况下，战略可能确实需要管理者采用一种特定的工作风格；而在另一些情况下，管理风格确实会影响所采用的战略本质。在这本书的总结章节中还会讨论管理风格和组织背景之间的关系。

　　在转向研究检查组织可以使用的战略工具之前，要记住战略概念（无论是在功能、业务或公司层次上）是引起论争的重要因素。很多有影响的学者不相信战略是一个有意识、有计划的过程。虽然这并没有使公司战略、业务战略或功能战略本身失去效果，但确实意味着它们是一个有问题、有争论的领域。

战略计划工具

　　这一部分简要回顾了可供组织挑选和构造战略的主要工具。总的来说，这些工具或者侧重于定量方面，或者侧重于定性方面。无论过去还是现在，主要是定量工具（数学模型）占居主导地位，这在很大程度上反映了组织采用的战略类型，以及（不是没有关系的）对定量

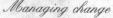

化的偏爱。尤其是在美国的财务领域，有许多领先的战略工具和方法从量化中产生。但是，应该指出，其他的工业领先国家，尤其是德国和日本，在决定战略时，对财务和其他定量测量的依赖较小。例如，日本电子巨人——NEC 公司从来不使用贴现现金流；丰田尽管确实计算现金流，但它在制定决策时并不考虑现金流。而且，即便在财务考虑被认为是非常重要的美国和英国，也已经发生了一些变化，不再单一地完全依赖定量技术，而对更为柔和的定性技术，如：建立计划或愿景有了越来越多的兴趣。对更加定性化技术的兴趣部分原因在于，尤其在面对日本的竞争时，为了创造真正可维持的竞争优势，而提倡拥护更加定量化方法的定位学派支持者的明显失败，由此，对定性技术的兴趣，也从对战略冲突和资源基础战略方法日益增长的兴趣中得到了极大的升华。此外，从总体来说，它推动了组织理论从定量化向更加定性化技术的转变，并受到这种转变的促进。

正如可以预料到的，有许多工具和技术是战略家可以运用的。但是，按时间为序最为吸引人们注意的工具和技术是下列几种：

1. PIMS（利润对营销战略的影响，Profit Impact on Marketing Strategy）模型；

2. 成长—份额矩阵；

3. 计划构造方法。

前两种方法集中于公司层次和业务层次的战略，它们服务的市场侧重于已建立起举足轻重地位的大型组织。但是第三种方法没有这种限制或侧重，在许多情况下都适用。

PIMS

PIMS项目开始于 1972 年，起源于西德尼·舍夫勒（Sidney Schoeffler）的研究。通用电气把它应用到实践中，希望能分析它们的运作，以便明确商业成功的因素。1975 年，舍夫勒成立了战略计划学会（Strategic Planning Institute，SPI），它与哈佛商学院建立联系，为 PIMS 研究提供了持久的基础支持。从那时起，PIMS 成长为世界上最大的私营数据库，由 200 多家大公司和约 2 600 家个体商业单位构成。

PIMS 模型暗含的原理是，公司的某些特征和市场决定其利润率。因此，理解这些特征并发挥它们的作用，将会帮助公司变得更加赢利。这个模型基于下面的信念，即有 3 种主要因素决定一个商业单位的绩效：战略、竞争地位和所在领域的市场或行业特征。有两个至关重要的假设支持这个模型，首先，所有的商业环境基本上都是相似的，并遵循同样的市场法则；其次，未来与过去是相似的，即如果过去战略和绩效间的某种联系导致了利润的产生，那么未来它们也会是这个样子。

PIMS以俱乐部的形式运作。它从其成员公司中收集与市场份额、利润率、产品质量和投资等因素有关的信息。这类信息被输入到PIMS的数据库，然后用来为其单个成员提供类似下列问题的答案：

★ 对某一特定业务来说，什么样的利润率是"正常的"？

★ 什么样的战略变化有可能提高绩效？

★ 采用某一特定战略会对盈利率、现金流等可能产生什么影响？

对PIMS的成功有许多讨论。当然，它的一些使用者，以及学术观察家们认为它只有有限的用途。反对PIMS的主要批评有下面几点：

★ 它有缺点，因为它使用的是历史数据，而没有考虑将来的变化。当组织在一个动态的环境中运作时，使用过去预测未来是一项危险的活动。事实上，PIMS似乎只在稳定的环境中才有用，在这种环境中，公司坚持做它们最了解的事情。从战略的角度来说，甚至还有人怀疑PIMS是否可以被认为是一项政策工具，因为它非常依赖"变量"因素，例如市场份额，可以被认为是绩效变量，而不是战略变量。

★ 它极具分析性，但是在解决问题方面却非常有限。此外，因为PIMS必须使用一个非常大的数据库进行分析，这些产生的数据对管理者的吸收掌握造成了一个很大的问题。反过来，由于输出的统计错误几乎不会公开讨论，对它的结论，在管理者中就形成了一种从不怀疑的趋势，因为"计算机总是正确的"。

★ 它的最著名、也最有争议的论断，即认为利润率与市场份额密切相关，市场份额的提高会导致投资回报成比例地增加，但其有效性值得怀疑。史密斯认为，同样可以说两者都是由于一般的因素，如低成本和优秀的管理带来的。有责任向管理者和咨询顾问灌输一种信念，即较低市场份额的业务是不好的，必须提高它们的市场份额或者从有疑问的行业中撤出，而不论其利润率的大小。

★ 决定模型预测的大多数因素不是单个公司所能控制的，然而，由于PIMS严重依赖这些数据，它得出的关于公司命运的任何结论却都是决定性的。你会被告知，你对改变一个负面的预测是无能为力的，因为有关的因素不在你的控制之中，这样的告知既不令人感到欣慰，也不是特别有用。

变革管理

Managing change

★ 它的假设是一个相当大的定量和变量的组合，主要是反映足够获取一项业务的财务状况，并从中决定出一个现实的战略。而且，明茨伯格等人评论说："……发现变量之间的相关关系……是一件事，假设一种因果关系并使之成为一种规则，又是另一件事。"

★ 它的基本前提是：商业问题都是有条理的或者经过缜密组织的，因此 PIMS 假设决定或者划分组织或业务单位的层次、顾客群层次、竞争层次、市场层次和生产线层次，并且这些分析应用都是非常清楚或非常明确的。所以，它不适合解决不精确的商业定义问题，更不用说冲突的商业定义问题了。

总的来说，对 PIMS 的主要批评是：过于机械、过于复杂、建立在不可靠的数据基础上，不能准确地应付动态和不可预测的环境。然而，尽管有批评和反对，许多研究者仍认为 PIMS 是一个有用的工具。PIMS 方式还因它对战略变量，如对利润和市场份额之间关系的真正本质的理解而受到称赞。很明显，管理者天天都在处理这些变量和它们的关系，但是使这些关系概念化的尝试直到 PIMS 研究项目的出现后才有。

但是，这不是要最小化 PIMS 模型的缺点，其数据的提供者倾向于并几乎完全使用由已经在各自的市场上占据重要地位的大型著名公司提供的数据。因此，明茨伯格等人观察到，它强调的是"在那儿"或"留在那儿"而不是"到达那儿"。因此它的法则对那些新兴的、小规模的或创新型公司几乎没有任何关联。

成长—份额矩阵

这是美国波士顿咨询集团（BCG）脑力劳动的产物，并且是目前发展起来的最著名也是最有争议的战略工具。BCG 于 1963 由布鲁斯·亨德森（Bruce Henderson）成立，它被普遍认为是商业战略分析的先驱。成长—份额矩阵，或非正式地称为"波士顿盒子"，是在 BCG 产生发展起来的两个概念：经验曲线和可持续增长公式。

亨德森认为，在 20 世纪 60 年代发现的经验曲线表明"当产品的累积生产增长一倍，其生产成本就以某一稳定的比例下降（通常是 10%~30%）"。BCG 从中得出结论，如果成本按产量（即经验）下降，那么成本也一定是市场份额的函数，因此有最大市场份额的公司应该也是具有最大的竞争优势以及最高的利润率。

可持续增长公式发展于 20 世纪 70 年代早期，建立在增长、投资和回报关系的基础上，他们认为，在理论上，具有最高投资回报率的公司能够成长得最快。

把上述两个概念结合起来就产生了成长—份额矩阵。该矩阵假设，除了最小和最简单的组织以外，其他所有组织都有不止一种业务。一个组织内的业务集合被称为它的业务组合，使用画图分析（见图7.2），它把组织业务组合中的业务分成明星、现金牛、瘦狗和问号。

图 7.2　BCG 成长—份额矩阵

★ **明星**。具有高增长和高市场份额的业务单位、行业或产品。由于这点，明星被认为能用来产生大量的现金。由于它们通常代表最好的利润和投资机会，所以，对明星最好的战略通常是进行必要的投资以保持或提高它们的竞争地位。

★ **现金牛**。被定义为以前的明星，它的市场增长率下降了。在市场快速增长的早期，它们曾经是市场的领跑者，但随增长的逐渐减少只能维持这一地位。它们被认为是增长低但市场份额高的业务。由于它们在市场中的牢固地位，它们比竞争对手有更低的成本和更高的利润，这些业务有丰厚的现金。因此对这种业务的正确战略，是使它们产生尽可能多的利润以便发展组织业务组合中的其他业务。

★ **瘦狗**。在低增长潜力的市场上运作的低市场份额的业务。低市场份额一般意味着低利润，并且因为市场增长低，所以提高市场份额的投资经常是被禁止的。而且，在这种情况下，保持竞争地位所需的资金投入经常超过产出。这样，瘦狗经常成为现金陷阱。由此，一

一般来说，对瘦狗最好的战略是出售。

★ **问号**。被认为具有高的增长率和低的市场份额。为保持它们的发展进程需要较多的现金，但是由于市场份额低，它们的利润也较低。它们被这么称呼是因为大多数情况下，该采用什么合适的战略不明确。就其高增长率，通过进一步的投资或许可能让它们成为明星；另一方面，由于业务的不确定性，或许最好的战略可能是把它们都出售出去。

成长—份额矩阵的创始者认为它是评价和策划市场和业务发展的一种动态工具。例如，该矩阵预测，尽管市场在行业中的增长下降，但只要它们保有较高的市场份额，原来的明星将转移到现金牛的位置，否则，它们将成为瘦狗。它还声称，能够预测在变化的市场中现金肥牛和瘦狗的发展方向。因此，成长—份额矩阵能够被用来预测一段时间内业务组合的发展。在这个矩阵中有两个基本假设：第一，其行业、产品或业务具有较高的增长率，能够与那些低增长率的行业、产品或业务区分开来；第二，有较高的竞争地位或市场份额，能够与较低竞争地位或市场份额区分开来。在这些假设的基础上，矩阵根据它们所在行业的增长率和市场份额对业务单位或活动进行分类。

在 20 世纪 70 年代美国公司广泛和迅速地采用了这个矩阵。这有两个原因：首先，矩阵简单，结构明了；其次，大多数大型公司都忙于把组织分解成针对特定行业或产品的战略业务单位，公司核心都在寻找对这些单位的活动进行划分和指导的简单方法，该矩阵被它们认为是一个理想工具。但是麦基尔南 (Mckiernan) 认为，它的优势远远超过它的简单和构造的易用性，他坚信矩阵对战略计划有帮助，对平衡业务、投资决策和竞争标准之间的现金流动也有帮助。

但是，许多评论者指出，多年来，成长—份额矩阵不但受到了称赞，也相应受到了批评。对该矩阵最明显的反对是它在业务分类中运用的标记，安德鲁斯 (1980) 把这些标记描述成"庸俗和破坏性的词汇"。而且，对暗含的假设和"波士顿盒子"的运作还有其他更严重的批评。一个主要的批评是：一个组织的独特性和它存在的问题不能被这个或任何其他严格的分类方案所把握。这在梅卓夫 (Mitroff) 和梅森 (Mason) 的观点中有所反映，他们认为矩阵所暗含的关键性假设是重复和简单化的，即：分类方案适用于所有的业务，因为所有的业务都能够被划入 4 种基本类型的一种，或者说分类方案与所有的业务都相关，这就意味着所有的业务都应该能够被划入 4 种类型之一。

此外，许多研究者注意到了定义和衡量矩阵所依赖的主要变量的困难，如行业增长、市场份额和利润率。哈克斯和尼科尔森也对此提出了疑问：市场份额是否真的就是决定利润的主要因素？行业的增长是否真的就是全面解释增长机会的唯一变量因素？这些限制得到了史密斯的支持。更进一步的顾虑是该矩阵假设一个好的组合分析，应该确定每个业务单位的竞争优势和行业吸引力，但是成长—份额矩阵的相互替代的方法反对这个论断。相反，它们假设这两个维度不能通过简单的测量反映出来，而是需要更广泛的关键因素来准确地定位业务单位。另一个保留意见是方恩（Fawn）和考克斯（Cox）提出的，即对限定一个单一业务下定义是困难的。

最激烈的批评来自运用过矩阵的许多公司，它们发现，所有的组成业务即使实际上是赢利的，也都被划入了瘦狗一列，这让它们很警觉。

也许最关键和最普遍的批评涉及到与矩阵和其他已经使用过类似工具的方法有关。正如哈克斯和梅吉拉夫观察到的：

> ……通过将战略思考转换成简单的、机械的活动，矩阵把战略思考变得平凡化，但最终结果至少是令人有疑虑。而且，矩阵方法把战略分析和随后的战略思考，从管理者的工作领域转移到了计划部门的工作范围之中。

面对这些批评，最初的成长—份额矩阵也作了一些调整。例如，通用电气与管理咨询公司麦肯锡联合发展了一个9格"通用公司业务矩阵"取代原来的4种分类；英国的壳牌化学品公司也发展了一个类似的系统，称为"方向政策矩阵"（Directional Policy Matrix，DPM）；其他许多组织发展或运用类似方案以满足它们各自的组织需求。尽管如此，组合模型看来还是招引了与成长—份额矩阵类似的涉及各层面的批评。

不管这些批评的益处如何，即使是其支持者也没有人会反对，与PIMS一样，成长—份额矩阵非常适合结构完善的计划问题，包括对业务单位、产品或竞争的基本界定。不幸的是，由于现在商业的不确定性和快速变化的特征，这样的环境越来越不普遍。在某种程度上来说，这可能是对下面一种方法的日益盛行的解释。

设想或愿景的构建方法

作为对上述定量方法批评的一种克服方法，设想构建方法的使用出现在20世纪70年代。设想构建的使用基于下面的假设：如果你不能预测未来，那么通过考虑一些可能的未来，一个组织的战略视野就能够扩大，管理者能够开启新的想法，甚至还可能确定正确的未

来。因此，设想允许组织进行战略选择的实践，依靠对生产、技术和市场的投入，在构建未来、适应未来或者保持其选择的开放方面进行尝试。约翰逊和斯克尔思 (2002) 把设想定义为：

> ……对一个组织的业务环境在未来可能如何发展的详细的、可能的观点和意见，而其面临的未来是建立在关键环境组合影响之上的，变化的驱动因素是高度不可预知的。

理性的设想方式允许组织为实现一个集约化的、独特的并且是复杂的环境状况和需求而进行的检验研究，而不是企图将自己适应那些标准的战略计划工具，如 PIMS 和成长—份额矩阵。

卡恩 (Kahn) 和韦纳 (Weiner) 把设想定义为一系列假设的事件，用来把注意力集中在因果关系和决策环节上。对卡恩和韦纳来说，设想的目的是以尽可能引人注目和有说服力的方式展现未来的一些可能。对诺斯 (Norse) 来说，设想是提高我们对长期性、全球性、区域性或国际性的一系列现有或潜在的趋势或政策及它们相互作用的理解。然而，从本质上来说，建立设想可以认为是通过对案例研究的构建，无论定量还是定性，是对不确定的未来（业务或其他事情）做出的各种不同的描绘。设想建立的定量形式，有时被称为硬方法，通过产生大量的数字和图表，运用数学、模型和计算机来描述未来。但是，主要方法是本质上的定性描述方法或者软方法，它以人的思想精神资源为基础，源自于心理学和社会学方法。

设想的两种比较完善的建立方法是"德尔菲方法"（Delphi Method）和"交叉影响方法"（Cross Impact Method）。但是近几年来，第三种方法——愿景规划（Vision-building）的影响日益明显。尽管它与其他设想的建立技术有一些相关之处，但它来自于不同的传统。设想方法尤其是愿景规划与后现代主义的观点有一些相似之处，即：组织存在于相互竞争以取得各自优势的各式各样的现实之中。从后现代主义的观点来看，组织有能力创造它们自己的现实，因此，设想和愿景的建立都被看作是帮助组织或组织内的主导群体选择或构造最适合它们现实需要的过程。不过，设想和愿景的建立也与第 4 章中描述的现实主义和复杂性观点的方法相一致。对现实主义来说，设想能够帮助从缠绕它们的诸多过剩的不同观点中区别出真正的限制；而对于复杂性观点的追随者来说，它们能够被用于寻找"混沌的边缘"的位置，并且组织保持这个位置也需要有序的生产规则。

设想类型方法的主要功能之一是它们能够使组织质疑其存在的根基，检查其价值观及规范的实用性。与询问怎样才能改善它们所做的事情相反，它们开始询问：我们究竟为什么要做这一切？有什么可替代的？这种对基本假设的质疑是前面讨论的定量工具所没有的，特别是为第一次构建这种模型的大多数管理者提供了帮助。实际上，定量模型工具通过为管理者提供"答案"，而不是提供决策所需的信息而使管理者没有了思考的必要。另一方面，3种定性方法都促使管理者彻底思考他们的组织目标及未来。

德尔菲方法

这种方法需使用一个专家小组，在他们的专业知识领域内，就有关未来的问题向他们提问。在经典的应用中，提问是在每个回答者都不知道其他人答案的情况下进行的，以避免权威的影响和产生一致意见的倾向。在最初的一轮提问完成之后，其结果被报告给专家小组，然后进行第二轮提问。如此反复进行几轮提问。

从这些提问中产生的结果必须在产生数量、时间记录和范围上都符合统计学的方法，在过程结束时，可以得到对未来的详细的数值预测，或更具描述性和更丰富的结论，二者取决于所采用的方法的不同：定量或者定性。这两种情况包括了大多数相同的意见和少数不同意见。

交叉影响方法

这是德尔菲方法的一种变型。它基本上使用与德尔菲相同的提问方式，即一组专家，但区别在他们被问及的问题。德尔菲方法要求专家在他们的专业知识领域内确定未来会影响组织或业务的一些问题，而交叉影响方法要求专家给出组织在未来事件和发展中的主观可能性和时间上的预先考虑，尤其强调是确定加强或阻止未来事件和发展的趋势，发现特定事件的关系并指出它们的重要性。从这项活动中积累的数据被用来加工产生每个事件作为时间函数的可能性曲线。

愿景规划

正如贝恩所展示的正规调查那样，在刚刚过去的10年里，愿景规划本身已经成为至关重要的管理工具之一。毫无疑问，它与其他设想建立技术有相似之处，它更多地受到日本管理实践的影响，而不是西方的影响。尽管它是最流行的管理工具之一，但它也许还是最少得到理解和最不特殊的方式之一。这也许是因为与其他两种设想的建立技术相比，它是一个结构化较差的方法，并且更依赖于公司自己的管理。根据柯林斯和波拉斯（Porras）的研究，有说服力的愿景由两部分组成：（1）描述组织核心价值观和核心目标的核心理想；（2）强

变革管理
Managing change

有力的和有名的组织在未来所确定的特殊的、明确的目标和变革的远景。愿景规划的主要因素如下：

★ 公司高级管理者团队对组织"理想"的未来状态的概念；

★ 对组织的使命以及它存在的原理的确定；

★ 对理想结果和理想条件以及达到这些目的所需能力的清楚论述。

愿景规划是一个反复的过程，从一般（远景）到特殊（理想的结果和条件），然后再反复。根据卡明斯和休斯的观点，通过这种方式的循环，能够构造并追求一个雄心勃勃而且可以达到的未来。这在很大程度上要归功于日本，它是以愿景规划为基础的战略意图概念方面的先驱。哈梅尔和普拉哈莱德的研究在这方面有着特殊的重要性，他们认为日本公司的战略方法与西方公司有着显著不同，日本公司的战略意图是在一个长远构架中运作，而不是预先制定一个详细的计划。它们创造了它们理想的未来愿景——它们的"意图"，然后它们就以义无反顾但又灵活的方式去追求它。哈梅尔和普拉哈莱德引用了杰出日本公司的例子，在20世纪60年代，当它们在国际上还无足轻重时，它们决定开始主导它们自己的市场。本田的战略意图是成为"福特第二"，小松（Komatsu）的战略意图是"包围履带车"，佳能的战略意图是"打败施乐"。然后这些公司发动它们的资源以达到各自的战略意图。其中，它们运用的主要资源是员工的积极性、创造性和灵活性。

与所有的战略计划方法一样，这些设想或愿景的建立方法也受到了批评。主要的有：

★ 这些方法倾向于主观依赖和偏好。任何的5位管理专家能够对同样的环境作出完全不同的解释，这一事实是经常被引用的对这种方法的批评例子。

★ 这些方法倾向于回顾过去。人们对未来看法的形成，受到他们的知识和过去经验的影响。由于经验不总是最好的老师，设想或愿景可能建立在错误的假设基础上。

★ 参与者对设想的偏好和选择会受到他们自己的部门或私人利益的强烈影响。还有，设想发展的过程不能由新手完成，只能要么耗用高级管理者的时间，要么花费昂贵的费用聘请外部专家来完成这个过程。

★ 对需要构建多少设想，以及如何去应用它们也存在着许多争论。

★ 愿景和设想越激进彻底，对实施它们的管理者及其他人员来说就越困难。

★ 愿景常常需要极具幻想的领导者，而这样的领导者却是短缺的。

尽管有这些批评，但目前设想和愿景的应用，还是成为了管理工具箱中的重要部分。

因此，对组织来说有许多可以采用的战略计划工具和技术。在回顾主要的定量和定性工具和技术时，可以看出每一种都有它的缺点。但是随着较少说明性、指令性战略模型以及更加定性化战略模型使用的日益增加，更加定性化的工具和技术会日益流行起来。

结论

正如第 6 章的目的是检查理解战略的主要方法那样，本章的目的是检查应用战略的主要方法。本章开头描述了在过去 20 年中组织利用的 3 种主要战略模型：竞争力模型、资源基础模型和战略冲突模型。然后研究检查了战略应用的不同组织层次并提供了主要战略计划工具的形式。

对这些领域的研究检查表明，至少在西方，规范性流派战略分析的方法、工具和技术比较受组织的喜爱。通过迈克尔·波特的研究，表明定位学派虽然居于显著的地位，但规范性流派仍有持之以恒的影响。这并不令人吃惊。毕竟，那些构成了规范性流派的生计，无论他们是顾问、咨询公司、商业学院或学术研究者，在很大程度上依赖于为战略计划产品创造市场。还可能是当著名的咨询公司、商业学院和大公司都支持某一特定方法时，另外一些管理者迫于巨大的压力而去跟风追随。为了解释陈旧的口号"没有人会因为购买 IBM 的产品而被解雇"，人们还可以说"没有人会因为咨询波士顿咨询集团或迈克尔·波特而被解雇"。诚然，正如本章还要表明的，在过去的 15 年中，资源基础模型和战略冲突模型越来越重要，两者都属于分析性战略流派并得益于它的支持。战略冲突模型的根源是把战略看作是斗争性组织之间的战斗的观点。但是，正如所解释的，它恢复的杰出性既来自对竞争力模型应用的实际考虑，也来自新的理论洞察，如博弈论。另一方面，资源基础模型的方法在很大程度上归功于那些追求理解和解释日本战略方法的人，如普拉哈德和哈梅尔。在这两种情形中，可以看出战略被认为是一个应急性的而不是计划的过程。因此，尽管规范性战略流派仍在决定管理者如何发展和实施战略方面有极大的影响，但分析性流派的影响也日益增加。

但是，回到第 6 章中的争论，认为分析性流派是应用战略的"正确"方法，而规范性流派是"错误"的方法，或反过来，或都是错的。相反，规范性和分析性流派的方法都可以为组织提供许多东西，当然这还取决于组织的环境或限制。对于一个在市场上居于相对稳定主导地位的组织来说，规范性流派的方法，如竞争力模型，可能是合适的；同样地，对于追求进入新市场或在长期的时间构架中发展业务的组织来说，分析性流派分支的方法，如资源基础模型，比较合适；在平衡的竞争环境中，战略冲突模型可能更准确。但是，这里并没有建

议偶然性战略模型，相反，正如在第 6 章中争论的，建议的是组织要进行一个自己的选择，使它们能够影响或塑造它们所面临的一些限制，以便使这些限制更适合它们追求的战略类型或模型。因此，正如在本章前面讨论迈尔斯和斯诺的研究时所指出的，组织所要采用的战略方法与所提供的不同模型的优点的多少关系较小，而更与组织的类型和它的管理者定位相关。

但是，选择所追求的战略类型或模型是一件事，实施它则完全是另一件事。如果认识到规范性和分析性战略流派有根本的不同，实际上在实施的观点上几乎是对立的，则更是这种情况。对前者来说，是实施来自组织的战略计划。对后者来说，战略产生并形成于组织每天所做出的调整变化以及使自己适应环境的行动和决策。但是无论组织支持哪一个战略模型，只有当组织实施变革时战略才存在，这实际上强调了组织变革的至关重要性。就像本章和前一章回顾了关于战略争论的主要问题一样，后面两章将回顾变革管理主要方法的优势、劣势和应用情况。

检验你的学习

简答题

1. 什么是战略的竞争力模型？

2. 定义战略的战略冲突模型。

3. 简要讨论战略的资源基础模型。

4. 组织中战略决策制定的 3 个层次是什么？

5. 给出迈尔斯和斯诺的 4 种组织战略类型。

6. 描述成长—份额矩阵。

7. 什么是设想建设？

8. 简要讨论下列名词对组织变革的意义：（1）PIMS 模型；（2）愿景建设。

论述题

1. 比较定量和定性战略方法的优势和劣势。

2. 在什么程度上愿景建设可以被看作是一种后现代主义的方法？

第 **8** 章

变革管理的方法

学习目标

学完本章之后，你应该能够：

- 描述变革管理的主要的理论基础；
- 讨论库尔特·勒温对管理变革的贡献；
- 陈述勒温变革计划方法的核心要素；
- 展示在组织发展运动中怎样改进变革的计划方法；
- 理解勒温的计划变革的观点与组织发展所提倡的观点的主要不同点；
- 描述计划变革方法的益处；
- 列出对计划变革方法的主要批评；
- 描述不断增加的、间断性的以及持续性变革的模式。

变革管理
Managing change

展示 8.1　理论的重要性

工作越细化，效率就越高

　　摆在柴油发动机制造专家罗斯顿（Royston Marine）公司面前的问题是很清楚的：必须将产品产量立即提高7倍，以应对英国军队这个有价值的客户突然而来的订单，订单要求对大量的发动机进行更新换代。

　　对解决方案，罗斯顿管理主管汤姆·威尔金森（Tom Wilkinson）也同样清楚，就是介绍并引入全天候的工作方式，立刻让每个工程师像那些发动机一样竭尽所能地投入工作。

　　不过，他知道由于技术的短缺以及还要完成的其他订单的需要，这就限制了他的调整空间。他说："人们的工作不可能努力提高到700％的程度，但任务还是必须要按期完成。"因此他非常谦虚谨慎地——或者说是坐立不安地——极力地向威廉·克林（William Callin）寻求灵活项目管理的新观点，这是一种基于达拉谟大学工程学院（Durham University's School of Engineering）基础之上的咨询方法。

　　在位于泰恩（Tyne）河畔纽卡斯尔（Newcastle）城的罗斯顿董事会会议室里，

进行了3个小时的讨论，克林先生坦率地告诉威尔金森先生：他为完成订单所制定的计划是错误的。他给他提出了一个大胆的计划："明天将一条生产线给我24小时，我来示范如何进行生产。"

　　面对挑战，克林先生创造了机车生产工程师的纪录。第二天午饭的时候威尔金森先生同意了这一方案。克林先生向罗斯顿的管理证实了：无论其生产效率在何种水平，其实际的生产效率依旧可以更高。

　　取消每个生产阶段都有的许多工序的生产方式——传输带、检验、清洁、重建、油漆及检测，克林先生建议在每一个工序段只需要做一道工序，即采用一种"单件流程"的方法。

　　这个方法与威尔金森先生的初衷相悖，但是他却看到了这种方法的优点，不像原来那样："实际装配只占10％的工作量，而寻找螺丝配件却要占90％的工作量。"他的雇员们也对这种宛如汽车长途大赛紧急维修站式的工作方法发出了警告，这种方法，工作小组只管单一的工作任务。"坦率地说这就是我们的工作。"柴油机螺丝紧固工人沃恩·布莱克（Vaughn Blake）说："零件都放在那儿，所以工作速度确实快多了。"

以前罗斯顿用一周的时间才为军方更新一台引擎，转眼间就可以在不到一天的时间内完成——还不用夜班生产，同时还可以完成其他订单。

威尔金森先生对克林先生和他的管理者大加称赞，卡尔·麦克莱肯（Karl McCracken），与克林一道帮助罗斯顿工作。

对威尔金森先生来说，这是双重的实践活动，不仅是进行了学术活动，更紧要的是证明了自己的守信："没有参考指南，也不能拖延，没有他们我们也能完成任务吗？我不知道。"实际上，是丰富的管理理论支撑着克林先生创造了奇迹。

围绕"精简活动"的实践，克林先生

说，当遇到问题的时候，人们必须采用充分相信的新方法，并坚决加以实施。"当情况变坏，就是你确实需要的时候。"克林先生说："它向你表明了你的问题。"

精简制造原理并不是什么新原理，支撑克林先生工作的"废品消除"理论就是由50年前的丰田发展起来。灵活项目管理的工程师们意识到根本性的变革决不是容易进行的。

麦克莱肯说："人们正在陷入对世界的认识的歧途，那花费了很长的时间。"由于制造管理者承受着很多巨大的压力，克林说，许多的管理者对变革方式感到焦虑和不安,也就几乎不用感到奇怪了。

但是，他建议道，一些管理者对他们所认识的理论表示反对，是因为这些理论被错误地使用了。他问道，什么是分批生产？还是对一种旧理论的实际实施？

"一切都是理论。"他指出。

引言

这一章是对前两章战略方法讨论的继续，第6章和第7章主要是讨论关于决策以及规划组织战略方向的方法，支撑这两章的是对两种理论流派的划分，即规范性战略流派和分析性战略流派，前者试图告诉组织怎样形成战略，而后者则试图了解组织在形成战略时做了些什么；前者试图把战略看成是正式的、理性的和事先计划的过程，后者则把战略看成是非正式的、感性的和偶然的过程。于是，对规范性学派来说，组织变革是实施一个组织预先战略的结果；而对分析性学派来说，组织变革不是战略的结果，而是一种战略形成的过程。对两种理论学派来说，变革管理都是非常重要的，无论是对战略的实施还是对战略的发展。

于是，本章和下一章将集中讨论计划和实施组织变革的方法，这些组织变革对形成或实

变革管理
Managing change

现战略目标来说是必要的。如展示 8.1 的例子所示，甚至相对较小的变革目标也需要人们摒弃长期持有的一些信念；时代的驱使需要他们精力充沛地去阻止衰退。由于这个原因，他们需要健全的理论以及合适的理论。本章从描述变革管理的理论基础开始，展示这 3 个对组织变革管理方法提供支持的主要理论学派，并通过它们所关注的重点的不同而进行划分，它们所关注的重点分别是个人范围、团队范围、组织范围的事项。这之后，我们继续讨论变革的计划方法，它是由库尔特·勒温在 20 世纪 40 年代发展起来的，这种方法在管理变革的理论和实践中占主导地位。但到了 20 世纪 80 年代，这种方法受到越来越多的批评，这些批评主要集中于它对一个组织在动态而且不可预测的环境中运营的适应性问题。本章结尾指出，虽然一些批评可能是不公正的，但计划方法更加适合渐进式变革，而不适合大规模和根本性的主动变革。

理论基础

变革管理不是一门严格的、有明确定义界线的独立的学科。变革管理的理论和实践吸取了大量社会科学和社会传统的知识。尽管这是其优势之一，但是相对其他方面来说，却为追溯其起源和定义其核心概念的任务造成了很多困难。

这个任务被社会科学自身的相互交织的朴素事实进一步复杂化。例如，管理理论教育和学习，这些帮助我们理解管理变革行为的方式，如果没有对儿童和成人心理学的研究，就不能全面地对这些理论进行讨论。如果不能对理论知识（认识论）有所接触，也就不能对管理理论开展讨论，其理论知识自身也名副其实地属于哲学的危险范畴。

所以，我们不必由于陷入其相关的难以明确和理解的学科之中而迷失方向，挑战就是扩大理论涉及的范围以找出并抓住变革管理的理论基础。为了达到更佳的结果，研究检查的范围将仅限于 3 个学派的思想，这些思想是形成变革管理理论立场的核心纲要：

★ 个人观点学派；

★ 团队动力学派；

★ 开放系统学派。

个人观点学派

这个学派的支持者分为两个阵营：行为主义学者和"格式塔—菲尔德"（Gestalt-Field）心理（完形心理）主义学者。前者把行为看作是个人和环境作用的结果；后者则相反，认为

这种解释是片面的，他们认为个人的行为是环境和动机的综合产物。

在行为理论里，所有的行为都是通过学习才出现的，个人是外在信息的被动接受者。早期在行为调节这个领域里开展研究的是巴甫洛夫（Pavlov）。在一个现在已变成民间故事的实验中，他发现在铃响的时候给狗食物，铃声可以"教会"狗分泌唾液，从这里进行推理，行为主义学者的一个基本原理是：人们的行为可以由他们所期望的结果来调节。受到奖赏的行为就会被重复，而被忽视的行为则不会被重复。于是，为了改变人们的行为，必须改变引起行为的环境。

实践中，行为的改变就要求给出不同的强化激励因素，以便得到期望的行为方式。目标是在出现期望行为的情况下立即给予奖励，而忽略不被期望的行为（因为负评价也是一个强化因子）。这基于一种条件反射消除的原则：如果一个行为没有被给予正评价，则这种行为最终会停止。毫无疑问，行为主义学派在它出现的时期，反映了经典学派的各个方面，它把人比作一个机器的零件，只对外在的刺激作出反应。

对"格式塔—菲尔德"（完形心理）理论者来说，学习是一个获得和改变判断力、期望以及思维模式的过程。为了解释个人的行为，这些学者考虑的不仅仅是个人的行为以及对它们的反应，而且也考虑个人对这些问题自身的看法。正如弗伦奇（French）和贝尔（Bell）的解释：

> "格式塔—菲尔德"（完形心理）理论基于一个信念：人们的活动是作为一个整体的有机的活动。每个人都有正面和负面的特性，他通过人们的活动从整体中体现和"坦白"出来。当一个人觉得他陷入矛盾的困境中，或不能接受他自己时，他就会陷入焦虑之中……基本上，个人自己会从以上情景中解脱出来……采取特定的行为保持清醒的思维和真实的感受等其他类似的东西。

于是，"格式塔—菲尔德"的学者认为，行为不仅仅是一个外在因素的结果。这样，"格式塔—菲尔德"的支持者试图帮助组织成员改变他们对自己以及相关的环境的理解，他们相信，这样就会导致行为的改变。而行为主义学者则试图仅仅通过改变作用于个人的外在刺激因素来达到组织变革的目的。

这两个"个人观点"学派的学者们在变革管理上都是有影响力的，当然，甚至有学者提倡交替使用这两种观点。对文化卓越学派来说，理所当然地是这种情形，他们提倡通过强大的个人激励（外在刺激）以及讨论、参与和辩论（内在反省）带来组织的变革（见第3章）。

变革管理
Managing change

把内在和外在激励因素结合起来，在很大程度上归功于人际关系运动，他们（尤其是通过马斯洛的著作）强调为了影响人们的行为而采取这两种激励形式的必要性。而且，人际关系运动承认了个人角色的重要，他们也注意到了在组织中社会团体的重要性，这也正是是团队动力学派所强调的。

团队动力学派

作为变革理论的一个部分，这个学派有着最为悠长的历史。正如本章稍后将要展示的，它起源于库尔特·勒温。它强调，通过工作团队而不是个人来完成组织变革。通过勒温的阐述，其背后的理由是，组织中的人们是在团队中工作的，个人的行为可以根据团队实行的信条及规范来改变。

勒温推测团队的行为标志是一个相互作用的力量的复杂集合，它不仅影响团队结构，也改变个人的行为。他强调说，个人行为是一个团队环境或者被他称之为"场"的函数，这个"场"产生力量、张力并把团队的紧迫压力传给团队的成员。据勒温说，个人在给定时间里的行为，是个人感受到的力量（无论是正面或负面的力量）及其强度大小的结果。因此，他判定一个团队不可能有一个"均衡的稳定状态"，而是处于一个不断适应的过程中，他把这个过程叫做"准稳定均衡"。

因此，团队动力学派的观点认为，为了带来变革，关注于改变个人的行为是没有用的，团队的急迫压力感约束了个体要遵守的规则。变革的焦点就应该放在团队的水平上，而且应该集中于影响和改变团队的规则、角色和价值观。

"信条"也就是原则或标准，它限定人们应该在特定的环境里做什么、思考什么。对团队动力学派来说，它认为在分析一个团队的规范信条时，重要的是分析区分明确和不明确的规范信条。明确的规范信条是正式的、明确写出来的规则，它们为所有的团队成员所熟悉，并适用于他们；而不明确的规则是非正式的、没有写出来的，个人可能不会很明显地意识到它们。不管怎样，在解释团队成员活动的时候，不明确的规范信条被认为起着重要的角色作用。

"角色"即团队和个人成员所被期望遵循的行为模式。在组织里，角色是由正规的工作描述和履职目标定义的，虽然实际上它们也很强烈地受到信条和价值观的影响。甚至在员工的工作生涯中，个人可能被赋予不仅仅一种角色。例如，一个生产部门的管理者可能也是公司社会俱乐部的秘书，一个职能官员可能也是一个商店的员工，一个管理者也可能是公司的安全代表。在团队中也有类似的情形，一个团队的主要角色可能是从事一项特定活动或服务，也可能被期望持续地发展、保持和提高其技能，还可能成为组织中其他部门的专业智能的提供者。很明显，如果要求团队的成员和团队自身担当一些不同的角色，角色冲突和角色模糊就可能会永远地存在。除非角色被清晰地界定并且相容，否则对个人（由于压力）和对团队（由于凝聚力的降低和差的业绩）的结果都不是最优的。

"价值观"是个人和团队对正、误所持有的观点和信念，价值观不是指人们在一个具体的环境中是怎样想、怎样做以及如何感觉的，而是在这些现象之后与之相关的更为宽泛的原则。相对于信条和角色来说，价值观是一个不太明确的概念。信条和角色能够给予比较精确的定义，而对影响他们行为的价值观就很难定义，因为团队的成员一般并没有意识到它，或者表述不出来。于是，通过询问人们问题，观察他们的行为并不能对团队的价值观得出清晰的结论。但不管怎样，这个概念在决定和改变行为模式上被看作是非常重要的。

团队动力学派在发展变革管理的理论和实践上是很有影响力的，这可以通过一个有说服力的事实说明。现在大多数组织通常把自己看作是团队的集合体，而不仅仅是个人的集合体。

弗伦奇和贝尔指出，所指团队的重要性可通过以下的事实说明：

> ……在组织发展中最重要的干预活动是建立团队的活动，其目的是在组织的各种各样的团队中改善并提升效率……同样设立团队会议的目的也是通过对任务需求、关系需求和团队过程……的更好管理，达到改善团队效力的目的；分析其处理问题的方式，并且努力发展提高其运营战略。

通过这样做，信条、角色和价值观得到检验、受到挑战，并且，一旦需要，就改变它。

尽管强调组织中的团队很重要，但另外一些学者却提出，恰当的方法是把组织当作一个整体来对待。

开放系统学派

在研究讨论了强调个人和团队重要性的变革管理方法之后，现在我们继续将讨论重点放在组织层次的开放系统学派（正如第 2 章提到的）方法上。这一学派把组织看成是由一些相互联系的子系统所组成，因此对系统的某一部分的变革会对系统其他部分产生影响，继而会影响到组织的业绩。开放系统学派变革的方法是基于一种描述和评价这些子系统的方法，其

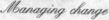

变革管理
Managing change

目的是找到需要作怎样的变革才能改进整个组织运作的方法。

这个学派不仅仅把组织看成是封闭的系统，而且认为，组织至少在两方面可以被看成是开放的。第一，它们和外在环境相关，并且和外部环境产生相互作用；其二，在内部它们也是开放的：各种各样的子系统也有相互作用。于是，内部的部分变化将会对其他部分产生影响，而且还会依次对外在环境产生影响，反之也是这样。

开放系统方法的目标是以这样一个方式来改进企业的整体功能：通过清晰地界定业务之间相互协调和依赖的方式，共同完成整体的目标。其重点是达到整体的协调的效果，而不是仅仅优化单个业务的业绩本身。

米勒给出了4个主要的组织子系统：

★ **组织目标和价值观子系统**。是指组织宣称的目标以及为了达到这些目标所提倡的价值观。为了有效率地运作，组织不仅必须保证它的目标和价值观是相互协调的，而且目标和价值观要和它的外在和内在环境相关。

★ **技术子系统**。这是指组织为了有效运作所需要的特定知识、技巧和技术的组合。这里再次关注的是技术子系统和组织环境的相容性。

★ **心理子系统**。这个系统与组织气氛以及组织文化有关。本质上说，心理子系统是指那些把人们联系在一起并使他们成为特定微型社会（组织）公民的信条、价值观和规则的一种结构体制。它受组织环境、历史和员工以及任务、技术和结构的影响。如果心理子系统虚弱、分散和不恰当，那么，它就不能把组织结合在一起，反而会有不利的影响。

★ **管理子系统**。这个子系统针对的是整个组织。它负责的活动是：联系组织和环境，制定目标、决定价值观，发展整体的战略计划和具体的操作计划，设定组织结构和建立控制系统。正是这个子系统有责任明确地为组织提供导向，确保组织达到它的目标。如果管理子系统失败了，那么组织的一切均告失败。

开放系统学派强调把组织当作一个整体来看待，因此它采取整体的而不是狭隘的观点。这在它管理变革的方法中可以体现出来，根据伯克（Burke）的看法，有3个因素可以体现这一点：

1. 子系统是相互依赖的。如果对组织的一个部分进行变革而不考虑其将对组织其他部分造成的影响，那么结果就不是最优而最多是次优的。

2. 培训。作为一个变革的机理，仅仅依靠自己是不能成功的。这是因为它把重点放在个人而不是组织水平上。如伯克所论述："虽然培训可以导致个人的改变，在某种程度上也可以导致小范围的组织变动，但很少有证据显示改变个人可以导致组织的整体改变。"

3. 要想取得成功，组织必须好好利用其人力资源的能量和潜力。这就要求去除可能的阻碍，提供正面强化。如果这需要规范、奖励机制和工作结构的改变，那么必须从组织立场来考虑问题，而不是从个人或者团队的立场。

虽然开放系统学派的观点有自己的优点，得到众多的褒奖，但也有一些缺点。例如，布特勒（Butler）在称赞这个学派在探索组织变革方面迈出了一大步的同时，也指出："社会系统是非常复杂和动态的系统，以至于难以对它进行规范和分析。于是，一个学者试图理出所有和系统相关的因果关系的时候，他就可能迷失方向。"比奇从一个相同的角度，对开放系统理论评述道：

> ……该理论并不是一个统一的、可以清晰表述的、有逻辑性的理论。其大部分内容是很抽象的。要使它在管理的实践中变得真正有用，该理论的代言人和倡导者就必须转移到一个更加务实、更加具有可操作性的境地。

尽管有这些批评，这个理论也还是受到了一些杰出理论家的强有力的支持，如伯恩斯和斯托克、琼·伍德沃德及劳伦斯和洛尔施。这也正是第 2 章所解释的它为什么有如此大的影响力的原因。

总结

当我们研究构成变革管理理论中坚的 3 个学派时，我们就会得出 3 个重要结论。首先，除了行为主义理论之外，这 3 个学派的立场不仅和古典学派对待组织和个人的机械方法形成了强烈的对比，而且在对待个人、团队以及组织的方法上也是如此，它们也与在第 3 章所讨论的新兴组织的范例之间形成了关联。当然甚至可以说这 3 个学派提供了与新的组织范例相关的许多核心概念，特别是和团队工作以及组织学习相关的概念。如果是这样，那么，这些组织的新的形式和过去就形成了鲜明的对比，就必须对此加以重新考虑。

其次，这 3 个变革的理论观点分别侧重于组织生命周期的不同部分，于是每个理论对变革所采取的形式是什么，以及怎样进行管理变革都有不同的意义。根据前面部分讨论的 3 个模型，判断任何变革管理的方法的依据就是看它是否可以全部适用或者部分适用由"个人"、

变革管理
Managing change

"团队"和"系统学派"所涉及的变革类型。

最后，虽然每个学派都认为自己是最有效的，但实际上，它们并不一定是相互冲突和相互竞争的。当然也可以说它们是互补的方法。关键的任务，也是将在本章和下面两章要详细进行讨论的，就是辨别在特定的情况下哪种方法最适合：问题或者变革的目标是在组织、团队和个人中的哪个层次？这些层次上的变革能够单独处理吗？

开放系统观点可能是正确的：重视在一个层面上或一个部分中发生的变化应该可能会影响到组织的其他部分。然而，在最后的分析中，到底应该持有哪种观点？是在组织的范围、团队范围，还是局限于个人？到底是什么在发生变化？答案当然是团队和个人的行为，因为，正如这些观点的支持者所承认的，组织是社会的系统，任何事务的改变都需要团队和个人的相互合作和达成意见的一致，因为是个人和团队组成了组织，只有通过团队、个人的行为，组织的结构、技术、系统和程序才能由抽象的概念转化为现实。在本章的其余部分，以及将要讨论管理组织变革的主要方法的下面二章，对这一点将会有更为清晰的解释。

组织变革的计划方法

变革是组织的一个特征。许多人强调，现在变革的频率和幅度比过去大多了。计划变革这个术语首先是由库尔特·勒温提出的，其目的是区分组织自发的详细计划的变革和组织因突发事件而被迫采取的变革的类型。由于变革管理依赖于许多因素，至少不全是特定学派的有关思想，所以，毫不奇怪，在过去几年里，即使在计划变革的倡导者中也出现了一些不同的变革管理的模型。虽然这些模型是为特定的组织而设计的，或来自于一些学派的思想，但是，计划方法总是和组织发展（OD）的实践（当然也可以说是组织发展的精髓）密切相关的。弗伦奇和贝尔认为：

> 组织发展是一个出现在20世纪50年代后期和60年代早期的一种独特的组织提高的策略……（它）已经发展成为一个理论和实践的整合系统，能够帮助组织解决绝大部分与组织的人力资源相关的问题，组织发展（OD）也是计划性的变革，可以使个人、团队和组织更好地运作。计划变革包括许多共同的东西，如长时间坚持不懈地艰苦工作、一种系统的面向目标的方法，以及关于组织动态机理的站得住脚的知识。这些知识来自于行为科学，如心理学、社会心理学、社会学、人类学、系统理论和管理理论。

支持组织发展的基础是一系列的价值观、假设和道德观念的集合体，这种集合体强调组织发展的人性化导向以及它对组织有效性的承诺。在过去的岁月里，这些价值观被一些学者清晰地表述出来。最早对组织发展的核心价值进行尝试研究的学者是弗伦奇和贝尔，他们对组织发展提出了4种核心价值观（见展示8.2）。

展示 8.2　弗伦奇和贝尔的组织发展的核心价值观

★ 首先是信念，即人类的需要和渴望是组织在社会中存在的主要理由；

★ 变化的载体（人）相信组织利益的优先性高于其他，是组织文化的一部分；

★ 变化的要素必须有助于组织效率的增加；

★ 组织发展强调最高价值观是通过权利的平等化使组织变得更加民主。

通过一个对组织发展实践者的调查，赫尔利等人发现这些价值观清晰地反映在实践者在实际工作中所使用的5种主要的方法上：

1. 给员工授权；

2. 创造开放性的沟通；

3. 促进并利用变革过程和结果；

4. 对协作文化的提升；

5. 对持续学习的改进。

在组织发展的领域里，有大量的理论家和实践家对组织发展的进步贡献了自己的模型和技巧，组织发展和人际关系运动有一些共同的概念。当然，道格拉斯·麦格雷戈是人际关系运动的一个关键人物，在组织发展的早期扮演了重要的角色。然而，尽管如此，现在的学者一般都认为组织发展来源于早期的库尔特·勒温的行为科学的理论，特别是他对动作研究以及计划变革的发展。

库尔特·勒温的计划变革

虽然现在有一种降低他的理论对现代组织的影响的倾向，但是很少有社会科学家受到如库尔特·勒温所受到的赞扬和崇拜。正如埃德加·沙因富有激情的评价：

> 毫无疑问，现在有关应用行为科学、动作研究和计划管理理论的先驱是库尔特·勒温，他在领导方式上的重要学术著作，以及发生在第二次世界大战时期目的是努力改变消费者行为的实验引发了一代学者对团队动力学的研究和大量变革项目的实施。

变革管理
Managing change

　　勒温一生中的绝大部分时间，都是竭尽全力地致力于解决社会冲突的问题，尤其是少数民族问题或者弱势群体问题。支撑勒温这一坚定信念的基础是：只有民主的价值观渗透到社会的各个方面，才能防止严重的社会冲突的出现。正如他的夫人在他逝世后出版的他的著作选的序言中所写的：

　　库尔特·勒温坚持不懈地致力于提升对社会心理学世界的概念性的研究，同时他还充满了对应用他的理论观点构建更加美好世界的迫切渴望，难以确定产生这些的两个动机到底是源自精神还是源自活力。

　　从大的方面来说，他的兴趣和信念根植于他的德国犹太人的背景。勒温生于 1890 年，是一个在德国长大的犹太人，当时，反犹太主义是官方承认的生活现实。很少有犹太人能够期望在文职服务机构或大学里找到工作。尽管这样，库尔特·勒温在 1916 年获得了柏林大学的博士学位并留校任教。虽然没有获得在柏林大学任教的保证期限，在 20 世纪 20 年代，作为其场论研究领域的领袖人物，勒温逐渐获得了国际声誉。然而，随着纳粹的兴起，勒温认识到犹太人在德国的地位越来越受到威胁，在 1933 年希特勒成为德国的独裁者之后，勒温只有从柏林大学辞职，随后到了美国。

　　在美国，勒温首先找到了一份工作，就是在康奈尔大学做一个"流亡学者"，随后，从 1935 年到 1945 年，又在 Towa 大学工作。在这里他着手进行了一项雄心勃勃的研究计划，涵盖的主题涉及：子女与双亲关系、婚姻冲突、领导者风格、工人的激励和绩效、行业冲突、团队问题的解决之道、沟通与态度的改变、种族歧视、反犹太主义、反对种族歧视主义、歧视与偏见、种族融合与种族隔离、和平、战争与贫困。正如库克（Cooke）指出的，当时种族主义和反犹太主义等许多著作在美国的流行，特别是他在公众中所倡导的支持弱势群体的呼声的日益增长，使勒温成为了政治上的"左派"。

　　在第二次世界大战期间，勒温的大量著作是关于美国的战争努力方面的。这其中包括他对前线军队士气以及战争心理学的研究，还包括他的一个著名的研究，其目的是规劝美国家庭主妇购买更便宜的肉。他的关于少数民族和群体关系的演说有很大的需求。这些行动与其所致力研究的精髓相协调，那就是如何使德国的独裁主义和种族主义文化为浸透着民主的价值观所取代。他说民主以及民主价值观的传播是通过社会进行的，是反对独裁主义和转制的核心堡垒。他所主张的观点是：首要任务是建立民主、避免单极化体制，关于这一点可以从他的文章《德国的特别现象》（The Special Case Germany'）中摘录得到：

……纳粹文化……有很深的根源，尤其是在年轻人当中，是他们未来的依靠。这种文化的核心价值观将权力视为是至高无上的，并且公然抨击正义和平等……

为了保持稳定，文化变革必须渗透到国家生活的方方面面，简言之，就是变革必须改变"文化氛围"，而不仅仅是改变某个单一层面。

文化变革需要各阶层领导体制的变革，在开始的时候，尤其重要的是这些社会领域的领导层，这些是权力观的基本点。

在第二次世界大战结束之后，勒温在麻省理工学院建立了团队动力学研究中心。研究中心的目的是研究群体行为的各个方面，特别是那些带来变革或阻碍变革的环境和条件。同时，他又是社区关系委员会（CCI）的主要成员和资深顾问，该社区关系委员会（CCI）是由美国犹太人协会资助建立的，其目的是探求消除所有种族歧视的根源。那时勒温写到："我们犹太人不得不为了我们自己而战斗，并且我们的斗争将是顽强地并且是有理性地。我们知道犹太人的斗争也是为了所有少数民族的斗争的一部分，目的是为了争取平等的民主权利和机会……"为了追求这一目标，勒温相信他的团队动力研究和团队行为研究将为社区关系委员会（CCI）提供关键性工具。

在建立英国的达维斯托克（Tavistock）研究机构和它的学术期刊《人际关系》（Human Relations）时，勒温也起了很大的作用。除此之外，在1946年，康涅狄格州种族委员会请求勒温帮助它培训社区领导，并对防止社区种族和宗教偏见的最有效方法展开研究，这导致了敏感性训练的发展，并且在1947年，建成了著名的国家培训实验室。然而，沉重的工作负担严重损害了勒温的健康，1947年2月11日，他因心脏病逝世。

勒温的著作

勒温是一个人道主义者，他相信只有解决了社会冲突，无论这种冲突是宗教的、种族的、婚姻的亦或是行业之间的，人类的生存条件才能得到改善。他坚信解决社会冲突的关键，是推动促进学习并且使每个人都理解，以调整他们对周围世界的认知，在这方面，和他一道在柏林工作的"格式塔—菲尔德"心理学家（完形心理学家）对他产生了极大的影响。他的大部分著作的核心主题是"个人所从属的团队是建立在个人的感觉、个人的情感和个人的行为基础之上的"。并且，尽管实际上他的著作涉及很多学科和领域，如高尔德所述："勒温的专业化行为思想是颇为明确清晰的，既独立成篇亦是天衣无缝的完整体系。"所以，虽然勒温的"场理论"、"团队动力"、"行为研究"以及变革的"3步"模型被当成不同课

变革管理
Managing change

题的著作，但他自己却把它们看作是完整的统一体，每一个主题都相互支持、互为补充，并且对这些主题必然的了解，带来了计划性变革，无论是在个人层面、团队层面、组织层面甚至是社会的层面。正如奥尔波特（Allport）所指出："他所有的概念、使用的根本象征，构成了一个完美整合的系统。"这些可以从其著作的 4 个方面看出。

场论

这是一种通过制定行为发生区域的整体性和复杂性途径来理解团队行为的一种方式。勒温认为，为了对形势进行了解必须"观察当前形势（现状）并把现状看成是由特定的条件和力量所维持的"。勒温认为团队的行为是相互作用的错综复杂的力量集合体，这些力量不仅影响组织结构，也改变个人行为。因此，个人行为代表的是团队环境或者是他所谓的"场"的功能。所以，主干群体的任何变化，无论是大是小，都来自于场内的力量。勒温将场定义为："所设想的、彼此相互依赖的、共同存在的实际情况的总合"。勒温相信，场是一种持续的适应性调整状态，"变化和恒定是相对的概念，团队生活绝不是一成不变的，只不过所发生的变化在数量上和形式上不同罢了"。这就是为什么勒温用"准静态平衡"这一术语表述的原因，这一术语表明团队行为和过程具有自己的规则和模式的同时，团队在力量或者环境的作用下还有持续地发生波动变化的倾向。

勒温的观点是，如果能够辨别和创造出这些力量，那么不仅能够理解个人、团队和组织的行为原因，也能够知道为了带来变革，什么力量需要消除，什么力量需要加强。然而，总体来说，勒温把行为变化看作是一个渐进的过程，他承认在诸如个人、组织或者社会危机的情况下，场中的各种力量能够迅速地发生根本性转变。在这种情况下，已建立起来的规定程序和行为中止，原本的状态不再可行，新的行为模式迅速出现，并形成了新的平衡（或者准静态平衡）。

尽管其明确的价值观可以作为理解和变革群体行为的手段，但随着勒温的过世，总体上对场理论的兴趣也在消退。不过，近年来，由于阿吉里斯和希思行关于了解和克服变革阻碍的著作的问世，勒温的场理论的著作再一次引起了人们的兴趣。按照亨得利的说法，甚至批评勒温的人也利用场理论来发展和改进自己的变革模型。实际上，勒温的著作和复杂性理论学者们的著作甚至是具有同样的影响力。例如，贝克就曾指出"混沌理论"和"突变理论"对复杂系统的描述和表现行为所作的表述与勒温的场理论的概念有着惊人的相似。尽管现在

勒温的场理论也许已很少有人明白，但是由于其在描绘与个体和团队或者组织关系紧密结合的力量方面的潜力，这一理论对勒温其他著作仍起着关键的支撑作用。

团队动力学

> ……动力学一词，来自于希腊，是力量、能量的意思……团队动力学是指来自团队内部的力量……它研究的是：什么力量促进团队的兴起，什么情况下对团队有调整作用，具有什么样的因果关系，等等。

勒温是第一个写出团队动力学的心理学家，也是第一个强调在形成集体成员行为方面团队重要性的心理学家。实际上，勒温对"团队"的定义仍然被普遍接受："……组成团队的个人的性格都不相同或者是各有差异，但其未来命运却是相互依赖的。"正如吉彭伯格所注意到的，勒温处理了两个问题：当团队中的各种力量发生撞击时，导致团队所作出的特定反应（行为）的本质和特点是什么？以及如何改变这些力量以形成更加令人满意的行为？勒温研究发展的团队动力学的概念就是应用于这些问题之中。

团队动力学强调团队的行为而不是个人的行为，主要聚焦它们的变化。勒温指出，关注于改变个人的行为是不会有结果的，因为孤立的个人被整体的力量所限定。因此，变革的焦点必须集中在团队层面，必须集中在诸如团队信念、角色、相互影响和社会化因素方面，这些因素能产生"不平衡"和变化。

勒温在团队动力学方面开创性的工作，不仅为我们理解组织打下了基础，而且还被自我组织理论、非线性理论的研究者们与复杂性理论联系了起来。但是，只理解团队内部的动力学还不足以靠其自身带来变革。勒温还承认，必须提供一种过程方法，使团队成员能参与并且乐意改变他们的行为。这导致了勒温发展了行动研究和变革的三步模型。

行动研究

这个词汇出现在勒温的一篇名为《行动研究和少数民族问题》（Action Research and Minority Problems）的论文中。勒温在文章中指出：

> 在过去一年半的时间中，我有机会与诸多各种各样的组织、机构以及个人接触，它们都是为在团队关系领域方面来寻求帮助的。

然而，尽管这些人呈现出：

变革管理
Managing change

······面对这些实在的问题以及具体的实施，尽管有大量善意的、准备好的方法······但这些热衷的方法使人们感到如在雾里。他们在 3 个问题上感到迷惑：1.什么是现实的情况？2.危险是什么？3.全都是最重要的，我们该能做什么？

勒温设想的行动研究包含着团队处理这 3 个问题的两个过程。首先，它强调变革需要行动，而行动可以被引导并导致变革。其次，行动研究认识到成功的行动基于正确地分析环境、辨别所有可能的解决方案并选择一个最恰当的方案。尽管为了取得成功，还存在所谓的感觉需求问题，即个人内在的变革需求。如果团队或组织中的感觉需求低，那么变革的引入就会有问题。行动研究的理论基础是格式塔（完形）心理学，它着重强调通过帮助个人对其总体环境进行思考并获得新的认识就能成功地实现变革。勒温指出，行动研究的"······进程是螺旋式的，它的每一步都充满了计划、行动以及对行动结果实际调查的循环往复"。这是一个反复的过程，研究导致行动，行动导致变革和进一步的研究。正如沙因所评论的：这就是勒温的观点："不想变革组织的人就不会理解组织。"实际上，勒温的观点是非常多的，了解和学习是这一过程中涉及个人和团队的产物，把它融入到变革后的行为中，这比变革的结果更为重要。

至此，行动研究利用勒温的场理论确定了集中在个人所属团队的力量，它还利用团队动力学来解释团队成员在受到这些力量的驱使时他们所作所为的原因。勒温强调，团队中行为的过程和形式不只仅仅是力量场中负面力量的结果，它们有其自身的价值观，对增强团队信念起着积极的作用。行动研究强调，为了有效地变革必须在团队层面进行变革，必须是全体员工共同关注、参与和协作的过程。

勒温的第一个行动研究项目是调查和减少天主教和犹太教少年帮之间的暴力行为，随之而来的项目是对纽约百货公司的黑人和白人员工进行调查。不过，行动研究也被英国达维斯托克研究机构所采用，将其应用在新的国有煤炭行业中，以改善管理和提高效率。从此它得到了全世界的强烈追捧。然而，勒温所关心的是：

取得更高业绩水平的团队变革通常并不能持续很久，在实施变革之后，团队不久又回到原来的绩效水平。这表明仅仅定义组织的业绩计划、变革目标所要达到的水平是不够的，目标要求应该包括变革后要长久地保持在新的水平上，或者在一定的时期保持在新的水平上。

这就是勒温发展其变革 3 步模型的原因。

3 步模型

这个模型经常被作为勒温对组织变革的关键贡献而引用。不过，必须认识到勒温在发展他的 3 步模型的时候，并不仅仅在思考组织的问题。他的确不想把它从其他 3 个基本原则中分离出来，这 3 个基本原则构成了他的变革计划方法（也就是：场理论、团队动力学和行动研究），更恰当地说勒温把这 4 个概念看作是在团队、组织和社会层面进行分析、理解和实施变革时所组成的一个完整的方法。勒温（1947a）指出，成功的变革计划方案包括 3 个步骤：

第 1 步：解冻。勒温相信人类行为的稳定性是建立在准稳定平衡的基础之上的，而准稳定平衡是由复杂场中的驱动力和抑制力所维持的。他强调在放弃（忘却）旧的行为、采用新的行为之前必须解冻这种平衡。勒温所给出的研究问题的类型，正如人们所想象的，他不相信变革会是如此容易，也不相信同样的一个方法能应用于所有的情况：

> 在不同的情况下"解冻"所呈现出的层次水平可以涉及颇为不同的问题。奥尔波特曾描述说，在旧的成见去除之前，进行"宣泄"似乎是必须的。砸开满足于现状和自以为是的保护壳有时需要进行情绪上的煽动。

沙因扩展了勒温的思想，他指出解冻的关键"……就是要认识到无论在个人还是在团队层面的变革，都是具有深远意义的心理动力学的过程"。沙因（1996）确定了为实现解冻所需的 3 个过程：否定现状的合理性；归纳出弊端或者心存的疑虑；让大家产生心理安全感。他强调"……如果没有足够的心理安全感，那些非强化的信息将会被否认，或者换句话说就会有防备拒绝心理，感觉没有留下任何让人感到焦虑的东西，从而，也就不会发生任何变革"。换言之，在他们接受新信息、拒绝旧行为之前，必须对那些涉及"损失"或"丢脸"的问题感到有安全感。

第 2 步：运作。正如沙因指出，解冻不是目的，它"产生的是学习的动机，而且是不需要控制或者预先指导的学习动机"。这反映了勒温的观点，即从计划变革得到的任何可预见或可确定的特定结果都是非常困难的，因为所涉及的各方力量的复杂性。取而代之的，是需要考虑所有起作用的力量，并且在反复试验的基础上，鉴别和评价所有可供选择的选项，当然，这实际就是行动研究所提倡的学习方法，这种方法是研究、实施、再研究的反复，就是要使团队和个人对这一系列行为从很少接受达到较高程度地接受，但是，正如上面所提到的，勒温承认，如果没有进一步的巩固加强，变革可能就是短命的。

第 3 步：再冻结。这是 3 步模型的最后一个步骤，再冻结就是把组织稳定在一个新的准稳定均衡状态，目的是保证新的行为的相对安全而不会轻易回归。再冻结的主要观点是新的行为在一定程度上必须与其他学习者的行为、个性和环境相适合，否则它只会导致新的否定性的轮回。这就是为什么勒温把成功的变革看作是团队行为的原因，因为如果团队的信念、规程还没有得到转化，个人行为的变革也将是不能持久的。在组织的用语中，再冻结通常需要变革组织的文化、信念、政治和实践。

与勒温其他方面的著作一样，他的变革 3 步模型在过去的 20 年中已经变得不流行了。但是，其持续的影响力却正如汉迪所评论的：

> 搜寻数量可观的对创造变革、管理变革和观念的解释，表明变革是一个具有 3 个阶段的过程，这个过程需要从解冻的过程开始，远不能仅仅局限于表面。

勒温与变革：概要

勒温的主要兴趣是通过无论在组织内部还是广泛的社会行为的变革来解决社会冲突问题，他确定了成功所必需的两个条件：

1. 为了分析和了解社会类型是如何形成、激励和维持的。为此，他发展了场理论和团队动力学。

2. 为了改变社会团体的行为。他为实现这个目的建立发展的主要方法是行动研究和变革的 3 步模型。

勒温著作的基础就是要有坚强的伦理道德精神，信仰社会民主制度和社会民主的价值观的重要性。勒温坚信只有依靠加强生活各方面的民主参与，依靠解决社会冲突才能使专制主义、独裁主义和种族歧视的根源得以有效地革除。自从他逝世以后，勒温更为广泛的社会研究历程主要借助行动研究的庇护继续得以发展。尽管近年来人们将行动研究应用于组织的兴趣日益增长，但还有在更加广泛的社会舞台，勒温的计划方法仍然紧紧伴随，例如巴尔加尔（Bargal）和巴尔（Bar）这样描述道：多年以来，人们应用勒温的方法，通过发展共同的集体工作场所，处理巴勒斯坦的阿拉伯青年与以色列的犹太青年之间的冲突。发展这些工作场所的六原则始终基于勒温的著作：

> （1）数据收集的重复过程以确定目标、行动以实现目标以及行动的检验和评价；
>
> （2）研究结果对受训者进行反馈；（3）研究和实践者的协作；（4）研究要以社会团体

生活法律为基础、要以变革的 3 个阶段——"解冻"、"运作"、"再冻结"——为基础，并且要以团队的决定为基础；（5）考虑变革的价值观、目标以及权力结构的行为者和当事人；（6）研究是为了获得知识或解决问题。

按照组织变革的理论，勒温和他的合作者与哈伍德制造公司有着长久和富有成效的合作关系，在这里他的变革方法得到发展、应用、提高和升华。考奇和弗伦奇注意到，在哈伍德"从工厂管理的观点出发，存在两个需要研究探索的目标：（1）为什么人们会强烈地抵制变革？（2）为了克服这些阻碍应当做些什么？"然而，在其广泛的社会研究历程和狭隘的组织研究历程中，勒温寻求的是用类似的概念解决相似的问题。在他逝世之后，主要通过组织发展（OD）运动的开展，他关于组织方面的著作被其追随者和后继者进一步发扬光大。然而，组织发展在试图保持纯真的众人参与的哲学，并主要是受到勒温的团队动力学著作极大影响的同时，还倾向于把计划变革与勒温的 3 步模型等同看待，而不是把它作为场理论、团队动力学和行动研究一揽子整合应用的结果。作为卓越的变革方法，3 步模型的发展还颇为不完善，因此组织发展的参与者们对此作了进一步的研究发展。

计划变革的阶段

为了发展勒温的 3 步模型，许多学者把其步骤或者阶段扩大了。利比特（Lippitt）等人（1958）发展了一个 7 个阶段的计划变革模型，而卡明斯和休斯也有过之而无不及，发展了一个 8 个阶段的模型。然而，如卡明斯和休斯指出："计划变革的概念意味着组织在不同的时期处于不同的状态，计划的运动会从一种状态移到另一种状态。"但是，为了理解计划变革，仅仅了解带来变革的过程是不够的，还必须对组织所经历的从不满意的现状转到更加渴求的未来状态的阶段有所了解。

布洛克和巴滕在分析和综合了关于计划变革的 30 多个模型的基础上发展出一个整合了 4 个阶段的模型（见展示 8.3）。他们的模型根据两个主要的维度来描述计划变革，这是组织在经历计划变革时所要经历的不同的阶段以及变革的过程，它们是把组织从一个状态改变到另一个状态的途径。

展示 8.3 布洛克和巴滕的计划变革的 4 阶段模型

1. 探索阶段。在这个阶段，一个组织必须探索并决定它是否要在组织中进行特定的变革，以及如果进行变革是否为规划变革而调配资源。这个变革阶段所包括的过程是了解变

革的需求，寻求外部（一个顾问）的帮助来规划和实施这些变革，并且和顾问签订一个合同来规定双方的责任。

2. **规划阶段**。一旦组织和顾问签定了合同之后，第二个阶段所涉及的就包括了解组织的问题或关注点。包括在这个阶段里的过程有：为正确地诊断组织的问题而搜集信息；建立变革的目标以及设计适当的步骤来达到这些目标；规劝主要的决策制定者同意并支持所计划的变革。

3. **行动阶段**。在这个阶段，组织从原先制定的计划出发，实施变革。变革的过程涉及按计划将现在的状态转变到所期望的未来状态，相应的过程有：建立恰当的调整安排来管理变革过程以及为采取行动以寻求支持；对实施的行动进行评价和反馈，以便可以作出任何必要的调整或精简。

4. **整合阶段**。这个阶段开始于变革被成功地实施之时。它包括：巩固和加强变革的结果，以便使它成为组织正常的每天运营中的组成部分，而且不需要特别的安排和激励来维持变革的结果。相关的过程有：通过激励和反馈系统强化新的行为，逐渐减少对顾问的依赖，把变革的成功方面融入组织中，培训管理者和员工，使他们坚持不懈地监督并且改进这些变革。

通过卡明斯和休斯，这个变革模型对大多数变革环境有着普遍的适用性。很显然它涵盖了许多其他变革模型的关键方面，特别是它克服了在变革过程（方法）和变革状态（组织为了实施成功的变革必须经历的连续阶段）之间的任何混淆的概念。

与勒温的模型一样，布洛克和巴滕的模型也主要强调在团队和个人层面开展变革。然而，组织发展的实践者和其他学者都认识到"组织不断地被创新；工作任务不断地被重组；市场的规则不断地被改写；组织的本质在不断地变化"，并且，组织发展必须适应新的环境条件、拓宽它的范围而不仅仅局限在个人和团队行为范围之内。

组织发展不断变化的本质

至少在美国，组织发展已经成为一项职业，有自身规则的实体性组织：拥有自己的从业人员、被认同的资格和大量被承认的工具和技巧，以及关于自身操作的道德规范。这个职业中的成员，或在学术机构、咨询行业中，或在私人和公共的组织中，提供咨询服务。和其他任何职业或贸易一样，除非为顾客提供想要的服务，否则只有歇业。于是，为了了解计划变革的方法和现实作用，有必要研究一下组织发展怎样对顾客不断变动的需求作出反应。

如前所述，组织发展是一个运用行为科学知识和实践来帮助组织获得更大效率的过程，原来组织发展主要强调的是组织中的工作团队，而不是整个组织，而且它主要关心的是组织中与人相关的系统和过程。然而，弗伦奇和贝尔与卡明斯和沃雷已经注意到，近些年在组织发展领域其重点发生了一个较大的转移，从团队转变到组织设置的范围，甚至扩大到组织之外。3 个发展导致了组织发展观点的扩大：

★ 随着 20 世纪 60 年代工作设计运动的兴起（见第 2 章），特别是社会技术系统理论的发展，组织发展的实践者认识到他们不能仅仅局限于组织中团队和个人的工作，还要把目光转向其他的系统。逐渐地，组织发展采用了开放系统的观点，这就使得它可以从组织整体的角度来看问题，并且把组织和环境联系起来。

★ 组织范围观点的拓宽，使组织发展的实践者在两个相关方面也扩宽了他们的观点。首先，毫无疑问地他们对管理组织文化越来越有兴趣。这样，当和团队工作时，组织发展顾问就认识到团队的信条、规则和价值的重要性，使得组织文化的兴趣转向于此，成为了一个根本性的进步。其次，他们发展了对组织学习概念的兴趣。和勒温著作中的观点一样，组织发展的实践者强调他们为组织设计的变革实际也是一种组织学习。于是，从团队学习到组织学习就成为一种自然而然的延伸。在这两种情况下，这些发展反映了组织自身以及学术上的兴趣，而并不一定是由组织发展的职业产生的。

★ 组织范围内变革方法运用的不断增加（例如文化变革程序方案），组织运营环境的不断增加的剧烈变化，使组织发展必须从整体上来转变组织，而不是仅仅局限于对组织进行部分的变革。

因此，可以看到，组织发展试图摆脱团队和计划变革的根基，并且对变革持有一种广泛和系统的观点。这给组织发展的支持者带来了两难的困境。如克雷尔指出，直到 20 世纪 80 年代早期，被视为传统的组织发展（如行动研究、T 型团队等）理论在许多组织中得到运用，甚至有一些更新的方法，诸如工作设计和自我管理工作团队，并在许多组织中变为了主流的方法。大体上，这些先试行后检验的方法仍然停留在团队的层面而不是更加宽泛的组织层面。然而，如果组织范围内的转型方法对组织发展维持它和组织的相关性越至关重要，那么它们也就会越不清晰，被接受的程度也会越低。另外，如果组织发展越关注于宏观事项，那么它就越不会和所有被其变革方案所影响到的个人保持接触，它也就越不能提升核心的人道主义和民主的价值观。

如果这时，组织发展只重视和组织范围的相关性而失去了自己的核心价值观，这必将是

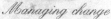

一件具有讽刺意味的事情。这是因为，如伍滕和怀特所说，组织发展的核心价值观念就是：平等、授权、构建共识、横向关系发展，这些都是和后现代组织相关的。如果这是事实，那么组织发展就不应该摆脱它的传统价值观，而应该加强这些价值观从而创造"后现代组织发展的科学和实践的框架"。

计划变革：总结和批评

计划变革，正如库尔特·勒温所建立发展的那样，由4种要素过程组成：场论、团队动力学、行动研究和3步模型。计划变革是一个重复性的、周期性的过程，包括诊断、行动和评价，以及更进一步的行动和评价。这种方法认为，变革一旦发生，那么就必须是自我持续发展的（也就是说不会倒退）。计划变革的初衷是解决社会冲突，包括组织内的冲突。对组织来说，其所关注的就是要改进组织中和人相关的活动的效率。计划变革的中心是强调对变革努力的协作：组织、管理者和变革的接受者，以及顾问联合起来共同诊断组织的问题，并共同计划和设计特定的变革。支持计划变革以及组织发展运动的是一种强烈的人道主义和民主的倾向，是对组织效率的强调。

然而，组织发展的实践者发展计划变革已有多年，尽管仍然保留着强调组织的效力问题，却呈现出了更加民主和全员参与的特征。对变革顾问的作用，则更是如此。勒温着重强调需要通过社会行动（对话）来解决问题。他相信成功的变革只有满足下列条件才能达到：采取变革者（变革的对象）在了解问题时的积极参与，选择一个解决方案并加以实施。勒温和早期的组织发展的实践者，把变革代理人看成是变革的一个促进者，而不是指挥者，更不是变革的实施者。变革代理人更重要的不是为变革问题提供解决方案，勒温认为顾问的真正任务是调动人们的积极性和热情，从而创造一个学习性环境，使人们获得对自身和环境的新觉悟和新感受。只有通过这种学习性的过程，人们才能够认识到变革的需要继而接受变革。

布洛克和巴滕的模型，和其他众多关于计划变革的模型一样，认为顾问的角色应该是更具指导性的、而不是发展性的。他们的模型把重点放在以下方面：把顾问看成是一个平等的参与者，而不是促进者；顾问可以自由地进行指挥，做的也和其他人一样。那些变革所涉及到的人越来越依赖于变革顾问，不仅是因为顾问的分析技巧，而是因为顾问能帮助提供解决方案并帮助实施这些方案。于是，关键就是变革代理人能够为变革涉及的人们提供什么，而不是寻求让变革目标可以自我进行改变。这种认为顾问担当一个更加具有指导性的角色、员工则是较少参与性的角色的倾向，在组织发展的实践者把他们的重点从个人和团队转移到组织层面上时，就更加凸现了出来。

勒温变革的方法极大地受到"格式塔—菲尔德"理论者观点的影响，这些理论者认为，成功的变革需要学习过程。这使得那些参与变革的人获得或者改变心智、观点、期望和思维模式。这种方法试图为组织中参与变革的人提供"分析推论"得出他们的环境和寻找解决方案的机会。布洛克和巴滕方法的危险在于，在组织发展的进展中，他们越来越有一种行为主义的倾向。如弗伦奇和贝尔（1995：351）所观察到的，从20世纪80年代开始，在高层管理者中间出现了一种增长的倾向，即较少地关注面向人的价值而较多地强调"底线或股票的价格"……（因此）经理就有了一种"严格且火爆"的思想状况，很明显，这种倾向对更加民主和人道的价值观念的提升是不具有任何引导性的，其强调的重点反而就是把顾问作为组织所缺技巧的提供者。顾问的任务不仅是促进调和，而且也是提供解决方案。这种情形的危险在于学习者（变革的对象）成了一个外在目标数据的被动接受者：一个被命令采取"正确"方案的人。在这里没有员工自身的推理和选择，对参与变革者的激励来自于通过正面强化向他们展示解决方案，并且能长久地采取这个解决方案。对较新的、组织范围内的以及转型性的方法更是如此。组织发展的支持者承认这种方法存在着一些含混不清。

因此，离开原来所关注的重点和实施范围，亦即离开与更加恶劣的商业环境紧密联系的组织，以及组织中的个人和团队职能所涉及的人的过程，看来似乎是在侵蚀勒温原来的价值观，而这种价值观被勒温和早期组织发展的先驱们看作是成功变革的核心价值观。

正如预料的那样，这些在组织发展方面的进展，以及关于组织的新观点，使得许多人不仅对计划变革的方法，而且对这种方法在整体上的效力和适用性提出疑问。对计划变革的主要批评依据伯恩斯和萨劳鲁（Salauroo）的描述如下：

首先，如伍滕和怀特观察到的"现在的组织发展技术主要是针对那种在可预测和可控制的环境中运营的、自上而下的、官僚化的、管理严格的和基于规则的组织"，从这里导出的一个假设，那就是如卡明斯和休斯所指出的："一个组织在不同的时期处于不同的状态，计划的运动发生于由一个状态发展到另一个状态的过程中。"然而，越来越多的学者尤其是持复杂性观点的学者认为，在我们生活的这个竞争激烈的、混乱的世界上，这种假设是越来越经不起推敲的，组织变革应该是一个更加连续和开放的过程而不是一些孤立事件的组合。

其次，一些学者之所以批评计划变革的方法，是因为它把重点放在不连续的、孤立的变化上，而且它对剧烈的、根本的、转型性的变革无能为力。

再次，计划变革方法的假设建立在能够达成共同意见的基础上，而且特定的变革方案中

的各方也都有兴趣并且还要愿意这样做。这个假设忽略了组织冲突和组织政治，或者至少是所假设的问题能够很容易地识别和解决。然而，如果存在第5章所讨论的组织权力、组织政治以及既得利益者，那么要把这样一个观点变成事实是有困难的。斯泰斯和杜菲也显示了，变革形式是比较宽泛的，从微调到公司的变革，相应的管理变革方式也是如此，从合作到强制。虽然计划变革的方法可能适合其中的某些情形，但对更多需要下命令的情形是不适合的，例如当危机出现的时候，这需要快速和重大的转变，并没有广泛参与和建议的余地。

最后，计划变革假定有一种方法能适用于所有的情形、组织和时间。但另一方面，杜菲和斯泰斯则认为：

> 激烈竞争的时代需要对不同环境作出不同反应。这样管理者和顾问们需要一个变革的模型，这个模型必须是"规范模型"或者是"应急模型"，这个模型必须显示怎样改变变革战略与变化的环境形成"最佳的匹配"。

在支持和增加这个批评的列表中，不断增长的变革幅度和频率已经引起了许多学者的注意，显然，计划方法可能适合渐进型的变革，但不太适合大规模和根本性的转型变革，而这种变革是许多组织所要经历和体验的。同样也可以说与3个思想学派相关，这些思想为组织变革提供了支撑，我们已在本章的开始部分进行过讨论。计划变革对个人和团队当然适用，但看起来对系统范围内的变革则适应性较少。

组织发展的主要支持者可能会反对这些批评，认为计划变革已经试图把权力、政治对组织转型的需要等事项包括在内了。伯恩尼斯也认为，需要在原来勒温对计划管理的分析方法与更具规范性和实践倾向的方法进行区分，后者是由组织发展专门发展而来。为了捍卫勒温，伯恩尼斯指出，勒温并没有忽略权力和政治的重要性，也并不是没有认识到变革是迅速的和具有戏剧性的。特别地，伯恩尼斯强调勒温并没有把组织看作是稳定不变的实体，他的观点也不是与许多批评家的观点迥异的。正如已经提到的，一些复杂性理论的支持者也作出了类似的观察意见。这一点将回到下一章的结尾进行阐述。不管怎样，甚至把上述一些观点考虑在内，已经认识到勒温从来就没有把计划变革看作是对所有的变革情景都适应的方法，并且它也绝不意味着可以应用于急速性变革、强制性变革或者需要总体变革的情形。不过，从20世纪70年代后期开始，不断增加的、小团队变革的观点为勒温所钟爱，他的支持者们也开始把变革看作是更频繁、幅度更大的工程。

组织变革的频率和幅度

本书经常提到许多主要的评论家的观点，就是组织进行变革的步伐正在加快，和过去相比其变革的方式也更彻底。虽然如第6章所提到的，过去200年的特征是持续不断地空前变革的历史，这些评论家断定，现在组织变革的水平是史无前例的。显然，判断特定的方法对管理变革的适当性起着关键的作用：组织变革的特征是连续的还是偶然发生的事件？其规模是小还是大？因此，重要的是要超越一些学者如汤姆·彼得斯提出的教条一样的原则，而且还要检验最近才发展起来的关于组织变革的主要模型，也要认识到对组织经历的变革的本质和速度存在着不同的观点，在这方面，文献中有3个模型倍受瞩目：

变革的渐进模型

这种观点的倡导者把变革看做是一个过程，通过这个过程，组织的组成部分在某一时间里以一种渐进和独立的方式应对一个问题或达到一个目标，管理者用这种方式对其内在和外在的环境压力作出反应，随着时间的流逝，他们的组织就会慢慢被变革，如米勒和弗里森所称：

> 这种渐进变革的学术观点持续过很长一段时间，起源于林德布卢姆（Lindblom）和西尔特（Cyert）以及马奇（March）的著作，由赫德伯格（Hedberg）等人特别是奎因加以发展，奎因强调说：最好把战略变革看作是通过使用一种持续的、不断进展的和一致认同的方法，有目的地促使组织发展。

如佩蒂格鲁等人所言："所接受的格言仍旧是变革将通过连续的、有限的和渐进的转变而完成。"奎因和其他学者从西方公司的例子中整理出证据来支持变革的渐进模型，并且以这个观点来看，计划变革处于非常舒服的地位，而近年来，渐进模型的杰出代表们则是日本公司。如第3章所讨论的，通过实施渐进的变革，日本公司所获得的竞争优势的纪录是令人羡慕的。杜菲和斯泰恩也向西方公司推荐这种方式，他们强调渐进的管理模式，既防止因过分强调协调而产生的停滞，也防止由于组织快速转变而引起的失控。然而，如明茨伯格所说，即使组织是通过长期的渐进方式进行变革，但在短期内也会出现快速和革命性的转变。当然，即使过去20年变革的势头是凶猛的，一些学者认为现在短期内是稳定的，而长期来说则会发生革命性的转变，至少对西方公司是如此。毫不奇怪，这导致了对组织如何在稳定和不稳定期间进行转变的兴趣的逐渐增加。

变革管理
Managing change

组织变革的动态均衡模型

这种变革方式的标题多少有点不精练雅致：

> ……这种方法描述了组织是在相对长期稳定的时期内（均衡时期）进行发展的，这种发展基于组织的基本活动模式，这些活动是在短期内（革命性时期）通过变革而不断被改变的。在革命性时期，组织打破了已建立的活动模式，并且为新的均衡时期奠定基础。

动态均衡模型可见于米勒和弗里森、塔叙曼（Tushman）和罗马内利（Romanelli）以及热尔赛克（Gerseck）的著作，这个模型的产生起源来自于两个方面：其一，是对达尔文自然科学物种渐进发展模型的挑战，史蒂文·杰伊·古尔德特别举了一个例子来说明进化就是不断打破均衡的模型；其二，来自于一个判断主张，即虽然大多数组织确实在一段时间里符合渐进模型，但在某一时间里，这些组织还会经历一个快速和彻底的变革时期。尽管对这种观点的主张始于20世纪80年代，但却一点都不具新意。格林纳（Greiner）观察到，随着组织的成长，它们要经历长期的变革演变、短期的急剧性变革突变。然而，甚至罗马内利（Romanelli）和塔叙曼也承认："虽然动态均衡模型理论越来越显示出其杰出性并普遍深入人心，但很少有对这个模型基本论点的合理性进行研究探索的。"这使得一些学者既反对变革的渐进模型，也拒绝变革的动态均衡模型。

连续变革模型

这个模型的支持者提出的理由是：为了生存，组织必须发展出一种彻底进行连续变革的能力，对快速变化的部门尤其如此，如零售部门。如格林沃尔德所说："如果你观察最佳的零售者，他们一直在不断地进行自我更新和完善。"布朗和艾森哈特坚持认为：

> 对英特尔、沃尔玛、3M、惠普和吉列这样的公司来说，快速连续地变革尤其是发展新产品的能力，不仅仅是它们的核心竞争力，而且也是这些公司文化的核心内容。对这些公司来说，变革是十分普遍的，并不是像动态均衡模型所描述的时有时无的，而是经常为之的现象。而且，在产品生命周期短、竞争环境变化快的高速变动的行业里，进行快速变革对生存来说是关键的能力。

支持这个转换模型的原理是：组织运营的环境是不断变化的，而且将是快速的、剧烈的、不可预测的变化。只有通过持续地变革，组织才能应对环境的挑战和与环境保持协调并生存下去，支持这种观点的有很多学者，有两个学派是其主要的支持者：第一个学派为文化卓越学派，这个学派，尤其是汤姆·彼得斯和莫斯·坎特等人，他们从 20 世纪 80 年代开始就支持连续变革的模型，然而，如第 3 章所讨论的，他们对他们所持的观点几乎没有提供实证的证据。第二个学派是那些试图对组织应用复杂性理论的学者们，正如第 4 章所述，复杂性理论关注的是出现在动态的非线性的系统中的规律、运作在混沌边缘的系统的规律，换句话说，持续变革的系统，有其自身的因果律，也有其似乎不能适用的结果。在这样的系统中的规律，不可预知的情形在很大程度上是自动出现的，其行为模式的表现是不规则的，但通过自我组织过程，却有着相似的形态，这个过程被一些简单的有序产生的规则所支配。许多学者认为，组织也是复杂的系统，为了生存，需要这个系统运作在混沌的边缘，并通过其自发的变革在自身的环境中对持续变革作出反应。

这种观点的问题如斯迪克兰德（Steckland）所述：能否轻而易举地将来自物理科学的理论运用于社会科学，这并不清楚。有事实证明，甚至这种观点的支持者在这点上也是很含糊的，并且对混沌理论也缺乏强有力的支持证据。

不管怎样，如下一章所述，对持续变革转换和动态均衡模型的支持日益增加，这反过来导致了对什么是比勒温和组织发展运动更加适合的变革方法的探索。

结论

本章一开始就研究检查了变革管理的理论基础，强调甄别管理变革方法的可应用性：对这些方法是适用于个人还是团队或系统范围做出了评估。

本章继续讨论了变革的计划方法的起源和发展，从 20 世纪 40 年代到 20 世纪 80 年代，它主宰了变革的理论和实践。我们知道计划变革的基础是由库尔特·勒温奠定的。不过，在他逝世之后，一直以来，发展计划变革的方法成为美国组织发展运动的聚焦点。根据组织变革的方法，计划变革的焦点是通过管理者、员工和变革顾问的紧密结合，解决群体冲突，提高群体的绩效。通过学习过程，那些涉及变革的人们对他们所处的环境有了新的认识，因此就更能够找出共同工作的有效方法。计划变革的倡导者特别是早期的倡导者，相信团队学习和个人发展至少和实际的变革过程一样重要。这部分是来自于支持计划变革的人道主义和民主主义的价值观，这种观念来源于库尔特·勒温的理论背景和信念。

但是，由于组织发展的出现，这些价值的影响力就减弱了。当组织发展成为一个兴旺的旨在为其客户组织解决问题的行业以后，计划变革的焦点也从解决冲突转移到了绩效提高方

变革管理
Managing change

面。于是，根据第 6 章和第 7 章讨论的战略方法，就有可能在那些计划变革的支持者，特别是采取分析性方法的勒温和早期的组织发展的先驱们，与那些采取较为规范的方法，特别是那些作为管理顾问而销售他们服务的那些人之间，划出了清晰的界限。

在 20 世纪六七十年代，由于有了更多的工具、技巧和实践者，计划变革成为管理组织变革的主要方法。从 20 世纪 80 年代开始，计划变革面临了不断升级的更多批评。主要的批评认为计划变革不能应付剧烈的、强制性的变革环境，也不适应那些组织权力和组织政治处于主导地位的环境。作为反驳，如前所述，计划变革的支持者指出这些批评是不合理的，计划变革比它的贬损者所认为的要更加具有灵活性和完整性，而且还包括了转型性的变革。还有一些人认为，对勒温著作的许多批评是不着边际的。不过，可能部分地是由于对计划变革方法的这些批评，一种新的观点、新的变革方法如动态均衡模型和持续转换模型，在近年得到了发展壮大，尤其是其中一种模型已占据了主导地位。虽然对这种模型有不同的表述，如持续改善、组织学习，但它还是经常为组织提供诸如"应急方法"的变革措施。应急方法把变革的驱动看作是由组织的底层，而不是从上向下发动的；它强调变革没有限度，是一种对环境和条件的连续适应的过程；它也把变革过程看作是一个学习的过程，而不仅仅是一种改变组织结构和实践的方法。下一章将研究讨论变革的应急方法的原理和优点。

学习检测

简答题

1. 变革管理的主要理论基础是什么？

2. 变革管理理论基础之间的关键区别是什么？

3. 勒温是如何定义计划变革的？

4. 当代组织发展参与者如何定义计划变革？

5. 支撑计划变革的道德原则是什么？

6. 对计划变革的主要批评是什么？

7. 对计划变革批评的正确性进行评论。

8. 讨论计划变革对管理行为的意义。

论述题

1. 库尔特·勒温对变革管理的主要贡献是什么？

2. 组织发展运动是怎样试图改进组织变革的方法的？成功的程度有多大？

第 9 章

变革管理的发展

应急方法及其发展

学习目标

学完本章之后，你应该能够：

- 列出计划变革方法流行程度降低的原因；

- 讨论应急方法的主要元素；

- 描述变革过程的方法；

- 解释组织变革的复杂性理论的意义；

- 说明应急方法的优点和弱点；

- 理解在实践中如何应用应急变革；

- 正确评价变革代理人的作用。

变革管理
Managing change

展示 9.1　花旗集团的持续变革

威尔在花旗集团挥舞手中掌握的大权：变革重整现行的结构体系　FT

　　自从 1998 年桑迪·威尔（Sandy Weill）的旅行家（Travelers）与约翰·里德（John Reed）的花旗公司（Citicorp）合并重组以来，花旗集团已经证实自己简直就是一个敛财的动力工厂。不过，花旗集团的公告却宣布一个为期一周的管理改革方案——最新的一系列变革试验，这对所有公司的成功都是一个暗示：集团要在理念上维持结构体系的不断前进。剧变式的变革不见得一定是坏事，以对其业务不合时宜的变革而著称的集团主席兼首席执行官威尔先生，10 年来表现出了驾驭资本增加利润的能力。但是在花旗集团的一系列指令性的重复变革，也突出表明了运作这样巨大的企业的艰难，并且也确实引起了人们的担忧：一旦威尔先生 69 岁退休离开公司，公司将来会怎样？"他们在不长的时间内已经进行了好几次结构调整和重组。"Prudential 证券银行业的分析家迈克尔·梅奥说道："随着公司的复杂化，我们发现有更多的组织对组织改组管理的需求在增加。"最终改组的意义是谨慎的，因为威

尔先生同时进行着几件事情。总的来说，对花旗集团重新调整的成就，就是创造了一个具有可操作性的"矩阵"结构，这种结构考虑了依据产品和地理位置进行管理的问题，让人感到不可思议。对威尔先生来说，这是至关重要的事情。他的公司与里德先生的公司合并的一个重要的理由是：要利用花旗公司的海外关系资源，向美国以外的国家销售旅行家的产品。威尔先生将本周的变革描述为试图"创造一个更加开放的矩阵"，给予产品执行官更加全球化的权力，并要求（迫使）地区经理们为识别机会提供帮助。在这个过程中，威尔先生给予了更加新颖的关注——承认花旗风险管理系统在预见阿根廷金融危机严重程度方面的失败。最后的改组部分以新成立的市场团队被解散而告终，以及北美的经理维克特·梅内塞斯（Victor Menezes）被调整到了战略管理职能部门。与此同时，威尔先生巧妙地变换了其他几个执行官的职能，在花旗集团组织结构中其职位仅在威尔之下。分析家说道，他的变革很

少表明权力是均衡更替的——或者表明继任者的高升——而是威尔先生持续的指令的表现。例如：德里克·毛恩（Deryck Maughan），他在 1997 年负责协商向旅行家出售所罗门兄弟公司的事宜，后来成为了威尔的紧密助手，他被授予监督 5 个花旗集团的国际分支机构的职权。但是，毛恩的权限受到了削弱，由于更多的全球性的职能授权给了花旗生产线的领导们——鲍伯·维鲁姆斯塔德（Bob Willumstad），接管了个人消费银行业务；迈克·尔卡彭特（Michael Carpenter）接手投资银行业务；汤姆·琼斯（Tom Jones）

接手投资管理业务。维鲁姆斯塔德先生在 1 月份被指定为总裁——填补了自从杰米·戴蒙(Jamie Dimon)以来的空缺，他是威尔先生的当然继承人，在 1998 年被解雇——还在一些业务领域掌握的权力，但同时也解除了他其他方面的职务。作为产品领导，维鲁姆斯塔德负责全球的产品部门，但是，与此同时，他放弃了财务和人力资源的职务并交给了查克·普林斯（Chuck Prince）。威尔先生是受信赖的首席运营官，他还被授予了主管风险管理的至关重要的工作。换句话说，在花旗集团，形势依然如故：成也威尔败也威尔。

引言

正如花旗集团的案例那样（见展示 9.1），今天的组织被认为是越来越不稳定、环境越来越不持久，并且越来越多的"工作改进"项目在持续进行和不断改变。如第 8 章描述的那样，从 20 世纪 40 年代末到 80 年代早期，变革的计划方法主宰了变革管理的理论和实践，但随后，应急方法取代了计划方法而成为了变革方法的主导，"应急方法"从一个假设开始，即变革是一个连续的、没有终点和不可预测的过程，这个过程是组织不断和其环境相适应的过程。"应急方法"的支持者认为它更加适应竞争激烈的环境就像花旗集团所运作的那样，因为它和"计划方法"不同，它认为对组织来说关键的是使它们内在的运作和行为与变化的外在环境相适应。而且，同样重要的是，它把变革看作是一个政治过程，在这个过程里，组织中的不同的团队都努力为保护和增加它们自己的利益而斗争。

本章开始时提出了一个反对"计划方法"的论点。接着继续研究讨论"应急方法"的主要论点和特征，包括复杂性理论家提出的观点和特征。虽然他们彼此并不相互承认，"应急方法"的支持者对以下方面给予的重视是一致的：组织结构、文化和学习以及权力和政治在管理行为和变革过程中所起到的作用。随后，本章介绍了由"应急方法"的支持者为变革所提出的方案，也研究检验了他们对变革代理人所起作用的不同看法。在对"应急方法"进行

变革管理
Managing change

总结时，指出尽管对变革管理的这一论题有大量的文献，并且对变革代理人来说有很多可用的工具和技巧，但对谁是最适合的方法还存在不少的争论。本章明确指出无论是"紧急方法"还是"计划方法"，都不是对所有的条件和环境都适合的方法。

反对组织变革的"计划方法"的论点

如第 8 章所示，变革的"计划方法"在过去和现在一直具有很高的影响力。即使现在它无疑仍然也是发展最好、讨论最多和最受支持的变革方法。这是因为在美国组织发展运动受到了青睐。组织发展运用了库尔特·勒温计划变革的原来的概念，并把它发展成为了有自己的标准、其程序和成员得到普遍接受的业务兴旺的咨询行业。这样做的结果，使得作为应用于小集团、以人为本的变革方法，亦即勒温的"计划变革"的观点已经扩展到了涵盖组织范围的程度，还导致了组织发展运动所倡导的计划（指导参与）变革与一些战略计划运动所倡导的计划（组织转型）变革之间的混淆。

本章紧扣前面的章节，继续关注勒温所倡导的变革的计划方法，以及组织发展运动，这一运动从 20 世纪 40 年代末到 80 年代初，主导了变革的方法，尤其是在美国。但是，正如第 8 章所言，从 20 世纪 80 年代初开始，组织发展运动受到了越来越激烈的批评，这些批评针对其适应性、效果，尤其是其处理持续变革的能力方面，以及强调变革渐进、忽视组织冲突和政治、拥护所谓变革的"一个最好的方法"等方面。

从 20 世纪 70 年代末开始，日本企业竞争力的增强以及西方工业的明显衰退，导致了对现存组织机构管理进行变革的方法的质疑。文化卓越学派的支持者对现状的批评最为强烈，他们认为西方组织是官僚僵化的、不灵活的并且阻碍扼杀创新。也许坎特等人犀利的评论是对计划变革观点的最好总结：

> 勒温的模型是一个简单的模型，在这个模型里组织变革包括了 3 个阶段：解冻、运作改变和重新冻结……这种精巧奇特的线性和静态的概念——将组织看作是一个冰块——是如此的不合理以至于解释它为什么生存和发展都是很困难的……可以这样说，首先，组织不会被冻结，更不会被解冻，而是一个具有很多"性格"的不固定的实体。其次，就所说的变革的 3 个阶段来看，这些阶段在一些方面是重合的，并且在一些重要的方面是互相渗透的。

为了代替勒温的 "极不恰当" 的变革模型, 文化卓越的支持者, 如第 3 章所描述, 号召组织采用更加灵活的文化以激励创新和提高事业心, 并且鼓励自下而上的、灵活的、连续而又相互协作的变革。然而, 文化卓越的支持者也认识到从上到下的强制性的、快速的变革方式, 对创造能够适用这种方法的环境也是必要的。

在同一时间, 其他关于组织的新观点, 特别是关于在决策中政治和权力所起作用的观点, 也出现了。如第 5 章所说, 像杰弗里·普费尔这样的学者坚持说变革方案的目标、结果是由组织中的权力争斗决定的, 而不是由任何意见的统一或者理性的制定决策所决定的。这为组织变革的过程方法的发展铺平了道路, 这种方法最突出的就是那种连续的、不可预测和政治本质的变革。针对计划变革方法所对应的序列过程方法, 道森评价说:

> 尽管这个 (勒温的) 理论对理解在相对稳定的条件下的变革是有用的, 但随着当今商业世界变革的本质变得越来越具有持续性和动态化的特点, 它对实施一个计划过程来 "冻结" 已被改变的行为再也没有什么意义了。加强稳定性和强化那些遵循为新的工作安排的一系列严格程序的行为不能满足对员工灵活性和结构适应性的要求, 这些要求表现了不断变化过程的复杂本质……序列过程构架的这种方法……采取的观点是: 变革是一个复杂而又动态的过程, 这些过程不应该被看作是一成不变的, 或被当作是一系列线性化的事件来对待……序列过程方法发展的核心是必须融合对管理变革的政治分析。

对后现代主义者来说, 权力也是组织变革的核心技巧, 但权力来自组织生活的社会结构的本质:

> 在一个社会结构的世界里, 对环境条件负有责任的是那些做出这种结构的人……这表明对组织变革至少有两种相反的情景。第一, 组织变革可能作为那些试图规定他人行为的人使用的专制工具……而社会结构的另一用途是制定民主的规则, 通过它, 所有过程对所有人都是自由开放的……这样我们能够创造自由和革新的机会, 而不是简单地更进一步地发展专制。

可以看出, 从 20 世纪 80 年代早期开始, 针对计划变革的方法就形成了强烈一致反对的意见。然而, 对它的大多数的批评来自于不同的学术观点: 从汤姆·彼得斯的自由市场的新自由主义到一些后现代主义的新马克思主义。于是, 这些学者相对于那些计划变革的支持者来说, 其观点就更加不一致, 他们与其说是由共同信念而团结起来, 不如说是由于不相信计划变革的效果而彼此有所区分罢了。尽管如此, 他们还是有两个共同的观点: 其一, 他们不

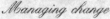

变革管理
Managing change

把变革看作一个能被事先计划并有一个明确终点的现象，而是把变革看作是"突发"的和组织转型的不断推进的过程。其二，他们采取了一个开放系统的观点，也就是说，他们把个体组织看成是互相关联的一部分或者是更大环境中的一部分，虽然他们在环境到底是一个实体还是一个社会建构的现象上有不同的观点。环境影响并冲击组织的决策和行动，但决策和行动也会对环境产生影响。"应急方法"的支持者认为变革的出现来自于组织成员的日常决策和行动中，从这个意义上来说，变革来自组织成员把组织和环境相适应的努力，或者组织中不同团队之间互相为支配权而斗争的结果，或者是来自于建构一个新的社会实体或挑战旧的社会实体的努力。

在表明应急方法和计划变革的方法的区别之后，我们可以继续更加详细地讨论"应急方法"。

变革的"应急方法"

对"应急方法"的支持者来说，变革是持续的、动态的和争执的过程，这个过程是不可预知和无法筹划的。威克指出：

> "应急变革"是由现行调整、适应调整和反复更迭的过程所组成，根本性变革的产生不需要有先验性的意图指明如何进行。"应急变革"发生在人们完成例行公事的时候，发生在他们应对偶发事件、处理故障现象、把握所遇机会的每天的工作中。这些变革大都不被注意，因为小的不断更迭的变化都被看作是有点司空见惯的事情……

按照赫斯的观点，"应急方法"的基础源自以下信念：

> ……重要的关于组织资源要与环境机会、环境约束和环境需求相匹配的决定必须是与时俱进的，而且是组织中的文化和政治过程的结果。

根据"应急变革"的方法，过程是"一系列独立个体和集团事件、行动和行为的连贯性演变"。对威尔逊来说，诋毁"计划变革"和强调"应急方法"的适应性是由于越来越动态和越来越不确定的商业环境的本质。威尔逊也相信"计划方法"通过在事先制定时间表、目标和方法，太依赖于管理者的作用，以及假定（可能是草率的）他们能够对他们行动的结果有一个全面的理解以及他们的计划能够被理解、接受和实施。另外，道森主张甚至即使在稳定的情形下，变革也是自发地突然产生的、毫无头绪和不可预知的。同样的，布坎南和斯托

里坚持说那些支持"计划变革"的主要批评是：

> ……他们试图对本来就是杂乱和没有头绪的过程强加一个有秩序和线性的规则，并且这种方式表现出的是重复的走老路且冗长的方式。

"应急方法"的主要标准之一来自过程分析，派生于安德鲁·佩蒂格鲁的著作。过程主义者拒绝事先规定的、照本宣科式的变革方法，并存疑单一的动机理由或者简单的事件解释。相反，学习研究变革时，他们关注的是个体、团队、组织和社会之间的相互关系。特别是他们还主张变革的过程是复杂的，并且所谓的理性的决策过程实际就像凌乱不堪的鸡尾酒，还涉及个人的感知、政治斗争以及联盟的建立。在对复杂、凌乱的鸡尾酒观点中，过程主义者承认"计划变革的重要性"和"过程持续性"的存在；但是，他们也承认"变革的复杂和杂乱无章的本质"影响并制约了很多东西。佩迪格鲁详细介绍了他们的变革观点，他指出过程主义者通过 5 种内部共识的指导原则开展他们的工作，这 5 种指导原则如下所述：

1. 深入性，变革研究学习的过程需要在不同的分析层面上广泛深入地进行；

2. 时间上的相互连贯性，变革研究学习需要贯串过去、现在和未来；

3. 对承接关系和行动的解释作用；

4. 探求全局而不是过程的线性解释；

5. 必须将对结果的解释、对结果的定位与过程分析紧密结合起来。

对佩蒂格鲁来说，组织变革涉及到多个职能部门、跨越多个等级层次，并且没有明确的起点或终点；相反，它是一个"挑战和改变公司核心信念、结构和战略的复杂的分析过程、政治过程、和文化的过程"。

因此，"应急方法"强调的是变革的不可预测和发展的本质。它认为变革是通过在组织中的多变量的（承接关系、政治过程和职权）互相作用而展现的过程。和"计划变革"先前确定性相反，道森特别采取了一个变革的过程方法。这种方法比计划变革的方法的可规范性更少、更加具有分析性，而且他强调，在一个复杂环境中，能够更好地获得对管理变革的问题和实践的更广泛的理解。

这种进程变革的方法和第 6 章讨论的战略的进程的方法类似。"应急变革"的支持者倾向于强调：因为时间的压力和情景变量，成功的组织转变没有简单的事先的规定好的管理办法。道森也认为变革既不能被表述为"管理者有目的性的、理性决策的结果……也不是对不利的情景因素所作出的反应"。所以，成功的变革很少依靠详细的计划和方案，而是依赖于

变革管理
Managing change

对相关的复杂事项的理解以及对可选方案的鉴别。过程主义者也强调了权力和政治在引发和管理变革时的核心角色作用。后现代主义者更进一步强调了这一点，对他们来说对权力和政治的斗争是组织中变革的最核心的特色。然而，如芬斯塔所说，他们的不同点在于，对过程主义者来说，变革的政治本质就是倾向于排除方案选项，而后现代主义学者则认为相互冲突的利益的出现给人们提供了可供选择的新的可能和新的思想。

尽管他们强调的重点不同，"应急方法"的支持者认为权力和政治在组织变革的过程中确实扮演着重要的角色。这是他们和"计划变革"支持者的主要区别。在评论没有把政治的观点包含在变革传统的和更加规定性的文献中时，哈代强调对这种讨论权力的"厌恶"已经限制了我们对变革的理解并阻碍了我们有效管理变革的能力。皮尤也提出了一个类似的观点，强调了组织是一个职业系统和政治系统，也是通过理性决策整合资源的系统。不过，他也认为组织中的成员是同时处于这 3 个系统中，于是，理性的系统和职业的系统应该和政治系统一起考虑，而不是从属于政治系统。很显然这和把政治系统看作是极为重要的过程主义学者的观点是有明显冲突的。

回到对变革过程研究本身，"应急"的观点拒绝变革的简单分类方法，如全面质量管理和业务流程重组，这些方法许诺通过一系列的既定步骤和进程而取得成功。斯泰思和杜菲指出：

> 提供这些变革的技术所承诺的吸引人的方面，是它们能使管理者免除其他方法或定制程序全方位的这样或那样的批评。虽然它们克服了复杂性，但意图却经常是模糊不清的，因为特殊变革方法通常用于特殊的情形，并且简单解决方案常常忽略了真实生活的复杂性。

道森把变革看作是：

> ……在变革相互配合和交错的政治、实质和前后关系中，变革是复杂的持续动态的；我们对当前的理解和对今后期望的理解会影响我们对过去事件的领会，而这些事件反过来又会形成我们变革的经验。

从这个观点出发，甚至即便变革是可操作的，它们也要需要持续不断地进行精练改良和发展以便保持它们的适用性。吉纳斯使用"领会"这样一个观点，来解释组织变革的杂乱本质，他认为"……不同的政治、象征和结构因素（包含在变革过程中）调节适应于个人和团队的感知……"。芬斯塔（Finstad）组织变革的观点虽然与道森和吉纳斯的观点一致，然而，他们似乎采用现实主义的变革观点，在变革的实体性元素，如结构和操作，和更加象征性的元素方面，如人们对他们组织的基本假设和了解方面有所差别，尽管他坚持是变革的象征性的方面而不是具体的元素方面主宰了变革的过程。舒伊特（Schuyt）和舒海特（Schuijt）也强调了变革过程中象征性元素的重要性，认为这些管理方式不仅对获得成功的变革是至关重要的，而且在减少变革可能产生的不确定性方面也扮演着非常重要的角色。

正是因为变革是如此的复杂和多层面，卡纳尔（Carnall）认为主宰变革挑战的不是一个由专家或专家的行动所驱动或推进，而是每个管理者作用的重要性的不断增加。卡纳尔提出了4个核心管理能力，它们是有效地进行变革管理的根本：制定决策，建立合作，执行行动，持续不断的激情、执着动力和不懈努力。另一方面，斯泰思和杜菲界定了变革方法的范围，并强调指出每一种方法都需要不同的整套管理能力的规则，这种观点比较符合麦克卡尔曼和佩顿的观点，他们认为，为了更有效地创造持久的变革，管理者需要对他们的组织环境有深入和系统的理解，以便可以识别对变革的压力，并确保通过调动组织内部的必要资源，使组织以一种适时而又适当的方式作出反应。同样地，道森声称变革必须与市场、工作机构、管理控制的系统的发展以及组织边界和关系变动的本质联系起来。他强调，在当今动态的商业环境里，一维的变革干预可能仅仅导致短期的结果，并且加剧了不确定性，而不是减少。这一点也是其他一些学者所强调的。

可以看到，虽然不公开地承认，"应急变革"的支持者倾向于采取一种偶然性的观点，强调变革方法需要针对各自的组织的情形进行裁剪定制，在他们的观点里很明显的是这样一个假设：如果组织在较为稳定和可预测的环境里经营，那么对变革的需求将是较少的并且可以把变革看成是一个从一个相对稳定的状态移动到另外一个状态的过程。因此，对"应急变革"的支持者来说，是环境的不确定性使得"计划变革"不确切而使"应急变革"更加恰当。斯迪克兰德通过系统理论强调了组织与环境既分离而又相互联系的方式：

> 一个系统有一个把它和环境分开的可依据的特色，并且可以在一个给定的环境条件中保持这种特色。系统中包含着系统，系统与系统之间的关系是一种层级式的关系，它们既包含子系统，同时也存在于更大的系统之中。所有的系统都是相互联系的……

根据这种系统的观点，斯迪克兰德提出了一个其他研究组织变革的人不承认的问题：在

变革管理
Managing change

多大程度上环境在一个系统（例如：组织）中引发变革以及在多大程度上控制它自己的变革过程？芬斯塔把这个问题放到一个更宽泛的范围来讨论，他认为"组织是……其环境的创造者，并且环境也是这个组织的创造者"。尽管这有后现代主义者的声音，但现实主义者也承认组织对其环境的创造或维护作出了贡献，不过他们把这种贡献看作是长期的并且是不知不觉的过程。

组织和它的环境中的相互关系对如何分析和管理组织变革有着深远的影响。它也有助于突出强调组织的一个关键竞争力，也就是扫描外部环境来识别和评价事件趋势的能力和不具相关性的事件的影响能力。这包含了外在的全部变量因素：市场和顾客、股东、法律要求、经济、供应商、技术和社会倾向。由于组织边界的随机性和变化的本性使得这个活动变得比较困难：顾客可能也是竞争者；供应商可能变为伙伴；并且员工也可能变为顾客；供应商甚至成为对稀缺资源的竞争者。

为了应付这种复杂性和不确定性，佩蒂格鲁和卫普主张组织需要成为开放的学习系统，其战略发展和变化需要将组织作为一个整体的方式出现，以获得、解释和处理关于它的环境的信息。卡纳尔和赫斯也采取了类似的观点，认为一个组织的生存和发展依赖于快速识别环境和市场的变化，以及对机会作出迅速的反应的能力。这一点与包含在第3章中对组织学习的讨论相符合。然而，如本杰明和梅比所指出：

> ……虽然引发组织变革的主要促进因素是存在于环境中的一些力量，但如何完成变革的主要的推动者却是组织中的人们。

于是，对外部环境中的变化需要组织作出有选择的恰当反应。"应急方法"的支持者认为组织通过这种反应应该可以提升对以下事项的深入理解：战略、结构、系统、人员、风格方式和文化，以及这些方面的综合，它们是如何成为变革的行动源泉或者如何成为阻碍有效变革过程的惰性源泉的。这个方面的一个重大的发展是采取"自下而上"而不是采取"自上而下"的方法来引发和实施变革。毕竟这样做可以鼓励全体员工识别变革机会，员工还会受到鼓励而实现变革。这种转换的益处是基于这样的观点：环境变化的步伐是如此之快和复杂以至于不可能由少数上层管理者来有效地识别、计划和实施必要的组织反应。组织变革的职责因此必然被发展转移。正如第2章所描述，这正是"偶然性理论"的支持者在这样的环境条件下所期望的。

然而，自下而上的方法需求，并不完全是由外界的压力而决定的。如斯迪克兰德所述，

组织正在连续地经历"自然变革",那是谨慎的决策和行动所无法意识到的结果：

> 在给定的时间点，任何组织中都有很多不同规模层次的转变在发生。这些变革并不是有计划、有约定的开始和结束，而是反映了发生在组织内部的自然动态机理。

这些事件可能为组织带来不可预料的意外机会，例如新产品构思；但也可能带来不好的危机后果，例如关键员工的离开。如果这些变化的发生遍及组织的各个职能和层面，而且识别和解决它们仅仅是高层管理者的职责，那么组织就会很快瘫痪。于是，如果要快速地处理这些事情，那么这些局部的问题或机会就不得不在局部进行处理。如西尼尔评价说，这需要组织对它们的员工授权要在局部的层面水平上进行变革。又如明茨伯格所建议，从局部和自下而上的行动中出现并且形成组织的决策。

于是，一个自下而上的方法需要高层管理者角色要有重大转变。他们不得不对员工进行授权，而不是控制员工。他们还必须确保组织的成员接受变革，并有必要的技巧和动力来管理变革过程，而不是支配和控制变革。这里存在两种不同的观点，一方面那些采取狭隘授权观点的人们，大体上都把它看作只是移交部分有限的管理责任；而另一些人，如勒温，把它看作是一个不受约束的过程，其目标是创造真实的组织民主，尽管有人指出即使是这样做的首创者，其成功的记录也是贫乏的。这也不是管理者变革的结果。威尔逊相信为了达到有效授权目的，高层管理者不仅必须改变他们观察和解释世界的方式，而且要和组织中的其他成员一样经历同样的转变。佩蒂格鲁和卫普断定，组织要完成这样一个艰巨任务，创造一个接受变革的气氛依赖于以下4个条件因素：

★ 组织的主要成员提供最佳的搜集和评价信息方法的范围，这些信息都应是有关增加组织开放性的；

★ 信息搜集发生的程度以及它是如何有效与核心业务操作相互整合的；

★ 承认环境压力的程度；

★ 组织结构和文化的特性。

如第4章所述，普遍的组织理论学家和践行者一直强调组织变革是复杂的、非线性的系统，系统里的变革表现也是通过自我组织的自发的过程，而所谓自我组织则又受控于一套简单的、有序产生的规则。自我组织的概念，就如同其含义一样，与"应急变革"的概念极为相似，尤其是在变革的应急或自我组织的本质与扩大民主的需求这两个方面是密切相关的。

复杂性理论学者们强调，杰出的公司之所以生存，是因为它们运作在混沌的边缘，依靠

的是近似残酷的对创新的不断追求，本质上依靠的是类似自我组织的过程。然而，比森和戴维斯指出：普遍地都是把组织看作是非线性的，这样做将使得管理角色要发生根本转变。像其他许多学者指出的那样：自我组织原理明确地反对因果式、上下级、命令控制式的管理方式。布劳德贝克提出信念上只会依靠发号施令来实现目标的管理者是不会被接受的。对特腾鲍姆来说，自我组织运动需要管理者打破组织的平衡、提高同时管理有序和无序的技能。管理者需要鼓励试验、区分不同的观点，甚至允许打破规则并且认识到"……人需要拥有各自权力的自由、思维创新的自由以及使用新模式的自由"。比森和戴维斯对这个观点给予了回应，强调指出，在这种情形下，变革变成了所有组织要采取的日常性事务。

对贝克托尔德来说，这就意味着组织要使用一种复杂的方法，需要具有平衡的权力分配、强有力的顾客关注、坚持不懈的学习战略以及共同一致的服务取向。与这种应急的观点如出一辙的是基尔的观点，他强调因为小的行动会有大的和不可预知的结果，所以个人的行为表现会有十分巨大的重要作用。与此相同，詹纳主张为了使自我组织发挥作用，必须对那些具有最广泛信息通道的人们给予代表授权，这些信息通道与所关注的事务或问题密切相关。所以，对所有的意图和打算来说，变革的复杂性方法是坚定地站在"应急"方式的阵营之中的。

可以看到，"应急变革"的支持者的背景有着很大的差异性，并且每个学者都对组织是否应该或不应该进行管理变革提出了他们独到的见解。不过，在以下的部分中，将显示一些可以将他们联系起来的类似主要的特性。

成功变革的应急方法

虽然"应急方法"的支持者拒绝任何对变革使用的一般性原则，但他们提供的引导性原则还是提出了5个促使或者防止变革的组织特征：结构、文化、组织学习、管理行为以及权力和政治。

组织结构

这被看作是在决定权力存在于组织的什么地方、定义人们怎样互相关联、影响变革的力量方面起着至关重要的作用。极其重要地，如加尔布雷思所指出："组织理论已经确认了（组织结构）的一些类型，把这些作为是比较容易变革的组织结构类型。"于是，一个合适的组织结构，无论其构件是正式的还是非正式，对变革会是一个重要的激发因素。

发展更恰当的组织结构来促进变革是由偶然性理论学者（在第 2 章讨论过）和文化卓越学派（在第 3 章讨论过）所提出的，也就是，动态和混沌的环境要求组织采取更加灵活和更加非官僚化的结构。那些偏爱"紧急变革方法"的学者指出 20 世纪 90 年代经历了一次普遍的运动思潮：创造更加扁平化结构，目的就是通过下放权力达到增加组织的反应能力。这种结构上的变革正如科所评论：

> 一个有更多委托代理即有一个扁平层次结构的组织，比一个庞大、臃肿的结构更加具有有利的竞争地位。

一个类似的观点来自于复杂性方法的支持者。如詹纳，其关键论点是：

> ……企业必须组织成为具有灵活性的基本单位，这样的基本单位允许鉴别确定并形成新的组织结构，并且还可以提高信息交换的效率。

在研究组织改革创新的过程中，布朗和埃森哈特提出了一种灵活的结构，称之为"半结构化"，他们主张：

> ……"半结构化"是非常严格刚性的以利于组织变革，但又是如此地不严格刚性以至于使变革不会出现。……维持这种半结构化的状态令人产生了挑战兴趣，因为它不但打破平衡并且还要求有持续的管理监控以避免滑入纯粹的混沌和结构化之中。

类似的观点来自于加尔布雷思，他提出了"可重新配置化"组织的观点，即：

> ……"可重新配置化"的组织由稳定部分和可变部分组成。稳定的部分由"本部"的各职能的专家组成，还有能胜任各种任务的多面手。……可变的部分的结构组成是对各类机制的整合，是对交叉职能网络的整合。

布朗和埃森哈特认为这样的结构是组织在竞争剧烈的环境生存的根本保障，因为它们有利于推动持续地创新和即兴创造，并且在一个很少有非常特殊的规则的结构里交流沟通将是十分充分的、实时的。

这些新结构的共同点就是要产生以顾客为中心的组织，其结构所反映的是：对不同的市场作出反应而不是对不同的职能作出反应。顾客的反应置于非常突出的有效范围的过程之中，并具体化这样一个概念：每一个人都可以是某一个人的顾客，决定于一个人是以内部的角度还是以外部的角度来看待事务。

变革管理
Managing change

通过克服内在和外在障碍、宣传提高组织中人员的知识水平、在不同职能之间发展协同性，努力做到对变动的条件迅速作出反应的目的导致一个"网络化组织"的诞生。关于"网络化组织"有许多不同的定义，也给出了很多不同的名称——汉迪提出的是联邦化的组织；罗宾斯使用了实质性组织这个术语，在因特网上关于这些的许多信息不是作为依据就是以此为基础，尤其在圣吉写出"现实生活的人类团体"之后。卡明斯和沃雷认为基于网络化结构的意图是：

> ……管理是在极具多样性的组织或单位之间，管理着发生在它们之间变化多端的、复杂的、动态的关系，也管理着每一个专业化的具体业务职能或任务。

伯查尔（Birchall）和里昂着重强调网络存在于变化的稳态之中，作为调整他们的动态客户的基本变化的需要。他们还指出在某些情况下，客户甚至是网络的一部分。斯诺等人认为网络结构的主要优点是网络的每一个部分都具有半自治化的特点，减少了对集权式官僚管理的需求，并削减了集权化官僚管理的权力，这反过来又导致自下而上而不是自上而下的变革和对这种变革的适应性。他们进一步强调：为了应对全球化、激烈的竞争和快速的技术变革所要求的专业化和灵活性，就只能通过放松中央集权和控制来获得，而这种中央集权和控制正是过去组织的特点。然而，难道为了生存每个组织都不得不采取这样的结构变革吗？他们的前提假设是所有组织都经历类似的动荡无序的环境，并且不可能采取其他措施只能采取使他们内部的结构与外在的条件相适应的措施。如前面章节讨论的，这种观点的主张有 3 个缺点。首先，环境的不稳定性不是始终均一的，行业之间和组织之间都是有所不同的；其次，即使存在不稳定性，组织也能采取措施来减小这种不稳定性，而不仅仅只是去适应它；最后，正如第 6 章所讨论的查尔德的同等均衡的概念，组织内部存在大量的调整安排可以与环境的无序性相容，扁平结构只是其中的一种。

组织文化

现在几乎没有人怀疑文化在组织生活中所起作用的重要性，尤其是进行变革的时候。约翰逊认为变革的战略管理其"本质上是一种文化和认知的现象"而不是一种具有分析性、理性化的操作过程。克拉克指出持续性变革的根本是对要进行变革组织的文化加以理解。如果计划进行的变革和文化倾向和传统相抵触，那么在组织中推行变革将不可避免地是十分困难的。科特也采取了一种类似的观点，他认为，成功的变革植根于组织的文化中。

道森的著作也论述了同样的主题。他认为使组织内在的行为和外在的环境相适应，需要变革战略具有文化敏感性。他指出，组织必须清醒地认识到变革的过程是漫长的、具有潜在的危险性的，并且需要进行相当多强化使得文化变革持续下去，从而防止旧的行为的重新出现。针对皮雷利（Pirelli）公司试图努力在其澳大利亚的两个工厂使用"全面质量管理"的情况，道森评论道：

> 为了"成功"的变革管理，在管理上就要具有计划性和时间框架，但是，他们没有准备好一系列不同的背景条件，也没有在澳大利亚南部的两个工厂准备好本地的经营文化。变革文化的社会政治观念的重要性、影响力，远比在变革计划过程中所预想的或者所设想的这种文化的适应性方面，要重要得多，也更具有影响力。

同样地，佩蒂格鲁着重指出组织过程是包含在组织的背景条件之中的，其中文化形式是重要的组成部分。佩蒂格鲁还指出，由于这种包含性，所以变革就会很慢。从复杂性观点出发，斯特思同样指出了具备相适应文化的重要性，而且改变现存的文化也是十分棘手的问题。卡明斯和沃雷同样承认文化会干扰变革的速度，尤其是需要对文化进行变革的时候。他们指出，在这种情形下，必须挑战僵化的体制，挑战维持旧的或者不适应行为的势力，如劳动酬劳体制、员工招聘制度和员工晋升制度——所有这些领域都能对变革产生阻碍。另外，如果一旦被这些管理行为对僵化体制补充强化，而这些行为都是厌恶风险并且是害怕失败的，那么就不太可能营造出人们自愿地提出或实施变革的氛围。因此，正如克拉克所认为的："创造一种变革的文化就意味着变革是我们日常处理事情方式的一部分，而不是一种例外。"

于是，对"应急方法"的许多支持者来说，成功变革的一个重要因素是：组织拥有或者能够发展一种适当的组织文化。然而，西尼尔指出，许多学者和研究人员却采取了不同的观点。例如，比尔等人认为促进变革的最有效方法不是直接影响组织的行为或者文化；取而代之的是，他们提倡的是对组织进行结构重组，以便把人们放在一个新的组织环境中，这样的环境会使他们重新定位新的角色、关系和职责。他们相信如此就会使人们产生新的态度和新的行为。这种观点，正如第3章所讨论的，也得到汤姆·彼得斯的赞同，他提倡快速而又彻底地打破现存官僚组织结构，因为结构可以改变行为。

在第5章，我们讨论了无论如何实现文化变革都具有困难性。许多学者对文化作为变革的促进因素表示高度怀疑。也许对这种观点，威尔逊可能作出了最好的总结：

> ……仅仅通过试图改变文化而在组织中进行有效的变革这种观点，假定了在文化和组织绩效表现之间存在一种没有被证实的线性关系。不仅组织文化的这种概念是宽泛的，

而且往往还不清楚组织文化和变革是怎样相关联的，如果有关联，其关联指导的方向也不清楚。

组织学习

在第 3 章对这个方面进行了充分的讨论。"应急方法"的支持者认为，开展学习在人们准备变革、应对变革的方面起着关键的作用。简而言之，学习意味着"……组织成员探测和纠正错误的能力、对新洞察的追求能力，使得他们能够选择他们所追求的更好的生产成果"。积极自发的变革意愿常常只是源于感到除此之外别无选择。于是，如威尔逊认为，通过使组织中的每个人认识到危机即将来临，或者使人们对现存的系统和程序不满意，这样可以使变革加速。科特甚至提倡策划使用一个危机工程以便建立变革的动力要素。但是，无论怎样驱动激励变革，员工都不太可能认识到变革的必要性，除非管理者创造一种使员工熟悉理解公司的业绩、市场、客户、竞争者、法律等因素的机制。

克拉克和纳德勒认为个人和组织学习来自于有效的从上而下的沟通交流以及自我发展和自信的提升促进。反过来，这又可以激励员工对组织愿景，以及措施和决策的认同，这些措施和决策在对外在环境作出反应方面是必要的并且能够利用环境提供的机会。而且，皮尤指出，为了产生变革的需求和气氛，组织中的人们需要参与到对问题的诊断和对解决方案的分析中来。卡纳尔进一步发展了这个观点，他认为：

有效率的组织属于鼓励并支持向变革学习的组织，这意味着确实需要开放型的管理、鼓励主动意识和危机意识。

克拉克也相信在变革管理决策中参与进来的员工可以"有助于创造批评和开放辩论的习惯"，这使得他们能对现有的规则进行挑战并且对已建立的实际操作程序提出疑问。

克拉克指出，尽管这可以创造革新和猛烈变革的机会，挑战现状也是与挑战管理的判断力和权威密切相关的。本杰明和梅比认为这种对现状的质疑才是从下而上变革的本质，这还导致了角色变换的形成，从而使变革不是由管理者由对员工施加压力来实施变革，而是反过来。所以新的、开放式的管理模式使得员工施加压力于管理者促使他们对原来可能回避的组织目标和方向问题提出根本性的质疑。从而，依思特拜–史密斯（Easterby–Smith）等人和曾认为，组织学习对组织来说既不是容易理解的概念也不是毫无争议的组织选项。这种大量的关于组织学习是什么、如何提升组织学习的观点之间分散的差异性，使得组织学习是一个比

它的支持者所承认的更加难以运用的概念。

管理行为

如第 1 章所讨论的，组织的传统观点把管理者的职能看成指挥和控制员工、资源和信息，传统观点将管理者看作是唯一的具有专业化的知识、技能的、有合法权力决定如何以及何时进行变革的人。然而，组织变革的"紧急方法"，就像组织管理的文化卓越方法那样，需要管理者的角色作用有一个重大的转变。取而代之的是直接的变革从最高层开始，管理者被期望作为运作的推动者和教练，他们能够通过他们的贯通各个组织层次、职能部门和组织边界的能力，组成和激励团队去认识变革的需求并且完成变革。根据科特观点，对管理者来说，至关重要的是改进领导技艺。依据伯恩斯的著作，科特强调管理涉及一整套过程，诸如制作预算并且编制计划，以确保组织平稳运作。换言之，领导就是一整套创造或变换组织的过程，"领导定义了未来的特征、使人们认准愿景、鼓励他们使愿景成真……"。

管理者为了有效地担任这个新的角色，就需要关于战略设计、人力资源管理、市场营销和谈判/冲突解决等方面的知识和专业能力。但成功的关键，根据很多观察者的结论，在制定组织变革的议程中，决定性的因素是管理者自己的行为。如果管理者要获得他人对变革的认同，他们首先必须准备挑战他们自己的假设、态度和意识，这样他们就能进一步对所涉及的感情和智力方面的过程有一个理解。

"应急方法"的支持者认为，变革的实质是从熟知的状态转移到未知状态，从确定走向不确定。在这种情况下，关键是管理者要能够忍受风险和应对矛盾和不确定性。皮尤持有这样的观点：在一个动态的环境中，与那些参与到变革过程中的人开放地和积极地沟通交流是应对风险和不确定性的关键。这种观点与许多认为从上而下、单方面施加变革的观点表达一样的，是不会取得成功的，而从下到上的变革、基于下放职权和真诚的授权式变革，才是前进的方向。这又需要管理者通过团队、个人以及正式和非正式的渠道，开展更加开放的、更为广泛的组织范围内的沟通。

从"应急方法"支持者的观点来看，一个组织搜集、发布、分析和讨论信息的能力对成功的变革是至关重要的。如威尔逊所说，这是因为：为了成功地影响变革，组织必须有目的地、前瞻性地逐渐向前发展。如果组织在动态的和不确定的环境中运营，大规模的变革和更加正式、整合式的变革方法（如全面质量管理）对组织来说就会很快失去其目的和相应的意义。然而，如果组织向它的战略愿景发展是通过许多小规模的、局部的逐渐变革的方式，那

变革管理
Managing change

么管理者就必须确保那些涉及到变革的人，可能是全体员工，能够获得有效信息并且按照这些信息要求行动。通过鼓励集体共享知识和信息这种方式，将会对进行变革的紧迫性和可能性有更好的理解，这又会使得管理者提升他们战略决策的质量。

复杂性理论的支持者采取了不同的观点，他们既反对小规模渐进式变革也反对大规模彻底的转型式变革，他们偏爱介于两者之间的"第3种类型"，是持续的，在团队、小组层面基于自我组织化的类型。对某些意义范围来说，关于这种术语类型不同的部分是：多大的变革才是渐进的变革？也许其论点所关注的是：大体上来说，"应急变革"的支持者之间共同认同的是：大规模的、由上而下的变革持续，同时既是必须的也是很少成功的。这并不是意味着管理者的重要作用就不存在了，他们在识别确定所要采取进行的变革观点方面，或完善指导"应急变革"的组织愿景方面仍起着至关重要的作用；而是意味着成功的变革被认为是来自于从下而上的主动性，表现为在现实环境条件下，对事务、风险或机会作出本组织范围内责任的反应。他们所遵从的是其责任大小是各不相同的，但是因为他们都是各部门单位自己的组织内的责任反应，所以他们决不是大规模的。

但是，无论变革的规模如何，潜在的掣肘阻力总是会存在。对变革的掣肘源于很多方面，包括中层和高层管理者，并且许多因素是来自于不同的观点，这些观点对组织来说就是什么是组织最佳局部利益或者什么是最佳个人利益。为了有效地处理这些阻碍，管理者们需要获得和改善相关的人际关系技能，这样使他们能够应付那些为了自己的利益而掣肘阻碍变革或者操纵利用变革的人或团队。支持开放性，减少不确定性，鼓励实验也是克服阻碍促进变革的强有力的机制。在这方面，柯夫兰与麦卡尔曼和佩顿建议使用"组织发展（OD）"工具和技巧（如交易分析、团队、团队问题解决、角色扮演等）开展工作，这些工具和技巧被"计划变革"方案长期采纳。但是，这些工具和技巧却存在着大量潜在的相互混淆的地方；马荣-怀特和布坎南与博迪认为管理者在识别和运用恰当的方法方面起着至关重要的作用，运用这些工具和方法的主要目的是鼓励以团队或合作的方式共同学习。正是共同学习为创造性和革新性的解决方案的出现提供了框架和支持，并且激发出一种参与感、认同感以及对变革过程的主人翁意识。

然而，如果认为在这种情况下每个人都将希望去工作或者能够有效地工作，那就是天真的想法。组织生存所需要的认知和行为的变化可能对许多人，特别是对管理者，影响巨大。于是，一个非常重要的管理任务将是识别惰性产生的源泉、评价他们在组织内的技巧组合，

最重要的是考虑他们自己的管理态度和方式是否是合适的，这需要识别变革的不同类型，以及这种变革类型通常所需要的不同方法。"应急变革"的支持者们习惯于用一种观点看待世界，第 10 章将进行讨论，但是看待变革还存在其他的方式，并带来不同的方法。

权力和政治

权力和政治在组织生活的重要性，尤其是在变革时期的重要性已经在第 5 章中进行了探究。尽管"应急变革"的支持者从不同的角度来看待权力和政治，但他们都认识到了这两者的重要性，并且认为如果组织变革要有效，那么组织就必须有管理。例如，道森断定"最重要的核心问题是要努力获得高层管理者、局部管理者、监督人员、工会以及员工的支持"。按照威克观点，获得支持需要"相当的语言技能以便获得和表明事件的过程走向（和）重新梳理和重新表明变革之顺序"。佩蒂格鲁等人坚持类似的观点，认为"在变革的前后过程中的政治性语言的重要意义是必需要强调的。例如，终止的变革被贴上重新发展的标签，问题重又被赋予是机会的代码……，而宽泛的乐观愿景则被表述为建立早期的联盟密切相关……"。坎特等人强调实施变革的第一个步骤就是建立联盟："……使那些真正所涉及的重要人物参与到变革中来……特别是，主要从两个地方寻求支持：（1）权力根源；（2）股东。"纳德勒也表达了相同的观点，他提倡建立变革政治动态系统必要性，以便使这样的权力中心成为支持变革而不是妨碍变革的因素。西尼尔通过吸取纳德勒著作中的内容，提出了组织用来管理变革的政治动态系统的 4 个步骤（见展示 9.2）：

展示 9.2　变革政治动态的管理

步骤 1　确保或发展改进关键权力团队的支持。
步骤 2　用领导者的行为来产生对所提议变革的支持。
步骤 3　用象征性的符号或语言鼓励变革并且表现出对变革的支持。
步骤 4　通过权力保证一些事情不会发生改变，建立稳定性。

亨得利和皮尤认为，虽然权力和政治在变革过程中非常重要，但它们不是主宰变革的最为紧要的因素，重要的是不要仅仅关注权力和政治，而排除其他因素。尽管这样，对变革过程中政治动态系统的强调有助于使那些管理变革的人理解和控制变革过程中的政治。为了这个目的，卡纳尔提出了一个可以在管理变革时利用的政治技巧的模型（见表 9.1）。正如表 9.1 所示，卡纳尔确定了 3 种基本类型的政治技巧：利用资源的能力，诸如正式授权和信息；

变革管理
Managing change

理解和管理政治过程的智能，诸如商谈和支持动员；以及识别和参与各种形式的政治行动的能力，诸如编订预算方案和确定组织结构。卡纳尔的观点是：不是一个人可以掌握所有的技巧，而是那些管理变革的人必须得到那些具有政治技巧的人们的支持。

表 9.1　政治技巧和变革的管理

资源	过程	形式
正式授权	谈判	以下方面的政治：
对资源的控制	影响	编制预算
对信息的控制	支持动员	职位
对日程的控制	偏爱动员	职位的继承
对象征性事项的控制	对情感的运用	信息
	仪式和礼节	组织结构
	专家"神秘感"	评价

于是，可以看到在一些核心的问题上，这与"应急变革"的支持者有相似的观点。在已经阐明了确认他们作为一个特定学派的一些特征后，同样重要的是理解他们为把他们的方法运用到实践提供了什么建议。

应急变革的方案

佩蒂格鲁和卫普认为领导变革没有一般的通用原则，而是涉及包括了"人们在所有业务层面上的一系列连续的行动"，但这并没有阻止大多数"应急变革"的支持者提出组织应该遵循的行动顺序。例如，佩蒂格鲁和卫普提出了一个成功地管理战略和操作变革的模型，它包括 5 个相关的因素（见展示 9.3）：

展示 9.3　成功的变革管理

环境评价：在各个层面上，组织都需要改进搜集和利用关于自己内在和外在环境的信息的能力。

领导变革：这需要创造一种良好的变革气氛，确保未来的方向以及在组织的各个层面上把人们的行动紧密联系起来。

把战略和运作变革紧密联系起来：这是一种双向的过程，确保战略决策导致运作的变革，并且运作的变革也影响战略决策。

人力资源既是资产也是责任和负担：组织的成员所掌握的知识、技巧和态度确实是成功的关键因素，但如果它们的结合不恰当或者缺乏有效管理，那么它们也可以威胁到组织取得成功。

目标的一致性：这是指由以上 4 个因素而决定的决策和行动必须彼此互补和强化。

道森提出了 15 个 "能够从对组织转变管理的序列过程分析中得出的实践的指导性原则"，这些原则包括从必须对变革的动态性和长期过程保持全面的审视，到必须采取一个完整的组织方法来管理组织的转变的方方面面。对他来说，这一部分并没有被佩蒂格鲁和卫普的 5 个因素所超越。其中，他还强调了必须理解和交流变革的缘由和目的，必须使管理层和员工都对变革有承诺。威尔逊也注意到变革的复杂性和长期性的本质，他写到：

> 这本书特意对组织变革的问题采取了一种特别的看法。书中的观点大都无视基于技术的变革方法，不赞成现成的组织变革良好的实践模型（例如："卓越"模型）以及依靠分析变革，把分析变革作为是伟大的、具有超凡魅力的个人所追求的主要目标导向。书中所强调的观点，倾向于管理者在组织内必须进行运作的组织结构的潜力、经济决定论的力量、制度的力量。为了（长期地）成功地运营组织他或她必须了解和研究组织或与组织相关的更为广泛的环境。这并不是说个人技巧是不重要的，而是说它们不能被考虑在战略变革的广泛因素之外。

然而不幸的是，"应急变革"的支持者所提出的与管理变革的建议相关问题，在本质上是如此的概括和抽象，以至于很难得到应用。有时它们几乎就是事后诸葛亮。不过，他们的著作确实为管理者和组织提供了实质性的指导。不可避免地，正如人们所料想的，这些倾向来自那种规范性学派的阵营，而不是来自分析性学派的阵营，这些建议主要是告诉组织它们应该怎样做，而不是为它们所做的事情提供细节的分析。关于变革这方面两位领先的代表学者是坎特和科特。坎特的著作我们已经在第 3 章进行了深入地讨论，在这里进行简要的回顾，正如展示 9.4 所示，她提出了实施变革的 10 条戒律。

展示 9.4　实施变革的 10 条戒律

1. 分析组织以及其对变革的需求。
2. 创造一个共同的愿景和方向。
3. 与过去分开。
4. 创造一种紧迫的气氛感觉。
5. 支持一个强有力的领导角色。

6. 获得政治的一致支持。

7. 构造实施计划。

8. 发展有能动性的组织结构。

9. 与人们真诚地交流。

10. 巩固变革并使其制度化。

坎特等人把变革的方法分为两类：一类是"果敢式方法"，一类是"长征式方法"，前者和主要的战略决策或经济要求相关，通常具有技术或结构性的本质。他们强调，这些方法对一个组织有明确而又迅速的影响。但它们几乎不能导致习惯或者文化的长期变化。另一方面后一种方法，适用于小规模的变革以及主动性地运作方式。这两种方式每一步都能快速贯彻执行，但是要达到最终效果不是短期能够实现的，需要一个长期的过程。因此，随着时间的流逝，"长征式方法"能够导致文化的改变。"果敢式方法"通常是少数高层管理者，有时甚至是一个管理者所采取的方法；这些方法要取得成功不需要组织中其他人的支持。与此相反，"长征式方法"需要组织中所有人的广泛参与。坎特等人认为，如果没有组织中大部分员工的参与和支持，变革是不可能取得成功的。他也主张，这两种变革的方法是互补的，而不是相互取代的；虽然在实际上公司可能只采取一种方法而偏废另一种方法，但公司如果要成功，两种方法都需要。

和坎特一样，科特是哈佛商学院的教授，而且经营了一家非常成功的咨询公司——科特咨询。他写了大量的管理和变革方面的著作和论文，其中在 1995 年《哈佛商业评论》上发表的一篇论文有很高的影响力：《领导变革：为什么变革的努力会失败?》，在《哈佛商业评论》的数千重印本中，这篇论文销量位居第一，单从数量上来考虑，这也是一个相当大的成功。由于他的关于变革的观点被大家接受，受到激励的科特在 1996 年写了一本书——《领导变革》。这是对他在《哈佛商业评论》上发表的论文中的观点的进一步延伸和解释。这本书开始讨论的是科特所坚信的导致组织变革失败的 8 个错误（见展示 9.5）：

展示 9.5　变革走向失败的原因

错误 1　过于自我满足现状；

错误 2　没有建立一个强有力的领导集体；

错误 3　低估了愿景的威力；

错误 4　对愿景的相互交流不够，只作了 1/10（甚至 1/100 或 1/1000）的交流；

> **错误 5** 没有排除掣肘新愿景的现象；
>
> **错误 6** 没有赢得短期的小成功；
>
> **错误 7** 过早地宣布大功告成；
>
> **错误 8** 没有把变革紧紧根植于组织文化中。

科特认为这些错误产生的结果是：

> —新的战略不能很好地实施；
>
> —不能获得齐抓共管的协同效应；
>
> —重组花费太多的财力和时间；
>
> —缩减规模不能控制成本；
>
> —方案不能获得预期的结果。

为了减少这些错误及其后果，该书接着提出了科特的成功实现组织变革的 8 个步骤（见展示 9.6）：

展示 9.6 科特成功变革的 8 个步骤

> **步骤 1** 营造紧急的气氛。
>
> **步骤 2** 成立联合领导集体。
>
> **步骤 3** 改进愿景和战略。
>
> **步骤 4** 把变革的愿景进行充分地沟通交流。
>
> **步骤 5** 广泛地授权。
>
> **步骤 6** 赢得短期的小成功。
>
> **步骤 7** 巩固变革成果、实施新的变革。
>
> **步骤 8** 把新的变革方法根植于组织文化之中。

科特强调他的 8 个步骤阶段是一个过程而不是一个检验清单，并且任何"成功的变革都要经过这 8 个阶段……忽略了任何一个步骤或者没有稳固基础就进行大步地前进，几乎常常就会产生问题"。他也指出，最主要的重大的转变都是由很多小规模和中等规模的不同的变革方案组成的。科特举了一个电信公司的例子：

> 整个变革方案的目的是为了增强公司的竞争地位，要花 6 年时间。到第三年，变革

变革管理
Managing change

进入到了步骤5、6、7阶段。一个相对较小的重组方案已经接近了步骤8的末尾。对公司的员工和团队的结构调整才刚刚开始，还处于步骤1和2阶段。一个关于质量的方案在有条不紊地进行，但没有按时完成，而少量的几个方案几乎还没有开始实施。早期的变革结果可以在6~12个月的时间内出现，但最大的成果回报是在所有方案结束后才能实现。

可以看到，在坎特等人的10条戒律和科特的8个步骤之间有一定的相似性，把它们组合起来，可以为实施变革提供详细的指导作用。然而，有一个领域被坎特和科特以及"应急变革"方法的支持者们所忽略，尽管"应急变革"的支持者们连篇累牍地强调领导作用和管理变革的能力，但它们中最为重要的一个方面就是变革代理者这一角色的作用。当然下一章将显示，虽然在理论文献上有很多不同的用来确定变革代理的模式，但仍然存在一种倾向，那就是假设有一种适合所有情况的"最好的"方式或者一整套技巧/技能。

变革代理人的角色

在个人、团队或组织层面上，不管采用什么方法来管理变革，无论人们将变革看成是逐渐增加的、断断续续的亦或是持续进行的，以及人们对它的认识无论来自"计划的观点"还是来自"应急的观点"，变革是必须要得到管理的；有些人必须承担确保变革进行的责任，不管这个人是团队的领导、变革推动者、教练甚至是独裁者，经常要有一个人承担变革代理人的角色。前面的章节显示，由库尔特·勒温首创的变革代理的概念被"组织发展（OD）"运动广泛地发展。但是，在最近的20年，随着对变革的不同理解的出现，也就出现了对变革代理的作用认识的不同观点。正如考德威尔指出，我们已经看到了对"英雄"变革领袖的颂扬，他们都具有组织转型的能力，提倡一线的管理者以及职能专家成为变革代理，作为变革的"催化剂"，是促进内部和外部管理的咨询家。但是，不阐明变革代理所担当的角色和能力，这些发展似乎为人们呈现出了更加模糊的图画。

"计划方法"的一个优点是它不仅提供了一个发展成熟的变革过程，而且它也为变革代理人的行为和态度提供了蓝图，反过来，这些变革代理人又得到大量的工具和技巧的支撑以分析组织和管理变革。"应急方法"虽然强调过程，其所采取的观点是：变革不是由专家所驱使开展的特殊的活动，而是每个管理者角色中越来越重要的组成部分。这种观点的缺陷是没有注意到甚至忽略了对管理不同的变革来说所必需的专业技能，不管这种技能是由管理者所具备的还是由一个变革专家所具有的。如哈特利等人观察到的，这也是在变革代理人的角色

方面很少有经验研究的一个原因。然而，布坎南和博迪试图弥补这种缺陷，他们分析了作为一个成功的变革代理人所必需的技能，特别是，让人们注意到了变革代理人必须做的事情：

> ……支持经过理性思考和逻辑相关推理的"公开活动"，明显地对员工参与的变革，在聘任新人、维护支持、寻求和减小变革的阻碍等方面，要进行必要的"幕后活动"……"幕后活动"涉及到对"权力技巧"的运用，"干涉政治和文化系统"，影响、谈判以及向别人销售自己的观点并且还和"管理意义"有关。

布坎南和博迪提出了一个变革代理人所运用的技巧模型，这个模型阐明了为了得到成功的变革而必需的技巧和能力。他们的这个模型一开始就为以下活动列出了所需的诊断技巧：确定组织类型；鉴别变革的类别；分析个人的弱点；决定日程的先后以及公开活动和幕后活动技巧。另外这个模型还列出了 15 种能力，分别属于 5 大类，即目标；角色；沟通；谈判；以及管理。模型的最后两个元素与过程的结果、人员和组织的结果相关。他们的著作为大家展示了一幅这样的图画，变革代理人是具有高技巧的人，是训练有素的政治操纵者，他们不仅具有关于变革过程和工具的资深知识，而且在公开场合尤其在幕后有能力运用他们的个人素质和经验。与此相反，"计划方法"认为变革代理人的活动主要是预先的"公开活动"，而且是在一个完全透明的议程下工作，帮助组织解决确定供选项的方案并作出自己选择。

对"应急变革"的支持者来说，变革代理不是中立的变革推动者，而是一个依据他/她自己的变革过程的方案议程主动实施的管理者，整个议程就是利用管理和促成人们对所关注问题的领悟来寻求促进或施加影响。布坎南和博迪也强调了变革过程的社会建设性活动，他们认为，这是一种创造性的活动：

> 代理专家的意见并不仅仅是限于对诊断工具、竞争力以及老套的解决方案的机械运用，而应该包含对组织所处的环境中的其他资源的创新和机会的利用。

米尔维斯（Mirvis）是另一个关注在获得成功的变革过程中，变革代理人的创新和创造技巧所起的至关重要的作用的学者。在一篇名为《优雅、魅力和奇迹》的文章中，里顿斯坦（Lichtenstein）经过检验 3 个领导变革的实践家——彼得·圣吉、威廉·托伯特和埃伦·温高的著作，进一步对变革代理人的作用这方面的问题进行了研究，文章中，3 位咨询顾问叙述了他们的变革方法及其理论基础。他们还描述了在应用他们的方法的时候，按照这些罗列的步

变革管理
Managing change

骤执行也是不十分充分完全的。成功需要咨询顾问克服主要障碍，并且，在这样做的同时，采用新颖的、试验性的方法。圣吉、托伯特和温高用诸如"优雅"、"魅力"和"奇迹"这样的词汇来描述有所突破的时刻；指出了克服严重的障碍和取得实际进展的要点。实际上，他们描述的是变革代理人能力的一种，就是要认识到必须脱离"教条"，为了取得进步必须探索未知的东西。就像布坎南和博迪要求变革代理人必须能提出和利用变革的理性的一面，同时还要比较擅长于非理性的"幕后技巧"一样，利希滕斯坦也得出这样的结论：

> ……在介入干预尝试的第一个阶段，存在一个能产生理性的行为逻辑架构，但在关键门槛处却是非线性的逻辑架构，是那种靠自发的感觉的行动——优雅、魅力和奇迹——这些在实际上支持着组织（个人）转变。

通过吸取文化人类学家的观点，舒伊特和斯海特用了一个比喻，把变革代理人比作魔术师。他们指出在非西方文化中的魔术师、巫医用他们特定的仪式和象征性的东西顺利引导生命周期中的转化：出生、青春期、结婚和死亡。以同样的方式，舒伊特和斯海特给出了如下疑问：在某种意义上，顾问和变革代理人不是"也像魔术师那样通过运用仪式和象征性的东西来引导和构建组织重要的变革吗？"这些仪式和象征性的东西具有许多重要的作用：树立管理代理人的地位，在思想上精神上使员工为变革做好准备，引导员工进行转变，并且强化员工的"参与"的信念：他们正处于一个有良好控制和管理之下的变革过程之中……不过问题的关键是要减少当事人的"不确定性"。

大多数"应急变革"管理方法学派的论点是：变革的复杂性和多层次的本质决定了不能把它看成是仅仅是少数专家或者管理者的事情，而是组织中每一个成员的责任。然而，如果如此，那么他们到底需要什么样的技能和能力？又如何获得这些技能和能力？布坎南和博迪、利希滕斯坦、舒伊特和斯海特的著作，以及"组织发展运动"所体现的观点是：变革过程越复杂，它的成功就越困难，并且就越要利用专家变革代理人的技巧和经验。他们得出的结论是：存在着一种"最佳"的变革代理类型，这个变革代理者在任何环境形势下都拥有全面的高技能。

考德威尔同意布坎南和博迪等人的观点。正如杜菲和斯泰思（Stace）提倡变革的"环境性"或"偶然性"模式那样，考德威尔倡导变革代理的偶然性模式，认为不同的变革环境需要不同的变革代理模式。从广泛的文献著作的观点，考德威尔提出了4组变革代理的模式

（见展示 9.7）。这 4 种不同的变革模式的所突出强调的是建立一整套能在任何环境下运作的变革代理的艰巨性，当然不是说没有这种可能。

展示 9.7 **变革代理的模式**

★ 领导模式：变革代理是高级管理者的责任，要确定和提供变革战略 / 转型方案。

★ 管理模式：变革代理被认为是中层管理者 / 职能专家的责任，提供或拥护战略变革程序或方案的明确的要件。

★ 顾问模式：变革代理是能够在任何组织层面上发号施令的组织外部或内部的咨询顾问。

★ 团队模式：变革代理被看作是在组织不同层面上运作的团队小组，由必要的管理者、员工和顾问组成，完成必须的特殊变革项目。

由布坎南和博迪认定的变革代理类型有些适合这些模型，但不是全部适合。同样地，变革代理的"组织发展"类型也有些适合这些模型，但也不是全部适合。考德威尔所做的工作是指导学者和实践者既脱离"全体员工的责任"学派也脱离"一个最好的方法"学派，目标是确定每一个变革环境所需的行为和能力。

应急变革：总结和批评

"应急变革"的支持者是一个相对分散的学派，他们被归为一个学派，不是因为他们有共同承认的预选方案，而是因为他们对"计划变革"都表示了怀疑。尽管如此，关于"应急变革"的主要信条，还是有一致的意见，这些信条如下：

★ 组织变革是一个连续实验和适应的过程，它的目的是把组织的能力与动态的和不确定的环境和对组织的要求相互匹配起来。

★ 虽然这最好可以由大量的小规模或者中等规模的渐进变革来实现，随着时间的流逝，这可以导致组织的重新配置和重大转变。

★ 变革是一多种层次的、贯穿整个组织的过程，长时期地呈现出一种重复和杂乱的样式，由一系列的相互联系的项目方案所组成。

★ 变革是一个政治的、社会的过程而不是一个可分析的、理性的过程。

★ 管理者的角色不是策划和实施变革，而是创造一种组织构建创造、强化、激励和维持变革实验的气氛，激励学习和勇于承担风险的气氛，并使员工对认识变革的需要以及实施变

变革管理
Managing change

革承担责任。

★ 虽然期望管理者成为变革的协调者而不是实施者，但他们也有重要的责任，就是发展一个共同的愿景或共同的目标引导他们的组织，并且在这种目标和愿景下可以对任何所提出的变革的适当性作出判断。

★ 使得变革各个方面能成功进行的关键性的组织活动是：信息汇集——对外在环境和内在目标及能力的汇集；沟通——信息的传递、分析和讨论；学习——发展新技巧，识别什么是合适恰当的反应，以及从他们自己以及其他组织的过去和现在的行动中获得知识。

虽然没有公开地表述，变革的"应急方法"是基于假设所有的组织都在一个无序、动态和不可预测的环境中运营的。于是，如果外在世界以一种不确定、快速的方式变化，为了适应并对环境的变化及时作出反应，组织需要不断地扫描自己的坏境。因为这是一个连续的、没有终点的过程，所以"计划变革"并不是恰当的。为了成功，变革就要以一种局部的和渐进的方式发生，以便对环境的威胁作出反应，对机会加以利用。

从这方面来讲，"应急变革"方法有明显的连贯性和合理性。然而，这种连贯性是脆弱的，其合理性是经不起挑战的。就其连贯性而言，一些"应急变革"的支持者，特别是佩蒂格鲁和道森明显地是从组织过程的观点来看待"应变革"方法的。不过，还不清楚布坎南和博迪以及威尔逊是否完全赞同这种观点。而卡纳尔、克拉克，坎特等人以及科特，很明显他们都不持过程性的观点。他们并不怀疑在变革过程中权力和政治的重要性，但对他们来说，权力和政治问题是一种关于合法性和实用主义的东西。管理者和变革代理人有合法的权力来引导变革，但为了做到这一点，他们必须以实用主义的方式来运用政治技巧，以获得支持并克服困难或避免阻碍。对过程主义者来说，就像后现代主义者那样，变革是指一些组织内占主导地位的联盟或小团体，为了加强或提升他们在组织内的地位而把他们的意愿强加给组织的其他人。这种观点部分地由这样的事实得到了解释：一些学者都试图从一个批评的角度来分析和理解变革，而其他学者（主要是坎特等人）更关心为成功的组织变革提出方案和诊断清单。于是，虽然"应急变革"的支持者有一些共同点，但他们不同的目的和观点也给"应急变革"方法的一致性、连贯性打上了一个问号。而对"应急变革"方法的合理性或者整体的实用性的评定，在很大程度上依赖于人们是否承认这样的观点：所有的组织都在一个动态的和不可预测的环境中运作，并且不得不迅速地适应环境。对组织经营的环境的不可改变性以及本质，在前面的章节中已经做了充分的讨论，得到的结论是：并不是所有的组织所面对环境的无序性的程度都是相同的，而且无论是何种情况，操纵和改变环境的约束都是可能的。这并不完全就是说"应急方法"就不合理，但这也表明了偶然地，在特定的情况下，一些组织会发现"计划变革"的方法是适合而且有效的。

显然，上述的讨论对"紧急变革"方法的应用性提出了疑问；然而，即使对"应急方法"的合理性和连贯性、一致性方面没有保留意见，但对这种方法仍然会有激烈的批评。例如，像文化卓越学派，他们的支持者赞同"应急方法"并因此受到了许多同样的批评（见第3章）。毫无疑问，文化卓越学派强调把重点放在对适当的组织文化的需要上。但是，就像"应急变革"的学者在文化变革观点和在现有的文化下进行变革的观点之间摇晃不定那样，并没有清楚地意识到文化所起的作用。当然，如第5章提到的，组织文化的所扮演的角色和所起的作用的全部问题是实实在在的棘手问题。实际上，正如先前所提到的，甚至威尔逊，尽管他支持"应急变革"的观点，但也怀疑文化方面的情形。同样的观点也可以用于"学习型组织"的方法。如惠廷顿评价：

> 纯粹的变革的"学习"方法的危险在于……管理者（和其他人）可能实际上意识到变革的必要性，但却拒绝"学习"，因为他们很清楚地知道，这对他们的权力和地位意味着什么。对变革的抵抗也许不是"愚蠢"的……而是基于对个人后果的一种精明的考虑。

与此不同的其他的批评与管理学习的成功影响相关。米勒观察到，一旦管理者开始尽他们最大的努力去学习了解组织的环境时，随着时间的流逝，当他们获得经验之后，他们"对做什么以及为什么做形成了非常明确的观点"，如此的结果是就会限制他们对信息和知识的继续追寻。这样的经验，尤其是成功的经验，也许可能实际上就是学习的障碍，因为这种经验形成了管理者或其他人用来解释世界的认知结构。尼斯特伦（Nystrom）和斯塔巴克（Starbuck）观察到：

> 人们看见、预测、理解的东西依赖于他们的认知结构……（这种认知结构）显示了他们自己的感知构架、对未来的期望、世界观、计划、目标……误区、习惯、象征……和专业知识。

这就使我们必须讨论管理者角色这个主题。虽然在第16章将进行充分的讨论，但现在我们知道管理者是需要对自己的行为做出最大改变的人，然而，上面的引言显示，他们对这样的改变既不欢迎也不接受，特别是当这种改变挑战他们自己的信念和与他们"做什么以及为什么做"的理解相抵触的时候。当然，如果改变环境因素和限制的可能性存在（如上所述），并且不需要改变他们自己行为，管理者会觉得这是一个有吸引力和可以接受的选择。

虽然上述对"应急变革"方法的连贯性和合理性的批评已经相当严重了，但还有 3 个同样严厉的批评。第一个与这些方法和"计划变革"的方法的区别有关，"计划变革"受到攻击是因为它依赖于勒温的解冻、实施改变和重新冻结 3 步曲的 3 步模型。对它的批评是：在一个无序的环境里，组织处在一个连续不断地变革的状态之中，因此说解冻和重新冻结是胡说八道。然而，当我们审视诸如道森、科特和佩蒂格鲁等人所支持的变革过程时，我们看到，虽然他们反对勒温的 3 步模型，但他们也认为变革是一个"转变"过程，也有开始、中间阶段和结尾。实际上，亨得利评价说：

> 以前刘管理和创造变单的任何评论，以及认为变革必然是以解冻为开始的 3 阶段过程的思想远没有探究到变革的本质。

也有其他一些人，他们强烈地支持亨得利的观点，认为 3 步模式比评论家们所认为的有着更多的正确性并且有着更加广泛的应用空间。我们还注意到，变革的复杂方法的支持者之间有很多勒温的支持者，以及麦金托什和麦克林提倡应用 3 步骤方式识别和改变有序地产生规则。

第二个批评把涉及的重点放在变革的政治和文化方面。应急方法的倡导者通过阐明过去被忽略的这些重要事项，对我们了解变革作出了有益的贡献。然而，他们也受到了来自许多角度批评，认为在这方面走得太远。亨得利认为变"对变革的管理在变革的政治性方面被过分地强调了"，而柯林斯表达了他本人和其他一些研究者的意见，他认为：

> ……对（"计划变革"）的问题和批评作出反应，管理者和实践家从对低度社会化的模型和对变革解释的依赖，转移到对变革的过度社会化模型的依赖。

这非常适合那些对组织变革采取现实主义观点的人们，他们主张社会世界包括组织是人类行为的产物，它不必是人类有意识设计的产物但确实是独立存在的。

最后，虽然应急方法毫无疑问地提出了变革的主要事项，并且提供了有价值的观点和引导，但它并不像它的倡导者所认为的那样能够普遍适用。在第 8 章，我们明确了 3 类变革类型：渐进型、动态均衡型和持续转型型，我们也明确了变革的 3 个不同的观点：个人、团队和系统的观点。应急方法特别基于这样的假设：组织在一个动态的环境中运作，为了生存，需要组织进行持续不断地变革。因此"应急方法"，根据它自身的定义，对在只需要渐进地方式或者也许甚至对在动态均衡型变革方案的环境中运作的组织是不适用的。"应急方法"的关注点是组织，因此，它的主要子系统不适合个人，也不适合团队的变革。而且，无论是其内涵上还是外在表现上，它提倡的是合作的变革而不是强迫性和对抗性的变革，所以它将政治操纵和权力分配看作是实现上述目的的关键。不过，正如道森指出，显而易见的是，在很多情况下，管理者宁肯推动变革，通过一种快速而又对抗性的方式进行。所以，像"计划变革"那样，"应急变革"尚有不少可取之处，但是，它也像"计划变革"那样，存在许多不能忽视的缺点。

结论

　　各类不同形式和规模的组织，提供了各种各样的大量产品和服务，都面临着一系列巨大的挑战。也许对所有组织来说唯一一个共同的要素就是变革。尽管随着时间的不同、组织的不同，其变革的速度和程度不同，但组织绝不能永久不变。有效地管理变革的能力是组织具备成功竞争力的至关重要的组成部分，这一观点现在已得到普遍认可。正如第 8 章所论证的那样，多年以来，计划方法被认为是管理变革的最佳方法，然而，也正如本章开篇所示，从 20 世纪 80 年代早期以来，计划方法一直面对着接连不断的批评的洪流，批评针对其在快速和不可预知的变化的世界中的适应性。特别地，其恶意批评者主张这样一种概念：引用坎特（Kanter）等人的说法，组织运作在稳定的环境之中，能够从一种稳定状态转换到另一种稳定状态是"一种精巧奇特的线性化的和静态的概念……（并且）是……自然而然地产生不适应"。按照对"计划变革"的这些批评，本章继续描述"应急方法"以及该方法作为最佳管理变革方法的情况。"应急方法"将组织变革看作是及时适应无法预测和不断变化的环境的过程。对这个观点的支持者来说，变革是无规律的、不可预测的、没有尽头的政治性的事务。在这种情况下，对一个组织的少数最高层的管理者来说，确定并实现所有的变革要求以便与环境保持一致是不可能的。所以，成功的变革对事件的回应是一种由下而上的、应急式的方式。但是，正如变革的计划方法由于有局限性和瑕疵受到批评那样，同样的批评也针对了"应急方法"。特别地，"应急方法"似乎是缺乏连贯性的变革方法，而且似乎比对"计划变革"方法受到批评的方面更多，其支持者看来并不赞同"应急变革"的关键元素，如：文化、组织学习以及管理者的作用。另外，"应急方法"由于其过分强调变革的政治因素、过分强调所有组织都运作在动态和不可预测的环境的观点而受到批评。很明显在适合使

变革管理
Managing change

用"应急变革"这种方法进行变革的组织类型方面有局限性，在如何使用这种方法方面也有其局限性。所以，尽管表面上它比"计划方法"有优势，但确切地说对"计划变革"的适用的环境对它来说是不适合的。对"应急方法"的研究表明其连贯性、一致性、有效性和普遍的可应用性方面存在严重的问题。

本章以及前面的章节都清楚地表明，即使是将它们综合起来，无论"计划方法"还是"应急方法"都不能涵盖组织变革所遇到的所有变革事务和问题。尽管计划变革和应急变革都有重要的理论，也有实践的益处，它们的有关变革的文献的绝对优势使得其他变革方法都被忽略了。为了陈述对这些方法的忽略状况，下一章将研究组织所面临的变革环境形势，并且将构建变革构架，鉴别变革环境的范围以及变革方法的适用匹配的范围。

学习检测

简答题

1. 简要讨论变革过程分析的方法。

2. 列出变革的应急方法的主要特点。

3. 应急变革的支持者是怎样看待组织运作的环境本质的？

4. 为什么说变革的复杂性方法是应急变革的一部分？

5. 从应急的观点出发，促进或者妨碍成功变革的组织的 5 个特征是什么？

6. 列出对应急方法的主要批评。

7. 应急方法对管理行为的意义是什么？

论述题

1. 讨论并评论下列陈述：应急变革相对计划变革缺乏连贯性，只不过是为那些反对它的人提供了一把保护伞。

2. 考德威尔的 4 种变革代理模式是如何削弱布坎南和博迪的变革代理的一般专家代理模式的？程度如何？

第 *10* 章

变革的构架

方法及其选择

学习目标

学完本章之后，你应该能够：

- 即使将计划方法和应急方法联合使用，也要承认它们并不能涵盖所有的变革情形；

- 列出组织所面临的变革形势的范围；

- 评价各种不同的变革方法；

- 理解在各种变革方法中最适用的情形；

- 描述组织在变革时应当如何提高自己的选择程度。

变革管理
Managing change

展示 10.1　来自其他方面的学习

为什么说公司要更多地向慈善机构学习

　　传统的至理名言认为：自愿者部门要多多地向商业世界学习。但是，我们的建议却与之相反：自愿者组织恰恰经常显示出其管理方面的技能，带领公司为学到东西、特别是管理变革方面的东西而奋斗。

　　两种部门都面临着同样的变革压力，在奉献的"市场"，自愿者组织，就像商业业务那样，要面临着消费者的选择。一方面在可自由支配的个人开支的竞争市场不断扩散的同时，自愿者部门的收入，按照实际价值计算，一直维持或多或少的稳定状态。这凸现了为了竞争基金以及降低成本所带来的压力。

　　价格同样也受到挤压。政府投资性的社会服务，对自愿者部门来说是重要的客户，价格稳定在了低成本供给上，限制着自愿者组织可以承担的权利和义务。

　　慈善以及商业服务的消费者同样需要不断改进标准。在自愿者组织和商业组织中的利益相关者为了取得绩效履行更多的责任，捐赠者、最终用户、自愿者以及会员全都需要确切地管理好慈善基金。就像利益相关者

　　有共同的资本管理需要那样，取得成功的自愿者组织，就像成功的商业组织一样，依靠的是在市场上智能的成功，并且在雇佣最好的人员方面的竞争同样激烈。

　　与社会中的情形一样，慈善机构和商业机构也表现出了同样的合并趋向。尽管慈善机构看起来本身就能较好地适应它们。

　　第一，所有的组织都置于利益相关者的股东的压力之下，负有较多的社会责任。志愿者组织对这些能有效地处置——毕竟，它们的存在主要是服务于社会的需要，并且通常涉及本地团体提供服务。

　　第二，政府规章制度在过去的 15 年中有了迅速地增加，但志愿者的服务还一直被他们外在民族标准所"控制调节"。在缺乏牟利动机时，他们以是否符合这些标准来衡量成功与否。

　　第三，人们追求更高品质的生活、更有意义的工作以及有更多的休闲时光。而志愿者组织的目标就是提高目标团体的生活品质，并在社会团体中提供对志愿者来说有价

值的工作。

志愿者组织常常更善于处置变革事宜而不是业务。我们相信这是因为，就像亨利·明茨伯格所言，它们是"动机的开拓者、知识工人的生产者"。它们尤其擅长：

变革，但同时维系不变的宗旨。志愿者组织随时代而变革，却维系着它们的历史。它们利用引导过程和学徒的方式，在它们的传统和价值观中充斥新的员工。但是，常规惯例并没有约束它们的成员。利用非正式的网络，新的实践和思想得以快速扩展，不用鼓励就做更多的事情的需要是主动、自发的。

思想大、行动小。志愿者组织可以有国家或者世界承认的名字，但它却植根于当地进行运作。模糊的组织结构让慈善组织想得大但行动小。乍看起来，它们也许来有些僵化、报告量大，决定通常由选出的一线代表的大多数作出。不过也有好处，核心执行权力的缺乏意味着本地管理者能够按照他们自己的意愿开展活动。

管理众多的利益相关者。志愿者组织常常要用不同的利益对众多的利益相关者进行管理。它们的技术方法涉及到，在它们的决策主体中的不同的利益相关团体的人们，并且为使不同的团体满意，要达到不同的目标。它们利用诸如人格化销售或者捐赠人荣誉的方法，为它们的利益而感谢它们的利益相关者，并且在设定目标时认真仔细地听取利益相关者的意见。

使每个人都认可组织的目标。大多数志愿者组织的员工有异乎寻常的奉献精神，这部分地是因为他们非常忠实于组织的目标。通过一线员工决定重要政策的讨论会，来巩固加强员工所承担的组织政策的义务。

创造有价值的事情。在自愿者组织中重要的不仅是做成了什么而且还强调如何做。如果主要管理者不符合组织的价值观，员工就觉得他们可以向这些主要管理者发起挑战。

难道公司都应该试图仿效自愿者部门？

首先，其优点是实在的也是切实可行的。商业管理者已经知道他们会特别关心雇员危机时刻的动机，每天关心这些会有更好的益处。业务活动要完成复杂的事务、履行为团体共同的价值观所承担的义务，如果他们的所作所为是自愿者组织的所作所为，我们就能明白自愿者部门的价值观，例如：鼓励并且奖励员工的善举、建立和维持协会的制度、维护网络的发展、开拓有意义的事情。

其次，自愿者部门和私人部门组织的区别更多的是其外在表现而不是内在的实际。当然，自愿者们工作的动机是无所求的，而商业活动却必须为人们的工作而付出，否则人们就不会工作。不过"工资的奴隶们"也在工作中获得个人成就。如果蹩脚的管理不能激发自愿者的能动性，他们就会立即摆脱自己的职责和义务而辞去工作。商业雇员们也许不会如此快速地离开，但通常他们当中的最好的员工，会或者将会带着诧异而迅速

变革管理
Managing change

离去。

商业和自愿者组织都需要更好的能力来管理自己的环境，商业组织要将工作做得和自愿者组织一样好，但更重要的是在帮助雇员管理变革的过程中学习到自己的技能。

引言

自从工业革命以来，传统意义上的至理名言已经成为：私人部门在管理和变革组织方面无论比公共部门还是自愿者部门都做得更好。这种观点基于这样一种认为：只有自由市场的竞争会驱使组织和个人去创新和变革。然而，正如莱斯利（Leslie）等人（展示 10.1）的文章描述的那样，自愿者部门要面对相当的竞争以及其他需要创新义务的压力，同样地，就像将在本书的第 3 部分研究案例 4 和研究案例 10 所描述的那样，公共部门在最近的 25 年中受到的压力不断增加，就是为了寻求新的以及更加划算的提供服务的方式。所以，莱斯利等人的文章也表明，当达到管理和变革组织的程度时，那种认为私人部门常常都是较为领先的而其他部门通常是尾随者的观念，多少是一种误解。不过，必须认识到不同的部门、不同的组织面对的挑战是广泛的、多方面的、互不相同的，适应这个组织或部门的东西不必适应其他组织或部门，这种情形尤其表现在考虑组织变革的时候。斯迪克兰德评价道：

> ……研究变革的问题在众多外在假相命名的罗列下跨越了很多的学术领域，如转型（transformation）、发展（development）、变质（metamorphosis）、转化（transmutation）、演进（evolution）、再生（regeneration）、革命（revolution）和变迁（transition），等等，但只有少数是名副其实的。

本书最后两章回顾了管理变革的两个主要方法，指出了它们的长处、短处以及它们所适用的环境。已经明确的是应联合使用，计划方法和应急方法都不能涵盖组织所遇到的所有变革事件。佩蒂格鲁认为：

> 在社会科学、管理和组织理论领域有着长久的传统，那就是使用双重模式的思维：一分为二、似是而非、自相矛盾并具有双重性……"计划变革"与"应急变革"的双重互补性作为值得注意的指导者，为我们提供了很好的服务，但是现在也许已准备该退休了。

尽管计划变革和应急变革都有重要的理论和实践优势，它们在变革文献方面的优势使得

其他方法受到了冷落。为了描述这些冷落，本章将探询识别组织所面临的变革情形的范围，以及确定与这些情形所匹配的更加广泛的变革方法的组合。这就要建设一个构架，使不同的变革情形和适当的管理变革的方法所匹配。接着将要讨论的是：通过操作这个模型中的关键变量元素，有可能实现组织对变革什么、怎样变革和什么时候变革真正由自己所选择的目的。

变革的多样性

如第 8 章所讨论的，通过变革过程中主要的关注点是个人、团队，还是系统和子系统不同，可以将变革分为不同的类型。至于人们关注的变革模型，在第 8 章里再次给出了 3 个主要的模型：渐进模型、动态均衡模型以及连续转变模型。如图 10.1，将这些模型组合在一起形成一个矩阵，这个矩阵包括了大部分的情形。然而，还有一些详细的变革类型、模型和形式没有包括在这个矩阵之内。西尼尔在格伦迪工作的基础上，阐明了 3 种类型的变革："平静的渐进型变革"，是指缓慢的、系统的、演进型的变革；"颠簸渐进型的变革"，属于平稳变革加速的时期；"非连续性的变革"，类似于动态均衡的模型。坎特等人讨论了转型式变革，认为这种变革既能通过"果敢式方法"（迅速全面的变革），也可以通过"长征式方法"（在长时期内以渐进的变革导致转型变革）来达到。

以同样的脉络思路，比尔和诺利亚确认了两种基本的变革原型或理论："E 理论"，类似于坎特等人的"果敢式方法"；"O 理论"，类似于"长征式方法"。E 理论变革的主要目的是最大化利益相关者的价值。它被运用到了这样的情形之中：一个组织的绩效已经被减损，达到了主要的利益相关者要求进行大的、迅速的变革以改进组织的金融绩效的程度。这是具

	渐进式	动态式	连续式
个人	学习	提升	职业发展
团队	改善（Kaizen）	团队建设	构成和任务的变化
系统	微调	BPR	文化

图 10.1　变革的多样性

有代表性的"硬性"方法，基于缩减规模、抛除非核心或者绩效低的业务以及沉重的融资负担。O 理论也将目标瞄准在改进组织绩效方面，但是这是较为"柔和"的方法，基于逐渐改进组织文化及其人员能力、提升组织学习。

比尔和诺利亚相信二者都是正确的变革模型，但二者都有各自的瑕疵。E 理论能够完成短期的财务增加，但在削减组织人力成本以及组织文化的需要方面长期存在。O 理论在关注人和文化的同时，却陷入不能进行全神贯注于核心行为的结构重组调整之中，于是也就不能为利益相关者递交价值。为了达到这两个方法的目的，在避免各自的缺陷的同时，比尔和诺利亚倡导一前一后地应用这两种方法，首先关注 E 理论的快速结构重组方面的优点，而随后用 O 理论对人的能力加以发展提高。

卡明斯和沃雷确定了"从对组织进行微调的渐进变革到必须进行根本改变的量化变革的操作组合"。杜菲和斯泰思采用了类似地但更为细致的方式，确定了一个包含 4 个阶段的连续变革组合，它包括：微调阶段、渐进调整阶段、模式转变以及公司的整体转变。注意后面，斯泰思和杜菲强调公司的转变可以采取 4 种形式：发展式转变、集中于任务式的转变、领导魅力式转变以及回复式转变。彼得斯认为，快速的、分裂性的、连续性变革是变革的唯一适合的形式。作为对彼得斯的回应，奎因把变革分为渐进型变革，他认为这种变革会导致缓慢的死亡；或者深层的、剧烈的变革，这会导致不可逆的转变。佩蒂格鲁等人按照变革的规模和重要性来划分变革的类型。他们的变革包括连续的、操作性的变革（小规模，相对来说不重要）和战略变革（主要的和重大的结构性变革）。布坎南和博迪的分类基本上和佩蒂格鲁等人的一致，但他们用了两个维度：以渐进变革促剧烈变革；以及从组织有重大作用的变革到对组织的外部目标进行变革。科特忽略了这些变革的连续性组合，相反，他认为，组织需要通过一系列大和小的相关变革项目实现自己的转变，这些变革项目要贯穿于不同层面、不同职能并有不同的时间跨度。

当然可以把其他的学者包括进来；然而，最终的结果还是一样：变革可被视为是沿着从渐进式到转型式的过程进行的。渐进式变革或者微调形式的变革多适用于改变个人和他的活动、表现、行为、态度，而转型变革则适用于改变整个组织的过程、结构和文化方面的变革。显然，这些学者在怎样构造这些概念上存在着差别。一些学者把微调或者渐进式的变革看成是相对分离的和/或者相对不重要的，而其他学者却把它看成是转变组织的整个计划中的一部分。相反，他们都把转型式变革看成是具有战略意义的、重要的变革，虽然有些人认为它是相对缓慢的过程，有些人又认为它是相对快的过程，还有人认为它兼有这两种形式。

不管这些区别，整个的变革类型可以由图 10.2 表示，从小规模渐进式变革到大规模转型式的变革。这个过程并不奇怪，直觉上，可以想象变革是从小规模到大规模、从运作到战略。重要的考虑也许不是变革的类型，而是如何思考和管理变革。应急方法的隐含的计划变革的观点位于这个图的最左边，而应急变革位于图的最右边，把它们分开的是不同的环境本质（见图 10.3）。计划变革被认为对（相对）稳定的环境更适合，而应急变革对更加无序的环境较为适合。但是，如第 7、8 章所述，这两种变革方法比它们的倡导者所声称的局限性大得多。特别是，计划和应急两种方法都强调管理变革的集体合作和咨询的方法。不过，斯泰思和杜斐根据员工参与计划和实施变革的程度，阐明了 4 种管理变革的方法：集体合作、咨询、引导和强制。他们也认为咨询方法和引导方法用得最多，但在需要快速的组织变革时，更多的是用强制的方法。科特则有不同的观点，他认为由高层管理者制定变革的整体方向，而变革的实施则是被授权的管理者和各个层次员工的责任。博迪和布坎南相信根据变革对组织目标的核心和外在作用，管理变革的方法也不同。达文波特进一步扩大了这两个方面，列出了一个包含 5 个主要因素的清单，这 5 个要素影响一个方案被如何管理：变革的规模；关于结果的不确定性的水平；变革在组织中的涵盖程度；变革的态度和行为水平；以及实施变革的时间跨度。斯托里从一种略微不同的角度确认了两个关键的方面。第一个方面与变革相关的部分合作程度有关：从由单方面的管理所建立的变革，到由那些涉及的所有人达成共同意见的变革。第二个方面涉及变革所采取的形式：从对整体变革开展的介绍到由一系列个人变革方案的形成。从这两个方面，斯托里得出了 4 种变革类别：

图 10.2　变革的连续性

图 10.3　变革的方法

变革管理
Managing change

1. 从上而下的系统性的变革。目的是转变整个组织。

2. 单个的变革方案。由各个部门以一种不相干的方式对变革进行设计和实施。

3. 协商式变革。一系列的目标在管理者和工人中达成共识，并以一种单个分散的方式来完成。

4. 系统地参与。管理者和工人都认同所设计的实现组织转型的一揽子整体变革方案。

有了上述对变革类型的回顾，为了使这种对变革的本质的观点和应当如何对它进行管理变得有意义，我们需要找到一种方法把各种各样的观点归类列表。然而，这并不是一件容易的事情。斯泰思和杜菲对变革的 4 种类型的分类——从合作型到强制型——是实用的，因为它似乎包括了所有的管理变革方法。然而，也许最值得关心的是这些方法最适合的环境。博迪和布坎南的对组织核心和外围的分类显得十分有趣，但在大多数情况下，这却归结为变革的规模。根据定义，所有主要的变革方案，它们的规模应该被视为是核心的问题，同样的理由，一些小规模的变革方案一般来说是外围性的。达文波特的 5 个因素帮助我们对变革进行分类是很有帮助的，特别是对不确定因素、行为因素、态度和时间范围的因素来说。就像我们在本书里会经常注意到的，当环境以一种快速而又不可预测的方式发生变化时，不确定性往往是存在的，这也需要组织作出快速的反应；应急方法的倡导者认为这最好由小规模到中等规模的局部或跨职能或跨过程的变革来完成。然而，这样做的能力依赖于组织在适当的地点有适当的结构、态度及文化。如果满足不了这些条件，那么变革将会被推迟，或者不够迅速，并且，如斯泰思和杜菲所言，这或许就需要以一种引导或强迫方式进行快速的变革，尽管这样，坎特等人以及比尔和诺利亚的观点，还有我们在第 5 章中文化的观点，都认为态度和文化的变革不可能通过一种快速和强制性的方式完成。这种方式可能在改变结构和过程时有效，但实现态度和文化的变革则是一个相当漫长的过程。

变革的构架

如果我们对上述观点进行总结，我们会得出另外的变革连续组合。一端是缓慢的变革，变革的焦点是行为和文化的变化。另一端是快速的变革，其焦点是结构和过程的重大变革。如果我们把这种分类和图 10.2 和图 10.3 结合起来，我们就会得到图 10.4，它有 4 个象限，每个象限都代表不同的变革关注点。图的上半部是第 1 和第 2 象限，表示组织运作所处的动荡不安的环境形势，需要进行大规模、涉及广泛的文化或结构变革；图的下半部，是第 3 和第4象限，表示组织运作在稳定环境中的形势，需要进行小规模的、单个的以及局部化的对态度、行为或任务及产品的调整。可以看到，图的左边，第1和第4象限，表示变革的主要关注点是组织的人的因素方面的变革，如文化、态度及行为的变革。如上所述，变革的这些分类或许说明实现变革最好的方法是相对缓慢、共同参与的方法，而不是那种快速、引导亦或强迫式的方法。图10.4的右边，表明主要的关注是实现组织技术方面的变革的情形，如结构、过程任务和程序的变革的情形。这些变革的类型其本质上是倾向于较少地全员参与但在执行方面相对较快些。

再看一下每一个象限的情况：象限1确定的情形是，运作在动荡混乱环境中的组织进行文化变革是不太适合的。对相对大规模的主动变革来说，其主要关注的是整个组织的或者组织主要的文化方面的变革，由于应急变革所强调的是变革的协作参与和政治技巧方面问题，可能是最为合适不过的。正如第5章所强调，通过由上而下、引导或强迫式的变革行动来达到变革文化的目的很有可能是不成功的。所以，能取得成功的方面，诸如变革的形式就不太可能是自觉的行动，而很有可能来自于在这种环境中对变革所作出的响应，是许多主动的"应急"行为，当然也不需要拒绝采纳来自高级管理者的一些成熟的考虑和引导方面的因素。由于组织可能是运作在混乱的环境中，所以，个人文化因素的变革也许是迅速地，而文化的

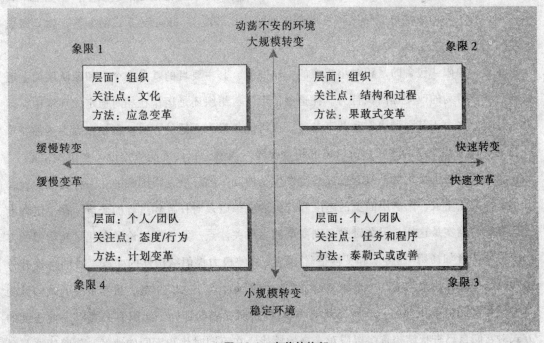

图 10.4　变革的构架

全面转型很可能是一个缓慢的过程。

与象限 2 相关的情形是：关注点是在整个组织的层面上（例如：坎特等人的果敢式变革）实现结构和过程的重大转变。这种变革需要的环境因素有很多。可能是组织发现自己已身处严重的困境之中，需要迅速地使自己符合环境发展的要求。或者，是因为组织虽然没有遭遇到危机，但它认识到为了达到更好地适应环境的目的只有对自己进行结构重组。在这种情况下，零零碎碎地进行缓慢地结构变革是不可能的也不是明智的，于是，重大和快速的组织重组就是必须的。因为这种重组是大规模的，涉及到整个组织或者组织的绝大部分，所以这种必须由组织的核心来驱动的变革也就成了组织内部政治斗争的焦点，因为重大的组织变革经常伴随着权力分配的改变。于是，新的组织结构将由组织的上层人物以一种指导甚至是强迫的方式予以实施，其所依赖的方式取决于组织政治斗争中胜利者和失败者之间力量的平衡。

象限 3 则表明了不同的情形。它所表示的组织运作的环境相对稳定，其变革是相对小规模的而且相对来说带有技术特性的方面，对组织成员的行为和态度的影响不大，这种类型的变革发生在个人和团队的层面，而不是在整个组织的层面。如何进行这些变革有赖于组织的文化。在传统的官僚体制的组织中，可能采用泰勒式的方法，也就是专业管理者和工程师鉴别"最好的工作方法"并强制性地实施；在一个共同参与型文化较强的组织里，比如一个日本公司，所采用的方法可能是一种更加合作型的，比如改善（Kaizen）式的方案，就是组成一个由工人和专家组成的团队。

最后，象限 4 包含的是相对小规模的主动变革，其主要目的就是在个人和团队层面上通过对态度和行为的改变提高执行力。在这种情形下，组织还是运作在相对稳定的环境中，因此，计划方法由于其强调协作和共享参与，很可能是最为合适的方法。但是，因为这种变革关注的是行为和态度的改变，所以速度相对缓慢。当然，有人可能争论说，在组织层面上，识别只是适合发生文化变革或者仅仅适合发生结构变革的环境是很困难的。一种类似的观念开始特别关注个人、团队层面上的态度和行为的变革以及对任务和过程的变革，在一定程度上这类观念确实是这样，但关键是识别变革的主要关注点。第 3 章讨论了文化卓越学派的方法。一些学者如汤姆·彼得斯和罗莎蓓丝·莫斯·坎特极力提倡结构性的变革，目的是提升价值和改进行为，使组织能在一个越来越复杂的世界里生存下去。于是，虽然重要的结构性变革被推荐实施，但正如前一章所提到的约翰·科特所提倡的那样，组织有必要以一种连续的方式对它们自己进行结构重组以应对未来的挑战。在不同时代和不同的地区，他坚信这都涵盖了图 10.1 所示的所有的变革类型。还有许多情形，如科特所强调的，组织已经拥有合适的文化，而对整个结构进行变革、对其组成部分进行零碎的变革，可以看作是对现行组织文化的加强，而不是取代现行的组织文化。

因此，变革是否可以贴上主要是以结构为导向或者主要是以人为本的标签的问题，部分地是由于一系列问题方面的排列问题：什么是组织必须首先要做的？这部分地涉及到环境混乱对组织产生某种影响的程度。正如第 2 章所述，在 20 世纪 60 年代，詹姆士·汤普森指出一个组织不同的方面，是由于意外或者设计策划所经历的不确定性的程度不同。基于这个基础，对一个组织的一些部分来说，这是完全切实可行的，这些部分能够经历相对低的不确定性的变革，并关注于小规模、零碎的变革，而与此同时整个组织正在经历着快速转型的过程。

这给我们留下了什么启示呢？从达文波特的著作中，我们可以区分出不同的变革方案，一种是关注根本的态度变革，一种是聚焦根本的结构变革。如阿莱尔和费尔希罗图及第 5 章所讨论的，在结构变革和文化变革之间的关系是牢不可破的，因此一个方面的变革就可能相应的要求另一方面的变革。然而，正如前面已经讨论过的，变革结构比变革文化要更为容易和更为快速。这样，我们就需要考虑变革的时间跨度。有效的文化变革可能是缓慢的，涉及的是对组织中人的因素方面的渐进式变革。由于它的这一特性，可能就需要全员的共同参与和合作。快速的变革仅仅可能在以下情形中有效或者是必要的：主要的变革是结构性的变革，或者组织正处在麻烦中，变革不能有任何延迟。在结构变革的情形下，变革可能涉及许多咨询、听取建议的过程，但很大程度上是由组织的权力中心决定的。在后一种情形中，考虑到组织处在麻烦之中，由于环境的要求，变革可能就是指导性的或者强迫性的。

另外一点也应当引起注意，就是不同的变革方式如何联合使用。在对明茨伯格关于"防御伞网"战略的定义的回顾中，佩蒂格鲁等人写道一些变革既是"有目的的也是突发的"。斯托里指出变革方案的规划应该在公司层面上作出，而且不必有什么咨询顾问，但是变革的实施由一系列相关联的变革方案组成，其中的一些或者所有的方案都是局部合作和咨询的结果。科特也持有相同的观点，他认为战略型的变革是由一系列大的或小的变革方案组成，这些方案的目的都是为完成组织的整体目标，但它们却开始于不同时间，这些变革都有不同的实质，对它们的管理也各不相同。布坎南和斯托里在批评计划变革试图对本来是杂乱的、多层面的、和多职能的，以一种周期性及回复的方式发展的变革强加了一种顺序地和线性的过程时，也暗示了这一点。在坎特等人评价"长征式"缓慢变革和"果敢式"短期快速变革时

变革管理
Managing change

也认识到了这一点。他们认为"果敢式"短期快速变革在一个广阔的时间范围内来看是由一系列小规模的变革所组成的，比尔和诺利亚甚至比较明确地强调一前一后地应用 E 理论和 O 理论。于是，在审视重大变革方案的管理时，不能把它们仅仅看成是协作性的也不能仅仅看成是强迫性的，它们可能是两种性质都有，但是却由于在不同的层面上、不同的时期并由不同的人管理，因而也就具有不同的性质。它们也可能以预料不到的方式发展，因此经常需要重新思考和往复。

选择的构架

图 10.4 给出的是一个变革方法的菜单，根据它，组织或更精确地说那些管理变革的人，能够选择最适合他们环境的方法对变革进行管理。这种方法多样性的概念与杜菲和斯泰思的看法一致，他们提倡一种变革的模型：在本质上是"情景性的"或者是"偶然性的"模型，这种模型显示了怎样改变战略以达到对变化的环境的"最优匹配"。讨论到这里如果我们停留在这一点上，也就可以说我们在理解变革上取得了重大的进步；但另外一个重要问题又突显出来：怎样选择？我们已经识别了一些环境以及对这些环境是否适合的各种方法，但这是否就说明它们不能运用到其他的情形中？这是否就意味着它们之间的关系是不可以改变？假定一个组织，它的管理采取协作式的方法，但发觉自己已经和环境严重地脱节了：它唯一的选择就是采取快速而强制性的结构变革吗？或者，如果管理者原来倾向于使用命令式的方法，而非员工参与式的方法，在这种情况下，他们要被迫采用员工参与性的方法和文化吗？

这些问题包括两个方面。第一个方面关注的是组织能够影响自己朝一个方向或另外一个方向进行变革的驱动力的程度。如果我们接受了这样的观点：组织必须作出的变革的速度和实质依赖于组织运作所处的环境的本质，那么选择就将与组织影响、操纵、重新创造自己的环境，使环境和自己运作的方式相适合的程度相关。这个主题已经研讨很多次了，特别是在第 5 和第 6 章中。结论是组织能够影响自己的环境，或使环境稳定，或使之不稳定。如果是这样，那么重要的问题不是组织怎样能做到这一点，而是当组织发现自己处于困境时，它是否有时间影响它的环境？

这就引出第二个问题：在多大程度上，需要多少时间，组织能够改变不适合其环境的结构、工作方法和文化？这个问题的答案和查尔德关于均衡的概念相关。如第 6 章所讨论的，均衡"简单地说就是不同的内在组合安排的类型可以和相同的环境状态相适应"。这并不是说任何组织结构对任何环境都适合。而是意味着组织和环境的全部保持一致是不必要的，问题在于这种组织和环境不协调的持续时间以及不一致的程度；然而，至少，它可以给予组织这样一种暗示：在一定的时间内避开对不适应进行自我重新调整，在这段时间里，组织可以影响或者改变它们的环境。因此图 10.4 描述的不仅是一个变革的框架而且是进行选择的构架。

因此，简言之，我们可以看到，正如佩蒂格鲁所言，计划变革和应急变革之间的争论太过于狭隘。太过于狭隘的意思是组织尚有另外的变革方法可以采纳；特别是这种争论忽略了变革的强迫性和命令式的方法，在许多组织里，这两种方法可能比协作性的方法更为流行。太过于狭隘还意味着变革是不可回避的，也就是说变革是由环境所驱动的。组织当然有机会来对变革什么、如何变革和什么时候变革的作出选择。这并不是说所有组织都会采取这样的选择，或者这样选择的组织都会取得成功。当然，正如第 6 章所强调的，也不是说选择可以不受严格限制地任意进行。当然，那些不知道有这些选择存在的组织，将会使它们处于不利的竞争地位。·

结论

前面的两个章节研讨了在过去 50 年中成功地主导了组织变革的理论，并且在很大程度上也主导了组织变革实践的计划变革和应急变革的方法。第 8 章讨论的是计划变革方法。虽然计划变革得到详细大量的讨论，并有大量有用的工具和技巧支持，重要地还有库尔特·勒温的"解冻"、"实施运动"、"重新冻结"的变革方法。但是，20 世纪 80 年代商业环境越来越表现出动态化和不可预测性，学者们开始质疑那种从上而下的方法的适应性，这种方法把变革的过程看成是一个由"开始阶段、中间阶段和结束阶段"组成的框架。作为对计划方法替代，在第 9 章中所讨论的应急变革方法开始获得支持。由于它着重强调的是从下而上的、没有终点的变革，因此显得是一个更加适合的方法，可以用来完成组织认为需要做出的为了重新使组织和环境相一致的变革行为。当然，第 9 章也叙述了应急变革和计划变革一样也有很多缺点。

尽管如此，计划变革方法和应急变革方法有着显著的相似点。特别是它们都把变革看成是学习过程。它们也面临一个共同的困难，即：虽然它们都认为自己是普遍适用的，但它们的发展都需要特定的变革条件、组织类型和环境。计划变革的假设是组织在一个稳定或者相对来说可预测的环境中运作，管理者能够识别什么地方需要变革，变革计划主要与团队态度和行为相关，并且变革是从一个固定点到另一个固定点，并且中间的步骤和过程是相对清晰和可行的。计划方法还假定组织、管理者、员工是开放的、愿意参与并且愿意变革，或者这些特点能够通过恰当的工具和技巧的运用而得到。

另一方面，应急方法却假定组织是开放、流动的系统，这个系统在不可预测和不确定的条件下运作，并且组织几乎不能对环境条件有所控制。它还进一步假定变革是一个连续适应和转变的过程，因为变革的速度和频率，管理者不能很好的控制。于是，从应急变革的观点，识别和管理变革必须是组织中每个人的责任。这种观点把管理者看成是具有高度竞争力、高度适应能力的人，能够把他们从外在的控制者和协调者改变成新方法的利用者和参与者，员工被认为是愿意担负起对识别缺陷、并实施变革责任的员工。更重要的也许是把变革看成是一种政治过程，不同的团队和个人都努力保护和提高各自的权力和地位。如前面所曾注意到的，就这一点而言，在变革的过程中，权力和政治是重中之重。应急方法在这一点上与后现代主义者的观点最为一致，而与现实主义者的观点却大相径庭。

如第 8 章所述，计划变革自从 20 世纪 40 年代开始，就对组织实践有很大的影响。然而，如前所述，计划变革方法虽然具有不容置疑的优点，但能成功运用的情况却是有限的。特别是计划变革所受到的批评是因为它不适合需要大规模变革以及优先考虑政治和权力的环境。然而，如第 9 章所讨论的，应急变革方法却对上述环境适用，但它也有突出的缺点，特别是它对变革的政治方面的过度强调，还有它或明确或暗示地把变革视为一种缓慢和共同协作的过程。我们也讨论过，即使是把"计划""应急"这两种方法组合到一起，也不能涵盖所有的变革环境。特别是，两种方法对需要快速和剧烈的结构变革的环境都不太适合。

换而言之，最合适的变革方法是"计划"和"应急"方法二者的优点，变革构架（如图 10.4）提供了组织所面对的变革环境的总体范围，也给出了组织所需要的方法，以及这些方法最适合的环境类型。

虽然这种"偶然类型"的变革方法有一些优点，但它也如同在第 2 章中偶然性理论那样受到了同样的批评。然而，本章还要强调的是：如果我们采取以前章节提出的观点，把环境和约束看成是可操纵的，或者用适当选择的管理来回避这些约束，就可以对许多批评给予回答，并且许多新的可能性也会出现。必须承认现实主义和后现代主义在关于什么样的方法可以被利用，以及现存方法的可选择的程度方面存在的争论。不过，这只是一个大概的程度，它们都承认选择的实在性。所以，一些组织会发现组织调整就是需要调节自己在环境中的位置，与组织内部占主导优势的关于组织应该怎样运作的观点保持一致。在这种情况下，不管采取的方法是计划变革的方法还是应急变革的方法，不管是采用命令式的方法还是合作性的方式，就是要求它和环境对组织的要求以及组织内部关于怎样运作的期望相适应。显然，一些组织将会发现组织内部重要的关于组织应该怎样运作的观点与使组织的内在安排调整符合环境要求的需要相抵触。这样的组织面对大量的选择，其范围从是否试图努力改变他们的结构、文化或者管理的方式以适应环境的要求，到是否努力改变环境和环境中的其他因素变量，从而使环境和组织中主要的关于组织应该如何运作的观点相一致。还有一些面对严重问题的组织，由于它们对环境的变化不能尽快地作出反应也不能以适当的方式作出反应，或者因为它们的环境变化是如此之快以至于那种渐进型的变革根本无法充分地对其作出反应。尽管如此，通过为读者展示能够创造一个更加有益的环境，本章的架构给那些想把他们变革的管理方法改进得更加具有协作性的人们提供了一些方法，其意义在于让他们在原来的环境里，更加具有命令性和强制性的方法似乎表现为是唯一的选项。

这个关于变革构架的概念具有明显的吸引力，这个构架让变革的方法与环境条件和组织约束相适应。这个变革构架使得管理者或其他人认识到可以对他们的环境施加某些选择和影响，对其他方面的限制加以选择和影响以使这个模型克服了关于组织的机械和理性观点的限制，并对涉及了组织中现实的最核心的东西。而且，尽管不是偶然的，它和第 6 章和第 7 章所讨论的关于改进战略的方法是相融合的。

虽然这个关于变革的模型有它的诱人之处，但它的实用性依赖于它怎样和组织的生存相适应。为了研究这一点，本书的下一部分（第 11~13 章）将列出 10 个关于战略发展和变革的案例。随后的第 14 章将案例研究和之前的 4 个章节（第 6、7、8、9 章）关于变革管理和战略的讨论进行比较。第 15 章的目的是提出一个把理论和实践包括在内的变革管理的模型。

学习检测

简答题

1. 在什么程度上，我们可以说坎特等人的"果敢式"和"长征式"变革方法与比尔和诺利亚的"E 理论"和"O 理论"方法是一致的？

2. 使用图 10.1 的标题文字，指出你自己关于变革多样化的观点。

3. 描述斯托里变革的 4 种类型，给出每种类型在现实中的实际例子。

4. 图 10.4 变革构架的主要构成是什么？

5. 评价以下的陈述：在组织层面，变革既可以是结构导向的也可以是文化导向的，但它们却不能同时进行。

6. 查尔德的"均衡"的概念在什么范围以及是怎样说明组织能够控制变革的速度的？

7. 总结第 5 章和第 6 章给出的组织能够操纵或者改变它们所面临的偶然情景。

论述题

1. "计划变革和应急变革二者作为值得关注的变革指导已经为我们服务得很好，但是现在却准备退出历史舞台了"。这句话所争论的是什么？反对佩蒂格鲁的意见是什么？

2. 使用图 10.4 的变革构架，试分析本书第 3 部分的一个研究案例，或者你自己选择一个案例进行分析。尤其要识别变革的类型或变革所涉及的变革方法的选择、变革方法的适应性以及变革方法与组织的管理相结合的程度。

第 3 部分

战略发展和变革管理的案例研究

第 *11* 章

战略变革的案例研究

学习目标

学完本章之后，你应该能够：

- 认识到小的变革是如何对整个行业产生大的影响的；

- 理解现实的组织是怎样发展和实施战略的；

- 描述组织怎样重新创造自己；

- 讨论在试图进行战略变革时可能会遇到的陷阱；

- 阐述不同战略变革的方法是怎样激励或打击员工的；

- 认识到对于组织战略来说，管理者可以运用的选择是很多的；

- 识别管理者在发展和实施战略时可能起到的正面的和负面的作用；

- 讨论关于组织战略国际化与全球化所蕴涵的意义。

变革管理
Managing change

引言

第 2 部分的 5 个章节，研讨了主要理论家和实践家的战略发展和变革管理的方法。第 6 章和第 7 章描述了战略管理的起源和发展，向我们显示了它是怎样从被认为是只与产品—市场相关的理性事项，到一种对它的目的、功能和效用有显著不同的情形的过程。"古典方法"仍然具可行性是显而易见的，但它受到以下观点的挑战：演进主义者的宿命论、过程主义者的实用论和系统主义者的社会化观点——虽然没有哪个观点的怀疑是从整个组织来看待问题的，而仅仅是关注组织内在变量因素的需要。同样的，第 8 章和第 9 章描述了变革管理的发展，显示了许多理论家和实践家们从把它看作是一个可计划、可预测以及理性的过程到把它看成是本身不可预测、政治和权力因素起主要作用的过程。然而，在第 2 部分结尾处的第 10 章中，所讨论到的各种各样关于战略发展和组织变革的方法都有其优点，也有其缺点。没有一种方法是有普遍适用性的；所有的方法都具有情景的依赖性。于是成功的变革需要组织选择与它们的环境最适合的方法，或者，改变它们的环境从而可以选择它们所喜欢的方法。

本章展示了 4 个在行业和组织层面上从事战略变革的组织案例研究。特别是这些案例研究所关注的目标是新技术，尤其是因特网技术对组织的挑战，以及国际化和全球化对组织的挑战。

案例研究 1 没有着眼于单独的组织，而是着眼于整个行业——音乐行业，展示了因特网使得行业的转化是如此迅速，以及现实的公司为了保持自己的竞争地位所面临的困难。另外本章还叙述了以下两种观点的严重分歧：一些人把因特网看作是另外的一种挣钱的方式，一些人将因特网看作是创造共享通讯的一种方法。

案例研究 2 关注的是马可尼（Marconi）公司的惨痛经历，作为像 GEC 那样的公司，马可尼公司主要关注于重型电气设备、消费品以及军工设备。在 20 世纪 90 年代末期，新的管理者们试图将公司转变成为能够利用因特网这一划时代机遇的通讯设备公司。在不到两年的时间内，绝大多数的原有业务被出售，借贷了数十亿英镑的资金并投入到了新的通讯业务上。但随着因特网泡沫的破裂，公司实际上只剩下破产的一条路，公司的股东们也都血本无归。

案例研究 3 研讨的是丹麦的一个助听器生产厂家——奥迪康（Oticon）公司。该公司在很快的时间里就依次对自己进行了重组。它可作为遴选出的一个取得转型性变革成功的杰出例子。许多重要人物都专门讨论分析了这个公司，如汤姆·彼得斯："……奥迪康的变革，使自己成为了一个理性化的新型组织，其转变过程比任何人想象的都还要顺利。"与马可尼不同，奥迪康能够取得成功的例子说明了打破行业的标准方法、改变实际的游戏规则以及那种富有远见的领导的重要性。

案例研究 4 关注的是希腊的公共权力机构私营化的问题。给出了将公司进行私营化及其随之而来的变革所采取的措施和步骤，还展现了欧盟在如何设定公司运作的基本规则以及如何有效地进行构建方面的影响。

在本章的结尾，根据案例研究讨论了第 6 章所确认的对管理选择的约束的含义，强调打破约束，实施新的选择，特别是在挑战现状的时候，需要管理者有与众不同的素质和能力。

案例研究 1

由因特网和 P2P（Peer to Peer）引发的音乐革命[1]

背景

尽管音乐创作的历史与人类的历史一样久远，但以商品形式作为供出售的产品，还只是近年才出现的现象。随着音乐唱片的出现，音乐市场的形成始于 19 世纪。进入 20 世纪，由于人们对树脂唱片、磁带、CD 的需求日益增加，在经历了迅速的发展以后，音乐已经成为一个全球性的行业，不论是在莫斯科、迈阿密、巴黎、北京，还是在伦敦、卢萨卡，人们都能听到由同一家公司生产的相同的音乐，虽然出品的外形会有所改变。音乐行业内部的销售渠道和人员构成仍是保持相对稳定的：艺术家创作音乐，唱片公司负责产品的宣传和发行，供音乐爱好者购买。但是在这个案例中你将发现，因特网的出现和相关软

---

[1] 本案例研究基于曼彻斯特管理学院的加里·格雷厄姆（Gary Graham）和 Huddersfield 大学商学院的格伦·哈德克（Glenn Hardaker）所完成的论文编写，本案例更为全面的资料见格雷厄姆（2002）等人的论文。

变革管理
Managing change

件的发展正在引发一场音乐制品分销方式翻天覆地的变革，并直接威胁到了五大唱片公司的霸主地位。对这场变革持反对意见还是支持意见，唱片公司的管理者和音乐爱好者的态度是完全相反的。令人感兴趣的是美国有一个计算机迷从学院退学，他要把他的时间用来开发一种能在因特网上轻松找到并交换音乐的程序。他用了他所在学校的绰号"纳佰士"（Napster）来命名他开发的程序和他创办的公司。纳佰士很快成为了因特网上的另一个传奇。奥尔德曼曾评论道：

程序于1999年6月问世，随后就以空前的速度被复制。对于很多人而言，使用纳佰士（Napster）的经历让人大有茅塞顿开的感觉。只需输入一首歌曲的名字，你马上就能联系到有可能多达数千个有这首歌的人。真的，你可以找到齐伯林（Zeppalin）情歌大碟上的歌曲，遇到碰巧，你可以得到1977年在路易斯亚纳、1975年在圣弗兰西斯科或1972年在东京的演出实况，你还有可能得到电台的上榜新歌或者是提前几个星期就得到唱片公司为爱美音（Eminen）特别制作的歌曲专集，制作费耗资高达数百万。使用纳佰士比到音像店更加方便，也比在线方式订购方便，它让人们能以前所未有的方式在网上寻找到音乐。比如说，音像店就不能为你提供认识冷漠的人的机会，并了解他们在听什么音乐。在纳佰士上的所有经历都是免费的（计算机和网络费除外），在最初的一刻，音乐行业对它的反应只能是怀疑和无所作为。

正如以后将会提及的一样，因特网上存在两种相反的观点。一是认为唱片公司还有可能通过增加服务获得更多的利润；反对的一方认为爱好音乐的个人可以创立一个平等的团体，不需要任何花费，人们就可以相互交流想法、音乐和服务，即P2P进行歌曲交易的想法有了很大的发展。纳佰士软件操作起来很简单，你在计算机上安装了软件以后，你把你喜欢的音乐放在硬盘的文档中，联上因特网，立刻，通过纳佰士的中央索引系统"音乐共享"，你就可以进入其他纳佰士使用者的MP3文档（他们的计算机也进入你的音乐文档）。所有这些文件将自动地进入纳佰士服务器进行目录编制，通过搜索引擎，每个人都可以接通别人的驱动程序下载音乐。

事实上，纳佰士是把分散的数据资源进行编制目录和管理，它实际上只是一个索引站点，公司编制了一份纳佰士的使用者名单以及他们拥有歌曲的名单，供其他安装了纳佰士软件的使用者使用。软件的使用者只需找到他想要的音乐，直接从别人的计算机上下载就可以了。寻找和下载音乐都是免费的，纳佰士软件也不必对音乐文件做任何改动。

这难道会不赚钱吗？毕竟，这只是一个计算机程序。但是，在它鼎盛时期的 2000 年，每个月有超过 8 000 万的人试过免费下载音乐（吉布森）。毫不奇怪，音乐行业对此无所作为持续的时间并不长。在纳佰士数以百万计的使用者认为纳佰士的想法实在是太酷的同时，大的唱片公司认为大规模的侵犯版权最终会让它们全都破产。

音乐行业与因特网

制作音乐是一个涉及经营和技术的复杂过程，与书籍、电影、电视及其他艺术形式一样，音乐不仅仅是一种产品。这不仅因为音乐的好坏难以识别，培养、管理成功的艺术家也十分困难。唱片的艺术价值（也就是商业价值）取决于消费者的美学偏好，而消费者的偏好既不稳定又难以预测。仅仅因为一位艺术家在过去曾经卖出过数百万的唱片，并不意味他在将来仍能有同样的成绩，反之亦然。在得到一份录音合同之前，即使是披头士乐队那样畅销的艺术家，由于有的唱片公司担心难以估计唱片销量，而失去了很多签约机会。在过去的 50 年里，音乐行业一直被五家最大的唱片公司所把持，它们拥有或严重影响着音乐的发行和宣传渠道。处在竞争中的艺术家，获得成功的只是很少的几个人，而且持续时间不是很久。虽然唱片公司常被指责剥削了艺术家，从艺术家身上夺走了大部分的利润，唱片公司仍不得不承担 90%不成功艺术家所带来的风险。

表 11.1 对于因特网的不同观点

方法 1：价值体系	方法 2：以网络为出发点
以个体企业为竞争单元	多企业一体化
注重成本和价值	合作精神
价值框架	多元化模式
虚拟价值	供应链网络
虚拟市场	结构共享
建立虚拟供应链	B2B 中心
企业技术	虚拟社会
虚拟组织	公开源代码
虚拟团体	在线社会
虚拟一体化	垂直网络
价值网络	实用性
价值增值	电子媒介
	P2P 交换

无论如何，因特网与纳佰士这样的程序强有力的结合正在改变着过去的一切。

对于涉及分销的组织而言，因特网提供了用"Click"（点击）代替"bmck"（建筑用的砖块——译者注）的机会，同时，通过改变分销过程的场所增加了自身的竞争力（赢利能力）。例如：网上银行、网上保险业务、网上书店的出现，已经提醒人们思考是否仍需要依赖繁华地段的大楼以及类似的外在形式。就音乐行业而言，"Click"与"bmck"之间的冲突显得特别尖锐，原因是在线传递音乐改变了整个行业的供应链，从而有可能导致 CD 音像店等的存在因此而失去意义。

因此，很多组织把用因特网组建分销渠道看着是一种提高边际赢利的方法。但是，前面提及的因特网具有的价值创造，以赢利为中心模式并不是最初创立因特网所追求的目标，也不是只看重它的发展潜力，因特网由英国科学家于 20 世纪 90 年代创立时，只是为了想让学术团体和科学家更方便地分享知识，并不包含赚取利润的商业机制。在表 11.1 中反映出了在使用因特网时存在有两种截然不同的方法。方法 1 把因特网视为一种价值体系，这种观点的支持者认为因特网不过就是一种组织或个人获得竞争优势和赚钱的手段。方法 2 更符合因特网发明者的想法，这种以网络为出发点的观点反对在虚拟市场中把赚钱视为激励人们参与交流主要动力的想法。马库斯（Markus）在评论这一观点时曾举例：参与"公开源代码运动"中的组织或个人，更多的是出于利他主义、名誉以及使用因特网带来的便利和分享改进后的软件产品几方面的考虑，而不是仅为了追求利润。

从表 11.1 中可以看出，支持因特网具有竞争、以赢利为中心和价值体系属性的人使用的词汇与支持因特网应以网络为出发点、强调合作的人使用的词汇存在明显的区别。前者在组织层面强调节约和价值增值（赢利），后者则更关心使用因特网建立共享社会方面，而不是单个组织的赢利。提倡在使用因特网时多一点合作精神少一点以利润为中心的人们，会在供应链网络方面遇到很多的机会。供应链网络是一个系列的过程（也称为层次或阶段），它属于一家或多家企业所有，是为了促进信息共享而建立的一个虚拟组织 [斯特雷德（Strader）]。应用 P2P 技术在因特网上交换音乐就属于典型的供应链网络过程，事实上即使是这种行业违反了版权法，发明者也不会遇到任何麻烦。

把所有支持价值体系观点的人一律视为受利益驱动，把所有支持以网络为出发点观点的人都视为毫不利己的理想主义者，这可能是夸大其词了。从表 11.1 中可以看出，一方认为因特网只不过一种能让组织获得赢利的手段；另一方认为因特网为创建共享社会提供了一次机会，而不应该以赚钱作为因特网存在的主要理由，双方存在明显的对立。在随后对音乐行业的讨论中，仍将涉及到这两种截然不同的方法。

音乐供应链变化的本质

在因特网出现之前，流行音乐的供应链由三个部分组成：音乐创作；音乐营销；以及音乐的分销渠道。音乐供应链的控制权是握在唱片公司手中，而不是实际创作音乐的艺术家。原因是唱片公司控制了，有时是拥有主要的分销和营销渠道。帕里克（Parikh）认为：正是由于唱片公司的支配地位使得艺术家不能独立地销售他们自己的音乐，也是由于这种支配地位才能解释为什么唱片公司手中会汇集音乐产品85%~90%的销售利润。

帕里克还证明现行的流通结构损害了消费者的利益。由于艺术家与消费者之间存在的中间环节和造成流通效率的相对下降，在供应链各个环节都在增加费用的同时，已经很难分清供应链的各个环节究竟在多大程度上为消费者提供了附加价值。在不必对最终消费者进行价值转移的情况下，用因特网传递音乐的供应链就能降低流通过程的成本使音乐更为成熟。穆贾亚尔（Mougayar）认为，电子商务增长背后的关键推动力之一正在于存在着减少分销成本和提高价值体系效率的潜力。他坚持认为产品制造与消费者之间的中间环节越多，消费者所支付的最终价格中的虚构成分越大。因此，可以假设减少中间环节可以导致虚构定价的减少。在音乐行业的案例中，中间环节的部分减少或全部消除将给艺术家带去更多的利润，让消费者承受较少的负担。

正如网上亚马逊带来图书销售成本的下降，后来又是歌曲在网络上的相互交换，因特网的确为减少音乐分销渠道中部分层次和单元提供了可能性。与书籍的情况相似，以CD和磁带形式生产、分销音乐的需要只不过是在一定程度上限制了中间环节的消亡和成本的下降。于20世纪80年代出现的数字技术已经能将音乐以数字形式录制储存在CD和微型光盘上，并且能通过因特网进行传输。这种技术的发展消除了音乐分销中的多个环节，直接威胁到了制造销售CD产品这部分人的生计。尽管如此，这并没有构成对唱片公司支配地位的威胁和挑战，唱片公司仍然保持着生产和分销两部分的控制权。在不考虑其他因素的前提下，消费者下载音乐，向合法的在线交易公司就涉及版权的内容支付版权事业费，这将不会给音乐录制公司造成任何麻烦。因此，因特网的确为音乐行业提供了一个巨大的发展空间，让音乐能传播到更为广阔的范围，使一般的艺术家也能与他们的听众建立起联系通道，并在消费者能承受的价格范围内销售经典的、新的和非同一般的音乐。

真正威胁唱片公司支配地位的是P2P音乐搜索技术的出现，纳佰士软件就属于这一类

技术。这种技术的出现使得消费者可以绕开唱片公司直接在消费者之间搜索音乐文件，不会有一分钱流进唱片公司。P2P为音乐盗版提供了巨大的空间。音乐盗版尽管并不新鲜，但是，麦基克斯（Magex）认为真正让音乐行业感到恐惧的是由于因特网引发的对版权的赤裸裸的侵犯以及盗版行为变得轻而易举。P2P技术在理论和经验积累两方面使得不需要付出任何代价就下载任意一件音乐作品成为可能。

麦基克斯证实纳佰士的使用者可以通过500 000~800 000条通路搜索到音乐作品。这就很容易看出音乐行业对P2P这类搜索音乐的方式恐惧到了何种程度。从理论上讲，如果一个人购买了音乐产品并放置在他的硬盘上，世界上的每一个人都可以免费下载这件作品。这就意味着实际上没有办法保护产品公司、艺术家、销售环节付出的投入。可以肯定，由于诸如纳佰士及类似程序的出现，音乐行业的销售量已经发生了明显的下降。美国音乐行业的收入已经由1999年的146亿美元下降到2002年的126亿美元。全行业都在指责由于因特网上的盗版造成了销售额的下降。

一方面，因特网通过消除CD制造、音像店以及运输等环节，为减少音乐生产销售的复杂程度、成本节约提供了巨大的可能性；另一方面，它也为盗版提供了前所未有的便利，从而给唱片公司的收入带来了巨大的不利影响。音乐行业面对因特网的挑战作出了两种回应。首先，试图阻止纳佰士及类似组织的音乐搜索行为，以侵犯版权的罪名将纳佰士告上法庭。尽管纳佰士因此而倒闭，但这并未阻止音乐盗版的进一步蔓延。这也正是美国的音乐行业仍在威胁要将使用音乐搜索程序的个人告上法庭的原因。

音乐行业的第二种回应方式是大的唱片公司建立了自己的音乐在线订购服务系统。但是，这并不意味着唱片公司就不存在风险了，例如，这样有可能使获取最新的音乐版本变得更加容易，然后扩散至千家万户。另外，2002年1月，一位法官在审理纳佰士诉美国音乐行业的案件时，同意就唱片公司是否存在联合密谋，阻止纳佰士获准进行在线销售的行为展开调查。

根据哈德克（Hardaker）和格雷厄姆（Graham）研究得出的结论：综合考虑技术发展、消费者偏好以及音乐行业经济收入三方面因素，唱片公司除了变生产—销售型模式为订购方式已无其他选择。订购方式的基本思路是：消费者按月支付费用后可以直接从唱片公司下载一定数量的音乐到他们的个人电脑、移动播放装置、家庭音响、汽车内。从理论上讲，唱片公司可以得益于纳佰士及类似公司发明的技术，并对技术发明持欢迎态度。然而，要让人们为已经能在因特网上免费下载的音乐支付订购费用，在实际操作上仍是唱片公司需要解决的关键问题。

总结

作为改变供应链在产品和服务采购运输环节的一种手段，因特网正在成为一种日益重要的力量，在有的行业已经占据了主宰地位。从上面的讨论中可以看出，因特网在消除成本方面的能力，所创造的价值是十分惊人的，并且，其作用不仅限于成本方面，因特网还极大地提升了商务活动的便捷程度，使消费者在享受产品和服务时的方便程度达到了前所未有的水平。甚至以往的距离障碍也不再是问题，特别是对于提供信息产品的行业更是如此。进入虚拟时代以后，占据主导地位的传统供应链模式不再是必须效仿的对象，唱片公司作为音乐的主要供应链已经持续了 100 年。它们更希望以虚拟音乐供应链作为艺术家和消费者之间的中介体，保持对创作音乐的艺术家的控制，以数字技术在因特网上进行订购式销售。对于唱片公司而言，取消增加成本的 CD 制造和音像店后，可以增加公司的利润，同时保持对价值增值部分的控制，以保证继续赚取可观的利润份额。

P2P 技术的出现代表了另一种选择，它构成了对唱片公司作用和支配地位的挑战。海默斯奈认为：很多听起来像技术术语的东西，如 P2P，是计算机历史中发展最为迅速的部分。有没有纳佰士这类公司的推动，P2P 技术都会在因特网上流行。不向唱片公司或艺术家支付任何费用，现在任何人在因特网是都以可能搜索到音乐文档。这对有其他收入来源的艺术家也许不是生死攸关的问题，他也只能从唱片公司得到销售他的作品所得利润总数中很少比例的金钱，而忠实的音乐爱好者则愿意直接把钱付给艺术家。对于能从唱片销售利润里拿走 85%~90% 的唱片公司，这意味着公司因此将要倒闭。当然，随着网络中平均主义者人数的增加，会有更多的人赞同因特网应该具有合作精神，支持供应链网络化的方法。虽然，音乐盗版是不合法的，限于因特网仍不规范的状况，音乐盗版有可能难以禁止。

还存在第三种选择，它也可能会导致唱片公司被排除在虚拟供应链之外的结果，即艺术家能够控制住自己音乐作品的制作销售权，彻底地抛弃"中间人"。很多出色的艺术家都对唱片公司的作用持批评的态度，认为正是唱片公司在合同方面做了手脚，从艺术家手中把钱拿走了。因特网为成功的甚至是不太成功的艺术家提供直接向音乐爱好者出售音乐作品的机会。的确，有的艺术家已经在尝试用这种模式来传播自己的作品。由于这种模式是完全合法的，它有可能将证明 P2P 方式会比唱片公司更受人欢迎。艺术家和音乐爱好者可能会更愿意接受这种模式。

因特网在改变音乐产品供应链方面的潜力，人们在几年前就已经意识到了。我们现在能够看到的是这种潜力已经变成了现实，我们还能看到因特网不仅能降低成本，提高作业速度，它还正在向音乐行业中的传统权利关系发出了挑战。在此之前，有关因特网的两种不同观点的讨论构成了这一结论的基础。P2P技术以及艺术家使用因特网销售自己音乐作品的可能性，无论以免费方式或低成本方式，均符合以网络为出发点的观点。在另一方面，由唱片公司提供的因特网订购服务，则更倾向于因特网的价值体系方法。理论上讲两者并非不能相容，但是，从音乐行业这个案例中可以看出，实际两者存在着严重的冲突。尽管很难预测这种冲突可能导致的后果，但有一件事是很明确的——今天P2P这头怪兽已经逃出了因特网之瓶，音乐行业再也难以回到过去了。

案例研究2

马可尼公司的兴衰

背景

几乎人人都注意到了马可尼的轰然崩塌，在2年的时间里，股值从12.5英镑跌到了2英镑以下，股票市值也从350亿英镑变成了几百万英镑，从7500万英镑的赢利到亏损56亿英镑，马可尼创造了英国历史之最。

马可尼源自于GEC，由阿诺德·温斯托克（Arnold Weinstock）创建的巨型工业设备综合公司。在英国工业竞争不激烈的时代，GEC是英国的一流企业、也是最成功的工业企业。温斯托克在2002年辞世，是年77岁，自他创建了GEC，在逾30年的时间里，他一直是英国一流实业家。

1944年，温斯托克毕业于伦敦经济学院，在他从事资产发展工作之前，在英国海军部工作了3年。1945年他加盟他岳父的公司——无线电联合工业公司，在这里由于他的管理能力而赢得了很高的声誉。1961年，公司反向接管了生机勃勃的GEC公司，温斯托克成为了GEC的总经理，此后在这个位置上他一直干了30多年，直到1996年退休。在任总经理期间，通过联合合并和组织发展，他将GEC变成了英国成功的企业之一。1961年，GEC接管AEI，1968年购买了英国电子公司，马可尼的主人。GEC扩张活动一直持续到20世纪70—80年代。在温斯托克的领导下，GEC的公司业务稳固、管理井然、利益丰盈，其中包括热点、艾弗里、韦氏都市、Yarrow造船和马可尼，在他的领导下GEC最后一次收购的公司是位于 Jarrow 的 VSEL 造船所，所有这些都反映出 GEC 在保持国防业务方面的商业信誉的能力，这些业务大约占其销售的 50% 同时也占其利润的 50%。

温斯托克运作的诀窍在于能在其他人不能获得利润的领域运作出利润。这归结于他的有名的胁迫式管理模式，这种模式使他获利不少，至少在早年，他在金融市场得到了许多称赞。对他们的那个时代来说，至少在英国，他的方法是革命式的创新，据说他严格控制现金并且关注各项财务指标，他将现金与 GEC 的业务分离并在一个中心统一处理，他在财务绩效上操控每一笔业务。预算成为了机制发展的关键，在这种机制下管理者们都处在做好各自事务预算的巨大压力之下。他残酷无情地缩减一般管理费用，引进严格的财务管理控制制度并强迫管理者们创造性地思考各自的业务。利用这些手段，GEC 规模不断扩大，股东利益持续上升。

经过他的这一时期的积累，GEC 利润逐渐攀升。在英国经济不景气的 1990—1992 年，GEC 的利润突破了 10 亿英镑。还不仅如此，尽管在 20 世纪 90 年代，GEC，特别是温斯托克逐渐成为了不受伦敦的投资者欢迎了的时候，GEC 成为了规模极大、行业众多的联合体，这在当时是非常的不受欢迎的模式。受诸如汤姆·彼得斯和坎特等学者和咨询专家的驱使，以及像劳德·汉森这些革新专家的影响，管理者们被告知他们必须明确自己的核心业务，"做最擅长的核心业务"，出售非核心业务为股东变现。这样就违反了温斯托克的商业经营理念。他对 GEC 的各种业务之间的是否优势的统一协调尤其没有兴趣，在 GEC，他所创建的公司其业务都是在各自的领域内领先的，始终创造着稳定的利润，并且在一定程度上，已不受经济起伏大潮的影响。对他来说出售有利可图的业务或者高价买一个业务或者不喜欢搞的一些业务，无异于是逐出教门。在 20 世纪 90 年代的早期，他仔细考察过许多公司，但只购买了几个，其方法不是取悦市场，不被出售公司曾经有过的、虚构的市场所迷惑。但他拒绝说明公司的绩效以证明自己极度节俭方法的正确性。这种方法还使公司的现金储备超过 20 亿英镑，但是令人奇怪的是它还是遭到了批评。

伦敦的两个主要的挣钱方式是借贷或者是通过兼并和接管服务进行积累。GEC 的现金积蓄意味着它没有必要去借钱，而温斯托克坚决主张自己不会购买价格过高以及不适合进入 GEC 的业务资产，他的这一主张激怒了伦敦的金融投资者。在伦敦还有一个共同的观点认为 GEC 错过了高科技的航船，一旦精明的投资者将投资转向"新经济"，它要受困于"旧经济"之中而不能自拔。当然，正如海勒（Heller）指出，温斯托克强硬的财务制度、不愿冒风险的体制有了些松动，因为在 GEC 帝国中它阻碍了公司间的工作开展，在

让诸如诺基亚、英特尔和戴尔这样的公司成为了因特网时代的巨人的各种技术和市场中，尽管 GEC 大都有它的解决之道，但是它却永远不能和它们联系在一起，或者无法使自己在新经济领域建立发展起自己。

70 岁以后，温斯托克最终于 1996 年被迫辞去了 GEC 的总经理职务，成了公司的荣誉总裁。迫于压力他接受乔治·辛普森（George Simpson）取代自己，不过，他将这看作是临时的过渡直到他儿子西蒙（Simon）能够接管为止。但 1996 年底西蒙的突然死亡改变了这一切，也使得乔治·辛普森成为了无可置疑的 GEC 的头。辛普森立即快速行动，他廉价出售了罗夫（Rover）和卢卡斯（Lucas），在伦敦他大受赞美，被誉为是具有重振 GEC 的企业家的精神素质。

在温斯托克晚年无论对他有什么样的批评，但其留下的财产是巨大的，不仅在英国工业衰落时期他建造了取得巨大成功的工业联合体，而且就像布鲁梅尔（Brummer）所评论：

> 实际上在全球的电力行业中英国一直是领先的，并具有世界级的军事工业研究基础，可以说这些大都应归功于他成熟的技术技能。

马可尼的兴衰

辛普森引进了一个流行观点，认为 GEC 必须放弃旧的经济模式，也就是要放弃包含 GEC 的国防和重型工程设备的特色，进入新的、高技术的通讯和因特网世界。他认为 GEC 应该停止成为英国和欧洲的公司，而应该成为全球的选手，他后来说道：

> 我们还有什么可做的？旧的 GEC 该有的都有了，人人都给我说要关注我们所需要的。很显然通讯是大有可为的行业。

他开始引进他自己的人员，特别值得一提的是作为财务主管的马约（Mayo），他在来捷利康（Zeneca）做财务主管之前，一直是个银行业考，在捷利康他被辛普森招了进来。正是辛普森和马约决定通过一系列旋风般的出售和并购，将 GEC 推进了新的互联网络经济之中。至关重要的时期是 1999—2001 年，在 1999 年 GEC 放弃了国防军工业务，给了 BAe 公司，这将 GEC 在规模上一分为二，并将一直是最赢利的业务出售。为铭记这重要的一步，GEC 被更名为马可尼以表明其决心成为一流通讯公司的意图，并开始收购当时生机勃勃的国际大容量通讯网络市场的新业务的过程。辛普森和马约更加相信，未来的依靠是网络公司，他们要大力地参与进去。他们不仅花光了出售他们不想要的业务收益以及温斯托克留给他们的钱，而且他们的借贷超过 40 亿英镑。到 2001 年年中 3 年的时间里，他们几乎售出了马可尼所有的非通讯方面的业务，亦即原 GEC 绝大多数的业务，同时购进的通讯业务超过了 20 个，这些业务的价格从几亿英镑到几十亿英镑。马约陈述说：

> 我们（新的）核心业务之间共同的主题就是要有安全地获取、管理和传输海量数据的能力，"数据浪潮"正在来临，我们已经确立了自己弄潮儿的地位。

与此同时，马可尼的转型进入了高速增长阶段，通讯设备供应商已经极为关注，但是这样却正是在酝酿着巨大的网络泡沫，似乎每个人都想在通讯或因特网上得到一片蛋糕，却不太关心各自的付出。不关心金融市场，马可尼借购买、出售和借贷的挥霍炫耀自己，这一切似乎使他们兴奋万分，马可尼的流通股票也飙升至 12.50 英镑，成为了金融市场追捧的对象。然而，这一切都是短命的，到 2000 下半年，当辛普森和马约仍在对即将到来的未来充满乐观的时候，其他一些通讯公司如北方电讯（Nortel）、阿尔卡特、诺基亚和爱立信却开始意识到通讯业在销售和收益方面开始有点衰退并且网络经济也开始出现崩溃的迹象，但是几乎直到最后，马可尼都否认存在的任何问题，在 2001 年 7 月还要求其股东不顾风险警示，与众不同地大力转向 FTSE（金融时报指数）的 100 家公司。

尽管马可尼的风险警示明显地损害了公司的名望，但风险警示的迟缓和严重程度却造成了惨重损失，股票价格急剧下跌，董事会主要成员迅速抛出股票并导致对公司的致命破坏。实际上，这涉及到董事会处理盈余警讯的方式，而风险警示来自于英国的金融监管机构——金融服务权威机构（FSA）对它进行深入的研究后的结论，报告发表于 2003 年 4 月。FSA 指出公司有及时地告知市场关于价格的敏感信息的义务，而在这种情况下，公司却没有这样做，还打破了 FSA 的常规。崔诺（Treanor）和瑞（Wray）推想导致产生的这个事件，恰恰在风险警示之后：

2001 年 5 月 17 日　马可尼宣称 2001 年的前 6 个月的发展指标显示不如前一年的指标。

　　　6 月 12 日　交易指标显示比 4、5 月份下降了 10%。没有发表公开声明。

　　　6 月 21 日　统计显示 4 月份和 5 月份比前一年分别损失 1.8 亿英镑和 1.56 亿英镑。没有发表公开声明。

　　　6 月 26 日　半年的预算表明到 2001 年 9 月损失 4 700 万英镑，与原来的预计赢利 3.2 亿的分析相反。预算还显示到 2002 年 3 月的年利润是 4.91 亿英镑而不是原先预计的 8.07 亿英镑。董事会对这些指标产生了争论和怀疑并且要求重新加以计算。没有发表公开声明。

　　　6 月 28 日　宣布于 7 月 4 日召集董事会开会。

6月30日 最为糟糕的是在6月26日呈报给董事会的修订后的财务预算，全年的利润目标仅仅是2.72亿英镑，前半年的损失升至1.21亿英镑。没有发表公开声明。

7月4日 上午7：40，马可尼请求其股票暂停交易等待下午4：00的董事会的决议。下午6：41，董事会发表声明说获利很可能要减半、销售下降25%。

7月5日 马可尼一开盘，其股票下跌将近50%，马约告诉投资者说2002年业务将全面好转，"那时网络通信热潮将到来，马可尼的管理也不会有任何改变"。马可尼的股票持续崩盘。晚间9：40，约翰·马约辞职。

两个月以后，乔治·辛普森也辞职。他们两人都得到了应得的回报。正如《金融时报》领导所言："我们仅仅也只能推测，董事们若能够更快地认识到他们草率地进入通讯市场的问题，也许损失会更少些。"抛开这些不说，对马可尼来说，6、7月份发生的事件亦即网络泡沫发生了彻底的破灭，从那时起，马可尼就一直在走下坡路。在2002年5月，马可尼宣称在英国公司历史上发生损失最大：大约是56亿英镑。股票价格跌至2英镑以下（从12.50英镑的高点下跌），导致了公司破产、股票打水漂的后果。随后开始了通过与债权人的谈判试图维持公司的生存，这一过程是一个漫长的过程，在2003年5月，马可尼最终同意将债权人的债务进行重组。作为对勾销超过90%近45亿英镑的债务，马可尼的债权人得到了99.5%的公司净资产。清算后的公司价值仅为6亿多英镑，先前的股东占有0.5%的资产，也就是说他们持有的股票价值从最高时的350亿英镑下降为300万英镑，当然这必须是假定有人愿意购买他们的股票。

总结

辛普森和马约强调通过迟到的彻底改造获得GEC，但是，在彻底改造公司的核心业务和花巨资从零开始构建一个新的核心业务之间完全是不同的两码事。辛普森和马约的所作所为就是廉价卖出GEC的所有并花掉售出的所得，此外，就是创建一个新的、能够与现有的诸如阿尔卡特、西门子和朗讯相匹敌的通讯公司。对他俩来说，不幸的是，他们要创建先进的通讯公司的愿景产生于网络泡沫即将破灭之际，他们犯了一个典型的商业错误——他们于最高价处买进，在3年的时间里他们花了数百亿英镑购买了大约24个公司，随着市场的土崩瓦解，这些公司迅速变得毫无价值。美国的行业先锋（Fore Industries）公司就是最好的例证，马可尼于1999年花28亿英镑买进该公司，到2002年财务分析表明："业务获利价值极低，如果马可尼想要将它进行转让处置，甚至还可能有附加成本要支付。"马可尼的情况开始恶化，因为行业构成严重过剩、世界经济发展减缓、通讯运营商为了获得第3代移动通讯电话的执照还要耗费巨额经费。这使得马可尼的客户，尤其是它的最大客户——BT公司果断地大规模削减了通讯设备的采购。其结果是马可尼的市场轰然倒塌。

辛普森和马约还犯了另一个重大错误。他俩都没有多少通讯行业的经验，在罗夫和卢卡斯辛普森在运作和销售方面树立了自己的声誉，但罗夫和卢卡斯都是"旧经济"模式下建立的公司。马约原是从事投资的银行工作者转而成为财务主管。他俩都没有处置过通讯行业市场的点滴经验。温斯托克评价说："他们对自己所从事的行业一无所知，对自己购买的业务一窍不通。"

已经无法夸大发生在马可尼的灾难，虽然有对原GEC的批评，当温斯托克在1996年移交权力的时候，它是一个强大的、效益颇丰的公司，而且被辛普森和马约卖掉的那些业务和工厂现在仍然显示出良好的、经济效益。但是，到2002年，新的马可尼却破产了，变得一文不值了。温斯托克辞职移交权力的时候，他是GEC的最大的投资人，拥有大约4500万股的股票，价值超过4亿英镑，2002年他去世的时候，其股票实际上已不值分文了。而被迫出局的辛普森和马约却得到了可观的回报，对马可尼的倒闭他们不接受承担任何个人责任，而是将马可尼的倒闭归罪于运气太坏、时运不佳和其他人。所以，温斯托克发出"真想把他们吊在一棵大树上，让他们长久地刻在这个耻辱柱上"这样的评论，也就不足为奇了。

案例研究3

奥迪康——无组织化的组织 [2]
背景

奥迪康是一个1904年成立的丹麦公司，在世界上是第一个生产助听器的公司。在20世纪70年代，是世界上生产耳后助听器的领导厂商。但是当20世纪70年代和80年代助听器市场在不断成长的时候，它的资产却迅速减少，且损失惨重，市场地位下降。在1987年，它的业绩很差，资产损失了一半。根本的问题在于奥迪康是一个非常传统、部门繁多且发展缓慢的公司。虽然它过去是一个出色的公司，但在全球市场上，它却不是很大的公司。它在全世界有15个分厂、95个分销商，它的总部，可能是它规模最大的分厂，仅仅雇佣了145个人。但它还在一个逐渐由西门子、飞利普、索尼、3M和松下公司所主导的

---

2 衷心感谢人传国际通信(Transform People International Communications)的罗尼·斯庄格(Ronnie Stronge)在本案例研究准备期间的帮助，有关奥迪康更多的信息可登录其网站(www.oticon.com)。

市场上运营。更重要的是，它生产的是错误的产品。奥迪康生产的是标准的耳后助听器，而顾客的需求却逐渐转向了耳内助听器。虽然奥迪康的模拟技术很强，但顾客更喜欢数字技术。而且，虽然公司在斯堪的那维亚和北欧的一些市场上拥有大的市场份额，但在更有前景的美国和远东市场上市场份额却相当小。

在 1988 年拉尔斯·科林德（Larks Kolind）被任命为公司的首席执行官之后，这一切才开始改变。在这个公司的历史上他是第三个担任这个职务的人，这说明这个公司对其传统的强烈依附。在他的观点里，公司已经沉睡了 10 年。在接下来的两年里，为了改变公司的处境，他努力地工作，采取了减少成本的措施：精简公司人员，通过裁员增加公司的效率，并且把助听器的价格降低了 20%。到 1990 年奥迪康获得了 1600 万英镑的利润，营业额达到 4 亿英镑，销售额每年增长 2%。然而，市场却增长了 6%。更重要的是，科林德（Kolind）并不认为他的公司会有一个好的未来，他一直在努力地为奥迪康寻找持续的竞争优势："我在寻找技术。我在积累分销力量。我寻找一切。但对我们最有利的就是竞争力。"他的这个观点并不令人惊讶。当和世界上领先的电子公司竞争的时候，很难想象一个丹麦的小公司能够取得优势，例如，设计一个比索尼公司更好的数字声音微处理器。

然而，他并没有放弃。相反，科林德继续着"想不敢想象的"的事情。在 1990 年新年，他提出了解决方案：

> 可能我们需要一种新的运作业务的方式，这样能使我们比强大的竞争对手更
>
> 有创造力，这也可能弥补我们技术、资金、和资源上的欠缺。

景愿景——基于知识的组织

科林德意识到这个行业完全是基于技术的，技术的关键是使助听器变得更小，但是，他认为这种只重视技术的观点是短视的。他认识到奥迪康不仅仅在助听行业里，应使自己处在"使人微笑的行业里"——重新享受被听觉的不适所破坏的生命的快乐。为了使人们微笑，他推理说，不仅意味着要给他们一个高技术的产品，而且要使他们的生活变得更加美好。就这样，公司所采用了新的愿景表述为：

> 帮助那些有听觉困难的人们获得正常的听觉能力，以及他们期望的方式生活。

达到这个目的需要的是关于人们的生活方式和听觉困难是怎样影响他们的生活方式方面的知识，以及对人们的听觉困难以及使用助听器可能产生耻辱的心理压力的理解。科林

德认识到使奥迪康有竞争力和兴旺的不仅是出售助听器，还应有为顾客提供友好的服务，即要有这样一个系统：让听觉诊所评估听力损失，讨论病人的生活方式的需要，选择合适的助听器，并且根据病人的反馈将助听器进行微调。这样做的目的是使有听觉困难的人们在他们的环境里，以他们所希望的方式生活，不管他们喜欢古典音乐还是摇滚乐不管他们是在一个嘈杂的环境里工作还是在一个安静的环境里工作，不管声音是他们工作的主要组成部分还是与之相反。

科林德为奥迪康定义了在满足顾客需要的角色上的愿景，但他仍然需要找到一些方法来实现它。他相信其关键在于一种能力的组合：微型机械技术、微处理器设计、听觉学、心理学、营销、生产、后勤和全程服务的能力。如果奥迪康不仅仅是制造助听器，而且还能为有听觉困难的人们提供全面的服务这将为听觉服务发展了一个全新的概念。这就需要用新的方式组合上述的多种能力。并为组织增加新领域的知识。总之，他们必须从技术导向转移到知识导向，从一个基于技术的公司转移到一个基于知识的服务公司。他们必须建立一个学习型的组织，在这里专家们不仅以他们的技术为中心，还要作为一个团队而共同工作，从而"使人们微笑"。

对科林德来说，一个基于知识的学习型组织是：

> ……不应该像一台机器一样工作，而应该像大脑一样工作。大脑要不知道什么是官僚——没有框架的束缚，没有工作的形容描述；在这里存在的是成千上万的各种关系的集合，它们彼此联系，每个关系都基于特定的知识中心，并且它们的相互作用显得是杂乱无章的。是这个大脑对组织内部的思考反应，才创造了一个能够管理这个知识过程的公司。

科林德开始重新定义他的 CEO 角色。他并不把这个职位看作是一个指挥行船方向的船长，而把它看作是一个设计船只的人，他相信更重要的是设计一个组织并使它以"聪明和负责任"的方式运作，而不是控制每一个行动。在这个基础上，他为公司起草了行动计划，并于1990年4月提交。他想创造一个"意大利面条式的组织"——一个关系和相互作用的复杂混合，强迫放弃以前阻碍创新和竞争力的思想和障碍。

战略

在确定了组织的愿景之后，接下来就是实施变革的战略。公司的总部是由财务、管理、市场营销和产品研发等部门组成的，科林德从总部开始决定摒弃所谓正式组织的概

念，相反他想创造一个"非组织化的组织"。在他的眼里，正式的组织和工作描述及政策为协作、创新和团队制造了障碍，而不是促进它们。科林德新的非组织化的组织可以通过以下4个步骤来建立：

★ 部门和工作头衔将消失，所有的活动将由一些有共同兴趣的人组合起来形成团队提出创意和方案，并实施这些方案。

★ 工作将会被设计成为流动和特定的功能组合，这样可以满足每个员工的需要并适合每个员工的能力。

★ 所有正式办公的痕迹都将会被消除，代之以每个人都有权使用的工作站。

★ 非正式的面对面的谈话将代替备忘录而成为主要的交流手段。

于是，奥迪康去除了部门，以及部门领导的职位和其他管理和监督职位。工作描述以及所有其他产生员工之间障碍的事项都被消除。公司想打破所有被认为是与传统组织相关的东西，包括预算在内，目的是在员工被"解放"以后，做他们最想做的事情时看看会有发生什么。他们希望组织中的所有人从秘书到技术专家，比以前更加团结地工作，使发生的一切事情更有创造性、更加快速、更加节省成本。

经过15个月的准备之后，新工作方式的变革在1991年8月8日早上8点钟开始，总部的两栋旧房子被推倒，公司的总部随后转移到哥本哈根北部地区经过重新改装的原来的工厂里。新的公司总部的核心是经过电子化设计的，花费了大概3000万英镑，达到了艺术级水准。

从总部开始的理由相当简单：这不仅是因为总部是公司花费最大的地方，更重要的是，这也是公司核心竞争力存在的地方。他们相信如果公司的总部能够有效地运转，分散在其他地方的奥迪康的组织也就会运转顺利。

在组织外创造混乱，以及期望除了灾难之外的事情发生这样的概念太离谱了，除非是精神错乱的人才会有这样的概念。奥迪康也认识到了在它的变革方案开始实施后所能遇到的危险。它意识到如果变革要成功，有两个元素必须要正确处理：方向和人的价值。

方向

奥迪康的管理层认为如果组织没有一个人人都知道并坚信的明确方向，那么组织就不会凝聚而会被分散，甚至坍塌，因为组织是由一些追求个人利益的个人所组成的。为了避免这一点，管理层和员工都曾公开和长时间地讨论和辩论公司的新的战略，以及新战略如何改变奥迪康的组织结构并如何运作的含义。科林德为此评价道：

> ……全体的人员不仅讨论了我们正朝哪里走，而且讨论了我们为什么要这样做，并且我们在员工中达成了一致的意见：不仅让他们知道我们为什么这样做以及我们正在做什么，而且我们让员工知道了所有的这一切对我们组织的价值……这就是对战略的共同一致的意见。

人的价值

奥迪康认识到不仅要在战略上达成一致的意见，而且应该在关于它的业务的"人的基本价值上"达成根本性的一致意见，在经过充分的辩论之后，结论可以用一句话来总结：

> 我们建立这个公司是基于这样的假设：我们只雇佣成年人，我们所做的一切都停留于这个假设，这样我们不会把我们的员工当孩子看待——我们将把他们看成是负责任的成年人。

在这个简单的假设下面是这样的观点：成年人不需要被告知什么时候来工作，什么时候回家以及和这些相关的事情，例如，在日本市场，上班的时间晚，回家的时间也晚，而在美国市场，就都比日本早。同时奥迪康的管理认为员工不会超出预算，也不会把预算花在不相关的事情上，于是，管理层不需要经常提醒员工这些事情，也不需要把其他公司的规则搬过来套在自己员工的头上。

实施战略

奥迪康现在是在方案的基础上运作。任何人都可以实施他自己的方案，只要他的方案被5个主要管理者中的一个认可同意即可。一些方案也由管理层直接决策。不管方案的策划是来自哪里，认可接受的主要标准是这个方案是否基于客户的需要。任何人只要经过项目负责人的同意，都可以参加这个项目，基本的思想来自于奥迪康把员工当作成年人看待的概念，即把他们的每一天都变得有用是员工的责任。如果人们没有事情可做，他们的工作就是要找有用的事情来做——不管是参加一个方案还是设计一个方案。

科林德的观点使大多数传统的 CEO 为之震撼："生产助听器不是我们公司所关注的核心问题。我们关注的是更基本的东西。也就是人们看待工作的方式。我们给予人们自由去做他们想做的。"这也许是为什么要获得所谓"审定通过"的方案的原因，这正如科林德所评价的："我们有很多不尽如人意的工作方案，但任何一个都没有行政上的优先权。"在奥迪康有一句流行的话："被原谅比被允许容易。"这基本上就是说"如果你的方案有疑

问，如果进展顺利，那么就很好。如果不是这样，那么我们会原谅你"。

沟通是这种方法的核心。部分地，这可以利用计算机，每个桌上都有一台电脑，通过软件列出所有"提供"出来的方案，并将和所有任务相关的领导者的名字列出来，通常团队的领导者会努力获得或者通过吸收新人员获得地或他想要的"新"技巧，但也希望为团队寻找新的机会。如果一个研发（R&D）部门的技术专家或者一个秘书想和一个市场营销团队一道工作，那么他必须做的是和方案的领导者谈话以获得进入团队的资格。

这个新的"没有结构"的结构在物质形态上的体现是工作场地。没有个人办公室，没有走廊——所有的墙被推倒，每个人都在相同的开放的办公室里工作，员工聚集在他们想在那儿工作的地方。没有个人办公室，但是每个人都有一个带有轮子的文件柜。员工每天早上来上班时，他们抓起他们的流动办公室，并把它推到他们要去工作的地方。奥迪康是一个真正的"无纸办公室"，所有来的邮件被扫描进计算机，随之邮件被销毁。其理由非常简单：奥迪康希望员工根据工作的需要从一个方案组到另一个方案组，它不希望这个过程被员工不得不搬运大量纸张这件在大多数的公司里常见的事情所阻碍——解决办法就是销毁纸张。

这就需要每个人拥有并且能够使用电脑。然而，在奥迪康强调的是面对面的非正式的交流（例如，电子邮件虽然被使用，但不是太广泛），这也就是公司在各处安装咖啡机的原因，目的是鼓励小型的非正式（但时间短）的会议。3个人或者4个人在一起讨论一个问题或者交换意见或者信息，紧接着返回到他们那天工作的地方根据刚才讨论的结果改进工作，这些主意和建议都会被输入计算机，并且每个人都可以享用。公司的期望不仅仅是所有的信息对任何人都是开放的，而且员工确实想知道这些信息。于是，奥迪康力图在各个方面都变得透明。不管是新产品、员工的薪水还是公司的财政。观点是知道的个人越多，他们就会对公司越有价值。

员工并不可能在一夜之间适应这种变化极大的新的工作方式。这可能并不令人惊讶。员工原来并没有培训过团队工作和方案管理的技巧，一些员工也发现很难适应这些新的安排。他们也不想失去传统的并且清晰的权力关系或发现容易调整不确定性的结果。这对管理者尤其如此，对他们来说，失去权力、信息垄断和地位标志是很难接受的。

而且，在新的安排下，管理者被重新分为不同方案的领导者，并且不得不彼此竞争最优秀的员工，而不是有他们自己的忠实下属。一些团队中的员工发现很难在方案团队的环境中找到一个角色；例如，有一段时间，接待员仍然是接电话。在总部之外的分部，几年后才采用这种新的方法，虽然丹麦的制造部门在不同的地点很早也显示了对这种新方法的兴趣。

科林德预料会出现阻碍，并且试图通过鼓励员工参与这个公司变革的过程而克服它。一些小的员工团队被挑选出来处理这样的方案，如：设计公司新的电子基础设施，为公司的总部选址，并挑选建筑师。员工也进行信息（IT）技术训练。当然，他们每人都得到了一台家用电脑，并且鼓励员工确定他们自己的培训需求。导致一个结果就是员工形成了个人电脑俱乐部，从而在一起工作来发展提升他们的技巧。尽管如此，在总部搬迁之前，科林德发现很有必要为员工确定一条准则：要么接受新的安排，要么离开公司。

暂不考虑这种胡萝卜加大棒的方法，对这种新安排最大的进步是当员工觉得他们确实比在旧的环境中工作得更好的时候。采取新方法的一个很快的回报是在20世纪80年代的时候，奥迪康已经研制出了这个行业的第一种自动的、自我调节的助听器，然而，由于技术问题（对它的解决也没有优先考虑），缺乏研发（R&D）和销售人员之间的沟通，以及想象力的缺乏，似乎没有人意识到他们已经研制出了一种领先全球的产品。但是在变革后的奥迪康里，这种新的助听器很快就重新引起公司的关注，技术问题也很快地得到解决，并且"多密集点"助听器在1991年后半年就被开发出来了。在接下来的两年中，3种新的"多密集点"助听器的革新产品被开发出来了，并且尺寸缩小了一半。

为了使这次成功的变革确定下来，在1994年12月举行了全公司的员工大会之后，奥迪康出版了一个对公司基本的关于人的价值观陈述的小册子（见表11.2）。

持续并深化变革

奥迪康的变革开始于1991年8月8日早上8点钟。在开始的时候，所有的一切都是一团糟。经过了几个月的时间，每个人才理解了他们的新角色，并且组织才抛弃了它的旧工作方式，并开始以科林德所提倡的方式运作。然而，到1994年，结果让所有人都感到震惊：

★ 15种新产品被开发出来（是原来公司开发产品数的2倍）；

★ 新产品的推出时间是原来的一半；

★ 在之前的10年内原来销售额基本没有真正的增长，但此后公司的销售额每年增长20%，而与此同时，有一段时间，整个消费市场每年以5%的速度萎缩。

★ 奥迪康的市场份额从1990年的8%增长到了1993年的12%。

进步并没有从此停止，在 1995 年，奥迪康推出了世界上第一个数字助听器——DigFocus。这个产品实际上是一种只有 4 克重的计算机，它可以放在耳朵里，但有台式计算机的操作能力。这不仅是一个使奥迪康获得许多革新奖励的技术突破，也使得奥迪康重新获得了世界上助听器厂商的前 3 位的市场地位。到 1995 年，公司的销售额也比 1990 年增加了 100%，而利润则增加了 10 倍。

对一些公司，这是坐下来、感到满意的时候了。但科林德越来越不满足。1995 年的

表 11.2　奥迪康对基本的人的价值观的陈述

奥迪康的基本的人的价值观	我们怎样体现这些价值观？
我们认为奥迪康的员工如果得到机会，他们就会希望承担责任。	只要可能（特别是在一个方案里）一个员工可以选择他的任务、工作时间和工作地点。
我们认为奥迪康的员工希望在公司里经历新的挑战，在他们的工作中得到发展和成长。	我们认为员工可以在同一时间接受不同的任务，如果他自己感兴趣，而且有能力去做——可以在同事的帮助下。
我们认为奥迪康的员工希望得到最大可能的自由……	这种自由是可能的，因为奥迪康没有什么规则，并且因为我们鼓励员工运用他们的常识来判断，而不是遵循可恨的规则。
我们认为奥迪康的员工希望得到对他们的工作有价值的、公平的反馈，并希望得到和他们的贡献相一致的报酬。	所有层面的管理——技术、人事和方案管理者——应该给予他们的员工诚实的反馈，不管是正面信息还是负面的。
我们认为奥迪康的员工希望成为奥迪康的合作者，而不是对手。	我们以对员工有利的价格给予员工股份，这样员工可以从他们为之作出贡献的成功中获得报酬。
我们认为奥迪康的员工希望得到这样的保证，即在他们现在的工作中改进他们的技巧之后，如果他们有某些理由离开奥迪康之后，他们可以找到另外的工作。	我们使员工在工作中得到发展成为可能，并在公司里相关的地方让员工承担另外的任务。
我们认为奥迪康的员工希望被作为成长的人、独立的人来对待。	奥迪康的工作方式全部基于这一点。
我们认为奥迪康的员工希望理解他们的任务是怎样和公司的整体环境相融合的。	奥迪康是一个开放的公司，所有员工都有权使用尽可能多的信息。
我们认为奥迪康的员工对富有挑战性和令人兴奋的工作比对正式的地位和头衔更感兴趣。	我们这里职务头衔很少，我们没有正式的职业计划。我们试图通过多种多样的和更加具有挑战性的工作使每个员工的个人和专业技术得以发展。

主要任务是推出 DigFocus，而且负责这个产品的团队好像在什么事情上都有优先权。科林德相信公司又有滑回到原来部门组织形式的危险。他的反应是"炸掉组织"。

于是，科林德要求总部内的人员和团队重新安排位置。短期业务目标的团队（如销售、市场营销、和客户服务）被移到顶楼，从事中长期方案的人员（改进现有的产品）移到二楼。那些处理关于技术、后勤服务的团队移到了一楼。用科林德的话来说："要全部打乱。在 3 个小时里，调动了 100 人。"他为这种行动的合理性辩护说："为了使组织有生命力，高层管理者的一个任务就是打乱组织。"

可以看到，在 20 世纪 90 年代，奥迪康经历了大量重大而又到位的变革；这种变革并不局限于它的总部。在 20 世纪 90 年代早期，奥迪康开始把这种新的工作安排实施到它在丹麦的两个工厂，并且制定出把它的销售方面的运作方式推广到全世界的计划。到 1997 年，奥迪康的所有在欧洲、美国和环太平洋地区的子公司都已经建立了目标策划办公室，准备复制在丹麦的新的运作方式，其目的是：

> ……为未来的基于知识的销售公司确立标准……（虽然）扁平组织的概念鼓励开放性、灵活性和非正式的沟通……

虽然奥迪康相信它的这种方法可以在各个国家的子公司进行复制，但它并没有忽视文化差异的敏感性。公司意识到丹麦的文化特性是平等以及缺乏正式性，为它新的工作方法提供了肥沃的土壤。于是，在把它的这种方法推广到在世界上其他国家的运作时，它意识到需要有文化的敏感性。

除了它自己的组织外，奥迪康还发展了和它的元器件供应商以及世界上 5000 个销售其产品的听力料理中心的合作关系。由于看到奥迪康的这种方法取得了如此大的成功，丹麦的其他许多组织也仿效了这种方式，包括一个政府的管理部门。

在 1998 年，在奥迪康担任首席执行官 10 年之后，拉尔斯·科林德决定退休，他离开了如今这个比他 10 年以前刚上任的时候具有更多权威的位置。无论从哪方面：不管是财政、技术、结构还是公司的文化方面，他都彻底地变革了奥迪康。他的离开是非常友善的。正如他说的：

> 我现在离开奥迪康是因为我觉得我和公司都从变革中获益了。整个新一代的年轻人都在准备推动这个大球——为什么不让他们来？

科林德的离开突出明确了变革者的进退两难的困境：在你变革整个组织之后你会做什

么？对奥迪康来说，成功并不因为科林德的离开而结束，也没有引起对他的方法的重新思考。而是相反。奥迪康现在更加强调它想承担的更广泛的社会责任。科林德的继承者，尼尔斯·雅各布森，当在 1998 年在纽约接受员工授权的先锋奖这一殊荣时说：

> 我们的目的是以这样的方式经营我们的业务，即在我们经营业务的国家为社会做出贡献。我们支持这样一个原则，即一个行业要有社会责任，并且我们对环境拥有共同的责任。

总结

很明显，为什么奥迪康做对了？它成功的关键在于以下 7 个因素：

★ 改变游戏规则。奥迪康创立了一个它想实现的愿景。就像日本公司的佳能和本田那样，这不仅基于一种雄心壮志，而且基于对公司在其中经营的市场环境本质的深刻理解。这使得奥迪康找到了强大竞争对手的坚硬盔甲上的缝隙，并且在实际上改变了游戏的规则——认识到服务是一个整体概念，而不单独是技术发展，是顾客真正想要的。

★ 创建了一个基于方案的组织结构，这是符合公司战略和愿景目标的。

★ 使每一个员工都全心全意、协作、积极地投入到工作中去。实际上，这是对奥迪康的整体的文化变革，从高层管理者向下。

★ 创造了学习型组织。对奥迪康的重组（实际上是消除组织结构）消除了对信息流动的官僚的和文化的障碍，并且创造了一个人们可以真正交换思想、互相学习的环境。而对非正式、实验性做法，以及革新和冒风险精神的强调了也支持了这一点。

★ 领导。与奥迪康的故事一样的案例太少了：靠一种真正的幻想式的领导，在相当短的时间里变革了整个组织，并且继续支持、驱动、强化变革。

★ 一致的愿景。拉尔斯·科林德对奥迪康应该是什么样子有一个愿景。他激情昂扬地追求这个目标。在新的奥迪康运作一些年后，并且非常的成功，当他感到公司又有可能恢复到旧的工作方式的时候，他也毫不犹豫对公司采取决定性的行动。

★ 社会价值。以前曾提到过，斯堪的那维亚有一个非常远久的工业和社会的民主史。丹麦在创造合作的工作方式方面起到了领头作用。在奥迪康发生的变革是一个经典的，如果有点极端的话，斯堪的那维亚工业民主的形式。这样，奥迪康新的运作方式符合由丹麦和其他斯堪的那维亚国家所拥护的社会价值。

私有化与欧盟：希腊公共电力公司案例 [3]

背景

1945年以后的30年内，在全球范围内公共事业涉及的领域出现了巨大的增长，既包括了传统的公共服务行业，如健康和教育，也包括了一些传统行业，如银行业和汽车制造。自20世纪70年代中期，私有化而非国有化日益风行。公共事业萎缩成为一种全球性现象。这场由英美温和主义和保守主义政府发起的政府退出经济领域的运动，受到理论界和经济学界的关注。理论界认为私有经济成分以竞争为基础的属性意味着与公有经济官僚机构相比，它能提供更有效率的服务，让客户获得更多的满意程度。经济学界则主要关注缩小公共经济成分，降低运营成本，配合税收立法，减少因公共经济成分增加而带来的政府赤字上升。

由于20世纪80和90年代获得的进展，越来越多的国家加入到了私有化运动的行列。从20世纪90年代早期开始，希腊成为私有化热情最高涨的国家之一。在2000年希腊宣布对全国唯一的电力供应商——公共电力公司（PPC）施行私有化改造。PPC创立于1950年，目的是提供低成本的电力供应以支持希腊经济的发展。作为具有国家垄断性质的头号公司，PPC成了私有化的首选目标。欧盟作为PPC私有化的推动者，随着欧洲单一市场的创立，有责任为欧洲的所有国家建立一个公平竞争的舞台。

什么是私有化？

对私有化这个随处可见的词下个定义并不容易。皮科克（Peacock）把私有化定义为把公共经济成分的所有权全部改变为私有经济成分。比斯奈（Beesley）和利特切德（Littlechild）则把私有化定义为至少将企业50%以上的股份出售给私有经济成分。托尔波特（Talbot）强调：对于自然垄断的情况，在进行所有权转移的过程中，要注意到政府往往仍保留着制定规则方面的权力。制定规则的必要性和规则的效率是一个存在争议的问题。艾瑞斯（Ayres）认为：在巴西进行的私有化过程，实际上是一次变政府垄断为由少数私人控制市场的过程，并没有给公众带来任何益处。

维克斯和耶罗发现存在3种私有化方式：

1. 在竞争性产品市场，把国有企业改造为私有经济成分，例如国营汽车制造公司和航空公司。

---

3 本案例研究资料源自曼彻斯特管理学院迈克尔·凯泽尔斯(Michscl katsouros)、特伦夫·琼斯(Trefor jones)的论文,本案例的详细情况见波恩斯等人(Burns et al,2004)的论文。

　　2. 由国家垄断的供水、供电系统的私有化。

　　3. 撤销政府机构中的服务部门，把相关业务外包给私有经济成分。

例如：IT 业务和政府设施的管理业务。

　　第一种和第二种私有化方式的主要区别在于进行第二种私有化过程中，政府常常会以制定规则的方式保留一些对企业的控制权力。实行第三种私有化方式，外包业务、公共经济成分受到影响更为直接，政府成了外包服务的客户，需要支付费用以获得价值作为交换条件。所以，外包业务把私有化的定义扩大到了服务提供方责任转化的层面。在美国，外包业务已经成了主要的私有化方式。美国政府还支持托尔波特的观点，把"市场机制"引入到公共经济成分中去，在谈到美国的情况时，他认为：

　　　　由于产业结构或政治原因，对政府机构中不能进行私有化的服务领域，可以引
　　　入"市场机制"（MTMS）。方法包括：内部承包或准承包、国内市场、竞争原料采
　　　购（Competitive Sourcing）和市场试验。引入"市场机制"正是为了在公共服务领
　　　域引入一些竞争因素，以达到提高经济运行质量、效率、客户服务水平的目的。

　　由于私有化在以上几方面的发展，亚当斯给私有化下了一个更为宽泛的定义，其中包括了一批拓宽私有经济成分市场活动空间的措施，以及公共经济成分吸收私营经济成分采用过的提高效率的技术。

公共电力公司（PPC）[4] 的私有化

　　PPC 的发电量占希腊电力需求量的 97%，并承担着全国电力的输送和销售任务。它提供的电力用户人数为 670 万户，雇用员工 23.5 万人，居全国首位；2001—2002 财政年度的营业额为 30 亿欧元。

　　PPC 创建于 1950 年，当时希腊政府对电力工业实行国有化政策，公司由一系列私有化公司和市政机构组合而成。当时这些公司的服务质量很不可靠，受地理因素和成本方面的限制，只能满足国内照明用电的需要。希腊政府看到全国统一的、低成本的、可靠的电力供应系统是经济发展的基础，因此，建立了"非赢利"组织——公共电力公司。为满足全国民用和工业用电的需求增长，PPC 承担的主要责任是建立全国范围的电力基础设施，包括边远的乡村和遥远的海岛。

　　PPC 创立以后，为希腊工业、商业、服务业的发展提供有力的保障，发电量和输电设施

---

4 除非特别标注，本部分所采用的统计资料均来自 PPC 的网站：www.dei.gr 或希腊政府能源管理机构网站：www.use.gr

的增加不仅直接提供了大量的就业机会，同时还促进了城乡社会和经济的发展。公司拥有并管理的煤矿所生产的褐煤占全国发电用煤量的 67%。另外，由于使用国产褐煤，推广使用可再生能源，有效地减少了对进口石油的依赖，在相当程度上缓解了国际贸易平衡的压力。

PPC 绝不仅仅是一个电力供应商，它还成了政府社会、经济政策的外延。但是，由于公司承担的巨大资本项目、众多的人员，以及处于欧式最开放的环境，公司长期以来处于严重的亏损状态。进入 20 世纪 90 年代，希腊政府对亏损的国家垄断企业的支持日益减少，欧盟的竞争政策也对 PPC 构成了严重的挑战。

私有化过程

在 20 世纪后期，由于受到希腊国内政治气候变化产生的影响，外部受欧盟竞争规则的压力，希腊政府开始对 PPC 进行私有化改造。PPC 发现自己正处在经济自由化、以自由市场方式谋求经济增长的环境之中。希腊政府正在尝试缩小公共经济成分的规模和开支，涉及的范围包括银行、工业和商业中的有关部门，甚至雅典股票交易所也包括在其中，因为政府认为交易所的机构臃肿、支出过大、严重超员、缺乏效率。因此私有化成为希腊政府制定政策的关键目标，并因此成功地引发了三次私有化浪潮，至 1999 年政府从私有化回收的资金，总计为希腊 GDP 的 5.5%。第一次私有化浪潮波及了银行、免税商店、希腊渔汛公司和雅典股票交易所。第二次浪潮中包括以科临斯运河、雅典供排水公司和希腊汽车公司。第三次浪潮，始于 1999 年，涉及到农业银行、商业银行、希腊航空公司和公共电力公司（PPC）。PPC 的私有化更多地感受到了来自欧盟的外部压力，国内的压力显得更小一些。

伴随始建于 1992 年的欧洲单一市场的出现，欧洲委员会开始承担起协调和开放欧洲各国市场的责任，由于电力生产和电力输送属于必须首先解决的问题，欧盟于 1998 年颁布一项欧洲电力法令，目的是为了保证电力供应的安全，开放市场，允许大的用户有权利选择供应商；禁止为电力供应商的各项业务提供补贴，例如采矿、发电、传输及供电业务；推广环保型能源。

1999 年政府通过自由化法令，欧洲电力法令在希腊法律中得以体现。政府通过成立希腊输电公司（HTSO），为私有经济成分进入 PPC 的输配电系统铺平了道路，并成立了政府能源机构（RAE）负责规范电力市场。

虽然欧盟电力法令并未要求希腊政府出售 PPC，政府已经开始了把 PPC 转让给私营经济的工作，转让过程的主要阶段分为：

变革管理
Managing change

★ 2000 年 11 月，希腊政府宣布对 PPC 进行私有化。

★ 2001 年 1 月 1 日，PPC 变为有限责任公司，成为了 PPC SA，政府仍
　持有公司发行的全部股份。

★ 2001 年 12 月，PPC 在雅典和伦敦两家股票交易所挂牌上市。

★ 2002 年 6—7 月，PPC 的 15% 的股份被售出。

　　这些变化遭到了很多的反对，很大一部分阻力来自于 PPC 的员工，他们担心私有化
会让一部分人失业，而留下来的员工的工作条件变差。员工还抱怨了解到的信息不充分，
配电部门的一位员工说：管理局与员工之间根本没有沟通，没有哪一项决策听取过员工的
主张和希望，员工日益感到公司的高层管理部门已经把他们排除在私有化过程之外……
董事会的员工代表反映道：

　　　　似乎这种私有化过程只有利于少数经理，大多数员工得不到财务和其他方面的
　　　好处，尽管如此，我们还得面对私有化带来的所有负面结果……对变革的抵制，有
　　　时甚至以极端的方式，成了我们员工吸引高层经理注意力的唯一办法，借此希望能
　　　严肃对待我们的要求。

　　公众的意见也反对出售 PPC 和其他国有资产。甚至从政府中也传出有反对 PPC 私有
化的意见。发电部门的一位高级经理评论：

　　　　到目前为止，私有化过程已经变成一个漫长的过程。这个过程花费的时间已
　　　经超出了原先的预期，更不用说到今天也没有结束。之所以出现延误有两方面的
　　　原因：首先，对私有化过程中涉及的主要环节缺乏战略考虑。其次，政府官员对
　　　未来私有化方案意见不一致。

　　至 2002 年 7 月，PPC 实际上已经转变为一个私有经济成分以赢利为目的的公司。从
公司组织架构和经营导向方面的变化中可以看出 PPC 发生的转变。

PPC 的重组和经营理念的地位

　　新成立的 PPC 重新定义了公司的使命，以促进希腊社会经济的发展作为公司的使命，
并把公司的发展目标定为：

　　　　保持在希腊电力市场中的领先地位，提高公司的运营效率，合理安排资金流
　　　向，积极探索企业发展之路。

　　为了实现公司发展的目标，公司对所属部门进行了机构重组，遵照自由化法令为

PPC的各个分公司设立了独立账户，以防止各分公司之间的幕后交易。为保证公司的经营与私有经济价值观相一致，对公司的管理人员作出了相应的调整。供电部门的一位员工评论说：

> 公司在过去存在很多复杂的等级制度，与其他公共经济成分公司一样。职务提升论资排辈，不注重实际业绩，更有甚者，以不为自己的任何行为负责作为求得生存的唯一途径……现在则正好相反。

但是，仍有人怀疑是否所有管理职位上都安排了具有能力和正确理念的人员。工会就对私有化持抵制的态度，一位主管助理评论说：

> 很多总经理原先是最反对私有化的工会会员，突然，在他们获得受人尊敬的工作岗位以后，他们就不再吭气了，这肯定是公司私有化以来发生的最大的变化。

机构调整还包括了失业和工作条件保险方面的变化。新PPC最先采取的行动是宣布到2005年将以自然减员方式取消6000个工作岗位，占员工人数的20%。发电部门的一位主管认为：

> 公司的过去严重超员，并且是我们主要存在的问题之一。现在，我们再也负担不起雇3个人做欧洲同行只需一个人完成的工作。我们现在正在谋求执行一种合理的用人政策，综合考虑自然减员和限制人员招聘两方面的作用……

人力资源经理很清楚人们抱怨超员的原因：

> 在实现私有化之前，各种各样的政府官员对公司运营指手画脚，他们甚至利用我们公司，牺牲公司的利益，为争取选票、赢得选举雇用多余的员工。

人力资源经理认为公司的文化已经发了变化：

> PPC SA已经向学习型组织转变，这主要是由于价值观的转变而不依靠规定，公司的员工想要成为有知识的工人，而不是典型的公仆。

但是，供电部门的一位员工却有不同的观点：

> ……为保住自己的工作岗位以及企业化实践，无疑会促使员工为了自身的职业发展和职务提升，展开相互竞争。但是，这都是以牺牲同事作为代价的，所以，我们发现有激烈的内部竞争和缺乏合作现象的存在。

作为PPC机构调整的一部分，新创立了三家子公司。科曾子公司（Kozen SA）将与

小公司合资，利用这些小公司生产所产生的余热发电。PPC 可再生能源子公司以合资方式发展可再生、环保型的能源。PPC 通讯子公司是与希腊两家最大的银行和意大利的温德公司（Wind）组建的合资公司，它的目标是建立新的通讯网络，在下一个十年占据希腊市场 17% 的市场份额。

所以，PPC 由一个国家垄断公司已经向私有化方向迈出了很大的一步，虽然，希腊政府仍持有公司 85% 的股份。

PPC 下一步将如何发展？

PPC 的主要目标是在未来几年中保持公司在希腊电力市场的优势地位，并进入巴尔干和土耳其市场。为了达到这个目标，公司打算寻找一家在欧盟占领先位置的电力公司结为战略同盟，并从中获得一些技术专长。政府已开始了挑选战略伙伴的工作，公司将向对方出让 10%~15% 的公司股份。

随后，政府计划再次向战略伙伴出售股份（约占股本的 20%）。但是，这取决于战略同盟是否能帮助 PPC 顺利地扩大业务范围，显示出在未来 20 年内成为欧洲电力市场中排名 5~6 位公司的能力。

由此可以看出，PPC 制定了一个雄心勃勃的三面出击的战略。第一，在短期内通过降低成本和组建合资公司抱住国内市场。第二，按照中长期发展计划，利用战略伙伴的技术专长，以区域性市场为基础，向欧盟的其他市场扩张。第三，利用公司的送配电网络以及庞大的客户基础，在未来十年内，争取成为希腊通讯业中举足轻重的公司。

目前，PPC 的计划发展得很顺利。新的组织结构、新的追求赢利的公司经营理念、削减员工人数等措施，都为股东创造了可观的经济收益。以私营公司运作的第一年，PPC 宣布公司实现赢利 3.99 亿，增长率超过 50%。公司是否能在中期保持现有的业绩表现，或与其他私营公司持平，以及较容易取得成效的工作一旦被削减，公司将面临竞争和欧盟规定的双重压力，导致赢利水平下降，都仍需要观察。

总结

考察 PPC 的私有化过程，发现有 3 方面的问题是特别紧密联系在一起的：私有化日程；PPC 未来的运作计划；是否存在别的私有化方式。首先要解决私有化过程的问题：很多作者已经注意到，私有化并不像它的支持者所希望的那么美好、干净。PPC 的私有化在政府中也存在争论，受到工会的抵制和一些一般大众的关注。目前，只有 15% 的股票掌握在私有经济成分手中，因此，私有化过程进行得并不特别快。与大多数国家垄断企业一样，它并没有在竞争市场运作的经验。正如达德利（Dudley）对这类企业的看法，它们必须为自己的命运负责，除建立与内部、外部的新型联系，满足不同股东的希望并学会以市场为导向的运作技能。不过，PPC 已经完成了组织结构调整，以私有化成分的方式在进行运作，并且获得了可观的赢利，更重要的是，似乎没有人仍在怀疑这种变化的持续性。所以，至少在短时期内，PPC 的私有化是成功的。但是，长远的前景又会如何呢？

在涉及第二方面的问题时，PPC 选择了一条调整组织结构、降低成本、引入商业化运作方式的私有化路径，这是私有化过程相对容易的部分。在遇到竞争和法规限制时，就会碰到很多的麻烦。PPC 的战略是保护私有的电力市场，在国际上以电力行业作为发展的重点，在国内进军通讯业。防御战略的问题在于：如果这一战略取得成功，PPC 能保住它的优势地位，但是，政府的能源机构迫于欧盟的压力，将为 PPC 的竞争对手提供更好的政策环境，欧盟能源政策的目标是为了鼓励竞争，各国必须向新的进入者开放市场，如果希腊不向新的市场进入者开放市场，政策制定者或欧盟将修改规则，给新的进入者更优惠的条件，例如，与其他国家一样，政府可能把独立的发电企业从供电系统中分离出来，实现 PPC 的拆分。

经验表明公用事业公司想要保住优势地位存在很大的难度，在短时期内，市场将由众多的进入者共同占有。最终，PPC 的防御战略有可能会失败，而被迫对赢利较少的部分进行出售，关闭或兼并。

另外，PPC 的发展计划获得成功的前景也并不明朗。进入通讯行业充满了危险。欧洲的通讯市场竞争十分激烈，进入成本很高并且规定严格。新公司获得成功的可能性极低。同样，PPC 要想成为欧盟范围内具有领先地位的电力公司中的一员，这种可能性也不大，尽管已经找到一家战略合作伙伴。由于市场自由化政策的出现，欧盟的电力市场历来是竞争非常激烈的地方，来自全球的很多公司在这里相互竞争。所以，除非 PPC 和它的战略合作伙伴合作得非常好，有运气或许能幸运地取得成功。

有一点需要指出的是，就像联合王国的电子工业那样，希腊政府以整体形式，而不是把公司拆分的形式对 PPC 进行私有化是否能为 PPC 带来好处。新近私有化的公司普遍缺乏在私有经济环境中生存所必需的管理优势。要想在原先的领域获得竞争优势，或者在国内国际拓展新业务，PPC 的管理层仍有很多的工作要做。

最后一个问题是：还存在别的私有化方式吗？由于欧盟的欧洲电力署迫使希腊政府开放国内电力市场，对 PPC 进行组织机构的调整，促使 PPC 按商业方式进行运作。电力署

并没有要求希腊政府出售 PPC，政府希望持有公司 50%的股份。所以，如果用前面讨论过的狭义的私有化方式，PPC 的私有化仍未结束。因为政府没有出卖公司，甚至持有公司的多数股票。但是，私有经济成分持有少数股票并不影响新的 PPC 不再属于国有企业；它成了一家政府持有多数股票的私有经济成分的公司。而本质是，它现在已经是一家私有化的公司。因此，它完全符合亚当斯"广义的"私有化定义，也就是说它是一家按商业原则运作以赚钱为目的的公司。尽管希腊政府在是按狭义或广义定义选择私有化方式上存在争议，欧盟电力署不会允许希腊政府选择抵制私有化。

结论

在这本书的第 1、2 部分，曾讨论过经理在管理实践中，对公司的产品、组织结构、人事政策或企业文化各个方面，在管理方法上都有一定程度的选择余地。但是，这种选择的可能性却会受社会、环境、行业特性和组织因素的限制，只有经理的偏好和能力不受限制，这些因素很多情况下是相互矛盾的。

本章的几个案例说明组织的确会遇到难以克服的限制和压力，从而影响到管理方法的选择。音乐行业的案例研究恰好说明了这些限制和压力的巨大。对于行业中的大公司而言，保持对音乐生产和发行的控制是十分必要的，但是，因特网却在很大程度上改变了游戏规则。音乐是一个全球性的行业，因特网为唱片公司提供了一种更快、更好、更节约的服务方式。同时，也正是由于因特网使得音乐盗版达到了空前的规模，直接威胁到了大唱片公司的统治地位，甚至是公司的生存，大的唱片公司能否成功地应对这一行业性的变化，现在仍没有明确的答案，但是，无论如何，经理们要想生存下去，就不能再依赖过去的工作方式。在第二个关于马可尼（Marconi）的案例研究中，公司的新管理层认为他们已经看到了 GEC 穷途末路的预兆，公司要生存下去，唯一的出路是在因特网时代成为通讯设备的主要供应商。他们的这个想法得到了英国伦敦城市银行投资人和互联网狂热症的鼓励。高层经理描绘并追求的远景是建立一个新的通讯之国。公司将原有业务中的绝大部分售出，改公司的名字为马可尼，以狂热无节制的方式进行投资，使得公司的股票价格和债务数量出现惊人的增长。当互联网泡沫破灭的时候，公司也随之惨败。

如果马可尼案例反映的是一家公司进行改变速度太快产生的危害，奥迪康的案例研究反映的则是一位坚定的经理可以突破所在行业的竞争模式，为了公司的利益改写竞争的规则。

奥迪康是一家运作涉及全球市场的公司，面临着更大公司和技术领先公司的竞争。公司的CEO认为：奥迪康虽然不能与竞争对手在技术上竞争，但却可以为客户提供超过竞争的服务。与马可尼不同，公司并不想出售资产以换取设备的方式进行自我工作，而是从根本上改变了公司的组织、结构、工作方式和文化，激发起公司员工的潜力并因此获得了竞争优势。

在最后一个案例中，PPC的私有化反映了国际化的两个不同侧面，一方面，希腊政府的产业政策受到了新自由政治思潮和近20年全球经济变化的影响，这种影响使得希腊选择了一条与很多国家相同的私有化路线。另一方面，希腊作为欧盟成员国，必须遵守欧盟的规定。在这个案例里，欧洲电力市场自由化迫使希腊政府对国内的电力行业作出调整并实行开放市场的政策，由于电力行业受到新自由主义思想和欧盟竞争政策的双重压力， PPC的私有化得到了政府的鼓励，同时，PPC的组织结构和运营方式都受到严重的影响。

这些案例引出了一系列关于战略变化和管理方式选择方面的重大问题：

★ 一个组织（或组织的管理层）在采用特定的战略方法时，会受到社会的、环境的、经济成分或组织结构方面的制约。所以，选择的战略方法要在一定程度上能够包容这些限制。同样，还必须认识到，在日益全球化的世界，即使是一件很小的事也会对行业和组织造成重要的影响。在音乐行业的案例里，一个19岁计算机迷发明的小小软件就能让整个行业陷于混乱之中。

★ 必须认识到由于各种社会的、环境的、经济成分的组织结构方面的制约是相互冲突的，可以将组织推向不同的方向，或者是被摆布，或者是向更有利的环境转化。经理的确在选择战略方法时享有一定程度的自由，使之与自己的利益和理念保持一致。也就是说，在特定的条件和特定的环境下，人们的理念可以改变自身所处的环境，而不是相反。在奥迪康发生的事情正好说明了这一点。奥迪康面临的制约是它不能再与比自己大、技术更先进的对手竞争下去了。奥迪康通过进行力所能及的自我改造说明环境是可以改变的。

★ 马可尼，从另外一方面，说明了相信任何事皆有可能的危害。的确，对于前人的智慧可以讨论，但却不能质疑。奥迪康就做到了这一点，它承认前人智慧的价值。乔治·辛普森则表现出缺乏想象力，更像一个宿命论者，在为自己的失误辩解时，他说道：

> 我们还需要做说明？GEC全都做过了，所有的人都告诉我们只需要做专业化就行了。很明显进入通讯行业是对的。

PPC的私有化也提供了一个例子。公司的管理者和政治家认为他们面临的制约因素是

变革管理
Managing change

无法改变的，并且超出了以往的游戏规则，这使得他们选择了保住国内市场，进军国际市场和多元化发展的战略。这种战略可能就是很合理的，但是，这也是一种其他人发现很难行得通的战略。

★ 能对未来有一个清醒的认识是经理必须具备的基本素质，它可以保证组织能找到一条生存发展的道路。这肯定是音乐行业很多公司正要寻找的东西。这既需要具有挑战现有规范的勇气，又需要借鉴前人的智慧，奥迪康的CEO由于二者皆有，所以取得了成功。马可尼的高级经理，虽具有挑战温斯托克的勇气，但是，他们对公司未来前景的认识存在严重的缺陷，其后果是灾难性的。对于PPC而言，只有时间才能回答他们没有挑战前人的智慧是对还是错。

★ 从实际操作的角度讲，经理还需要能说服组织中的其他人。在奥迪康这大约用了18个月的时间（仍留下很多需要处理的问题）。马可尼没有试图赢得它的员工，因为公司打算把绝大多数人抛弃掉。PPC的确按计划做了说服员工的工作，但是，对说服工作的效果仍有所争议。

★ 在执行战略的过程中，不必事先对所有细节作出安排，但是，最先几步必须很明确地与目标保持一致，马可尼和PPC至少在开始时是这样做，在马可尼、PPC和奥迪康这三个案例里，改革战略的实施过程总是伴随有一定程度的混乱出现，原因是旧的制度被抛弃以后，新的制度仍未建立。在奥迪康的案例里，事先就考虑到可能出现的混乱。但是，马可尼的情况却是当混乱加剧演变恐慌时，已经说明战略将要失败了。

学习检测

简答题

1. 列举出计算机迷改变音乐行业规则的主要方法。

2. 面对因特网的挑战，大唱片公司有哪些战略选择？

3. 马可尼公司的愿景是什么？

4. 在马可尼公司的远景中有哪些内容构成了对游戏规则的挑战？

5. 找出三种奥迪康公司进行自我改造的方法。

6. 列举出三种奥迪康改造公司文化的方法。

7. 在考虑PPC前途时，公司面临有哪些主要压力？

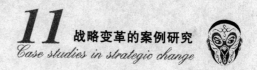

8. 列举出 PPC 制定的战略的 3 条优点和 3 条缺点。

论述题

1. 音乐行业的案例在多大程度上支持了复杂性理论的观点？

2. 马可尼案例研究在哪些方面支持了现实主义有关组织的观点？

3. 对奥迪康案例是否支持管理方法选择作出评价。

4. PPC 案例属于计划战略还是应急战略的范例？

第 *12* 章

内部关系和态度变革的案例研究

学习目标

学完本章之后，你应该能够：

- 列举出组织变革的主要压力；

- 理解现实中的组织如何管理变革；

- 懂得局部的个别变革方案是属于孤立的、有限的事件，还是属于一系列事件中的一个事件，而这个事件随着时间的流逝有可能使组织不断变革；

- 认识管理变革的不同方法；

- 讨论不同变革管理方法的优点、缺点和适用性；

- 说明管理者和员工在计划执行变革管理过程中各自所担任的角色；

- 描述环境不确定性对变革过程的影响；

- 理解员工抵制变革的原因，学会如何回避、处理抵制的方法；

- 知道管理者怎样对变革的内容、时间和方法进行选择。

变革管理
Managing change

引言

　　本章中的 3 个案例研究了组织内部联系、部门之间相互合作和管理层之间沟通对效率和竞争力的改变情况。根据第 2 部分的相关结论，案例研究考察了特殊决定与效率、竞争力改变的关系，重点考察"计划方法"和"应急方法"在管理结果方面的区别。

　　案例研究 5 回顾了沃尔沃公司在过去 30 多年里，改变了汽车生产中的装配线方法，推行一种更加以人为本的方法。研究表明，尽管推行"工作设计"对一个组织而言，能在多大程度上影响组织的发展前景并成为组织发展的一致战略仍需要继续研究，但是，沃尔沃公司推行的其他一些战略所取得的进展的确推动、鼓励了公司向"工作设计"方面的转变。在计划和实施两方面，沃尔沃公司所进行的工作岗位重组更偏向于"应急方法"，而不是"计划方法"。随后进行的"工作设计"明显地在一定程度上继承了沃尔沃公司团队合作、创造满意的工作环境的传统。特定形式的工作环境重组方式可以各不相同，但是，每种方式都会受到工作环境和参与者理念的影响；方式的应用和方式的发展也同样会受到工作环境和参与者的影响。虽然，人们一直努力想按计划对变革进行管理，但是，仍没有找到一种普遍适用的工作安排方法。由于环境的变化，或是平衡点出现位移，工作岗位的真实特性和小组个人之间、小组与部门之间、小组与管理层之间的关系也会发生变化。因此，沃尔沃公司在进行工作岗位设计时，虽然预先设定了一个目标，但是，工作岗位设计过程仍具有探索发展、实验和学习的特性。

　　在案例研究 6 中，XYZ 建筑公司的案例研究描述了公司进行组织结构改造的过程，改造的目标是要把公司由以功能为基础的等级制组织结构变为以团体合作为基础的混合型扁平组织结构。公司以参与开放的方法建立了一种适应变化要求的结构类型。在经历了几个不同的阶段以后，公司由准备、计划阶段进入了实施和评估阶段。尽管 XYZ 公司在设计、实施新的组织结构过程中不是没有遇到困难，但是，整个过程的计划和推进还是效率很高的。由于一个组织的任何重大结构变化，都有可能给公司的收益造成损失，因此，公司的一些高层管理人员对于变革持抵制态度，并引发出一些较为严重的混乱。但是，由于组织结构改革过程具有参与开放的特性，加之对改革也存在一个认识的过程，以及公司高层的全力支持，个别人和部门的干扰并没有对改革构成严重的阻力。

在进行 XYZ 公司研究过程中，作者有可能查阅了一些相关文献。例如在第 10 章里，坎特认为组织结构的改变（"果敢式变革"）不过是公司文化改变（"长征式变革"）的先兆，但是，在这个案例中，文化和态度的改变先于组织结构的改变，从一定意义上讲，组织结构的改变可以被视为一种强化机制，推动文化、态度的改变。要解释这种机制的原因是比较容易的，XYZ 公司的新总经理上任之初，把提升公司业绩放在首位，而态度、文化的变革和管理层、各级员工的培养只是作为一种综合的手段。他认为，目前重大的组织结构改变仍不是必须优先考虑的问题，可以往后放一放；为了实现提升公司业绩的目标，他对变革采取了一系列的应急措施。到了 1999 年，他看出公司已经为结构改变做好了准备，并且需要对组织结构进行变革了。由于变革的性质和组织的情况，其采用的方法是"计划方法"，而不是"应急方法"。因此，在这个案例中，大多数情况下，最先遇到的问题，"果敢式变革"和"长征式变革"，主要是一些战术层面的问题。同样，对变革能否采用"计划方法"，也是属于战术问题，在案例规定的特定时期和特定情况下，"计划方法"是公司获得进展的最后办法。

在案例研究 7 中，GK 印刷公司目前是一家以效率而被看好的公司。但是，却被认为是一个从狭窄的胜利通道中夺得成功的组织，公司想尽办法获取利润。但是，惰性和经理之间的矛盾已经严重威胁到这种努力的成效。幸运的是公司及时地从这种处境中走了出来，这种变化进行得如此顺利，因而显得不同凡响。从很多方面讲，只有在出现危机的情况下，公司的规范和理念才会受到挑战，想出新的战略。实施过程倾向于"计划方法"，而不是"应急方法"或陷入无限的变化之中。GK 的运营处于变化和竞争激烈的环境，虽然曾一度认为变革只是一次性的，并不认为改革是一个不断改进的过程，但这种观点还是出现了一些变化。GK 也表现出了它的创造能力，在扩大自己能力范围的过程中，找到了一项赚钱的业务——为自己的客户设计网站。

在这里可能的结论是：现代组织在面对不确定、变化的环境时，处理变化的"应急方法"不仅只是一种战略，在很多案例里，还反映出是一个实施过程的特征。这并没有否认"计划方法"以及相关技术在处理变革方面的作用。只是说：就本质而言，对变革的管理带有相当的实验成分，或需要耗费很多时间，以某种固定形式的概念，尽管也对变革的过程作

出了总结，但却是不可靠的。

案例研究 5

沃尔沃的"工作设计"方法[1]

背景

在第 3 章，我们已经讨论了新出现的组织范例。在回顾文化卓越学派，日本方法和学习型组织时，重点强调了团队或小组合作的地位。虽然小组合作对个人的福利、组织的业绩以及共同学习的重要性，多年以来（见第 2 章）一直频繁出现在有关"工作设计"的文献中，但是，西方公司在进行工作和组织结构设计时，实际上受到的影响是比较小的。沃尔沃只是少数几个例外中的一个。瑞典汽车制造商自 20 世纪 70 年代以来，已经被认为是工作组织创新的领跑者，其实，即便是在 20 世纪 70 年代，这样说也不能算是夸大其词，当时它已经开始脱离传统的汽车组装方法，事实上，沃尔沃在人性化管理方面的努力远比它制造的车辆更负盛名。

下面将要讨论的是，沃尔沃对车辆生产的重组方法所经历的几个不同的阶段：为实现以小组为单元的静态组装面，放弃了传统的装配线；小组承担更多的责任并享有一定的决策自主权；自主决定组装数量制度的引入。由于最初工作过程的改变全部是由管理层推行的（工会只是参与或在某些方面提出过建议），因此没有引起更多的注意。由于瑞典的共同决定法于 1976 年生效，强制企业允许工会参与企业的管理。在本案例中，这个法律促使沃尔沃在推进小组合作上采取了更为激进的态度。特别是在进入 20 世纪 80 年代以后，工会更加主动地参与了公司的管理事务。

在推行更为灵活的工作组织形式的同时，公司也抛弃了官僚制度，在各种车辆的生产过程中，实行分散的区域化的管理。另外，由于沃尔沃受经济周期性的影响严重，又属于资本密集行业，在 30 年里，不断尝试多元化战略和联盟战略，希望能达到分散风险、降低运作成本的目的。在 1993 年，佩尔·盖伦海默（Pehr Gyllenhammar），沃尔沃的资深首席执行官，打算想要让沃尔沃与法国政府控股的雷诺汽车合并。这项提议受到股东和管理层的联合反对而未能通过，结果盖伦海默辞职离开公司。在他 1994 年离去以后，沃尔沃尝试寻找新的发展方向。公司开始出售它在其他行业的业务资产，把精力集中到车辆生产上来（Done,1994）。但是，由于 20 世纪 90 年代收购兼并浪潮席卷整个行业，轿车生产部门

---

1 工作设计一词已在第 2 章作过解释。其本质作用是与泰勒的方法形成对照，包括符合人的需要和能力的工作设计的方面。

也在一定程度上受到了影响，规模十分重要。1999 年，沃尔沃最终还是认识到公司缺乏金融资源而无法独立运作轿车公司。在 5 年前反对与雷诺合并的沃尔沃把它们的轿车公司出让给了福特汽车公司，在行业内留下了一个最大的笑柄。

虽然福特的收购行为不会影响到沃尔沃独特的轿车生产方法，但是，收购的确可能威胁到沃尔沃的生产方法。除了良好的设计和领先技术以外，装配环节的效率决定着车辆生产者的成功或失败。福特对沃尔沃装配操作效率的评判将决定沃尔沃方法能否继续存在下去，或被更为传统的福特方式所取代。目前，福特和沃尔沃双方都从收购中获得了利益。沃尔沃已经有能力生产出一系列的新型轿车，并且销售势头良好，特别是在北美地区。沃尔沃成了福特汽车集团中赢利能力最强的公司，其中包括美洲虎、陆地漫游者、阿斯顿·马丁。沃尔沃的企业文化也未受到任何损失。正如汉斯-奥罗夫·奥尔森（Hans-Olov Olsson）——沃尔沃轿车总经理所讲的那样："他们（福特）不能触及沃尔沃的灵魂。他们必须保护沃尔沃在产品开发和管理方面的瑞典风格。"

最为重要的是沃尔沃结束用装配线生产汽车，过去、现在都不是一件无足轻重的事，它已经成为沃尔沃公司企业文化的一部分，借用奥尔森的说法，它已经成为公司的"灵魂"。在沃尔沃，公司管理层一直对采用"工作设计"持支持态度，后来工会和立法机构也对"工作设计"给予了鼓励，但是，公司的管理层当时对"工作设计"的应用范围作过怎样的预测，现在已无法考证了。有一点是清楚的，在 20 世纪 60 年代，沃尔沃与其他汽车公司一样，也采用泰勒提倡的亨利·福特发明的传统的工作组织方法——装配线方法。到了 70 年代，沃尔沃公司选择了放弃这一行业的标准方法，转而进行一场长期的、激进的工作重组。

对于沃尔沃采取的行动，存在两种相互补充的解释：佩尔·盖伦海默，1994 年以前的沃尔沃的总经理最先解释说，公司发现了需要减少工人的流失的现象，公司的管理层认为工人的流失是由工作的枯燥乏味引起的。

> 公司必须承担招聘、培训员工的费用。旷工和员工流失比例造成质量控制、半成品和零件库存保管、工具机械使用等方面的成本增加。为了补充旷工高峰期的用工需要，很多公司必须保持一定的劳动力储备，这些将使公司的管理成本增加。

为了进一步丰富盖伦海默的解释，波恩图森指出：由于受到当时劳动力市场条件的限制，沃尔沃在处理招聘和如何留住员工方面可以操作的空间是十分有限的。当时的就业率

极高，工人要调换工作比较容易，工会制定了行业和工种的工资标准，有效地控制了工资的水平，沃尔沃不能开出比其他公司更高的工资。在就业很充分并且工资缺乏灵活性的情况下，沃尔沃选择了增加员工满意程度和轮换工种的方法，来解决员工流失和旷工的问题。

第二种解释是由卡尔森提出的。他指出沃尔沃是瑞典最大、最成功的企业之一，因此，它的一举一动都会受到公众的注意。20世纪60年代和70年代，在瑞典和斯堪的纳维亚，人们对"工作设计"的兴趣日益增强，毫不奇怪沃尔沃的工作组织方法成了受人关注的话题。卡尔森指出：人们指责公司是建立在"科学管理方法之上"的"非人性化组织"。

因此可以看出，沃尔沃推行"工作设计"主要是出于商业的考虑，想解决旷工和员工流失造成的损失；加上瑞典公众的舆论压力，公司希望找到一种更加"人性化"的工作组织形式。这两条理由可以被认为是沃尔沃管理层推行"工作设计"的根本原因。从那以后，沃尔沃又在"工作设计"方面投入了很多的心血，在一定程度上，沃尔沃生产组织形式的改变均源于小组合作这个理念。这种理念不是一下子就有的，也不是从未犹豫和从未退缩过，或是完全按计划很顺利地进行。它经历了几个不同的阶段。

变革的阶段

沃尔沃在30多年前就开始采用"工作设计"的理念。发展到今天，小组合作已经成为"工作设计"的标准方法，而装配线工艺已经不能用于沃尔沃新建的工厂。凡遇到时间跨度太大的事件，想要准确说出发生过什么及其原因，一般都很难做到。特别是由于这些事发生的地点不同、参与的人不同。不过，奥尔（Auer）和里格勒（Riegler）以及波恩图森指出：通过考察投资建新厂和转型过程中出现的重大变化，可以找出沃尔沃"工作设计"方法所经历的几个不同阶段。

这几个阶段都与发生在20世纪70年代、80年代、90年代的主要投资项目有关：

★ **卡尔马（Kalmar）**——这家工厂建成于1974年，是公司第一家、也是被提及次数最多的尝试放弃装配线的工厂。

★ **托勒兰达（Torslanda）**——它是沃尔沃主要的轿车厂，从20世纪70年代后期开始，作过多次大胆的尝试，想要放弃用传统的装配生产线方法生产轿车。

★ **尤迪瓦拉（Uddevalla）**——这家新的装配厂建成于1990年，标志着沃尔沃的方法取得了决定性的突破，领先于传统的汽车行业。

★ **吉恩特（Gent）和波恩（Born）**——20世纪80年代后期，由于在这些现成的工厂里引入新车型，沃尔沃有机会把其他厂的生产方法介绍给这些工厂，同时表明沃尔沃决心把它的"工作设计"哲学推广到公司的所有领域。

第1阶段——卡尔马（Kalmar）

那些决心挑战"非人性化"工作方法的人，认为"古典学派"和亨利·福特的移动装配线是"非人性化"的典型代表，把沃尔沃的卡尔马轿车厂看成是一个富有希望的地方——未来工作的蓝图，这不仅因为卡尔马被视为是以人为本工作组织的典范，还因为这将冲击到本行业的核心，那就是对劳动力进行的严格的职能划分、短周期的移动装配线的使用，泰勒的工作方法在这里已经达到了极致。另外，也很重要的是，卡尔马取得了商业上的成功。的确，甚至在卡尔马建成之前，它已因为"工作设计"这一"革命性"的方法闻名于世了。

认为卡尔马取得决定性突破的主要原因，有可能是沃尔沃设计卡尔马的方法。以先进的"工作设计"作为卡尔马的管理理念形成于20世纪70年代初期，由经理、工程师和建筑师组成的项目团队负责工厂的设计和建筑，这个团队的每一个决定都必须获得一个委员会的同意，委员会成员包括工会代表、健康安全专家、医生和"工作设计"专家。挪威著名的工作心理学家艾纳·桑斯鲁德（Einar Thorsrud）和他的同僚们也是委员会的成员。

卡尔马的"革命性"形象还应归功于沃尔沃有效的公共宣传机器，从沃尔沃前首席执行官佩尔·盖伦海默一篇有关工厂精神的讲话中就可以看出沃尔沃的公关能力。

卡尔马的目标是要为汽车制造开创一条这样的道路：让每位员工都能找到工作的意义并获得满足感。

卡尔马将成为这样一家工厂：在不牺牲效率和公司财务目标的前提下，使员工有机会在一个小组里工作，自由地交流，调换工作任务，调整工作速度，认同自己生产的产品，自觉地为质量负责，营造自己满意的工作环境。

当一件产品是由明白自己工作意义的人来完成时，它毫无疑问是一件高质量的产品。

卡尔马在1974年建成以后，成为了沃尔沃第二大的总装厂（托斯兰达是最大的）。工厂计划年装配能力为30 000辆，600名员工。1976年产量达到22 000辆；在第二次石油危机过后，需求量下降，1977年产量降到17 000辆。产量在1979年出现回升，1980年又

出现回落，当时刚开始实行每周 4 个工作日。1985 年，卡尔马的产量达到了 32 500 辆，占沃尔沃瑞典出产车辆的 16%。1988 年工厂的员工人数达到 960 人左右。

卡尔马与传统汽车厂的区别在于：后者的工作速度是由移动装配线决定的，分工很细，工作时间周期只有几分钟甚至更少，工人的操作十分单调。在卡尔马没有装配线，工人以团队方式工作，每个团队在工厂里都有自己专门的工作区域。在团队内，工人可以改变工作岗位，每个岗位的操作时间在 20~30 分钟之间。而在有装配线的地方，汽车被放在工厂的自动传送带上，传送带既是运输工具又是工作平台，这使得卡尔马移动装配线可以有两种选择：

★ **直线型装配**。每个团队的工作按生产流程被分散到 4~5 个工作站。每个工作站有两名团队成员，移动的传送带把所有的工作站联在一起，并完成所有的装配操作。

★ **船坞式装配**。传送带每次按指令准时进入"船坞"装配区域后，由 2~3 名工人在停止的传送带上完成该区域的所有装配操作。

两种方法的主要区别在于：直线装配仍用移动装配线自动连接所有的工作站，并决定着工作的节奏和速度。采用第二种方法——船坞系统，汽车停放在传送带上，由工人控制工作的速度。不过，两种方法都以团队合作为中心，在完成整体任务的同时，实现了工作内容的多样化。

人们对卡尔马是否真的取得了突破性进展也还是有所担心的。人们质疑工厂是否实现了最初提出的高目标的理想——人性化的工作。波恩图森认为：由于经济波动对产量产生的影响，导致工厂的管理层放弃了原先的部分想法，在 20 世纪 70 年代后期，管理层加强了对工作过程的控制。这主要是因为，与常规的工厂相比，卡尔马在产量上没有明显的提高。伯格瑞恩注意到：由工作团队控制工作速度导致了一些"恶作剧"的出现，某个团队可能会为"开玩笑"改变别的团队的工作速度。由于这些原因，工厂放弃了船坞式装配，恢复使用自动传送带，也使得工人没有可能继续控制工作速度。

布莱克勒和布朗认为：由于放弃了船坞式装配，虽然，时间周期有所延长，装配线的一些基础元素（如：机器控制工作进度）被保留了下来。奥尔和里格勒也有相似的观点，他们认为：超时、新的工作评估方法的改变、不同工作阶段之间的传送耗时的消除，以及传送带总体提速（由中央计算机控制）都使得工作速度有所提高，生产过程更靠近装配线概念，逐渐背离了原来的想法。

在卡尔马投产之前，它一直被誉为在"工作设计"方面进行了一场革命。事实是，卡尔马并没有像很多人期待的那样，在生产过程方面超过福特-泰勒。这并不意味卡尔马就失败了，考虑到沃尔沃，迄今仍是一家非常传统的汽车公司，想要尝试在汽车装配方面发明出一种新的概念，如果它的第一次尝试就能改写汽车制造的规则，那才是让人大吃一惊的事。必须记住的是：虽然卡尔马进行的是一场社会实验，它也希望能获得经济上的成功。如果社会因素威胁到了财务表现，应该被牺牲的是前者，而非后者。卡尔马成功的真正标准并不是要达到它的革命目标，而是在于它能鼓舞沃尔沃的管理层继续加倍努力去摆脱福特-泰勒的工作方法。奥尔和里格勒总结道：尽管在一些管理人员中，对卡尔马工厂的组织效率存在不同的意见，仍有很多支持者希望沃尔沃继续进行"富有进取"、"大胆"的尝试，远离传统的汽车制造装配线方法。盖伦海默也持类似的观点：

> 沃尔沃在卡尔马的尝试并不是一个最终的解决方案。它只是迈出的第一步。
> 在工作组织领域还有很多事要做。我想在工作组织方面还应该有更大的自由度和
> 独立性。

然而，在1992年，欧洲的汽车工业进入衰退期，卡尔马被迫关闭。

第2阶段——托斯兰达

与卡尔马一样，在20世纪70年代后期至80年代初期，沃尔沃在一些工厂实验替代传统装配线的方法。总的说来，这些厂的规模较小，主要集中在旅行车厂和货车厂，轿车厂并不是重点。到了20世纪70年代后期以后，托斯兰达，沃尔沃主要的轿车厂，在改变工作组织方面做了一系列大胆的尝试。1976年，在托斯兰达中心装配厂，管理层实验用大的、自治工作小组装配整车，装配方法类似于卡尔马尝试过的船坞式装配方法，由于生产效率太低，6个月以后就放弃了这种方法。管理层认为工人缺乏使用这种方法所必需的技能，与此同时，金属工人工会认为这项实验风险太大。

在1979—1980年度，由于托斯兰达启用 TUN 设备装配新的 700 系列轿车，管理层再次尝试以团队小组为工作单元的装配方法。操作 TUN 设备的工人全都是经过挑选的，由于没有涉及工会组织，原来计划的目标是由自治工作小组来完成轿车的装配，自治工作小组将负责产品的质量和工作速度。按计划工作小组还负责员工的岗位轮换、管理材料供应和部分设备维护工作。

变革管理
Managing change

实际情况与原来的设想稍有出入。工会最后也加入到实验的行列，他们在 TUN 设计中扮演的角色比在卡尔马还要重要，由于考虑到尝试间接任务，如维护和材料控制，与直接制造工作合并在操作上存在一定困难，工会对原先的设想持怀疑态度，因此也降低了原先的目标。TUN 也是以小组为单元的装配方法，也试行岗位轮换，工作速度改为集中控制，工人不再负担间接任务。不过，TUN 的工人看到了轿车装配的方法已经在原来的基础上有了明显的改进。

1986 年，管理层再次开始考虑对托斯兰达中心装配厂的工作组织进行重大的改进。这次工厂 4 000 名员工的工作组织主要是遵循福特–泰勒模式的原则。工会介入的时间更早，并扮演了更为重要的角色。1986 年 2 月，管理层和工会同意实施"行动计划"，强调要把轿车装配的传统方法转变为"有吸引力的替代方法"。由于总结了过去的失误，计划特别强调需要以高质量的培训和继续教育，保证工人能获得组建高效工作小组所必需的技能。行动计划在很多方面借鉴了 TUN 原来的计划（包括由直接的生产工人完成间接生产任务）。另外，计划要求按工人的需要调整工作时间。

尽管托斯兰达的组织重建工作是一个持续的过程，一些部门，例如发动机和车轴的装配，已经按新的方法进行操作。行动计划的目标，尤其是与工人控制工作速度和完成间接任务有关的部分，正在逐步变为现实。员工流失和旷工的情况在托斯兰达已很少出现，一方面是工作环境有了很大的改进，另一方面是由于制定了严格的招聘方法，专门挑选受过良好教育和有团队精神的人。工厂变得十分干净并建了很多的娱乐设施，如体育馆、游泳池，还为员工的孩子办了托儿所。在托斯兰达，上下级的交流十分通畅，公司鼓励员工通过正式和非正式的小组讨论发表建设性的意见。

当然，托斯兰达在执行新的工作安排过程中难免会遇到一些困难，主要的问题出在想保留直接任务和间接任务之间的界限以及工作小组与管理人员之间的界限。设备维护人员仍独立于工作小组之外，领班的工会组织成功地制止了团队领导将部分取代领班地位的企图。金属工人工会也希望能维持更严格的等级制度，以保证一线工人与管理者之间存在一个工作阶梯。

到 20 世纪 90 年代后期，托斯兰达的员工人数增加至 5 500 人，工厂每天生产 580 台车辆，每位员工都具有多种技能，工厂里有一些岗位每小时都有岗位轮换。由于工厂已获得的成绩，工厂承担了沃尔沃 C70 轿车的装配任务，C70 轿车于 1997 年投放市场。托斯兰达的进步是有目共睹的。尽管，托斯兰达的未来仍存在不确定因素，但是，它在超越传

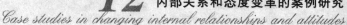

统组织方法方面的成就有可能超过卡尔马。

第3阶段——尤迪瓦拉

尤迪瓦拉是沃尔沃在瑞典建设的第一家全新的轿车装配工厂，设计年产量为40 000辆，员工人数为1 000人。很多观察家的评论是说尤迪瓦拉将全面超越以往沃尔沃在"工作设计"方面的尝试：世界上唯一的、完全由工人负责的、不使用装配线的轿车制造厂。工厂的设计中考虑到了各方面诸多要求，是管理层和金属工人工会之间的"现代化公约"的结果。根据瑞典的共同决定法（以及沃尔沃托斯兰达的经验），工会参与倡导项目组负责尤迪瓦拉工厂的设计和建设。事实上，3名工会官员从1985年至1987年全职参与了项目的工作。

工厂建成以后分为6个分厂，每个分厂有8个船坞式装配区域，每个船坞式装配区域都成立了自己的自治工作小组。因此，共计有48个装配小组。每个工作小组有10名经全面培训的装配工人，从理论上讲，每位工人都能胜任装配一辆整车的各项任务。工作小组自己决定工作的速度以及岗位轮换。另外，工作小组还要负责设备维护、管理和质量控制工作，每位小组成员轮流担任小组领导的职务。由于每个小组内部存在各种职能间的相互合作，工厂的结构变得很扁平；工作小组与工厂经理之间没有其他的管理者，为了适应这种工作安排方法，汽车装配的流程必须经过反复思考，优化、简化每个操作动作。工厂还执行一项机会公平的政策，保证40%的工作给女性工人，25%的给45岁以上的工人。

至少在汽车行业，这个工厂在"工作设计"方面明显超过别的工厂。卡尔森评论说：

> 它创造了一种极端扁平的组织结构，但又包含有垂直整合、质量控制和销售的部分业务。由于工作小组是以结果为导向的团队，工人能经历感受为客户提供的自己产品的品质。所以，装配小组的成员可以与客户直接见面交谈。

不过，与沃尔沃其他的首创方法一样，由于经济和运营方面的原因，可能会使这种方法包含更多的激进成分，特别是由工人决定工作速度，其实是一种变相的超时。的确，工厂原先的计划有很多地方是模仿卡尔马的做法。只是由于受到来自工会的压力以及沃尔沃最高管理层的干预，最终一些更为激进的想法也被采纳了，甚至，工会也认为由机器控制工作速度可以被一起取消。

不幸的是，工厂投产时，汽车的需求刚好急剧下滑。虽然，公司想让工厂继续运转下去，但1992年，由于亏损增大，与卡尔马工厂一样，工厂被迫关闭了，尽管工厂已经关

闭了，但就生产率而言，尤迪瓦拉是沃尔沃瑞典工厂中效率最高的工厂。1995年，工厂通过合资经营重新投入运营。规模比原先的预计要小一些，尤迪瓦拉的新任总经理表示决心坚持"工作设计"的理念。

第4阶段——吉恩特和波恩

进入20世纪80年代后期，沃尔沃的"工作设计"方法已经被广泛接受并介绍到公司的各个工厂，特别是出现新的进展时，沃尔沃选择由吉恩特来生产850系列轿车（VEC——沃尔沃欧洲车），很自然，工厂采用了以团队为单位的装配方法。VEC团队的运作方式与尤迪瓦拉有很多相似的地方，但是，更加强调不断改进。同时，也强调由团队自己完成设备维护和其他支持任务。吉恩特的确很成功，是除日本之外第一个获得"产品全面维护奖"的工厂。1996年，沃尔沃在荷兰波恩的工厂也取得了类似的成绩。波恩工厂是沃尔沃与日本三菱的合资企业，生产的轿车被叫做荷兰车。目标是为两家公司生产汽车，其中底盘是相同的，三分之一的零件是可以互换的。实际上，工厂想要把日本压缩开支的制造技术与沃尔沃的"工作设计"方法糅合为一体，以获得世界级的效率，工厂很快成为欧洲效率最高的汽车厂之一。

吉恩特和波恩都表明沃尔沃将继续致力于在汽车行业的发展，推广实验新的"工作设计"方法，正如卡尔森（1996）所讲的那样，沃尔沃仍将继续寻找新的、不同的生产组织方法。从吉恩特和波恩的经验中可以看出，尽管采用了压缩开支的制造技术，工作小组这个核心理念仍有发展的空间。

总结

在20世纪60年代，与泰勒-福特模式的工厂相比，沃尔沃在"工作设计"方面已经获得了明显的进步。沃尔沃在组织方式上的所有变化都以工作小组作为重点，并且这种努力持续了30多年，说明"工作设计"这一理念已经深深植根于沃尔沃公司的企业文化之中。这并不是说"工作设计"取得的结果已经趋于完美。应该记住汽车装配终归是一件需要体力的工作。而且，沃尔沃不是利他主义组织；它存在的目的是为了赚钱，公司的组织结构必须反映并服务于这一目的（尽管存在来自于工会、政府立法机构和公众舆论的压力）。不过，以波恩图森对沃尔沃的观察，在工作场所改进的每一个阶段，始终是以创新为核心的，沿着创新的轨道最终超越了福特模式。当然，在1999年福特兼并了沃尔沃的轿车公司，使得这个结论更加具有讽刺意味。

有的人可能认为由于沃尔沃开辟的道路，很多公司也在进行类似的改革，其中包括了很多汽车制造公司。这里他们可能忽略了两个重点。首先，沃尔沃的方法不是可以盲目模仿或心血来潮的，它能成为一种长期存在并不断发展的方法，其中一定包含有公司运作的深层次原因。第二，虽然绝大多数的汽车制造公司程度不同地接受了自治／半自治工作小组的理念，特别是在日本，但是，没有一家公司放弃使用装配线或让工人享有在沃尔沃那样的自治权和控制权，特别是工作速度的决定权利。根据具有领先水平工厂的年产量推算，20世纪90年代的汽车制造厂，无论是装配线的速度还是对工人要求的严格程度，都已超过了60年代和70年代的水平。

发生在沃尔沃的变革持续了很长的时期，地点、条件各不相同，影响因素众多。尽管后来又出现了文化卓越方法和日本方法，沃尔沃取得的成功的原因是以"人际关系"学派的理论原则为指导所进行的"工作设计"的实践，影响沃尔沃采用这种方法的关键原因有以下几条：

★ 充分就业和工资缺乏灵活性使得传统的"大棒加胡萝卜"的政策很难解决旷工和劳动力流失问题。因此，沃尔沃不得不寻找减少旷工和劳动流失的解决方法。不仅只是为了减缓症状，公司首先选择了解决对工作厌烦和不满意作为突破口，这正是引发劳动力问题的根源。沃尔沃的管理层在决定采用"工作设计"这一方法时，综合考虑到了公众舆论要求公司对装配工作实行以人为本的方法和管理人员压力偏好这两方面的因素。应该注意到沃尔沃的管理层在大胆支持"工作设计"尝试方面从来都是存在分歧、未达成一致的。对卡尔马的成功存在不同意见和需要总经理出面干预才使得尤迪瓦拉进行的实验顺利得以进行，正好说明了分歧的存在。

★ 沃尔沃随之进行的是一种授权的战略，将权力下放到工厂的层次，对工厂采用分散控制（与过去集中的官僚控制程序相反）的做法，使得基层的管理人员有了尝试新的工作方法的自由，也使得管理层有机会体验一下他们所实施的放松对工人控制的效果。

★ 尽管，放弃福特-泰勒模式最初完全是由管理层提出的，工会在后来扮演的角色也愈来愈活跃、越来越重要。同时，又得益于1976年生效的共同决定法以及瑞典具有适合"工作设计"发展的社会氛围。但是，在托斯兰达的经验表明，工会以及沃尔沃的管理层都表现出了保守的倾向。对采用激进的工作小组方式也存在一个逐步认识的过程。

★ 不同地点、不同时间里发生的这些变革，使得管理层和工人有机会从以往的实践中获得了教训和知识，为将来的项目提供可以借鉴的重要经验。要想理解沃尔沃如何能从卡尔马有限的结构变化发展出尤迪瓦拉的工人自治，应该首先认识到"学习型组织"

在这个过程中起到了关键的作用。奥尔和里格勒在对沃尔沃的工作组织的变革作了综合回顾后，评论道：

在与管理人员、工会代表以及研究人员交谈的过程中，所有的人都证实，沃尔沃的管理层、员工、工会有大量的机会来总结工作组织的变革，公司充满了学习的氛围，这在企业界并不多见。

很显然，沃尔沃对内部关系作出大胆的变革，让工人参与生产过程的控制的尝试，已被认为是到目前为止最明智、最有效的方法。但是，其过程并不是一帆风顺的。尽管沃尔沃从一开始就有了明确的目标，尽管我们可以讨论进行"工作设计"的原因，但是，在实际操作过程中，每取得一点进步都要经历修改、实验和遭受挫折——不断探索、不断改进的过程，这个过程长达30多年，沃尔沃扩大了工厂一级经理自主权的设想、共同决定法的实施、瑞典公众舆论对"工作设计"的支持，与新的工作组织方法形成了高度的一致；虽然，这些因素都会影响到发生在沃尔沃的变革，还应该记住，沃尔沃在当时是一家大型的、比较成功的私营企业。如果它愿意，它也可以选择别的方案；的确，沃尔沃的管理层并不认为公司已经到了必须采用"工作设计"的地步，沃尔沃选择在卡尔马突破了汽车行业的常识并在其他工厂也这样做，实际上，这只是说明无论多强大或多具有优势的模式，都有可能被别的模式代替。同样，假如采用新的工作方法没有让公司获得竞争力，只是说明公司在创新发明上还做得不够。在20世纪70年代的环境中，沃尔沃已经算得上是一个很好的案例，它在面临多种巨大压力的情况创造出了一种更加以人为本的工作方法。到了20世纪80、90年代，在这些压力都已经有所缓解的情况下，公司完全可以选择放弃"工作设计"的方法。特别是对于沃尔沃的管理层来说，已经不能证明"工作设计"仍能发挥作用。目前，被福特兼并后的沃尔沃仍在坚持采用"工作设计"的工作组织方法，是否还将继续这样做？只有时间能回答这个问题。

案例研究6

XYZ建筑公司

背景

XYZ建筑公司拥有雇员500人，是一个基于欧洲的跨国企业，其主要业务是为重要的建设项目提供专业技术和专业设备服务。作为典型的建筑行业的公司，XYZ运作于极具竞争性的、充满敌意和挑战的环境中。工程承包人和次承包人之间的争执变得很尖锐并且常常以诉讼而告终，尽管在最近的十来年，有了很多营造友好关系气氛的努力。正如组织之间的关系有敌对的倾向那样，组织内部的关系也绝不都是友好的。直到1996年，XYZ公司一直由独裁的总经理控制运作，同事们都很惧怕他，他视公司为自己个人的封地。他的管理风格不受欢迎，许多人感到这是在打击阻碍生产，而且正如一个管理人员所言："不能对他有所不满、有所挑战，更不敢发表威胁其位置的言论，否则他就让你的生活变地狱。"他退休的时候，母公司认为XYZ公司的业绩欠佳，其原因主要是缺乏管理以及在公司内部缺乏协作。被任命的继任者决心改善公司绩效、提升公司的管理水准，他的努力产生了巨大效果，在4年多的时间里，他在组织运作、组织文化和组织结构方面进行了变革。

聚焦人和绩效

新任总经理于1996年上任。他曾是XYZ公司训练有素的工程师，但是他曾经离开过公司并在建筑行业的其他几个公司工作过。建筑业是组织严密的行业，不过他一直认为XYZ及其员工是相当优秀的，他带着善于启发管理者提高绩效的声誉而来。建筑行业由于在承包人和次承包人之间的对抗性关系而声名狼藉，作为次承包人的XYZ公司是专门从事研究建筑方式方法的公司。可是，总经理意识到行业的构成应当努力进行改变，"伙伴"合作应该代替冲突——承包人和次承包人的工作要更加协作并进行基于团队化的管理。总经理还认为：如果要取得成功，外部的伙伴关系需要内部的伙伴关系和团队工作模式，反过来就是需要在XYZ实行一种新型的共同参与的管理模式。因此，新任总经理着手建立推行而不是改进XYZ的管理体系，对公司的运作、文化给予彻底地革新。

作为他工作方法的一个信号，首先在管理者之间建立良好关系，他将没有领导职位的重要员工扩大进了高级管理团队，这对等级制度森严、职位意识强的公司来说，是重大变革。总经理知道公司的员工，尤其是在重要层面的员工都是有经验和胜任工作的人，他认为公司的目的是留住员工而不是更换他们。不过，他也认为一旦公司实现了他所认为的必要变革，他们也必须改变他们的态度和行为并提升自己的管理技能。他的公司变革战略基于同时进行的两个至关重要的行动：引进新的实践做法和技术以达到为客户提高更好服务的目的（从而提高公司整体绩效）；在公司内部改变员工的态度和行为，尤其是管理者的态度和行为。他认为这些不是孤立的行动或过程：他将这些看作是相互关联的事件。实践新做法，如客户关怀和客户伙伴合作，而不仅仅局限于技术训练。他们需要变革自己的行

为和新的管理技能。于是新任总经理要创建变革的过程和步骤是：无论何种变革的设计都是为了提高组织绩效，不管是采用新技能、新技术或是无论其他的方法，当然还要推进和加强行为和文化变革；反之，任何文化或行为的变革设计计划也必须要有组织绩效提升的目标。

在 1996—2000 年间，公司采取了一系列组织、管理和员工发展的整体计划以变革组织实际表现和组织文化。主要方式如表 12.1 所示。

表 12.1　XYZ 的重要变革

日期	事件
1996 年 6 月	新经理上任
1996 年 8 月	改善第 1 阶段
1996 年 10 月	客户关怀过程开始
1997 年 3 月	人才投资行动开始
1997 年 4 月	改善第 2 阶段
1997 年 9 月	客户关怀扩展到建筑工地
1998 年 1 月	开始实施新角色的建筑监督人
1998 年 6 月	新的高级管理团队成立
1998 年 11 月	改善第 3 阶段
1999 年 3 月	任命工地培训员
1999 年 6 月	重新定义 XYZ 的公司文化
1999 年 7 月	重新评价领导和行为
1999 年 9 月	开始发展 XYZ 团队
2000 年 3 月	XYZ 团队得以提升并高效运行

新任总经理的第一个行动是引进小规模的改善程序，改善是通过团队工作实现小规模改进的日本技术而进行的。总经理认为改善行动带来 4 个好处：组织改进可以建立在低成本或无成本的基础上；促进团队工作；给管理者以敢于授权于员工的信心；使员工和管理者都获得新技能。在像 XYZ 这样传统的公司，引进新的工作理念和新的工作方式是不容易的，尤其是管理者们感到对他们来说是一种威胁，但是总经理明确表明他坚持并坚决实施这个行动方案。在今后的几年里改善方法在整个公司全面铺开。

接着的一个行动在 1996 年 10 月，是客户关怀计划。这个计划通过促进团队共同参与有利于形成服务客户的积极的理念。在一个客户和供应商（承包商和次承包商）相互对立视为正常的行业里面，通过法院调解争端基本是标准的做法，提升客户关怀从来就不是件容易的事情。然而，总经理却认识到公司的未来依赖与客户的合作，必须了解客户需要什么以及向他们提供什么。这个活动再一次成为组织变革和管理发展的组合之一；但是比改善重要得多的仍然是组织文化这一变革的核心。这个活动首先开始于关键的几个客户和关键的几个经理，而这个方法也取得了成功，一年以后该方法扩大到了实际的建筑工地。

随后的几年其他的方法也介绍进了公司，包括人才投资和建筑监理人角色的重新设计，以确定在新体制下，与客户和员工紧密配合工作的责任领导的控制技能、资质能力和行为需要。这次设计的方法还是为实现一个综合的目标，包括工作实践变革、提高建筑工地的管理能力水准以及在组织中促进和发展更加团队化的文化。

1999年，XYZ公司认为重新定义组织文化和变革组织结构的时机到了。如许多学者所强调的，组织结构和组织文化必须相一致，但组织成立后开展变革尚需很长的时间。但是，公司已经对其行为和实践做好了充分的变革准备，相信其组织文化与1996年总经理接手时已大为不同，只需经过一个在整个公司对文化进行鉴别和重新定义的过程，这引发了对每个管理者的领导能力和领导行为重新进行认识的过程。随着这些行动的开展，形成了重组公司结构的前景蓝图，目的就是为了促进并反映新的工作方法和组织文化的进步。

团队化的 XYZ 公司

到1999年，XYZ已经是非常有凝聚力的组织、非常开放和高效的组织，但其基本的组织结构还和新总经理接手时一样，总公司负责大型的、国家级的项目，5个区域公司负责小型的、地方性的项目；每个公司都由基本的职能构成，它们各自都有独立的财务、预算、设计和工程施工部门。另外，总公司有一个人力资源部门其工作功能涵盖整个公司。这种组织结构引发了许多问题：总公司和区域公司之间产生竞争；公司内不同部门之间和不同职能之间的竞争和相互间沟通缺乏，一个特殊的问题是总公司的预算和设计部门之间的关系问题，前者的职责是处理客户事务和设定工作价格，但工作成本的基础却是设计部门依设计提供的。尽管基础都是同一个建筑工程，但这两个部门之间摩擦不断，都挑对方的不是。遇到大的工程往往显得很复杂，甚至预算和设计两个职能部门为了完成工作的最好方法而引发争吵，但这两个部门的争吵太多了，预算部门觉得设计部门有时将工作搞得太复杂、太昂贵，而设计部门觉得预算部门不懂他们为客户建议的技术问题。这就为负责实际建筑过程的工程施工部门造成了问题，工程施工部门有时发现他们开始进行的工作，预算和设计部门在报价和需求方面还没有达成统一意见。不过，总体来看，公司与4年以前相比，效率更高、运作更好也更加亲密友好。

变革管理
Managing change

1999年，总经理及其授权代理人开始讨论公司的结构重组，根本目标是去除职能障碍，建立更加基于团队的、注重作业程序的组织。但是，他们低估了这样做的困难，在公司内部和公司之间进行组织重组十分复杂，这样做的结果要削弱区域经理的权力，并将总公司一些领导的权力进行整合。总经理意识到这种变革有可能产生摩擦和阻碍，他还意识到XYZ公司缺乏策划和实施这种变革的技能，所以，他聘任了一个改革顾问帮助他们进行试验。与顾问讨论酝酿之后，制定了一个5阶段的变革计划，其过程如下：

1. 变革准备听证；

2. 评估和规划制定工作室；

3. 沟通；

4. 实施和团队的建立；

5. 评价。

阶段1

顾问主持变革的准备听证，以确定关键的问题和需要关注的问题。包括与所有的高级管理人员进行面对面的观点交流，与公司各个层面的员工进行面对面交流和讨论。还包括SWOT（见第15章的展示15.1对SWOT的描述分析）检测以评估公司的竞争地位，大约有在公司各层面工作的70名员工参与了SWOT。面对面的交流显示，对现有组织结构所带来的问题有共同一致的认识，但是对实施新的组织结构却只有很少的人同意，一些人关注的是，一旦实行更为扁平化、少职能部门的组织结构，就有失去职位和就业机会的潜在危险。不过，听证也显示管理者和员工全都信任并尊重新任总经理，他们还觉得前3年已进行的变革是实在的、积极的。此外，整个公司充满了强烈的自信氛围，无论需要什么样的变革，员工都会完成变革任务。但是不管怎样，一些个人还是对组织结构变革可能会影响他们的职业发展和职位表示关注，尤其担忧的是如果组织实行综合功能的团队结构定会减少部门的数量。SWOT试验检测表明相当多的人认可公司有着强大的技术基础，但是对缺乏团队工作方式和缺乏企业家精神普遍予以担忧，特别是在区域公司的员工感到新业务的机会正在失去，他们还觉得他们的技能没有得以充分施展，因为主要是从事简单的琐碎工作而没有机会参与大项目的工作。变革听证发现员工习惯于过去的组织结构，但也适合开始进入变革过程的第2阶段——评估和规划制定工作室。

阶段2

　　5个全日工作室有2个月的工作期，这些工作室的目的是建立一整套涉及评估组织结构、识别可供选择方案、对违反评估标准进行评测、选择最佳组织结构、改进实施计划的标准，这实际上是一个不断重复的过程，甚至即使评估标准已获通过，也可以进一步地就组织结构和计划可能导致的问题、挑战和修订开展讨论。类似地，即便最佳首选组织结构获得通过，如果计划实施过程中产生了没有预料到的问题仍然可以进行修订。最后每个工作室的所有参与者对他们必须采取的一系列行动要达成一致，关键的要公布出去，并与公司的其他同僚进行讨论，而且每个工作室都有实时通讯简报发布。

　　首先的2个工作室是高级管理团队（SMT）以及3个次级管理层面的扩大的高级管理团队，附加了15~20人。开始制定一套评估标准和产生可供选择的组织结构的第1工作室得出了听证结果，其最后意见是，大多数人似乎关心最佳的首选组织结构。工作室2的最后结果是，新的组织结构的建立应该围绕公司的3个核心，它们是：如何获得工作；如何做好工作；以及如何获得回报，他们一致认为维持区域公司的存在是重要的，其员工可以整合到新的组织结构中去。实际上，最终所呈现出的结果是以过程为导向的扁平式、矩阵结构，在区域公司的员工要对区域公司经理和总公司的过程管理经理负责，对总公司的员工来说，原则上，生产管理经理和过程管理经理将是同一个人，正如所希望的那样，新结构的产生确实没有出现不讨论、不争论的现象，从某种情况看可以说是对新结构真正进行了触及灵魂的深刻反省。SMT还认识到他们所考虑的问题和建议可能是最为根本的东西，所有可能遇到的最大的阻力一是来自区域经理，他们的权力将大大削弱；其次是来自预算和设计部门的专家，他们将被合并成一个工作团队——"招揽工作"团队。另外，很明显有些部门经理看到自己原来的部门被解散、自己的职位被解除，他们的心情肯定是不愉快的。

　　3个工作室首先是为新的参与者提供一个建设性的组织结构，并进行测试，有时还要进行修订。另外2个工作室关心的是贯彻执行新组织结构的具体细节，从员工坐在何处到向谁汇报工作，从新的工作描述到沟通以及团队建设等一应俱全。稍后的练习被看作是至关重要的，就是确定在新的组织结构里的员工会以团队方式工作并且要与其他团队相互协作，而不会产生其他的职能障碍。正是在这一点上大家一致同意把新的组织结构叫做"XYZ团队"，以突出强调创建一个人人感到自己都是团队成员这样的公司的目的。工作室还和公司其他员工之间进行了充分的讨论和磋商，到阶段2结束时的1999年11月，几

乎所有公司的经理和管理人员以及绝大多数员工都参与了这一计划的过程，公司已经准备在公司内部和外部（母公司和客户）沟通介绍自己新的组织结构。

阶段3

沟通阶段是紧张而短暂的，SMT 的成员都接受了一个任务，就是参观公司所有的地方，明确在新的结构中的位置以及如何发挥影响作用。尽管有信息简报和在公司内网上发布信息，但面对面地与产生疑问的员工小组进行简要沟通也是重要的，他们还提出了一些还没有明确的细节问题。不过，总体来说，新的组织结构受到了积极响应和欢迎，实施阶段随之展开。

阶段4

新组织结构的全面铺开花了3个月的时间。所有的理念一夜之间全都发生了变化，但是后勤准备工作还要花费时间，如：小组之间员工的调换、办公地点的调整以及对管理人员新角色的培训等。还有通过 XYZ 团队建立工作室来确任所有的经理和管理人员，包括工地的经理和管理人员。正如事先所预料的，虽然存在一些不顺利和一些没有预料的问题，但到 2000 年 3 月新的组织结构全部建立起来了并且运行正常，几乎没有遇到大的困难。

阶段5

4月，公司举行了为期2天的高层和中层管理人员会议，对发生的变革进行评价；找出需要解决的问题；确定巩固成果的措施防止员工回到旧的工作方式上去。作为这个过程的组成部分，要求每个管理者确认他们个人将要对新结构进行的改进，以及对促进团队工作所采取的两个步骤，这些步骤都写在挂图上并固定在墙上供大家观看。开始的两天时间里，经理们有点成了大家的出气筒；他们还要经过一个聚变的时期，一位经理说："我们需要一个巩固磨合期"。两天时间结束的时候，他们感到不仅赞同新结构是运作良好的评价，而且作为新的变革的主人他们还要进一步改进公司的组织结构。

总结

尽管在 XYZ 发展实施的新的组织结构没有遇到困难，完成也出人意料地迅速，仅仅只有相对很小的间断，但还存在重大的潜在问题，那些在变革中可能失去工作的人会试图去阻止变革实施或者放慢变革的实施。所有的区域经理和一些主管发现他们的责任范围和权力被削减了，很多职能专家发现他们自己也在综合职能团队中工作，在这里他们前途的提升很少是依赖他们本身的技术能力，而更多的是依赖于作为团队成员的工作和管理能力。还出现了这样的事实：突然发现那些相互讨厌的人也肩并肩地一道工作了。为什么对变革的潜在的危险没有表现出来，一种解释是因为有明确的管理方法的原因，对变革所涉及的广大员工来说，变革过程都是直接或间接开放的，在很多情形上，所有需要考虑的问题，甚至是个人问题，都拿到桌面上进行讨论，而且这种情况发生得相当频繁。对变革过程始终坚持不懈并充满激情，这从一开始就是明确的，从新任总经理要进行新结构变革开始，就不能有任何折中的借口将变革应付过去；从变革听证开始，公司的很多人都认识到公司的组织结构确实需要进行变革，甚至即便他们对变革感到紧张不安。有了这样的基础，公司就准备进行变革了，甚至即便有不尽如人意的结果。这理所当然地引出一个疑问：为什么他们准备好了？

对高效的组织来说，组织结构和文化必然是相互适应的，但是在组织结构发生迅速变化的同时，文化变革也会相对较慢地进行和至少是一个必然的过程。就像第10章所提到的，坎特等人确认了两种基本的变革方式：果敢式变革和长征式变革。前者适合快速地和基本组织结构的变革行动；后者适合缓慢的、渐进的多年的变革过程，适用于实现文化和行为的变革。人们得到的指导常常是：一旦公司需要变革，必须首先变革自己的组织结构，因为结构变革是最快最早进行的变革，然后，他们再开始着手进行文化变革发展的进程以支持和适应新的组织结构。这就是为什么坎特等人指出果敢式变革经常紧跟着长征式变革的原因，长征式变革是组织为了寻求发展适应新组织结构的文化和行为。在XYZ公司的情形中，这个过程逻辑上开始于其总部首脑，如表12.1所示，首先是果敢式变革，获得新的组织结构，接着是长征式的变革以产生公司新的文化，这就是为什么实施如此迅速、如此成功并且相对来说几乎没有阻碍的原因。XYZ公司已经拥有了与新组织结构共同前进的文化，已经拥有了与基于团队工作环境相一致的管理和劳动力。新的组织结构需要规范化并推动组织新的团队工作精神的发展，使新文化得到巩固和充实。因此，XYZ公司新的组织结构的发展和实施可以被看作是更符合计划变革而不是应急变革的情形，但是，也必须看到，自1996年公司在新任总经理的领导下寻求变革以来，XYZ公司所进行的一系列变革之中也有应急变革。

变革管理
Managing change

案例研究 7
GK印刷公司——系统及态度的变革
背景

GK印刷公司是一家小型的家族企业。它是由现任总经理的父亲在第二次世界大战结束后创办的。公司最初只是一间印刷工作坊，也就是说什么都印。"工作没大小之分"就是公司的座右铭，事实上，公司的主要业务是生产文具用品、名片以及本地一些公司的宣传册子。

这样公司业务赢利很好，能赚到钱，很好地保证了老板及20多名员工的生计。到了20世纪80年代初期，公司的情况开始出现一些变化。首先，这段时期的经济衰退对公司客户群的负面影响十分严重，有些客户破产了，订单数量开始急剧下滑；其次，由于GK公司当时仍没有采用新出现的计算机控制的印刷技术设备，这就意味着竞争对手可以提供更便宜、更快以及质量更高的服务；第三，小型打印室的出现（例如立等可取的打印室）。这些装修时髦的打印室基本上都开在城市的中心区，这又进一步侵蚀着GK公司的业务。其结果很明显，很多公司的客户不再直接到公司来谈业务了。的确，以20世纪80年代的审美标准，客户将把他们的工作交给印刷设计师，在完成设计以后，设计师再委托印刷单位。在这种情况下，已经没有办法保证GK公司原来的客户会把印刷业务交给公司来做，只能靠印刷设计师的个人偏好了。

所有这些因素都威胁到了GK的财务状况，从那时开始，公司第一次出现亏损，亏损的数额并不大（20 000英镑），但是，对于一直是赚取合理利润的GK公司来说，这已经是一个不小的打击。面对这种局面，公司的总经理、印刷经理以及其他家族成员组成了一个处理危机委员会，共同讨论公司的前途。

第1阶段：制定战略

委员会很快就清楚地认识到什么都不做是不行的，其结果有可能是被挤出印刷行业。委员会考虑过两种主要选择，要么是把公司卖掉，要么是对公司进行改革，说不定还能找到一条活路。危机委员会无一例外地支持第二种选择，谁都清楚要找到一个公司的买主是非常困难的。但是，谁也不敢肯定应该如何来改变公司的命运。

在几乎要绝望的时候，他们遇到了一位当地工艺学校的教师，他是印刷经理的朋友。他建议由他在商学院的学生来做一个项目，帮助公司找到一种选择。这个项目花了两个月的时间，在此期间总经理和印刷经理积极配合学生的工作。

学生完成的报告对公司产生了十分重要的影响，主要发现以下问题：

★ 印刷市场正处在扩张而不是缩小的发展时期。这主要是由于公司认识到，和过去相比，现在更需要更好的手段来提升自己、增强自己的竞争力。

★ 市场扩张的部分主要是在能产生高附加值的终端市场，高级的、光面的宣传材料部分。

★ 新开设的打印室不像他们想象的那样强大，产品质量不稳定，甚至少有超过 GK 的产品质量，而且成本更高。

★ GK 现有的客户基本上仍愿意把业务交给公司来做，但是，觉得公司有点过时，缺乏关键能力（主要是印刷设计方面的能力），速度慢，不是特别灵活。

★ GK 的印刷设备没有能力生产高附加值产品，所以满足不了客户日益增长的需要。

这些发现让危机委员会感到有些吃惊，同时，也感到心情宽慰了一些。每个人都开始认真思考报告里指出的危险因素，同时，他们也看到了希望，认识到印刷业仍可能是利润丰厚的行业。只是需要对公司做一些重大的变革。在作出任何决定之前，总经理和印刷经理坚持对报告中提出的问题与员工们进行一番讨论。

公司内的人际关系很好，尽管公司采用的方法不是家长式管理，人们还是把公司看作是一个大家庭。公司里多数的印刷工人都是工会会员，其中有两个还是当地工会机构的著名积极分子。工人们已经知道公司正在进行的讨论方案。由于公司的性质，离开了工人，公司不可能生存下去。公司的管理层对此十分坦率，希望员工也能参与进来。与危机委员会的成员一样，报告中指出的问题让工人们也感到一些宽慰，情况不像原先预想的那么悲观，他们希望知道管理层打算做哪些变革，才能抓住机遇。

总经理被工人表现出的对变革的急切吃了一惊，他原以为会出现一些抵制行为，尤其是印刷工人，情况正好相反：两位工会积极分子极力主张购买新设备。其中一位后来说道："我们知道公司目前的情况，熟练工人将被打字员所取代；我们还知道我们需要新的设备，我们与管理层达成的交易是我们接受他们购买的设备，在通过培训以后，机器须由我们来操作。"不仅如此，实际上，他们还告诉了管理层需要购买什么设备，从哪家公司进货。

根据学生的报告，管理层制定了一份让公司重焕生机的战略。战略主要包括 3 方面的内容：

1. 任命一名营销和设计部经理，负责公司的客户服务和印刷设计工作。

2. 提升公司的形象。任命一名经理也是为了改善公司形象，重新装修公司的门面和接待区域，对文具用品重新进行设计，并为公司设计了一个标识。

3. 用新的先进设备更换旧的印刷设备。

虽然，公司没有为其未来的发展正式制定出一个"远景"，总经理后来说：

> 看过学生写的报告以后，公司将来会像什么样，在我们大脑里已经有了一个形状。我希望公司能为我们的客户提供一站式印刷服务。在过去，如果遇到我们做不了的业务，或是我们忙不过来的业务，我们就让人家到别处去做，决不能再这样办了。假如我们不做的业务，我们可以委托给别的公司做，像印刷设计师那样。但是，我们可以保证赚钱的业务（高附加值业务）都由公司内部做，最终只是利润薄的业务委托出去做。

于是，公司从任命营销及设计部经理和提升公司形象开始进行变革。开始的时候，公司并没有购买新设备，而是决定把做不了的业务委托给别的公司，直到攒够了钱进行新的投资。这使得公司能在不大量借贷的情况下，照常开展业务。

在 12 个月以内，公司的战略取得了巨大的成功，已经开始购买新的设备。在此之后，随着 20 世纪 80 年代经济形势的好转，公司的资产、利润也出现了增长。至 20 世纪 80 年代后期，GK 的员工人数增加至 40 人（达到以前的两倍），并且营业额达到了 400 万英镑。在此期间，公司的赢利能力有了显著的提高。

然而，到了 1989 年，由于业务量的增长，要照顾到印刷、设计以及协调委托业务，公司的运作变得更加复杂，已经给客户服务带来了负面影响，订单、货物托运、成本管理系统以及生产计划成为主要的问题。因此，GK 开始进入公司发展的第 2 阶段，即把公司塑造成为一个具有强大竞争能力的印刷公司。

第 2 阶段：变革系统

变革的原因

在前面已经提到，市场、产品以及运作方式的变化意味着公司需要为它的客户提供更快、更好的服务。尽管为了这个目标已经做了大量的工作。到了 1989 年，尤其是在成本核算、货物托运和生产控制这 3 个方面，公司还是认识到了有必要采用更好的业务系统。

因为 GK 只是一个小公司，因此对总经理来说，把 6 个负责相关活动的人员汇集在一起，让他们明白公司的主要问题并授给他们足够的权限设计并完成他们的解决方案，是相对较为容易的。

6个相关的人员同意每周的星期五下午用两个小时的时间，开会讨论遇到的问题并找到相应的解决办法。他们都很清楚自己并不需要对任何事都作出详细的裁决，而是只需要找到一些有效的解决方案，从中选择一个既适合自己又对公司最有利的方案就行。

3个星期以后，他们就对引起问题的根源达成了一致的意见：他们必须在没有额外支持的条件下完成越来越多的任务，这不仅会造成工作任务的积压，同时，需要各岗位之间加强沟通，公司现在已经要求这么做了，但是，并没有按要求做好。

根据分析的结果，他们首先是倾向于增加员工人数。他们也在寻找其他的方法，主要是引进更好的系统——一个能减少重复工作的系统，因此带来一个需要解决的问题：是手工操作系统还是电脑系统？

最终他们提出一份系统必须满足的关键指标，新系统必须达到的指标如下：

★ 报价单能对客户需求作出更快、更好的反应；

★ 提高托运速度并改进对债务人的管理；

★ 更好的记录保存方式，减少重复劳动；

★ 提高员工的工作效率；

★ 对生产过程进行更好的控制，缩短从订货到提货的时间，为客户提供更快、更可靠的服务；

★ 系统的可集成性。

在确定了标准以后，相关人员要求印刷经理能否通过他的关系获得工艺学校的帮助。他与学校取得了联系，这次仍采用学生工作项目的办法。学生对公司现有的运作方式进行了评估，为存在的问题找出了解决方案。其报告指出，有可能对现有系统作出改进，但是，这种改进仍不能满足公司目标的要求。建议引进电脑系统。

由于他们在前几年见证了电脑印刷设备引进成功的过程，员工对电脑系统既不惧怕也不感到自鸣得意。他们与大学的专家一起讨论评估了电脑系统和选择系统的方法。

小组随后给总经理准备了另一份详细的调查报告，报告涉及他们最初选定的目标以及从大学方面得到的建议。他们建议公司邀请几家电脑公司到公司来一起讨论他们的需要。小组与总经理进行了长时间的讨论，最终，总经理采纳了报告中提出的建议。总经理增加

了一项附加条件，即小组负责决定是否采用电脑系统。如果采用，选择什么系统、从哪家公司采购也由小组决定。总经理可以承诺出席与电脑公司的谈判。但是，不替小组作出决定，以出席谈判的方式来表示对他们授权的支持。

于是邀请了几家电脑公司一起讨论公司对电脑系统的要求，总共有大约 20 家公司访问了 GK 公司。公司感到他们的要求完全可以通过购买一套电脑商务系统得到彻底的满足，它既能够完成必要的功能，又能与现有的手工操作系统兼容。这套电脑商务系统的报价为 20 000 英镑，对于 GK 这种规模的公司，意义非同一般。印刷经理和其他人指出：如果这笔钱投在添加印刷设备上，可以极大地提高公司的生产能力。不过，在经过多次讨论以后，还是决定购买电脑商务系统（CBS）。

虽然经过多次会议才能作出这一决定，公司上上下下也对这个主题展开了全面的讨论，最终对于这个决定几乎是一致赞同。之所以能取得这样的效果，完全是因为公司的各方面配合得很好。但是，公司仍存在报价单填写不完整、报价单不能及时送到客户手中、债务管理水平低以及进货不准时等问题。这虽然还不能算是最大的问题。可是，随着公司的扩大有可能变得更加突出。

电脑商务系统（CBS）的引进及发展

一旦作出决定以后，小组又多了一项任务，总经理原先就提到过采购设备。这项任务存在一定难度，谁都知道标准的软件包只完成销售分类账、工资、货物托运记录这些任务。需要编写专用软件，才能与公司生产控制的要求相适应。CBS 小组的成员开玩笑说是以自己为例子，用了几个月的时间编写生产控制系统具体要求的详细说明，然后要求电脑公司根据该详细说明拟定 CBS 报价单。但是，原先对这件事很感兴趣的几家电脑公司中，只有两家愿意按照要求编写专用软件。公司希望硬件、软件都由同一家供应商提供，这不仅可以避免在兼容性方面出问题，而且设备出现问题时也可以由一家公司负责解决。在与两家公司进行了更深入的讨论之后，又对软件的详细要求作了进一步的修改，并最终选定了一家供应商，从总经理提出议题到下订单，整个过程耗时超过一年。

运行系统的计算机和标准软件很快就运到了，但是，安装生产控制软件又用去了 6 个月的时间，这是因为计算机的软件需要专门编写。公司保证编写的软件以及安装的部件能满足详细说明书上的要求。随后用了 3 个月的时间在印刷设备上安装了生产控制软件。在这段时期里，手工记录与计算机系统并行工作。在此之后，又过了 3 个月，CBS 的安装才全部结束并且正常运转。所以，从项目的提出到完成总共用了两年的时间。不过，谁都没有为此感到后悔，总经理曾说过：

> 如果在一开始时你告诉我安装电脑商务系统需要消耗那么长时间，我一定会以为你在开玩笑。现在我们已经装上了这套系统，它完全符合我们的要求，甚至超过了我们的要求。这套系统属于所有参与过这个项目的人们。它不是我的系统，它是他们的。

虽然，公司最初只购买了一台工作站。但是，公司要求 CBS 具有进行联网的功能，一旦 CBS 达到预想的效果，还将增加工作站的数量。后来，公司又采购了 3 台工作站，系统的存储容量增加了一倍，在 CBS 上共计花费了 35 000 英镑。

作为引进 CBS 的一部分，公司十分注重对使用系统的员工进行充分的培训，这次的培训进行得比较顺利。因为系统是由使用者选定的，他们知道系统的用途以及需要进行哪些培训。根据使用者的要求，培训时间为 3 天至一周。培训由设备的供应商组织实施，进行分阶段培训，允许使用者在熟悉系统的某个方面以后，再进行其他方面的培训。对公司的文秘人员还进行了系统使用和系统维护的培训，对于管理人员则进行了信息收集方面的培训。

员工对 CBS 的反映普遍很好，象感觉工作很轻松。虽然，最初由于要向系统录入信息而产生了一些额外的工作量，他们发现 CBS 比原来的手工操作系统更好、更快，尽管他们的工作量比过去并没有减少。他们为能使用自己的系统提高了效率感到很满意。很明显，系统还对公司的其他方面工作产生了间接影响，例如信息的收集和使用变得十分容易。

好处

CBS 并没有为 GK 直接带来财务收益；没有哪种系统能做到这一点。但凡 CBS 涉及的范围，它都为 GK 改善客户服务、满足客户需求作出了显著的贡献。

公司认为电脑商务系统为公司带来的好处有以下几点：

★ 更好、更准确的记录；

★ 更快地获取信息；

★ 更好地进行资源控制；

★ 对报价单中的要求作出更快、更准确的反应；

★ 提高了文秘人员的工作效率；

★ 缩短了从订货到提货的时间；

★ 货物运行更快捷可靠；

★ 商务功能更加集成化；

★ 员工的士气和技能有所提高。

虽然，这看上去好像只是在技术上取得了成功。但是，不能以这种眼光看待CBS。可以肯定的是，参与过这个项目的人们是不会这么认为的。相反，他们认为获得的最主要的好处在于他们与人合作的能力有了显著的提高。CBS为他们的常规工作提供的一些程序，可以使他们的技能得到更好地发挥。然而，真正了解公司和客户需求的是公司的员工，而不是CBS。他们的认识与事实是否相符已无关紧要，重要的是他们相信CBS的作用不仅限于此，这对他们的工作效率、自尊、士气都有极大影响。

成功的原因

对于旁观者而言，公司对变革进行的管理几乎与教材中的案例一模一样。相关的员工虽然对自己担任的角色感到很高兴，但对自己的表现也不是无可挑剔。在项目完成以后，他们认为他们应该用一年的时间就可以做完整个项目，而结果却用了两年的时间，他们还认为CBS还应该包括别的一些功能。

虽然，这种意见有可能是正确的，但若让他们拥有上述认识，恐怕只能是在他们经历过这场变革并从中获得了自信及经验以后。他们认为成功的关键原因在于：公司愿意坦诚地对待员工，明确对员工的要求，事先向员工解释清楚有关要求提出的原因。

不能低估总经理的作用。几年以前，公司内很少有任何变革，高级经理要授权给设备的使用者需要相当的魄力。当时，他坦率地告诉项目小组的成员："如果成功了，那是你们的成功，不是我的。如果失败了，我担着，与你们无关。"这就创造出了一种相互信任和负责任的气氛，使得小组的成员坚定他们努力成功的信心。

不过，不要忘了案例中值得注意的几个因素：

★ 公司为未来的发展制定了一套战略（起码有了一个公司努力的目标），因此才有可能对公司各方面情况与未来目标之间的关系，形成一个总的看法。

★ 公司在战略的指引下，不仅能找到公司存在的问题，还能区分这些问题的轻重缓急。这意味着公司能够确认需要对商务系统进行改进，认定这是公司最迫切需要解决的问题。

★ 关于公司存在什么问题、用什么办法去解决或购买哪些设备这类问题，公司并没有匆忙作出决定。

★ 公司对电脑商务系统的要求、标准软件包的选择、专用软件的编写都进行了详细的调查。

★ 公司谨慎地选择了一家值得信任、容易合作的供应商。

★ 公司制定了一份引进 CBS 的工作计划。计划中附带有执行时间表和为什么引进系统的详细说明。

★ 公司保证让系统的使用者都受到适当的培训。

在引进 CBS 的过程中，还有两点是需要特别强调的。第一，公司过去是很少变革的一个组织，现在需要转变到视变革为常态中来。在这种情况下，只依靠管理层或专家来控制变革是不可能的，大量的工作足以让他们不知所措。如果缺少公司员工的参与，要么是公司什么变革都不会发生，要么是改革不成功。这也会使得公司的高级管理层无法专心考虑公司的长期发展战略。因此，是管理层用行动支持了改革、鼓励了员工的参与，团队合作是 GK 成功的根本原因。

第二，以这种方式鼓励员工参与变革，可以让在变革中获益的员工获得驾驭变革过程的能力，处理好周围发生的变化，进而提高技能、增加自信。这样才能保证一旦出现变革，他们可以尽快地应付处理好变革，同时，还可以此激励员工不断对变革有所改进。

不幸的是，随着业务的增多，公司出现了重视产量、轻视发展的苗头，重又回到过去的办事模式。这主要是由于总经理的原因，他认为满足客户的要求才是最重要的头等大事，因此，在作出决定方面较少考虑到其他经理的要求。当一个公司运转正常的时候，GK 也是一样的，要认识到仍需要花时间对已经做得很好的方面作出改进，这的确是很难做到的。同样，尽管团队合作已经被证明能在作出重要决定和处理变革方面发挥很好的作用，各部门的经理，特别是总经理，已经不能适应日常工作的效率了。

尽管 GK 在组织上已经作出重大的调整，但是，在管理方面的改进并没有跟上。到了1993 年，由于工作的压力，公司各项工作的改进速度明显地慢了下来。这一情况一直持续到 1994 年年初，公司才意识到自己又一次面临严重的问题。

第 3 阶段：态度和行为的改变

加快变革的步伐

与其他公司不同，GK 的业务在 20 世纪 90 年代初期一直在增长。虽然公司的客户也受到了经济衰退的冲击，但是，争取到的新业务足够弥补衰退带来的损失。不过，在 1993年，GK 开始意识到公司的客户，无论是新客户还是老客户，对价格和产品运送的要求越

来越高。另外，已经出现竞争对手开始从 GK 手中抢夺客户的情况。

到了 1994 年年初，GK 清醒地发现公司损失了大量的业务。其中有一部分原因是由于竞争的加剧。但是，重要的原因是因为公司的客户为了降低自己产品的成本，减少了订单的数量和频率（虽然也下了订单，但是，交货时间已经比过去缩短了很多）。这样就对 GK 造成了两个方面的威胁。第一，业务量的下降将对公司的营业额和利润造成了负面影响；第二，每次印刷数量的减少将造成成本的增加，因为每次的印刷数量变小以后，设计费、订货程序以及制板费用并没有变化。实际上，随着印刷数量的下降，每印一次的成本就增大了。另外，还有一种令人担忧的情况，有些客户用文字处理程序和彩色打印机自己制作宣传材料，不再找印刷公司帮忙了。

GK 的客户处在面临削减成本压力的情况之下，GK 面临的困境是要么提高价格以弥补成本增加所造成的损失（这样做的风险是客户有可能会找到别的公司或自己购买印刷设备），要么维持或降低价格。眼看着公司利润快速下跌，这不仅是 GK 一家公司面临的情况；几乎每家英国公司都处在相同的困境之中。尽管如此，这并不能减轻公司的痛苦，或使得问题的解决变得容易一些。

公司里的很多人对此作出一种本能的反应："如果客户每次的印刷数量减少，就应该涨价。"GK 的总经理和其他经理不这么认为，尽管在逻辑上这并没有错，但是，这样做的结果却是灾难性的。在经过很多次的讨论以后，营销和设计部经理最后提出了一项建议，虽然这个建议最初遭到众人的嘲笑，后来却成了 GK 能生存下来的关键原因。他个人认为要保持现有的业务量，甚至使业务量有所增加，GK 必须提高服务水平，尽管 GK 的服务水平已经很好了。特别是，公司必须通过削减成本来降低价格，并且通过提高公司内部的运作效率以缩短交货时间。可以预料到，对这些建议最初的反应是很消极的。无论如何，如果每次印刷的数量减少，单位成本就会上升，因为排版成本是保持不变的；小批量印刷次数的增加实际上还会延长版面的装卸时间，因为这需要装卸更多的版面。营销和设计部经理的想法超出了印刷业的常识。另外，在一些人的心中，他只是 GK 的一个新人，被认为缺乏印刷专业知识。最后 GK 还是在提高效率和削减成本方面迈出了重要的一步，但是，要在这些方面取得多少真正的改进对此仍存在一些疑虑。

一个错误的开始

由于受到批评意见的影响，总经理开始怀疑减少版面装卸时间和成本是不是行得通。他分析认为，如果这是可行的，公司可以吸引到更多的业务，这样就防止了客户寻求内部解决的企图，打击自己的竞争对手。他也考虑过从公司以外获得帮助，但是，还是选择了让营销和设计部经理提交一份减少成本和版面装卸时间的建议。这样做有两条理由：第一，他希望给营销和设计部经理一次机会，向团队的其他成员证明一下自己的能力，这些人认为营销和设计部经理需要学习印刷业的内部规则；第二，他希望证明GK公司本身已经具有足够的管理能力，不再需要外界的帮助。

营销和设计部经理很快就行动起来了，两周以后向总经理和其他经理提交了一份建议报告。他首先指出了他看到的公司面临的主要问题：

1. 虽然个别订单的数量稍为减少，真正使得公司业务量减少的原因是客户要求缩短订货的印刷周期。

2. 存在这样的结果，尽管办公室人员、设计人员、行政管理人员都跟以前一样忙碌，印刷车间却开工不足，经常可以见到工人坐着看报纸无所事事。

3. 虽然印刷工人工作量不饱和，这并没有为减少送货时间提供任何方便，因为在GK从订货到交货的时间中，印刷占的比例很小，尤其是设计环节，不管什么任务都得干上两个星期。

在指出他发现的问题以后，营销和设计部经理提出了一套解决办法。他认为要解决公司的问题关键在于加快设计时间。他指出设计工作常常会出现推后一两周的情况。无论在什么情况下，甚至是以前做过的业务，到了设计环节，都得干上3~5个星期。尽管现在的情况已经比80年代好多了，由于客户想把存货降到最低限度，已经不能接受在设计上花这么多的时间。很多客户都要求把交货时间限定在7天之内，涉及到宣传材料则时间要求更短。因此，他认为解决的办法只能是增加设计人员。如果是再增加一名设计人员和一套工作站，营销和设计部经理相信设计环节的准备时间可以减少到2~3天。

总经理以及其他经理对这份建议感到大吃一惊，特别是印刷经理，他曾想争取增加新的印刷设备。他们认为，报告分析得很对，只是解决办法让人觉得无法容忍，有点机会主义的味道。增加设计人员的建议在此之前就提出过，但已经被否决过了。营销和设计部经理的同事感觉他是在利用公司目前的问题扩大自己的势力。毫不奇怪，对此他矢口否认，会议在一片相互指责声中结束了，没有形成任何一个可以接受的解决方案。

总经理感到特别生气，他原以为能找到一个解决方案，相反，连他极为推崇珍惜的友好工作气氛都见不到了，他感觉自己在这方面花了很多的心血，在他看来要想再把这帮经理召集在一起，找出一套同心协力的解决方案已非易事。让他感到苦恼的还因为他意识到

他自己犯了一个错误，他不应该让一个人来代表其他人的观点研究解决方案。一个团队不仅要避免不公平现象的发生，也不能允许有指责别人的事出现。在犯了这个错误之后，他不知道该如何去弥补错误。如果把营销和设计部经理排除在外，组织一个团队负责挑选解决方案，尽管很可能就会找到可以实施的解决方案，但是，总经理又害怕因此冷落了营销和设计部经理。如果让营销和设计部参与制定解决问题的方案，很有可能他还会继续推销他的建议，其他经理仍会坚决反对。虽然，总经理倾向于强行推出一套解决方案，告诉每个人照着去做，不幸的是，他连这样的方案都没有。

尝试新的工作方法

在几个星期都没有任何决定的情况下，管理团队中的紧张局面丝毫没有改善，总经理再次决定对外寻求帮助。他找到了GK在当地工艺学校的熟人，详细地介绍了公司的情况，与事先预料的一样，这位教师说公司面临的情况已超出了他的专业领域，很难提供什么帮助。他解释说，提供适当的技术方案无助于问题的解决，由于公司内部的关系十分紧张，无论什么样的解决办法都会遇到一部分人的反对。他指出过去的干预所以会取得成功是因为大家对问题和解决方案取得了一致的意见。现在这已是不可能的了。他建议总经理去找学校的一位同事，这位同事擅长于团队建设。尽管总经理对此将信将疑，但这位教师指出，只要公司的员工同心协力，GK有足够的经验解决好公司目前的难题。问题的关键是如何把人团结起来，而不是对外寻求解决方案。

总经理见到了团队建设专家，这位专家的专业水准和他曾组建的组织团队的阵容都给总经理留下了很深的印象。团队建设专家说他进行团队建设的过程很直接。第一，所有相关的经理都参加；第二，将分别与每个人交谈，作为一个团队，所有的人离开公司两天，专门研究问题的解决方案；第三，在这两天的时间里，团队的每个成员必须同意以开诚布公的、建设性的方式进行合作交流。这就是说，团队的成员都要以积极、诚实的态度对待其他人的看法。最后，到两天工作结束时，团队成员找到一个一致通过的解决方案。

以这种约定作为前提，团队建设训练开始了。GK的管理层后来承认第一天肯定是令人很不舒服的，但是，这两天的训练是成功的。首先由团队建设专家报告他从个别交谈中发现的问题。虽然他没有指明是谁说的，但是，在GK这种小公司，经理们很容易就能猜到意见来自何处。这是他们感到第一天令人很不舒服的原因之一。

团队建设专家的报告中包括了积极和消极两种发现。积极的一面：每个人都对公司的成功抱有很强的责任感，一致认为改革是当务之急（主要指削减成本和积极满足客户的要求）。消极的一面：经理们之间的关系相当紧张，特别是印刷经理、营销和设计部经理。出现这种局面的原因与总经理的工作方式有关。

尽管总经理有几次也依靠团队来作出重大的决定，并且广泛听取建议，但是，这并不是他惯常的办事方式，他习惯于要么由他自己来作出决定，要么在咨询一位经理后再作决定。他认为这样做的理由是大多数决定都与整体的大政方针无关，只会涉及公司业务的某一方面。如果要采购新的印刷设备，只需要由他和印刷经理来决定就行了。如果是有关客户的问题，则会涉及到营销和设计部经理。涉及财务方面的决定，总经理觉得，这主要是他自己的责任。与这种想法相反，团队建设专家明确指出：这将不可避免地在其他经理中间引起猜疑，转而指责从决定中获利的部门。所有的经理，除总经理以外，都更喜欢公开的、集体的管理方式。

总经理感到非常不安，他认为他一直在公司内鼓励团队合作和建立良好的关系，现在反而遭到这种指责，让他感到震惊。他说他想现在就想办法消除误会，团队建设专家却建议说：他们应该思考一下刚才谈过的内容，然后，再转回到这次团队训练的目标上来，大家对此都表示同意。他们开始讨论 GK 正在面临的紧迫问题：如何扭转营业额和利润下滑？由于总经理在做决定时公开而不偏袒某一方的微妙做法，每个人都愿意集中讨论这个问题。在余下的一天半时间里，他们把团队分为两组或整体或轮流提出解决问题的方案，他们找到了一个大家都能接受的方案。

这个方案的主要部分显得很直截了当：

1. GK 应该了解公司主要客户的需求并找到满足这些需求的办法。并不是所有客户的需求都很急迫，有必要区分哪些业务是客户要求迅速交货的，对这部分业务就按急件处理。

2. 尽管公司的 CBS——电脑商务系统，比以前的手工操作系统效率高多了，但是，所有的订单，不论大小、缓急，都用同样的方式、速度来处理。设计方面也存在这种情况，虽然设计时间因订单不同而异，但是，在时间安排和处理方式上却也是相同的。这就意味着所有的设计视设计室的工作量，都得花上 1~2 周时间。在印刷和调度环节也存在类似情况，每件事得按先后顺序排队对待。因此，团队成员一致同意对接受订单到送货的全过程进行一次检查，看能否缩短所有订单的完成时间，还是只能缩短特殊订单的完成时间。

这些任务交给两个小组中的相关经理和员工去完成，并直接向管理团队汇报完成情况。

总经理的作用被放在最后来讨论。由于这个问题在第一天就提出来了，他也已经向团队建设专家和他的同事讲了他对这个问题的看法。虽然他仍不能完全接受同事们对他所采用做法的看法，不过，他准备修正自己的管理方式。他同意在涉及重大决定的时候，应该由管理团队开会决定。他还同意不再要求管理团队执行他个人作出的决定，除非经理们不能达成一致的意见。

6个月之后

对客户要求的调查以及对接收订单到送货过程的检查，使得GK为客户提供的服务有了明显的改进。公司从接订单到交货的时间以及成本也有了明显的下降。

公司现在向客户提供交货时间和价格两方面的选择：正常业务——交货时间为两周的，价格比标准价格下调5%；快件业务——交货时间为一周，按标准价格收费；急件业务——交货时间为一个工作日，在标准价格之上加收10%的费用。

GK能取得以上改进是由于以下3种因素：

1. 理解客户的要求是什么以及他们愿意为此付出的代价。GK还弄清楚了公司的竞争对手在交货时间和收费方面的情况。

2. 在对接受订单到送货过程的检查中，GK惊喜地发现只要各职能部门之间相互配合，大量被浪费的时间是完全可以避免的，特别是在设计和印刷之间的配合上，并且更清楚地认识到了减少从订货到交货时间的必要性。在对整个过程的每一细节以及涉及人员的检查过程中，发现了一些浪费时间特别明显的例子。如为了贪图方便，拿到的订单需要积攒到一定数量再作处理，因此一份订单在进入系统之前要等上两天的时间。在送货方面也发现类似的延误现象，已印刷好的产品在公司里等上一两天或者是由于装车方面的原因，要么是由于GK定期往城市的客户所在区域只送一次货。按照负责送货的员工的说法："谁也没有告诉过我这有什么问题。"当员工认识到这是一个问题以后，每个人都争着提出解决问题的建议。

所有这些事大多不需要任何额外的支出，仅需要进行良好的沟通和有相互帮助的愿望就可以了。尽管减少版面装卸时间需要增加一些费用，但是，这可以使版面装卸时间减少50%~80%。为了解决三个等级的送货定价问题，在对计算机系统进行修改时产生少量的支出。

3. 设计部门为了提高工作速度，对部门的工作方式作出了一系列的改进。不过，仍然感到人手不够用：他们的确做不完所有的工作。但是，很多是简单的工作，不需要增加一个熟练的设计人员，设计人员实际上只有50%的时间需要使用计算机，因此，决定再聘用一个人来完成比较简单的设计任务。

一开始的时候，GK 想要在这个岗位上招聘一个新员工，但是，印刷工人建议说他们就可以完成这种任务，印刷工人一般都愿意参与做一点设计方面的工作。在讨论这项建议时，还发现了一些新的办法，包括一些简单而紧急的工作可以直接交给印刷工人，由他一个人来完成全部设计和印刷工作。事实上，真要这么做并不容易，存在很多操作上的障碍，但是，为了找出困难来自哪些方面并对这么做的益处做一个评估，GK 还是决定让一个印刷工人来尝试一下这种方法。

除了这些变革之外，经历了最初的一些困难以后，管理团队发现合作以及信息共享使得公司内部的紧张气氛大为减轻，经理之间和职能部门之间的关系变得融洽了。

上网

尽管有经济衰退问题的影响，GK 的收入在 20 世纪 90 年代后半期有了稳定的增长。它们与重要的客户建立了稳固的伙伴关系，并且吸引了一些新的客户。它们赢得了为客户需要负责的声誉，在行业内被视为富有远见的公司。公司发展出新的网站设计业务，其增长速度比其他业务要快得多，极具发展前景。

在 GK 的发展过程中，网站设计业务的出现具有很大的偶然性因素。在 20 世纪 90 年代中期，公司的一个主要客户决定进行电子化改造，特别是在订单和货运两个方面，GK 除了适应这一变化别无选择。总经理把与客户进行电子化沟通的任务交给了一个印刷设计师，他对计算机非常着迷，他不仅自己拥有一个网站，还为当地的一家运动俱乐部建立了一个网站。

结果，他与客户实现了电子化信息接收传递，还为 GK 建了一个网站。作为一个印刷设计师，又是网迷，他设计的网站为展示 GK 的实力提供了一个优秀的舞台。在公司大多数人知道公司有了一个网站，或知道网站是怎么一回事的同时，公司的客户要求 GK 也为他们建立网站。在一开始的时候，总经理认为这只是公司主要业务之外的一种多元化的尝试，在他看到客户愿意建网站并付钱以后，他认识到建网站实际上是印刷宣传材料的一种合乎逻辑的延伸。他让这个印刷设计师成立了一个独立的部门，专门进行网站设计业务，这个部门成了 GK 发展最快的部门，也是目前最赚钱的部门。

总结

在经历了最初两个阶段的变革以后，GK 为自己能适应环境的变化感到很自豪，公司

非但没有落入下滑的漩涡，公司元气已经有了很大的恢复。在引进新设备的同时，还增强了员工的合作意识，但是，尽管有了已经取得的成功，公司的利润又出现下滑的势头，日常业务的压力开始威胁到公司在改进和合作方面取得的成果。特别是总经理想回到由他个人作出决定或只听取个别"合适的"经理的咨询意见。实际上，尽管公司保持在运作方面进行一些改进，但是，在组织行为方面都没能作出改进，特别是在团队建设、合作以及授权这三个方面。因此，公司在最初的两个阶段的工作可以归结为，在运作方面发生了成功的转变，在组织行为方面的变化却不明显。

没能进行组织行为方面的变革带来了如下的后果：

★ GK没能进一步采用持续不断变革的方法；

★ 缺乏协调与合作导致业务处理和货运工作的低效率；

★ 最重要的一点，在一些经理之间出现了暗中不满意和争权的矛盾现象，这使得公司在如何应对环境变化方面很难达成一致的意见。

由于这些原因的存在，GK在第三阶段采取的措施不仅限于运行方面，也包括了经理和员工的合作态度的改变，特别是总经理在后来转变为采用团队方式来处理公司的决策。正是由于新元素的出现，GK才能成功地区分出哪些是需要变革的以及该如何去变革。由于更大范围的团队合作和相互信任创造出的环境，人们以更加开放的心态对待新的想法并减少了对别人动机的猜疑，公司才发展出了网站业务。

结论

回顾第6章至第10章有关制定战略和对变革进行管理的有关内容，证明制定战略和应对变革的方法要与组织运作的限制条件相匹配，这些限制条件要服从于变革并且一定存在相互矛盾的方面。这就意味着经理在选择实施方案或策略的自由度方面具有十分重要的意义，同时，尽管他们可以选择的方法是多样性的，他们仍会偏好于某种特定的方法来应对变革。在本章的3个案例研究里，我们可以看出经理在选择实施方案时，要对做什么和怎么做这两方面作出选择。

在沃尔沃的案例研究中，我们看到经理在突破汽车行业标准装配方法方面作出了坚决而有成效的尝试。在挑战和改变强大的限制条件时，公司一方面利用了选择策略的自由度，另一方面也注意了社会、环境和公司的导向相协调，甚至在有些例子中做到了这一点，组织结构也同时朝着分散和灵活两个方向进行了改变，沃尔沃采用的战略更符合"应急方法"和不固定方法的原则。沃尔沃轿车被福特公司兼并并没有对沃尔沃工作组织方法构成严重的挑战，考虑到沃尔沃的方法明显代表了对福特方法的突破，注意观察一下这两种方法能否长期共存以及如何长期共存，的确是很有趣的一件事。

XYZ案例研究则属于另外一种情况，XYZ公司在几年的时间里，对公司的文化、运作和结构都进行了重大的改变。任命一位新的总经理成了这场变革的原动力。新任总经理在母公司的支持下，看到如果需要改进公司的业绩，必须要改变公司的工作方法。总经理意识到他所认为在公司里需要发生的变革，在整个行业内也同样需要。因此，在一定程度上，他只是在尝试把公司改变得与行业的特性一致起来而已。为了到达这个目的，他必须克服公司内文化和组织结构的限制，而且，他看出他的前任需要着力解决的问题是有可能被改变的。他采取了一系列的"应急方法"和不固定方法，在一定程度上，实验的目的就是要通过变革公司的文化来提高管理人员和员工竞争力。在这一系列的"应急变化"过程中，也能见到"计划方法"的重要作用，案例研究中有不少的相关内容。

GK印刷公司的案例则稍有不同，公司的限制条件很难按社会或行业行加以区别，环境的和组织的限制条件两者都很明显，发生的变革或多或少都是为了改变和协调这些限制条件。在公司进行内部改革的一条理由，是为了拉近客户与公司的关系，从而减少环境中的不确定因素。与沃尔沃和XYZ一样，GK的战略并非是事先计划好的，只是较其他公司显得走走停停的地方多了一些，所以，它处理变化的方式更符合"计划方法"的原则。

因此，关于管理方法的选择、制定战略和变革管理，案例研究提供了一些有趣而引人思考的见解：

★ 管理方法的自由度显然是有限的，但是，这并不意味着经理不能突破或改变这些限制条件，在这个过程中，呈现出的趋势是解决或减少限制条件之间的冲突，并不需要对管理规范进行彻底改变。

★ 这几个案例中的制定战略和变化管理过程，主要采用的是"应急方法"和不固定方法，有几个例子属于机会主义的方法。也有采用"计划方法"的重要例子。另外，还可以看出管理方式的冲突和政治也对制定决策发生着作用，在XYZ案例中，更换总经理显然是加大组织变革的先决条件。

★ 案例研究表明"计划方法"和"应急方法"都能发挥作用，然而，"计划方法"与"应急

变革管理
Managing change

方法"相比较，在要想取得持续的组织变革方面，显得效果较差一些。"计划方法"更适于在有限的时间内达到特定的目标，另一方面，"应急方法"则在时间跨度和目标上都是不固定的。

学习检测

简答题

1. 简要描述沃尔沃最初进行"工作设计"的主要原因？

2. 工会主要关心沃尔沃进行"工作设计"的哪几个方面？

3. 列举 XYZ 希望通过改变组织结构获得的主要益处。

4. 找出 XYZ 成功进行组织结构改变的主要原因。

5. 对 GK 印刷公司设计员工参与的一个例子进行简要的讨论。

6. 找出 GK 案例中经理的管理风格从官僚独裁变为参与的三种方法。

论述题

1. 谈谈对以下结论的看法：沃尔沃在工作现场变革的各个阶段都涉及了不断创新积累的过程，正是沿着这条轨迹最终才或多或少地超越了福特的方法。

2. 从 XYZ 案例研究中可以看出"应急变革"和"计划变革"之间究竟有多大程度的互补性？

3. GK 案例研究代表的是"应急变革方法"，还是特别的变革方法和反应型管理变革方法？

第 *13* 章

外部关系变革的案例研究

学习目标

学完本章之后，你应该能够：

- 认识是哪些压力促使私营和公共两种经济成分进行行业外包；

- 理解私营经济成分组织比公共经济成分组织更容易与客户和供应商形成紧密合作的原因；

- 懂得外部关系的改变要求内部关系发生一定的改变；

- 描述组织采用哪些机制来改变它们的外部关系；

- 讨论两家企业在一种层面的关系改变并非一定会带来另一层面关系改变的原因；

- 说明客户和供应商如何才能克服相互猜疑并获得双赢；

- 懂得把业务外包提升到战略层面离不开强有力的、持之以恒的管理层支持。

变革管理
Managing change

引言

前面两章已经介绍了制定战略和创造管理的例子，通过对组织结构、运作过程、企业文化、组织行为方面进行的变革，将在组织中形成新的内部关系，不仅组织中的关系出现了变化，不同组织之间的关系也在发生着变化。有大量的证据表明："业务外包"正在取代垂直一体化而成为组织在提供众多产品、服务时乐意采用的方法。正如在第3章所讨论过的一样，在私营经济领域，由于管理学大师和主流学术机构提倡企业竞争优势源于企业发现，专注并发展核心竞争力的能力，应该把没有核心能力的业务全部外包出去。受到这种理论的影响，在过去的20年内，"业务外包"有了明显的增长。在公共经济方面，"业务外包"的压力也随着私有化的出现而日益增大。第11章的案例研究4表明：在过去的20年间，由于受到理论和实践方面的关注，出现了私有化的浪潮，两方面都把目光的焦点集中在采用更多的市场机制以减少提供公共服务的成本。

在私营经济领域，为了发展与客户和供应商更加紧密、更为有效的关系，越来越强调"业务外包"，迫使公司反思它们与客户和供应商之间的关系。从本章案例研究8、案件研究9中可以看出，这一变化往往伴随或领先于公司内部与供应商、客户关系的改变。之所以会发生这些变化是由于越来越多的评论认为，客户、供应商甚至是竞争对手的合作要比传统的对抗关系优越得多。尽管这种改变是由汽车业和电子制造业带的头，但它已经蔓延到了很多的行业。

虽然，对客户—供应商伙伴关系仍没有普遍一致的定义，英国政府和行业为了推广这个理念，专门建立了一个实体——伙伴关系推广公司，它认为已经可以用以下定义来把握伙伴关系的本质：

> 当客户和供应商建立起紧密长期的关系，双方以伙伴方式进行合作。这并不是博爱

主义的想法，目的是为了保证最大限度地获得商业上的优势，原则是团队合作总比对抗更好些。如果终端客户想要得到更好的服务，双方就必须相互配合——双方都必须赢。伙伴关系推广公司的办法之所以有效是因为双方都能从彼此的成功中获得好处。

客户与供应商之间进行更多的合作并发展起更加稳固的关系，不仅只是出于调整组织方面相互作用的原因，而是为了获得成功，要求客户和供应商双方进行更深层次的变革。本章中的三个案例研究揭示了在实践中伙伴关系是如何发挥作用的，并且，还特别展示了这个理念要求组织之间的关系以及组织内态度、行为、结构方面该如何变革。

从案例研究 10 中可以看出，"业务外包"在公共经济成分和私营经济成分一样受人欢迎。但是，在私营经济领域，它作为一种战略上的创新，目的是要通过专注于自己的核心竞争力使组织变得更加具有竞争力；在公共经济领域，它则更多的是作为一种削减成本的手段。目前，法律要求英国绝大多数的公共经济组织把能获得成本节约的业务全部实行"业务外包"，还在"业务外包"执行过程和与供应商建立关系的方式上作出了一些限制。这样做的结果，使得公共经济成分在"业务外包"上更多地停留在运作的层面，并没有成为一种战略手段。"业务外包"还没有给公共经济成分的内部关系和与供应商的外部关系带来显著的改变，这将使得它们与供应商的关系更偏向于对抗而不是伙伴关系。

三个案例研究，每一个都反映出了伙伴关系的不同侧面。案例研究 8 涉及的是罗孚 (Rover) 决定把悬挂模块装配业务外包给天合 (TRW) 公司产生的结果。它说明了通过进行运作过程的整合，这一创新虽然能够产生巨大的利润，但是，如果不同时建立战略上的伙伴关系，就会伤害到两方的利益。案例研究 9 表明建立新型的关系的动力来自于客户一方，这个例子中的供应商——速必得 (Speedy) 文具，首先迈出了第一步。在这个案例中，它认识到伙伴关系方法不仅是为客户提供更好服务的一种手段，还是一种能够确保业务增长的有效机制。案例研究回顾了速必得得出这一结论的全过程，公司采取的所有步骤证明公司的客户一旦与公司结成伙伴关系进行合作，变革所产生的结果就是获利。案例研究 10 关注的是英国警方进行"业务外包"的方法，并且说明需要预先对警方的活动能否进行"业务外包"作出评估。它也说明警方与供应商的关系受到了"业务外包"规则和政府相关规定的机制约束，一定程度上，业务外包只能成为比较低级的管理手段。

本章通过论证得出的结论是：尽管创造新的内部关系和新的组织结构作为一种应对环境干扰和不确定因素的机制越来越受到重视，但外部、内部的改变在这个过程中仍发挥着很重

要的作用。因此，伙伴关系在一定程度上可以帮助组织获得一些稳定性，并且使得组织的运作有一些可预见性。但是，若涉及到公共经济成分，由于受到运作方面的限制，"业务外包"将会带来更大的不确定性，而不能成为减少不确定性的手段。

在结论部分还指出，见案例研究 10，从短期来看，业务外包在削减成本方面的收益是有可能进行量化计算的；在另一方面，如罗孚—天合公司案例所示，组织要预先量化建立伙伴关系的长期收益却非常困难。因此，理性、量化决策方式并不是建立新型客户—供应商关系的驱动力，建伙伴关系需要有一种本能的、富于哲理性的信念作为基础，那就是旧的方法已经行不通了，游戏需要一种新的规则。但是，不可能在事先就把规则写好，规则只能在游戏展开以后才会出现。当然，有可能正是出于这种原因，公共经济成分才被迫表示它们的供应商只能提供货币意义上的最大价值，而很难以伙伴关系的方式进行采购。

案例研究 8

罗孚—天合运营整合 [1]

背景

案例研究了罗孚集团与它最大的供应商天合之间的关系。案例研究的焦点是罗孚决定把前悬挂模块的装配业务外包给天合，将会获得哪些利益和遇到什么困难。研究表明在双方努力配合的条件下，部件装配的业务外包会带来巨大的运营方面的利益，但是，如果这种合作不能延伸到更高的战略层次，则会损害这种合作的继续进行。

罗孚的发展历史是比较著名的。但是，应该注意到从 20 世纪 80 年代初期开始，罗孚在集团内部建立更多的合作关系并逐渐开始把这种方法延伸至它的供应商。尽管现在已经被分解成多家独立的公司，在 20 世纪 90 年代，天合是世界上最大的制造业公司之一。公司创办于 1901 年，总部设在俄亥俄州的克利夫兰。天合是一家美国国有公司，年营业额约 120 亿美元，在 1999 年员工人数超过 80 000 人。天合公司分为空间、航空电子设备、国防、通讯和汽车两个部门。汽车公司是最大的部门，销售额和员工人数占公司总数的60%。

天合汽车公司 1999 年在欧洲的销售额超过 10 亿美元，其中有 23% 来自于它在英国的公司（转向系统公司），管理着 5 家工厂。主要的一家设在威尔士的罗斯尔温，员工人数 1 400，

---

1 本案例研究是在 AT Kearney 公司研究报告基础之上完成的。牛津大学新赫特佛特学院史蒂夫博士 (Dr Steve, New of Hertford, Oxford University) 共同参与了研究（详细的内容见：Burnes and New, 1996）。

与它的名字一样,专门制造转向系统,它的主要客户有罗孚、本田、尼桑、福特、沃尔沃。虽然,天合与这些公司都保持着密切的工作关系,它与罗孚集团保持着特别牢固的长期的关系,是罗孚集团的第二大的供应商。

天合的转向系统公司为罗孚供货的历史已经超过60年,两家公司关系发展史上的一个重要里程碑是在1959年天合拿到了为罗孚公司生产助力齿轮式方向盘的合同,随后汽车进入了小型化时代,助力齿轮式方向盘作为标准部件被安装在批量制造的车辆上。在20世纪60年代和70年代期间,英国雷兰德公司自己有间生产助力和手动齿轮方向盘的工厂。在80年代工厂被关闭了,由天合负责为英国雷兰德公司提供全部的方向盘。

在1989年,这种关系得到了进一步地加强,当时,罗孚公司决定把前悬挂模块的装配业务外包出去,方向盘齿轮是其中的关键部件。天合应邀参与这项业务的竞标,并拿到了这项合同,从1989年5月开始供应悬挂模块。为了符合罗孚的标准,天合在弗朗克莱建立了一个新的装配工厂,距离罗孚的长桥工厂两英里。

弗朗克莱工厂的建立

1988年罗孚决定把前悬挂模块装配业务外包出去,后来,天合在弗朗克莱建立了新的工厂,其重要理由很简单:罗孚需要空间。由于引进新的车型,罗孚已不可能再在长桥工厂找到场地完成装配工作。另外一条附带的理由是:罗孚与那个时期的大多数汽车制造公司一样,认为以部件装配外包方式进行汽车的模块化装配很有发展前途,与天合进行这种尝试,将使公司有机会评估一下这种方法的好处。

罗孚邀请天合和它的一家供应商,为建立装配前悬挂模块的工厂编写建议报告。天合认为这是一次很重要的合作机会并给予了十分积极的回应,之所以这样做的理由如下:

★ 它们希望继续直接为罗孚提供产品,不想通过其他供应商转手。

★ 天合在美国参加了一个福特的类似投标(未成功),考虑到未来发展和成为客户必需品

的需求,它看到这次合作的商业价值。天合还认为模块装配是汽车工业的发展方向。

所以,天合不仅对罗孚的建议很敏感,它还可以根据与福特合作的经验来准备编制建议书。天合把它们为美国福特编写的建议书交给了罗孚,并且准备了新工厂运作的商业计划书,随后与罗孚和它的搭档本田公司就细节问题进行了一系列会谈。

罗孚很快就作出了决定,仍是天合拿到了这个项目的合同。其中的重要原因是天合的建议书和计划给罗孚留下了很深的印象,同时也因为他们感到在项目的规模和对资源的要

求（专业技术和资金）两方面天合都是很适合的搭档。另外还有一个因素就是天合的转向装置目前是悬挂模块中最复杂、最贵的部分。

计划和建议是一回事，启动项目又是另一回事。罗孚的工作计划安排得很紧凑，既要安排建厂房，又要为一系列新引进的汽车制造悬挂模块。合同中有一款条件就是天合必须在距长桥工厂几英里的地方建设组装厂。所以，在1988年底至1989年初的这段时期里，天合发现自己在同时追求了两个重要的目标：

1. 摸索出一套自己的悬挂模块装配方法；

2. 为厂址找一块地并招聘员工。

摸索自己的悬挂模块装配方法

经过严格的挑选以后，从天合的克利顿工厂招聘了三位主管来负责这个项目。其中一位主管被任命为新工厂的经理。实际上是由这3位主管共同负责新产品的开发和新工厂的管理，更像是一个管理团队。对于天合来说，这是一种全新的合作方式，但是，有一点是很清楚的，如果要想取得项目的成功，每个人都需要紧密合作。天合并没有装配悬挂模块的经验，在很大程度上，工厂的经理和两位主管已经没有退路了。其中一位曾说过："我们拿到的是一包零件，告诉我们把这些零件装配出来。"最初的工作地点是设在罗斯尔温（Resolven），天合在英国的一家工厂就在那里，他们与来自罗孚的工程师一起工作，熟悉罗孚对悬挂模块的要求，然后开始试验不同的装配方法。

三位主管全都来自天合的第一线，参与罗孚项目使他们有机会应用他们已学到的知识。他们选择采用的方法很独特，完全摆脱天合和罗孚现有方法的约束，一切从头开始摸索。尽管时间安排得很紧，他们还是有机会进行试验，在经过尝试与失败的过程之后，他们开始找出了最佳的装配方法，他们这种方法的本质就是通过建设团队、鼓励创新，在变革过程中前进，对装配线上的人们给予全力的支持。从1989年投产以来，弗朗克莱工厂的运作焕然一新，由手工装配改进为半自动装配，并实现了零差错，装配成本和装配时间下降可观，可以不在乎顾客要求的不稳定性，他们对客户的想要什么，什么时候要都有条不紊地予以满足。

寻找厂址和招聘员工

与天合在里索尔温试验装配方法的同时，工厂的厂址被定在了弗朗克莱，就在长桥的附近，这符合罗孚的要求。装配工作于1989年5月移到这里进行。尽管他们尝试在天合内部进行招聘，最终进入弗朗克莱的天合员工只有一名经理和两名主管，其余的员工（最初约 30 人)在当地招聘。招聘的程序作了精心设计,十分严格。他们需要熟练而又有灵活性的员工,这样的人才可能融入团队合作的氛围,准备贡献想法并承担责任。总之,他们想要建设一个能够满足客户所有要求的工厂,无论是什么要求、难度有多大,他们都能尽量满足。

虽然,他们具有从头开始建设厂房以及员工没有偏见和约束的优点,每位员工仍需要从零开始进行培训。

弗朗克莱的早期发展状况

除了努力地理解罗孚的需要以外,主要依靠他们自己的想法和资源,弗朗克莱开始把自己发展成了世界级的装配工厂。弗朗克莱开始时每天只安排两个班次的工作量,为了满足罗孚的装配需要,后来发展到了 3 班。为了了解客户的需要并建立有效的工作关系,在罗孚的工厂身上花了很多的时间。的确,所有新招聘的员工都要在罗孚的工厂义务工作一段时间,才能在弗朗克莱上岗。

年复一年,弗朗克莱不断地在降低成本和交货时间上努力,不断地提高产品质量,它们这样做主要围绕着 3 条原则:

★ 了解罗孚的需求并尽量地满足;

★ 团队合作、专注;

★ 不断改进完善。

弗朗克莱面临的最大的困难是如何使得自己的装配工作与罗孚的实际要求相一致。不同的规格型号的方向盘系统有 39 种,在任何时候都要保证天合送出的装配件与罗孚汽车装配的要求相一致,这不是一件容易做到的事件。罗孚的确每个月都向弗朗克莱提供月度计划以及 10 日滚动计划(有 5 天是确定的,5 天是临时调整)。这样,天合才能向它的供应商提出供货计划。但是,最初开始的时候,天合能得到的关键信息就是汽车进入喷漆车间后的数据(装配前的最后一道工序)。这使得天合只能提前 12 小时知道罗孚的装配计划。因此,最初弗朗克莱只有加快进度适应提前 12 小时通知的工作方法。由于喷漆过程会出现破损情况,进入喷漆车间与开出喷漆车间的情况也不一致。所以,在合作的第一年,尽管弗朗克莱能够拿到喷漆前的装配计划,它们送出的部件也并不总是罗孚实际装配所需要的。

在很多情况下,客户的供应商都会争论这是哪一方出的错,但是,弗朗克莱和罗孚合

作解决了这个问题，最后同意不但通知弗朗克莱进入喷漆车间的车辆的情况，也通知未整车的情况，这标志着罗孚向信任的供应商迈出了重要的一步。与大多数汽车制造公司一样，罗孚也不情愿向自己的供应商提供太多的信息，这不仅是因为信息象征着权力，也因为罗孚的装配线经理必须承担信息错误的责任。不过，罗孚的确提供了信息，这意味着弗朗克莱只能提前4个半小时知道罗孚的要求，而不是以前的12小时。但是，起码计划比过去准确多了。然而，这样也并不保险，最后，罗孚实行的方法是提前两个半小时通知弗朗克莱自己所需要的部件。

★ 以这种方法工作，弗朗克莱得到了需要的信息，现在他们知道客户需要哪种悬挂模块，他们就组织装配哪种悬挂模块。要做到这一点需要两方面的努力：

★ 只有在罗孚和弗朗克莱之间建立相互信任，双方才能彼此信任，互通信息，毫无怨言地承担责任。

建立一个以高效率方法装配一系列产品的工厂，并且在提前通知时间很短的情况下做到这一点，弗朗克莱的员工为此做出了很大的努力。

这种方法不但对罗孚非常有利，对弗朗克莱也很有利。首先，这意味着工厂采用的"第一时间法"必须在操作上非常高效；其次，工厂没有成品库存，只允许有两天的库存（从1994年的8天降到现在的两天）。弗朗克莱在创造装配方法方面和令顾客满意方面，都明显受到了日本方法的影响，受西方方法的影响较少。最近有一位日本人访问了工厂，他曾听说弗朗克莱比不上日本的工厂，但是，他的评价是：弗朗克莱更好一些！天合取得的成就是来之不易的，在有的时候还不得不修改原来的想法。最初，天合只是把弗朗克莱看作是一家单纯的装配工厂，绝大部分的支持服务工作都由里索尔温工厂提供的。尽管这样做可以使得它是"缺乏"支持的企业，投入不足限制了它的发展能力，特别是对装配过程的改造和发展供应商这两个方面。不过，随着时间的流逝，后来弗朗克莱用自己的支持部门结束了对里索尔温的依赖。

这样做对提高弗朗克莱的工作效益有明显的帮助，尽管这种帮助在多数情况下是无形的，弗朗克莱的材料管理因此有了长足的进步，工厂和它的供应商之间建立起了与罗孚一样的关系。不过，开始的时候这项工作并不显得十分必要。

发展供应商

替别的公司完成装配任务，一切从零开始，并涉及到对供应商的管理，要完成这些工作肯定并不容易，也能预料到会遇到一些困难。天合对罗孚选择合作的供应商并没有抱什么幻想，这些供应商只认罗孚是他们的客户，他们希望由罗孚这个"媒介"来管理零件供应方面的业务，然而，现实的弗朗克莱比预料的还要困难。

尽管一开始天合和罗孚的沟通与合作都是很有建设性的，但是，罗孚十分不情愿与天合讨论悬挂模块零件供应商的移交和管理方面的合作。结果，当天合开始在弗朗克莱装配悬挂模块以后，仍没有一家供应商知道罗孚与天合之间的合作。天合发现不仅罗孚没有通知供应商，有的公司甚至不知道天合的存在。供应商还认为他们仍在与罗孚合作，并不认可天合的新角色。

一开始天合想办法与自己在里索尔温的供应商合作，但是，很快他们就感到，要想使得供应商与弗朗克莱进行有效的配合，必须由弗朗克莱自己来负责对供应商的管理，为了达到这个目标，工厂指派一位弗朗克莱的主管来负责管理供应商。他们第一项任务就是走访所有的供应商，并向他们解释新的工作安排情况。有的供应商对天合采取了更为积极的合作态度，但是，有的仍对天合不予理睬，继续由罗孚担任联络官的角色。由于罗孚的协助，弗朗克莱逐渐与罗孚指定的供应商建立起了工作关系。不过，随着对供应商了解的深入，又出现了两个新的问题。

1. 虽然弗朗克莱是根据罗孚的装配计划来进行装配和送货的，供应商仍习惯于固有的供货方式，送的货要么是太多，要么是太少。

2. 有的供应商提供的零件不符合天合的质量标准。

由于供应商是罗孚指定的，天合没有权力更换它们。因此，除了让它们作出改进、继续与它们合作，天合没有其他可以选择的方案。弗朗克莱开始谋求与供应商建立跟罗孚同等的关系。开始时只能是向供应商介绍天合的情况，罗孚对弗朗克莱在装配方面有些什么要求，弗朗克莱对供应商有些什么要求。在此之后，通过回顾供应商的表现情况，双方就关心的问题达成一致的解决方案。尽管没有人认为一切会进行得很顺利，或是不希望进行进一步的改进，供应商的表现已经比 1989 年时好多了。

新的合同

在 1994 年之前，罗孚和天合之间的关系一直都在不断地向前发展，在合作过程中很少出现问题。1994 年，罗孚开始考虑更换 200/400 系列轿车，其悬挂模块是由弗朗克莱提供的。天合已预感到在争取新合同时会存在什么问题。在天合看来，1989 年签订的合同已经超出了罗孚的预期。在合同谈判期间，关于合同价格的谈判出现过几次紧张和不友好的

情况，天合极不情愿地在原来基础上把合同价格向下作了几次调整。

应该看到，尽管罗孚不十分清楚天合在弗朗克莱的工厂获得利润已经超过了原来的预期，但是，这主要是因为弗朗克莱装配悬挂模块的效率超过了罗孚，产量比原来预计的更大。管理费用宽裕，以罗孚的立场，它更关心管理费的问题，它感到天合的成本核算夸大了弗朗克莱工厂的真实成本。天合在核算过程中，把管理费用加在弗朗克莱工厂的直接成本上，让人以为这就是真实的成本。虽然罗孚在管理费用上心存疑惑，天合的确也在原来的基础上作出了价格方面的让步，在即将签订新合同的时候，罗孚的一些高级经理对这件事还是很关注，以至于他们想要把这块业务收回由自己来做。

为了能让罗孚相信天合可以为罗孚提供更好的服务，罗孚没有必要收回业务，天合发现自己已经到了不得不调整会计制度（天合的标准做法）的地步，尽管收回业务不难做到，想要拿到合同还得经过艰苦的谈判。最后，天合在调低了弗朗克莱的管理费用以后，才拿到了新的合同。

双方面临的困难并未到此结束，由于罗孚要引进新车型，它对悬挂模块又重新进行了设计，零件供应商也随之发生了改变。由于前面提及的各种原因，罗孚不让天合在进行装配之前与供应商进行对话。不过，借助以往的经验，天合有效地克服了来自新供应商的阻力，并向这些供应商灌输自己的工作方法。

总结

罗孚—天合案例研究清楚地表明，特别是在运作层面，主要部件装配业务外包可以给客户和供应商带来巨大的利益。案例研究还表明双方的合作并非是件轻而易举的事，即使是在合作多年以后，一个重要误解的出现也会威胁到双方的关系。罗孚—天合的合作可以分为运作层面和战略层面两个方面，在运作层面可以归纳出以下几点：

★ 弗朗克莱员工的任务很明确，虽然并不容易做到：它们必须满足罗孚对悬挂模块的要求，为了达到这个目标，允许并鼓励他们发挥运用自己的创造力。

★ 尽管弗朗克莱在开始的时候遭到了罗孚同行的一些怀疑，但是，它坚持不懈地了解罗孚的需求，找出影响合作的障碍并加以克服。

★ 合作依靠的不仅是某一方面或少数几个经理的努力，这里需要的是所有的人都坚持不断的改进。

★ 有 3 个关键的因素：（1）选择和培训员工；（2）允许员工与客户进行直接的交流，从而获得迅速的业绩反馈；（3）树立"从零开始"的精神，这意味着一切从头做起，不抱任何偏见地看待装配组织方式或对待与客户的关系。

在战略层面，反映出的却是另一番景象：

★ 虽然一开始双方的目标都是为了获得利益并找到主要部件业务外包方法，但是，很快这个目标就被遗忘掉了，双方的合作被看作是纯运作层面上的合作。

★ 随着双方关系的发展，可以很清楚地看出合作的双方对如何估价合作的价值毫无概念。罗孚感到这是一桩不错的生意，可以按较低的价格得到较好的供货。同样，天合对拿到合同很高兴，认为之所以能赚到钱是因为自己的工作效率比罗孚高。

★ 合作的双方都没有预料到弗朗克莱工厂对两家公司业绩所作出的贡献。当罗孚认识到弗朗克莱的工作效率超过自己以后，仍在计较自己付出的代价。天合站在自己的立场，十分高兴自己能回收投资，又不情愿降低自己的报价。

★ 这就导致双方发生了严重的对立情绪，最严重的时候，罗孚甚至考虑取消装配业务的外包，幸运的是双方把这个问题解决掉了。不过，这也说明尽管罗孚和天合以伙伴关系进行紧密的合作，在更高层面的合作却很有限。如果它们能在更高层面也进行紧密的合作，就可以避免发生很多的相互对立，它们也懂得如何在将来进行有效的合作。

在这个例子中，注意到罗孚和天合双方都没有准备在更高的战略层面进行合作是很重要的，罗孚主要是出于运作层面的考虑才参与合作的，天合虽然看到了合作的战略优势，但是，它主要的目标只是为了保住直接供应商的地位，这就可以解释双方能在运作整合方面取得很多的成果，但是，在战略整合和相互信任上却没有取得类似的成果。

案例研究 9

速必得文具公司与 UTL（汽轮机）公司——供应商驱动的变革[2]
背景

在大多数案例中，往往是由客户主动提出对双方的合作关系进行改进。很明显这主要是由于权力（客户手里有钱，由它决定采购什么，从谁哪里采购）和经验（供应商很少有能力影响到客户）的原因。与罗孚案例不同，在罗孚案例中是由客户首先提出改变的要

---

2 本案例源于牛津大学新赫特佛特学院史蒂夫博士的研究。

求，而在这个案例研究中涉及的则是由供应商引发的组织结构的变革。

这个案例回顾了速必得文具公司与 UTL 公司伙伴关系的发展过程，前者负责向 UTL 提供文具并且管理 UTL 公司内部的文具需求。

速必得文具公司成立于 1953 年，1994 年营业额大约为 5 000 万英镑。最初公司只是作为批发商向分销商和零售商出售产品。到了 20 世纪 80 年代中期，由于一个偶然的原因（速必得公司总经理的一个熟人被任命为 UTL 的总经理），公司开始向少数的大公司直接销售产品。一般情况下，这些公司每年用在文具方面的支出可能在 20 万镑以上。但是，速必得公司不做文具印刷和信笺印刷业务，它与这些客户的业务量一般不会超过 5 万英镑，不过，出于对这种业务的偏好，总经理对直销抱有很高的希望。

由于受到可能直接向大公司销售产品的影响，速必得开始执行一项增加分销中心的计划，在 20 世纪 80 年代中期，公司分销中心从 3 个发展到了 6 个，数量增加了一倍。由于从布局上分散了经营的风险，公司在 20 世纪 90 年代经济衰退的环境下并没有遭受大的损失，但是，利润率有所下降。不过，到了 1993 年，高级经理们认识到通过建立更多的分销中心来继续进行扩张的可能性已经很小了，这样做同时也很不节约。另外，直接向终端用户销售文具用品，尽管存在潜在的吸引力，但是，已经很难达到原先预想的水平。一方面由于文具消费量能达到直销水平的公司数量太少，另一方面是由于即使有的公司愿意接受直销，经过反复比较价格之后，产生的开支节约也十分有限。总经理把大量的时间用在服务直销客户身上，这也是引发长期争论的一个原因，由于最初的订单大都是由他拉来的，他自己也感到目前的局面不会有大的变化。

一个战略的出现

经过多次激烈的辩论之后，1993 年公司管理层作出了决定，在公司内部建立一个独立的直销部门。部门设有自己的经理，并配备几名员工负责部门的运作。这样做的目的是使得公司的其他部门专注于自己的核心业务，向分销商和零售商提供文具用品，并留给直销部门最后一次证明自己的机会，尽管这种方法有点像"自救求生"的做法，速必得并没有完全放弃直销。作为总经理在直销方面的一次让步，公司任命了一位董事会成员来负责直销部门，可以预感到这位将会成为现任总经理的继任者。在向公司的客户通报这项任命之前，直销部（这是它的正式名称）制定了一份发展战略。虽然，这主要是出自直销部经理之手，他还是小心地征求了部门同事的意见，并且取得了总经理对直销的持续支持，战略中规定了 3 个目标：

★ 向现有的客户提供完备的文具用品服务，包括印刷信笺、表格，等等；

★ 经过直销部向公司的客户提供并管理文具用品，与客户建立起伙伴关系；

★ 在维持利润率不变的情况下，用了3年时间把营业额扩大3倍。

这个战略想法主要源于目前行业的4个特定条件：

1. 15个直销客户的营业额为75万英镑（速必得的总营业额为5000万英镑），直销业务的利润率为7.5%（速必得主要业务的利润率为5%）。

2. 直销的客户主要集中在公司总部的附近，因此只需要一个小组的员工就能为这些客户提供服务，服务距离的增加将造成成本的相应增加。

3. 由于公司不能提供印刷文具，速必得提供的文具用品占客户文具用品需求的20%~25%，一旦对客户提供印刷文具，每个客户的文具用量有可能增长2~3倍。

4. 在20世纪90年代初期，供应商与客户结成伙伴关系这一概念刚开始出现，批发商已经开始讨论如何为中等规模的分销商管理存货，因此，向直接用户提供类似的服务并非完全没有可能，特别是如果速必得有可能向客户提供大多数他们需要的文具用品。在制定战略的过程中，一致认为与一家印刷厂建立伙伴关系、找到第一家客户建立起伙伴关系是首先需要完成的两件事。第一件比较容易做到，他们找到了已经与速必得合作20多年的印刷厂，它们已经有了很好的合作关系，印刷厂完全同意速必得作出的安排，撇开一切其他因素，这样做不会产生任何费用，但却有可能带来额外的赚钱机会。

找一家客户建立伙伴关系就困难多了，不过，最终他们决定去找UTL公司。不仅因为UTL是速必得的第一个直销客户（感谢两位总经理之间的关系），还因为谁都知道UTL希望与它的供应商建立伙伴关系。所以，就此决定找机会与UTL取得联系。

UTL公司

在1992年，UTL全年的文具用品消耗量大约为20万英镑，这与它购买汽轮机零件所花的3000万英镑比起来只是一个小数目。UTL的采购方法是很传统的，对供应商一点都不信任，与供应商之间始终保持着一定的距离，而且所有采购一律使用这一原则。公司采购的每种商品都甚少有5个供应商，除个别例外，完全根据价格来决定供应商。毫不奇怪，公司的供应商超过1 500家，绝大部分的接洽方式是通过编写报价单完成的，UTL很少与供应商进行人员之间的交谈。由于与公司高层保持友好关系，速必得是少数几家见过UTL采购人员的公司之一。

UTL公司属于一家大的跨国集团，服务市场遍及全世界。UTL与它的名字一样，专

门负责设计制造汽轮机，用户涉及各行各业。与很多英国的制造业公司一样，工厂刚经历过一次裁员，员工人数从 1987 年的 1 500 人，减少到 1994 年的 900 人。在最近几年里，公司的采购工作也进行了大的重组。1992 年公司出口和国内业务两部分合而为一，采购部门是最先进行合并的职能部门，公司聘请了一位新经理负责合并采购部的工作。

前面提到过公司在采购方面的导向是十分传统的，为了让采购发挥出更大的作用，采购部进行了一系列重大的改革，鼓励员工积极拓宽采购部的功能。新经理特别强调关注与供应商交易的总成本，不再只把注意力放在报价最低的供应商身上。经理意识到他需要改变采购部工作人员长久以来所养成的对待供应商的态度。在开始的时候就引入了一些新的做法，其中包括午餐研讨会，经理把午餐研讨会看成是进行团队建设和激发新想法的载体。研讨会的主讲人由公司邀请的讲师和部门内部受过培训的员工共同担任。

有机会的时候，部门会邀请公司以外的人来担任主讲人，年轻、热情的主讲人往往比年长有经验的主讲人更受欢迎。新经理非常清楚应该从组织层面认识采购工作的重要性，并且要培养出一个专业化的团队。他相信把采购化当作一种支持性的服务，迟早会遭到传统功能的挑战。

可以想象，采购部的大部分精力是集中在生产零件的采购上面，新经理并没有改变这种局面。的确，在目前情况下，他认为与非生产性供应商打交道越少越好。正是由于这种原因使得速必得有机会与 UTL 建立起了伙伴关系。

速必得初期的尝试

到了 1993 年，UTL 公司采购部的机构重组和经营理念转变都进行得很顺利。特别是研讨会，尽管最初曾招来公司内部的一些反对意见，正日益成为引入新思想和产生新想法的载体。当速必得公司直销部经理听说研讨会的消息以后，他提出要参加研讨会并介绍一种与客户合作的新方法。采购部的经理最初与他的同事一样，对此并不感兴趣，因为这并不是采购部关心的话题。不过，当速必得公司的经理告诉他演讲的题目是"文具用品管理外包及减少费用 10%"以后，他最后还是同意了。

按照现有的制度，文具用品的订货是一个缓慢而复杂的过程。当具体的工作部门需要文具用品时，首先要提出申购请求，然后通过采购部门向供应商下订单。货物送到公司以后，需要进行逐项的核对，就文具用品而言，这将意味着要对照送货单和订单清点检验每次送来的文具用品，然后经过逐项登记再分发到具体的工作部门。由于公司向多个供应商订货，遇到缺货问题就很难解决。每个供应商都往公司送供货清单，然后再对照订单和送货单进行核对。另外，印刷品还存在一个特殊的问题，如果印刷品上的说明文字与用户的要求不一致，用户在提出改正要求以后，当印刷品送到用户手上时，仍常常出现印错的情况。要想追究到底在哪里出的错十分困难。为了避免出现缺货情况的出现，要求订货的部门所预订和储存的文具用品往往超过实际的需要量。速必得公司直销部的人对此十分清楚，即使 UTL 公司自己的采购部不是如此，低效率现象仍是很常见的，费用减少 10% 是肯定做得到的。

为了管理好 UTL 全公司的文具用品，速必得公司在建议书中提出在每个部门设立 2~3 个文具存放箱，放置在方便使用的地方（一个为一般文具，如：复印纸；一个为专门文具，如印制表格；一个为易耗品，如笔、铅笔、图画纸等）。每个文具存放箱都贴有明确的标签，并计算出每种文具用品的平均需要量，在每只存放箱里放入够使用两周的文具。速必得公司的员工每周检查一次文具存放箱，把箱内的文具用品数量补足至核定水平。每次补充的文具用品数量让各区域的经理签字确认，每月进行一次汇总，速必得公司开出一份供应发票，无需对每件文具用品都办理进货或检查手续，也不需要再就每件文具用品下单独的订单，每个月采购部唯一要做的只是按发票支付货款。

尽管直销部经理的演讲很有说服力，他也还是遇到了一些质疑，虽然说算不上是有意刁难。有的采购人员认为这个计划根本行不通；有的则感到 UTL 可能会上当受骗；也有一部分人害怕一旦这种方法从文具用品发展到其他采购品种，会使自己失去工作。不过 UTL 公司的采购部经理认为不用再管文具用品采购，又能避开文具采购带来的所有抱怨，还可以把节省出来的采购人员用到更重要的业务上去，这个方案的前景的确很诱人。另外，节省 10% 的费用以及总经理的暗中鼓励也都为作出决定起到了帮助的作用。同时，速必得公司也提出，UTL 公司应该按使用区域和文具用品种类准确计算并规定文具用品的消费量。

到了 1993 年年底，速必得和 UTL 签订了一份为期两年的合同，从 1994 年起，由速必得向 UTL 提供所有的文具用品。尽管公司对有关细节作出了详细的规定（特别是对新系统的审计），同时也认可只有系统投入使用以后，才能看出系统的作用。

新系统的使用

按照新系统的要求，UTL 分出 20 个独立的文具用品区域，每个区域设立了文具存放箱。最初的目标是在 1994 年年初建成两个区域的文具存放箱，余下的在 1994 年 3 月全部

建成。速必得承诺在 3 小时以内解决出现的问题。

新系统大大简化了文具用品供应的手续，同时也对供需双方关系中很多传统的做法提出了挑战，特别是相互间的管理问题。首先，一旦没有了直接审核环节，UTL 公司只能完全相信速必得所提供产品的质量和操作上的可靠程度；其次，UTL 只能相信速必得的确是按发票送的货；最后，UTL 必须确定单一供应商是否会趁机提高报价。

UTL 各职能部门的经理需要看到新系统是有效的，并且速必得有能力提供新型的服务，为此专门召开了一次会议。持保留意见的人有机会发表自己的看法，也对新方法作了进一步的解释。这不仅引起了 UTL 公司经理的注意，公司的员工也十分关心。为了建立新系统，速必得派出了 5 位工作人员进行分析调查工作，找出了文具用品存放点的最佳位置。对于速必得所做的一切，UTL 公司的员工感到很不放心并充满了疑虑。引发不安的主要原因是害怕系统的使用会威胁到进货、检验、库房有关人员的工作岗位。

为了打消这些疑虑，包括工会在内的各方面的代表对此都很关心，速必得和 UTL 共同组织了一系列的讲座。很多问题都是由于站在 UTL 的视角来考察新系统以及担心依靠单一供货源而引发的。其他的反对意见则间接反映了对失掉工作的担心。尽管 UTL 公司采购部经理原先曾持保留意见，他现在成为主张与速必得合作的主要倡导者，原因是他认为需要把 UTL 的所有员工和资源都集中用于提高核心业务的竞争力，而不必为了找一个信封而瞎忙。加之公司保证使用速必得系统并不会威胁到任何人的就业，这似乎就打消了大部分人的疑虑。

在赢得了员工的认可以后，仍有实际工作需要完成。UTL 公司现有的文具用品成了新系统的一大障碍，公司的文具用品有集中存放和分散在各部门两种方式，并且工厂到处"暗藏"有大量的文具用品，这都给新系统的使用带来了麻烦。之所以会出现这些现象是由于公司的员工，特别是工作在生产区的工人，为了避免出现"缺货"，经常从仓库中拿出超过实际需要量的文具用品。

在新系统投入使用之前，速必得的员工搜查了 UTL 公司"私藏"文具用品的橱柜。在一间夜班主管的办公室里发现了大量的文具用品，这位主管因此被人称为"银匠"，其中很多文具甚至已经过期了，仍存放在办公室里。过去他在夜班领不到文具用品，所以才在办公室里放了很多的文具用品。在有的地方，个别品种的文具储存量够用一年半。

UTL 估计整个公司储存的文具用品够用两个月，为了把这些存货与新系统整合在一起，速必得开始对文具用品存货进行分类统计。在对现有的所有文具用品的数量和种类进行统计以后，UTL 公司才知道现有的存货几乎够用 4 个月。这就意味着在最初的几个月里，速必得公司能送的货很少，因此能收到的货款也很少。而在合同中并没有考虑到这一因素，类似的情况在新的文具用品管理系统中还有很多，之所以会出现这些情况，完成是由于双方的相互理解和信任。

到了 1994 年年底，新系统已经完成并投入运营，除了有个别的小毛病，所有人的反应都表现得很平静，完全出乎人们的预料。与此同时，合作的双方都感到获益匪浅。速必得获得的利益是：

★ 速必得与 UTL 的业务量从每年 50 000 镑增加到了 200 000 镑，利润率达到 8.5%；

★ 证明新系统完全可行，并有 3 家客户希望引入类似的系统。

对于 UTL 而言，它获得的明显利益是：

★ 每年的文具用品支出节省了 20%，即使是算上存货的消耗，也是预期值的两倍；

★ 有些部门的文具用品消耗量出现了明显的下降，其中部分要感谢存货控制，部分是由于"私拿"现象的减少。一位经理是这样认为的：

★ 与文具用品供应有关的抱怨几乎减少至零。

然而，UTL 的经理感到还有一种更重要的难以用数字表示的收益，就是 UTL 的经理们（不仅只是采购部）已经看到了用新的方法指导、组织公司发展的可能性。特别是经理们现在对公司发展的前景感到更加有信心了，一位经理是这样说的：

我们的眼界更加开阔了，没有人再会怀疑我们中的一些人能够如此容易地接受这种理性的改良。特别是由供应商带来的变化，与我们在管理变革取得进步方面所收获的自信心相比，我们在处理文具用品方面取得的进步是第二位。

如此自信的一个明显标志是 UTL 开始认真反思如何才能与其他供应商和自己的客户建立起类似的关系。

总结

速必得和 UTL 验证了赢利及提高效率的新趋势，尤其在客户—供应商关系方面，同时通过"变革管理"也具有普遍的借鉴意义。

★ 自上世纪 60 年代以来，人们已经认识到客户和供应商之间的关系可能会影响到两方的

变革管理
Managing change

内部运作。但是，一般认为这种影响的出现不是有意安排的。本案例研究表明，为了使企业的环境变得有利于双方的运作，客户和供应商可以有意识地加强相互间的联系。

★ 案例研究还表明，商业运作包含有运气和意外的成分。速必得进行文具用品直销主要是由于两家公司总经理之间的友谊。速必得决定开展印刷文具业务，建立与 UTL 的伙伴关系，以及 UTL 同意这样做都含有偶然的因素。要是在一年前，这种方法肯定会遭到反对；而推后一年，UTL 可能会改变主意，或是忙于与生产供应商建立伙伴关系。

★ 处理怀疑和阻力的方法也是值得注意的。在一开始的时候，速必得就以开放、坦诚的方式对待项目，在全体采购人员出席的研讨会上公开提出了建立伙伴关系的建议，并让 UTL 的所有经理都了解了建议的内容。UTL 同样不对自己的员工隐瞒任何东西。双方都考虑了存在的忧虑和怀疑，在实施变革之前尽全力消除员工存在的顾虑。UTL 还承诺变革不会让任何人失去工作。

★ 另外，双方都准备摈弃相互不信任的习惯，在相互信任的基础上建立伙伴关系，这一点是特别重要的，因为商业关系中的相互不信任可以说是随处可见。不过，信任需要以不断的检验、正确的信念和保证双方利益为前提。

从 1994 年开始，速必得和 UTL 之间的合同经过多次修改，合同期限已改为 4 年。UTL 从中获得的利益相当可观，它无需再考虑文具用品的管理，可以更专注于自己的核心业务和核心供应商。另外，原先预期节约费用的幅度为 10%，现在文具用品方面的费用下降了 20%。通过与 UTL 建立伙伴关系，速必得也取得了很好的收益，它与另外 10 家大公司也建立了类似的合作关系。目前直销部的营业额已超过 200 万镑，并且利润率名列前茅。但是，从 1998 年开始，速必得的直销业务陷入了停顿。要想进一步发展直销业务，应该在时间和资金两方面努力。因为，在伯明翰地区很难再找到潜在客户，需要在全国范围内发展客户。速必得公司的现任总经理（尽管最初是他提出要搞直销业务）反对把直销业务推广到全国范围。他认为时间和资金可以用来发展公司的其他业务，不过，他很快就该退休了，总经理的职务有可能由直销部经理来继任。果真如此，直销部经理认为应该在全国范围内进行直销。

警事康——公共部门的业务外包

背景

尽管外包业务是一项增长最快的业务，并且有证据表明也是最重要的商业活动领域，但这只是倾向于假设私营部门的活动和专家致力的领域。本案例研究向大家展示的是外包业务至少在公共部门也和在私营部门一样普遍。在第 11 章的案例研究 4 中曾强调，在最近的 20 多年中私有化浪潮不断上升，或者引起了意识形态和现实上的关注，前者的情况表明以竞争为基础的私营部门所提供的服务比公共部门更便宜并且更有效。从现实关注的角度来看，削减不断攀升的公共部门的财政赤字以及伴随而来的税法的建立，导致了寻求更加合算的提供公共服务的方式。尽管这些观点的展现是为了促进私有化，但这也不是切实可行的方法，外包或订立合同包出公共服务成为了必选的办法之一。在美国，由于缺乏国有企业，业务外包而不是出售国有资产已经是从公共部门转向私营领域的主要方式。实际上，正如康特（Cant）和杰尼斯（Jeynes）所指出，自 20 世纪初开始，美国政府就一直利用私营公司来提供公共服务了。由于这个原因，美国率先将托尔波特提到的一种"市场机制"——业务外包和市场试验——介绍进了公共部门（见第 11 章的案例研究 4）。

紧跟美国的不仅仅是英国，董博格（Domberger）从美国、英国、法国、德国、日本和澳大利亚收集的数据表明，在这些国家，公共部门的业务外包是非常重要的活动，其数量持续增长。董博格总结到：在这些国家，公共和私营部门之间的业务外包服务相互渗透的情况差不多，在这两种部门流行的看法是：最佳价值的实现就是应用竞争、市场化的服务作为解决方案。然而，仅仅比较流行的东西并不意味着它们是有效的，在检验英国和美国的业务外包的研究中，盖伊（Gay）和埃森格（Essinger）发现业务外包失败的情形预计达到了 28%左右。

不过，在英国和其他国家的公共部门的业务外包仍然持续上升和逾显重要，利用在公共部门的活动中应用私营部门的诀窍，可以节约成本和改进服务是业务外包主要的促进因素。尽管在私营和公共部门之间存在类似之处，但也有显著的区别。私营组织以为股东创造利益为目的，如何实现此目的它们是相对不受约束的。公共部门和团体必须证明它们是在为纳税人的钱实现价值，但如何实现这一目的要受到来自法律和政策的限制。所以，即便存在公共部门采用私营部门的做法更有益的情形，但在这么做的同时还要受到法律和政策的限制。下面研究的警事康的业务外包经历将为大家展示这个问题。

变革管理
Managing change

警事康

警事康是英国一支最大的警察部队，成员超过6 000人，负责2 200平方英里、210万人口的治安保卫工作。与英国的所有公共部门一样，要在法律规定的框架内开展工作、提供有价值的服务，在公共资金使用方面，必须证明是透明开放和经过审核的。另外，继任政府一直要求所有警察部队，通常是利用市场试验的方法，表明机构内部提供的服务没有私营部门提供的服务便宜或更好。在1994年开始采用"强制竞争投标法"（CCT），CCT要求警事康开展外部竞争活动以便测试外部供应商是否能提供更有所值的服务，如果表明外部供应商比较便宜，无论警事康愿意与否都要进行外包。

紧接着在1999年CCT为政府又出台"最合算"活动法，按照地方政府法案1999的规定，警察部门的权力必须按照卓越价值绩效计划来行使。这需要地方权力机构，包括警务服务，对他们的5年一期的服务业务都要贯彻执行"基本绩效审查"制度，审查包括经济、效能和所提供的服务效率并对4个关键问题进行陈述，4个关键问题就是大家都知道的4个"C"：挑战（Challenge）、比较（Compare）、协商（Consult）和竞争（Compete）。

作为政府最合算活动法的一部分，警事康的资金拨款是有条件的：每年和前一年相比其效率要提高2%，完成这2%的提升，一是靠节约（以较少的资源实现同样的结果），一是靠效率的提升（用同样的资源实现更大的结果）。因此，法律要求警事康检验自己内部提供的服务与外部竞争形成对照。

当1994年CCT生效时，正好迎合了警事康已经开展的业务外包。随后的几年中，外包了一些业务活动，包括部分IT、财务、人力资源和法律工作。不过按照CCT的规定，第一个外包业务是建筑物的清洁工作，1995年依据CCT规定建筑物清洁工作被一次性外包了出去。在这之前，警事康一直都是雇佣自己的员工清洁建筑物。他们决定将外包合同分解成4个部分。之所以采取这个决定，有几个原因：涉及警事康辖区地理区域的大小，还要确保每个提供外包的服务商有能力履行合同，还因为CCT法规要求合同规模要与服务商的规模相适应；另外一个原因是警事康相信分解合同能鼓励服务商之间的竞争并导致产生更高的服务质量。

欧盟的法规迫使警事康在寻求任命外包供应商或承包商时，要采取在全欧洲范围内的竞标程序。显然这比警事康自己选择承包商进行业务外包的过程更长、更复杂也更昂贵。最合算法和欧盟的法规都不是要阻止警事康提交标书，而继续靠自己进行清洁服务。不过，尽管警事康急切希望保证将其现有的员工转到新的清洁服务供应商那里，但警事康却决定不进行机构内部的投标，因为它感到没有管理机构也缺乏竞标专业技术保证竞标成功。

在决定合同签约的过程中，警事康通过严格的程序考核每个竞标者的履约能力，包括访问他们的现有客户。最后的选择是基于警事康草拟的标书的最低成本，标书的核心内容详细列出了涉及业务的具体规范。对清洁合同，这方面的文档内容过于冗长也难以草拟，因为所涉及的许多场所难以定义出容易监控并容易理解的量化指标。不过，警事康认为这种方法确实能够证明是否能够实现资金的投资价值。合同价格 5 年固定，不过合同中也有由于诸如劳动力成本上升等因素造成的价格调整的条款。

4 个清洁合同决定给两个不同的公司。一旦合同开始执行，就开始监控合同所约定的规范内容，监控方式是通过定期到各施工场所参观检查以及各施工场所业务管理人员的情况汇报。与签约公司定期召开会议，在合同初期阶段会议召开得较为频繁（在某些情况下甚至每周召开一次），严密地监控帮助警事康识别出一个履约公司存在的严重问题，就中止了该公司的两个合同的执行并重新进行公告招标。合同被确定给另外的一家公司，使得该公司要单独承担所有的清洁合同的责任（该公司与警事康的原签约者属于同一个集团）。不过，一旦有新场所建成，新场所的清洁合同就须给其他公司，尽管这样有了一定程度的比较和竞争，但也成倍地增加了警事康与履约公司的联系的工作量。在 2000 年 1 月警事康再次发布公告进行招标，竞争招标过程的结果仍然都是警事康原来的履约人。

警事康业务外包评价

当私营公司决定外包一项业务的时候，公司可以相对自由地以自己的喜好决定外包什么、合同给谁以及如何进行选择，尽管最终它必须表明其全部的管理业务的方法是为股东提供投资效益。像警事康这样的公共部门也必须证明它们的投资效益，但运作必须遵守比私营公司更严格的规定和规则，这些规定和规则详细规定了它们不能做什么、必须做什么以及必须如何做。如果我们研究业务外包的决定过程、履约人的选择过程、合同安排以及与履约者关系的管理方式，我们就会明白这些规定和规则是如何影响警事康的业务外包方法的。

业务外包的决定过程

警事康一开始受制于强制竞争投标法而将某些业务对外招标。1999 年"最合算"法规迫使警事康对其所有业务采取定期回顾检查，以表明警事康这样做能够节省开支，但警事康必须将业务对外招标，还必须受制于外部的论证结果和考察确定它采取的方式是符合政

府立法规定的。

服务商的选择

警事康像英国的其他公共部门一样，迫于法规的规定而采取严格而公开的服务商选择过程，包括草拟明确的详细需求和形式的标书，以及明确何时招标和何时作出开标决定的时间表。警事康还必须向整个欧盟发布招标通告、提供符合规范的标书，将合同评判给最低（总成本）的竞标者，即使清洁合同的履约者毁约，警事康也不能将工作转给另一个履约表现出色的公司；合同必须重新再走一遍招标的整个过程。与此类似，甚至即使现在的履约公司被认为是工作履约出色的公司，一旦有新业务或者有新场所的新清洁合同，它们仍然必须参加投标，否则它们得不到合同。

在如何操作方面也与许多私营公司不同，私营部门常常不向服务商发布广告，而是找出"同级别最好"的服务商并直接进行确定，它们也与每个有可能中标的服务商谈判以明确谁能提供最好的服务，而不是要求它们通过竞标决定胜负。甚至在选择服务商的时候，成本等问题可能不是最重要的，历史履约记录和对他们信任程度也许被认为是较为重要的，而且甚至当服务商已最终选定，这常常表明是谈判新阶段的开始而不是过程结束的信号。这与公共部门形成了巨大反差，因为公共部门有一些政策的雷区，警事康和绝大多数的公共部门一旦招投标过程结束、选定了服务商就很难再开展进一步的会谈了。而在私营部门，甚至在合同履行阶段，也可以继续进行合同的优化和改进。但是，在公共部门，一旦合同细节被认可，合同双方就很难改变合同内容。

合同安排

一般来说，公共部门相对私营部门来说更倾向于签订更长和更规范的合同，一个主要的原因是公共部门的合同通常规模比较大，比如：像警事康那样拥有大量需要清洁的建筑物的私营组织非常少。合同的规模大对服务商来说意味着投入大的组织成本，需要服务商必须有大的服务时间跨度，这样可以使合同任务更经济。在效果监督考核方面，这在公共部门是共同的要求，警事康决定对其清洁合同采用详细的量化评价。不过，它们发现，对详细结果的评测很难针对清洁办公室这样的简单任务，而且这个过程也很费时间。然而，很多私营公司发现，由于在确定详细的需求方面花费的时间不够，引发了在合同履行期间违约和增加投入的问题。

在私营企业的业务外包合同中使用了"收入分享"的条款，在履行合同时，双方节约和超额完成获得的收益，在私营部门中是共同分享的，这是因为收入分享条款被当作是对服务商追求提高自己和客户的双方的效益的鼓励。不过，公共组织更多的是谨慎，因为必须证明实现了资金的投入产出，所以如果服务商超额完成了合同任务，在部分公共部门则被认为是不正常的，甚至是有腐败行为。

争议和争议解决的程序被明确地写进了所有警事康的合同。实际上，所有的公共部门在公开透明、结构化、始终一致和公平公正的原则下，都有最佳的争议解决方案。在公共部门内运作的法律架构，同时也是公众审查关注，尤其是媒体关注法律架构。

相互关系的管理

关于相互关系的管理，尽管警事康的员工说是采取了合作伙伴的关系，但实际上使用了像竞争招标这样的机制，即便中标方履约出色，也是多少有点敌意的。当然，公共规章要求警事康的行为必须符合这样的方式。许多外包业务和合同是否进行续签的不确定性导致缺乏真正伙伴关系的倾向也就是不可避免的。在私营部门，公司常常使用组合的方式处理与服务商的关系，这就是说，即便服务商不能总是提供最低的价格，它们也试图在同一服务商采用很多相关的活动，这就使它们拥有不太多但却是更为重要的关系伙伴，对这些伙伴它们可以投入更多的时间和资源。而且似乎还要保证涉及高级管理者的关系的改进和监督，以及保证对可能威胁合同续签的问题有效地进行处理。很明显，公共部门的规章制度使得对警事康来说运作组合方式是非常困难的，实际上，公共部门的采购规则似乎基本上在要求他们能让组织在同样的业务上，有不止一个服务供应商的规定方面产生了相反的效果，警事康的清洁合同就是这样。

服务供应商的发展是受到公共部门规章制度牵制的另外一个方面。对警事康以及其他公共机构来说，和服务供应商一道进行效率绩效提升的研究工作就会受到谴责，认为这是偏袒了某个服务供应商，在重新进行招投标时给了这个服务供应商不公平的有利条件。实际上，警事康不顾通讯技术的飞速发展，它的无线电设备维护合同就有意识地拒绝引进各种新技术，这是因为任何新的通讯技术都需要不同的维护程序，这就需要改变维护合同，或者甚至需要重新招标。所以，在公共部门存在一种倾向，依据约定和协议，管理和控制服务供应商，而不是与他们一道工作，并在合同的具体内容上进行改进。

强调合同监督和合同责任，而不是绩效改善，也许是对这个原因的说明。在警事康，业务外包被看作是由相对初级的员工而不是高级管理者的所采取的行政任务，而非重要的战略。

变革管理
Managing change

总结

　　这个案例研究展示了在公共部门业务外包的真实活动，这些部门受政府法规的驱使，就像警事康那样，必须采用市场机制来削减提供公共服务的成本。这些政府法规本身没有强迫警事康和其他公共机构的业务外包行为，但是，即使是一个保持在机构内部的业务行为，也必须通过公开的竞标过程才能赢得合同，这个过程还需证明内部机构的服务提供者所提供的服务是最"合算"的并且超过了外部竞标者。为此，警事康还必须有将这样的整合标书所需的技术能力，就像清洁业务的标书所示，警事康感到自己没有这样的技术能力。这不仅仅是准备招标文档的问题：警事康还必须将清洁工作折分组合，管理方式也要重新改组。面对这些，外包这些服务比自己提供相对容易。但这并不意味着警事康不能从外包服务中获得益处。CCT 以及后来的最合算法，使警事康外包它的许多原来在管理上耗费时间的业务活动，让它关注于自己法律赋予的核心业务。但是，在公共部门的业务外包方式，意味着警事康和其他公共机构也许没有获得外包的全部利益，并且在很多情况下，外包业务的服务可能只是比机构内部提供的服务好。艾瑞吉（Erridge）和诺迪（Nondi）（1994）指出，公共部门追求经济、效益和效率的倾向使得业务外包这一降低成本的方法得以突飞猛进地发展。

　　公共部门的采购规定，确实限制了警事康的采取私营公司有益做法的能力和积极性，比如：似乎可以明白为什么有一个清洁履约人而不是两个的原因所在，尤其像第二次那样仅仅是负责一个设备。类似地，它的无线电合同阻止引进新的通讯技术，似乎是对生产力发展的阻碍，还有，警事康无力采用组合的方法进行设备采购，也不能参与到供应商的开发工作之中，这样做似乎鼓励了合同数量的增加，而同时将采购活动转向了相对低级的行政部门。毕竟，警事康能够决定用一个清洁合同还是四个合同，而且它能使清洁业务与其他业务相联系，如：公共饮食后勤服务，这些服务业务主要的清洁公司也提供。不过，它觉得将合同分散能鼓励更大的竞争，要弄明白采取这些由公共部门采购规章或天生的讨厌冒风险者所驱使确定的措施，是成功还是失败一般是很困难的。当然，伯恩尼斯和克莱姆（Coram）发现甚至公共部门的高级管理者在处理外包合同时，也是非常厌恶冒风险的。在警事康所涉及的管理层次似乎更是这种情况。

　　换句话说，正如公共部门应该从私营部门的一些措施中获得利益那样，反之亦然。当然，私营部门要向公共部门更加结构化的方式学习，在业务外包、招标过程和合同具体细节方面必须严格要求，要做得最好。在私营部门，选择一项外包业务任务似乎经常被看作是个特殊的过程，常常与行政关注捆绑在一起，公共机构规章规定了它们的所有业务行为必须是公开的、和可审查的，这种方式意味着想要对差绩效进行隐瞒是非常困难的。同样地，私营部门在合同确定后还能继续就合同具体细节进行会谈和优化，这种做法是非常有益的，但也表明买方起初的懒惰。还有，不去进行公共招投标，公司就会错过一次创新自己工作的竞标机会。另外，公共部门有更结构化、标准化的争议解决方案，能公正、高效地处理问题。

总之，尽管我们看到在公共部门中，业务外包的决定和实施受到了政府和欧盟的法律法规的驱动和限制，采用将业务外包变成一种具体的实践而不是战略行动的方式，限制公共机构的行动自由，对警事康运作的限制也降低了它采取措施从私营组织获益的能力。特别地，很少有证据表明：公共部门与那些证明对组织有益的私营供应商发展伙伴关系。换言之，公共部门更加结构化的业务外包方法，在某些方面也许能成为许多私营组织采用的好方法。

结论

本章的3个案例研究详细地论证了私营和公共部门或组织进行业务外包的范围和一些重要的方面。在这两种部门，业务外包的普遍程度差不多，它们的模式不同，可能的利益也不相同，但相互渗透并引起相互的促进改变。对私营部门来说，外包的目的就是让客户关注于自己的核心业务竞争力；在公共部门，业务外包被看作是降低成本的方法，它是基于这样的假设进行估量的：因为私营公司运作于充满竞争的市场，所以它们提供的服务成本一般比公共部门的低。在私营部门，业务外包还导致公司内、外关系的改变。尽管客户和服务商之间关系的密切，明显地有利于业务交流的和谐气氛，但这对变革来说却几乎是副作用的，也不是推动变革的主要原因。公司越来越意识到必须在绩效方面有大的改善，但是，就像购进的商品和服务的价值可以增加79%、80%甚至90%，却不能基于公司内部的绩效提升来实现，而是需要他们的服务商也要进行业务绩效提升。福特公司发现，在轿车行业，实施绩效提升是有局限性的，服务供应商必须热心于绩效提升并且心甘情愿地与客户一道工作。在英国和其他西方国家进行采购活动，强调的是伙伴关系的采用，这实际正是日本取得成功的基石，所以，必定是十分有益的。

在私营部门转向业务外包的同时，服务供应商就开始提供服务，并对服务进行不断改进

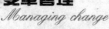

的尝试，而在公共部门将业务外包出去就几乎意味着万事大吉了。在公共部门将应用业务外包作为不断改进的战略，要受到法律和可能存在的文化的限制。紧密的工作关系的目的在于服务的改进，公共部门选择正规的关系目的在于监控所提供的服务以及保证服务供应商严格执行合同。

所以，正如本章所述，业务外包通过紧密的互利互惠的关系，为私营组织提供了持续改进服务的潜力，而对公共部门而言，它提供了一次性降低成本的机会。因此，那种认为业务外包对私营部门效果好，而对公共部门就效果差的观点是轻率的、不明智的。而是两种组织运作在不同的规则之下、有着不同的自由度。警事康是一个承担公共责任的机构，有自己的法定的、正规的监督职责，证明所提供资金的投入产出以及签订的合同是公开、公正的，选择服务供应商的行动自由以及如何与服务供应商开展工作都受到了严格地限制。对照案例研究 8，罗孚—天合的合作，表明在运作层面开诚布公的密切工作关系，能为供、需双方带来巨大的利益，不过，案例也表明在营造了关系不断改进的情形下，有时很难判断谁获得了最大的经济利益。在私营部门，如案例研究所述，在供需双方的关系上有着共同的积极态度。在公共部门，一旦管理者允许服务供应商获得了高出和超出合同拟定的利益的情况出现，管理者就会受到严厉的谴责。

罗孚—天合的情况还表明应急性和一定程度上的非计划性是伙伴关系发展的本质。如果两个公司，尤其是天合公司，一直不打破传统的、泰勒式的人员管理方法以及允许员工有试验和改进新工作方法的自由，密切的运作层面的关系就不会蒸蒸日上、与时俱进。

案例研究 9，速必得文具，给出了一个公共部门几乎无法效仿的例证。通常来说，是客户方首先在采购活动中提出变革，其原因是显而易见的，因为客户方在相互关系中通常是强势的一方（他们一般能选择采购地点和其他条款）。在这个例子中，速必得按照他们客户的变革建议采取行动。这基本上是因为商业的原因：他们必须赢得另外的业务，合作伙伴就是实现这一目的的主要手段，他们相信伙伴合作关系方法不仅是商业利益而且还给速必得带来了超过对手的竞争优势。很幸运，速必得能采取这个方法，客户对这种活动模式也予以积极响应。相互关系建立的过程在速必得，特别是在客户，导致发生了许多变革，许多的信息为大众所知，如对新的布置调整进行改进和贯彻实施，不仅是将新方法投入了应用实践，怀疑者也能实现利益的增加。对速必得及其客户来说，新方法使他们几乎一下就跨越到了一个他们尚且未预知的成功境界，但只有时间能说出成功的程度。在警事康和其他公共机构，能合法、自愿地采取这种理念上的跨越是非常困难的。

当然没有必要假设警事康没有从其业务外包活动中获益，警察部队所处的时代是：事务量大并且紧张压力也大，他们的行为受到了空前的媒体监督。业务外包带来的显著的利益是：能更加直接地关注警务工作、减少管理服务性工作，如卫生清洁、后勤饮食等，还能带来成本节约。因此，更自由的行动策略、不怕承担风险的文化，应当能使警事康从业务外包中实现更多的利益。从过程的观点出发，人们认识到许多警事康的外包实践都是可以仿效的，也是可以被私营部门所采纳的。

本书第一部分指出，我们生活在这样一个时代：所有的组织，无论公共组织、私营组织还是自愿者组织都意识到它们必须变革自己的内部运作和相互关系，以便增加自己的效率和竞争力。本章的 3 个案例研究所展示的是对私营组织而言，这些改进和发展不应当只是停留在自己的办公室和工厂里。当供需双方彼此间存在共同的发展，并建立发展起了更好的工作关系的时候，那么他们就会明白他们所看到的最多的是绩效发展的潜力。对公共部门来说，发生在它门外的事情，只要不影响与服务供应商的合同执行，似乎都不必关心。

考虑到发展供需双方关系的特点，从这些案例研究中得出了 3 点总结：

第一，私营公司正在改变着游戏的规则；它们正在挑战在英国和其他欧洲国家流行的传统的供需商业模式。公共组织机构仍然以现有规则工作，仍不寻求对规则提出挑战。

第二，尽管大部分的伙伴工作关系都是基于别人的成功经验，但仍需要相关当事各方投入大量诚信的活动。对新的相互关系的详细具体形式是不可能事先讲清楚的，也说不清能带来多少具体的利益。不过，对传统相互关系及其商业优势的潜力的不满，鞭策着本章所述的私营公司采取如此的决策。可以看到，对采取伙伴关系的决策不能被单独认为是理想化分析的基础、是对量化利益的追求以及商业目标的保证。实际上，建立伙伴关系的后果也是不可预料的，并需要勇敢、主动和诚信。在有特定工作限制的公共部门，很难看到单独的公共部门采取建立伙伴的方式。

最后一点，涉及的是主要的利益或伙伴关系的重要地位，私营公司寻求改进新工作方式的原因，就是为了帮助它们对抗竞争压力、应对现代世界的不确定性。使供需双方更加透明和谐的伙伴关系不仅使公司巩固了自己的竞争地位，而且还减少了环境的不确定性的源头，这与汤姆·彼得斯的观点相反，他赞成增加混沌而不是减少它。它还表明组织面对的主要的限制、偶然性、环境的不确定性是可以用对未来规划的方式进行管理的，在发展生产和产品方面得到提升。在公共部门，业务外包的实践也许会有负作用，它们使公共部门增加产生了不确定的动摇，因为一旦到了合同重新签订的时候，就增加了在到底是谁来提供服务方面的

变革管理
Managing change

不确定性。业务外包还能导致其雇员的不确定性，因为雇员不知道将来他们的工作是否被外包。假如这样的话，在他们的职业前途方面所产生的影响以及对雇员方面产生的影响是很大的。对供应商和他们的雇员来说，因为不管他们的绩效如何出色，一旦还有人给出比他们更低的价格，他们总是会失去合同的。

正像在第 2 章所描述的偶然性理论那样，在大约 40 多年前，外部环境会影响组织的内部工作，而组织内部的调整安排也会影响环境。所以，如果混乱不堪的环境导致了内部关系的改变，那么给定的这些组织就都是一个开放的系统，我们希望在外部关系上也发生相对应的变革。所以尽管内部变革通常被认为是一种应对环境不确定性的机制，私营部门中供需双方发展更加密切的外在联系，可以在保证减少不确定性方面迈出更远的一步。相对地，公共部门的采购活动也能对不断增加的不确定性产生影响。

学习检测

简答题

1. 指出罗孚发展与天合的伙伴关系的主要原因。

2. 列出罗孚—天合伙伴关系各方得到的主要利益。

3. 在什么程度上，速必得案例研究可以看作是支持应急变革方法的？

4. 说服 UTL 加入速必得伙伴关系的决定性因素是什么？

5. 支持警事康业务外包政策的主要因素是什么？

6. 是什么阻碍了警事康采用伙伴关系的外包方法？

简述题

1. 在什么程度上，罗孚—天合的案例研究展示的是持续发展改进的局限性？

2. 在向伙伴关系转变的过程中，速必得是如何克服员工和客户中潜在的变革阻碍的？

3. 讨论以下论题：警事康研究表明对私营部门实践的限制的方法能够被公共部门机构所采用。

第4部分

管理选择

第 *14* 章

管理变革

来自理论和实践的教训

学习目标

学完本章之后，你应该能够：

- 联系以下几点，对第 3 部分的 10 个案例进行分析：

  1. 每个组织是如何制定战略的；

  2. 选择方面的限制；

  3. 管理行为；

  4. 管理变革的方法；

  5. 运用变化的方式或途径；

  6. 追求的目标。

- 联系以上问题，描述每个案例的主要教训：

- 理解哪些因素会影响到员工的参与程度；

- 懂得以独立、有序或综合的方式运用变革的诸多方法。

变革管理
Managing change

引言

在前面 3 个部分，我们对组织发展和变革的理论及实践进行了讨论。从工业革命到如今，我们可以看出组织的历史充满了变化和动荡。根据这个观察结果，认为组织的运营长期处在稳定状态或可预测环境的观点是很难成立的。无论是由于经济波动、新产品和新工艺的出现、社会政治的变迁，还是由于战争，组织和行业都处于不停的动荡之中。尽管有的行业还很兴盛，但是，产品和领先的公司都发生了很大的变化，计算机行业就是一个很突出的例子，它已经由 IBM 主机占主导地位发展到由微软操作系统占主导地位。而有的行业，例如英国的煤炭工业，其重要性和影响力已大不如从前了，在工业界的地位已经变得无足轻重。

毫不奇怪，考虑到过去 20 年来行业和技术的兴衰，很多作者认为组织和社会总体上是处在一个空前迅速变化的时期，一个原有的规律不再适用、新规律已经出现的时期。另外的观点却认为不同的公司、不同的行业，甚至是不同的国家，其变化幅度各有不同。因此，在一段时期以内，有的组织处于严重的混乱之中，而一些别的组织则处在相对稳定的环境之中。然而，无论是哪一种观点对稳定—混乱问题的解释更为合理或许都并不重要。重要的问题是组织怎样才能适应它所处的环境以及它所面对的限制条件、挑战和威胁。为了完成这样的任务，有一件事是十分明确的：可供参考的信息和建议在数量和多样性方面肯定比过去多多了。

经营分析和经营建设不再仅仅出现于由少数专家把持的出版物和刊物之中，或是藏在商学院的图书馆里。有关管理的书籍、杂志、录像片，在机场、车站、书店随处可见，报纸、广播、电视已成为推广最新"灵丹妙药"的工具或工商界领袖们布道的场所。另外，只要肯花钱，管理咨询公司随时可以提供最新的解决之道。所以，经理们再也不能声称缺少建议或支持。问题是没有哪两种方法是完全相同的，在有些情况下，两种方法还有可能是完全冲突的。最让人感到绝望的是，很多经理不得不问自己一个简单的问题："如果专家不认可，我

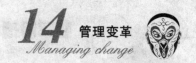

还有什么希望?"

这说明一些经理在面对这类问题时错误地认为只有专家能解决这种问题。尽管有的经理以宿命的态度对待这种问题，认为这种问题已超出了自己能够控制的范围，幸运的是，有的经理则对此持积极的态度。然而，即便是这些经理也给人留下这样的印象：他们的工作不过是按照专家推荐的方法去制定战略以应对周围出现的变化，或是照搬成功企业已采用的方法。本书正是要论证这样做不仅是不对的，而且是有害的。

尽管活动"专家"声称自己喜爱的方法或理论具有普遍的适用性，正如本书前两部分论证过的一样，现实是这些方法都出自于特定的环境、特定的时期以及特定的组织结构形式，组织和经理的关键作用是要理解专家提供的方法，遵循这些方法的原则去分析自己所处的环境和目标，选择出最适合自己的方法，只有这样，经理才能从环境和专家的囚禁中解脱出来，开始作出自己在运作、发展方向和组织方面的选择。事实上，这正是本书试图说明的主要观点。

本章希望通过回顾有关文献中组织和战略方面出现的变化，让读者能更好地认识前面3章里的 10 个案例研究。首先要回顾的是第 6~10 章的有关内容，并从中找出一些关键的共同特点，尤其是管理者选择方面的共同特点。用这些共同特点，检验第 11~13 章的案例研究。然后再讨论员工参与的本质和理论基础，尤其是组织在面临迅速变化的情况。从而得出一个结论：组织和学者必须摈弃处理变化的"计划方法"和"应急方法"是相互对立的观点，或者认为两种方法不能协调运用的观点。相反，经理们应该认识到处理变化方法的多重性，经理们自己就能够选择处理变革的方法，确定组织哪些是需要变革的、什么时候可以进行改革。

来自理论与实践的教训

第 6~10 章已经涉及了建立管理者选择和变革管理模式方面的内容，随后展示的 10 个案例研究则是组织如何处理上述问题。现在要对案例研究与第 6~10 章中的发现进行比较，这 5 章的内容主要是简要回顾变革管理的历史以及主要问题，案例研究中也反复出现这方面的内容，目的就是要为第 15 章的选择管理—变革管理模式提供一个理论联系实际的基础，以方便读者理解以及运用这一模式。

第 6~10 章的有关问题

第 6~7 章讨论了制定战略的起源和发展状况，告诉读者制定战略最初是为了应对组织外

变革管理
Managing change

部环境变化，尤其是对产品和市场而设计的一种理性的变化过程，经理的关键作用是发现趋势、制定未来的目标，然后完成战略实施。随着战略概念的发展，出现了规范性学派和分析性学派两种不同的流派。前者主要是告诉经理他们该如何按计划、量化、理性的方法制定战略，另一方面，分析性学派则更倾向于关注组织制定实施战略方面的细节，而不是照搬专家的建议。以分析性学派的观点，战略中包含的复杂、非理性和紧急事件远比规范性学派预想的多。

在过去的 20 年里，规范性学派依然占据战略制定的主流地位。但是，分析性学派的观点也具有一定程度的影响力，特别是随着人们对直觉、创造力、权力、政治在制定战略方面重要性认识的进一步加强，经理们已经意识到不再可能为组织的未来制定细致精确的计划，更清醒地认识到自己的主要责任是为组织设计愿景和战略计划。为了实现这一目的，通常需要自下而上的努力，对资源配置、产品或市场拓展以及大量的小范围组织变化这类日常问题作出决定。根据这一观点，组织的战略不应该是事先制定好的，而应该由组织的不同层面共同决定。因此，在第 6~7 章中可以看到，分析性学派与规范性学派的观点相反，认为愿景或目的是组织作出决定的依据，组织战略的本质和细节需要由决定来体现。不过，尽管分析性学派受重视的程度日益增加，仍代替不了用理性、量化的方式制定战略的方法，在第 6~7 章中还可以看到，在制定战略方面，还涌现出了一些新的方法，特别是竞争力、基于资源和战略冲突的模型。

在第 6 章中，可以看出，在制定战略方面相互竞争的观点，很难说谁对谁错，而是要看在给定的情况下谁更适用，决定适用性的主要因素包括：国家特征、经济环境、行业特点和组织的内部特征。不应该把经理的作用仅限于选择一种适合组织环境的战略，经理可以选择改变组织面临的环境因素，使之更适合组织制定的战略。

在第 8~9 章讨论了变革管理方面的问题。第 8 章一开始就描述了变革管理方法的理论依据，主要包括行为科学、个人参与的重要性以及组织内的团体和系统几个方面。随后又回顾了变革管理的主要方法——有计划的变革。"计划方法"主要关注的重点是个人和团体，较少涉及组织整体及环境，尽管这种方法的支持者也试图对这一点作出调整。这种方法与它的名称一样，认为变革只是组织从一个相对稳定的状态变到另一个稳定状态的有意识的运动过程，这种方法正是要通过参与和学习的过程，改变个人和团体的信念和行为，提高组织的工作效率。本章通过对组织变化过程和本质的观察，总结出三种模式：渐进、间断均衡和持续变化模式。这些模式关注的重点是如何设计小范围、中等范围、大范围的变革以实现组织整体的转变。并指出尽管计划方法可以适用于某些情况，仍需要研究适用范围更广的方法。

第 9 章在"应急方法"这一标题下回顾了新出现的变革管理方法，这种方法认为组织的运作处在不断变化和被干扰的状态，尽管它的支持者也认识到变革可以有多种方式。"应急方法"倾向于认为变革管理具有自下而上、不可预测、混乱、受政治因素推动的特点，根据这一特点，认为经理的作用是创造一种氛围，使得组织中的每个人都有责任发现变革的迫切性并进行主动的变革。变革的目的不是为了取得一个固定的结果，而是针对不可预测的环境提出的，变革要求进行不断的自我完善。尤其是"应急方法"找到了促进或阻碍组织变革的五个因素：结构、文化、组织学习、管理者行为和权力政治因素。在第 9 章还可以看到，尽管"应急方法"在有的方面优于"计划方法"，但它也存在一些缺点，不能适用于所有的变革。

尽管"计划方法"或"应急方法"各有各的可取之处，但是，两者并不能为组织面临的变革提供一种综合的解决方案。在第 10 章里讨论的内容涉及到一系列的变革管理方法，它们可以用于应对组织面临的不同情况，任何一种方法的适用性都取决于一系列的因素，特别是组织所处环境的稳定性，以及其他因素。根据这一观点，在第 10 章里作者认为，经理的关键作用是要认识到组织所处环境的复杂性，并能选择适当的变革方法以适应环境的要求。不过，也有人认为，尽管环境性质一类的因素限制了经理选择方面的自由，经理常常能影响、改变这些限制因素，使之变得更适合于自己和组织的要求和偏好，但也有例外情况存在。

因此，从第 6~10 章的讨论中可以得出以下结论：

★ 变革的范围是广泛而多样化的，涉及的范围可以从小范围的改变到组织的全面变革，各种情况都有可能出现，或是以自觉的方式，或是以不自觉的方式，相同的组织可能同时发生多种变化，其目的又各不相同。

★ 尽管已经有了一些固定的制定战略的方法以及组织进行变革管理的方法，不过从发展趋势上看，经理和学术界关注并提倡的方法仍很有限，虽然没有明确地指出，制定战略的方法和进行变革管理的方法，这就暗含着一种"偶然性"的观点，即假定组织运作的环境具有一定程度的稳定性。

★ 占主导地位的观点认为经理必须采用与限制条件相适应的方法，尤其是他们在面对环境限制因素的情况下。

★ 另外的观点认为经理有可能对限制因素产生影响作用，从而本质上改变游戏规则，使得战

变革管理
Managing change

略制定的变革管理的方法与限制因素相互协调。

为了进一步验证以上观点，在第 3 部分，将通过回顾总结 10 个案例研究，来看一看以上观点与组织的实际情况存在多大程度的差异。对照第 6~10 章中的内容，专门讨论每个案例研究涉及的以下问题：

1. **战略**。组织是如何制定战略的？

2. **限制条件**。组织面临的限制条件是什么？制定战略时是否想到对限制条件进行改变？

3. **管理者行为**。经理在制定战略和变革管理中扮演了什么角色？

4. **变革管理**。如何管理变革项目？参与者是谁？

5. **计划方法、应急方法或两者的组合**。变革项目在多大程度上属于计划方法、应急方法还是其他方法？

6. **目标**。制定战略关注的核心或变革项目的目的是要改变个人和团体的行为还是要从整体上对组织进行改造？

第 11~13 章案例研究回顾

对照以上 6 个问题讨论 10 个案例研究时，应该记住案例研究 1~4（第 11 章）主要与战略制定有关，案例研究 5~10（第 12 章）则侧重于变革管理。不过，所有的案例研究都程度不同地涉及到战略制定和变革管理的有关内容，预先有这样的印象，现在就可以进入个别案例的讨论阶段，每个案例的讨论都围绕以上 6 个小标题展开。

案例研究 1：音乐行业

1. **战略**。在这个案例中，我们要考虑的问题不仅涉及 两家公司，而是涉及到整个行业、全球性的问题。音乐行业由五家大公司统治的时间已超过了 50 年。这些公司的经理们所制定的战略都有一个共同点，就是要保证他们在音乐行业的霸主地位。这种战略主要涉及与最当红的艺术家签约，对艺术家进行包装和推广，最大限度地销售艺术家的作品，保证所得利润的大部分流入唱片公司，并不考虑艺术家和其他人的利益。因特网的出现威胁到了大唱片公司的收入和统治地位。虽然，它能在降低销售成本方面为唱片公司带来很多的好处，但是，与 P2P 音乐交易形成的威胁相比，这点好处就显得毫无意义了。大唱片公司的管理者对此的反应显得十分被动，缺乏积极的战略眼光，他们试图用法律手段阻止音乐的网上免费下载，但是并不很成功，同时又模仿纳佰士的方法进行音乐有偿下载业务——预订服务。

2. **限制条件**。因特网使得录音材料能够被轻易地盗版，这显然是唱片公司面临的主要限制条件。计算机迷们打开了因特网的潘多拉盒子，已经很难想象大唱片公司仍能继续牢牢控制唱片的产生和销售，并获得绝大部分的收益。尽管这一方面是由于人们利用技术进步能够进行免费下载音乐，另外，这也与因特网的特性有关。从本质上看，这实际上是两种哲学观念的碰撞，一方认为因特网只不过是赚钱的载体，而另一方则认为创造沟通机会比赚钱更为重要。这就意味着有一批天才的、献身于计算机的精英，他们努力的目的就是要使因特网成为尽可能容易操作的免费通道，无论他们前面存在什么样的技术或法律障碍。这并不仅仅针对音乐行业，凡涉及以数字方法进行信号输出的行业都将受到盗版的侵扰，所涉及的行业包括唱片、电影、电视和图书出版业。第 4 章曾讨论过关于组织的"复杂性理论"，其中一个关键的论点认为即使一个很小的变化也能使得整个系统出现转变，推翻旧的限制条件和规则，并创造出新的限制条件和规则。音乐行业发生的事就是"复杂性理论"的一个很好的例子。

3. **管理者行为**。音乐行业的管理者一般都是一些很有实力的人物，或是在行业中才智出众，受到重用，或是亲自管理自己的公司。他们对音乐行业十分了解，一直沿用尝试的方法对艺术家进行培养、包装，并从中赚取利润。对于计算机迷提出的难题，他们感到手足无措。他们的反应是消极的，缺乏战略考虑。一方面想借助法庭抑制纳佰士或类似团体；一方面又想用纳佰士的方法搞预订服务，并没能从源头上找出对付盗版的办法。

4. **变革管理**。这个案例研究本身并没有涉及到变革管理的内容。从目前的情况看，只是在律师和高级管理层出现了一些变化。所采取的行动仅限于抑制和模仿网络技术，没有考虑到组织参与并且找出有效的解决方案。

5. **计划方法、应急方法或两者的组合**。虽然音乐行业是以创新为基础的一种行为，过去的很多做法都是独裁式和程式化的，仅仅考虑如何控制艺术家，P2P 革命把整个行业带入一种前所未有的不确定环境之中，所产生的变化很难由几个总经理就能管理控制住。因此，重塑音乐行业有可能引发出大量的局部反响和创新的方法，这些创新很可能来自于一些小的公司或更具企业家精神的公司，大公司在这方面的机会可能是更少一些。的确，大公司能否在 P2P 时代继续存在下去仍不很清楚，甚至按它们现有的形式存在下去也是很难预料的。

6. **目标**。目前，大唱片公司的主要目标仍未改变：它们希望维持自己在行业的统治地位。它们已经尝试过阻止纳佰士模式，也模仿过纳佰士模式，实际上，它们试过用法律手段威胁想把因特网发展成交流手段的人，让这些人放弃。在这一点上，它们显然是失败了。现

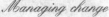

变革管理
Managing change

在，能够用于盗版的技术几乎已经普遍地设置在每一台电脑内，或是能买到或是能从因特网免费下载。他们很难让消费者放弃免费下载转而通过因特网预订有偿下载音乐的服务，一旦人们发现可以轻易免费获得某些东西以后，很难再说服他们为此付费。大唱片公司不应该只在枝节问题上做些修修补补的事，它们需要问一问自己：未来音乐行业的本质是什么？自己将扮演何种角色？

案例研究 2：马可尼

1. **战略。**尽管从表面上看，马可尼的战略是出自公司的 CEO 乔治·辛普森和财务总监马约之手，而事实上，最早提出这一战略的人是伦敦城市银行的机构投资者，他们担心 GEC 会错过因特网和电讯公司业务的机会，必须游得很快才能赶上这班船。没有人知道辛普森或马约是否对此战略提出过质疑。唯一知道的是他们卖掉 GEC 的绝大多数公司，并通过无节制的收购进入通讯行业。整个战略都是由投资人制定的。

2. **限制条件。**尽管辛普森和马约由于相信了投资人的观点，认为 GEC 已经失去了赢利能力。可能成为制定战略方面的一种限制条件仍是存在争议的，但是，他们选择了让 GEC/马可尼的战略符合这一点。这一战略还存在其他的限制条件，只是这些限制条件显然是被他们忽略掉了。第一，马可尼的高层管理者希望通过收购别的公司而迅速成为全球的因特网/通讯设备公司，并没有考虑到组建一家成长性的公司。这是一种很危险的战略，在任何行业都找不到这种战略获得成功的例子。第二，马可尼已经将自己置于这样一种处境之中：在一个迅速扩张的市场中，甚至在已经怀疑价格过高以及网络公司是否具有赢利能力的情况下，公司还不得不进行快速的收购。第三，公司进行收购的领域缺乏竞争，主要客户都是大的通讯公司，数量只有那么几家。市场一旦疲软就将带来灾难性后果。然而，即使在竞争对手采取措施防止需求下降的情况下，马可尼却忽略了市场出现的下滑迹象，按照新业务的产品服务需求将持续增长的假设，继续进行收购。

3. **管理者行为。**公司的战略是由辛普森和马约制定的，他俩亲自参与了出售 GEC 股份公司的全过程，并把马可尼各部分拼凑在一起。在此之后，他们几乎被机构投资者和股评家吹捧成了英雄。对马可尼的批评意见则被认为是来自于 GEC 从前的"老掌门人"，他们的意见只能被理解为酸葡萄。

4. **变革管理。**由 GEC 变成马可尼过程中发生的主要变革就是公司的收购和公司的转让。在收购和出售公司的过程中，由于新马可尼成长的速度过快，交易几乎是以拍卖的方式完成，再也不是按 GEC 过去的方法，需要做认真的评估。为了创立马可尼，必须把 GEC

原有的大部分资产处理掉，以适应建立因特网或电讯公司的需要。因此，只要能为建立新公司筹集到资金的资产全都可以出售。在收购公司方面也是如此，只要马可尼需要的公司，出多少钱也不在乎。在迅速发展的市场中，马可尼想要的任何一样东西都得按时价交易。在20世纪70年代，石油输出组织控制了原油的供应，当该组织的领导齐亚哈克亚马里被问及"公平的油价应该是多少"时，他的回答是在原来的基础上加价10%。马可尼想要收购的公司也是持这种态度，马可尼既然选择了这样一条路，公司的管理层清楚地知道除了按现价收购，已别无选择。经理们成了投资者和贷款方的囚徒，投资者和贷款方也希望并要求公司这么做。的确，马可尼借的钱和花的钱越多，公司的形象和股价也越高，公司管理层获得的赞美也越多。

5.计划方法、应急方法或两者的组合。 这个案例研究基本上不涉及变革管理的内容，只是在战略方面涉及到通过出售一个公司并创立另一个新公司。辛普森和马约的愿景是把GEC转变成一个高科技的因特网或电讯设备公司。他们清楚要出售GEC的哪些部分（大部分），以及收购哪种类型的电讯公司。虽然出售和收购行为都是为了抓住机会，但是，直到马可尼引人注目地失败以后，公司的战略也从未动摇或改变过。因此，马可尼应对变革的方法算得上是典型的自上而下的方法，公司失败也是由管理层直接造成的。

6.目标。 马可尼的战略目标是要建立一个全新的公司。这似乎已经超出了变革的概念，因为变革是指以某种方法使原来的组织重新获得活力。马可尼的出发点就是要卖掉GEC，购买一个新的组织，包括人员、产品和市场，以及新的客户。

案例研究3：奥迪康

1. 战略。 公司的战略是由一个人（公司的总裁拉斯·科林德）制定并推动的。他提出了建立一个服务型组织的愿景，希望完全放弃原有的组织结构，重新开始。

2. 限制条件。 尽管不存在明显的影响战略的限制条件，但是新出现的灵活组织结构肯定会与丹麦的规范或对岗位设计的期望相冲突。从整个行业来看，奥迪康在竞争上的劣势主要是反映在产品技术的复杂程度方面，奥迪康在这方面的能力落后于其他公司。在解决这个问题时，奥迪康选择了从专注技术向专注服务的转变，并希望以此来改写行业竞争的规则。奥迪康所处的经营环境一直都存在很多干扰因素，要想改变行业竞争的基础，奥迪康实际上是增大了经营的不确定性，就组织结构而言，拉尔斯·科林德也在试图改写规则。现有的结构被推翻以后，企业的文化将受到严重的挑战，管理风格也会随之发生重大的改变。尽管科林德没有遇到过任何公开的抵制，在最初引入变革以及他认为必须采取一些纠正行动时，他也不得已利用自己的权力进行了直接甚至是强制性的干预。

3. **管理者行为**。战略是由奥迪康的总裁制定的。虽然他向其他经理解释了这一战略，很显然他并不希望他们对这一战略作任何改动。经理们的任务是支持帮助他去推销、实现这一想法，而不必参与战略的制定过程。但是，通过向组织的其他人推销新的愿景，经理及员工对如何管理公司、自己应该发挥什么作用有了新的想法，公司内部形成了更加和谐的氛围，经理们的管理风格也由原来的直接管理向服务型方向转化了。

4. **变革管理**。本案例中采用的方法是在前期进行精心的准备，随后进行迅速的变革。用坎特的说法就是"果敢出击"，公司的员工在星期五的晚上离开了公司，告别了原来的系统和做法，在星期一跨进的是一个完全不同的组织，在接下来的几个月里，每个人都忙于完成任务，改进工作方法。科林德也没有对内容安排做更多的调整。他只是感到在公司处于勒温所说的"僵化"危机时，重新使组织得到了解放。

5. **计划方法、应急方法或两者的组合**。尽管我们可以从员工参与方面看出一些"计划方法"的痕迹，处理变革的方法仍是以"应急方法"为主。拉尔斯·科林德为组织的未来设计了一个愿景，但是，变革过程中的有关细节是在实施过程中才出现的。另外，由于根据新公司的实际状况，变革是一个渐进的过程，还不清楚公司如何才能发展到一种稳定的状态，并且需要特别强调集体学习的重要性，只有通过学习公司才能不断前进。借用坎特的推论，在"果敢出击"之后仍需要进行"长征"。

6. **目标**。目标不仅是要对组织进行一次彻底的改变或改革，还包括把公司从一个传统的、以技术为推动力的公司改造成以服务为核心的"学习型组织"。因此，核心目标是要改变个人和团体的态度和行为。

案例研究 4：希腊公共电力公司（PPC）

1. **战略**。PPC 的战略是由公司董事会制定的，目的是未来配合希腊政府关于对 PPC 进行私有化的决定以及欧盟电力署的要求。

2. **限制条件**。PPC 制定战略和战略实施的限制条件主要是来自于欧盟电力署，这很大程度上决定并限制了 PPC 的结构和行为。PPC 试图通过进入其他国家的电力市场，与其他电力供应商联网，摆脱单一依靠希腊市场和缺乏商业操作经验的现状，以减轻欧盟的限制。然而，进入欧盟的其他国家进行国际化扩张，PPC 依然必须服从欧盟的规定。但是，国际能源市场的竞争十分激烈。另外，PPC 还想进军通讯领域，同样，欧盟对此也有规定，通讯领域

的竞争激烈程度甚至超过了电力市场。

3. 管理者行为。PPC 董事会似乎有权力决定公司的战略，然而决定权主要还是掌握在希腊政府手中。董事会制定的战略，一方面要符合欧盟的要求和希腊政府的竞争法；另一方面还不能威胁到 PPC 上缴给政府的收入以及 PPC 最终的出售价格。

4. 变革管理。PPC 声称要依靠有责任感、富于企业家精神的员工队伍建立一个参与型的"学习型组织"。然而，目前发生的改变仅限于组织结构方面，将公司重组成由不同的部门组成的集团，决定把员工的人数削减 20%。这些改变显然是由少数人决定并实施的，并没有与员工或他们的代表进行过商议。假如真要想把公司改造成 PPC 所希望的那样的公司，在进行了果敢大胆出击之后仍需要继续进行一次"长征"。

5. 计划方法、应急方法或两者的组合。PPC 为自己的将来制定了一个明确的战略，计划把 PPC 从一个官僚的公共服务组织改造成一个以市场为导向的私营公司。目前，这个计划的实施是依靠强制手段完成的，缺乏员工的合作。要想实现这一计划，PPC 需要改变自己员工的行为方式，创造出一个更有参与意识的、积极的组织。要想取得员工行动方式的变革，必须用员工的参与代替强制规定。由于 PPC 面临的各种障碍、限制条件，以及相关规定和竞争的威胁，"应急方法"有可能比"计划方法"更适合于 PPC 未来的变革和发展。

6. 目标。PPC 的主要改革目标是要想成为一个具有高度竞争能力的私营电力和通讯公司，这就要求在组织结构上进行重组（这部分工作大体上已经完成），并加强企业文化的发展，在这一方面似乎还存在一定的差距。是否能占据希腊电力市场的领先地位是衡量 PPC 改革成败的标准。然而，这似乎与 PPC 的核心目标有所矛盾。假如 PPC 成功地继续保持其原有的市场份额，国内政府和欧盟的政策制定者可能会改变游戏规则，以削弱 PPC 的市场地位，有可能对 PPC 实行拆分。另一方面，假如 PPC 的变革不成功，政府有可能将公司不赢利的部分售出，以实现公司的拆分。因此，尽管 PPC 的目标是想要保持一个完整的电力公司，但限于公司面临的各种限制条件，公司如何才能做到这一点仍不很明朗。

案例研究 5：沃尔沃

1. 战略。沃尔沃制定"工作设计"战略的目的是要对所属工厂进行重组，用小组装配取代移动装配线。制定这一战略最初是为了减少员工流失和缺勤现象，同时，也是为了缓解社会舆论对非人性化工作组织方式的压力。然而，在解决了以上这些问题以后，公司仍继续坚持探索变革移动装配线的工作方法。这一战略一直是由沃尔沃总经理佩尔·盖伦海默推动提倡的，他长期担任公司的总经理，即便在他负气离任之后，"工作设计"还是被保持住了。

很难想象如果他继续留任，盖伦海默会牺牲"工作设计"战略把沃尔沃轿车卖给福特公司。

　　2. 限制条件。尽管瑞典的公众舆论支持变革移动装配线，移动装配线过去和现在仍是轿车行业的标准工作方式。因此，沃尔沃在变革行业面临的限制条件的同时，也在寻求与社会力量结盟的机会，从商业的角度看，沃尔沃发展"人性化"的轿车装配方式为自己赢得了很多的公众支持，其制造汽车的方式也成了产品的一个卖点。在最初的几年，国内的限制条件和抵制（态度和技术方面），是限制"工作设计"发展的主要因素，有一点值得注意的是甚至是在初期，沃尔沃的工会组织对"工作设计"或许存在公开的怀疑和抵制。

　　3. 管理者行为。涉及"工作设计"的所有项目都是由高级经理推动支持的，"工作设计"中的外聘专家在筹划阶段就参与了项目，工会的代表也是如此，他们的热情后来变得更高了。不过，"工作设计"所以能取得成功是由于沃尔沃总部逐渐对工厂进行放权，工厂随后又给现场的团队更多的授权。这使得中间管理层完全消失，创造出了更为扁平的组织结构，逐渐发展出一批更为有力的员工队伍。

　　4. 变革管理。每个项目事先都进行了周密的计划，参与的人员不仅包括经理人员，也包括工会的代表和公司以外的专家。一旦进入操作阶段，再对具体的安排做出调整，以满足公司的要求并解决操作中遇到的困难。在多数情况下，这些调整限制了工人对工作速度的控制以及他们的活动范围。不过，无论在新建厂或是现有的工厂，每个改造项目在完成之后，都使得现场控制水平有了进一步的提高，带来这种变革的最关键原因，正在于"学习型组织"的建立。已获得的"工作设计"的经验从一个工厂传到另一个工厂，很显然，在完成一个又一个项目以后，经理人员的自信心以及工人、工会对"工作设计"的信心变得越来越大。

　　5. 计划方法、应急方法或两者的组合。沃尔沃在制定"工作设计"战略时具有明确的目标，但是，在很长一段时期内，战略的实施涉及了不同的地点、不同的方法，采用的方法也是综合性的。虽然，这一战略的实施是自上而下推进的，沃尔沃希望员工和经理都能参与到战略的制定和实施过程中去，对项目提出改进建议。从"工作设计"项目的经验中可以看出，即便在事先作了周密的计划，最终还要经过反复修改和谈判，新的方法才能应用到实际操作中去。因此，在沃尔沃案例中采用的方法综合起来有"计划"和"应急"两种方法，高层经理进行实验的愿望与组织的责任感联系在一起，进行了30多年的不断改进，使得沃尔沃的经验不同凡响。

6. **目标**。沃尔沃的目标具有双面性，第一是财务方面的目标——减少缺勤和劳动力流失；第二是社会方面的目标——用人性化的方式进行汽车装配。为了达到这些目标，需要进行组织结构和行为两方面的变革，由此带来公司整体的变革和员工态度的改变。福特公司收购了沃尔沃的轿车公司后，虽然在社会目标上有所调整，但沃尔沃并没有完全放弃，仍坚持继续以人性化的方法进行汽车装配。

案例研究 6：XYZ 建筑公司

1. **战略**。可以看出在 XYZ 公司的战略中，对改造企业文化、公司组织结构以及运作方面都设定了相对明确、一致的目标。公司的战略是由新任总经理制定推动的，他提议改变 XYZ 母公司原来的做法，因为在他看来，公司在竞争中已经处于劣势。要想获得生存机会，必须为公司注入新的活力。总经理在制定发展战略的过程中，希望向公司的高层管理团队阐述他制定的战略，赢得管理团队和公司所有同事的支持，帮助他找出公司需要进行变革的地方以及变革的方法。就这一出发点和他制定的战略而言，他显然做得十分成功。

2. **限制条件**。新任总经理必须同时面对两种相反的限制条件，一方面，母公司希望看到 XYZ 成为一个更具合作精神的以团队为基础的公司，能更好地适应建筑行业的变化；另一方面，XYZ 是一个等级严明的公司，前任总经理以独断专横的态度禁止在公司谈论挑战、合作及变革。另外，尽管建筑行业正在尝试变革，但是，行业中的公司间存在很多冲突以及相互不信任。因此，新任总经理必须快速地改变公司直到母公司满意为止。同时，又不能太快，以防止失去同事、管理人员和客户的支持。

3.**管理者行为**。新任总经理制定的战略的确给公司带来了变化，但是，他从一开始就很小心地动员管理人员和同事找出需要变革的地方，并进行相应的改变，以争取管理人员和同事的支持。在进行变革的同时，应注意平衡公司权力、组织结构调整、区域经理和主管想法之间的关系。尽管总经理预感到有人会对变革持抵制态度，但是，由于他坚定地推动变革，广泛宣传变革的必要性，以公开透明的方式解决阻碍变革的问题，从而防止了变革出现大障碍。

4. **变革管理**。尽管变革是由高层发起的，还是有越来越多的工作人员和管理者参与到了变革的过程中去，帮助指出公司需要改变的地方并对这些方面进行了改变。对于较为长期的变革项目，工作人员和初级管理者都担负着保持变革动力的责任。这并不是高级管理者对此

不再感兴趣了，或者是不应该为此出上一臂之力，如果他们认为有此必要。总经理认识到他不可能做到事必躬亲，而要想在组织进行长期的变革过程，他们必须争取到其他人的关心和支持。

5. 计划方法、应急方法或是其他方法。 从总体上看，XYZ 的方法具有"应急方法"的特征，同时，也综合了很多案例中得出的经验。在一段时间内，经过一系列小范围的变革以后，使得 XYZ 的企业文化和运作发生了明显的变革。但是，在进行组织结构调整时，则显得更像"计划方法"。正像本书在其他章节讨论过的一样，这说明组织将根据变革的内容以及组织当时所处的环境，采用不同的变革方法。在这个案例中，除了应急战略之外，我们还能看到很多"应急方法"的例子和一个"计划方法"的例子。

6. 目标。 新任总经理的目标是要通过变革企业文化、组织结构和运作方式，向公司注入新的活力。他首先考虑到的是要改变管理人员和员工的行为方式，使他们变得具有竞争力，他也十分清楚，他还必须改善公司的业绩。因此，公司进行的大多数变革都有两个同等重要的目标：一是要变革管理人员和员工的工作方式，变革公司同事之间以及对待客户的行为方式；二是要提升员工和管理人员的业绩，为客户提供更好的服务，从而整体提升 XYZ 的业绩。当组织内的企业文化和行为方式出现了明显的变化、公司的业绩开始好转以后，总经理集中精力着手公司组织结构的调整，在他看来这些结构调整是提高公司工作效率的重要基础，也将为团体合作扫清障碍。同时，他还感到缺少企业文化和行为方式变革这一前提，结构调整很难收到成效。

案例研究 7：GK 印刷公司

1. 战略。 GK 的战略主要是为了应对潜在的危机，或许在后来是为了把握机会。公司的管理层表现并不积极，在向现代化、以服务为导向的转变过程中，对内部安排作了一些调整，以适应自身环境变革的需要和客户的需要，总体上表现得比较被动，战略本身并没有包括计划或愿景的内容。相反，公司最近十年来的工作反映出了公司的战略，在初期表现为对 GK 的技术的改进，随着时间的推移则表现为态度和行为的变化，尤其是管理人员的行为变化。

2. 限制条件。 外部因素，诸如社会压力商业环境和行业特定，并没有明显限制到 GK 管理人员的行为自由。外部环境中的干扰因素和竞争的加剧似乎反而对 GK 的内部变革有所帮助，GK 的主要限制因素来自公司内部，涉及员工的态度、技术和公司的运作三个方面。由于对集体领导的需要变得越来越迫切，总经理的直接管理风格成了影响公司进步的主要限制因素。不过，他的直接管理风格以及离间管理人员关系的习惯逐渐有所改变。

3. **管理者行为**。尽管在开始的时候是由总经理负责制定战略以及对公司的变革，随着时间的推移，GK 为了克服自己遇到的障碍并抓住机会，管理层对相互合作、集体领导的需要变得日益明显，因此，渐渐地公司所有管理人员都参与负责制定战略的工作，在有的项目中，甚至还包括一些相关的员工。

4. **变革管理**。在 GK 的案例中可以看到多种变革管理方法。在多数情况下管理人员负责找出需要变革的地方，在有些情况下则是直接指出存在的问题。在引入电脑系统时，公司把方案的选择、实施交给了有关的员工。同样，在发展网站制作业务时，GK 允许一位对网站感兴趣的员工自己去负责这块业务的发展。这些都证明公司在创造信任、参与氛围上取得了很大的进步。

5. **计划方法、应急方法或两者的组合**。在 GK 案例中可以看到 "计划" 和 "应急" 两种方法。最初，公司较多尝试采用 "计划方法"，尤其是在引进新技术时；在对公司现状作出改进时，则是采用循序渐进的方式，显得较为保守。总经理在处理变革时，显得犹豫不决，有时是直接干预，有时又鼓励员工参与。总体上，GK 处理变革的方法比较保守，参与 "应急方法" 较多。但是，其中也包含了积极和计划的成分。因此，具有特别被动或机会主义的特点，缺少始终如一的方法。

6. **目标**。最初的目标仅仅是为了生存，在此之后，GK 改变了公司采用的技术和标识，以提高自身的竞争力。随着事件的展开，逐渐认识到有效竞争的关键因素是变革人的态度和行为，尤其是管理层。于是，在团体建设和集体决策方面投入了更多的精力，创造出了一种氛围，使得员工和管理人员更易于接受新想法，积极面对新机遇。因此，在 GK 还是能看到一种处理变革的方法，尽管这种方法不易表述清楚，甚至也算不上目的明确，但似乎还是代表了组织变革的方向。

案例研究 8：罗孚—天合

1. **战略**。罗孚与天合最初的合作并不足以形成一个战略计划，或构成某种愿景。本质上，双方合作的目的仅限于运作层面，并没有战略方面的考虑，对悬挂模块装配业务进行外包是由于缺乏场地。对天合而言，它主要负责模块的装配以及工厂的运转，满足罗孚的需要。在合作过程中，双方都希望从模块装配上发现一点战略因素，但是，这一次目标很快就消失了。

2. **限制条件**。限制条件主要出自态度和组织两个方面。为了合作成功，天合需要保证弗

朗克莱工厂的员工有高昂的创造力和能力，在远离威尔士天合工厂的条件下，创造出一种新的装配方法。同时，还要与罗孚装配线的工人建立起良好的工作关系。就组织而言，需要建设新工厂、招聘员工、安装新设备、学习新的工作方法和技能培训。在运作方面，无论是工作关系还是业绩，天合取得的成功都超出了所有人的预料。但是，由于两个公司的高层管理人员相互不信任，已经威胁到了运作层面所取得的成果。

3. 管理者行为。 在弗朗克莱工厂，由于有天合高层的支持，工厂经理创造出了一种十分有利于合作的环境，使得它的员工能与罗孚的同事密切配合，他们的业绩不断提高。然而，在公司管理层，双方缺乏合作诚意，并抱有戒备心理。

4. 变革管理。 弗朗克莱工厂的建立是从零开始的。工厂刚一成立，就致力于改进、提高自身的业绩。与天合原有的做法不同，弗朗克莱工厂的管理层从一开始就让工厂的每一名员工都投身于不断变革的环境中去，并努力作出自己的贡献。工厂最初只有 30~40 名员工，属于小型组织，因此，培养团队精神比较容易。不过，弗朗克莱管理层的态度十分关键，他们一开始就鼓励全体员工参与。

5. 计划方法、应急方法或两者的组合。 在这个案例中可以清楚地看到应用"计划方法"和"应急方法"的例子。最初，由于有一整套明确的目标，弗朗克莱必须在规定的时间完成所有的任务，包括新工厂的建设以及开始向罗孚供货。除此之外，正是由于通过学习、实践，才使得弗朗克莱的业绩有了很大的提高。

6. 目标。 初期的目标主要与建筑有关，核心是要建立一个能满足罗孚要求的新装配厂。在达到这一目标以后，弗朗克莱的员工并没有停滞不前，为了进一步完善对罗孚的服务，他们设定并完成了一个更为远大的目标。

案例研究 9：速必得文具用品公司

1. 战略。 以速必得对愿景或战略的理解，它倾向于见机行事或是就事论事的做法，缺乏主动性。每次大的机会或威胁出现时，速必得总是选择对公司生存或发展较为有利的方案。另外，在作决定方面主要是凭着"勇敢的天性"，缺乏理性分析。最初决定做直销业务就反映了这一特点。

2. 限制条件。 外部或内部因素对速必得的战略有多大程度的影响，这一点很难说清楚，可以肯定的是公司在策略选择方面既没有太多的限制（除个别例子之外），也不想变革或影响公司面临的限制，尝试与客户建立伙伴关系显得十分意外。在这件事上公司试图变革行业的惯常做法，尽管这在公司内部遭到一些反对的意见，但是，公司必须解决的问题主要是来自客户方面的怀疑。

3. 管理者行为。最初提出伙伴战略的人是速必得的总经理。后来，总经理不情愿地把这项工作交给了公司一个主管，由这位主管制定了一份计划，然后又说服了他的同事，以及速必得的客户，让他们接受伙伴战略的想法。在此之后，这位主管建议在国内开展直销业务，但是，在说服他的同事支持这项建议时，他做得并不成功，甚至连这个项目的发起人——总经理也反对他的建议。因此，总的来说，虽然速必得希望与它的客户建立更加密切的合作关系，在速必得内部并不是所有人都愿意为此作出努力。

4. 变革管理。与客户建立伙伴关系不仅要求速必得员工的参与，从 UTL 的例子中可以看出，还需要得到客户公司的管理人员和各级员工的配合。尽管在速必得和 UTL 都存在对伙伴关系的抵制，高层经理的努力、员工的参与以及前期取得的部分成果，都对克服这种抵制取到了保证作用。

5. 计划方法、应急方法或两者的组合。制定战略，与 UTL 建立伙伴关系，对这种方法的推广，构成了一个持续的过程。尽管已经认真思考过如何建立伙伴关系，但是，变革的形式和内容显得更加特别，只能根据具体情况分别对待。基于这种原因，变革的过程可以被看作是应急性的过程。

6. 目标。速必得的战略目标是通过与客户建立新型的关系，壮大自己的事业。在实施战略的过程中，速必得和它的客户双方都出现了一些变化，虽然在速必得这种变化仅限于直销部，对客户而言则涉及到 10 家与速必得建立伙伴关系的公司。尽管有些变化属于结构性的，大多数变化则与个人和团体的态度和行为有关，尤其是在开放和信任两个方面，然而，没有证据表明这些变化给速必得带来了企业文化的改变。

案例研究 10：警事康

1. 战略。从案例中可以看出，警事康并没有制定过外包战略或认为有进行外包的必要。相反，继任的政府为了提高公共服务的质量，制定了这一战略，强迫警事康采用私营公司的经营方法。政府立法机构通过推行强制性竞标 (CCT) 和最合算原则，迫使警事康参加投标，用市场的标准检验公司的经营活动。招投标必须符合政府的法令，在一定程度上，还得符合欧盟的法令。因此，对警事康而言，业务外包更像是一种行政手段，而非战略选择。

2. 限制条件。警事康面临的主要限制条件是政府的法令，无论它们是否愿意，迫使它们

变革管理
Managing change

以一种特定的方式进行经营，例如业务外包；第二种限制条件是在公共经济成分中引入承担风险的文化：争夺合同、与供应商合作。例如，警事康可以把所有清洁业务打包在一份合同中，承包给一家公司来完成。然而，把合同拆散则可以让人感到风险更小，通过承包人之间的竞争，更容易比较服务的质量，以达到省钱的目的。由于类似的理由，尽管它们可以设计出更为简便的方法，但在合同期满以后，续订合同仍必须经过再次竞标，这样就能验证出现有的承包人报价是否合算。事实上，它们不能采用这些方法，这与它们的工作涉及公共安全有关。它们需要承担地区、全国的安全，而媒体对此最为担忧。在决定合同的年限和续订方面，对于私营企业这并不存在任何限制，但是，对于公共服务而言，则有可能被认为缺乏竞争，甚至是可能产生腐败行为。

3. **管理者行为**。在警事康，高级管理人员的任务是按立法行事。在执行 CCT 法和后来的最合算原则的过程中，法令的实施成了较低层次的行政任务。

4. **变革管理**。前面已经提到过，在警事康，业务外包被当作了一种行政手段，几乎就是走了走过场。对于需要与员工和工会商议的问题，例如何时开始进行业务外包，警事康的解决办法是尽量缓和变革的过程，并且保证在新制度下每个员工都有活干。尽管如此，它还是把能从外界得到的价格便宜的服务内容都外包出去了，而且，这一决定是不可更改的。

5. **计划方法、应急方法或两者的组合**。很难把警事康的业务外包归类为计划方法或是应急方法，可以认为这只是对外界变化的一种渐进式的、就事论事的反应，其中包含有应急方法的成分。但确切地说，这只是一种被迫的行政过程。

6. **目标**。警事康的主要目标是以一种尽量有效的、无痛的方式执行政府的法令。尽管业务外包给私营组织在行为方面带来了一些变化，警事康目前的主要变化是结构性的，从前由内部提供的服务被转包给了外面的公司。组织的其余部分并未受到影响，仍按其固有的方式运营。

在对 10 个案例研究进行总结之后，我们现在要对战略的设计和变化的过程作一番讨论。在此之前，首先需要弄清楚两个问题，这两个问题相互有联系，在案例研究中多次出现：一个是员工的参与在多大程度上影响变革的顺利进行；一个是能否让组织整体上，包括态度和行为，出现迅速的变革。

员工参与和组织转变

关于组织形式的改变，从文献中得出的结论是员工对变革的顺利进行至关重要，尤其是对态度和文化所进行改变。然而，"计划方法"和"应急方法"的观点都认为这是一个缓慢的学习过程。正是出于这种原因，所以认为只有集中精力进行组织结构方面的改革，才能实现组织的迅速转变，而不赞成首先进行文化改造，从"计划方法"和"应急方法"的文献中都肯定能找到一些证据支持这一结论。这也是坎特所强调的观点，他认为通过"果敢式变革"组织结构的改变相对会快一些。但是，要取得企业文化方面的改变则需要一个"长征式"的过程，要求长时间的广泛参与。关于企业文化的变化，第 11 章奥迪康案例研究出现了一种不同的观点，这是一个组织迅速转变的例子。公司的 CEO 率先提出了一个公司发展的愿景，使得公司员工的态度和行为出现了很大的变化，这一企业文化上的变化为员工的进一步参与铺平了道路，他们因此可以参与计划、执行方面的工作，后来发展到参与描绘公司的愿景。正是 CEO 提出的愿景使得全公司员工的态度有了迅速的改变。而态度的改变为迅速实现有计划的组织结构改变提供了有利条件。在此之后，当面对应急变化时，员工为了适应变化，分析完善出一套新的、相互合作的工作方法。

虽然从这一案例中可以看到计划方法和应急方法同时运用的情况，但是，在缺乏广泛参与合作的前提下，奥迪康为何能在改变企业文化方面取得迅速的突破，仍令人十分疑惑。要说明这个问题，舒马克和迈尔斯的文章可能特别有帮助。他们认为，在任何一个变化项目中，对参与程度的要求取决于变化对人们的影响程度。休斯对此作了进一步发展，在哈里森早期研究的基础上，休斯按变革的"深度"对变革加以区分，由"浅层"到"深层"，休斯认为，变革的深度越深，与参与者的心理特质和个性越有关联，要让他们接受变化，对他们参与的广泛程度要求越高。

因此，必须把参与的程度与变化的类型联系起来考虑成为争论的焦点，其中有一点十分关键，即行为变化对个人的影响越大，尤其对心理构成和价值观，要求个人参与的程度越高，这样才能顺利实现个人的行为转变，这一结论很好地解释了一些案例中反映的现象。例如在 PPC 和警事康案例里，员工参与基本上见不到或是很少。而在有的案例中，例如 XYZ，员工参与则是至关重要的因素，然而，这一结论并没能为奥迪康在缺少内部参与情况下就迅速实现态度转变给出一个合理的解释。

为了理解和解释这些明显的矛盾，伯恩斯和詹姆斯求助于认识不协调理论，该理论认为

变革管理
Managing change

人具有保持自己态度和行为的天性，当他们意识到出现态度和行为改变时，他们就会感到不舒服或有受挫感，在某些情况下尤其如此。因此，人人都希望处于稳定的状态，尽量不要出现"不协调"。这一点很重要，尽管完全避免"不协调"是不可能的，但是，对于产生"不协调"较为次要的因素，改变这种因素的压力的要求就低。在人们认为解决每个问题十分有意义的情况下，"不协调"的出现将会促使人们去减少"不协调"，进而达到协调，或是通过改变态度或是通过改变行为，使得自己重新进入协调状态。这有可能要涉及到一个重新认识的过程，而这个过程不可能是轻而易举的。正如弗斯汀格——最先提出这一理论的学者之一，指出的那样。当人们试图减少"不协调"时，他们会主动避开有可能产生"不协调"的情况和信息，自上世纪 50 年代不协调理论出现以来，该理论已经有了进一步的发展和完善。

将认识不协调理论原则应用于组织变化，就可以看出，如果组织进行的变革项目于相关人员的态度不相吻合，除非相关人员改变态度，否则项目的执行就会遇到阻力。另一方面，在变革引发的不协调程度较小的情况下，态度转变就会变得较为不重要，可能产生的阻力则变得微不足道。所以，参与的程度和方式要与变革引发的"不协调"相互匹配。

因此，认识不协调理论与舒马克、迈尔斯和休斯的结论是一致的。然而，假如我们把这一理论应用于某些情况，则会出现另外一番景象。例如奥迪康，当时公司的经营方法已经出了问题，情况十分危急。由于公司原有的经营方式难以维系并急需进行改革，这一危机（或潜在危机）加剧了公司内的"不协调"程度。然而，这反而增强了公司员工对进行变革的认同程度，同时，变革成了减少"不协调"的主要途径之一。在奥迪康由于管理层和员工都认识到了进行重大改革的必要性，并把新愿景视为公司继续存在的唯一希望，因此在较短的时间内就完成了态度的根本转变。很难说也是由于同样的原因马可尼的新愿景没有遇到多少阻力。在这类案例里，引发"不协调"的原因不仅来自于变革本身，也与导致变革的背景有关。这一观点将有助于对某些案例的解释。例如：罗孚—天合、GK、UTL，在这几个案例中，最初经理和其他人对变革持抵制意见或者只是准备慢慢来。在这种情况下，缺乏深层次的危机意识使得原有的经营方式很少受到怀疑。只有当更为严重的威胁出现时，才会挑战原有的经营方式，原先遭到反对的解决方案变得可以被人们所接受。

关于员工参与问题，心理契约概念作了类似和补充性的解释。尽管这一概念出现于上世纪 50 年代，它被广泛用于组织研究则是在上世纪 80 和 90 年代，尤其是在美国。根据斯凯恩的解释：

心理契约是指：组织中的每一位成员对组织中的各级经理和其他人存在一种不成文的期待，这种期待每时每刻都在发生作用……心理契约还涉及每个人在组织中的作用，这也就是说员工对诸如工资、工作时间、福利待遇等都抱有一种预期。有些预期还会影响涉及到个人的尊严和价值……尽管某些更为直接的问题，诸如工资、劳动时间、工作的安全性，都可以通过协商解决，当心理契约受到伤害则可能导致不安心工作、罢工和员工跳槽。

我们一定不难想象当 PPC 的员工被告知他们将被转成私营企业员工时，他们的心理契约所遭到的伤害，特别是这种变革意味着他们的工作安全将会受到相当的威胁。然而，为什么 XYZ 和 GK 的员工的反应又相当平和呢？心理契约理论的支持者会认为，这两家公司的员工认识到了变革的必要性并调整了心理预期。因此，需要变革的合理性改变了员工的心理契约。

所以，要理解员工参与问题，我们需要同时考虑参与程度、认识"不协调"、心理契约三个概念。从很多案例中可以看到，进行有计划的变化，说服员工是必不可少的，通过提出建设性的承诺，讲清楚挑战原有信念、行为、预期的必要性等过程，最终员工与组织才能再次达成共识。然而，对信念、行为、预期的质疑，在缺乏合适的参与途径的情况下，有可能是很危险的，因为相关人员清楚原有的态度和行为方式已经过时，除非进行彻底地改变，否则他们的工作甚至整个组织有可能不复存在。

谈及员工参与和组织转变之后，我们将要对案例分析作一个总结。

结论：理论与实践的结合

尽管有人可能会担心由几个案例研究得出的结论，无论在理论上还是在实践方面是否可靠。不过，第 3 部分中的案例研究所展示的一系列变革，内容很丰富，涉及的时间跨度较长，并提出了一些不容忽视的主要问题。

战略

尽管在一些案例中战略包含有明确的愿景，在多数情况下，制定战略的动机都是为了抓住机会或是解决问题，应付危机。每个组织的战略反应出了它所追求的愿景或对有关事件的回应。另外，我们应该注意到在有的案例中高层经理制定战略的目的是为了改造原有的组织，无论按日本人的说法把这种做法称为创造愿景，或是按后现代主义的说法称为强加于人

变革管理
Managing change

的新现实，或许都没有关系，重要的是有的经理，例如奥迪康的经理和XYZ 的经理，的确具有重新塑造组织、克服或改变组织面临的限制条件的愿望和能力。然而，从马可尼的案例可以看出，光有愿景是不够的，注意到这一点也同样很重要，愿景必须是可实现的，创造一个可实现的愿景要求管理者具有判断力和能力。同样，经理还需要具有实现愿景的技能，其中最重要的是能够改变或克服他们面临的限制条件。

限制条件

有人可能会认为，案例研究中出现的内部和外部限制条件的确限制了经理们的选择氛围。同时，经理们对限制条件的解决方式又各不相同，在有的案例中，例如 PPC 和警事康，经理是通过改变自身组织以适应外部的要求和限制条件；在另外一些案例中，例如沃尔沃、马可尼、XYZ 和速必得，经理们则是按照自己的个人喜好和信念去影响或改变面临的限制条件。案例研究还表明有的限制条件是可以改变或被影响的，而另外一些限制条件，例如马可尼和警事康所面临的限制条件，则很难改变。有趣的是，在大多数案例中并未涉及明显的政治行为，尽管存在一些权力斗争或政治冲突。在大多数案例中，政治所充当的角色并不突出，可能存在多种解释，包括有缺少主要人物或政治联盟，多数人认识到了变革的必要性，从而使得管理人员的改变措施具有合法性，变革过程的公开化和透明程度，在 XYZ 案例中尤其如此。

管理者行为

在讨论过的大多数案例里，经理在描绘愿景或制定战略中担任了主要的角色，音乐行业和警事康除外。在音乐行业的案例中，管理人员似乎仍不清楚如何与因特网打交道，因特网对他们而言是一个全新的世界。在警事康案例中，业务外包被当成了一种行政任务，而非战略问题。除此之外，在其他的案例中，经理在实施战略或为战略实施创造条件上都扮演了重要的角色，在有的案例中他们还亲自领导了变革项目的进行。尽管在有的案例中，例如 GK，为了能让变革顺利进行，经理不得不改变自己的行为和管理方式。在有的案例中，改变管理者行为成了战略目标之一（战略目标中就包括了改变管理者行为的内容），例如 XYZ，特别注意到了成功的变革与更换经理并没有关系。奥迪康在更换 CEO 以后，同样顺利地完成了变革；GEC/马可尼在更换了总经理以后，却惨遭失败；GK 和沃尔沃保留了原来的总经理并顺利地实现了变革。因此，对于一个陷入麻烦的组织，选择更换总经理可能很容易，但是，

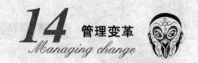

这种选择并不一定正确。

变革管理

在案例研究中可以看到不同的变革管理方法。其中既有一位经理负责所有重要决定的例子，也有相关部门的员工领导计划变革项目的例子。一般情况下，经理大多让员工计划、实施较小的、短期的项目，常常是与技术有关的项目，在有的案例中甚至完全由员工负责。较大的、更具战略性的长期项目多数则是由高层管理人员提议负责实施的，尤其是涉及态度或行为变革的项目。但是，从 XYZ 案例中可以看出，这并不意味管理人员和员工的广泛参与会受到排斥。

计划方法、应急方法或两者的组合

谈到变革的种类，情况会显得比较零乱。长期的、大的项目一般都不固定，目标散乱，涉及人数众多；而小项目具有明确的目标，并容易控制。在有的案例中，多采用计划方法来处理变革，也有用直接的、泰勒式方法处理的情况，采用方法的差异与项目的目标有关系，对于涉及态度、行为变革的项目，一般更强调参与型和灵活性，专门解决组织结构和技术变革的项目，尤其是解决运作层面的问题，一般会有一个明确的目标和固定的时间计划。不过，有的组织会有意识地应用计划和应急两种方法，对变革作出适当的处置，例如 XYZ。而有的组织，例如 GK，则会尝试采用多种方法，但是，不一定就是自觉的、适当的或成功的。另外，还有一些组织试图用一种方法来解决变革，即便这种方法明显不奏效，例如马可尼。

从案例研究中可以看出，公司处理变革时，首先要考虑两个主要因素。第一要考虑公司在管理风格方面的偏好，应用"计划方法"和"应急方法"较为成功的多出自参与型管理风格的公司。XYZ 就是一个例子，它提倡内部与外部合作，对内行为营造团队合作的氛围，对外与客户建立伙伴关系。虽然 XYZ 在改变组织结构方面可以被认为是计划式的变革，但是，从总体上看，它更偏向于应急方法，因为公司提倡员工参与和建立学习型组织。在 PPC 和警事康的案例中，经理更偏向于用命令—控制、由上而下的方法，缺乏员工参与，因此，处理变革的主要方法是机械的、直接的。奥迪康和沃尔沃则代表了另外一种管理风格，在这两个案例中，经理想要改变公司管理人员的管理风格。在初期，强行改变所有公司经理的管理风格，并没有涉及到员工的参与。过一段时间以后，有的地方成效比别的地方较为明显，管理风格的改变开始发生作用了，涌现出更多的管理参与形式，也就不再需要至上而下地强行推广了，而是出现了主动的参与形式，或者同时采用两种方法。

变革管理
Managing change

第二是如何看待组织变化的持续性，是把组织变革当作一次性的独立事件，还是看作是一种连续的过程？有的公司孤立地看待每个变革的立项和实施。在 GK，每个新项目在选择方法时都举棋不定，所以，毫不奇怪，在找到有效的方法之前，都会走很多弯路。而其他的公司，例如 XYZ，视变革为很正常的事，准备了一套有效的方法，总能针对公司的变革采用适当的办法和工具。

因此，如果我们综合考虑这两种因素，将参与型管理风格和变革视为一个连续过程，就会发现这种因素才是综合应用变革技术取得成功和变革项目能够顺利进行的原因。

目标

目标可以是多种多样的，既可以是局部的结构变革，也可以是贯穿组织整体的文化变革。在大多数案例中，无论是短期目标还是长期目标，改变个人和集体的行为和态度是最重要的，其意义要超过技术进步和结构调整。

所以，我们可以看到，由于环境和限制条件的差异，制定战略变革管理可以有多种形式。在案例研究中，存在制定战略非常认真、实施方法比较随意的例子。我们还发现有的案例组织的战略或变革计划起到了改变或适应限制条件的作用。就变革管理而言，有的案例，由于事件的突发性，其变革过程和制定战略的过程是同步的，然而，在有的案例中，在制定战略时就选择了相应的变革方法。

总而言之，从案例研究中我们看到了第 1 部分、第 2 部分有关管理方法选择、战略制定和变革方法存在的各种观点，尽管"计划方法"和"应急方法"都很重要，但是，这并不是变革的最终目标，甚至两者是相互抵触的，案例研究还表明管理人员可以拥有高度的选择权，他们可以就变革的内容、时机、方式作出选择。同时，还表明组织的行动自由的确存在一些限制条件。例如，马可尼和警事康案例，管理人员的权力已经不足以改变或缓解这些限制条件。另外，只要在决策方面采取开放的态度，让相关人员参与到变革中去，认真听取他们的意见，发现并解决保留意见和抵制情绪，那么，政治行为、个人利益或偏见都没有可能颠覆改革的过程。

在用第 1~3 部分的观点讨论过 10 个案例之后，下一章将讲述战略制定和组织变革的选择管理—变革管理模型。

学习检测

简答题

1. 音乐行业案例研究是否支持复杂理论？

2. 在马可尼案例研究中，创立愿景和制定战略包含了哪些含义？

3. 从罗孚和天合建立关系的方法中，其他公司可以吸取哪些教训？

4. 速必得文具在克服限制条件时，哪些方面存在问题？

5. 列举出三项奥迪康与 PPC 高级管理人员的行为差异。

6. 比较 XYZ 与 GK 的变革管理，可以总结出哪些教训？

7. 沃尔沃被视为复合变革的原因？

8. 休斯改革"深度"一词的含义是什么？

9. 什么是认识的不协调？

10. 什么是心理契约？

简述题

1. 由于奥迪康最初进行改革时存在独裁倾向，试解释员工在合作和投入方面的表现。

2. 比较速必得和警事康在业务外包方面的区别。

3. 对于因特网引发的变革，你对大的唱片公司有哪些建议？

第 15 章

组织变革和管理选择

学习目标

学完本章之后，你应该能够：

- 理解选择管理—变革管理模型的原理；

- 熟悉选择—变革模型包括的三个组织过程；

- 了解变革管理的方法；

- 明确组织变革的选择范围；

- 学会如何变革环境，使之适应组织的工作方法；

- 理解变革过程中管理人员发挥积极作用的必要性。

变革管理
Managing change

引言

从第 14 章，我们可以看出组织变革既可能是一种复杂、毫无头绪的过程，也可能较为直接、易于理解、目标明确，这本身算不上什么新发现，任何一个在组织中工作过或研究组织的人都会注意到，变革的方式和范围是多种多样的。在第 10 章里就曾讨论过，为了解决处理变革的多样性，制定战略、进行变革管理有必要采用多种多样的方法。

进行变革管理需要根据变革的类型选择适当的方法这一观点，在组织变革、行为方面的文献中并不像人们希望的那样占有主流的地位。从第 2 部分中可以看出，尽管应急理论已经有了广泛的影响力，大多数的作者和研究者还是寄希望于有一种"最佳"的制定战略和变革的方法，很少有人接纳杜菲和斯泰思的观点，认为解决这些问题需要因地制宜，参考组织的情况和变革的内容。尽管有些作者，例如明茨伯格和威汀顿，已经找到各种各样制定战略的方法，在多数情况下，他们仍会选择一种自己偏好的方法，这在有关文献中则更为多见，彼此之间阵线分明，一方支持"计划方法"，另一方坚持"应急方法"。

这些人中的大部分声称，所以在制定战略和处理变革时偏好自己的方法，是基于对组织经营环境本质的认识。支持计划方法的人认为环境因素较为稳定并可以预测，偏向应急方法的人认为环境因素变化莫测，而且大多数学者认为管理人员的主要作用以及制定战略、处置变化的唯一目的就是使得组织与环境相适应。在前面的章节里，有一个案例并不赞成这一观点，组织对待环境的态度也有所不同，与认为管理者是组织经营环境的囚犯的观点相反，认为在很大程度上管理者是可以进行选择的，同时也认为管理者所面临和作出的选择的范围及性质会受到一系列外部因素（国情、商业环境、行业规范）和内部组织特性（尤其是组织结构、文化、政治和管理风格）的限制，尽管这一论点由于挑战了管理者对超出自己能力范围的力量在一定程度上持消极态度的假设，而显得十分与众不同，但是，仍然承认管理者受制于环境，虽然这种限制比多数学者公认的限制少了很多。

选择管理这一概念挑战了第 5、6、10 章的论点，它认为很多选择方面的限制可以通过管理行为加以纠正。事实上，组织可以影响或改变组织经营中遇到的限制条件。这种可能性最早出自第 2 章里的应急理论，并在随后的章节里有所发展，变得十分可行，尤其是有的管理人员甚至有能力对组织进行改革，或者像后现代主义学派一样，为自己创建一种更为适合的环境。第 3 部分的 10 个案例揭示了一个事实，即组织的确试图适应自身的环境。但是，它们同时也想对环境施加影响，并按自己的意愿改造某些限制条件，在有意无意之间，有时甚至会改变自己所在行业的竞争规则；而在有些情况下，则避免了组织内部的剧变。

在奥迪康案例里（第 11 章），可以看出，为了在竞争中取胜，公司有意识地由技术推动型向服务型转变。由于公司相对于自己的竞争对手缺乏技术优势，而技术优势历来被认为是在行业中进行竞争的基础，公司转而向客户提供更高水平的服务，通过改变行业的游戏规则，奥迪康希望能比自己的对手领先一步。在 XYZ 案例中，为了提高公司的业绩，跟上建筑行业的发展趋势以及母公司的要求，新任总经理希望对公司内部的文化、管理风格和组织结构进行改革。实际上，为了与客户建立更加稳定的关系，并建立一个更加稳定的外部环境，新任总经理尝试用增强内部合作的方法对公司进行改革。

因此，从案例研究中可以看出，组织可以并且能够影响、改变它所面临的限制条件。从另一方面来说，尽管案例研究提供了一些支持这一观点的事实依据，与第 4 章里现实主义学派的观点相一致，但是，也存在一些难以改变的限制条件，从马可尼的例子中就可以发现。在互联网公司泡沫的鼎盛时代，公司借了大量的钱用于收购高价资产，公司管理层已经无法改变这一状况，当通讯设备的需求急剧下滑时，才发现这些资产变得一文不值。同样，尽管警事康的选择余地可能比过去更大，但是，它们也无法改变政府在业务外包方面的法律规定，从而不得不以一种既定方式进行外包。

所以，我们可以看出组织面临的限制条件在很大程度上都是可以改变的，尽管后现代主义学派可能会认为存在一些个别组织无法改变的限制条件，如音乐行业遇到的情况，甚至是全行业都难以解决的。尽管如此，对于大多数组织而言，其进行自由选择的范围还是比很多战略评论家承认的范围更为广泛。选择管理这一观点，对认识变革管理的本质和核心将会产生重要的影响，不必把变革管理当作取得具体预想结果的机制（计划方法），也无需认为变革管理就是组织不断适应环境的过程（应急方法），在本章里将可以看出，借助选择管理与变革管理相结合，可供组织进行选择的范围是比较广的，既可以通过彻底的内部改变以适应外部限制，也可以影响改变外部限制，使外部限制发生变化，以避免组织内部出现动荡。在

变革管理
Managing change

这种条件下，管理者不仅要弄清自己以及其他组织所处的环境，还要努力创造一种更适合组织发展的环境。

在为选择管理奠定下这样一个基础之后，为了理解、实施组织变化，本章的其他部分将对选择管理—变革管理模型作一个全面的介绍，在此之后还会对模型的选择过程、定轨过程、变革过程进行详细的说明。本章得出结论认为，尽管组织为了与外部环境相适应，可以选择对内部运作和管理进行重建，但是，为了避免频繁出现内部动荡，它们同样可以选择变革或调整内部、外部条件以及各种限制，减少这些限制对组织的影响。无论作出何种选择，管理者都有责任自觉地探索发现各种有效的途径，尽管有些途径看起来不大可行，千万不要以为自己对此已无所选择，或选择余地十分有限。

选择管理—变革管理模型

图 15.1 是选择管理—变革管理模型的示意图，组织变革可以看作是由 3 个相互依存的过程组成。

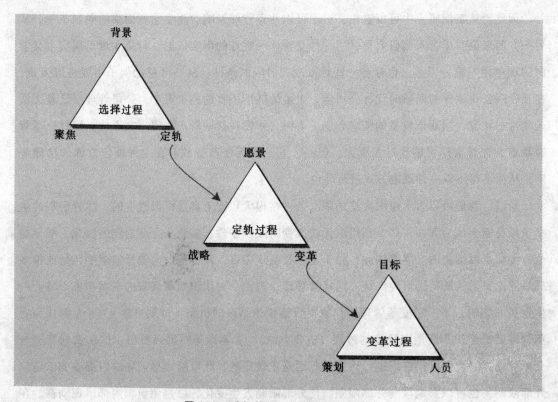

图 15.1 选择管理——变革管理模型

★ **选择过程**——关系到组织的策略本质、范围、核心。

★ **定轨过程**——与组织过去、未来的发展方向有关，反映了一个组织的愿景、目的和未来目标。

★ **变革过程**——包括变革的方法、机制、结果3项内容。

这些过程是相互关联的，从图15.1中可以看出，变革过程本身就是定轨过程的一个组成部分，同时又是选择过程必不可少的一个部分。这些过程又各包含一些要素或力量，相互作用、碰撞，相互影响，过程微妙而复杂，正是由于这些因素或力量的相互作用，使得变革管理从整体上成为一种缺乏理性的过程，只能依赖主观判断，其结果往往难以令人满意。

下面将对这3种过程进行逐一讨论，不仅要揭示这些过程的复杂性和相互间的依存关系，而且要提供将选择管理—变革管理应用于实践的指导。为了让这种指导变得更加有效，在讨论变革过程时，将对顺利实现变革的必要步骤作仔细的讲述。

选择过程

构成选择过程的3点要素：

★ 组织发展状况

★ 选择的焦点

★ 组织的定轨

组织发展状况

成功组织的标准处方之一认为：组织应该知道自己的优势、劣势，客户的需要以及所处环境特点。但是，从案例研究中可以看出，很多组织在已经遇到麻烦后才收集这些方面的信息。除非它们已经对组织的业绩和处境建立了信息收集分析制度，否则，又怎么可能希望这些组织理解、欣赏摆在它们目前的选择？

没有一个人会认为收集信息、预测未来是件容易的事，也不会有人认为搞清楚组织面临的限制条件轻松简单。但是，同一些指标对照比较组织的业绩不失为一种稳妥的办法。组织也可以用一些成形的方法进行信息收集并对内部、外部的主要限制条件进行评估，内部的主要限制条件包括组织结构、文化、政治和管理风格，外部的主要限制条件包括国内经济形势、行业、所有制成分、商业环境。展示15.1、展示15.2是组织普遍应用的信息收集、评估手段——SWOT分析和PESTEL模型。

从XYZ案例研究中可以看出，由于这两种方法容易理解，不需求助于专家，虽然难以

变革管理
Managing change

做到彻底消除，其优点之一是组织可以用它们增加开放程度，减少相互牵制和冲突。尽管如此，有的组织将会发现，由于组织当时的状况，不首先解决掉一些妨碍因素，团队合作、协作和开放是很难做到的。对于这方面的问题，或许首先应该考虑的就是管理风格，关于管理风格将会在第16章中详细讨论。展示15.3列举了不同管理风格的区别，由于管理风格的不同，管理者对待组织变革的看法存在显著的区别。

展示 15.1　SWOT 分析

什么是 SWOT 分析？	它有哪些作用？
SWOT 代表： 优势（**S**trengths）（内部） 劣势（**W**eaknesses）（内部） 机会（**O**pportunities）（外部） 威胁（**T**hreats）（外部）	SWOT 分析可以帮助管理者从内部、外部两方面找到他们必须考虑的关键问题，更好地理解组织所处的状况，在找出关键问题以后，管理者才能将精力集中到需要作出选择的领域，从而有助于分析某些限制条件和风险。

展示 15.2　PESTEL 分析

什么是 PESTEL 模型？	它有哪些作用？
PESTEL代表： 政治（**P**olitical） 经济（**E**conomic） 社会文化（**S**ociocultural） 技术（**T**echnological） 环境（**E**nvironmental） 法律（**L**egal）	PESTEL是一种严密的方法，用于发现并理解组织的外部影响因素。与 SWOT 分析一样，它的作用是提醒组织专注于自身面临的选择、遇到的限制及选择所包含的风险。

　　尽管存在来自有关方面的压力，对于首先参与变革的人群——管理者而言，他们不可能自愿地接受有损自身利益的变革。因此，在处理组织的环境关系方面，有的管理者希望通过影响环境来减少两者间的距离，尽量避免引发组织内部动荡，以减少管理风格和人事的变革。

展示 15.3　管理风格

优点	缺点
传统管理方法	
★ 简单实用	★ 决策草率
★ 尊重事实	★ 对变革缺少责任感
★ 方法一致	★ 与员工关系紧张
★ 服从领导	
★ 讲求实效	
催化型管理方法	
★ 对员工有感召力	★ 容易讨好他人
★ 善于沟通	★ 不能照章办事
★ 适应环境的变化	★ 遇到问题就犹豫不决
★ 适应多种文化	★ 代人受过
愿景管理方法	
★ 富有想象力	★ 有可能冷淡别人
★ 创造力、思维、超前	★ 看不起别人
★ 愿意解决问题	★ 对别人希望过高
★ 坦诚	★ 不安分、易厌烦

资料来源：from Maddock(1999：40)，based on Vinnecombe(1987)

　　组织的管理风格将会影响到信息收集和信息分析的方式，要想准确描述一个组织的发展背景，需要有很多人参与。这不仅可以为决策提供足够坚实的基础，也会有助于团体意识协作精神的培养，增加有关人员之间的相互理解。如果只有少数管理者参与，所产生的结论就有可能是扭曲并带有偏见的。尽管如此，应该清醒地认识到，不论信息收集分析做得有多好，其中一定带有很多主观成分。正因为如此，很多作者指出管理者首先要做到"讲理"，威克指出：

　　讲道理是人们作出解释时必须采用的方法，评审团审议作出一份裁决，这份裁决交到陪审员手上以后，陪审员回想起来总会觉得报告十分可信。

变革管理
Managing change

对于组织中的管理者，要做到讲理，就要求管理者对组织过去、现在、将来的行动有一个理性的分析和判断，弄清楚组织所处的状况。同时，讲道理还是一种管理者向其他人宣传自己观念的手段。在奥迪康案例中，CEO 做的一件事，就是把所有事情分析清楚，然后再把自己的想法告诉给其他人，带领组织向前发展。而在马可尼案例里，总经理为了改变公司的经营方向试图把自己的意识强加于其他人。在这个案例中，结果非常惨。

选择的核心

很多组织发觉自己经常是忙于应付各种事件，到处救火，缺少主动性。的确，音乐行业目前就处于这种状况。从成功企业的经验中可以看出，讲明道理的一个好处是允许管理者找出一些关键性的问题，无论它们属于短期、中期或长期问题，只要是与组织的成功有关系，然后集中精力加以解决。这些问题中有的可能与组织的业绩与提高利润有关，有的涉及竞争力培养或技术开发，有的则可能关系到企业的生死存亡。在多数情况下，组织会以不同的方式集中精力协调、影响或是改变自身遇到的限制。

在所有组织的决策过程中，如何选定关键问题是十分重要的。无论是通过协作的方式（如 XYZ 的做法），还是要求各部分和个人按自己的计划行事。前人的经验认为用协作的方式每次专注于几个问题要比分散精力更为有效，有趣的是威克认为日本人的决策方法在操作过程上是很有讲究的，这恰好道出了日本组织尤其善于把握制定战略的关键的原因。日本人把这种方法称为 Hoshin Kanri（方针管理）（见展示 15.4）。Hoshin Kanri（方针管理）在西方通常被叫做政略部署。在日本它主要用于将公司的战略、目标传达到所有部门，并保持一致。这种方法的主要好处是可以将精力集中到关键环节上，帮助公司获得成功。通过每年一次的宣讲活动，将有关活动和决策的情况传达到组织的各个部门，使公司的每位员工都了解并朝着相同的目标努力。

展示 15.4 Hoshin Kanri（方针管理）

Hoshin（方针）可以分为 Ho（方）、shin（针）两部分，Ho 代表方向，shin 代表指针，因此 Hoshin 可以译为方向指针，等同于英语中的指南针。Kanri（管理）也是由两部分组成，第一部分 Kan（管）代表控制或引导；第二部分 ri（理）可以译为理由或逻辑。Hoshin Kanri 连起来代表企业的发展方向或重要任务的管理与控制。

组织的定轨

一个组织的发展轨迹或方向是由它过去的经历、未来的发展目标和战略决定的。正因为如此，组织的发展轨迹可以作为判断有关活动和建议的受欢迎程度和有关问题的相关性的指南或框架。定轨过程包括如何确定组织愿景、组织战略和改革方法，以及三者相互作用两方面的内容。从沃尔沃对工作设计强烈的责任感中可以看出，组织愿景、组织战略和改革方法在 30 多年里始终是相互影响、互为依托的。福特想要削弱这种责任感的任何企图都将遭到沃尔沃上下的一致反对。

尽管如此，定轨概念是由过去经历的"记忆"和未来的目标共同构成的。有的企业的发展轨迹十分明确，例如沃尔沃，只有在过去的实践遇到麻烦的情况下，才会影响干扰到这一发展轨迹。对于其他的企业而言，如何对待过去的经历，形成一致的未来发展计划却充满了争论，显得游离不定。的确，由于存在这种争论，有人可能会以为马可尼公司的董事会可以改写历史，尤其是对 GEC 可能失败的猜测以及对通讯公司的向往这两件事情。回首往事，有人可能会问：如果马可尼既不能回到 GEC 时代，又没有成为通讯巨头的希望，公司内部对未来如何发展存在严重的分歧，那么，它到底该走向何方呢？

正因为如此，有的企业在制定发展方向上把很多的精力用于具体细节方面，警事康就是这样的例子。而别的企业，例如，奥迪康，则可能在制订发展计划时更为关注全球性目标和长远目标。无论采用哪种方法，明茨伯格认为：

> ……除个别情况以外，很少有战略可以被归类为纯计划性战略或者纯应急性战略。前者否定了学习的必要性，后者认为不需要控制。所有的战略都离不开两者的结合，既需要进行控制又不能中断学习。

因此，从一个组织的发展轨迹中可以看到其战略皆有计划和应急的成分，这种融合或碰撞是否产生预期的效果，一部分取决于组织理性思考的质量，一部分取决于组织进行控制的水平。从案例研究可以看出，还取决于组织的学习能力以及应付处理突发事件的能力。从奥迪康、天合（TRW）以及沃尔沃的经验中可以看出，学习能力与组织获得成功有着密切的关系。马克尼正是由于缺少了这种能力所以才招致灾难性后果。所以，组织对过去经验的总结与未来发展的目标是相互影响的，加之组织还要考虑如何利用自身的优势规则发展项目，使得制定决策变得更加复杂。

选择过程中的背景、核心和轨迹三项要素，每一项本身就很复杂，之间的相互影响更是

变革管理
Managing change

变幻莫测。多数情况下，组织的发展轨迹既会影响到它的决策核心，又会影响到它的背景。同时，组织的背景又会对组织的发展轨迹产生一定的限制作用。同样，选择的核心将会影响特定背景下组织发展轨迹的方向，这种影响不仅只限短期项目，也会影响到企业中长期的发展状况。

从案例研究中可以看出，决策不仅是一个复杂的过程，并且是一个需要进行多角度思考的过程，这是由于组织在处理重大问题时必须事先选择适当的决策方式。决定按其影响范围可以分为"有界"和"无界"两种。"有界"的决定一般影响较小，参考因素比较容易确定，基本上不会影响到组织和周边环境，或与组织背景发生冲突；"无界"决定一般涉及重大问题，参考因素难以确定，会产生多种结果，并且与组织环境中的其他问题和因素相互纠缠。显然，除个别情况以外，解决组织面临的大多数主要的战略问题都涉及"无界"决定，可能产生出多种结果。由于这类决定可能产生的结果难以预料，如展示15.5决策模式所示，管理者以缺乏理性和随意的方式进行决策的情况要比他们公开承认的更多一些也就不足为奇了。由案例研究中可以看出，很多专家在多年以前就指出：在管理者中间存在"交差了事"的倾向，并没有对所有可行的方案进行逐一的审核，毫无疑问，有的管理者喜欢用"救火"的方式解决很多重要的问题，这样做至少可以取得立竿见影的效果（尽管只是短期内有效）。

日本人的 ringi（禀议）制度（见第3章）对理解决策的复杂性提供了一种很好的思路，只有对相关问题和可行方案进行深入彻底地分析，才有可能寻找到最为合适的决定。除此之外，ringi（禀议）制度的实施需要以坚定的组织愿景和清晰的战略目标作为基础，这将会有助于发现和找到正确的决策方式和行动方案。由于有了这样的决策环境，日本公司在作出决定时不必对所有的可能性做逐一的探索，而只需要关注与企业的愿景战略、目标和谐的可能性。这样，整个选择过程就变得更加简便易行了。日本公司已经向世人证明它们在描绘愿景和制定战略方面达到了高超的水平，因此，公司能够顺利发展，减少了环境中存在的不确定性，并能按自己的意愿改变竞争的基础，使决策过程中的核心问题更加集中，这都不是偶然的。由此可以得出一个结论：尽管选择过程仍十分复杂，因为选择过程涉及的各种因素以及相关人员都会影响到这一过程，但是，选择过程需要讨论的问题和作出的决定还是变得更为集中了。

因此，尽管选择过程充满了不确定性，复杂而费时，但是，仍有希望找到一些方法以减少产生影响的因素，使选择过程变得更为清晰高效。不过，组织需要有能力将选择转化为可行的战略，并让战略转化为成功的行动，否则，将会严重影响到选择过程的透明程度和效率。同样，企业在这些方面取得成功还会影响到自身对未来的选择。为了对选择过程有进一

展示 15.5　决策模式

模式	假定条件
理性的决策模式	★ 决策者了解所有可行的候选方案。 ★ 他们十分清楚每一个候选方案的结果。 ★ 有一套严格的评价标准，可以对所有候选方案进行评估。 ★ 资源不受限制，包括时间、资金、能力。 ★ 有一套系统、规范完整的决策程序。
半理性的决策模式	★ 决策者缺少完备的信息，依靠预感和直觉。 ★ 决策者缺少固定统一的选择标准。 ★ 决策者在资源方面受到某些限制。 ★ 可能无法找到令人十分满意的解决方案，或者是方案不够成熟。 ★ 决策者不想追求最佳方案。 ★ 他们很容易满足，只希望找到 "足够好" 的解决方案或作出 "足够好" 的决定。 ★ 有一套系统、规范完整的决策程序。
非理性决策模式	★ 决定涉及 4 种因素：问题、解决方案、参与者和选择时机。 ★ 有些决定只能在 4 种因素完备的情况才能作出。 ★ 利益驱动可能导致 4 种因素被人为操纵。 ★ 需要决定的事过多，管理者无法做到面面俱到，或立刻解决所有问题。 ★ 随着出现的问题增多，决策的机会会逐渐减少。 ★ 新出现的问题有可能淹没旧的问题。 ★ 决策者不按程序行事。 ★ 在何时作出决定存在随意性。

资料来源：摘自 Rollinson（2002）

步的理解，我们现在先来讨论定轨过程，然后再对变革过程进行讨论。

定轨过程

与选择过程一样，定轨过程由三项因素构成，它们是愿景、战略和变革。

变革管理
Managing change

愿景

在第 7 章里曾谈到过愿景一词，现在很多组织都在研发未来想象中的和"幻想"技术，其目的是为组织构思未来发展的蓝图，从中选出最适合又最有吸引力的方案。从第 3 部分的 10 个案例研究中可以看出，并不是所有公司都有一个明确的愿景，也不是所有的愿景都令组织的管理者和员工满意，并引导组织迈向成功。尽管如此，通过描绘宏大愿景（目标或境界）以推动组织向前发展这一理念，在最近 15 年内正变得越来越有影响力了，尽管这一理念也招来不少的冷言冷语。总的说来，对这种方法的争论主要是由于过去在规划未来时，要么是很难根据过去的趋势预测出未来的发展方向，要么是设立的目标不够宏伟，因为未来的发展计划受到了现有资源的限制。描绘组织的愿景正是希望让高级管理人员进行自由的思考，不再顾虑现有资源所产生的限制，为组织的长期发展寻找到目标。

这样做有可能会找到十分宏大的目标，例如本田公司在上世纪 60 年代（当时国外只知道它是一家摩托车生产商）就向外界宣布它将成为"福特第二"，但是，从马克尼的案例研究中可以看出仅仅拥有宏伟的愿景并不能成为成功的保证，尽管描绘愿景所进行的思考可以有助于克服或避开一些明显的陷阱。从展示 15.6 中可以知道，卡明斯和休斯（Cummings and Huse）认为，构成愿景的四个要素包括：使命、结果、状况和中期目标。

展示 15.6　愿景的四要素

1. **使命**。使命代表了组织的重要战略目标，或者说代表了组织存在的理由。它包括了产品、市场、核心竞争力等方面的内容。

2. **结果**。愿景常常包括组织在业绩和人员方面想要取得的结果，它既包含了各种行为和技能方面的要求，也包括营业额、利润等传统目标。这些珍贵的结果可以作为变革过程的目标，同时又是组织取得进步的评判标准。

3. **状况**。这一要素决定了组织将取得什么样的成果。它将有助于明确达到未来需要进行的变革活动，涉及到的问题包括：组织结构、企业文化、开放程度、管理风格；对外则涉及与供应商和客户的关系。

4. **中期目标**。使命和愿景一般都比较简明扼要，需要有一些具体的中期目标对其进行充实完善，又处在现实和理想状况的中间。中期目标比理想状况更清晰、更具体，因此，中期目标所提供的改进目标和步骤会更具体、更容易操作。

资料来源：Cummings and Huse（1989）

确定愿景需要进行大量的工作，只有在找到一个目标以后，才可能产生相应的愿景，发现愿景与现实之间的差距。组织为了缩短这一差距会考虑选择某种战略，经过这样一个过程，组织的愿景进一步得到完善。愿景的完善过程，一方面可以让组织有机会对愿景进行广泛的讨论，增加员工的责任感，鼓励、指导组织向前发展；另一方面随着对愿景的不断完善，原先零散模糊的想法逐渐汇集成人们追求的中期目标，最后成为组织每个人行动的指南，也的确有过这样的例子。尽管如此，在多数情况下，愿景的推广主要还是由少数的高层管理者完成的，他们利用自己的职位和个人魅力说服其他人相信组织的愿景是美好的而且是可以实现的。

组织的愿景好比是黑夜里远处山顶上的灯塔，它能为行人指明方向，尽管行人并不能看得很远。然而，由于有了灯塔，他们就不会迷路了。虽然，有时他们不得不绕道而行，甚至是走一段回头路，但是，他们知道自己的目的地。用灯塔比喻愿景的好处在于，它明确了愿景与长期计划之间的重大区别。通常情况下，只有组织的领导层才清楚组织的长远目标。愿景就像灯塔一样为组织的每一个人指明了前进的方向，并以此作为判断组织行动的标准。

有了这样的愿景，组织不仅对其发展前景更加了解，同时还有了一些具体的发展目标。在奥迪康案的案例里（第11章），公司CEO拉斯·科林德提出了把公司建成知识型组织的愿景。但是，要充实这个愿景，建立起他的没有条条框框的企业离不开企业每个人的参与。同时，这还是一个不断摸索的过程，尤其是一个实验的过程。尽管他和他的员工都清楚应该如何运作，以及努力的目标，但是，仍必须解决具体的细节问题。当他感到企业的组织结构过于僵化之后，他预感到可能会出问题，所以对企业的组织结构进行了调整。

而马克尼的愿景始终只与两名高层管理者有关，与他们的想法相反，公司的其他人对愿景的理解和责任感明显不够。另外，与科林德不同，他俩似乎没有能力制定出适当的战略服务于公司的愿景。在其他公司已经发现通讯设备的需求出现下降时，这些公司都采取了自我保护措施，马克尼却没有这么做。相反，马克尼仍在执行既定战略，不断地卖出赚钱的公司，借钱购进与公司愿景相吻合的公司。但是，由于对通讯设备的需要正在下降，这种公司的赢利能力也因受到影响而随之下降。愿景所包含的意图和中期目标，关键是要有助于寻找到企业发展的出路（例如奥迪康的愿景就包含有实现人的根本价值的内容）。在实践组织愿景的过程中，必须对这些目标作定期的调整，以适应环境的变化。一般情况下，这种目标调整不应脱离组织的发展背景，奥迪康就属于这类情况。从马克尼的例子中可以看出，由于环境或实施过程随时都有可能发生变化，从而严重影响到愿景的可行性。愿景的实现离不开制

变革管理
Managing change

定战略，如果有必要，就应该对原有的战略作出相应的调整。

战略

组织发展愿景形成之后，组织的一切活动都应该服从于组织的战略。具体行动方案的计划和执行，既可以采用集中统一的办法，也可以下放到组织的各部门。一方面，它反映出员工对组织愿景的自觉追求；另一方面，由于受过去决策方式或资源配置方式的影响，或者为了解决现有问题，抓住目前出现的机会，组织采取的行动也可能是强制性的或带有应急成分的。实际上，组织在制定战略时，一般会同时考虑采用正式和非正式两种方法。

在第 7 章里已经讨论过，正式战略一般涉及营销、产品开发、制造、人事、采购、财务、信息技术和质量控制等方面。这类战略一般比现实超前 5 年左右，所包含的具体计划的时间范围在 12~18 个月之间（这主要是由于环境变化使得多数企业很难制定更为长远的计划）。虽然由各部门的计划汇总而成的战略计划一般是每年修订一次，但是，当遇到重大的突发性事件时，也需要对战略计划作些暂时的修改。因为战略本身是没有意义的，它只是实现组织目标（愿景）的手段。因此，组织战略必须同时具有灵活性和计划性，制定战略要有利于组织愿景的实现，甚至当战略制定出现问题时，很多成功的企业似乎也具有一种天生的能力，做到转败为胜。从展示 15.7 中微软的事例中可以看出，微软的 MSN 成立于 1995 年，目标是要成为因特网传媒内容提供商，不久就发现公司的核心竞争力并不适合做这方面的业务，但是，可以把 MSN 做成微软与客户直接沟通的平台。因此，为了实现通过因特网直接向客户提供软件服务这一宏大战略，微软放弃了原来的计划。比尔·盖茨在说"拿公司打赌"时，包含的意思是十分重要的，他的这一选择对微软的愿景——成为世界重要软件企业，作出了直接的贡献。

因此，组织在实现愿景的过程中，应该制定出一个核心战略和若干子战略，根据组织的愿景和环境等情况，整理出一套应对机会、威胁、成功、失败的特殊办法。按照这一观点，组织通往未来愿景的道路，好比是一根环环相扣的链条，链条中的每一环代表了组织向前发展的战略和决定，随着组织的发展和环境的变化，组织必须不断地锻造出新的链环（战略）（用明茨伯格的术语就是"人工打造"）。就微软而言，MSN 只是连接两个目标的一个中间环节，其功能是直接服务于微软，最终目标就是获取软件市场的领先地位。所以，每个组织的战略可能会含有预期和应急两种成分，要根据组织所处的环境才能把握好它们的平衡，强调计划方法或应急方法的优点都是有问题的。

展示 15.7　MSN 的发展之路

微软联系客户的直接通道　　　　　　　　　FT

就 MSN 而言，即使微软某些时候亏了钱，MSN 仍在赚钱。MSN 是微软公司的门户网站，微软的这个下属企业自成立以来就是亏本的，但是，对微软的影响不大，成立 MSN 的目的并不是为了赚钱。实际上，这一部门担负着一项特殊的使命，包括产品研发、软件测试、广告及产品销售等多项任务，更为重要的是，MSN 具有的这些功能使得微软大大领先于其他竞争对手。

微软的下一个目标是建立 ".Net" 的远景，即通过因特网提供软件服务，为了实现这一目标，比尔·盖茨承认他已经 "拿公司打赌"。因此，其重要性就更为突出了。MSN 逐渐成为了 ".Net" 战略中更为重要的项目，当初的 MSN 在成为微软网络之后变得完全不同了。在互联网繁荣时代的初期，1995 年建立传媒网站的目的是为了从事传媒业务，它提供的产品包括新闻、体育、占星、电子商务，微软曾有一段时期对传媒表现出浓厚的兴趣。

这一阶段并未持续太久，吉夫·萨顿（Geoff Sutton）的从业经历可以说是这一时期的一个缩影。吉夫·萨顿现任 MSN 英国区的总经理，于 1997 年加入微软公司，带领一群记者为门户网站撰写新闻，到了 1998 年，新闻部遭解散，萨特顿在一家软件公司重新找到份差事。

他回忆道："微软很快就意识到它不应该涉足与传媒内容有关的业务。"朱迪·吉布思（Judy Gibbons），MSN 的 EMEA 副总裁，也有同样的看法："微软是一家软件公司，软件才是我们的主要业务，我们不应该丢掉我们的核心竞争力。"

不过，由于微软涉足过与传媒内容有关的服务业务，因此它积累了一些十分有用的经验，认识到了网民的重要性。透过 MSN，微软发现了一条与客户直接联系的通道，这种经历是过去从未体验过的。由于网民定期访问公司的网站，在此过程中，微软的品牌和服务逐渐得到了推广。

如今，MSN 已经成为世界三大网站之一，与雅虎（Yahoo）、美国在线（AOL）处于同一水平，每月的访问人数多达 2.7 亿人次，Hotmail 邮件用户 1.1 亿。

一旦与客户建立起这种联系，任何事都变得有可能了，微软可以直接对它的用户提供销售服务。通过因特网，微软甚至可以向它的用户直接推销软件。

由于客户与微软的互动和直接的关系，微软因此获得了一个新的开发软件产品的试验平台，软件尚在开发过程中，人们就可以下载试用，并通过网站反馈回有关的评论和建议。

".Net" 战略充分利用了微软门户网站的各方面优势，用户可以通过各种装置进入微

软的服务网，包括个人电脑、手提电脑、电话、电视甚至是游戏机。

吉布思说："MSN 为客户提供了进入网络服务的入口，你可以通过进入网站，登录并找到你想要的一切。"

微软预计网络服务的市场规模在 2010 年可以达到数万亿美元，从而进入"数字时代"。

没有任何一家其他门户网站可以提供与此类似的服务，也没有其他软件公司敢于声称自己的门户网站能够提供可以与之匹敌的网络服务。MSN 巨大的用户人数为微软推行自己的服务准备了一个现成的网民群体。事实上，尽管门户网站的服务项目吸引了大量的访问者，但是，由此产生的广告费的意义并不大，如果 MSN 通过广告收入可以做到赢亏平衡，这自然更好；如果做不到，也没有什么关系。

资料来源：Fiona Harvey,Financial times,金融时报,2001.12.31

最关键的是：组织未必有能力了解战略链中的所有环节，但是要知道未来几年自己的发展方向。没有必要对做什么以及何时做的具体细节做硬性的规定和安排，相反，组织需要建立一种相互理解的氛围。在出现机会或环境发生改变的情况下，所有的人愿意共同努力。有了这种努力，组织才能朝着自己的目标前进。

变革

正如组织的定轨过程既是选择过程的重要组成部分，自身也是一个变革过程一样，变革过程也有这样的特性。在讨论变革过程时，由于有定轨过程这一背景，必须注意到，尽管愿景和战略对塑造组织具有十分重要的作用，但是，只有当组织的某些方面发生一些变革之后，愿景和战略才可能转化为现实，这同样是一条双向线。一方面愿景和战略影响指导着变革的方向，并决定着变革的内容和时机，为变革提供条件和环境；另一方面，由于愿景和战略要通过组织的行动才能转变为现实，因此，组织的变革和行动决定着愿景和战略的实现。

总而言之，我们可以看出，定轨过程不仅对选择过程有着重要的影响作用，它本身也是一个很复杂的由战略、愿景、变革三个方面所构成的过程。尽管很难设想有组织不涉及上述三方面中的一些因素，但是，所涉及的程度、对各项因素的态度是否一致，以及主动性都是因组织而异的。一方面是由于组织所处的环境不一样，在稳定和可预测的条件之下，即使没有高层管理者的鼓动，人们也比较容易对组织的运作、组织发展的前景和变革形成一致的看法。但在快速变革的环境下，确定性和固定的参照点比较少，参照点的间距较大，不容易形成共识。在这种情况下，如果有共识存在，也很可能是过时的、不恰当的。正是因为这样，越来越多的高层管理者有意识地利用愿景，为组织树立一个共同目标。他们想要减少不确定性，搞清楚正在发生的事情，对组织该做什么、如何做形成广泛的共识。对很多组织而言，这种方法的价值不仅在于这可以使变革变得更加容易，同时还为员工判断需要进行哪些变革和采用哪些方式提供了方便。为了进一步讨论这一专题，我们现在对变革过程作一番讨论。

变革过程

变革可以被视为一次性事件，是组织正常运作中的例外事件。因此，当变化发生时，应该以就事论事的方法加以解决。从另一方面看，有些企业并不把变革看作是例外事件，而把它当作一种经常发生的事情，视为组织日常活动的组成部分。从第3部分的案例研究中可以看出，例如GK，它视变革为例外事件，组织很难找出最佳方案，因为缺少一种程序，即便是非正式的程序，从以往的变化项目中总结经验，为此后的项目服务。每次变革都被视为唯一的事件，组织在决定解决方案上的思路变化无常。但是，对于把变革当作连续过程的组织而言，例如奥迪康，它们不但把每个项目都当作一次学习的机会，而且把学到的经验应用于别的项目。这就使得它们有可能在面对新的情况时，寻找到最适合的方法。对于这类企业而言，不仅认为变革是每天都在发生的事情，而且把管理变革当作是企业必须具备的核心竞争力，并要求自己的员工成为有竞争力的员工。

变革过程与选择、定轨过程一样，由三种相互联系的因素构成。

★ 目标和结果

★ 变革项目计划

★ 人员

目标和结果

根据现有的证据和可以接受的观点，至少在研究者当中，变革努力失败的比例很高。尽管其中的原因很多，伯恩尼斯和威克斯发现，在很多情况下，变化项目之所以失败是因为当初选定的目标或预期的结果要么是不够慎重，要么是缺乏一致性。另外，在第5章中就提及过，组织方面的变化也是原因之一，因为这常常会影响到组织内部的权力分配和资源配置。局部利益引发的这一政治过程首先考虑的往往并不是组织的需要。

尽管很难想象不涉及政治利益的情况，伯恩尼斯还是提出了一种评定方法，试图使变革目标和结果的设定过程可以变得更为严格和公开。公开和严格不仅可以减少政治考虑的干扰，而且更有利于对具体选择的价值（或缺少价值）作出评价。伯恩尼斯的方法由4种因素组成，起

变革管理
Managing change

因、有关事项、评估团队、评估。

起因

企业一般是基于以下某种原因才会考虑实施变革过程（小项目解决不了问题时）：

★ 公司的愿景或战略重心要求改变或提高公司的业绩。

★ 现有的业绩或运作表明公司存在严重的问题。

★ 企业遇到获得重大收益的机会或征兆。

如果存在一种或多种原因，就将激起企业思考实施变革过程的兴趣，并转入下一阶段。

提交事项

在这一阶段要对评估的理由、项目的目标和时间安排、参与人员或顾问人员的情况进行详细的说明。提交事项中对人员和技术方面的关注程度应该是均衡的。另外，承担项目评估的人员必须明确一点，那就是必须认真考察所有的方案，不能把注意力仅放在一两个方案上面。企业有必要明确由谁负责安排处理提交事项，由谁负责评估团队的建设并作出最终裁定。因为伯恩尼斯和威克斯发现，在这方面责任常常是不明确的。在传统组织中，这种责任会由总经理承担。而在当今的组织中，此类活动的责任已转移到其他人员的身上。一般只要求向高级管理者通报活动内容，但是，重大变革项目仍由高层管理者亲自负责，当变革的项目涉及多个部门时，部门间的相互合作是必不可少的条件。重要的是在评估开始之前就必须明确由谁负责变革项目的实施。

评估团队

评估团队是评估变革必要性的主体。在大多数情况下，它应该是受多重纪律约束的团队，由有关部门的代表（包括管理人员和员工）、专家（例如财务、技术和人事方面的专家）组成。最好是能有一位变革项目专家参加，可以是来自企业内部的协调者，也可以是外聘的顾问。有时还可能需要高级管理者的参与。

评估

评估团队的第一项任务是检查变革项目的有关事项，如果必要，还要对其进行一些修改，在此之后才可以开始进行评估工作，评估工作由以下4个步骤组成：

1. 明确问题或机会。完成这一步需要做信息收集方面的工作，尤其是有关方面的信息。有些情况下，可能出现问题或机会的定义已经发生了改变，或不存在，或很容易由相关人员解决的情况。遇到这种情况，可以向上级汇报，并且没有必要再采取进一步的行动；如果发现确实存在重大问题或机会，则需要进行随后的步骤。

2. 对候选方案的调查研究。应该对找到的可行方案进行广泛的研究。为了排除明显不适用的方案，并发现能产生最佳效益的方案，需要制定一个公认的成本收益标准，用这个公认的标准对照检查候选方案。企业通常会用财务收益作为比较的标准，但是，应该清楚单纯的财务标准并不适合所有的变革项目，尤其是行为方面或具有战略性质的变革项目，比如，奥迪康的组织结构变革和 XYZ 的团队建设。多数情况下，变革收益是多方面的。例如，能够带来财务收益的一项技术变革同时也为组织增进团队合作、提高技能、更新知识提供了机会。因此，组织制定的评估方法不能只考虑货币收益，一个方案存在优点的同时往往会存在一些缺陷。在获得新技能的同时也会失去一些原有的技能。例如，与客户和供应商建立伙伴关系可能就会导致谈判、定价技能的损失；增强团体合作就会损害到一线管理者和中层管理者的权威。如果变革会导致这类不利因素，最好是事先就认识到不利因素的存在，并有所准备，以防它可能会造成的损害。在对候选方案进行了认真研究之后，转入下一个步骤。

3. 反馈。在讨论问题、机会确定以及解决方案时，因该考虑相关部门或涉及变革部门的意见，尤其是为信息收集提供第一手素材的人们的意见，这将会有助于找到解决问题的正确方法，这也就是说，假如不考虑到解决方案的适用性，盲目推行自己认可的方案只能使方案变得更加难以被人接受。信息反馈还能起到让人们对未来的变革提前有所准备的作用。另外，人们对信息反馈的反应也是一种重要的信息来源，从中可以发现候选方案的优点和缺点，这对制订方案选择标准是很有帮助的。

4. 方案推荐和决定。评估团队在作出推荐时，要对问题机会给予明确的界定，找出多种解决方案，制定出评估推荐标准。在推荐报告中不仅要说明变革的形势，还要对变革的机制、时间安排以及资源使用情况加以说明，并说明新的运行方法的业绩目标。

在此之后，负责作出最终决定的人才有可能根据企业的愿景和战略目标，对评估团队的推荐报告作评价、修改，决定是否同意评估团队的推荐方案。的确，有些变革计划或项目是很复杂的，只有联系企业的长期目标才能判断计划或项目的价值。例如，在上世纪 90 年代，英国最大的饼干生产商组建了一个评估团队，专门负责论证公司是否应该投资建设一座新的巧克力饼干工厂（公司业务增长最迅速的部门）。评估团队建议在英国北部现在的工厂旁建设一座新的工厂。公司董事会虽然接受建设新工厂的建议，但是，决定把新工厂建在法国，因为公司的长远目标是面向欧洲。虽然这一决定考虑到了公司的长远利益，理由显得十分充

变革管理
Managing change

足，但是，决定较多考虑的是公司的信念，对获胜把握的考虑被放到了第二位。而管理者为了获得支持，有可能更倾向于选择后者，尽管如此，既然决定实施一个变革项目，就必须为实施过程作出计划。

变革项目计划

无论变革项目是出于企业战略的考虑或是其他原因，一旦确定要实施项目，就需要制定一个项目实施的计划。从第 10 章中可以看出，实施变革项目的方法很多，某种方法是否适用取决于变革的内容。第 3 部分的案例研究表明，小规模的技术改造或结构调整一般可以采取计划方式，执行起来比较快，并不要求听取所有员工的建议或参与。对于只涉及企业单一部门的变革以及不可避免的变革，可能会比较简单，其情况与警事康案例较为相同。但是，遇到必须进行彻底改变的情况，例如奥迪康面临的情况，用快速、缺乏参与的方法解决大规模的变革则很危险，尤其当变革过程的主要障碍源于人们的态度和行为时。因此，与 XYZ 案例反映的一样，这类情况在计划、执行以及随后的发展过程中都存在着大量的阻力。阻力可能来自于组织不同的层面和部门，并带有很大程度的不确定性。由于存在这些原因，成功地进行大规模的变革，在很大程度上要依靠有关人员的参与和责任感。正因为如此，在考虑下面 6 种相互关联的活动时，千万不能脱离实际情况：

1. 组建变革管理团队。为了保持过程的连续性，应该吸收一些参与过项目评估的人员加入到管理团队中去。虽然这一般会造成参与人员过多的后果，尤其是在项目实施阶段。1997 年工党政府在首次赢得大选之后，政府要求税务部门重新审议对捐赠机构的捐赠是否可以冲抵税款，当时，评估团队的负责人，正是此人提议对捐赠机构的捐款应该计入国内税收，再次成为变革管理团队的负责人。在 XYZ 案例中，整个评估团队都成为变革管理团队的成员，与中层管理者和一线管理者一道组成变革管理团队。对于大的变革项目，一般会组织一个下属部门负责处理具体事务，其组成人员一般由相关部门抽调，既有管理者，也包括其他员工。他们的职责是处理项目实施过程中的日常事务。一定要认识到变革管理团队以及下属部门的所有人实际上都是变革代理人。尽管如此，从 XYZ 案例中可以看出，变革项目专家也应该算作是变革管理团队的一员，也就是说，这些人是以他们的管理变革经验参与到了项目。从第 9 章大讨论可以看出，变革代理的作用不仅仅限于制订计划并组织实施，变革代理人需要具备广泛的技能，绝对不像布坎南和博迪所说的那样，只需要其有"幕后活动"的能力：

幕后活动只需要施展"权力技巧",对"政治文化系统"进行干扰,动用谈判、推销的影响力,并借助管理的手段。

变革代理还需要具备处理意外事件的能力,遇见到预想不到的情况,是大多数变革代理人必须牢记的格言,第9章在关于变革代理人作用的讨论中,里顿斯坦在他的《优雅、魅力和神奇》一文中就曾经用过这一说法。这就表明尽管必须用计划方法处理变革项目,但是,这种方法并不能保证一定能够成功。里顿斯坦认为:成功还需要变革代理人具有认识利用"直觉、意外、撞运气"的能力和经验,因此,在选择变革管理团队成员时,具备处置变革的综合能力是必不可少的,包括处理意外事件的能力。

2. 管理结构。由于大的变革项目,尤其是组织结构方面的转变,涉及面广,包含有多项目标,并且不确定的程度较大,仅依靠现有的控制和命令系统很难实施有效的管理。例如,变革项目对现有权力关系和资源配备程序的挑战越大,来自管理人员的抵制情绪也可能越大。在这种情况下,除非变革管理团队与总经理或 CEO 保持直接的联系方式,并能得到总经理或 CEO 的公开支持,不然变革项目很有可能会陷于停顿,甚至最终被放弃掉。例如,XYZ 在进行组织结构调整时,区域经理之所以反对,主要原因之一是因为总经理直接参与了变革过程。他清楚区域经理有可能会阻碍威胁到分公司利益和立场的变化,并且作好了准备,如果分公司阻碍变革就采取措施,他相信区域经理对此也很清楚,因此,凡是高层管理者直接参与较少的变革项目,为了方便高层管理者对变革项目提供指导、支持和资源,事先就需要建立起有效的报告系统和管理结构。若有必要,高层管理者可以进行决策性干预。

3. 活动计划。贝克哈德和哈利斯将活动计划比作是一个"由此及彼"的过程。他们认为"活动计划是变革努力的路线图"。因此活动计划必须要讲求实际、有效、明确。在展示 15.8 中,贝克哈德和哈利斯对有效活动计划的 5 种主要特征进行了描述。活动计划涉及排出变革项目的日程计划,列出主要活动的内容以及重大事件。但是一定要清楚:对于大的变革项目不可能实现对所有细节都一一作出安排,由于这类项目具有多层次、多阶段的特性,时间跨度大,所以难免会有所反复。但是,随着变革项目的展开,项目的各个层次、阶段有可能会变得越来越清晰,计划也随之会更为详细。因此,为了项目的顺利开展,在安排活动计划时,要根据组织的目标和战略布署,明确重点、综合考虑。活动计划不仅要能获得最高管理层的同意,而且应该节约成本,具有一定的灵活性,能根据变革过程中产生的反馈信息作适当的调整。活动计划设定最终、中期两种目标,其目的就是帮助项目执行者在遇到特殊情况时作适当的调整,以确保按时完成计划。

变革管理
Managing change

4. 承诺计划。 这一活动主要是要找到关键的人和部门来承担责任并获得他们的支持。根据贝克哈德和哈利斯的观察，"在任何一个复杂的变革过程中，总要有关键的人物和部门负责为项目的进行提供必要的能量"。关键人物的任命主是看他是否有能力推动项目的进行，并不在乎他的职位和权力大小。这有可能是因为他拥有掌握特殊资源或信息的权力（如展示15.9 所示），由于别人认为他具有指导或领导的能力，即便他在这方面并没有担任正式职务。

展示 15.9 承诺的重要性

放弃奖金

　　北方工程公司是一家效益和发展速度都很不错的制造商，在经营过程中，曾成功地引进了很多日本技术。然而，公司对一线工人的奖金制度却是以产量为基础的。尽管已经意识到这会对产品质量带来一定损害，但是预感到工人对改变奖金制度存在着巨大的阻力。最后，公司决定为工人制定一个很有吸引力的奖励办法代替现有的奖金制度。负责向工人宣传这套方案的人是公司运作部的经理。他准备召开一系列的会议向公司的三班工人介绍这套方案。

　　他最担心的是夜班的工人，这些人与他相聚的机会最少，根据以往的情况，这些人对公司的变革项目也显得最不感兴趣。

　　运作部经理是这样描述他与夜班工人对话经历的：

> 　　他们从晚上10点干到早晨6点，每周4个晚上。他们一上班我就召集他们开会了。在做了20分钟的介绍后，我开始等待他们提问。在我做介绍的时候，前排的一个家伙一直盯着我，这家伙个头很大，从他脸上可以看出他很不满意，我一讲完他就站起来，所有的人都满怀期待地看着他，在他开始讲话时，我就陷入了沉思。他说："我很失望，这还是老一套。只有当老板从你们手中拿走什么东西以后，你才会知道老板的意图。"班上的其他人也点头同意他的看法。他继续说到："一旦他

们取消了我们的奖金以后，我们就再也得不到任何奖励啦。有人可能会赞成这种方案，其他的人就会因此而亏钱，但是，公司对我们还不错，所以我想我们应该给他们一次机会。"他坐下以后，其他人谁都没有讲话，方案就这样获得了通过，奖金被取消掉了。我完全搞不懂啦。那个家伙的身体语言、他的口气、他一开始所讲的话，都说明他反对新方案。我真是太幸运了，如果他表示反对，我想所有的人都会跟他走。那一夜我上了非常有价值的一课。下次我再去跟夜班的人谈事情，我得先找到那个家伙，把他争取过来。

在第 11 章里，PPC 案例就是一个企业对承诺计划重要性缺乏认识的例子，而在第 12 章里，XYZ 案例正好相反，企业认识到企业需要在变革项目的计划和实施过程中有人承担责任。

展示 15.10 描述了制定承诺计划的主要步骤。然而，贝克哈德和哈里斯（1987）注意到：即便必须有人或部门对变革项目负责，所有人承担责任的程度却并不相同。他们发现有 3 种不同的责任：

接受变化发生——不阻碍变革过程；

帮助变化发生——参与到变革过程中去；

促使变化发生——推动变革过程。

展示 15.10 承诺计划

每份承诺计划都服务于一个战略，包括一系列的行动步骤，其目的是为了保证项目的参与者（个人或部门）能够获得必要的支持。制定承诺计划的步骤是：

1.列举出对项目负有责任的个人或部门的名单。

2.明确项目实施主体。

3.制定项目实施主体的承诺计划。

4.制定项目进度评估监控体系。

资料来源：Beckhard and Hamis (1987：93)

对于大多数变革项目而言，项目的成功取决于是否能够赢得关键员工的支持，缺少这种支持，要想调动必要的力量启动项目并取得成功是不可能的。然而，绝大多数管理者由于受到鼓励，即便有可能找到变革项目的实施主体，他们中的多数人还是缺少必要的技能和激励手段争取到这些人的支持。正是由于这种原因，有了有经验的变革代理人的参与以及必要的"幕后"技巧，变革过程才能顺利地进行。

5. 审计。对项目进展情况以及各种目标的完成情况进行监督是十分重要的。这有利于运

用学习到的经验对计划进行修正，并有机会对原有的目标提出改进。变革过程所包含的不确定因素越多，越需要对项目进行阶段性的回顾总结。在取得变革或到达某个阶段以后，应该对已达到的目标进行事后审计，对将来有用的经验加以肯定。另外，阶段性的回顾还为高层管理者提供了一种赞扬、支持、鼓励变革项目参与者的机会。审计过程似乎有点简单，其实不然。特别是大的项目，通常由多个较小的子项目组成，正如科特所说的那样："由于我们所说的项目包括了多个步骤和多个子项目，最后的结构一般都很复杂，影响巨大，凌乱而且吓人"。这种由多个项目组成的项目，其启动时间各不相同，涉及到不同的操作层面和不同部门，有时子项目是同步进行的，有的依次展开，有的甚至可能是独立进行的，尽管各个子项目的性质不同，但是，它们与其他子项目又环环相扣，因此，有必要采用不同的方式对各个子项目实施监测。考虑到上述原因，理解事前、事后审计的必要性就变得更为容易了，尽管对项目日常工作的监督难度极高，但是，却都是完全必要的。即便是在完成了事后审计之后，也不能认为就可以停下来休息了。事后审计可以为项目的改进提供新的机会。从第 12 章中的 XYZ 案例可以看出，为了能让公司的新的组织结构发挥作用，公司向各部门的经理征求意见，要求每位经理提出两条提高公司赢利水平的建议。仅靠这一简单的办法，事后审计就为公司找到了一次推动变革过程不断向前发展的机会。科特把这类事例称之为"巩固成果，带动新的变革"。

6. 培训和教育。培训对于任何变革项目都是至关重要的一个部分，而且可以采用多种方式。很明显，培训的目标与获得新技能和必要的竞争力有关。另外，从案例研究中可以看出，培训还有别的一些目的，除了使员工获得担负变革等技能之外，培训还要让员工具有追求不断改进的能力，一旦实现这种变革，培训的目标应转为让员工理解变化的必要性并争取获得他们的支持。除此之外，对企业内间接参与项目的员工进行普及知识教育是十分必要的。即便是以提高技能为主要目的的培训，只要在内容安排上考虑到提高团队精神和部门之间合作的因素，技能培训同样会对企业的其他目标有所贡献，例如企业文化方面的改变。为了确保培训的针对性，在培训之初，就应该制定详细的培训计划，对培训的对象、培训方式及时间方面作出安排。从广义上看待个别变革项目，正如伯恩尼斯的论断，将员工教育正式纳入组织管理层的日常工作，可以产生多种效益。伯恩尼斯认为：为了顺利实现企业的转变，员工和管理者必须具备相应的技能和竞争力，对管理层和员工的教育可以为变革提供人力方面的资源，而变革项目为管理者和员工提供了发展技能和竞争力的学习机会。在第 16 章中，还会讨论管理层教育与组织变革之间的联系。

组织变革由于涉及到日常安排和资源配置，常常被视为带有计划性的因素。虽然计划变革在一定程度上属于技术性问题，从前面涉及的 6 种活动中可以看出，他也涉及到大量的人员方面的问题。所有的努力是否能够获得成功都有赖于组织发动、激励员工的能力，成功离不开这些人的支持与参与。

人员

第 10 章列举了很多组织变革的模式，所包含的主要框架结构和技术特性并未对人的行为和态度转变提出太多的要求。另一方面，从第 3 部分的案例研究中可以看出，越来越多的企业将改变员工的态度和行为当作变革的目标。人们开始考虑自己应该如何对待工作，如何对待企业内部的同事以及其他企业的同行。无论采用何种形式，企业要想获得成功，都少不了三种与人有关的活动：培养进行变革的愿望、人员参与、形成持续的动力。

培养进行变革的愿望

即便是在进行纯技术或组织结构的变革时，都要求有关的人员具有进行变革的愿望：接受新的安排，在理想状况下，企业希望所有的人都支持变革的项目。然而，如前所述，重要的问题是如何争取到贝克哈德和哈里斯所说的"关键的人物和部门负责为项目的进行提供必要的能量"。很多企业为了营造视变革为常态的气氛，持续作出了大量的努力，从而培养出一批愿意进行变革的人才。从第 11 章和第 12 章里奥迪康和 XYZ 案例中就能发现这样的例子。但是，大多数组织仍停留在需要说服员工进行变革的阶段。尤其是像第 12 章中的 GK 这一类组织。这些组织把每个变革项目视为一次性事件，一次组织发展"正常"过程中的例外。

对于多数人而言，组织变革意味着从已知走向未知，得失参半。在这种情况下，害怕有所失的人们就会对一切变革持激烈的反对态度，而相信自己可以有所得的人们却会对反对者的骚扰泰然处之。尼古拉·马基雅弗利对此曾有过如下论断：

> 必须记住：最难把握的事情是如何引入一种新的秩序，引入的秩序的危险性越高，成功的可能性越不确定，其难度也越大。因为在旧秩序下做得好的人都会成为创新者的敌人，而对旧秩序心存怀疑地人则有可能在新秩序之下有所收获。

因此，组织在寻找有变革愿望和对变革有所准备的人时，必须清楚强调变革的积极意义所产生的影响比他们想象的要少得多。勒温也有相同的看法，他认为在现时发生动摇之前，先要能够放弃旧的行为方式，并且接受新的行为方式。他把这一过程比喻为"解冻"（见第8 章）。根据他的场理论，他指出：当变革的力量与稳定的力量达到均衡时，现状才会保持不

变革管理
Managing change

变（见图 15.2）。要想引发变化，必须要增大前者的力量，减少后者的力量。与马基雅弗利的观点相同，他也认为：为了增加变革的推动力，突出变革的吸引力所产生的作用与说明目前状况缺少吸引力所产生的作用相比较，前者的影响力要小于后者。这也就是说，通过引发人们对现状的不满容易调动起人们参与变革的热情，从而开始考虑可供选择的方案，不能仅仅靠把未来描绘成玫瑰色的图画。科特在回应这一观点时指出："唤醒人们的紧迫意识，对于获得所需要的合作是至关重要的。"科特认为：

> 增强紧迫意识需要把自满情绪消除掉或是把它的影响减少到最低程度，比如，放下大企业的大架子；在计划过程中制定更高的标准，提高对日常工作的要求；改变企业内部测评制度中的不合理标准；增大其他企业业绩的反馈力度；奖励敢于讲真话和愿意直面问题的员工；企业管理层不再发表盲目乐观的言论。

为了增强变革的愿望、紧迫意识以及对现状的不满，组织可以采取以下 4 个步骤：

1. 让员工了解变革的压力。 组织应该不断地向员工宣传有关组织未来的发展计划、企业面临的竞争，或市场压力、客户等要求，以及关键竞争对手的业绩情况。在此过程中员工应该有参与意见、评论、提出建议的机会。现在，很多企业鼓励各部门的员工与客户见面、合作，并邀请客户向员工和管理者直接提供反馈，目的就是为了让员工了解客户需要什么、不需要什么，特别是指出企业存在的缺点。这似乎正在成为一种趋势，在私营、公有两种经济成分的组织中变得日益普及。很明显，向员工宣传组织的愿景、解释战略计划对此也会有所帮助。通过这种方法，组织的成员会逐渐认识到变革不仅是不可避免的，而且可以使他们的将来更有保障，不会威胁到他们将来。运用正式和非正式的沟通渠道也是必不可少的手段。在任何一个组织，每个部门或团队都可以找到敢于提意见的人，其他人会从他们那里寻求指导，他们可能没有正式的权力和权威，但是，从展示 15.9 中可以看出，他们的确有影响力。

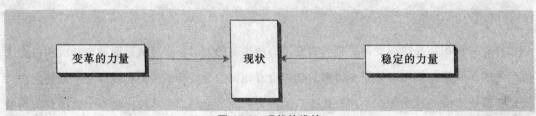

图 15.2　现状的维持

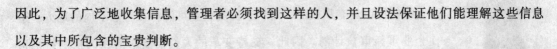

因此，为了广泛地收集信息，管理者必须找到这样的人，并且设法保证他们能理解这些信息以及其中所包含的宝贵判断。

2. **建立组织的信息反馈制度。**这可以使企业注意到实际业绩与其预期业绩之间的细微差异。信息反馈在形式上要有利于联系到人并能发生作用。告诉一个团队它在亏钱，不如给它生产效率和质量方面的反馈，后者的作用还会更大一些。反馈还必须是及时的。讨论昨天的业绩会有助于员工发现找到问题，讨论去年的业绩却起不到这种作用。除此之外，教会员工进行改进活动所需要的技能并让他们行使权力，就像 XYZ 公司不断改进的做法那样，有可能使人们更容易接受反馈，因为他们可以想办法改变现状。另外，由谁提供并传递反馈是有讲究的。CEO 每个季度或每年主持一次会议可能不会产生任何影响，但是，如上所述，从客户和产品服务使用者得到的直接及时的反馈有可能会产生大得多的影响。另外，信息反馈的形式和接受者对反馈的应对能力也是很重要的，信息反馈可以鼓励有关人员开始思考如何提高自己的业绩，对变革的必要性有所准备。回顾案例研究中出现过的公司，很容易会发现：凡是管理层对公司目标和公司业绩持公开态度的组织，与封锁信息的组织相比较，员工对变革的准备要充分得多，这一点在奥迪康、XYZ、天合案例中就显得很明显。相反，在 PPC 案例中，对组织目标的怀疑导致对变革的抵制；在 GK 案例中，对一些个人的目标的怀疑导致了对变革的抵制。所以，公开有助于人们理解变革的必要性，而对变革必要性的理解是迈向变革之路的第一步。

3. **理解人们对变革的担忧。**企业在进行变革时，最容易的犯的一个错误是没能认识、处理好管理者和员工对变革的实际合理性的担忧。尽管人们集中关注的目标是拟议中的变革，但是，过去变革的结果会对他们产生强烈的影响。在沃尔沃和 XYZ 案例中，过去的变革取得了成功，这能起到减少担忧的作用。但是，在 PPC 案例中，员工对私有化的经验有可能增加对未来的担忧和怀疑。这一方面是由于他们认为私有化会威胁到他们的工作岗位和职业，而这种威胁也的确存在；另一方面则是由于管理层的办事方法：他们感到并未征求过他们的意见，这就导致员工和工会对变革缺少合作。同样，由于天合高层管理者判断失误，忽视了罗孚方面的关注，从而造成两个公司间的相互不信任，几乎导致利益同盟的瓦解。相反，XYZ 新任总经理理解争取员工支持的重要性，清楚员工关心的问题，这是 XYZ 取得成功的一条重要经验。组织需要认识到由于变革带有一定的不确定性，因此遭到一些个人和部门的抵制，或是得不到他们的全力支持，原因是对变革产生的结果感到担心。考虑到这方面的原因，出现抵制说明变革过程或目标存在问题，而与反对、质疑变革的人无关，根据这一观

点，抵制可以具有积极的一面：它提醒企业可能存在考虑不周的地方，迫使企业重新审核计划。因此，支持变革的人们需要对潜在的抵制特别留意，警惕出现不利的结果以及暗藏的问题。他们还必须特别关注组织以往的变革历史以及这种经历可能产生的作用，看以往的变革会增加还是减轻人们的担忧。

4. **宣传成功的变革经验**。为了减轻人们对变化的担忧并培养人们积极面对变革的态度，公司应该在员工中大力宣传成功的经验，以及变革对员工的正面作用。这并不是说要隐瞒错误或是对失败的结果视而不见，而是应该对成功的经验进行分析、总结，从中找出有益的经验。应该鼓励员工对变革计划满怀期待，希望项目能够取得可靠、积极的结果。在案例研究中，一些公司的经验已经证明了这一点，在沃尔沃，已经成功地进行 30 多年的改革，员工和管理者对变革都持积极的态度，在公司内外大力宣传变革，并受到一些学术机构的赞扬。员工和管理者明白了进行工作设计的意义，他们清楚工作设计让所有人都获得了进步，因此对工作设计的广泛宣传和仔细论证帮助沃尔沃消除掉了员工对未来变革的恐惧。第 12 章中，罗孚—天合伙伴关系是一个成功的变革案例，但是，在宣传方面却做得不好。如果天合和罗孚的运作经理向他们的高层同事解释了他们所做的事以及原因，就可能避免随后出现的一些问题，使双方以积极的态度进行相互间的合作。

从以上 4 个步骤可以看出，为了增强进行变革的愿望，实现有效的双向信息交流是十分重要的，正因为如此，组织不能想当然地认为员工和管理者每次都愿意参与到变革项目中去。值得注意的是，XYZ 用了几年的时间去做变革前的准备工作，培养进行变革的愿望。但是，在对公司组织结构进行改造之前，仍对以往的准备工作做了一次审核。这不仅是为了估量准备工作的完成情况，同时，这也是为了加强与人之间的沟通，动员人们参与到变革中去。

人员参与

第 14 章总结了员工参与的 3 种主要理论：认识不谐调、介入"深度"和心理契约。总体上讲，这些理论都认为：一项变革对个人或部门的现行行为规范、信条、设想的挑战越大，它可能遇到的阻力也越大。正因为如此在考虑员工参与方式时，要把重点放在人们对变革的反应方面，其次才是变革的方式。在一些组织已被顺利接受的变革有可能在其他组织遭到强烈的抵制。同样，一些重大的变革所遇到的反对也可能会比较小的变革所遇到的反对还要少很多。例如，近十年来，从事公共服务的工作人员将自己的姓名公布在电话簿上，并在出席会议时佩戴胸卡，已是很正常的事了。而在此之前，却并不鼓励工作人员公开自己的姓名或佩戴胸卡。在开始推广这一做法时，工作人员普遍对此抱有敌意，认为不能接受这种方法，其原因就是很多工作人员对公开自己的姓名感到恐惧，害怕自己被置于社会公众的监督之下。

在制定参与战略时，很重要的一点是要记住贝克哈德和哈里斯关于责任层次的劝导。他们认为企业的主要目标是要争取到核心人群的积极支持，这些人对变革有着不可替代的作用。这也就是说不是所有人，甚至不必是大多数人。核心人群的支持程度也不必完全一致。他们可以被分为 3 个层次：接受变革发生的人；帮助变革发生的人；促使变革发生的人。

另外，参与战略必须要考虑到变革项目的规模和持续时间。尽管有的变革项目可能是短期的，较容易完成的，但是，多数不属于这种情况。在有些情况下，完成变革是一项长期而复杂的任务。需要克服很多预先难以意料的障碍。争取并保持核心人群的积极参与，积蓄起能够确保项目获得成功的动力，不是一朝一夕就能做到的事，需要长期地坚持，贯穿于整个项目的始终。有两种方法可以对此有所帮助：

★ **沟通**。与争取到人们的参与一样，沟通也是变革必不可少的因素之一。为了方便人们的参与，有必要建立一套定期、有效的沟通制度，有效地减少人们对变革的不确定性的担心程度。同时，这会消除掉影响人们参与变革过程的一个主要障碍。沟通的目的并不仅是向工作人员通报如何进行变革，而是要吸引他们参与讨论、辩论、发表自己对变革必要性和变革方式的想法，让他们自由地讨论有关问题，自己找出变革的必要性并说服自己。从库尔特·勒温在 20 世纪 40 年代的文章里就可以找到一份最为有效的争取到支持的证据。在第二次世界大战期间，英国政府请他找一种方法，改变人们的饮食习惯，在经过一系列的试验之后，这些实验如今成为经典的实验方法，他证明说服人们改变自己行为最有效的办法是向参与实验的人提供信息，由这些人讨论评价并给出自己的决定，一旦作出决定之后，就会对有关的个人构成一种很强的压力，迫使每个人服从共同作出的决定。

应该定期组织沟通活动，只靠一两次沟通是不行的，也不能只是依靠一两种渠道，例如业务通讯或团队简报。在前面讨论有必要让人们知道变革的必要性时曾提到过，组织可以通过多种正式或非正式的渠道来进行沟通，企业应该有意识地利用这些渠道。最重要的是要知道，人们常常最愿意相信来自非官方的谣言，而来自管理层的消息至少需要通过不同的渠道重复 6 次，人们才肯相信。

在有些情况下，当所有的相关人员都参与变革过程时，沟通方面的问题并不大，GK在变革的第一阶段就属于这种情况，所有的相关人员都参与了。速必得文具的管理层在开始时也属于这种情况。但是在这些例子中，当只涉及少数人时，情况就不同了。多数情况下，要求每个人都达到这样的参与程度是不现实的；因此，XYZ 和沃尔沃在进行沟通时，从一开始就很注重就有关的建议进行沟通。这样做不仅可以互通信息，还能听到别人的反馈，并认真地对待这些反馈。这样做的好处很多，变革管理团队可以很快就了解到人们担心和关注的问题，并对此有所反应，同时对被忽略的方面进行思考，检验原有的设想方案，在有的情况下，甚至是挑战原有的设想。除此之外，这会有助于发现问题以及阻碍变革进行的个人或部门，从承担负责的3种目标人群看，有的人是接受变革发生、有的是帮助变革发生，有的是促使变革发生。沟通只能取到争取人们接受变革的作用，帮助变革发生，促使变革发生需要在变革过程中才能得到体现和验证。

★ **员工参与**。组织在进行变革时，最重要的是既不能将员工当作是变革的目标，也不能将员工当作是变革的障碍，而是要让员工参与到变革过程中去，让他们承担起改变组织的责任。在这方面，奥迪康、XYZ、GK、天合和速必得都有很多好的例子。特别是当涉及到大规模的项目时，并不是每个人都参与项目策划和执行的所有过程，但是，前面已提过，找到并召集对项目有帮助的人和促使变革发生的核心人物是很重要的，这应该是人员选择的主要标准。很明显，只要有可能，凡是与变革密切相关的人员都应该参与到变革项目中去。同样，应该由受变革影响最直接的员工负责项目的相关部分。然而，多数情况下，并不是所有的相关员工都能参与其中，管理人员只能选择部分人参与。有时是需要一些志愿者，有时会选一些"态度端正"的人参与。另一方面，从GK的案例中可以看出，存在怀疑，人们对原有的设想提出挑战和质疑，也是很有好处的。这不仅保证人们有机会提一些很难回答的问题，如果怀疑被说服，还可以取得很好的宣传作用。同样，考虑动员敢于提意见的人参与到项目中去也是有益处的，因为，他们的同事很愿意听从这些人的见解。

因此，沟通与参与对争取人们认同变革的必要性是至关重要的，变革有可能是一个缓慢而艰难的过程，除非步调保持一致，不然人们的责任感会逐渐消退，正因为如此，还需要关注第三种也是最后一个与人有关的活动——保持动力。

保持动力

即便是管理得很好的组织，由于为了满足客户需要所产生的日常工作压力，有时，变革的热情也会因此而逐渐消退，进展变得越来越慢，甚至陷入停滞状态。当奥迪康的CEO意识到公司在变革方面耗尽了精力时，为了向变革过程注入新的动力，他只好尝试着改造公司的组织结构。而在一些管理水平较差的组织，一开始就缺乏改革的动力，在这种情况下，人们会重新返回到原来熟悉的做事方法和行为模式。假如缺少鼓励，变革的动力是难以持续的，组织需要想办法找到持续推动变革的动力。计划、实施过程，尤其是发动员工参与的过程，都离不开这种动力。另外，组织还应该：

★ **为变革提供资源**。科特曾指出：

> 一个有100名员工的组织，至少需要有20多名员工付出超常的努力才能产生显著的变化。而在一个有100 000名员工的企业，这个数字则需要达到15 000人，甚至更多。

对于短时期的项目，要求工作人员付出超常的努力可能是可行的。然而，对于多数组织而言，正如第3部分所言，变革已经成为一种生存的方式。何况，很多组织的员工和管理人员为了为了完成日常工作每天就必须工作很长的时间，在这种情况下，不提供额外的财力、人力资源就要求员工完成变革项目是很难做到的，也是很不明智的。在有些情况下，需要员工在转型阶段仍要完成原有的产量水平，这就应该提供相应的额外资源，1999年英国护照管理部门的经验说明了这一点，当时，该部门在引进一套新的计算机系统，未能配备足够的工作人员。这样做的后果延误了护照的审核工作，护照管理部门最终只能增加工作人员的人数，问题才得以解决。因此，找到并配置额外的资源是很重要的，额外的资源包括：临时工作人员、对现有的员工进行培训、高级管理层的时间，等等。从护照管理部门的例子中可以看出，缺少额外的资源和支持将严重伤害进行变革的士气。

★ **对变革代理给予支持**。布坎南·博迪已经注意到，变革管理团队承担的责任是十分巨大的。他们不仅要负责变革项目的计划和预测工作，同时还要激励其他人并解决难题，有时，甚至是非常个人化的问题。正像他们支持其他人一样，他们也需要得到别人的支持，否则他们的士气会受到伤害，没有能力去激励其他的人。在有些时候，这种支持可以体现为向他们提供金钱的奖励，或者是提职承诺。然而，多数情况下，最有效的办法则是对有关人员进行公开的表扬。在第2章里我们曾注意到切斯特·巴纳德（1938）所做的观察结果：非物质的奖励往往比物质奖励更为有效，比如表扬。这并不代表不需要物质奖励，而是说过多地依赖物质奖励有可能产生相反的作用。

★ **培养竞争力和新的技能**。在前面讨论有计划地实施变革时，就曾涉及到竞争力和新技能的培养。实施变革项目常常需要新的知识、技能和竞争力。在越来越多的情况下，管理人员必须学会新的领导风格，员工要学会团队工作方式，希望所有的人都要成为创新者和改进者。要达到这一目的，不仅需要进行培训和再培训，还包括进行现场指导和练习。

因此，组织必须考虑需要哪些知识技能、需要对哪些员工进行培训，其中比较难做到的是如何以激励的方式向员工传播这些知识和技能，而不是对员工进行威胁。XYZ就是一个很好的例子，它已经认识到对管理人员和员工的培养与企业变革是同步进行的。这一过程也是需要花钱的。一方面需要占用员工的时间，另一方面培训和培养是需要付出代价的，这也再一次证明进行变革需要有额外资源的支持。

★ **培养良好的行为习惯**。在组织里人们一般都愿意做些可能受到奖励的事，避免做受到批评的事。因此，为了获得持续的改革动力，最有效的办法是提倡对变革有帮助的行为方式。有时这种鼓励可以是金钱上的奖励，例如，对某些活动或进步提供奖金，或增加工资；有时也可以是象征性的，在奥迪康就表现为拆除一些围墙和取消个人办公桌；有时也可以通过表彰达到这一目的，由高级管理人员以公开或私下的方式对某些个人或部门进行表扬。这些活动在变革的初期阶段是特别重要的，每当变革项目取得有目共睹的成绩时，对取得的成绩进行公开表彰会有助于树立积极的工作态度。在XYZ，之所以要对公司的组织结构作出调整，就是为了加强行为方式方面发生的变革。而行为方面的变革又会作用于新的组织结构。无论如何，就XYZ而言，关键是离开了新的组织结构，要想取得持续的行为变化是很艰难的，同样，没有已取得的行为变化，新的组织结构就不能有效地发挥作用。

在回顾变革过程目标和结果、项目计划、人员这三种相互联系的因素时，我们可以清楚地看到变革的复杂性以及很多尝试之所以失败的原因。无论采用何种变革方式，尽管都需要解决一些技术性问题，但是，变革过程绝不是单纯的技术问题。确立目标会涉及到对设想的验证以及对原来想法的挑战，同时，还要涉及数据和意见的采集，并且对最重要的部分作出判断。在项目计划涉及的大量繁多的挑战和任务中，有些是分析决策技术可以胜任的，很多则不是。人是最复杂的决定性因素。人的因素之所以重要是因为人常常是变革的目标，同时，变革又是由人来完成的。实际上，两方面都离不开人的因素。他们既会影响到目标的选择和变革方式，反过来，目标和计划也会影响到他们对变革的接受程度和参与程度。

最关键的一点是：即使在一个变革项目完成后，事情也不会就此结束。根据日本人的经验，即使变革已经进入稳定阶段，仍会有改进的空间。另外，从案例研究中可以明显地看出，很多变革项目是开放式的，变革仍会继续进行下去。因此，无论是进行项目策划，还是结果评估，都必须考虑到项目的开放因素，根据项目的最终结果选择适当的完善方法和持续的变革方法。前面已经提到过，组织将变革看作是每天都会发生的事，与将变革看作是一次性事件之间，存在十分明显的区别。后者要想获得不断改进的能力和责任感是非常困难的。前者则可以在不断改进和变革过程中，共同手挽手地培养出相应的能力、技能和责任感。

结论

本章希望能将第 6~14 章中的战略制订和变革管理事件与理论进行一番对照和比较，为此，引用了第 1~5 章中有关行为、运作、组织方面的很多论点和观点，在这 14 章内容的基础上，对选择管理—革管理模型作了介绍和详细说明，以帮助读者理解并管理组织的变革。这一模型由选择过程、定轨过程和变革过程（见图 15.1）构成，3 种过程相互联系。尽管对这一模型能否吸收并超越战略和变革的计划方法和应急方法仍存在争议，模型还是证明管理者可以有办法改变组织的环境，使之更适合于管理者和其组织。

有人已断言选择管理—变革管理模型体现了制定战略和管理变革的各种方法，包括计划方法和应急方法，它所推荐并解释的方法更为直接。但是这一模型和很多其他方法之间存在一个重要的区别，那就是它认为管理者对组织的发展可以起到积极的推进作用，而不仅仅是袖手旁观者。该模型的一个基本假设认为，管理者不仅可以选择让组织适应于外部环境和限制条件，管理者也可以通过努力让外部环境和限制条件适合组织的组织结构和运转方式。是否选择尝试对组织施加影响，进行改造或选择让组织适应环境取决于一系列的因素，尤其是要看管理者和组织是更适合稳定、规范的环境，还是动荡危机的环境。

选择管理—变化管理模型不仅为理解组织运作和管理者的行为在理论上开辟了道路，同时也为实际操作提供了不少的方便。在第 3 章里，我们曾讨论过文化卓越理论，支持这一观点的学者，尤其是汤姆·彼得斯，认为组织要想生存除了迅速改变自我，别无其他选择。文化卓越理论对组织面临的环境和限制条件持有一种特别的看法。假如说这一观点是符合实际的，选择管理—变革管理模型则认为组织不必急于进行结构方面的调整，可以通过对组织面临的限制条件施加影响，消除掉这些限制条件对组织运作的干扰。从长期来看，即便如彼得斯、坎特、汉迪所鼓吹的那样，组织必须进行结构调整，组织仍可以通过改变组织运作的条件来达到目的，并且在时间方面的限制会更宽松一些。的确，在第 3 章里就曾说过，日本人正是采用了这种方法，从上世纪 50 年代至 80 年代，日本率先进行组织变革，并没有采用突击策略，而是进行得比较缓慢，一步一步展开的。日本的公司在进行企业变革时既考虑了企业的长期愿景，同时又兼顾到企业改变限制条件的能力，尤其是哈梅尔和普拉哈拉德强调

的，在特定行业改变竞争规则的能力。正因为如此，他们的实践给坎特等人的观点提供了强有力的支持，即：要想提升组织的竞争力，"长征"比大胆跨越更为有效。

因此，选择管理—变革管理模型，结合第10章中的变化框架，有可能成为解决战略制定和变革方面计划方法与应急方法之间分歧的一种途径，同时，这也带来一个新的问题，那就是管理者在管理塑造组织的过程，哪些是他们能做的？哪些事他们已经做到的？尤其这一问题涉及到管理者应该有办法弄清楚企业所处的状况，并为企业的未来描绘出可行的前景。很多作者，尤其是持文化卓越观点的作者，已经分析了愿景领导对于组织成功的重要性。所以，凡是持折中观点、行动缓慢的管理者肯定是不会受人欢迎的。在管理者和组织中逐渐形成一种偏见，认为管理者只需努力工作就行了，而且常常是只要求对目前的工作有一个大致的了解。为了更好地把握管理工作的本质，加深选择管理—变革管理模型的认识，有必要对管理者的行为进行反思，因此，在本书的最后一章将就管理者的作用展开讨论。

学习检测

简答题

1. 简单介绍选择过程的内容。

2. SWOT 或 PESTEL 分析对理解企业生存背景能够起到哪些帮助作用？

3. 定位过程有哪些特点？

4. 企业如何树立自己的发展愿景？

5. 列举出变革过程的主要内容。

6. 承诺计划包括哪些内容？

7. 描述出变革代理在计划和实施过程中所起的作用。

论述题

1. 对选择管理—变革管理 3 个过程之间的主要联系作一评价。

2. 应用选择管理—变革管理模型对第 3 部分中的一个案例研究作评论。

第 *16* 章

管理的作用和责任

学习目标

学完本章之后，你应该能够：

- 了解全球化的定义，并理解可持续性、劳动多元化和商业伦理的重要性；

- 列举出管理者的主要任务；

- 理解管理者的大多数工作是具有被动性的，仅为达到某种目的；

- 了解有关领导的 3 种主要观点；

- 熟悉培养教育管理者的主要途径；

- 了解管理与领导之间的区别以及相关的技能；

- 解释管理、领导及组织变化之间的关系；

- 了解管理者面临的是哪些选择；

- 理解管理者的决定对社会以及自身的长期责任的影响。

变革管理
Managing change

母亲式的管理

4个目的社区课程让我对领导力有了十分重要的感受，每周7天24小时的实习比起最严酷的野外训练更让人感到可怕。没有人指导，事先根本不作任何计划，我的任务是要负责管理好4人一组的年轻人，并且还要与他们融洽相处。

我负责的小组的成员年龄为0~7岁。尽管他们年纪很小，却与高级管理人员存在很多相似的地方。每个人都非常的自负、有主见，相互之间时而很友好，时而又充满了敌意。他们的支配欲望大得可怕，但处理日常生活的能力却低得惊人，吃饭、睡觉、过马路都离不开别人的帮助。他们中的绝大部分人的行为都缺乏理智，最小的孩子根本就不知道什么是讲道理。我的任务与每个领导所面临的任务很相似，就是要让小组中的每个人能愉快地一起工作。

在与4位小组成员相处了很短的一段时间之后，你就开始明白高级管理人员为什么会做出某些行为。当你见过7岁和5岁的两个孩子在卧室里打来打去的场面之后，你就

更容易理解葛兰素—威尔康与史克—必成为什么会搞不在一起了。理查德·斯盖思和简·莱丝切为谁管床头灯以及玩具熊该放在什么地方始终无法达成一致意见，可以看出他们根本不可能同住一间卧室。

在我刚开始实习时，我就已经意识到控制和命令是唯一可行的办法，尽管这种方法在企业是很不招人喜欢的。但是，在我的公司必须有制度和严格的结构，作为总裁我敢肯定每个人都知道下午7点就该上床睡觉了。我还逐渐认识到选择是我的敌人，一大早就为孩子们提供蜂蜜坚果、爆米花、冻奶、蜜果是件自找麻烦的事。我只提供麦片，早餐会进行得更顺利平静一些。

我所遇到的第二个难题，就是我的行政助手根本不称职。他经常会突然站出来，公开地破坏所有的规定，按照他自己对于商业的理解，厚着脸皮向其他人提供一些异想天开的建议。

我还发现奖励和惩罚都不是什么好的激励手段，你只要给了某个团队成员一颗草莓

口香糖，还没等你回过神来，你就会发现想要让他们把衣服穿好，你就得把手里的所有口香糖都发完。惩罚的效果则更差。

你第一次发脾气还会有点效果，以后再想达到同样的效果，你就必须提高你的声量。懂得这个道理是一回事，真的实践起来又是一回事，遇到运气不好的时候，我就只能靠行贿和胡说八道了。

与大多数总经理一样，我发现我几乎得不到任何反馈。我能听到的只是"我恨你，

你讨厌"，根本没有一点建设性。我身居高位，旁边却找不到一个可以帮忙的人，别提有多难受啦。大公司的老板可能会因为担心他的股票价格而睡不着觉，但是，每隔3小时就会被最小的孩子弄醒也好不到哪里去。

该怎么办呢？想不到吧？想要完成一件复杂、费力、近乎不可能的任务，你必须坚定信念，但又要显得友善，平易近人；你要忍住不发脾气，想尽办法让他们愿意完成自己的工作，以此来鼓励你周围的人们。

引言

露西·凯拉韦的文章，见展示 16.1，对于管理孩子与管理组织的相似性的观点，肯定会在大多数的父母和管理者中间引起共鸣。尽管写作手法比较引人发笑，但是，由此引出的严肃问题却事关管理的本质：我们怎样才能控制住组织？我们怎样才能激励组织的工作人员？我们如何争取同事的支持？对此，凯拉韦的回答是"完成一件复杂、费力，近乎不可能的任务"，并不是所有的人都需要相信，或者能用相同的办法加以鼓励。人的需要还会随时间变化，曾经有效的激励办法再次使用却会毫无效果。并且组织、组织的客户、供应商以及竞争对手也不会一成不变。面对诸多的挑战，组织只能寄希望于未来。在过去几年里，随着新世纪的来临，很多作者和评论家都感到了一种紧迫感，急于向我们提供一些有关未来的想法。有的时候这些想法充满了后现代主义的玫瑰色光芒，但是，由于网络公司梦想的破灭，对未来的憧憬又变得忧愁灰暗。正如凯拉韦文章中指出的那样，管理者在未来所要面对的挑战丝毫也不会变得更加容易对付，在对未来作出预测方面，从展示 16.2 中可以看出，我们唯一清楚的是：这并不容易做到。

很不幸，这并不能成为组织及管理这些组织的人们忽视很多严重而可怕的挑战的借口，更何况全世界在未来 10 年必须要面对着这些挑战。世界贸易的全球化可能会开辟出很多的新生市场并创造出一些新的机会，但是，伴随而来的是新的竞争对手和新的不确定因素。科学的发展也是一样的。随着计算机应用范围的日益扩展，它所带来的好处已是有目共睹的。然而，科学上的有些发展，例如转基因食品甚至是人类基因的转变，却存在更多的争议并难

变革管理
Managing change

以预测。对大多数发达国家而言，老龄化人口引发的恐惧正变得日益突出。同时还存在全球性的气候变暖、自然资源日益减少、富国与穷国之间的差距逐渐拉大以及无序的工业化进程对自然界的威胁等现象。这些现象每天都在提醒着我们。

展示 16.2　对未来的预测

"电话"这种东西作为通讯手段存在很多毛病，必须慎重考虑。（西部联盟内部备忘录，1876 年）

飞机是一种很有趣的玩具，不具备军事价值。（福熙元帅，1911 年）

见鬼！谁会听演员讲话？（时代华纳兄弟公司，1927）

我认为全球市场可能只需要 5 台计算机。（托马斯·奥特森，IBM 主席，1943 年）

尽管如此，希望仍然存在，即便遭受挫折，那也只是暂时的。虽然个体消费者和各类施加压力的集团有一定的影响力，政府也会出台一些法令，但是，处在组织支配人们生活的时代，组织比以往任何时候更有权利，管理者的作用和影响是至关重要的。管理者必须认识到无论出现任何情况，组织运作的环境将会不断地发生变化。这与过去的情况完全一样。他们还必须认识到与过去相比，对管理者决定的适用性的判断标准变得更为严格了，参与判断的股东人数也更多了。与此同时，管理者还要尽可能地想办法做到组织与环境、限制条件之间的相互适应。正如前面已经指出的那样，尽管并不是每一个组织都必须现实彻底而迅速的变化，但是，多数组织必须这么做。管理者可以对组织面临的限制条件施加影响，使之变得适用于组织的工作习惯。从过去的经验来看，随着时间的流逝，组织和环境都将发生变化。

从第 3 部分的案例研究可以看出，变化既不是轻而易举的事，也不可能是一帆风顺的，这与大多数人的日常生活经验是一致的。尽管如此，在组织的变革过程中，管理者有意无意地扮演了极为重要的角色，决定着改革的成败。管理者不仅承担了方案选择、方案实施的责任，他们还有责任将组织的过去、现在、将来的发展轨迹清楚地展现在众人面前。所以，在本书的结束部分，我们应该分析一下，为了完成这一任务，管理者需要做些什么准备。

在本章的开头部分，将对全球化，尤其是可持续发展、劳动力多元化以及商业道德所包含的内容进行一番讨论。其目的就是为了强调管理者不仅需要具有恰当的技能和竞争力，而且需要采用适当的行为方式。随后是通过文献回顾，看一看管理者应该做哪些事，实际做得如何。从中可以看出，与法约尔和韦伯等思想家的信念和宣扬的观点相反，绝大多数管理者所采取的办法都是些权宜之计。本章还对领导力的重要性和本质进行了讨论，目的是要找出实施有效领导的特征和背景，并结合案例研究探讨管理者担任的领导角色。在讨论管理者的教育培养问题时，重点讨论了管理、领导、变革之间的关系。在结尾部分，重点讨论了管理者承担的一项重要责任，即在组织面临变革的情况下，如何参与并完成选择任务。尽管可以以短期经济回报作为选择的标准，但是，越来越多的管理者将不得不更多地考虑组织和社会因素。在这一方面尤其要注意的是，管理者应该对有可能给组织和社会的安定带来负面影响的趋势和建议保持警惕。只有增强安定性，社会的普遍利益和组织利益才会有所保障。

全球化与变革挑战

尽管存在某些不同的看法，当今全球化即全球统一市场的出现，已成为管理者面临的最大的挑战，伴随着全球化一起出现的挑战还包括：在全球性自然资源紧张以及环境污染日益严重的情况下，如何保持持续的经济增长，如何管理日益扩大的多元化的劳动力；在商业领袖的诚信受到空前质疑的今天，管理者应如何遵守职业道德。

世界不同地区之间的贸易往来已有数千年的历史了，但是，在过去 20~30 年里，特别是随着共产主义思潮在东欧的衰落，全球性的经济资源整合已经出现了阶段性的变化。上世纪70—80 年代大家谈论国际品牌时会提到可口可乐和麦当劳，而现在提及全球性跨国公司时，则主要是指一些具有行业统治地位的公司，以及这些公司如何吞并比它更小的公司。这类公司的代表包括有通用电器、丰田、三菱、微软、（德国）默克、新闻国际、沃达丰、时代华纳等，福特也是主要代表之一，它不仅本身是一个全球性的品牌，同时拥有日本的马自达，瑞典的沃尔沃，英国的阿斯顿马丁、美洲豹、陆地漫游者，并在世界人口最多的两个国家——印度和中国成立了合资企业。作为全球化最明显的标志之一，在发达国家的人们对超市里一年四季摆满了来自世界各地的美味食品早已习以为常了。全球化已不仅仅只是涉及大公司的问题，它同样会影响到小的公司，或者是由于加剧竞争和进行兼并所产生的威胁，或者是由于新市场的出现而带来的希望。

与很多引人注目的热门话题一样，要为全球化给出一个统一的定义很困难。有的人认为全球化基本上还是属于一种经济现象，核心是通过增加国际间贸易投资以及资金流动来实现经济体系的整合和会聚。而另外的一些人则认为，全球化现象涉及的范围很大，包括社会、文化以及技术交流等方面，可能会导致我们的世界开创出一种全球性的文明，一种植根于现

变革管理
Managing change

有文明的新文明，并在未来的百年大放异彩。而吉登斯则认为，新的通讯技术的出现将导致"距离消亡"，并有可能在瞬间实现全球范围的知识和文化共享，有的人认为全球化可能会导致国家地位的消亡，因为由欧洲、北美洲、亚洲以及受世界贸易组织监督的地区构成的巨型经济实体将会取代国家的地位。瑞克在尝试弄清楚这些不同观点的过程中，发现对全球化有四种主要的定义：一个新的时代；一种经济现象的汇合；对美国价值观的认同；一场技术及社会的革命。

尽管对全球化存在不同的观点，正如瑞克指出的那样，评论家对推动全球化的原因还是取得了一些共识：国际间竞争的加剧、经济自由化、消除贸易壁垒和以因特网为代表的通讯技术的出现。正是由于这些坚实的发展成果使得全球化成为管理者必须认真考虑的问题，全球化趋势不会只是一种容易过时的时尚。因为全球化是一个很容易引起争论的话题，所以它引发了两种观点的激烈冲突。一方认为全球化将成为给世界带来有益的力量；另一方认为全球化只是富国用以压制穷国的手段（Economist,2002;Klein,2001）。在很大程度上，多数争论主要是围绕大型跨国企业集团的规模和行为，这些大型跨国企业集团正日益成为全球经济的霸主。例如：

★ 世界上最大的 1000 家经济实体中，有超过半数的企业属于私营企业。

★ 福特和通用汽车的销售额加在一起超过了撒哈拉非洲国家 GDP 的总额。

★ 日本最大的 6 家贸易公司的营业额加在一起几乎与所有拉丁美洲国家的国民收入一样大。

站在赞成全球化阵营的立场，这些数据为成立世界贸易组织和世界银行等全球性的机构提供了理论基础；站在反对者的立场，这些数据则说明大公司已经成为支配全球化的力量，世界贸易组织和世界银行只会听命于这些大的公司。

无论你对全球化持何种观点，企业都不得不面对国内外贸易方式的变化，它们必须学会按照世界贸易组织制定的规则来规范自身的行为方式。除此之外，它们还必须处理好另外 3 个问题，即可持续性发展、劳动力多元化和商业道德，这 3 个问题随着全球化趋势的发展将变得越来越为重要。

可持续性发展

全球化引发并推动了全球的经济发展，全球性的经济整合程度越大，消费水平也变得愈来愈高。从我们的日常生活中就可以看出，前所未有的经济增长和消费水平的提高所造成的冲突最终将导致自然资源的减少和毁坏、污染进一步加剧以及全球化气温升高。所以，莱恩斯指出：

> 生物圈的再生和吸收能力已经难以支撑目前的消费水平，不可能通过各种增长手段实现全球范围的生活水平的提高，地球已经不能为不断增加的人口提供更多的人均消费。

通过政府间的合作来保证地球的可持续发展，这一想法的确不错。但是从美国政府拒绝签署京都议定书以减少温室气体排放可以看出，这种想法似乎并不可行。即便签署了该协议，我们都知道受市场理论驱动的组织也会对方案施加很大的影响，并且对方案的实施负有主要的责任。杜菲和格里菲思在他俩的著作《可持续性企业》中指出：

> 一种广泛流行的观点认为政府必须解决好环境问题，然而，从财富和权利来看，主要的跨国集团在经济实力方面已经越过了很多国家，它们在全球各地都拥有自己的企业，因此只需将它们的生产基地移往别的国家，就可以逃过个别政府在环境方面的严格限制。实际上，世界上的跨国集团比大多数政府更为强大有力。

尽管如此，杜菲和格里菲思依然相信这些大企业有可能会改变自己的做法，他们指出运作管理组织的这些人与我们大家一样都要为自己的行为承担责任。因此，他们认为，管理者应该会顾及到他们的行为对社会的广泛影响。同样，他们不会忽略这样一个事实，组织的可持续发展离不开世界的可持续发展，这就给管理者提出了一项重大的挑战，处在竞争激烈并充满敌意的市场中，他们必须同时兼顾到股东要求增加利润的愿望和社会的长期利益。没有政府和社会舆论的支持和压力，他们就很难达到这一目标。正如杜菲等人指出的那样，假如管理者不能提高自己的管理技能，他们就不可能创造出可持续发展的组织。杜菲等人认为要创建可持续发展的组织可以采用增加投入和改革两种方法。选择哪一种方法更为合适取决于组织的环境。所以，管理者不仅承担着领导变革的责任，同时还必须培养识别变革方法的能力，为自己的组织找到合适的变革方法。

另外，道切迪等人主张，可持续发展不仅与组织所处的环境和自然资源的枯竭有关：

> 可持续发展还包含个人、组织、社会三个层次。可持续发展的每一个层次都不能危害到其他层次的利益。这三个层次都与组织的主要股东有着内在的联系：职工、客户、股东、社会。组织不可能通过优先考虑股东的目标和需要，损害其他人的利益来获得持续的发展，可持续发展的价值基础应该建立在适当考虑和平衡不同股东的合理需要和目标之上。

所以，正如杜菲等人指出的那样，除非我们建立起可持续发展的组织，否则地球上将不会再有生命的持续。不过，杜菲等人同时也指出，除非所有股东，包括组织的所有者，都能够得到公平合理的对待，否则就不会有可持续发展的组织。正因为这一缘故，劳动力多元化和商业道德问题才变得十分重要。

劳动力多元化

琼斯观察到：

> 所谓多元化是指人的年龄、性别、人种、种族、宗教取向、社会经济背景和健康状况方面的不一致和差异。多元化还引发出重要的道德问题和社会责任问题，同时，它也是组织面临的关键问题之一。如果处理不好这个问题，组织肯定会遭受重大的损失，尤其是处在日益全球化的环境里。

自从工业革命开创了组织时代以后，劳动力已经变得越来越多元化了。尽管有的行业和国家变革的速度比较快一些，全球化以三种方式影响加剧了劳动力多元化的趋势。第一，也是最为明显的方式，是跨国集团的发展意味着公司雇佣的管理人员来自不同的国家和不同的文化背景。而且这种情况正变得越来越普遍，福特经营着瑞典的沃尔沃、日本的马自达、英国的陆地漫游者，这一事实就是一个典型的例子。与此同时，日本和韩国公司也存在着很多与欧洲和美国公司相类似的情况，如本田和现代。公司越来越多地从海外购买产品和服务，奔驰公司作为德国制造业的典范，现在选择从印度采购汽车零件。很多大的英国公司如英国电信和阿维瓦把电话交换中心搬到了印度。第二种影响方式涉及到移民和招聘别国工人的问题。富有国家从来都像磁铁一样吸引着来自穷国的工人，19世纪从欧洲移民到美国就是一个与此相关的例子。对于移民者来说，这有可能使自己过上更好的生活，并且这也解决了美国当时工人严重短缺的难题。在过去的50年里，有大量的南美洲移民进入到美国。现在在美国的有些城市里，人数最多的种族是西班牙人，到2050年将占到美国人口的25%。由于现在的交通和通讯基础，无论以合法和非法方式想过更好生活的人很容易就能从一个国家到达另一个国家。由于全球化趋势的出现，有技术的劳动力流动到技术工人稀缺或报酬高的地区，这种现象已经成为影响竞争力的重要因素。以最近发生的事情为例，英国政府已经在世界各地招聘医务人员以补充国内卫生服务机构人员的不足。

第三种影响方式是妇女和少数民族进入劳动力的比例有所提高。由于经济的发展，对劳动力的需求量也随之增大了。从趋势上看，首先招聘的是男性工人，并会对特殊的人群给予优先权，一般是考虑人种、出生地、宗教、年龄、性别等因素。随着对劳动力需求的增加，其他的人群也会加入到劳动大军中去。在20世纪，大多数发达国家中的妇女参加工作对劳动力多元化的影响是最大的。

美国一直被认为是劳动力多元化的典型，琼斯建议读者想一想下面这些统计数据：

> 纽约市有30%的居民出生在国外，旧金山有三分之一的居民来自亚洲。华盛顿地区有70%的居民是在美国出生的黑人，目前劳动大军中有将近70%的人是妇女或少数民族。从1979年至1992年，妇女参加工作的人数是男性的两倍，并有10%的工人受聘于妇女开办的公司……劳动大军中的妇女和少数民族人数超过以往任何一个时期，残疾人和同性恋参加工作的人数也有了很大的增长。很多专家认为劳动力多元化的趋势仍会稳步增长。

卡明斯和沃雷在回应这一观点时指出：

> ……当代劳动力大军的特征与20年前相比已经有了根本的转变，员工中包括了各种种族和肤色。既有受教育程度很高的人也有文盲；年龄从18岁至80岁的都有；有的非常健康，有的患有不治之症；有的来自单亲家庭；有的是双职工；离过婚的、同性恋、传统家庭都有；有的在身体或精神方面存在问题。

如果我们大家都能公平地对待别人，并做到己所不欲勿施于人，劳动力多元化将不再会成为问题。瑞克斯在他的著作《跨国公司的误区》中，罗列了这些公司在推销自己的产品到其他国家以及在其他国家成立公司过程中所犯的各种失误，其内容引人入胜又富有启发意义。正如他所指出的那样：

> 文化差异是跨国公司遇到的最严重、最麻烦的可变因素，管理者在全面理解文化差异方面所犯的错误会导致大多数跨国公司深陷泥潭。

霍夫斯泰德试图找到不同化背景的人们在行为方面的相同之处、不同之处以及其中所蕴含的意义，使之有助于不同人群的管理（见第5章）。从霍夫斯泰德以及其他研究者的文章中可以明显地感到把管理日本工人很有效的方法用来管理美国工人就变得没有效果了。琼斯对此的评论是：

变革管理
Managing change

> 当美国管理者和日本管理者一起合作时，日本管理者经常被美国同行视为优柔寡断，美国管理者则被日本同行认为作决定过于草率、缺乏远见，两方都感到十分沮丧。

对劳动力多元化施行有效的管理不仅需要处理好不同文化背景人们之间的关系，同时还涉及到探索适当的方法处理好性别、年龄、能力、性别特征、种族等方面存在的差异。例如，在西方，对男性和女性有着不同的优势、弱点已经管理偏好方面的差异仍存在争议。阿里莫-麦塔卡夫坚持认为妇女比她们的男性同事更容易受到组织目标的激励，并且更容易适应组织的变化，在工作—生活平衡方面妇女优先考虑的问题也不同于男性，特别是在照看孩子的方面。2003年英国航空公司试图推行一种新的上下班时间，办理登机手续的工作人员对此十分反感，大多数女性职员加入到罢工的行列，给希思罗机场带来了灾难性后果。这使得英国航空公司损失了400万的营业收入以及不可估量的公众形象损害。航空公司在理解工作人员优先考虑和关心的问题上出现了失误，所以菲利普斯评论道：

> 目前，工作班次每3个月调整一次，妇女可以根据她们的工作时间安排孩子的照看方式，她们真正担心的是由于靠计算机来决定上班的时间，计算机给出的安排会使她们措手不及。英国航空公司和工会都没有考虑到这一点，对于报酬较低、暂时兼职的女性工作人员，她们首先会考虑孩子的福利待遇，其次才考虑钱的问题。

尽管妇女的偏好和优先考虑的问题与男性不同，研究表明，如果妇女要想进入管理层，公司希望她们具有男性果断、好胜、按原则办事的特性。劳动力多元化不仅只是关系到性别、文化、种族差异，正如卡明斯和沃勒指出的那样：

> 这种定义方式过于狭隘，并没有注意到劳动力多元化所包含的一系列问题。产生劳动力多元化的原因在于人们将不同的资源和观念带到了工厂，而这些又有着不同需要、偏好、期望和生活方式，组织在设计人力资源时必须要考虑到这些差异才能吸引和留住有能力的工人，并将劳动力多元化转化为组织的竞争优势。

众所周知，在组织和社会中，总是有些人由于他们的生活方式与传统的生活方式不同而受到不公正的对待，因此目前大多数国家制定了防止或惩罚歧视现象的法律，这当然会成为组织认识和管理劳动力多元化的一种有力推动和奖励。在谈到竞争优势这一问题时，卡明斯和沃勒主要关注的是劳动力多元化所产生的积极意义，在竞争激烈的商界，随着市场的扩大，消费者对按某些人的偏好而量身定做的标准化产品和服务越来越不感兴趣。劳动力多元化将有助于解决这方面的问题，它为创新、发明和灵活性提供了更多的可能性，对不同客户群的需求更加敏锐，并提供了一个更为广泛的人才储备库。只有通过应用更有效的手段吸引、留住、激励工人，包括认识、宣传劳动力多元化的益处，组织才有可能在竞争日益激烈的全球经济中获得发展甚至是生存下去的希望。这就意味着组织必须以不同的方式对待多元化的工人而且还要公平地对待所有的人，尽管这一任务十分艰巨，但却是组织必须完成的基本任务，要想完成这一任务，组织中的权威人物和相关管理者还要做好按商业道德进行管理的准备。

商业道德

从下面摘录的内容可以看出，大多数组织管理书籍关于商业道德的解释都是相同的：

> 道德规范是有关对与错的原则或信条，正是这些信条指导着人们与其他人和人群（股东）的交往，并为判断行为是否正确、适当提供了一个基础。

> 由于有公众舆论、利益集团、法律和政府的关注以及媒体的压力，如今管理者对社会责任和道德行为方面的问题都十分敏感。社会责任与组织利益之间的界限并不很清晰，不同的国家对道德行为的期望有时甚至是相互冲突的。

对道德定义的解释或者如何将这些定义应用于商业，这方面的建议肯定是很多的。从前面摘录的内容中可以看出，在日益复杂、多元化、竞争激烈的世界里，真正的问题在于将道德方法应用于商业并不简单。正因为如此，很多公司和政府，甚至是道德政策方面的专家，也很难填补理论与现实之间的间隙，下面摘录的内容足以证明这一点：

> 根据《卫报》获得的文件记录，英国政府的军火销售部门与国外行贿事件有着直接的牵连。违法行贿据说始于 2001 年，国防部现存的文件证明 DESO，也就是防务出口服务组织，授权所谓的"特别委员会"让军火公司支付了这些钱。在政府与政府之间的军火交易秘密合同中，甚至注明了支付这笔钱的具体方式，行贿的公司利用"世界通行惯例"为自己的行为辩解，并借此逃避国防部有关禁止行贿的规定。

> 瑞士的调查人员参加了美国有史以来规模最大的一次反行贿调查，仅英国石油公司支付的数额就达到数百万镑，并且表面上是合法的。而壳牌和其他公司支付的钱据说都落进了哈萨克斯坦官员的手中。

变革管理
Managing change

据报道印度尼西亚 9 家耐克公司工厂的工人受到性虐待和辱骂，并存在缺少医疗服务和义务加班的情况。公司为了平息对它的批评制定了一个补救计划。由于最近几年耐克公司在亚洲的工厂雇佣未成年工人，要求所有的员工长时间地工作，工资低而且工作条件根本不符合美国的规定，因此使得耐克的公司形象受到了严重的损害。

昨天，当路易斯·巴顿在引入注目的性别歧视案件赢得上诉之后，会议室里的很多人会为此感到非常扫兴。这一案件将人们的注意力吸引到了投资银行的薪酬制度上去了，而过去人们对此都很陌生，不知道它存在任意支付奖金的情况。统计数据表明，在所有的行业里，妇女每小时收入比男性平均少了 19%，而在伦敦工作的女性这方面的差距可能更大一些，一般情况下，挣 6 位数年薪的妇女，她们的收入几乎要比男性同事少 60%。

从这些例子中可以看出，由于存在道德方面的缺陷，企业管理层将一部分股东的利益凌驾于其他人的利益之上。但是，故事并未就此结束。从近十年来的很多事例中可以看出，高级管理层和一般管理者也将自己的个人利益放在其他人的利益之上，甚至到了违法的地步。很少有人不知道安然丑闻，其中一批高级管理者合谋用损害所有人利益的手段来达到自己发财的目的，并且在这个过程中断送了公司的前途，也毁掉了公司的会计。据亚瑟·安德森和帕特诺依所观察的，这绝不是一个孤立的事件：

20 世纪 90 年代市场单边上扬的时间长达 10 年之久，10 年间经济不断增长，投资者投在股市的资金达到了创纪录的水平，并且每年都会有两位数的回报……虽然在这十年里很多公司都处于亏损状态，但是，随着这些公司规模的扩大并且变得越来越复杂，这些公司在财务方面的惨败很快被人们忘记了。尽管超过 10 亿美元的丑闻有：橘郡的罗伯特·西特龙案件、巴林银行的尼克·里森案件和长期资本管理公司的约翰·麦瑞文瑟案件，但是，股市几乎没有做任何调整就又开始重新上涨了，安然公司的股票在 2001 年底暴跌之后，这才粉碎了一些投资者的信念，其他的一些股票也随之下跌。在此之后，环球渡口公司和世界公司宣布倒闭，数十桩企业丑闻被曝光之后股市指数下跌了 25%。……很多公司的收益是伪造的，财务报表塞满了让普通投资者大吃一惊的数字，假如他们事先稍微注意一下这些数字，他们的损失是完全可以避免的，可惜谁都没有这么做。

在美国华尔街分析师大肆推销股票的行为一直是受公众斥责的对象，根据特瑞恩的观察：

分析师通过炒作因特网和其他高科技公司的前景，蒙蔽了众多的投资者。曾经极力推荐因特网的著名分析师亨利·布洛吉特曾私下将他公开推荐的股票称为"一堆臭狗屎"，调查人员从他从前的邮件里发现了这件事。

蒂热认为，华尔街财务机构的核心业务就是炒作或"抬高"股票价格，参与这种活动的人不仅仅只是几个流氓分析师，2003 年 5 月，为了清算前些年所犯罪行，华尔街的主要财务机构同意支付罚金的总数高达 14 亿美元（Tran，2003）。尽管如此，贪婪的不仅只是华尔街，而且其中很多公司还是守法的。纵观全美国，在上世纪 90 年代，管理人员的工资迅速上涨。在 20 世纪 80 年代。CEO 的平均工资是一般工人的 42 倍，1990 年则增大到 85 倍，2000 年增大到 531 倍。尽管在比例上稍微小一些，英国也出现了类似的现象，在上世纪 90 年代，管理人员基本工资的增长速度是通货膨胀率的 4 倍，而奖金和期权等额外奖励的增长速度则远高于通货膨胀的速度。然而，让英国投资者真正烦恼的原因并不是管理人员由于赚钱而受到奖励，而是管理人员在组织亏钱时也得到奖励。第 5 章中曾提到过，FTSE-100 的公司在 2003 年之前的 3 年内，管理人员的报酬上涨了 84%。而这些公司的股票市值则下跌了 50%。在英国，2003 年的股市下跌让股东们忍无可忍了。在一次又一次的年会之后，HSBC、壳牌以及大多数主要公司的股东以多数票通过了葛兰素史克的提案，否决掉原告的工资方案，股东们认为这一方案过于慷慨。毫不奇怪，问卷调查结果表明英国的大多数人认为管理人员不值得信任并且薪酬过高。

尽管上世纪 90 年代对于西方而言，在这十年间，富人变得更富有了。而对于世界上最贫穷的国家而言，情况则正好相反。在上世纪 90 年代，有 54 个国家的平均收入水平出现了下降，有 21 个国家在收入、生活预期、教育方面出现了倒退。在非洲撒哈拉，每天生活费少于 1 美元的人数由 47% 增长到 49%，在东欧和中欧地区，这一数字从 7% 增长到 20%。

甚至在公开场合，商业领袖们承认商业道德问题包括两个方面：所有的组织都应该遵守商业道德，但是，所有的组织都很难做到这一步。尽管要坚持遵守商业道德是有难度的，但是，假如组织在道德方面犯了错误，后果将是灾难性的。管理人员可能会将自己的利益凌驾于股东的利益，甚至人类的利益和法律之上，正如安然倒闭所反映出的一样。整个行业都会遭到腐蚀，华尔街就是例子。没有商业道德的约束，社会的两极分化就会变得越来越大，少数人拥有一切而大多数人则一无所有。

全球化本身就隐含着组织间相互竞争所引发的挑战，也就是说，无论公有制成分组织、

变革管理
Managing change

私营成分组织和非赢利性组织，组织怎样才能在由少数大型跨国组织统治的世界生存、发展下去？从对可持续发展、劳动力多元化和商业道德的讨论中可以看出，全球化提醒人们考虑组织对全球社会的作用和影响。这些问题超越了传统组织所关心的赢亏、货币价值和市场份额的范畴，转而关注组织对地球上生命的持久存在、对人类多元化的尊重和尊严、对我们赖于生存的道德规范所起的作用。尽管这些问题原先就存在，但是，由于全球化趋势的出现，这些问题变得比以往任何时候都更加突出了，政府、国际组织及企业都制定了相应的政策促进负责任和遵守道德规范的行为。所有的大企业和很多小企业都制定了减少环境影响、促进劳动力多元化、遵守商业道德的政策。尽管如此，华丽的商业道德规范与现实生活中的不道德行为之间的差距似乎不仅没有缩小反而越来越大了。对于组织而言，真正的挑战在于要改变管理者的行为方式，让商业道德成为商业实践，仅靠政策、技能和良好的愿望显然是不够的。最根本的一点是管理者必须尝试不同的行为方式，他们必须把政策和技能应用于实践。因此，在讨论管理者的作用以及管理者的培养时，最关键的一个问题就是要找出管理者的行为动机以及如何改变行为动机的方法。

管理者的作用

要给管理者的作用下一个定义并不容易，虽然这并不妨碍多年来一直有很多人在做这方面的尝试。黑尔斯在回顾了很多这方面的研究后发现，读者能见到的有用信息显得很含混，管理者应该做些什么事以及对此的解释甚至是相互冲突的。

按管理者的基本任务所作的管理者的作用的定义是：

> （管理者）代表组织的老板或以自己的名誉，对工业、商业等企业、机构或组织的各部门经理的工作或其他直接下属的工作进行计划、组织、指挥、控制的协调。

更为大胆的尝试是把管理者作用的实质定义为：

> （管理者担负着）建立一个超过其各部门总和的真正整体的任务，一个产生超过资源投入总和的有生产力的实体。

德鲁克将管理者比喻为一个交响乐团的指挥。作为乐团的指挥，管理者用手势、表情来领导各种可能会产生噪音的乐器，演奏出生动完整的音乐。在这种情况下，管理者既是作曲家又是乐团的指挥。

另一方面，汉迪（1986）把管理者比喻为医生：管理者是首先接触问题的人，因此，管理者的作用是找出不同情况下存在的症状；诊断疾病或找到麻烦的根源，按康复原则决定治疗方案，然后，实施治疗。

采用这些类比方法有助于对管理者作用全貌的了解，但是，也可能会引起一些误会。指挥乐团是一种艺术形式，管理是一种艺术形式吗？或者，按照汉迪的类别方法，管理科学与医学是完全相同的吗？正如本书第 1 部分指出的那样，认为管理是理性科学过程的人与相信管理直觉成分多于理性成分的人之间的冲突，并不是什么新鲜的事情。

邓肯为了解决这一冲突，对管理者的工作内容进行了全面的观察，他发现管理活动有 3 个不同的层面：哲学层面（制定目标）、科学层面（目标的完成和评估）和艺术层面（决定的实施）。邓肯认为，在制定目标的哲学层面，管理者主要关心的是行动产生的效果，以及在组织所处的经济社会背景下，个别人和其他集体对比的反应。在这个层面上，管理者以及他们制定的战略将主要考虑既定目标可能产生的所有后果，不仅要考虑来自组织内部和外部环境的各种压力，而且还要考虑到竞争对手以及制定政策的机构，并在这一层面上制定出管理人员的道德规范、价值观以及企业优先考虑的发展方向。在科学层面，管理层将根据既定目标制定出发展计划、选择方案和技术，制定监督和评估程序。

艺术层面涉及到决定的实施过程。在这一层面主要是针对组织资源的调配和获得最佳的操作效率作一些战术和行政方面的决定。根据邓肯的观点，所以将这一层面归于艺术，主要是因为企业必须要由特殊的人才来说服其他人相信管理制定的目标，并且接受组织作出的决定。

尽管并不是所有的人都同意邓肯给出的定义，尤其是在战略制定方面，马林斯认为，用划分层次的办法说明管理既是科学又是艺术，邓肯的办法是非常有效的。由于管理学的这一特性，管理层涉及设计、制造、运作、行政体系等科学的理性活动，又要涉及管理员工、激励员工的活动。在这方面直觉占有更多的成分，理性所占的比例则比较少，尤其是管理者在组织中所处的等级。至少是在一般情况下，管理者在等级制度中所处的位置对管理者作用的发挥有很大的影响。等级制度中主要有以下三个等级：

★ **高级管理层**——负责公司整体方向的政策制定的核心人物。

★ **中级管理层**——负责在组织内部执行、解释公司的政策和指定部门的运转。

★ **初级管理层**——直接对中级管理层负责，确保其下属执行公司的政策，并负有按照高级或中级管理层同意、发布的程序完成本单位目标的责任。

至少从表明上看，这3种管理层反映出了邓肯的3种层面。但是，进一步分析就会发现两者实际上并不互相吻合，因为每一个管理层都包含有3种层次的内容，只要看一看管理者每天实际做的工作，这一点就更清楚了，并且管理者的实际工作与学术上要求做的正好相反。

为了确定管理者应该如何支配他们的时间，已经做了不少重要的研究。明茨伯格在这一领域所做的工作可能最为著名，反响也最大。在结合前人所做的研究之后，他总结了以下一些结论：

★ 虽然大多数的管理工作都不是事先安排好的，但是，所有的管理者需要完成的任务则是有规律的。

★ 与系统性的、沉思型的思考者和计划者不同，管理者仅对压力和自身的工作要求承担责任。

★ 管理活动具有简明、多变、不连续的特定。

在明茨伯格的文章发表30年以后，尤克尔在回顾了管理方面的文献后，得出的结论与明茨伯格十分相似：

★ 管理工作的内容是多变而零散的。

★ 很多活动是被动的。

★ 经常与同事和组织之外的人发生互动。

★ 很多互动是通过口头交流进行的。

★ 决策过程显得很混乱，但是，会考虑组织的利益。

★ 大多数计划是非正式的，根据实际情况再作调整。

尤克尔还发现管理工作缺乏节奏感与弹性：

一般情况下，工作日几乎没有可以停下来喘口气的机会。管理者要不停地向下属、同事、上司、组织以外的人询问信息、请求帮助、进行指导、申请授权。

尤克尔的文章肯定了明茨伯格的发现：管理者的工作大体上是相同的，他们的工作可以归纳为10种非常重要的角色，10种角色又可以被进一步分为：人际关系角色、信息传播角色和决策角色。

人际关系角色

在管理工作中，最费时间也最重要的工作是与人合作、指导人，代表别人行使权力。这方面的 3 种关键角色分别是：

★ **企业首脑**——作为组织的正式代表；

★ **联络人**——与其他组织保持联系；

★ **领导**——在组织内与部门的成员交往。

信息传播角色

在管理者位置上的人获得和传播信息的机会是一般人难以企及的。涉及到以下 3 种关键角色：

★ **监视者**——与电视监视器一样，管理者希望能接收到并储存给公司带来好处的信息。

★ **传播者**——管理者一定会传播对企业有用的信息。

★ **新闻发言人**——代表组织，管理者与其他的相关人员交流信息。这种交流可以是对内的，也可以是对外的。

决策角色

管理者的一项重要工作就是作决定。在这一方面涉及 4 种角色：

★ **企业家**——寻找到改进组织运作的方法或找到新的产品市场的机会；

★ **消除干扰**——管理者必须有效地处置危机；

★ **资源配置**——负责制定预算并配置资源；

★ **谈判者**——按照明茨伯格的观点，管理者把大量的时间用在与人谈判上，因为只有他们掌握必要的信息并有权充当这一角色。

尤克尔注意到，尽管这些角色在管理工作中显得很平常，这些角色对于管理者的重要性会受到一系列因素的影响而变得有所区别，如组织的规模、管理水平、管理者的独立程度以及组织生命周期所处的阶段。明茨伯格认为，管理工作缺乏一致性的根源在于不同的管理者所处等级不同，行使的职能也不同。他坚决主张组织的最高管理者要把主要的注意力集中在对外角色方面，比如对外联络、新闻发言人和企业首脑，保持组织与环境的联系。对于中级管理者而言，工作会显得更专一、简明，分散的特点更为显著。正因为如此，对外管理角色的重要性会少一些，主要把时间用在内部角色上（消除干扰和谈判者），有关日常操作的问题和维持工作流程变得相对更重要一些。另外，他认为对于负责销售的管理者人际关系角色显得更为重要，负责人事的管理者应该更注意信息传播角色，而负责生产的管理者应该专注

变革管理
Managing change

决策角色。明茨伯格的建议得到了很多研究成果的支持。

斯图尔特特别关注要求、限制条件和选择三种因素对管理者作用的影响：

★ **要求**——是指处在权力位置的人对具体管理者的期望。

★ **限制条件**——是指组织内部和环境中限制管理者行为自由的因素。

★ **选择**——虽然管理者会受到要求和限制条件的约束，但是所有管理者的工作内容和时间安排是存在一定程度的差异性的（选择）。

当遇到管理者角色相互冲突的情况，管理者需要作出选择，这一点是很关键的。例如：管理者经常被夹在下属和上司之间陷入进退维谷的境况。考虑到上司的愿望，管理者则应该为组织争取到最大的利益，尽量减少成本。角色冲突的另外一个例子是：一方面希望管理者以组织首脑的身份多花些时间处理与外界有关的事情，但是，同时又希望他们以领导身份呆在公司里面。

尽管出现冲突和选择的问题，黑尔斯在回顾了对管理者角色的研究之后得出的结论是：

> 管理者所做的工作多数是对周围发生的事情作出迅速的反应，这是很有必要的。管理者在作出决定方面显得动作较为缓慢，但是很有条理，多数情况充当的是"执行者"的角色，在问题一出现的时候就必须迅速作出反应，是一群"用脚思考"的人。做事果断并在处理一些具体的事情时带有自己的偏好。这反映出了管理工作的速度以及多数活动的时间安排都比较紧。

所以，在讨论管理者的角色时，可以看出文献中对管理者的要求与管理者实际做的存在不一致的地方。的确，正如明茨伯格指出的那样，这种不一致甚至渗透到管理者对自己角色的看法中去了：

> 如果你问一个管理者他做了哪些事情，他很可能告诉你他在做计划、组织、协调、控制方面的事情。在观察他做些什么事时，如果你很难见到与上面 4 个词联系在一起的情况时，你千万不要感到吃惊。

尽管了解管理者的角色很重要，即便稍有差别，理解效率的构成也是很重要的。虽然有关管理和管理者角色的著作已经很多了，大多数作者似乎是有意在回避为组织或管理者的效率下一个定义。在本书的第 1 部分曾对组织理论和行为理论作过回顾。证明支持这些理论的人直接或间接地承认，效率的定义在一定程度上取决于管理者所采用的方法。根据这种观点，效率有点像会移动的目标；弗雷德里克·泰勒认为"最好的方法"，在道格拉斯·麦克格雷、汤姆·彼得斯、彼得·圣吉眼里未必是最好的方法。纳赫范迪在评论"……领导效率取决于评价领导的人所持的观点"时，也发表过类似的观点。为了打消依靠某种方法、理论或自己见到的事实定义效率的想法，伯恩尼斯将效率定义为："……取得预期效果的能力或权力……"，对于管理效率而言，这就意味着有效的管理者必须是一个能够完成对他的要求的人，无论这种要求是改变一个组织还是保证以合适的成本和质量按时提供源源不断的服务。如果这就是管理效率的定义，接下来的问题应该是："管理效率包含哪些决定性的因素？"要想成为"取得预期效果"的管理者，需要具备哪些关键的品质、技能和竞争力？从下面的章节中可以看到一个有效率的管理者必须具备的3种观察事务相互关系的能力。

管理与领导

无论如何，要明确说出管理者在做些什么事情以及应该如何做是很困难的。但是，长期以来人们一直坚信成功的组织之所以有别于一般的组织主要原因表现为组织的活力和有效的领导。然而，根据尤克尔的观察："……人们在不断地争论领导与管理者之间的差别。"对于有些作者而言，如纳赫范迪，管理与领导被视为两种截然不同的活动见表16.1。纳赫范迪认为管理过程本质上是为了获得稳定性。另一方面，他认为领导本质上是为了给组织带来变革。纳赫范迪曾评论：

　　具有长期和面向未来的远见的管理者，为他们的拥护者描述的愿景超越了人们所处的环境；而目光短浅的管理者，只会盯着部门或团队的具体的工作任务。

本尼斯和纳马斯进一步把这一论点与管理者和领导属于两种不同类型的人联系在一起："……管理者属于用正确的方法做事的人，而领导者则是做正确的事的人。"尽管将

表 16.1　管理与领导之间的区别

管理者	领导者
专注于当前	维持形状和稳定
执行政策和程序	为保证客观处事冷静
行使自己的职务权力	专注于未来
创新求变	提倡以价值共享为基础的组织文化
与拥护者建立感情联系	发挥个人魅力

变革管理
Managing change

人分为相互对立的两种类型，管理者和领导者在概念上很有吸引力，但是，这一观点几乎没有任何具有说服力的证据。还有一种观点认为，在急速变化的世界，有想象力的领导者比起态度保守的管理者更有优势。另一方面，有很多作者清楚管理过程与领导过程的区别（见表 16.1），但不认为领导者和管理者是不同类型的人。的确，弗鲁姆和贾戈特别辩解说，管理者能够同时具备管理者和领导的技能，两种角色之间的转换取决于他们所处的环境。

尽管领导一词的定义及起源与管理一词有所不同，以领导为标题的文章在管理文献中出现的时间已经超过 40 年了，但是，领导一词的概念至今仍是令人难以琢磨的。在上世纪 50 年代，当时对这方面的研究比起现在少很多，本尼斯曾评论：

> 领导这一概念似乎总是让我们感到很困惑，由于它在语言方面的含糊不清和复杂性，当它换种形式出现时，我们难免还会受到它的嘲弄。所以，我们为它发明出了很多的术语……还是不能对它下一个清楚的定义。

在新千年到来以后，我们见到的这方面的文章和书籍数量比以往任何时候都更多了，然而，这一标题下的内容也变得空前的零散和混乱。托马斯在评论"什么是管理？"这一问题时指出：

> 好奇的读者发现对这一问题的答案不仅五花八门，而且彼此矛盾，性急的人最好是放弃掉找到答案的想法……

尽管如此，可以将领导和管理的研究者主要分为 3 种：专门研究管理者个性和领导过程；专门研究领导—追随拥护者的情景；尝试找到领导与管理风格和组织背景氛围之间的关系。

与个性有关的有效领导方式

早期在研究领导能力时，主要是研究人的素质（智力、年龄、经验）或者个性（外向、支配欲望）等因素。结果是根本不考虑任务或组织所处的情况，如果一个人没有适合的品质，不可能有机会成为一个好的管理者。但是，在作了无数的研究之后，还是没有找出性格与领导能力之间的相关性。

为了给这一方法注入新的活力，开始尝试将领导看成是一个过程，并把注意力转移到观察领导与追随拥护者的互动，以及领导如何说服其他人一起完成预定的目标，这一观点认为领导者的行为比他具有的品质更能有效地预测一个领导是否取得成功。并发展出一系列的方法，弗莱西曼就发现有两种行为对领导效率起着重要的决定性作用：

1. **尊重**——是指领导与下属之间人际关系的质量，尤其领导对下属的信任程度以及对下属想法和感受的尊重。

2. **引入实施结构**——是指为了取得预定目标，领导者对自己和下属的作用所做的界定以及相应的结构安排。它同时包括了领导指导团队活动的手段，例如：计划、沟通、信息共享、时间安排、尝试新的想法、表扬和批评。

在 20 世纪 50 年代和 60 年代，参与也是一种与领导行为有关的标准，用以评价领导的管理风格是倾向于独裁还是倾向于民主。从第 2 章和第 8 章的相关讨论中可以看出，在第二次世界大战以后，人际关系学派和计划变革方法的支持者都对参与和民主持相似的观点绝非巧合。在这一时期，库尔特·勒温、罗纳德·利普特、拉尔弗·怀特在领导风格方面所做的开创性研究对很多人的研究产生过影响。在对民主、独裁、放任自由 3 种领导风格进行过研究之后，发现民主型领导所产生的结果是最好的。根据盖斯蒂尔的观点，民主型领导主要由 3 种要素组成：

★ 最大限度的成员参与；

★ 授权；

★ 采用集体决策方式。

在 20 世纪 50 年代和 60 年代，对领导特征的强调派生出了一系列的有关有效领导行为的"普遍适用的理论"，这也就是说，研究者开始争论什么是"最好的领导方法"。这些理论都假定存在一种适应所有情况的最佳领导风格。

也许，这些普遍适用的理论中，最有影响的应该要数布莱克和莫顿的管理坐标，后来又更名为领导坐标。坐标的两条轴线分别是：对人的关注程度，类似于理解；对生产的关注程度，类似于引入结构。通过对两种指标的相互作用和强、弱对比进行分析以后，布莱克和莫顿找到了 5 种不同的管理风格，它们分别是：

★ **团队型管理**。指对人和生产的关注程度都比较高，希望下属对自己承担的任务能有一种使命感，在高质量地完成任务的同时获得高水平的工作满意度。

★ **乡村俱乐部型管理**。指在对生产的关注水平低、对人的关注水平高的情况下，如何实现人与人之间和谐以及满足人们社交需求的方法。

变革管理
Managing change

★ **折衷化管理。**指在对人和生产的关注都处在中等程度的情况下，管理者遵照"自己活，也要被人活"的哲学，尽量回避困难或又争议的问题的方法。

★ **任务型管理。**这是一种对生产高度关注而对人关注程度较低的方法，希望通过计划、组织、指导等方式达到很高的生产效率，但是尽量不去考虑人的因素。

★ **平庸型管理。**这种方法所带来的后果是，对人和生产的关注程度都很低，这种管理行为只希望对下属付出极少的努力就能完成预定的任务。

虽然布莱克和莫顿找出了5种风格的管理方法，其中最有效的是团队管理，领导者对人和任务都很关注，所以称为"双高"领导者。他们同时还认为尽管管理者在管理风格上以某种风格为主或偏爱于某种风格，假如遇到管理者所偏爱的风格很难奏效的情况时，很多管理者可以从一种风格变成另一种风格或者结合其他的风格。布莱克和莫顿与其他强调个性的管理方法的一个显著区别在于，他们认为一个管理者的风格特点不仅与他的价值观、个人成长经历有关，而且也会受到组织特性、管理层所处的类型及个人职业风格等因素的影响。

尽管有很多人试图检验管理坐标方式的效果并对这种方法进行详细的说明，然而，能够找到有说服力的证据是有限的。由于很难找出领导个性及行为与管理效率之间的关系，很多研究者转向调查研究领导者与其下级之间关系的本质。

与领导与部属管理情景有关的有效领导方法

由于没有办法为"最佳的"领导方法找到一种有说服力的理论基础，研究者的注意力开始转向寻找有效领导的情景，尤其是分析下属对领导行为的影响程度。这种领导与部属的主从式情景方法，有些时候也被称为领导者成员交流，与双方人际关系的发展状况关系密切。它集中关注的是领导者与追随者之间的相互影响并以谈判方式确定下属在组织里发挥的作用。这一理论的基本前提是领导者与每位下属的人际关系都是不相同的。这种关系分为两类：领导者只与一小部分人建立紧密信任的关系，而与其他人保持一定的距离和正常的关系。在第一种关系中，双方都对对方抱有很高的期待。领导者对对方的期待是忠诚和责任感，部属追随者则期待领导者喜欢自己并能给予职位方面的提升。对于距离较疏远的关系类型，双方对对方的期待都不高，领导者希望下属能遵守拟定并完成其份内的任务，反过来，下属则只希望领导者对自己的工作给予公正的评论和公正地对待自己。

在对领导者与部属追随者关系的分析过程中，克尔考虑到了弗莱西曼发现的两种领导行为——关怀理解与引入实施结构，并将它们引入到由 3 种变量和偶然性组成的理论框架之中：

1. 有关于下属的考虑：例如下属的经验、能力以及对领导者的期待。

2. 有关于上级的考虑：尤其是下属对上级行为的影响程度。

3. 有关于任务的考虑：包括的因素有时间上的急切程度、对身体的危害程度、允许的差错率，外界的压力、自主程度和范围、工作的重要性和意义、任务划分的明确程度。

克尔认为两种领导行为（关怀理解与引入实施结构）对提高下级业绩水平的有效性会由于上面 3 种变数的影响而有所减弱。例如：如果需要完成的任务在时间上显得很紧张，下属对引入实施结构（也就是上级的指示）的接受水平会相应提高，引入实施结构与工作满意度和业绩之间的关系会显得更为明显。而另一种情况，当下属对任务感到十分满意的时候，强调理解领导风格对工作满意程度和业绩的提高并不很明显。对克尔模型核心前提的支持证据也是很有限的。希里斯海姆和墨菲的研究结果则认为有证据表明高水平的引入实施结构的确能在高压力情况下取到提升业绩的作用，但是，在压力较低的情况下，这种作用将有所下降，压力水平的变化与下属对上级的满意程度没有显著的影响。在任务划分很正确的情况下，下属的满意程度与关怀理解或引入实施结构也不存在明显的关系。

费德勒的最难共事（LPC）模型是最具影响力的情景领导理论。经过 10 多年的研究，费德勒认为领导者已经有了相对稳定的性格特点，并养成了一套特殊的领导行为习惯，而这是很难改变的。所以，为了适应他们的下属而尝试培训、教育领导者采用不同的行为是毫无意义的，而是应该让管理者和他们的下属都必须学会适应领导者的行为。根据费德勒的观点，判断一位领导的性格特点是否积极，主要是看他能否一视同仁地对待他的同事。费德勒专门设计了一份测试领导者 LPC 分值的问卷表，问卷表中的 16 个形容词（例如：愉快——不愉快，有距离——易接近；有效——无效）可以用来测试被测试者是属于"任务"导向还是属于"人际关系"导向。但是，阿诺德注意到，实际上，对领导者 LPC 分值的含意以及它与关怀理解、引入实施结构等领导者力指标间的关联程度是存在一些争议的。在一般情况下，LPC 分值高的领导者通常分被认为是以人或人际关系为导向的，而 LPC 分值低的领导者则被视为是以任务为导向的。从费德勒的文章中可以看出，他认为测试得出的 LPC 分值的高低代表了特殊的领导者个性和行为特点,而这些个性和特点所能发挥的效率会因受到管理者所处环境的影响而有所减弱。因此,领导者与环境的相互匹配是很重要的。费德勒找出了工作环境的 3 种关键特点，他认为这 3 种关键特点共同决定着特定领导风格的效率。按其重要性排列，这 3 种特点分别是：

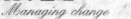

变革管理
Managing change

1. 领导者与部属之间的管理：下属与领导者的友谊以及对领导的忠诚将增大领导者对其下属的影响力。

2. 任务实施结构：任务的标准化程度越高，对下属的指导越仔细、对业绩的测评方式越客观，领导者对这样的工作环境越满意。

3. 领导者的正式职位和权力：领导者对下属的奖惩条令越准确、越有权威性，越有利于领导者影响力的发挥。

费德勒将上面 3 种特点每一种都分为高分值和低分值两种情况，从而将工作环境分为 8 种类型（2×2×2），他坚持认为最好的工作环境应该是领导者与部属的人际关系很好、任务划分准确细致、计划周密、领导者享有很高的权威性。相反，最差的工作环境则是人际关系不好、任务划分不明确、领导者缺少权威性。

尽管（或许也是这一缘故）费德勒的理论是最有影响力的、最常用的情景理论（又译权变理论），它所招致的批评也是最多的。其受到批评的主要原因是缺乏实践方面的支持证据，未能解释领导行为对下属业绩的影响。费德勒所采用的测试方法具有主观性并且缺乏直接的理论基础。费德勒的模型也同样受到了偶然性应急情况方法（见第 2 章）支持者的批评。批评者尤其认为费德勒忽视了管理者按自己偏爱的领导风格改变或影响任务结构因素的能力。对于这一点，有些研究者指出，费德勒对模型的重要组成部分，任务结构，做了假设处理，而在很多的情况下，决定改变组织的结构和工作结构正是管理者的一项主要职责。从随后的讨论中可以看出，在任何情况下，总有一些人相信管理者能够并且做到了改变自己的领导行为。

与企业的背景有关的有效领导方法

从已经看到的资料表明，有关领导力的文献存在一种弱点，就是倾向于将注意力集中在管理者的性格和他们与下属的关系方面。并直接或间接地假设，管理者决定着管理效率，领导者与下属所处的情况总能对管理者的能力发挥起到减缓的作用；一个好的管理者不仅能在某个组织干得很好，换到任何一家组织也能干得很好。但是有很多研究者注意到，管理者的管理效率在很大程度上有可能是取决于他所服务的组织的性质，而不是仅与管理者的能力有关。

由于观察到上述这些现象存在，发展出了与组织背景有关的领导方法。这种方法是由注重人际关系领导方法演变而来的。它不但十分强调领导行为和人际关系的重要性，同时它还很强调领导风格和组织背景的重要性。另外，它是 3 种领导方法中唯一将组织变革作为变量的领导方法。由费鲁姆和耶顿发展的应急情景领导方法（又译权变领导方法）是最有影响力的领导方法之一。在此之后费鲁姆和贾戈又进一步发展了这一理论。与费德勒的理论相比，这种方法认为领导者的能够并且做到了根据不同的环境改变自己的领导行为。这一理论发现，从最专制的到最民主的决策方式，领导者的决策方式可以分为 5 类。为了完善这一发现，费鲁姆和贾戈还为管理者找出了一些解决困难处境必须考虑的关键问题，例如：需要和谐地解决冲突或实现组织的目标。结合领导风格和管理者可能遇到的困难处境，费德姆和贾戈开发了一套计算机软件，针对管理者遇到的特别情况，帮助他们找到适合的管理风格。不幸的是，这套软件使用起来很复杂，因而限制了软件效率的发挥。尽管如此，费德姆和贾戈还是表示这一理论的一般原则是为了对付管理者面临的大多数情况，为了达到这一目的，正如开始阿诺德曾指出的那样，费德姆和贾戈的模型为领导者提供了一些带普遍性的"实用原则"。其中包括如下的一些建议：

★ 在下属的责任感显得很重要的情况下，领导越是强调参与，领导的效果就越好。
★ 在下属对组织目标持不同意见的情况下，应该避免采用集体决策的方式。

然而，给人们提供这一类普遍的建议并没有太大的用处，即使这些建议带有一定的针对性，这种建议由于忽略了时间方面的限制、组织政策、组织的能力以及管理和下属的行为偏好等因素而变得并非很可靠。或许正是出于这方面的原因才又产生出了新的与组织背景有关的方法。

让人感到最为有趣是这些理论中影响力最大的并不是出自于社会科学家，而是出自于一位政治家之手，詹姆斯·麦克格雷戈·伯恩斯，他的《领导力》一书在 1978 年获得了普利哲奖。伯恩斯的著作综合了个人传记、历史以及政治学理论，在领导本质方面取得了重大的研究成果。其主要内容是，他发现组织有两种基本的状态或背景，即收剑状态和发散状态；以及两种与之相对应的管理—领导风格，即事务管理型和转换变革领导型。绝大多数作者习惯于将管理和领导混为一谈。伯恩斯是第一个在事务管理型（其主要关心的是维持现状）与转换变革领导型（其主要表现的是突破现状）之间划分界线的人。然而，伯恩斯主要是从社会背景的角度来考察管理和领导的，贝斯对伯恩斯的概念进行了改良并将其应用于组织管理。

当组织的经营条件相对稳定时，就会出现一种收敛状态；组织有了既定的目标，内部、外部环境具有可预见性（案例研究 10 中的警事康就是组织处在收剑状态的例子），在这种情况下，最适合的管理风格应该是事务型的。事务管理这个概念源于管理者—下属的关系是以

双方之间的事实性关系为基础的，管理者用奖励换取下属的业绩。事务型管理者集中关注的是完成任务、明确目标以及为组织争取到最好的业绩，在组织现行政策、组织结构和实践范围内，采用一些渐进式的变革方式。从原则上讲，他们希望在维持现状的条件下进行工作（见表16.2）。事务型管理者激励下属完成任务所依赖的方法是用支付报酬、提升职位来刺激奖励其下属，借助的是下属的自我利益的作用。

表16.2　管理者与领导者的区别

	事务型管理者	转换变革型领导者
日常工作	制订计划、预算：为取得结果制定详细的计划	指明方向：通过制定战略描绘出未来的发展愿景
人事安排	组织与人事安排：为每件工作找到最佳的人选，把人安排在适合于他的位置	与人结成同盟：主要的挑战在于通过沟通使人们理解、相信组织的愿景
执行	控制与解决问题：对结果进行监督，找出计划中的偏差并解决问题	激励与启发灵感：满足人类对成就感、归属感，社会承认、自尊的基本需求，控制意识
效果	产生一定程度的可预见性和秩序	产生出变革，通常能达到激动人心的程度

当环境变化对组织的既定目标、组织结构和经营方式构成挑战的时候（案例研究3，奥迪康就是组织经营处于发散状态的例子），就会出现一种发散状态。在这种情况下最适合的领导风格，虽然对此仍存在争议，应该是转换变革型的，转换变革型的领导者常常被描绘成具有超凡魅力的领袖人物或富有远见的人，他们追求改变现况并给组织带来彻底的改变（见表16.2）。转换变革型的领导者依靠自身的人格魅力激励同伴，他们有明确的愿景，愿意牺牲自己的利益谋求集体或组织的利益。转换变革型的领导者追求崇高的道德价值观、获得别人的信任以及同伴在情感方面的支持。

组织所处的状态与领导风格之间的较量对于成功的领导是至关重要的，当组织面临新的挑战时，为了组织的生存，这就要求组织采用新的方法。然而，单纯依靠事务型的方法是不利于生产率提高的，让人联想到"大难临头，依然歌舞升平"的说法，同样，在组织的经营体系与组织的发展相互适应的阶段，转换变革型的领导风格也可能起到阻碍生产效率发展的作用。

自从伯恩斯的著作在1978年出版以来，他的观点得到了一批组织理论专家的认同，并纷纷引用了他的观点，赞成管理者必须也能够使自己的管理风格和管理方法适合于组织的运营环境。从第 3 章的有关讨论中可以看出，在 20 世纪 70 年代后期和 80 年代早期，当伯恩斯著作出版的时候，西方的很多组织正处于危机之中，在这一时期，很多组织，甚至是整个行业，无论私有还是公有，都正在经历着巨大的变化。所以，毫不奇怪，存在一种趋势——研究领导方式的人都对转换变革型领导方法十分重视，并且开始贬低、诋毁事务型管理方法。然而，一个希望对转换变革型领导者概念有所发展的研究者贝斯则认为，尽管转换变革型领导与事务型管理之间存在明确的界限，但是，两者并不是相互排斥的，转换变革型领导者可能会在激励追随拥护者方面做得更好一些。但是，贝斯坚持认为，有效的领导者需要同时掌握变革型和事务型两种工具。阿里莫–梅特卡夫和奥尔本–梅特卡夫在研究英国国家健康服务机构（NHS）的领导方式时就发现：在要求进行彻底变革的情况下，"……管理者仅仅具有的事务型竞争能力，在关键时刻是远远不够的"。根据贝斯和阿里莫–梅特卡夫和奥尔本–梅特卡夫的论点，一个只掌握事务技能的管理者在处理组织内的很多变化时常常会显得力不从心，而各种各样的变革是组织生命不可或缺的组成部分。另一方面，一个人只有改革技能，即便当组织正在发生剧烈变革的时候，他也没有能力处理好组织必须完成的日常工作和常规活动。所以，在特定的环境下找出事务性—转换变革性技能的最佳平衡点才是问题的关键。

坎特则坚持认为一个好的领导必须兼备事务性和变革性两种特点，从而为平衡问题提供了一种不同的观点。坎特认为管理者的原始形象基本上可以分为"公司守护者"（也就是事务型的管理者）和"牛仔"（也就是变革型的领导者）两种类型。前者属于公司的官僚阶层，依靠制定详细的规定来控制组织，并以此作为谋生的手段，他们是保守的资源保护者。后者，也就是"牛仔"是一些自行其是的人，他们挑战一切现行的制度，希望抓住每一次机会，质疑所有的规定，他们通过个人忠诚来控制、激励其他人。坎特认为，没有必要根据组织的背景在这两种特征之找出一个适当的平衡点，在将来组织将要求管理者具备公司守护者和牛仔二者的优点：

缺少了采取行动型的企业家的大胆冲动以及他们对制度、规定持之以恒的质疑精神，我们将失去一种给商业带来生机和发展的最重要的潜在源头。但是，缺少了原则以及常规管理的协调作用，我们将因为不必要的冒险而造成巨大的浪费，从而失去发展和复兴的机会，我们新的英雄楷模（领导的楷模）应该具有与运动员一样令人惊异的技艺，能够在保护资源和追求发展机会之间大展身手，不断超越自我。这种新的商业英雄不会容忍公司守护者和牛仔的过分行为……商业运动员有能力保持好平衡，吸取公司守护者遵守原则的优点，以及牛仔的创业热情。

变革管理
Managing change

从展示 16.3 中可以看出，坎特坚持认为"新英雄"式的领导必须具有 7 种技能和敏感性。坎特的模型避开了在特定环境下如何决定事务性和变革性最佳平衡点的问题。她认为存在一整套所有领导者都必须具备的事务性和变革性的技能或特征，这些技能或特征适用于所有的情况。事实上，她试图用循环论证的方法为普遍适用最佳领导方法找到一些有利的证据。从第 3 章中的有关内容可以看出，她的论点是基于所有组织的经营都是处在同样动荡背景之下，并面临相同的挑战，所以，要求的管理风格也是相同的。

尽管对与组织背景有关的领导方法存在不同的观点，总的说来，这种方法并不是要否认与个性有关的方法和与人际关系有关的方法的作用；而是希望吸收它们的优点，并将这两种方法融入更为广泛的组织背景中去。同时承认管理者的个性特点是领导风格的重要组成部分，因此，对领导风格的效率也存在重要的影响。另外，还承认领导者与追随者之间的人际关系以及组织所处的背景都是至关重要的。吉布斯还特别强调"组织的生存与成功取决于领导者——追随者的人际关系在解决问题时所发挥的作用，这种作用涉及到内部整合和外部适应两个方面"。然而，（虽然这种方法很有吸引力）也有很多作者认为找不到支持这种方法的证据，同时也不认为这种方法比与个性和人际关系有关的两种方法更适用于组织的运营。

与回顾管理者作用时发生的情况一样，对 3 种领导方法的讨论也有让人感到迷惑和冲突的地方。尽管如此，兼顾组织背景与领导风格的想法至少在一定程度上与书中前面部分得出的结论是相吻合的。也就是说，有必要根据组织的发展背景选择适当的变化方法。并且进一步论证了管理者可以根据组织的发展背景，改变他们的工作风格的可能性。但是，在考虑管

展示 16.3　商业英雄的特征

商业运动员具备的技能和敏感性

　　1. 学会在没有等级权威的情况下进行经营。

　　2. 用增进合作的方式参与竞争，而不是削弱合作。

　　3. 按最高的道德标准进行经营。

　　4. 尊重对手。

　　5. 培养注重过程的习惯。

　　6. 成为技艺精湛的多面手。

　　7. 从比赛结果中获得满足。

源引自：Kanter,1989：361-64

理方法的时候，应该记住一个重要的因素：有关领导力的研究和文章绝大多数者是针对西方的情况，尤其是美国的企业，以及西方关注的问题。同时，大多数研究集中于男性管理者以及他们的特点。所以，在进一步讨论这一问题之前，我们有必要先讨论一下由全球化引发的劳动力多元化的问题。

在此先重申一下琼斯等人对多元化的解释：

> 所谓多元化是指人的年龄、性别、人种、种族、宗教取向、社会经济背景和健康状况方面的不一致和差异……

多元化不仅只是指"人与人"之间的差别，它还包括了民族之间的差别。里克斯（Ricks）曾指出：

> 文化差异是令跨国公司最为头痛的可变因素。

涉及到人的差异这一话题，人们对男性与女性管理者之间的风格差异给予了极大的关注。例如：戴维斯就发现男性和女性在管理方法上存在着显著的差异。尤其是他发现男性的管理方法重视自尊、抽象思维、控制以及对上级的忠诚。而另一方面，女性的管理方法则重视无私、形象思维、体验和包容。正是由于诸如此类的一些发现导致阿里莫-梅特卡夫等作者认为：女性更偏向于应用变革型领导风格；男性则偏向于事务型管理风格。管理风格上的差异不仅与性别有关，同时也与年龄、种族、宗教或个性有关。使情况变得更为复杂的原因是，这些偏好在不同的国家和文化背景之间并不稳定。有关性别与管理的论文多数是针对美国和欧洲，现在还不清楚日本、中国的男女管理者在这方面的偏好是不是与他们的西方同行一样。的确，特罗姆波纳用了10年时间，对28个国家47种文化背景下的管理方法进行了研究，他的研究成果表明：国家间的差异几乎与相同文化背景下人与人之间的差异一样大。从总体上看，日本和中国的男女管理者与西方女性管理者的特点较为相似。例如：与制度相比他们更偏爱于利用人际关系，他们对人际间的信任胜于合同；他们倾向于避免对抗。当然，这些结果与霍夫斯泰德关于文化差异的论文观点是一致的，霍夫斯泰德的论文证明企业文化、管理者的价值观和行为在不同国家之间存在很多的差异。阿诺德等人坚持认为有足够的证据表明不同的文化对领导者行为有不同的解释，其结果是，在某种社会受人欢迎的管理行为到了另一种社会则有可能被认为是有害的行为，因此，我们不得不谨慎地对待在特定条件下产生出来的管理风格和管理行为，千万不能假定它可以适用于所有的组织和所有的社会。

变革管理
Managing change

这些发现对管理和领导具有十分重要的意义。首先，并不存在普遍适用的领导和管理法则。在某个国家、某个组织或某种情况下能力很强的管理者到了别的国家就不一定行了。其次，效率与环境存在相互的关系，判断一种方法是否有效，管理者和领导者必须考虑组织的性质和劳动的多元性。最后，在培训和培养管理者的过程中，有必要先认清有哪些技能、竞争力和行为，然后根据管理者的情况以及他们所处的环境有针对性地制订培训计划。管理者的培养在以后还要进行详细的讨论，在此之前，我们将先讨论第 3 部分 10 个案例研究中管理者的行为。只有在确定他们的方法属于事务型或转换变革型以及他们处于收敛背景或发散背景之后，才有可能对他们的行为是否适当以及领导方法是否有效作出判断。

管理与领导实践

在分析第 3 部分的案例研究时，我们会发现管理者以及他们的经营背景都存在巨大的差别。假如只是分析在特定情况下管理者做了些什么事，这固然也十分有趣，但是，有可能是激情多于理智。而采用事务型——转换变革型和收敛——发散的分类方法对上述案例进行讨论则可能更清楚地看到它们的全貌。下面将按照案例出现的顺序进行讨论：

音乐行业

最近 50 年以来，音乐行业的经营环境还是比较稳定的：艺术家负责创作音乐，大的唱片公司负责录制、分销唱片，消费者花钱购买唱片。大的唱片公司雇佣艺术家并且牢牢地控制住了这些人，艺术家从销售唱片所得中获得的钱十分有限，绝大部分的利润落到了大唱片公司手中。在多数情况下，艺术家为唱片公司赚取了大量的钱，最后自己却身无分文。因此，整个行业处在收敛状态之中，管理的方式属于事务型管理。然而，在肖恩·范宁的帮助下，因特网改变了这一切。消费者发现他们不用再花一分钱就能得到他们喜爱的音乐；他们可以通过因特网免费下载他们喜爱的音乐。大唱片公司的权力来自于他们控制了销售渠道以及营业收入。因此，整个行业陷入到了从未遇到过的困境之中。现在它处在发散状态，尽管旧的规则再也不起作用了，但是，新的规则仍未出现。处在这种情况下，作为主角的唱片公司可以有两种选择：要么击败因特网盗版重新夺回控制权，要么接纳因特网并找到新的、更富创造力的经营方式。在这种时候，它们选择了前者，但是，这似乎注定会失败。还没有人能够找到控制因特网的方法，即便存在这种方法又会有新的肖恩·范宁站出来，找到对付它的方法。因此，尽管唱片公司已经选择沿用事务型管理方法对付处于发散状态的音乐行业，成功的可能性却十分渺茫。

马可尼

与 GEC 一样，马可尼曾经也是一家非常成功的公司。在乔治·辛普森接管公司以后，城市投资银行担心公司会错过因特网、电讯业的黄金时代。阿诺德·温斯托克，在掌权多年以后要退休时，也认识到有必要以合资的方式对公司进行改造。在温斯托克的领导下 GEC 的经营主要还是处于收敛状态，并且采用的是事务型管理方法。在辛普森接班以后，他决定通过收购和出售公司的方法对公司进行改造。实际上，他希望以新经济型的公司置换掉 GEC 原有的大多数公司，这些公司仍处在旧经济时代。为此他付出了巨大的代价。不幸的是，这一战略失败了，新命名的公司，马可尼破产了。当一个人统治公司 30 多年退休后，一个变化的时期以及不确定因素也会随之而来。如果退休碰巧又与新技术的出现不期而遇，不确定的因素一定会很多。所以乔治·辛普森接管 GEC 的时候，GEC 正好处在发散状态。他所做的假设与公司的大股东一样，认为必须对公司进行改革。但是，从表 16.2 中可以看出，他所采用的管理方式与科特宣扬的转换变革型领导方式完全不同。他并没有尝试用他描绘的愿望去激励、启发 GEC 的工作人员，相反，他选择出售这些公司，砸了 GEC 工作人员的饭碗。对照转换变革型领导方式，这就显得十分地缺乏创造力，而且成了教条主义的例子。事实证明这样做是不可能取得成功的。

奥迪康

由于所在行业技术进步改变了游戏规则，奥迪康成了落后的公司。实际上，尽管公司的经营正处在日益发散的背景之中，但是，在经营上仍沿用了事务型管理的办法。科林德是一位很有思想的首席执行官，他改变了公司的命运。他是一位典型的转换变革型领导者，用他所描绘的愿景以及激励、启发能力带动了公司的其他人，使得奥迪康获得了生机。但是，应该注意的是，在他被任命为首席执行官的头两年，他采用了事务型的经营手式，与他的前任采用的方法是完全相同的。但是当他认识到继续用这种僵死的办法推动企业的发展有可能使企业落后于它所处的环境以及其他竞争对手之后，他并不打算卖公司或者学习其他公司的方法。相反，他对公司内部的组织结构进行了改造，不仅要变革公司与外界环境不相适应的地方，而且尝试改变整个行业的游戏规则。科林斯的转换变革型领导的能力，尤其是他为奥迪康描绘的愿景以及他说服人的能力，显然很适合公司处在发散状态时的需要。

PPC

长期以来 PPC 是一家经营处于收敛状态的公司，在管理方面也是属于事务型的管理方

变革管理
Managing change

法。决定对 PPC 进行私有化，要它转为商业运作改变了这一切。为了适应的环境并实现公司的战略目标，需要对 PPC 的组织结构和企业文化进行改造。对 PPC 的私有化主要集中在组织结构方面。但是，没有考虑到一个公共经济成分的公司在变为私有制公司的过程中企业文化可能起到的作用，它成了环境要求转换变革型的领导方式，而管理者却只对企业的组织结构进行了调整，不知道如何争取、激励人心的典型案例。另外，工作人员对私有化抱有敌意和怀疑情绪也是使得 PPC 私有化难以推行的原因之一。所以，与马可尼遇到的情况很相似，它所处的状况可能是属于由于转换变革型领导明显缺乏必要的新性技能，没能作到企业文化与组织结构同步进行转换。PPC 能否做得比马可尼更成功，还要看它以后的发展情况。

沃尔沃

尽管沃尔沃取得的变革是十分巨人的，但是，要将这个企业或它的领导风格按收敛——发散、事务型——转换变革型进行分类，却不是件轻而易举的事。比如说在上世纪 70 年代，沃尔沃放弃使用汽车装配线就背离了瑞典社会的期待，但是这却与汽车行业的发展方向十分吻合。同样，沃尔沃改变了装配汽车的方法并在组织结构方面也进行了相当程度的改革，但是，它的革新方法却不同于本田或丰田采用的方法，沃尔沃虽然改变了它的生产方法以及公司的文化气质，但是，这个过程却进行得十分缓慢，经历了漫长的"长征"，并未尝试进行"大胆的跨越"。在这一时期，佩尔·盖伦海默是公司的领袖，在公司发明以人为中心的汽车装配方法时，他肯定是一个很有远见的人。与日车的汽车公司不同，他并没有尝试改写汽车行业的规则，尽管他的确看到了他的装配方法的市场潜力，从沃尔沃被卖给了福特这件事上可以看出，这种新的方法并没有改变沃尔沃的命运。汽车工业的现实情况是像沃尔沃这样的小角色很难为购买新的车型筹集到大量的资金。尽管如此，沃尔沃发明的装配方法还是深深渗入了公司每个人的心中，如果福特想要对它作些改变，那倒是很值得关注的一件事。

XYZ 建筑公司

这是一家由独裁人物以事务型管理方法经营多年的公司。在他退休之后，这家公司的母公司认定他的管理风格已经不再适合于公司的经营，因为建筑行业当时还在尝试与客户和供应商建立伙伴关系。事实上，这也就是说事务型管理方法不再适用于建筑行业所处的环境，建筑行业开始偏离它以往的实践和行为。XYZ 新任总经理担负着创建一个强调团队合作的企业的使命，公司将通过与客户建立起有效的伙伴关系，从而达到公司变革的目的。他的确是做到了这一点。在 4 年多的时间内，经历了一系列的创新活动，尽管多数创新活动的规模都很小。他改变了公司的管理方法，并在他的激励之下将更具创造力的团队合作方法用处理企业对内对外的关系，最终建立起了一种新的组织结构，而从形成了一种新的、更强调合作及创新的工作方法。

GK印刷公司

这是一家典型的跟不上环境变化步伐、与环境发展相背离的公司。总经理和公司的其他人一样在经营上采用的是事务型管理。尽管他和他的同事很清楚公司如果坚持原来的工作方法，公司就很难继续生存下去。但是，公司并没有任命一位新的总经理，按转换变革型风格的管理方法管理公司，而是由于遇到了一系列的问题，在用应急方法处置这些问题的过程中，公司和总经理才逐渐发生了变化，而且在多数情况下并不是自愿的。尽管在最初的尝试过程已经包含有变革型领导方法的成分，但是到了后来，公司开始用转换变革型的领导方法处理、规范内部人际关系以及管理者的行为，公司内才真正出现了转换变革型的领导方法。

罗孚—天合

这是一个运作方式变革与企业高级管理层变革方法严重脱节的案例。毫无疑问，天合的管理者在弗朗克莱所做的装配操作、探索，以及他们与罗孚装配线同行之间的新型工作关系，都说明他们采用的是转换变革型领导方法。两家公司高级管理层的管理方法却都显得十分的呆板，对双方的合作起了反作用。但是，至少在局部情况下双方的合作还是趋同性多于散离型。因此，这说明即便是在收敛背景下，采用事务型管理方法，仍存在运用变革型领导方法解决企业个别部门存在问题的机会，使得这些部门能以有效的方式应对新出现的挑战。

速必得文具公司

在这一案例中，公司是想尝试用一种新的方法开发出一个新的业务领域，而新的业务经营方式与速比得和客户的现行规范存在冲突。在公司其他部门都采用事务型管理方法的情况下，新的经营方式是行不通的，速比得最终选择将新的业务完全独立于公司的其他业务活动，这样就可以按照转换变革型领导方法来经营新的业务，同时公司仍按愿景的方法进行管理，彼此显得更为和谐，这可以使得改革型领导方法仅局限于新业务对外发展它与客户的关系，两公司的其他部门仍继续采用它们偏爱的管理方法。

警事康

这是一个组织运作处在收敛状态并采用事务型管理方法的案例。虽然，警事康按要求必须将它们的部分业务外包出去，但是，对这件事的处理只是走走过场而已，采用的仍是事务型管理方法。业务外包没有对警事康的管理方法及组织背景造成损害或任何形式的质疑。因

此，在这件事上，管理者感到没有必要作过多的考虑或改变组织的经营现状，对业务进行外包的决定是源于政府颁布的法令，警事康只能照办。

从 10 个案例研究中收集到的证据可以看出，各个案例在管理方法、行业背景以及管理效果上都存在很大的差异。这也说明单纯依赖定义解决复杂的情况是存在局限性的。在行业背景清楚、事件经过比较清晰的情况下，应用领导风格和组织状况分类可能会有用，例如奥迪康、PPC 以及警事康。在很多情况下，比如沃尔沃、GK 印刷公司和罗孚—天合所处的情况，对事件的描述就不够清楚了。尽管存在离散因素，但是这种因素仅表现在个别地方或随着时间而发生的变化上，正因为如此，要求管理者具有同时或交替使用事务型、转换变革型两种方法的本领。例如，在 XYZ 所处的情况下，即便新任总经理要尝试改变公司的状况，他仍必须坚持按这个行业的常规以事务型方法来处理日常工作，因为公司的人员已经习惯了独裁式的管理风格。从 PPC 以及音乐行业的案例可以看出，即便在出现很大的压力、有理由采用新的管理方法的情况下，这也是轻易就可以做到的。而 GK 案例则表明，即使在变革发生之后，变革的过程也是很缓慢而痛苦的。警事康案例也说明，采用转换变革型领导方法不一定适合所有发生在组织内的变革。另外，从 PPC 试图保住其市场统治地位的行动中可以看出，管理者在有些时候会通过组织对环境的影响力避免进行内部变革的发生，让环境因素来适应他仍偏爱的管理风格。

尽管案例研究中的证据与一般文献对管理者活动的要求是相互吻合的，这些证据还是显得零乱、被动，缺少一致性。而且对于领导力，专家认为，管理者和领导者很难改变自己喜欢的风格，这一观点并没有提供出有分量的支持。但是，仍可以从案例研究中看出这样一个结论：一位实干的管理者应该掌握多种技能并根据组织所处的情况和背景来使用这些技能。假如环境压力和其他限制条件并没有以相同的方式同时影响到组织的各个部门，实战型的管理者必须同时掌握事务型和转换变革型两种工作方法。汤普森在评论应急理论（见第 2 章）时曾特别指出，在组织的其他功能没有受到更多的直接影响的情况下，甚至是有一些组织似乎对把组织的生产核心与环境变化带来的不确定性分隔开来显得很内行。尽管强调组织背景的领导方法坚持认为管理者改变领导风格的能力十分重要，而这种"双重标准"的管理观点却对管理者如何准备并培养处理多种变革情况的能力提出了质疑，其中就包括了这样一种情况：管理者可能在不得不采用事务型管理方法维持组织的一些部门运转的同时，还要采用转换变革型领导方法对组织的另外一些部门进行重组，并且通过影响限制条件的方法防止、减少组织出现彻底变革的可能性，或者通过影响限制条件促使组织进行彻底的变革。为了找到解决这一问题的方法，本章在接下来的部分将专门讨论管理能力的培养。

管理能力的培养

学习与灵活性

与文献对管理和领导的观点一样，案例研究对不同的情况要求用不同的方法进行变革的观点给予了支持，至少是在有的情况下，也表明了管理者有能力改变自己的管理或领导方法，甚至展示出了在同一时间以不同风格的方法处理组织内不同部门问题的能力。这与第 14 章和第 15 章所认为的，管理者能够并且做到了根据情况的需求采用计划方法和应急方法对组织的变革实施管理的观点是一致的。另外，案例研究表明管理者在组织背景发生改变的时候，没有必要刻意地营造符合自己愿望或现行管理、变革方法的工作条件。按照第 14 章和第 15 章的论点，改变组织的经营背景是非常重要的，关于领导的作用和对管理者的期望从案例研究中得出的主要发现之一，就是有些管理者明显具有将自己的风格适应于特殊情况，并且同时采用事务型和转换变革型两种方法的能力。然而，案例研究也表明其他的管理者在改变自己的领导方法或影响自己的周边环境方面存在很大的困难。

在部分情况下，认为存在能够改变自己领导风格的管理者的论断与第 9 章讨论过的有关文献是相互抵触的。米勒曾认为，随着管理者的经验的积累。他们"对哪些方法有效、原因是什么已经形成了自己的见解"，这一观点得到了里斯特罗姆和斯塔巴克的支持，他们的文章坚持认为管理者是带着自己的感性认识和预期来认识世界的，并且是在经历了一段时间之后才完成的。但是，从奥迪康的案例研究中也可以看出，有些管理者的确在一定条件下，尤其是当面对危机时，有能力重新构造自己的思维模式，对世界的本质以及自己应该如何应对产生新的想法，在第 14 章里，认识协调、参与深度、心理契约这些概念，曾被用于解释人可以在危机情况下迅速改变顽固态度的原因。然而，对解释一些管理者面对变革情况时，显现出根据环境的要求从事务型转换到变革型方法的能力或同时采用两种方法的能力，这种"危机模式"只能起到部分的帮助作用。

明茨伯格的著作为管理者可以完成这种思维杂耍动作提供了一些线索。在对大脑功能以及成功的管理者进行研究的过程中，他得出的结论是认为实干精明的管理者都是"全方位的思考者"，他们同时使用了左右两半大脑，这也就是说，他们将创造性和横向思维与理性分析结合用于管理活动之中。但是，明茨伯格认为一般情况下，西方的管理者习惯于用左脑进行思维，他们习惯于采用理性分析的方法。有趣的是，这不仅与事务型管理方法相一致，而且也符合制定战略的理性计划方法和处理变革的直接方法。

相反，野中（Nonaka）认为，日本公司最大的优势之一在于，它们相信创新知识更多地源于心照不宣的思想碰撞、主观洞察力以及所有员工的直觉，提出新想法的人是不是管理者无关紧要。他坚持认为传统的西方管理学将组织看作是一台只会采信正规的、科学的、有资质的、理性的知识的信息处理机器，他还认为这种观点会限制新知识的产生，反过来，又会使得组织难以应对变革和新情况的出现。野中认为新知识总是由个别人最先提出来的，他声称，日本公司成功的主要基石之一，就是管理者具有收集、结合个别员工的洞察力和直觉并将其应用于为组织创造利润的能力。日本的管理者习惯于使用较为温和、更富有创造性的方法并鼓励工作人员参与制定决策，在第3章、第6章、第7章讨论制定管理方法和战略方案时就已经提到过了有关员工参与决策的话题。

案例研究以及很多成功的西方公司都特别关注与创新过程（例如软件的发展）有关人物以及演艺明星（例如电影制作），说明西方的管理者不必只按照理性分析模式进行操作。尽管如此，正如霍夫斯泰德和特鲁皮纳在文章中揭示的那样，在西方社会理性分析的工作方法更容易被人接受，而日本和中国的管理者则习惯于更多地运用主观决策方式。同样，米勒也曾指出，管理者对待世界以及工作的观点与他或她以往的工作经验存在密切的关系，如果是在按照西方传统原则经营的组织里，组织也是采用经典的组织结构方式，仅仅相信正规和科学的知识，组织的管理者毫无疑问会习惯于依靠左脑来进行思考，尽管这并不意味着这些管理者没有培养或缺少使用自己的右脑的机会。但是，这的确说明，如果不是遇到事故或受到组织强有力的鼓励，他们就不可能这么做。正因为如此，很多组织希望通过实施专门设计管理培训计划以拓宽人们的思维并培养出具有创造性、懂得运用归纳法和敢于质疑的管理者，然而，传统的管理培训计划是不可能胜任这个任务的，这种方法在教室里只能传授标准化的程序，因此这种方法的成功率是比较低的。要想使管理培训计划在将来发挥出作用，哈里森赞同英国特许培训学院（CIPD）的说法，必须针对管理者的个别需要以及组织的战略目标为每个受培训的管理者制定专门的培训计划。

在培养管理者创造性方面，克顿的适应—创新理论以及泰尔波特的文章提出的见解都是很有用的。克顿坚持认为每个人不仅都具有不同程度的创造力，而且创造力的表现方式也是各不相同的。创造力可以分为适应能力和创新能力，适应能力较强的人喜欢在现行体制之下对工作方法做一些改进，这种人讲求效率，倾向于遵守现行的规范，并且每次涉及的想法都不多。创新能力较强的人倾向于忽略或挑战现行体制并提出一些激进的建议。图 16.1 反映了克顿对事务型管理与变革型领导相互关系的理解。从图中可以看出，事务型管理者通常创新能力会比较低一些，因为他们只涉及部门层面的变革；而变革型领导者需要有比较高的创新能力，因为他们是在组织层面参与改革活动的。

然而，从图 16.1 可以看出，即使是按照变革型领导的标准，有些情况下仍要求领导者具有很高的适应性，例如，相对于组织文化变革，组织结构调整对适用性的要求就要高一些。同样，事务型管理者也可能遇到创新能力需要超过适应能力的情况，例如，相对于技术问题的处理，处理行为问题时的创新能力就要更高一些。不管他们的创新能力如何，有些管理者可能会发现他们在创新与适应两种行为之间的转换要比其他人容易一些，也有很多管理者能根据情况需要展示出不同的创新能力。也许正是由于这种原因，有些人能够改变自己的领导风格或者甚至能够同时采用不同风格的方法，从案例研究以及相关文献中都可以见到这样的例子，与此有关的文章还有很多。泰尔波特曾解释说，无论一个人有什么样的创新能力，无论他是适应力强还是创新能力强，借助有效的手段和技术，他们的创新能力和灵活性都会有所增强。正因为如此，事务型管理者会发现自己对变革型领导方法和创新方式变得容易接受了，或者可以根据环境的需要在两者之间作出相应的选择。他还指出，尽管这些有效的手段和技术可以帮助个别人克服在创新能力方面存在的障碍，但是，对于别的一些障碍，例如上级和同事的态度和行为以及组织的经营方式，也会阻碍个人创新能力的提高。因此，与组织的很多其他方面的工作一样，在培养管理能力的过程中，我们不认为个人可以不受组织的影

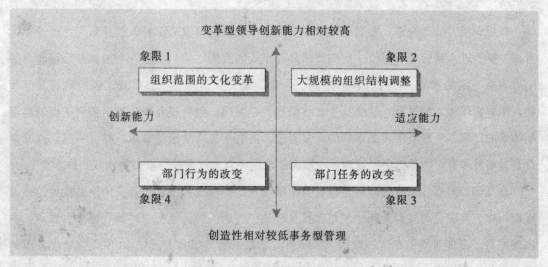

图 16.1　领导、管理与变革的关系

变革管理
Managing change

响而独善其身。

管理能力的培养过程

自工业革命以来，各种不同的管理培训和教育一直都显得很活跃。在19世纪，它主要向管理者传授一些工程、生产控制方面的专门技能，以岗位培训、自助团体等形式展开培训。在20世纪，随着社会分工越来越细，组织的老板开始为管理者提供正规的管理培训，但是，目的还是为了提高管理者的专业技能。最近20年，管理培训的重点已经有了明显的变化，越来越强调改变管理者的行为，尤其是领导能力和创造力的提升，并要求管理者的行为必须适应组织的长期战略目标并考虑到社会的、道德的因素。尽管管理培训在所有的发达国家都已经成为一桩很大的生意，但是，它却没有一个被普遍认可的定义，以下摘录的是不同风格的定义：

> 组织为实现组织的目标和战略而进行的一种自觉的、系统性的管理人员资源开发活动，主要是为了培养管理人员的决策、行动能力。
>
> 从深层次考虑，管理培训的功能在于按照公司的目标和组织的要求达到如下目的：(1) 运用多种技能预测、描述各种人群的需求；(2) 为保持必要的竞争力设计、推荐专业的职业和个人发展计划；(3) 实现由"团队管理"向"个人管理能力"的过渡。
>
> 通过由计划的、审慎的学习过程提高管理人员的工作效率。
>
> 管理能力的培养不仅关系到提升个别管理者的工作效率，同时也关系到全体管理层的业绩和组织效率的提高。

在组织经常处于快速、彻底改变的年代，大多数发达国家都对管理教育和人才培养非常重视，要想进入到管理者岗位一般都要求其有正式的大学文凭。尽管各个国家对管理能力的培养有着不同的看法，但是以日本为例，从在顶级大学招聘学习法律或工程的精英分子开始，培养管理人才的过程一般会竞争非常激烈；在德国，对管理者的培养则强调正规的实习期体系的作用，一般要求参加培训的人获得过较高的学位；法国与日本一样，一般只有非常优秀的精英才有可能被选中，管理者一般都要求是来自顶级名校，获得商业或法律学位。

在英国，对管理人才的培养显得更为特殊一些，受重视程度比较低，即使是在大的公司里也一样。英国公司按营业额比例花在教育和培训方面的钱远远低于法国、德国、日本、美国的同行。可能正是由于这一原因，一些研究结果表明英国在上世纪80年代在管理方面的教育投入太少，影响了管理者创新能力的培养。为了解决这些问题，英国政府和组织在上世纪 80 年代和 90 年代对管理人才的培养显得更有兴趣了。然而，从英国《星期天泰晤士》对258 位首席执行官所做的调查中发现，由于英国的管理者缺少必要的技能影响到了公司潜力的发挥，政府则认为英国的生产率之所以落后于美国 42%、法国 14%、德国 7%，其原因正是由于管理水平差。管理技能长期落后显然成了英国政府废弃上世纪八九十年代制定的管理培训计划的主要原因，例如管理证书制度，并且在 2002 年成立了一个新的组织——管理与领导精英委员会。当然，该委员会自己也承认大多数的管理及商业领导培训计划存在机能失调的问题，而且缺乏适当的领导技能已经给英国经济的发展带来了损害。

　　不管有没有政府的鼓励，组织自己已经开始制定管理人才的培养计划。由于组织之间存在差异，所面临的挑战也各不相同，如果要想成功地培养出有实战能力的管理者并且提高组织的业绩水平，管理人才的培养计划不仅要做到因公司而异，而且还要做到因人而异。哈里森主张，尽管组织之间存在着差别，但是，有效的管理人才培养程序 (MDP) 应该包括 6 项基本特征：

★ 有明确的管理人才培养目标，并且要结合组织的商业战略；

★ 专门制定组织应对外界挑战的培训目标；

★ 集中精力针对组织内部存在的主要问题；

★ 计划要针对组织或个人的需要；

★ 对人才培养的需要情况、培养目标、效果做系统的评估；

★ 管理人才培养程序的执行要采用专业化的商业化领导方法。

　　哈里森提出的有效的管理人才培养程序 (MDP) 所包括的 6 项基本特点彻底突破了原有的管理人才培养标准。过去公司要求它所有的管理者参加的、不顾他们个人需要的管理培训，显然并没有为公司和管理者提供有效的服务。这种标准化的培养模式存在的两大主要问题是：首先，他们习惯按现有的行为模式以及预期来培养管理者，因此，不管有没有正规的培训和教育计划，传统组织招聘到的管理者都只能是一些事务型的管理者；第二个问题是他们并不针对个别管理者的需求，在满足了管理者对技术方面（例如会计学、工程学等等）的需求的同时，他们对如何培养一个有效的管理者必须具备的态度和行为却显得漠不关心。

　　尽管正式的以教学为主的管理学学位和 MBA 资格培训仍在大多数管理人才培养计划中占有重要地位，但是，现在他们正在更多地采用个性化和体验式的教学方法。这些方法包括：使用测评方法和建立测评中心、教练和辅导制、自我培养，并且增加了实战学习的比重。虽然这些方式很早之前就已经有了，但是它们忽视了这些方法在培养管理者方面所具有

变革管理
Managing change

的潜力。由于近来人们越来越重视个性化培养方法所能发挥的作用，尤其是在培养管理者的行为适应于组织和社会的需要方面，这些技术也越来越受到人们的欢迎。

改变管理者的行为

在挑战和改变管理者的态度和行为方面，实战学习的运用显得特别的有趣。英国的里格·里范斯（Reg Revans）在上世纪 40 年代就发明了这一方法，他将管理者编在一个小组共同处理一些问题或进行案例研究。正如佩德勒指出的那样：

> 实战学习是一种以小组为单元进行解决问题和学习的方法，它能提高个人、团队以及组织的工作能力，它的目的是在管理者之间建立相互联系以帮助组织在将来能提高现有操作水平以及学习和创新能力。

目的不仅仅限于让管理者共同找到解决问题的方法，而且也包括让他们有相互学习的机会并改正自己在态度和行为方面存在的问题。因此，里范斯评论道：

> 这种方法初衷在于使现在仍处于逆境的一些人或志同道合者可以通过努力学习、相互借鉴自己以前所犯的错误，最终赢得胜利。

尽管里范斯的想法很多年来都显得不合时尚，但是，由于强调团队合作、依靠集体的力量解决问题以及对自我反省培养的潜力的重视，使得这种方法越来越受人欢迎。现代的实战学习法主要是指科尔伯的体验学习循环法（体验—理解—计划—行动），每批学员和每个小组都将配有一名指导教师来担任产生各种想法的催化剂。从这个名字就可以看出，实战学习与勒温的实战研究非常相似，都可以看作是实战研究的衍生物。实战研究是勒温的计划方法4 大组成部分之一（见第 8 章）。与实战研究一样，实战学习对自我反省、行为改变和学习都十分重视，只是后者一般强调的是个人能力的培养，而实战研究更强调部门层面处置变革的能力。尽管如此，里范斯所讲的"没有行动就学不到知识，而不学习就不可能有所行动（认真而审慎的行动）"，也正是勒温想说的。

伯恩尼斯认为实战学习与组织变革是相互关联的两件事，变革项目可以替代实战学习，反之亦然。伯恩尼斯坚持认为在组织明显将要方式变革的情况下，对管理人员的培训肯定会紧随其后。这两件事并不存在主次之分，也没有相互冲突的地方。相反，真实的情况是凡需要改变一个组织的时候，也需要对管理人员进行培训，两件事能起到相互支持的作用。不幸的是，克雷勒对这一观点的评论是，尽管实战学习非常引人注目，但是它的复杂程度让人感到其"前景堪忧"。鉴于此，很多组织选择区别看待变革项目和管理人员培养这两件事，或许就不会让人感到吃惊了。尽管如此，伯恩尼斯还是认为，这样做是有很多优点的。

尽管总的说来实战学习有很多的优点，但是，需要谨慎看待将正规的在校培训改为强调个性化和体验的岗位培训。斯托里在对主要的管理人员培训文献做了回顾之后指出，将岗位培训与在校培训完全分开可能会遗漏掉一些重要的问题，要单独为每个参加培训的管理者做准确的评估就是问题之一，因为只有在做过测评之后才可能针对他们的情况制订计划让他们学会更多的应急和使用直觉的方法。而且阿吉里斯认为，培养应急和直觉方法的主要障碍之一，是尽管事务型管理者的行为受到诸多限制，甚至当他们的组织在遇到麻烦的情况下，还是有很多管理者干得很不错。这与彼得斯和沃特曼的"非理性合理性"概念很相似，也就是说管理者认为，"正确的"解决方案事实上已经不再适应组织所处的状况。阿吉里斯坚信管理者只有在体验过失误或认识到自己的行为有不适当的地方之后，他们才有可能会对自己的假设和实践提出质疑，进而培养出应急和创新的能力。圣吉坚决主张的观点是：培养质疑精神使组织获得成功，最重要的是要具有应急方法全面理解组织发展背景的能力。这使我们想起了前面已经引用过的托尔波特的观点，假如组织在人员、价值观、系统方面没有发生变化，也看不到变化的必要性，仅靠培养管理者也是不会有作用的，从第3部分的案例研究中可以看出这一论点是成立的。奥迪康和 XYZ 的情况表明：正是由于需要进行变革，管理者才被迫或有可能突破事务型的管理模式，并以应急方式和创新的观念来思考、解决组织面临的问题。

所以，在组织培养管理人才时，不仅要针对个别管理者的实际需要，同时，也不能忽视对整个管理层的培养。我们只要回顾一下本章前面讨论过的可持续发展、劳动力多元化以及商业道德三方面的情况，就不难发现，无论是破坏环境、种族及性别歧视、墨守成规以及华尔街的非法股票"欺诈"等方面，企业界过去在这些方面都犯过很多错误。企业常常把这些错误说成是个别人或个别部门违反了企业的规定和政策，而在商业活动中频繁发生违法和不道德事件恰恰说明这是由于企业管理层的失误造成的，而不是管理者个人的失误造成的。

尽管个别管理者有必要将可持续发展、劳动力多元化以及商业道德纳入到自己的管理能力培养目标，但是，只是他们这么做了也还是不够的，如果组织以及他们周围的人的行为与他们不同，组织的全体管理层也有必要将这些问题作为组织管理能力培训的必修课。当然，

变革管理
Managing change

问题是怎么才能做到这一点呢？如果组织想要回避它们自己制定的政策和规定所带来的结果，管理培训方案又该如何让管理者面对这些问题呢？或许实战学习中让管理者"相互学习借鉴自己以前所犯的错误"可以是一种可供参考的答案。但是，实战学习方法存在一定的缺点，这不仅仅是因为这种方法只注重个别管理者的培养，而忽视了环境的作用，这种方法显然不适应于所有人都需要进行行为改变和反省的情况，并且，它也显得不适合解决组织管理层效率方面的问题。

然而，有一种方法特别适合于解决群体性的行为问题，尤其是歧视行为，并且这种方法具有很坚实的道德基础。当然，它就是库尔特·勒温提倡的计划变革方法。计划变革方法是为了让人们，在这里是为了让组织的管理层理解自己的行为原因、找到有效的改革途径，将这些变革"冷冻"或制度化而设计的一种变革方法。在第 8 章里曾对这一方法作过详细的介绍，计划变革方法由 4 部分组成：场理论、团队动力学、实战学习（第 8 章是"行动研究"，Action Research——译者）和三步变革法。批评勒温方法的人认为，这种方法不适合大规模、快速、强制性情况下的变革，相对于行为变革而言，也不适合于以组织结构调整为主的变革。但是，勒温自己以及他的后继者的工作都证明，这种方法对于人们行为的持续改变十分有效，并且在很多情况下，都可以应用这种方法。包括：美国家庭主妇的饮食习惯、美国城市中种族间的青少年斗殴、巴勒斯坦和以色列的冲突以及组织中管理行为等多个方面。勒温的变革方法被专门用于改变群体性的行为，并且在他死后多年这种方法一直都相当成功，所以，作为一种防止组织管理层出现失误的方法，计划变革方法是很值得推荐的。对于那些针对管理者个人需要、认为个人的行为和效率与集体行为和效率密不可分的方法而言，它并没有对其构成任何损害。管理者为了能找到应对 21 世纪挑战的武器，不得不重读库尔特·勒温的著作，对管理学的发展这的确是一种讽刺。

摘要

从前面的讨论中可以看出，管理者进行有效管理的 7 项重要因素是：

1. 管理者以往的经验，是增加了他们的信念还是导致了他们对过去做法的怀疑？

2. 管理者的创造性水平。管理者是偏爱事务型方法，他们分别运用这两种方法的能力如何？

3. 管理者认识事物的风格。他们是适应者还是创新者？他们是"全方位思考者"还是左脑理性思维强于右脑创造性思维？

4. 管理者把握全局的能力。他们能看到组织发展的背景吗？尤其是他们是否理解组织在进行变革时可以选择改变组织背景、组织的领导方法、组织的战略以及变革方法这几方面？

5. 组织的背景：组织所处的背景能否进行改变？能否找到应急性的、更有创造性的、符合商业道德的领导方法？

6. 组织的管理团队。这个团队是否具有推动促进可持续发展、劳动力多元化和商业道德的使命感？组织的高级管理者能否保证在这几个方面的规定、政策可以通过所有成员贯彻到组织的日常工作中去？

7. 组织管理人才的培养方法。这种方法是否有效？它能否加速管理者的培养以及组织整个管理层的培养？

根据沃罗尔和库珀的调查发现，英国自上世纪 90 年代以来对管理者教育培训方面的投入已经有了相当程度的增加，起到推动作用的主要因素有：管理者个人感到需要维护自己的市场价值；组织认识到了训练有素的管理者的重要性；现任政府发现了良好的管理水平与英国整体经济健康之间存在的关系。尽管如此，沃罗尔和库伯还是发现仍有 20% 的管理者没有接受到正规的培训，他们发现很多管理者对他们接受的培训的适用性提出了质疑，并感到所接受的培训数量并不够多。另外，由于工作压力的增加以及延长工作时间使得他们接受培训教育的时间减少了，从而影响到了所学知识的应用效果。

管理、领导与变革

有关管理和领导的文献的出现可以追溯到几百年以前，的确，如果有人认为《孙子兵法》的有些观点与今天的企业管理很贴切，那么，对管理学的研究完全可以追溯到几千年以前。孙子在公元前 400 年就写了《孙子兵法》一书。但是，从第 1 章中可以看出，对管理学进行有目的的系统研究可以说是在 20 世纪初期，由弗雷德里克·泰勒开始的。从那以后，有关管理的书籍和文章多得数都数不过来，正像托马斯（2003）所说的那样，过多的理论、研究、术语使得管理学变得越来越复杂，而不是越来越清楚。在这一章里，我们将按照卡尔·威克（见第 15 章）的做法，尝试着理解有关管理的文献。为此，首先要分析由于全球化管理学所面临的挑战，特别是可持续发展、劳动力多元化和商业道德三个方面；在此之后，将对有关管理者作用的文献作一个回顾，精力集中在领导力的 3 种主要方法上面，也就是与个性有关的管理方法、与人际关系有关的管理方法和与组织背景有关的管理方法；然后是对第三部分的 10 个案例研究中管理与领导的情况作一个简要的描述；最后，我们调查分析了管理人才培养在个人层面和集体层面对塑造管理者行为方面可能起到的作用，从而对管理学和管理学文献得出如下的理解：

★ 拥有管理者头衔的人所扮演角色的复杂多变足以让人感到不可思议。在各种各样等级和专业、职能部门的人都拥有这个头衔，这些"管理者"承担着无数的责任和挑战，小到保证组织有效运转的日常工作任务，大到极为少见而与众不同的组织改革和组织革新。

★ 管理者的工作效率受很多因素的影响。这些有效因素包括有：管理者自身的个性，他们下属、上级、同事的个性，组织的发展背景和组织的经营目标。

★ 管理者提高自己创造性水平的能力和潜力以及按照情况需要将自己的管理风格由事务型转变为改革型的能力和潜力。

★ 认识到管理人才的培养不仅对培养管理者个人创造性具有重要的作用，而且对改变组织整个管理层的道德行为也具有重要的作用。

对于组织而言，我们对管理、领导、变革三者关系的回顾能得出什么结论呢？首先，从图 16.1 和图 16.2 中可以看出，管理与领导之间似乎存在一些术语上的差别。管理是与组织目前的状况有关，与维持现状有关，与客观现实有关，显得冷冰冰的；领导是与未来有关，与变革、价值观有关，显得充满激情。但是，在管理与领导存在差别的同时，这并不意味管理者和领导者应该属于不同的人。在这一章里，已经证明绝大多数管理角色和领导角色都需要同时具有事务型和改革型的两种技能。在理想状态下，管理者在任何情况下都应该有能力根据组织的需求把握好事务型技能与变革型技能之间的平衡。而在实际情况下，这种平衡有可能是处在静止状态之下，这常常取决于具体管理者的专业背景、经验和个性。尽管如此，很难想象存在从不涉及组织变革的管理者，他可以不掌握一点改革型领导的技能；同样，也很难想象一个领导者，无论他负责的变革规模如何，可以不必掌握一些必要的事务型的技能以保证组织不断地满足股东们的需要。所以，一个管理者如何把握管理与领导、事务型与变革型技能之间的平衡是与他们所处的变革程度和稳定程度有关的。

我们能总结出的第二条结论是，如图 16.1 所示，管理和领导所关注的变革类型是不同的。管理一般是关注小规模的、局部变革，而领导一般是关注更为根本的组织范围的变革。前者一般只需要较低程度的创造性，而后者对创造性水平的要求却更高一些。然而，即使是对于同一种类型的变革，对创新性和适用性的要求也会存在一定的变化。因此，管理者和领导者有效处理不同变革情况的能力与他们具有的创造水平以及表现创造性时运用创新方式或适应方式的程度有关。

在总结出两条结论之后，我们现在要将管理方法、领导方法与变革管理联系起来进行分析。在第10章里，我们对变革框架图做了介绍（见图10.4），这一框架说明了组织所经历的变革联系，如文化变革和组织结构变革与最佳变革方法（应急方法、计划方法）之间的关系，如果我们将第10章里的图10.4与本章的图16.1重合在一起，我们就可以构成一个管理、领导、变革框架图（见图16.2）。

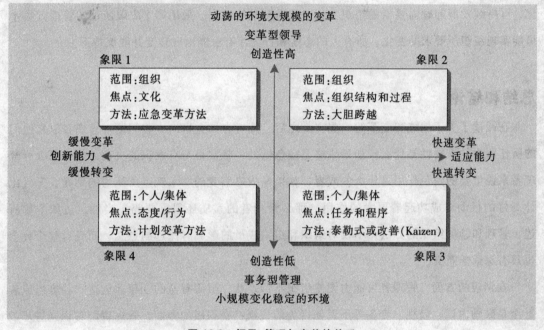

图 16.2　领导、管理与变革的关系

图16.2有四个象限，每个象限代表一种管理或领导方法与变化形式和变革管理方法之间的最佳组合形式。比如说，第3象限表示这种情况与任务和程序的变化有关，可以采用泰勒式或改善（Kaizen）式的事务型管理方法进行管理，并且只是低水平的适应性和创造力；第1象限代表的情况更为复杂一些，它表明组织希望改变组织的文化，最好是用应急变革方法，由具有变革型领导方法的人负责这项工作，这个人应该有高度的创新能力。但是，请一定要记住：应急变革有可能包括一系列的变革活动，需要有一定的时间跨度，其中可能包括有计划的变革和大胆的跨越，这样就有可能需要具有适应能力和事务型技能的变革型领导者。

图16.2还为我们更好地理解全球化存在的障碍以及找到有效解决可持续发展、劳动力多元化和商业道德问题的方法提供了方便。正如本章在前面分析全球化时所讲的一样，组织都

变革管理
Managing change

知道这些问题的存在，甚至大企业也是很清楚的，而且它们还有针对性地制定了政策和程序。但是，是否有能力在实践过程中落实这些政策和程序却是另一回事。对于绝大多数组织而言，要解决这些问题需要对组织文化做大的改变，尤其是需要各级管理者和领导者率先做到这一点。如果只是把可持续发展、劳动力多元化、商业道德当作组织结构问题或政策问题对待，比如第 2 象限所处的情况，就不可能在态度和行为方面取得长久或持续的变革。同样，如果只是把这些问题看作是个人的行为和态度问题，也不可能在整个组织内实现管理者和领导者的行为变化。道德、劳动力多元化、可持续发展问题需要借助组织文化才能得到最终解决，采用第 1 象限所示的管理方法才可能实现组织所要求的变化，所有人的态度和行为才有可能出现转变并能保持下去。

总结和结论

在阅读了关于战略和变革的一些文献之后，读者自然会提出一些问题：管理者以及他们的所作所为的重要性是什么？如果战略是应急性的，常常是与有意识的决策无关，那么对管理者来说重要的角色作用是什么？或者，如果像战略演变的学术观点所认为的那样，运气比计划好的行动对成功起着更大的作用，那么管理者的素质还很重要吗？当然，正如本章所述，管理和领导组织的方法，不仅对组织和组织成员的影响有深远的意义，而且对整个社会也具有深远的意义。

在消极的方面，管理者可能力图使组织维持现状，阻碍有益的变革并创造一种容忍或者甚至是鼓励内讧、歧视、责备等不道德行为的气氛；在积极的方面，管理者能够识别进步的机会，提高道德行为、把握差异多样性带来的机会并创造实现组织和它的环境保持融洽的稳定关系。优秀的管理者和领导者能够创造成长和繁荣的条件，而有效的管理者，从非常积极的理由来说，对组织是极为重要的。不过，他们也不能孤立地进行运作，或者对组织完全随心所欲地操控。

奥迪康和马可尼的首席执行官都想变革他们的组织。他们都为组织的未来制度发展了雄心勃勃的愿景，奥迪康的首席执行官的愿景得了整个组织的广泛认可和支持，所有奥迪康的雇员都投入到了发展和实施心中的愿景之中，他们全都将这个愿景看作是有益的，这是一个成功的愿景。而新马可尼的愿景，它的员工却不把它看作是有益的愿景，也就不愿意发展和实施它。事后来看，这个愿景有着严重的缺陷，也注定是惨重的失败。在管理文献中，成功兴旺的组织都拥有强有力的、明智的并且是具有魅力非凡的领导。当然，也有一些领导，如：在通用电气任职的杰克·韦尔奇，离开沃尔沃之前的佩尔·盖伦海默，维珍的理查德·布朗森，微软的比尔·盖茨或新闻国际的鲁珀特·默多克，他们完全靠个人魅力的力量控制并变革了整个组织。不过也有一些领导者葬送了他们的组织。具有成功魅力的领导人毕竟是少数，在任何情况下，就拿在 GEC——马可尼案例所示的阿诺德·温斯托克为例，成功的领导可能会因为在位太久而不受欢迎，或者说也许为组织的未来而进行的根本的手术变革来得太晚了。

大多数的管理者，甚至大型公司的管理者，不得不更少地依靠个人的独特品质，也许这是十分重要的，但更多的是依赖他们的商业知识、技能、创造和经验。他们也被要求承担更多的责任，开展更广泛的行动。虽然理论以及战略和变革的方法，似乎把管理者描绘成了变革的指挥者，或者是变革的推进者，并且领导文献也倾向于评述他们是事务处理型的管理者还是变革型的管理者，现实是他们常常被要求表现出以上所说的所有角色，这取决于现实的组织环境。如图 16.2 所示，在发生组织变革时，会出现这样的情况，管理者必须对下属进行授权；有些时候，他们需要鼓励或支持变革方案；在另外的情况下，他们将不得不自己领导变革的过程。虽然采用的方法在一定程度上将依赖于变革方案的规模和重要程度、变革所需要的时间以及组织的状态，而在最终的分析中，将要依赖管理的考虑和判断对方法作出合适的选择。变革组织是一个复杂的过程，充满着失败和成功的机会，且成功的机会较少。如果管理者要贯彻完成变革的任务，正如本书所强调的，他们必须清楚可用的选择和方法，并愿意改变他们自己的信念和态度。

尽管一些学者的观点认为对组织取得成功没有任何通用的方案或者公式，组织之间的差异巨大，每个组织有不同的约束条件和压力，这使得所谓通用的方案或公式是不可能的。然而，对组织来说，可以利用的是帮助它们的大量理论和相关的建议。正如本书开篇所引用的乔治·博克斯所言："所有的模型都是错误的，但是有些模型却是有用的。"本书也表明了：不存在没有争议的理论——所有的理论都有缺点。特别是，大多数理论都具有与特定情景相关的倾向，即便它们都不承认这一点。管理者和组织需要用怀疑的态度来对待所有的理论。然而，他们也需要意识到如果他们能够识别运营和变革组织的主要理论，并且他们也了解组织运作的相关环境，他们就处在了能够识别选择和进行变革的地位。

有时候，管理者可能选择或为环境所迫，将他们的组织进行剧烈而又快速的变革；有时候，他们选择影响组织的环境以提升或降低变革的激烈和迅速程度。在另外一些情况下，随着组织和环境的改变，变革可能采取缓慢而长期的进程。所有这方面的关键因素取决于是作

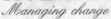

出有意识的决策而不是依靠未经检验的假设，这需要组织的管理者和领导质疑和挑战自己和他人的假设，这也需要他们广泛搜集大量的信息——如第 3 章所表明的，从成功走向成功的公司的经验是：学习应该是整个组织范围的事情、是一个持之以恒的过程，而不是在某个时候局限于少数具有相似目的的个人。

即使识别了选择，管理者也不应该假定认为实施选择很容易，或者认为结果对包括他们自己在内的所有涉及的人们都是有益的。由于这个原因，管理者有责任在制定和实施决策时在最大的范围内考虑这些选择的影响：不仅考虑他们自己，也不仅仅考虑他们的组织，而是要考虑整个社会。在西方，尤其是英国和美国，存在一个倾向，即：主要考虑短期的赢利利益，忽略了行动的长期性以及社会结果。我们在古典学派里也可以看到这一点，他们对有关控制和效率这些狭隘事件的关注，导致了那种在身体上感觉很紧张、而在精神上感觉很麻木、很烦躁的工作产生。然而，组织理论的负面结果并不局限于古典学派；在许多方面，文化卓越学派所提倡的政策和方法甚至被认为更差。虽然在较小的范围内，汉迪和坎特都关注分散化组织和不安全无保障的工作对整个社会特别是家庭生活的影响，但他们似乎都不相信这种情况是可以避免的。

然而这种在工作市场上引起不稳定性和不可预测性的方法造成的结果是非常具有破坏性的。如第 3 章所提到的，自从第二次世界大战以来，在 20 世纪 90 年代英国的社会比以往任何时代更加分化，大约 60% 的人口或者处于边缘化，或者生活在极没有保障的环境里。越来越多的富人选择居住在富裕社区的安全围栏之后。在美国，这种情况更加恶劣，越来越多的境遇较好的富人进入由巡逻警察保护高墙内。然而，正如在讨论全球化时所讲到的，在一个无国界的世界，不可能回避掠夺环境的后果、商业道德的缺乏以及围墙造成的各种行为模式的差异。如果这是一个上天预示的景象，那么就应不会忘记全球变暖的事实，不应忘记在网络繁荣时失去了生计保障的数百万的人们，还不应忘记在 20 世纪 90 年代后期最受欢迎的美国领袖之一，威廉·布里奇斯所提倡的无工作职业的组织，他相信将再也没有任何永久性的工作了，甚至对管理者也是如此。相反，他想看见是劳动力为临时雇佣工作而形成巨大的劳动储备——及时的劳动力形成对及时的组织的补充。为了支持他的无工作职业的组织就是未来的这种观点，他指出通用汽车公司将不会是美国最大的劳动力雇佣者，取而代之的是：最大的雇佣者是暂时雇佣代理机构：人力资源公司。

一些人将会争论说这些发展只是资本主义不可避免的结果。然而，如克劳奇和施特雷克及惠特利表明的，资本主义以不同的形式和姿态出现在大家眼前。作为在 20 世纪 80 和

90年代美国和英国出现的一个越来越明显特征，劳动力市场的分散化和无保障性，在一些国家根本没有表现出来。这特别对那些在历史上把单个组织的目标看成是服从于国家民族利益的国家确实是事实。例如在 20 世纪 90 年代，尽管经济问题伴随交织着统一的问题，但德国仍然有一个令人称羡的防止失业和减少工作不安全性的记录，情况就像斯堪的那维亚和日本一样。

这当然就强调了在考虑更加广泛的环境以及管理者决策的意义时，政府和单个组织都要作出重要的贡献，在西方，特别是在美国和英国，最近的 20 年明显地向解除政府对企业的管制、向私有化转化的趋势不断增长，并在公共部门不断引进了市场化运作的力量。无论这种政策在关于效率方面的优点是什么，引起的争论怎样，没有人会怀疑它们对整个经济以及公共部门机构增加了不稳定性，如案例研究中的希腊公共电力公司以及警事康。无论这样的变革最终是否会导致对消费者更好的服务，显然这是一个值得关注的问题，但这对社会的整个框架来说却是有影响的。1945 年以后，所有的西方政府都用各自的公共部门提供服务，并且都把它作为一个创造就业以及保持经济和社会稳定的方式，但后面的功能在一些国家已被放弃了，所导致的工作无保障性的后果是有目共睹的。

在这里提到这一点不仅是要表示对它的关切，而且要表明完全可以不必是这种状况。文化卓越的概念仅仅是一种运作组织的诸多方式的一种，所有的理论都有它们的缺陷，但不是所有的方法都导致了工作的减少以及劳动力市场的不稳定。对管理者来说可选择的方法要减少自身环境的不稳定性，而不是实施利用增加短期合同、增加临时工作的政策。如果大家全都这样做，那么会产生两个影响。第一，许多组织寻求稳定性的结果，将使整个社会环境的无序性减少。正如斯迪克兰德所主张的，这是因为组织和它们的环境是不可分割的实体，它们是同一系统的不同的组成部分。如果组织变得更加稳定，这样环境也会更加稳定。类似地，如汤姆·彼得斯所介绍的组织选择内部的混乱来应对外部的混乱，只会增加整个系统的不稳定性。实际上，混乱的恶性增长能够使组织四分五裂，希望破灭，而不是将组织置于"混沌的边缘"。而且，如果组织仅仅关注于狭隘的利益，那么环境和民族道德问题就会增加。组织寻求稳定的第二个结果是它增加了社会的稳定性——工作和社区将会越来越稳定。

于是，最后需要指出的是：组织面临着许多挑战和选择。一些组织将会发现它们的实施决策的空间非常有限，而另外一些组织会发现它们的决策空间却很大。确保所有的选项和选择方案都能被识别出来是管理者和领导者的责任，而且做出的选择要考虑到所有利益相关者的长期和短期利益——无论是股东、雇员、管理者自己还是更大范围的社区。最差的管理者

变革管理
Managing change

也许不是作出最差选择的人，而可能是没有意识到可以进行选择的人。

学习检测

简答题

1. 什么是全球化？

2. 可持续性、劳动力的差异性和道德规范之间的联系是什么？

3. 描述邓肯管理的 3 个层次。

4. 简要地讨论明茨伯格对管理角色的描述。

5. 什么是领导的个人特征方法？

6. 试陈述领导者—追随者理论方法的关键特色。

7. 描述领导的情景因果理论方法。

8. 柯顿的适应—创新理论是怎样帮助我们理解管理行为的？

9. 描述管理发展的两种方法。

10. 管理和领导之间的区别是什么？

11. 管理和领导是如何涉及组织变革的？

12. 列出管理者的决策对整个社会都有广泛影响的 3 种方式。

论述题

1. 管理、领导和变革框架（图 16.2）是如何用于指导组织变革的？参照第 3 部分的案例研究或者利用你所选择的组织举例回答。

2. 管理选择的概念怎样帮助管理者把组织的需要和社会的广泛需要协调起来？

附录

第1章 进一步阅读建议

1. Wilson, JF (1995). British Business History, 1720–1994. Manchester University Press: Manchester.

除了它的名称，这本书既没有局限于英国的历史，也没有狭隘地研究商业。约翰·威尔逊的著作不乏诸多的优点，他对自工业革命早期以来英国、德国、日本和美国的管理发展做了极为有益的回顾。

2. Pollard, S (1965). The Genesis of Modern Management. Pelican: Harmondsworth.

尽管是在30年前出版的，悉尼·波拉德的著作仍是对18和19世纪管理的发展和劳动力的反映作了最好描述的作品之一。

3. Rose, M (1988). Industrial Behaviour. Penguin: Harmondsworth.

迈克尔·罗斯的著作对科学管理的兴起和发展提供了全面的和经过仔细研究的解释。

4. Sheldrake, J (1996). Management Theory: From Taylorism to Japanization. International Thompson Business Press: London.

第2章 进一步阅读建议

1. Rose, M (1988). Industrial Behaviour. Penguin: Harmondsworth.

迈克尔·罗斯对人际关系运动的发展进行了非常有价值的阐述，并对琼·伍德沃德和阿斯顿小组的研究提供了有趣的回顾。

2. Sheldrake, J (1996). Management Theory: From Taylorism to Japanization. International Thompson Business Press: London.

迈克尔·施尔德里克也对人际关系运动的主要人物的生活和研究进行了有益的回顾。

3. Hendry, C (1979). Contingency Theory in practice, I. Personnel Review, 8 (4), 39–44.

Hendry, C (1980). Contingency Theory in practice, II. Personnel Review, 9 (1), 5–11.

Wood, S (1979). A reappraisal of the contingency approach to organization. Journal of Management Studies, 16, 334–54.

总的来说，这3篇文章对偶然性理论的回顾都很优秀。

变革管理
Managing change

第3章 进一步阅读建议

1. Peters, TJ and Waterman, RH (1982) . In Search of Excellence: Lessons from America's Best-Run Companies. Harper and Row: London.

从理解文化卓越的本质的角度来说，再没有比这本书更好的入门读物了。

2. Wilson, DC (1992) . A Strategy of Change. Routledge: London.

大卫（David）在威尔逊的书中对文化卓越方法的缺点提供了精炼和评论性的分析。

3. Sheldrake, J (1996) . Management Theory: From Taylorism to Japanization. International Thompson Business Press: London.

迈克尔·谢德理克对查理·汉迪的研究和日本管理方法的兴起提供了详略得当的简明回顾。

4. Sako, M and Sato, H (eds) (1997) . Japanese Labour and Management in Transition. Routledge: London.

这本书对日本管理方法进行了更全面和更现代的回顾。

5. Probst, G and Buchel, B (1997) . Organizational Learning. Prentice Hall: London.

这是一本简明而全面和易于理解地论述了组织学习的好书。

第4章 进一步阅读建议

1. Hatch,MJ (1997) Organization Theroy:Modern,Symbolic and Postmodern Perspectives.Oxford University Press: Oxford.

Stacey, R D (2003) Strategic Management and Organizational Dynamics: The Challenge of Complexity. FT/Prentice Hall:Harlow.

这两本书提供了后现代主义关于组织问题的有益的概括。

2. Ackroyd,S and Fleetwood,S (eds) (2000) Realist Perspectives on Management and Organizations.Routledge: London.

This edited collection of essays provide an excellent introduction to realism and how it can be applied to organizations.

3. Black, JA (2000) Chaos:applications in organizational change.Journal of Organizational Change Management (Special Edition) ,13 (6) .

Fitzgerald,LA (2002) Chaos:applications in organizational change.Journal of Organizational Change Management (Special Edition) , 15 (4) .

这两个组织变革管理杂志的特别版本，提供了复杂性理论令人深思的见解和见多识广的信息。

第 5 章 进一步阅读建议

1. Brown, A (1995) . Organisational Culture. Pitman: London.

　　安德鲁·布朗的书为组织文化的使用和滥用进行了有益的介绍。

2. Pfeffer, J (1992) . Managing with Power: Politics and Influence in Organizations. Harvard Business School Press: Boston, Massachusetts, USA.

　　这本书对组织的权力政治观点给出了一个有趣的并且是非常有用的指导。

第 6 章 进一步阅读建议

1. Mintzberg, H, Ahlstrand, B and Lampel, J (1998) . Strategy Safari. Prentice Hall: Hemel Hempstead.

　　几乎任何写有亨利·明茨伯格的名字的书都值得一读，这本也不例外。它为战略的主要观点提供了简明扼要和中肯的回顾。

2. Whittington, R (1993) . What is Strategy and Does it Matter? Routledge: London.

　　在这本简短的、具有很强可读性的书中，理查德·惠廷顿对大量的正统战略思想提出了挑战。

第 7 章 进一步阅读建议

有关战略的书籍浩如烟海，但不幸的是，没有一本书包括了所有的主要工具和技术。不过，下面的这 3 本书，在提供学习规范性方法的同时，还确实包括了主要的战略方法、技术和过程。

1. Fleisher, CS and Bensoussan,BE (2003) Strategic and Competitive Analysis: Methods and Techniques for Analysing Business Competition. Prentice Hall: Upper Saddle River, NJ, USA.

2. Hax, CA and Majluf, NS (1996) . The Strategy Concept and Process (2nd edition) . Prentice Hall:Upper Saddle River, NJ, USA.3.Joyce, P and Woods,A (2001) Strategic Management:A fresh Approach to Developing Skill,Knowledge and Creativity.Kogan Page:London.

3. Joyce, P and Woods, A (2001) Strategic Management: A Fresh Approach to Developing Skills, Knowledge and Creativity, Kogan Page: London

第 8 章 进一步阅读建议

1. Burnes, B (2004) Kurt Lewin and the Planned Approach to Change:aRe−appraisal. Journal of Management Standies.41 (6) .

Marrow, AJ (1996) The Practical Theorist: The Life and Work of Kurt Lewin. Teachers College Press (1977 edition) : New York.

上述文章和书对勒温的生活和著作提供了详尽的研究。

2. Cummings, TG and Worley，CG (2001) Orgnization and Development. and Change (7th edition)．South—Western college Pubishing: Mason, OH, USA.

French,WL and Bell,CH (1995) Organization Development (5th edition)．Prentice Hall:Englewood Cliffs, NJ, USA

这两本书为计划变革的理论起源和实践提供了全面的指导。

第9章　进一步阅读建议

1. Dawson, P (2003)．Organizational Change: A Processual Approach. Paul. Routledge: London.

帕特里克·道森的书对计划变革和应急变革提出了一些重要的问题，对理解变革的过程方法是很好的指导。

2. Kotter, JP (1996)．Leading Change. Harvard Business School Press: Boston, Massachusetts, USA.

是约翰·科特应急变革的规范性和实用性观点的代表作。

第10章　进一步阅读建议

1. Beer, M and Nohria, N (eds)　(2000) Breaking the Code of Change. Harvard Business School Press: Boston, MA, USA

修订过的这本选集包括了许多关于组织变革方面的领先思想家的文献。涵盖了主要的变革方法，其中包含"计划"和"应急"方法。

第16章　进一步阅读建议

1. Yukl, G (2002)．Leadership in Organizations　(5th edition)．Prentice Hall: Upper Saddle River, NJ, USA.

加里·尤克尔的书对阅读关于管理和领导的研究以及文献是很好的向导。

2. Deresky, H (2002)．International Management: Managing Across Borders and Culture (3rd edtion)．Prentice Hall: Upper Saddle River, NJ, USA.

本书为国际化管理提供了非常好的参考和有益的观点，尤其是在文化、差异化和道德规范领域。

3. Dunphy, D, Griffiths, A and Benn, S (2003)．Organizational Change for Corporate Sustainability. Routledge: London

这是一本重要的著作，它不仅阐明了创造可持续发展组织的条件，而且提供了对实现管理变革所需的实例说明和指导。

译后记

　　作者伯纳德·波恩斯（Bernard Burnes）是曼彻斯特管理学院管理学高级讲师。本书是他阐述变革管理的睿智之作。

　　本书将公司战略、组织行为和变革管理有机地链接起来，而这些主题往往都是被孤立地讨论和研究。全书列陈了变革管理文献及其观点，分析变革管理理论的历史流变，研究诸如战略、权力、文化等因素对变革管理实践的影响，并通过选取来自真实世界的典型案例加以佐证。

　　本书紧紧追踪当今世界著名组织及重大经济事件，剖析其变革成败的原因，研究了因特网和全球化对组织所带来的影响，特别突出强调了可持续发展、劳动力差异化和商业道德的主题。作者还对诸如后现代主义、现实主义和复杂性理论进行了评价，并对变革计划和实施给出了指导，为身处激烈变革环境中的组织提供了可兹借鉴的方法，颇具可读性，堪为管理变革及实践不可不读之书。

　　译完最后一句，长长地舒了一口气。怀着诚惶诚恐之心，对全文进行了多次认真地校对和通读，但深感让人满意的译文太少，令人惶恐的文字尚多，有的文句为了保持作者的原意只好牺牲中文的易读性。

　　在本书的翻译过程中，得到了家人和许多朋友、专家的帮助和鼓励，没有他们的无私帮助和鼓励恐怕难以完成本书的翻译工作，在此对他们表示深深的谢意！尽管如此，译文难免存在问题甚至错误，敬请读者批评指正。

　　冉德君、钱春萍翻译了本书的前言、第1章至第10章，第11章的案例研究1、2、3，第12章的案例研究6，第13章的案例研究10以及第16章的后面部分；其余部分为周德昆翻译。冉德君、钱春萍负责全书的校对和统稿。

冉德君

丙戌年初春于春城

精品管理图书推荐

全球商学院权威管理教程，国际商业管理人士成功指南

商学院高级管理丛书

《供应链致胜》

[美] 大卫·泰勒博士　著

沈伟民　王立群　译

出版：中国市场出版社

定价：60.00 元

供应链竞争决定成败

◆权威出版机构推荐

◆全球商学院核心课程

◆供应链领域权威著作

◆高层经理人进修快速通道

部分内容概览

　　本书旨为企业经理人提供供应链管理指南，书中包含多达 148 幅精心设计的插图。新时代竞争的本质是供应链之间的竞争，供应链管理是商业中最具挑战的领域，不同的供应链管理方式可以成就一家公司，也可以毁掉一家公司。商业成功在于找到把货物送到客户手里的更有效的方法。本书有助于企业经理人制定供应链策略以及进行供应链设计和管理。

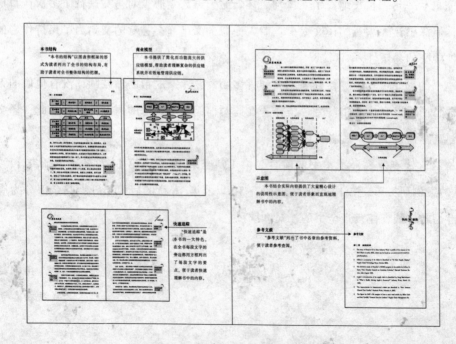

精品管理图书推荐

全球商学院权威管理教程，国际商业管理人士成功指南

商学院基础管理丛书

《服务管理》

巴特·范·路易

[比] 洛兰德·范·迪耶多克 著

保罗·格默尔

吴雅辉 王婧 李国建 译

出版：中国市场出版社

定价：80.00 元

《财富》500 强成功经典

- ◆ 领先的国际趋势
- ◆ 竞争优势与价值策略
- ◆ 无形的消费，特殊的服务
- ◆ 持续的战略挑战
- ◆ 传递服务的附加价值

北大光华管理学院张红霞教授、江明华教授隆重推荐

部分内容概览

　　本书全面而深入地洞察了服务管理行业，探索了当今经济领域内服务的本质和重要性，深刻分析了服务管理的三个核心分支，提供了典型的实际案例分析，突出了与服务本质相关的要素和对服务管理起重要作用的要素。

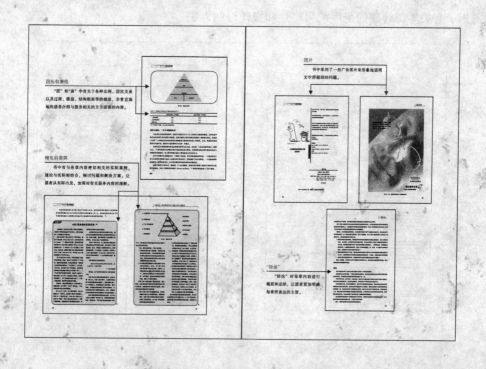

精品管理图书推荐

全球商学院权威管理教程，国际商业管理人士成功指南

商学院基础管理丛书

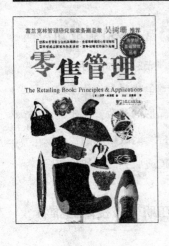

《零售管理》

[英] 保罗·弗里西 著

文红 吴雅辉 译

出版：中国市场出版社

定价：68.00 元

◆ 全球知名零售企业的战略核心

◆ 权威而资深的专业论述

◆ 国际知名企业的典型案例分析

◆ 全球动态的前沿展望与探讨

◆ 零售理论与管理实践现实结合

◆ 核心战略与实施的全面操作指导

富兰克林管理研究院常务副总裁吴树珊推荐

部分内容概览

零售是独特、多样并动态变化着的行业，是连接生产和消费的纽带，日益成为众所关注的焦点和核心。本书以领先的零售专家和实践人员的知识和经验为基础，结合实际案例研究和分析，全面阐述了零售管理这一全球知名零售企业的战略核心问题，概括出零售的主要战略功能，提出了有关零售管理的全面的策略性和操作性的方法。

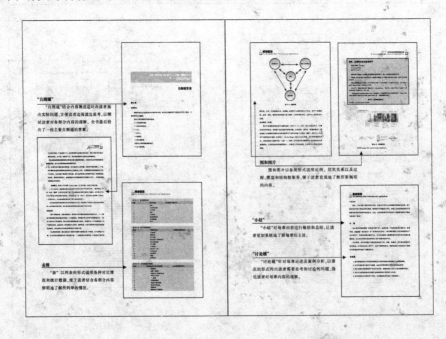

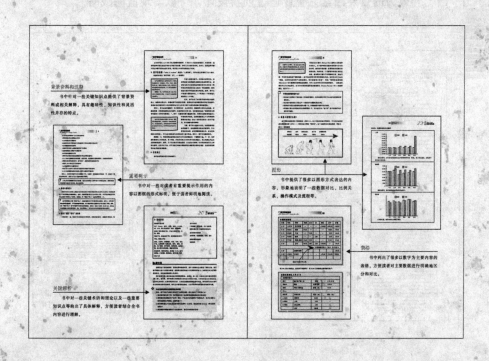